PrépaBAC

Tle GÉNÉRALE

Maths

SPÉCIALITÉ

Réussir l'examen

- **Michel Abadie**
  Professeur agrégé de mathématiques
- **Jacques Delfaud**
  Professeur agrégé de mathématiques
- **Pierre Larivière**
  Professeur certifié de mathématiques
- **Annick Meyer**
  Professeure agrégée de mathématiques
- **Jean-Dominique Picchiottino**
  Professeur agrégé de mathématiques
- **Sophie Touzet**
  Professeure agrégée de mathématiques
- **Martine Salmon**
  Professeure agrégée de mathématiques

Avec la collaboration de Denise Maréchal

ISBN : 978-2-401-09460-4

Hatier

Mode d'emploi

Comment utiliser votre Prépabac tout au long de l'année ?

▸ Commencez par évaluer votre niveau de connaissance grâce au **TEST** en début de chaque chapitre : votre score vous permet d'établir **votre parcours de révision** dans le chapitre.

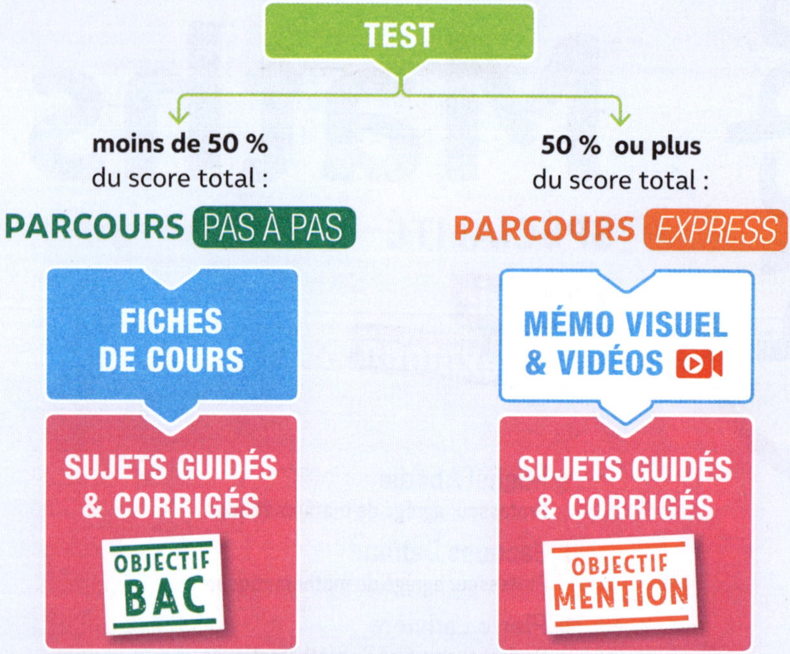

▸ Notez que les sujets **OBJECTIF SUP** portent sur des thèmes qui ne sont pas au programme de l'épreuve écrite, mais sont utiles à la poursuite de vos études.

Comment vous organiser dans la dernière ligne droite ?

▸ Ciblez vos révisions et exercez-vous en priorité avec les **sujets OBJECTIF BAC** que vous n'avez pas encore traités. Puis vous pouvez compléter avec des sujets **OBJECTIF MENTION**.

▸ Pour préparer **le Grand Oral** sur une question de maths, consultez le chapitre 14.

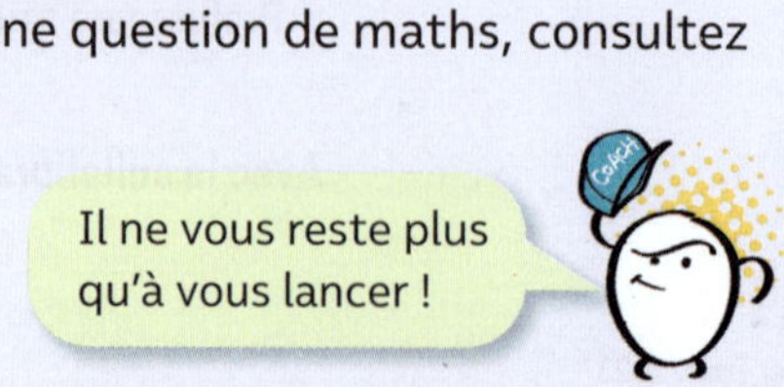

SOMMAIRE

* thème ne figurant pas au programme de l'épreuve écrite, mais devant être maîtrisé pour le Grand Oral

Algèbre et géométrie

1 Combinatoire et dénombrement

TEST Pour vous situer et identifier les fiches à réviser . . 10

FICHES DE COURS

1 Réunion, produit et parties d'ensembles* 12
2 Arrangements, factorielle et combinaisons* 14
3 Démonstration par récurrence 16

MÉMO VISUEL 18

SUJETS GUIDÉS & CORRIGÉS

OBJECTIF SUP 20

2 Vecteurs, droites et plans de l'espace

TEST Pour vous situer et identifier les fiches à réviser . . . 38

FICHES DE COURS

4 Les vecteurs de l'espace 40
5 Positions relatives de deux droites de l'espace 42
6 Positions relatives d'une droite et d'un plan de l'espace . 44
7 Positions relatives de deux plans de l'espace 46
8 Étude vectorielle du parallélisme dans l'espace 48

MÉMO VISUEL 50

SUJETS GUIDÉS & CORRIGÉS

OBJECTIF BAC 52
OBJECTIF MENTION 58

3 Orthogonalité et distances dans l'espace

TEST Pour vous situer et identifier les fiches à réviser . 64

FICHES DE COURS

9 Produit scalaire de deux vecteurs dans l'espace 66
10 Orthogonalité et produit scalaire 68
11 Projeté orthogonal d'un point sur une droite ou un plan de l'espace 70

MÉMO VISUEL 72

SUJETS GUIDÉS & CORRIGÉS

OBJECTIF BAC 74
OBJECTIF MENTION 81

4 Équations de droites et de plans

TEST Pour vous situer et identifier les fiches à réviser 88

FICHES DE COURS

12 Équation cartésienne d'un plan de l'espace 90

13 Représentation paramétrique d'une droite de l'espace 92

14 Coordonnées des points d'intersection de droites et de plans 94

MÉMO VISUEL 96

SUJETS GUIDÉS & CORRIGÉS

OBJECTIF BAC 98

OBJECTIF MENTION 107

Analyse

5 Suites numériques

TEST Pour vous situer et identifier les fiches à réviser 112

FICHES DE COURS

15 Définitions, comparaison et encadrement 114

16 Limites : opérations et suites monotones 116

17 Suites géométriques et fonction exponentielle 118

MÉMO VISUEL 120

SUJETS GUIDÉS & CORRIGÉS

OBJECTIF BAC 122

OBJECTIF MENTION 129

6 Compléments sur la dérivation

TEST Pour vous situer et identifier les fiches à réviser 140

FICHES DE COURS

18 Dérivée de la composée de deux fonctions 142

19 Fonctions convexes 144

MÉMO VISUEL 146

SUJETS GUIDÉS & CORRIGÉS

OBJECTIF BAC 148

OBJECTIF MENTION 155

7 Limites et continuité

TEST Pour vous situer et identifier les fiches à réviser . . 168

FICHES DE COURS

20 Limites et asymptotes 170
21 Opérations sur les limites, comparaison 172
22 Limites et continuité 174
MÉMO VISUEL 176

SUJETS GUIDÉS & CORRIGÉS

OBJECTIF BAC 178
OBJECTIF MENTION 190

8 Fonctions de référence : logarithme, sinus et cosinus

TEST Pour vous situer et identifier les fiches à réviser . 194

FICHES DE COURS

23 Définition et propriétés analytiques de la fonction logarithme népérien 196
24 Propriétés algébriques de la fonction logarithme népérien 198
25 Comparaison des fonctions puissance, ln et exp 200
26 Fonctions trigonométriques* 202
MÉMO VISUEL 204

SUJETS GUIDÉS & CORRIGÉS

OBJECTIF BAC 206
OBJECTIF MENTION 215

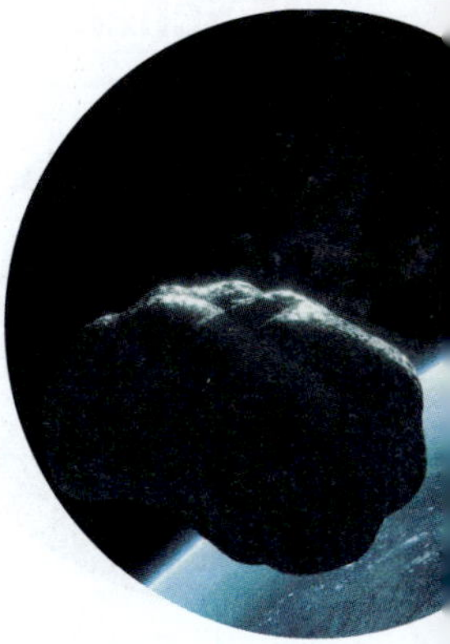

9 Primitives, équations différentielles

TEST Pour vous situer et identifier les fiches à réviser . . 222

FICHES DE COURS

27 Notions d'équation différentielle et de primitive 224
28 Équation différentielle $y' = ay + f$ 226
29 Calculs de primitives 228
MÉMO VISUEL 230

SUJETS GUIDÉS & CORRIGÉS

OBJECTIF BAC 232
OBJECTIF MENTION 240

10 Calcul intégral*

TEST Pour vous situer et identifier les fiches à réviser 246

FICHES DE COURS

30 Définition de l'intégrale 248

31 Propriétés de l'intégrale 250

MÉMO VISUEL 252

SUJETS GUIDÉS & CORRIGÉS

OBJECTIF SUP 254

Probabilités

11 Schéma de Bernoulli, loi binomiale

TEST Pour vous situer et identifier les fiches à réviser 270

FICHES DE COURS

32 Schéma de Bernoulli 272

33 Succession d'épreuves 274

34 Loi binomiale 276

MÉMO VISUEL 278

SUJETS GUIDÉS & CORRIGÉS

OBJECTIF BAC 280

OBJECTIF MENTION 288

12 Sommes de variables aléatoires*

TEST Pour vous situer et identifier les fiches à réviser 294

FICHES DE COURS

35 Somme de deux variables aléatoires 296

36 Application à la loi binomiale 298

37 Échantillon de taille n d'une loi de probabilité 300

MÉMO VISUEL 302

SUJETS GUIDÉS & CORRIGÉS

OBJECTIF SUP 304

13 Concentration, loi des grands nombres*

TEST Pour vous situer et identifier les fiches à réviser 314

FICHES DE COURS

38 Inégalité de Bienaymé-Tchebychev – Inégalité de concentration 316

39 Loi des grands nombres 318

MÉMO VISUEL 320

SUJETS GUIDÉS & CORRIGÉS

OBJECTIF SUP 322

Le Grand Oral

14 Préparer le Grand Oral sur une question de Maths

FICHES DE COURS

40 Choisir une question d'oral en maths 334

41 Concevoir sa présentation 336

42 Préparer efficacement l'exposé 338

43 Présenter la question au jury 340

44 Répondre aux questions en lien avec la présentation 342

45 Défendre son projet d'orientation 344

SUJETS GUIDÉS & CORRIGÉS

OBJECTIF BAC Simulation d'un oral sur une question de maths 346

ANNEXES

- Corrigés des tests 349
- Index 351

Maquette de principe : Frédéric Jély
Mise en pages : STDI
Schémas : STDI
Iconographie : Hatier Illustration
Édition : Thomas Blasselle, Jean-Marc Cheminée, Claudie Libersa, Catherine Rollet

Les vidéos de l'ouvrage

Retrouvez l'ensemble de ces vidéos sur la chaîne Youtube **annabac**

Les notions-clés

- Quelles sont les positions relatives de droites et de plans dans l'espace ?
  hatier-clic.fr/mat_T_01b
- Qu'est-ce qu'une représentation paramétrique de droite dans l'espace ?
  hatier-clic.fr/mat_T_02b
- Comment déterminer une équation cartésienne de plan dans l'espace ?
  hatier-clic.fr/mat_T_03b
- Comment appliquer les principaux théorèmes relatifs aux limites de suites ?
  hatier-clic.fr/mat_T_04b
- Qu'est-ce que la composée de deux fonctions ?
  hatier-clic.fr/mat_T_05b
- Comment étudier les asymptotes à la courbe représentative d'une fonction ?
  hatier-clic.fr/mat_T_06b
- Comment montrer l'existence de solutions à l'équation $f(x) = k$?
  hatier-clic.fr/mat_T_07b
- Quelles sont les propriétés à connaître de la fonction logarithme népérien ?
  hatier-clic.fr/mat_T_08b
- Comment déterminer une primitive d'une fonction ?
  hatier-clic.fr/mat_T_09b
- Comment montrer qu'une variable aléatoire suit une loi binomiale ?
  hatier-clic.fr/mat_T_10b

Savoir-faire & démonstration

- Maths T^{le} (spécialité) Savoir-faire & démonstrations
  hatier-clic.fr/mat_T

1 Combinatoire et dénombrement

La combinatoire et le dénombrement permettent de compter le nombre d'objets possédant une qualité donnée. La gestion des mégadonnées (big data), dont la taille rend le dénombrement difficile, constitue un défi pour les statistiques et l'informatique.

TEST

Pour vous situer et identifier les fiches à réviser 10

FICHES DE COURS

1 Réunion, produit cartésien et parties d'ensembles 12
2 Arrangements, factorielle et combinaisons 14
3 Démonstration par récurrence 16
MÉMO VISUEL 18

SUJETS GUIDÉS & CORRIGÉS

OBJECTIF SUP

1 Dénombrement de listes de 0 et de 1 20
2 Bordure d'une boîte de sucres 23
3 Autour de la relation de Pascal 26
4 Des chiffres et des lettres 31

TESTEZ-VOUS

→ CORRIGÉS P. 349

Faites le point sur vos connaissances puis établissez votre **parcours de révision** en fonction de votre score. Pour chacune des questions, une seule des réponses est exacte.

1 Nombre de guirlandes différentes

→ FICHE 1

On considère des guirlandes lumineuses de cinq lampes, chaque lampe pouvant être d'une des sept couleurs de l'arc-en-ciel.

Le nombre de guirlandes différentes que l'on peut fabriquer est :

☐ **a.** 7^5. ☐ **b.** 35 ☐ **c.** 5^7

.../1

2 Nombre de réponses possibles

→ FICHE 1

Un QCM comprend 20 questions proposant chacune deux réponses dont une seule est correcte. On répond au hasard et de manière équiprobable à l'ensemble des questions. La probabilité de répondre correctement à toutes les questions est :

☐ **a.** $\frac{1}{2}$ ☐ **b.** $\frac{1}{20^2}$ ☐ **c.** $\frac{1}{2^{20}}$

.../1

3 Mots de passe avec majuscule

→ FICHES 1 et 2

Le nombre de mots de passe de 5 lettres dont au moins une est en majuscule et au moins une en minuscule est :

☐ **a.** 26^5 ☐ **b.** 30×26^5 ☐ **c.** $2 \times 52 \times 26^4$

.../1

4 Digicode oublié

→ FICHE 2

Vous avez oublié votre digicode à 5 chiffres mais heureusement, les touches sur lesquelles il faut appuyer, à savoir les touches 1, 3, 4, 5 et 9, sont usées. S'il vous faut 5 secondes pour effectuer chaque essai, pour être sûr d'entrer il vous faudra :

☐ **a.** au moins une heure

☐ **b.** au plus 7 minutes

☐ **c.** 10 minutes

.../1

5 Calcul de factorielles

→ FICHE 2

Pour tout entier naturel n, le nombre $\dfrac{(n+1)!}{(n-1)!}$ vaut :

☐ a. n ☐ b. $n+1$ ☐ c. n^2+n .../1

6 Calcul de combinaisons

→ FICHE 2

Pour tout entier naturel n, $\binom{n+2}{n}+\binom{n+2}{2}$ est égal à :

☐ a. n^2+3n+2

☐ b. $\binom{2n+4}{n+2}$

☐ c. 1 .../1

7 Loto

→ FICHE 2

La personne gagnante d'une partie de Loto peut choisir 3 lots parmi les 10 lots mis en jeu. Le nombre de choix possibles est :

☐ a. 720 ☐ b. 120 ☐ c. 1 000 .../1

8 Relation de Pascal et symétrie

→ FICHE 2

Pour tout entier naturel m, $\binom{m+2}{2}+\binom{m+2}{3}$ est égal à :

☐ a. $\binom{m+3}{m}$ ☐ b. $\binom{m+3}{2}$ ☐ c. $\binom{m+2}{5}$ .../1

9 Démonstration par récurrence

→ FICHE 3

Pour démontrer qu'une proposition $\mathcal{P}_n$ est vraie pour tout entier naturel n, on fait une hypothèse de récurrence qui consiste à supposer que la proposition $\mathcal{P}_n$ est vraie :

☐ a. pour tout entier naturel n

☐ b. pour un entier naturel $n+1$

☐ c. pour un entier naturel n .../1

Score total .../9

Parcours PAS À PAS ou EXPRESS ? → MODE D'EMPLOI P. 3

1 Réunion, produit et parties d'ensembles

En bref *Décrire un ensemble d'objets à l'aide de réunions, de produits ou de parties d'ensembles permet de les dénombrer rigoureusement.*

I Réunion de deux ensembles

■ **Définition :** La **réunion** de deux ensembles A et B est l'ensemble des éléments appartenant à A **ou** à B ; elle est notée $A \cup B$.

À NOTER
L'**intersection** de deux ensembles A et B est l'ensemble des éléments appartenant à A et à B ; elle est notée $\mathbf{A \cap B}$.

■ **Principe additif :** Soient A et B deux ensembles disjoints (d'intersection vide). Si m et n sont les nombres d'éléments respectifs de A et de B, alors la réunion de A et B comporte $m + n$ éléments.

À NOTER
Si les deux ensembles ne sont pas disjoints, il faut ôter au résultat le nombre d'éléments r de leur intersection.

II Produit cartésien

■ **Définitions :** Le **produit cartésien** de deux ensembles A et B est l'ensemble des couples (a,b) tels que $a \in A$ et $b \in B$. Il est noté $A \times B$.

On note A^k l'ensemble $\underbrace{A \times A \times \ldots \times A}_{k \text{ termes}}$, ces éléments sont des k-uplets.

■ **Principe multiplicatif :** Si m et n (entiers naturels non nuls) sont les nombres d'éléments respectifs de deux ensembles A et B, alors le produit cartésien $A \times B$ comporte $m \times n$ éléments.

Soit A un ensemble à n éléments et k un entier naturel non nul. L'ensemble A^k des k-uplets (k-listes) d'éléments de A comporte n^k éléments.

III Parties d'un ensemble

■ **Définition :** Un ensemble A est une **partie** d'un ensemble E si et seulement si tous les éléments de A sont des éléments de E. On écrit alors $A \subset E$.

On dit également que A est un **sous-ensemble** de E.

■ **Théorème :** Le nombre de parties d'un ensemble à n éléments est $\mathbf{2^n}$.

À NOTER
C'est également le nombre de n-uplets de l'ensemble $\{0 ; 1\}$.

Méthodes

1 Déterminer le nombre d'éléments d'une réunion d'ensembles

Déterminer le nombre d'entiers naturels inférieurs à 199 dont l'écriture décimale comporte le chiffre 0.

CONSEILS
Regroupez les nombres considérés en plusieurs ensembles facilement dénombrables.

SOLUTION

On considère les ensembles disjoints suivants :
$A = \{0 ; 10 ; \ldots ; 90\}$, le sous-ensemble de ces entiers inférieurs à 99 ;
$B = \{100 ; \ldots ; 109\}$, le sous-ensemble de ces entiers compris entre 100 et 109
et $C = \{110 ; \ldots ; 190\}$ le sous-ensemble de ces entiers supérieurs à 109.

A et B ont chacun 10 éléments et C en a 9. **Il y a donc en tout 29 entiers naturels** inférieurs à 199 dont l'écriture décimale comporte le chiffre 0.

2 Utiliser le produit cartésien

Les cartes d'un jeu sont numérotées de 1 à 3 et coloriées en rouge, vert, bleu, jaune ou noir. Toutes les cartes de ce jeu sont différentes et ce jeu contient toutes les cartes possibles.

Combien y a-t-il de cartes dans ce jeu ?

CONSEILS
Caractérisez chaque carte par un couple.

SOLUTION

Considérons $N = \{1 ; 2 ; 3\}$ et $C = \{\text{rouge} ; \text{vert} ; \text{bleu} ; \text{jaune} ; \text{noir}\}$. Alors chaque couple de $N \times C$ définit une unique carte du jeu complet.

Il y a donc $3 \times 5 =$ **15 cartes** dans ce jeu.

3 Dénombrer le nombre de parties d'un ensemble

Un caractère Braille est représenté par deux colonnes de trois points chacune, chaque point étant ou non en relief.

Combien peut-on former de caractères différents, sachant qu'au moins un des points doit être en relief ?

CONSEILS
Considérez un caractère comme une partie d'un ensemble à six éléments.

SOLUTION

Considérons l'ensemble B des six points des deux colonnes, tous ces points étant en relief. Fabriquer un caractère braille, c'est choisir les points qui seront en relief, c'est-à-dire choisir une partie de B différente de la partie vide (un au moins des points est en relief) : il y a donc $2^6 - 1$ choix possibles, soit **63 caractères brailles**.

2 Arrangements, factorielle et combinaisons

En bref *Le nombre de listes de k objets deux à deux distincts pris parmi n, ordonnées ou non, se détermine en fonction de k et de n.*

I Arrangements et factorielle

■ **Définition :** Soit $k \in \mathbb{N}^*$. On appelle **arrangement** de k éléments d'un ensemble E comportant n éléments, tout k-uplet d'éléments deux à deux distincts de E.

■ **Théorème :** Le nombre d'arrangements de k éléments d'un ensemble à n éléments est $n(n-1)(n-2)\dots(n-k+1)$.

■ **Définition :** La **factorielle** d'un entier naturel non nul n est le produit des entiers naturels non nuls inférieurs ou égaux à n ; elle est notée $n!$.
On convient de plus que $0! = 1$.

Remarque : Un arrangement des n éléments d'un ensemble E à n éléments est appelé une **permutation** des éléments de E. Il y a $n!$ permutations de E.

À NOTER
Pour tout entier naturel n :
$(n+1)! = (n+1) \times n!$

II Combinaisons

■ **Définition :** Soit $k \in \mathbb{N}^*$. On appelle **combinaison** de k éléments d'un ensemble E comportant n éléments, toute partie de E possédant k éléments.

■ **Théorème :** Soit $n \in \mathbb{N}$ et k entier, $0 \leqslant k \leqslant n$. Le nombre de combinaisons de k éléments d'un ensemble à n éléments est $\dfrac{n(n-1)(n-2)\dots(n-k+1)}{k!}$ ou encore $\dfrac{n!}{k!(n-k)!}$.

Ce nombre est noté $\binom{n}{k}$ qu'on lit « k parmi n ».

■ **Valeurs particulières et propriétés**
Pour tous entiers naturels n et k, $0 \leqslant k \leqslant n$:

• $\binom{n}{0} = 1$; $\binom{n}{1} = n$; $\binom{n}{2} = \dfrac{n(n-1)}{2}$ et $\binom{n}{k} = \binom{n}{n-k}$

• **Relation de Pascal**

Si $k+1 \leqslant n$, $\binom{n+1}{k+1} = \binom{n}{k} + \binom{n}{k+1}$.

Cette relation permet de construire le **triangle de Pascal** qui donne la valeur des $\binom{n}{k}$ pour des petites valeurs de n :

n \ k	0	1	2	3	4
0	1				
1	1	1			
2	1	2	1		
3	1	3	3	1	
4	1	4	6	4	1

Méthodes

1 Déterminer un nombre de *k*-uplets

On dispose de 10 couleurs pour fabriquer un drapeau tricolore de trois bandes horizontales. Combien de drapeaux différents pourra-t-on fabriquer ?

CONSEILS

Identifiez la taille des *k*-uplets, c'est-à-dire *k*, et l'ensemble des éléments pouvant former ces *k*-uplets.

SOLUTION

Pour fabriquer un drapeau tricolore il faut choisir trois couleurs différentes parmi les 10 couleurs et colorier les bandes du drapeau, par exemple de haut en bas, à l'aide de ces trois couleurs.

Il y a $10 \times 9 \times 8$ triplets de trois couleurs distinctes, soit **720 drapeaux** tricolores possibles.

2 Calculer à l'aide de combinaisons

a. On désire former une équipe de 15 élèves dans une classe qui en comporte 20. Combien d'équipes différentes pourrait-on former ?

b. Calculer $\binom{9}{4}$ et $\binom{9}{6}$. En déduire $\binom{9}{5}$, $\binom{10}{5}$, $\binom{10}{6}$ et $\binom{11}{6}$.

CONSEILS

On rappelle que $\binom{n}{k}$ est le nombre de choix de *k* objets parmi *n*.

SOLUTION

a. Il y a $\binom{20}{15}$ manières de choisir 15 élèves cartes parmi 20.

Or, $\binom{20}{15} = \binom{20}{5}$ par symétrie et $\binom{20}{15} = \dfrac{20 \times 19 \times 18 \times 17 \times 16}{5 \times 4 \times 3 \times 2 \times 1} = \mathbf{15\,504}$.

b. On a $\binom{9}{4} = \dfrac{9 \times 8 \times 7 \times 6}{4 \times 3 \times 2 \times 1} = \mathbf{126}$ et, par symétrie, $\binom{9}{6} = \binom{9}{3} = \dfrac{9 \times 8 \times 7}{3 \times 2 \times 1} = \mathbf{84}$.

En utilisant la symétrie puis la relation de Pascal :

$\binom{9}{5} = \binom{9}{4} = \mathbf{126}$;

$\binom{10}{5} = \binom{9}{4} + \binom{9}{5} = \mathbf{252}$;

$\binom{10}{6} = \binom{9}{5} + \binom{9}{6} = \mathbf{210}$;

et $\binom{11}{6} = \binom{10}{5} + \binom{10}{6} = \mathbf{462}$.

3 Démonstration par récurrence

En bref *Une démonstration par récurrence consiste à démontrer qu'une infinité de propositions dépendantes d'un entier naturel n sont vraies.*

I Le principe de récurrence

Soit n_0 un entier naturel et soit $\mathcal{P}_{n_0}$, $\mathcal{P}_{n_0+1}$, $\mathcal{P}_{n_0+2}$, ..., $\mathcal{P}_n$, ... une suite de propositions.

Si la $\mathcal{P}_{n_0}$ est vraie et si, pour n'importe quel entier naturel n tel que $n \geqslant n_0$, la vérité de $\mathcal{P}_n$ entraîne celle de $\mathcal{P}_{n+1}$, alors on peut conclure que pour tout entier naturel n tel que $n \geqslant n_0$, $\mathcal{P}_n$ est vraie.

À NOTER
Dans la grande majorité des cas, n_0 vaut 0 ou 1.

II La démonstration par récurrence

1 Mise en œuvre

Soit n_0 un entier naturel. Pour démontrer par récurrence qu'une proposition $\mathcal{P}_n$ est vraie pour tout entier $n \geqslant n_0$, on procède en deux étapes qui permettrons de conclure :

- l'**initialisation** pour vérifier que la proposition $\mathcal{P}_{n_0}$ est vraie ;
- l'**hérédité** montrant que si la proposition $\mathcal{P}_n$ est vraie pour un entier naturel n *quelconque* tel que $n \geqslant n_0$, alors la proposition $\mathcal{P}_{n+1}$ doit être également vraie.

Le principe de récurrence permettra alors de conclure que pour tout entier naturel n tel que $n \geqslant n_0$, la proposition $\mathcal{P}_n$ est vraie.

À NOTER
Lors de la seconde étape, on suppose la proposition $\mathcal{P}_n$ vraie pour un certain rang n : c'est l'**hypothèse de récurrence**, souvent notée HR.

2 Quelques pièges à éviter

- Oublier l'initialisation : par exemple la proposition « $10^n + (-1)^n$ est un multiple de 11 » est héréditaire, puisque $10^{n+1} + (-1)^{n+1} = 10\left(10^n + (-1)^n\right) - 11(-1)^n$, mais elle est fausse pour tout entier n.

- Supposer, pour montrer l'hérédité, que la proposition est vraie pour **tout** entier naturel n, puisque c'est ce que l'on veut justement démontrer !
On supposera donc la proposition vraie pour **un** entier naturel.

Méthode

Démontrer une égalité

Démontrer par récurrence que pour tout entier n strictement positif :

$$\sum_{k=1}^{n}(k+1)\times 2^{k-1} = n\times 2^n.$$

CONSEILS

Lorsque l'on exprime la propriété au rang $n+1$, il faut penser à remplacer « tous les n » par des « $n+1$ ». Pour la notation Σ, se référer au mémo visuel.

SOLUTION

■ **Initialisation :** Pour $n = 1$,

$$\sum_{k=1}^{n}(k+1)\times 2^{k-1} = \sum_{k=1}^{1}(k+1)\times 2^{k-1}$$
$$= 2\times 2^0 = 2.$$

Et, $n\times 2^n = 2$.

La proposition est donc vraie au rang 1.

■ **Hérédité :** Supposons que pour un entier naturel non nul n :

$$\sum_{k=1}^{n}(k+1)\times 2^{k-1} = n\times 2^n.$$

(C'est l'hypothèse de récurrence : HR.)

On veut en déduire que $\sum_{k=1}^{n+1}(k+1)\times 2^{k-1} = (n+1)\times 2^{n+1}$.

CONSEILS

Lors de cette étape, tout d'abord, établissez un lien entre les propositions aux rangs n et $n+1$, puis utilisez l'hypothèse de récurrence.

On a :

$$\begin{aligned}\sum_{k=1}^{n+1}(k+1)\times 2^{k-1} &= \sum_{k=1}^{n}(k+1)\times 2^{k-1} + (n+2)2^n\\ &= n\times 2^n + (n+2)2^n \text{ (HR)}\\ &= (2n+2)\times 2^n\\ &= (n+1)\times 2\times 2^n\\ &= (n+1)\times 2^{n+1}.\end{aligned}$$

La propriété est donc héréditaire.

Conclusion : Le principe de récurrence permet de conclure que :

$$\forall n \in \mathbb{N}^*,\ \sum_{k=1}^{n}(k+1)\times 2^{k-1} = n\times 2^n.$$

MÉMO VISUEL

DÉNOMBREMENTS

Nombre d'éléments

Comment déterminer le nombre d'éléments à l'aide de plusieurs ensembles ?

- Pour la **réunion** d'ensembles disjoints, on additionne leurs nombres d'éléments.
- Pour un **produit**, on multiplie leurs nombres d'éléments.
- Les **parties** d'un ensemble possédant n éléments, sont au nombre de 2^n.

Nombre d'éléments d'une liste

Comment calculer le nombre d'éléments deux à deux distincts d'une liste ?

Nombre de k-uplets

Le nombre de k-uplets d'éléments **deux à deux distincts** d'un ensemble à n éléments est $n(n-1)\dots(n-k+1)$

Nombre de permutations

Le nombre de permutations (n-uplets d'éléments **deux à deux distincts**) d'un ensemble à n éléments est $n! = n \times (n-1) \times \dots \times 2 \times 1$

Nombre de combinaisons

Le nombre de combinaisons de k objets choisis parmi n (nombres de parties à k éléments d'un ensemble à n éléments) est $\binom{n}{k}$.

Propriétés de $\binom{n}{k}$ pour $n \in \mathbb{N}$

- Valeurs particulières :
  $\binom{n}{0} = 1$; $\binom{n}{1} = n$; $\binom{n}{2} = \frac{n(n-1)}{2}$.
- Symétrie :
  si $0 \leqslant k \leqslant n$, $\binom{n}{k} = \binom{n}{n-k}$.
- Relation de Pascal :
  si $1 \leqslant k+1 \leqslant n$,
  $\binom{n+1}{k+1} = \binom{n}{k} + \binom{n}{k+1}$.

- Triangle de Pascal

n \ k	0	1	2	3	4	5	6
0	1						
1	1	1					
2	1	2	1				
3	1	3	3	1			
4	1	4	6	4	1		
5	1	5	10	10	5	1	
6	1	6	15	20	15	6	1

Factorielles

Comment calculer avec les factorielles ?

Premiers termes

On a $0! = 1$, $1! = 1$, $2! = 2$ et $3! = 3 \times 2 = 6$.

Cas général

Si $n \geqslant 3$, $n! = n(n-1) \times \ldots \times 2 \times 1$.

Récurrence

Pour tout $n \in \mathbb{N}$, $(n+1)! = (n+1) \times n!$

Récurrence

Comment mettre en œuvre une démonstration par récurrence ?

Démonstration par récurrence

- **Initialisation :** On démontre la proposition à démontrer au premier rang (en général 0 ou 1) $\mathcal{P}_0$ ou $\mathcal{P}_1$ est vraie
- **Hérédité**
On démontre que si la proposition est vraie pour un rang n alors elle est vraie pour le rang $n+1$. $\mathcal{P}_n$ est vraie entraîne $\mathcal{P}_{n+1}$ est vraie
- **Conclusion** Pour tout n, $n \geqslant 0$ ou $n \geqslant 1$, $\mathcal{P}_n$ est vraie

Symbole $\sum$

Comment travailler avec le symbole $\sum$?

- Pour des entiers n et m tels que $n \geqslant m$:

$$\sum_{k=m}^{n} u_k = u_m + u_{m+1} + \ldots + u_n$$

- Télescopage :

$$\sum_{k=m}^{n} \left(u_{k+1} - u_k\right) = u_{n+1} - u_m$$

- Linéarité : $\sum_{k=m}^{n} \left(u_k + v_k\right) = \sum_{k=m}^{n} u_k + \sum_{k=m}^{n} v_k$ et $\sum_{k=m}^{n} \lambda u_k = \lambda \sum_{k=m}^{n} u_k$

Le thème de ce chapitre ne peut constituer le ressort essentiel d'un exercice à l'épreuve du bac.

SUJET 1 | OBJECTIF SUP

45 min Dénombrement de listes de 0 et de 1

→ FICHES 1 et 2

Dans ce sujet, on considère des suites particulières, constituées uniquement de 0 et de 1. En procédant par disjonction des cas, vous serez amené à découvrir une méthode qui permet de calculer de proche en proche le nombre de ces listes.

LE SUJET

Soit n un entier non nul. On considère l'ensemble $\mathscr{E}_r$ des n-uplets formés de 0 et de 1 qui ne contiennent pas deux termes nuls consécutifs.

On désigne par $\mathscr{L}_n$ le nombre de tels n-uplets.

1. Donner les ensembles $\mathscr{E}_1$, $\mathscr{E}_2$ et $\mathscr{E}_3$ et montrer que $\mathscr{L}_3 = \mathscr{L}_1 + \mathscr{L}_2$.

2. a. Exprimer, en fonction de $\mathscr{L}_n$ ou $\mathscr{L}_{n+1}$, d'une part, le nombre d'éléments de $\mathscr{E}_{n+2}$ qui commencent par 1 et d'autre part le nombre de ceux qui commencent par 0.

b. Y a-t-il d'autres types d'éléments de $\mathscr{E}_{n+2}$?

c. En déduire que pour tout entier naturel non nul n :

$$\mathscr{L}_{n+2} = \mathscr{L}_n + \mathscr{L}_{n+1}.$$

3. Écrire un algorithme permettant de calculer $\mathscr{L}_{38}$.

4. Une grenouille météorologue vit dans un bocal disposant d'une échelle de 39 marches. Elle a pris l'habitude de monter tous les jours les marches en se déplaçant soit sur la marche suivante, soit en sautant par-dessus une marche pour atteindre celle du dessus.

a. Montrer que le nombre de manière que la grenouille a de monter l'échelle est $\mathscr{L}_{38}$.

b. En fait la grenouille s'arrête toujours à la 13-ième marche. La personne qui héberge cette grenouille affirme qu'elle ne l'a pas vue deux fois en une année monter l'échelle de la même manière. Est-ce plausible ?

LES CLÉS POUR RÉUSSIR

1. Les ensembles $\mathscr{E}_1$, $\mathscr{E}_2$ et $\mathscr{E}_3$ sont des ensembles de listes possédant respectivement 1, 2 et 3 termes, donc des couples pour $\mathscr{E}_2$ et des triplets pour $\mathscr{E}_3$. → FICHE 2
Pour ne pas oublier d'éléments, ordonnez-les par ordre lexicographique (comparez les premiers termes de gauche, puis, si nécessaire, les deuxièmes, etc).

2. a. Si une liste commence par 1, le deuxième terme peut être 0 ou 1. Mais si elle commence par 0, le deuxième ne peut être que 1. → FICHE 2
b. Une liste commence forcément par 0 ou 1.
c. Il vous suffit de rassembler les résultats des deux questions précédentes.

3. Il vous faudra donner les deux premiers termes U et V de la suite, et dans la boucle, considérer une variable pour chacun des k-ième terme, $(k+1)$-ième terme et $(k+2)$-ième terme.

4. a. Vous pouvez commencer par considérer des échelles à une marche, à deux marches, puis différencier selon le premier saut et procéder comme à la question 2. → FICHE 2
b. Calculez $\mathscr{L}_{12}$ et comparez-le au nombre de jours dans une année.

LE CORRIGÉ

1. Déterminer les premiers éléments d'une suite

L'ensemble $\mathscr{E}_1$ a pour seuls éléments : 0 et 1 donc $\mathscr{L}_1 = 2$.
Les éléments de $\mathscr{E}_2$ sont les couples (0 ; 1), (1 ; 0) et (1 ; 1) donc $\mathscr{L}_2 = 3$.
Les éléments de $\mathscr{E}_3$ sont les triplets : (0 ; 1 ; 0), (0 ; 1 ; 1), (1 ; 0 ; 1), (1 ; 1 ; 0) et (1 ; 1 ; 1) donc $\mathscr{L}_2 = 5$.
On a bien $\boldsymbol{\mathscr{L}_3 = \mathscr{L}_1 + \mathscr{L}_2}$.

2. a. Dénombrer en considérant plusieurs cas

• Les $n+1$ derniers termes des éléments de $\mathscr{E}_{n+2}$ qui commencent par 1 sont formés par les $(n+1)$-uplets des éléments de $\mathscr{E}_{n+1}$, **il y en a donc $\mathscr{L}_{n+1}$.**
• Les n derniers termes des éléments de $\mathscr{E}_{n+2}$ qui commencent par 0 et 1 dans cet ordre sont formés par les n-uplets des éléments de $\mathscr{E}_n$, **il y en a donc $\mathscr{L}_n$.**

b. Raisonner par disjonction des cas

Les éléments de $\mathscr{E}_{n+2}$ commencent soit par 0 soit par 1. S'il commence par 0, leur deuxième terme doit être 1 car deux 0 ne peuvent se suivre, donc les termes qui commencent par 0 commencent par 0 et 1, il y en a $\mathscr{L}_n$.
Les autres éléments de $\mathscr{E}_{n+2}$ commencent par 1, sans restriction sur la valeur du deuxième terme, il y en a donc $\mathscr{L}_{n+1}$.
Finalement, **on a bien considéré tous les éléments de $\mathscr{E}_{n+2}$.**

c. Déduire des questions précédentes

On en déduit immédiatement en considérant les deux types de listes (celles qui commencent par 0 et celles qui commencent par 1) que **pour tout entier naturel non nul n :**

$$\mathscr{L}_{n+2} = \mathscr{L}_n + \mathscr{L}_{n+1}.$$

À NOTER
Les sous-ensembles des listes commençant respectivement par 0 et par 1 sont disjoints.

3. Écrire un algorithme

Tout d'abord, on donne les deux premières valeurs U et V de la suite.

Ensuite, on calcule un terme en fonction des deux qui le précèdent dans une boucle :

$$U + V \to W.$$

Et enfin, on donne à U et à V de nouvelles valeurs pour calculer le terme suivant : $V \to U$ et $W \to V$. D'où l'algorithme :

```
2 → U
3 → V
Pour k allant de 3 à 38 :
    U+V → W
    V → U
W → V
Fin Pour
```

À NOTER
Dans la boucle, l'ordre des instructions est essentiel : si on inverse les deux dernières, par exemple, pour $k = 3$ on obtiendrait $W = 5$, $V = 5$ et $U = 5$ et non pas $U = 3$.

4. a. Diviser pour mieux dénombrer

On note G_n le nombre de manières qu'a la grenouille de monter n marches.

Au départ, soit la grenouille va sur la première marche et il lui reste $n - 1$ marches à gravir, ce qu'elle peut faire de G_{n-1} manières ; soit la grenouille va sur la deuxième marche et il lui reste $n - 2$ marche à gravir, ce qu'elle peut faire de G_{n-2} manières.

On a donc pour tout entier naturel n, $n \geqslant 3$:

$$G_n = G_{n-1} + G_{n-2}.$$

Ou encore pour tout entier naturel non nul : $G_{n+2} = G_{n+1} + G_n$.

On retrouve la relation qui lie $\mathscr{L}_{n+2}$, $\mathscr{L}_{n+1}$ et $\mathscr{L}_n$.

La différence est que $\mathscr{L}_1 = 2$ et $\mathscr{L}_2 = 3$ alors que $G_1 = 1$ (la grenouille n'a qu'une manière de monter une échelle à une marche) et $G_2 = 2$ (il y a deux manières : soit une marche après l'autre, soit directement sur la seconde marche).

On a alors $G_3 = G_2 + G_1 = 3$ donc la suite est simplement décalée d'un cran et $\mathbf{G_{39} = \mathscr{L}_{38}}$.

b. Calculer un terme d'une suite définie par récurrence

On a, soit à l'aide d'un programme Python, soit en calculant de proche en proche :

$\mathscr{L}_4 = 8$; $\mathscr{L}_5 = 13$; $\mathscr{L}_6 = 21$; $\mathscr{L}_7 = 34$; $\mathscr{L}_8 = 55$; $\mathscr{L}_9 = 89$; $\mathscr{L}_{10} = 144$ et $\mathscr{L}_{12} = 233$.

Il est impossible que la personne dise vraie car il y a plus de jours dans une année que le nombre de manières différentes de monter les 13 premières marches pour la grenouille.

À NOTER
L'énoncé précise que la grenouille monte à l'échelle au moins une fois par jour.

SUJET 2 | OBJECTIF SUP

30 min Bordure d'une boîte de sucres

→ FICHE 1

Malgré leur forme bien connue de parallélépipède rectangle, toutes les boîtes de sucres ne contiennent pas exactement le même nombre de morceaux ! Dans ce sujet, si on vous donne le nombre total de morceaux contenus dans une boîte, on vous demande de dénombrer ceux qui sont en contact avec la boîte, sans en compter certains plusieurs fois.

LE SUJET

Certaines boîtes de sucres en morceaux contiennent 7 morceaux de sucre en longueur, 6 en largeur et 6 en épaisseur ; soit 252 morceaux. Un des buts de l'exercice est de dénombrer les morceaux de sucre en contact avec une telle boîte, c'est-à-dire ceux qui forment la surface latérale de l'ensemble des morceaux de sucre.

1. Soit n et m des entiers naturels non nuls tels que $n \geqslant m$. On considère un rectangle de longueur n et de largeur m que l'on a partagé en $n \times m$ carrés de côté 1.

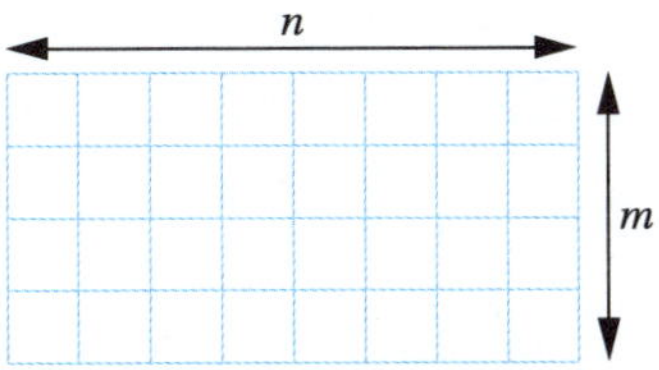

a. Combien y a-t-il de carrés qui se trouvent en bordure du rectangle (c'est-à-dire dont un côté est sur un des côtés du rectangle) ?

b. Combien y a-t-il de carrés qui se trouvent à l'intérieur (c'est-à-dire qui ne se trouvent pas en bordure) ?

c. Montrer qu'il y a autant de carrés en bordure qu'à l'intérieur si, et seulement si, $(n-4)(m-4) = 8$.

d. Déterminer tous les entiers naturels a et b tels que $a \geqslant b$ et $a \times b = 8$.

e. En déduire les dimensions des rectangles qui sont formés de carrés de côtés 1 dont la moitié sont en bordure.

2. On rappelle que la boîte de sucres est formée de 6 épaisseurs de 6 rangées de 6 morceaux de sucres.

a. Combien de morceaux de sucre se trouvent sur une et une seule face latérale ?

b. Combien de morceaux de sucre sont communs à exactement trois faces de la boîte ?

c. Combien de morceaux de sucre sont communs à exactement deux faces de la boîte ?

d. En déduire le nombre de morceaux de sucre en contact avec la boîte, puis le pourcentage, arrondi au centième, de ceux-ci par rapport au nombre total de morceaux de sucre.

LES CLÉS POUR RÉUSSIR

1. a. Il s'agit de compter le nombre de carrés au bord de chaque côté du rectangle en tenant compte des morceaux comptés deux fois. → FICHE 1

b. Vous pouvez faire un calcul direct ou enlever le nombre de carrés du bord au nombre total de carrés. → FICHE 1

c. Utilisez le fait que les deux nombres trouvés dans les questions précédentes sont égaux. Développez $(n-4)(m-4)$ si nécessaire.

d. Il s'agit de déterminer les diviseurs de 8 dans un ordre donné.

e. Il suffit de poser $a = n - 4$ et $b = m - 4$.

2. a. Distinguez les faces selon leur dimension et comptez le nombre de sucres « intérieurs ». → FICHE 1

b. Cela correspond aux sommets de la boîte.

c. Il faut envisager les 8 intersections de deux faces possibles et distinguer les dimensions des deux faces communes.

d. Il reste à tenir compte des sucres comptés deux fois et de ceux comptés trois fois. → FICHE 1

LE CORRIGÉ

1. a. Compter le nombre de carrés sur les bords du rectangle

Il y a n carrés sur deux bords du rectangle et m carrés sur les deux autres bords, si on ajoute ces deux nombres, on compte deux fois les 4 carrés communs à deux côtés. Il y a donc **$2n + 2m - 4$ carrés en bordure du rectangle.**

b. Compter le nombre de carrés à l'intérieur du rectangle

Il y a $n \times m$ carrés en tout dans le rectangle, donc $\boldsymbol{nm - (2n + 2m - 4)}$ carrés qui se trouvent à l'intérieur.

À NOTER

C'est aussi le nombre de carrés qui se trouve dans le rectangle de dimensions $(n-2)(m-2)$, ce qui permet de vérifier le résultat précédent.

c. Montrer une équivalence

Il y a autant de carrés à l'intérieur qu'au bord si, et seulement si : $nm - (2n + 2m - 4) = 2n + 2m - 4$, soit $nm - 4n - 4m + 8 = 0$.

Or : $(n-4)(m-4) = 8 \Leftrightarrow nm - 4n - 4m + 16 = 8$

$\Leftrightarrow nm - 4n - 4m + 8 = 0$.

Finalement **il y a autant de carrés en bordure qu'à l'intérieur si et seulement si $(n-4)(m-4) = 8$.**

d. Résoudre une équation à deux inconnues entières

On a $4 \times 2 = 8$ et $8 \times 1 = 8$ et ce sont les seules manières d'obtenir 8 en multipliant deux entiers naturels a et b tels que $a \geqslant b$.

Donc **$a = 4$ et $b = 2$ ou $a = 8$ et $b = 1$.**

e. Résoudre une équation par changement de variable

On en déduit, en posant $a = n - 4$ et $b = m - 4$ puisque $n \geqslant m$, que la moitié des carrés sont en bordure du rectangle si et seulement si **$n = 8$ et $m = 6$ ou $n = 12$ et $m = 5$.**

2. a. Compter sur chacune des six faces

Les morceaux qui n'appartiennent qu'à une seule face sont les morceaux intérieurs aux rectangles formant ces faces.

Il y a deux faces latérales de dimensions 6×6 qui comprennent chacune $4 \times 4 = 16$ morceaux intérieurs et quatre autres faces de dimensions 6×7 qui comprennent chacune $4 \times 5 = 20$ morceaux intérieurs. Soit, en tout $2 \times 16 + 4 \times 20 =$ **112 morceaux qui n'appartiennent qu'à une seule face.**

b. Compter les sommets

La boîte possède **8 morceaux communs à exactement trois faces** : un par sommet.

c. Compter les arêtes

Les morceaux qui sont communs à exactement deux faces se trouvent sur les arêtes mais pas aux sommets. Il y a 12 arêtes, 4 de longueurs 7 et 8 de longueurs 6. Sur une arête de longueur n, il y a $(n-2)$ morceaux communs à exactement deux arêtes. Cela fait donc en tout $4 \times 5 + 8 \times 4 =$ **52 morceaux communs à exactement deux faces.**

d. Faire les totaux et calculer une proportion

Finalement les morceaux en bordure de la boîte sont au nombre de **172 en additionnant les trois résultats précédents.**

Il y a en tout 252 morceaux de sucre dans la boîte, d'où une proportion de $\frac{172}{252} = \frac{43}{63} \approx 68\ \%$.

Environ 68 % des morceaux de sucre se trouvent au bord de la boîte.

À NOTER

On pouvait évidemment compter directement le nombre de morceaux intérieurs : ils forment une boîte de dimension $5 \times 4 \times 4 = 80$.
Il en reste $252 - 80 = 172$ sur le bord.

SUJET 3 | OBJECTIF SUP

60 min Autour de la relation de Pascal

→ FICHES 1 à 3

La relation de Pascal se généralise en ce que l'on appelle « relation itérée de Pascal ». On en démontre tout d'abord un cas particulier de trois manières, puis on démontre le cas général, ce qui donne l'occasion de rédiger une démonstration par récurrence. Pour finir on démontre par dénombrement une autre identité : l'identité de Vandermonde.

LE SUJET

Partie A Un cas particulier

1. Calculer $\binom{6}{3}$ et $\binom{2}{2}+\binom{3}{2}+\binom{4}{2}+\binom{5}{2}$. Que remarque-t-on ?

2. On considère les combinaisons de 3 éléments de l'ensemble à 6 éléments $E = \{a\ ,\ b,\ c,\ d,\ e,\ f\}$.

a. Combien de ces combinaisons contiennent-elles a ?

b. Parmi celles qui restent, combien y en a-t-il qui contiennent b ?
Parmi celles qui restent, combien y en a-t-il qui contiennent c ?
Parmi celles qui restent, combien y en a-t-il qui contiennent d ?

c. Y en a-t-il d'autres ?

3. Utiliser la question **2.** pour montrer, sans calculs, le résultat remarqué à la question **1**.

4. Utiliser la relation de Pascal pour écrire $\binom{6}{3}$ sous forme d'une somme de combinaisons ; itérer ce procédé avec $\binom{5}{3}$ et $\binom{4}{3}$ et retrouver le résultat remarqué à la question **1**.

Partie B Relation itérée de Pascal

Il s'agit dans cette partie de démontrer que pour tous entiers naturels m et n tels que $n \geqslant m$, on a :

$$\sum_{k=m}^{n}\binom{k}{m}=\binom{n+1}{m+1} \quad (1).$$

1. Montrer que l'égalité (1) est vraie pour $m = 2$ et $n = 5$.

2. Montrer que l'égalité (1) est vraie pour $n = m$.

3. Démontrer l'égalité (1) par récurrence sur l'entier naturel n.

Partie C Identité de Vandermonde

On va démontrer que, pour tous entiers naturels n, p et q, tels que $n \leqslant p$ et $n \leqslant q$, on a :

$$\sum_{k=0}^{n} \binom{p}{k}\binom{q}{n-k} = \binom{p+q}{n} \quad (2).$$

1. Vérifier l'égalité (2) pour $n = 2$, $p = 3$ et $q = 4$.

2. Soit n, p et q des entiers naturels tels que $n \leqslant p$ et $n \leqslant q$. On considère deux ensembles disjoints A et B comprenant respectivement p et q éléments. On pose $C = A \cup B$.

a. Combien d'éléments l'ensemble C contient-il ?

b. Combien y a-t-il de combinaisons d'éléments de C à n éléments ?

c. Soit k un entier naturel tel que $k \leqslant n$. Combien y a-t-il de combinaisons de n éléments de C qui contiennent exactement k éléments de A ?

d. Conclure pour montrer l'identité de Vandermonde.

LES CLÉS POUR RÉUSSIR

Partie A

1. Utilisez la formule du cours permettant de calculer des combinaisons. → FICHE 2

2. a. Les combinaisons qui contiennent a doivent contenir deux autres éléments. → FICHE 2

b. Les combinaisons qui contiennent b mais pas a doivent contenir deux autres éléments ; celles qui contiennent c mais ni a, ni b doivent en contenir deux autres, de même pour celles qui contiennent d mais ni a, ni b, ni c. → FICHE 2

c. Il s'agit de voir si il existe des combinaisons qui ne contiennent ni a, ni b, ni c, ni d.

3. Remarquez que, dans la question **2.**, on a envisagé tous les cas possibles.

4. La relation de Pascal s'écrit $\binom{n+1}{k+1} = \binom{n}{k} + \binom{n}{k+1}$ pour des entiers convenables. → FICHE 2

Partie B

1. Remplacez m par 2 et n par 5 dans l'égalité (1), ce qui donne une somme de 4 termes dans le membre de droite, k variant de 2 à 5.

2. Pour $n = m$, le membre de droite se réduit à un seul terme que l'on sait calculer, comme celui de gauche.

3. L'initialisation a été faite pour $n = m$. Il s'agit de réécrire l'hypothèse de récurrence, en remplaçant n par $n+1$ car la récurrence se fait sur n. → FICHE 3

Partie C

1. Remplacez dans l'identité (2) : $n=2$, $p=3$ et $q=4$, puis remarquez que k varie entre 0 et 2 : il y a trois termes dans la somme de gauche.

2. a. L'ensemble C est la réunion de deux ensembles disjoints. → FICHE 1

b. Il s'agit de déterminer le nombre de combinaisons de n éléments pris parmi $p+q$. → FICHE 2

c. Considérez les combinaisons de k éléments de A et les $n-k$ combinaisons de B, puis appliquez le principe multiplicatif. → FICHES 1 et 2

d. Parmi les combinaisons de n éléments de C, il y a celles qui ont 0 élément de A, celles qui ont 1 élément de A, … jusqu'à celles qui ont n éléments de A. Par sommation, on obtient le nombre total de combinaison.

LE CORRIGÉ

Partie A Un cas particulier

1. Dénombrer et comparer des combinaisons

On a $\binom{6}{3} = \dfrac{6\times5\times4}{3\times2\times1}$, donc $\binom{6}{3} = 20$.

D'autre part : $\binom{2}{2}+\binom{3}{2}+\binom{4}{2}+\binom{5}{2} = 1+3+\dfrac{4\times3}{2}+\dfrac{5\times4}{2}$.

Donc : $\binom{2}{2}+\binom{3}{2}+\binom{4}{2}+\binom{5}{2} = 20$.

On remarque que $\binom{6}{3} = \binom{2}{2}+\binom{3}{2}+\binom{4}{2}+\binom{5}{2}$.

2. a. Distinguer des combinaisons particulières

Les combinaisons de trois éléments de E, qui contiennent a sont formées par a et par deux des cinq éléments de E distincts de a : **il y en a $\binom{5}{2} = 10$.**

b. Procéder par étape pour déterminer des combinaisons

- Les combinaisons de 3 éléments de E, qui contiennent b mais pas a sont formées par b et par deux des quatre éléments de E distincts de a et de b : il y en a $\binom{4}{2} = 6$.
- Les combinaisons de 3 éléments de E, qui contiennent c mais ni a ni b sont formées par c et par deux des trois éléments de E distincts de a, b et c : il y en a $\binom{3}{2} = 3$.

- Les combinaisons de 3 éléments de E qui contiennent d mais ni a ni b ni c sont formées par d et par les deux éléments de E distincts de a, b, c et d : il y en a $\binom{2}{2} = \mathbf{1}$.

c. Déterminer des combinaisons par élimination

Une combinaison de 3 éléments de E contient forcément au moins un des cas éléments a, b, c ou d : on a donc envisagé toutes les possibilités dans les deux questions précédentes, **et il n'y a plus d'autres combinaisons possibles.**

3. Utiliser le principe additif

On en déduit que le nombre des combinaisons de trois éléments de E est égal à la somme des nombres de combinaisons trouvés aux questions **2. a.** et **2. b.** d'où :

$$\boldsymbol{\binom{6}{3} = \binom{2}{2} + \binom{3}{2} + \binom{4}{2} + \binom{5}{2}.}$$

À NOTER

Les sous-ensembles que l'on a dénombrés au **2.** sont disjoints, on peut donc appliquer le principe additif.

4. Itérer une relation

On a, d'après la relation de Pascal, $\binom{6}{3} = \binom{5}{2} + \binom{5}{3}$ et $\binom{5}{3} = \binom{4}{2} + \binom{4}{3}$.

D'où $\binom{6}{3} = \binom{5}{2} + \binom{4}{2} + \binom{4}{3}$.

On a de plus $\binom{4}{3} = \binom{3}{2} + \binom{3}{3}$ et $\binom{3}{3} = \binom{2}{2}$, donc $\boldsymbol{\binom{6}{3} = \binom{5}{2} + \binom{4}{2} + \binom{3}{2} + \binom{2}{2}}$.

Partie B Relation itérée de Pascal

1. Calculer une somme

Pour $m = 2$ et $n = 5$, le membre de gauche de l'égalité (1) est :

$$\sum_{k=2}^{5} \binom{k}{2} = \binom{2}{2} + \binom{3}{2} + \binom{4}{2} + \binom{5}{2}$$

et le membre de droite est $\binom{6}{3}$.

Or, comme on l'a vu dans la partie A :

$$\sum_{k=2}^{5} \binom{k}{2} = \binom{6}{3}.$$

L'égalité (1) est donc vraie pour $m = 2$ et $n = 5$.

2. Démontrer une égalité

Pour $n = m$, le membre de gauche de l'égalité (1) est :

$$\sum_{k=m}^{m} \binom{k}{m} = \binom{m}{m} \text{ et le membre de droite est } \binom{m+1}{m+1}.$$

Or $\binom{m}{m} = \binom{m+1}{m+1} = 1$: donc **l'égalité (1) est vraie pour $n = m$.**

3. Rédiger une démonstration par récurrence

Soit m un entier naturel.

Démontrons par récurrence que pour tout entier naturel n tel que $n \geqslant m$, on a :

$$\sum_{k=m}^{n} \binom{k}{m} = \binom{n+1}{m+1}.$$

- **Initialisation :** D'après la question précédente, l'égalité (1) est vraie pour $n = m$.
- **Hérédité :** Soit n un entier naturel tel que $n \geqslant m$ pour lequel l'égalité (1) est vraie.

On a :

$$\sum_{k=m}^{n+1} \binom{k}{m} = \sum_{k=m}^{n} \binom{k}{m} + \binom{n+1}{m}.$$

> **À NOTER**
> Pour plus de visibilité, on peut également écrire les sommes en extension :
> $$\sum_{k=m}^{n+1} \binom{k}{m} = \binom{m}{m} + \binom{m+1}{m} + \ldots + \binom{n}{m} + \binom{n+1}{m}$$

Donc, d'après l'hypothèse de récurrence :

$$\sum_{k=m}^{n+1} \binom{k}{m} = \binom{n+1}{m+1} + \binom{n+1}{m}.$$

Et, d'après la relation de Pascal :

$$\sum_{k=m}^{n+1} \binom{k}{m} = \binom{n+2}{m+2}.$$

Le principe de récurrence permet de conclure que pour tout entier naturel n tel que $n \geqslant m$, on a :

$$\boldsymbol{\sum_{k=m}^{n} \binom{k}{m} = \binom{n+1}{m+1}}.$$

Partie C Identité de Vandermonde

1. Calculer une somme

Pour $n = 2$, $p = 3$ et $q = 4$ le membre de gauche de l'égalité (2) est :

$$\sum_{k=0}^{2} \binom{3}{k}\binom{4}{2-k} = \binom{3}{0}\binom{4}{2} + \binom{3}{1}\binom{4}{1} + \binom{3}{2}\binom{4}{0}.$$

Et le membre de droite est : $\binom{7}{2} = \frac{7 \times 6}{2} = 21.$

Or, $\binom{3}{0}\binom{4}{2} + \binom{3}{1}\binom{4}{1} + \binom{3}{2}\binom{4}{0} = 1 \times 6 + 3 \times 4 + 3 \times 1 = 21.$

On a donc bien :

$$\boldsymbol{\sum_{k=0}^{2} \binom{3}{k}\binom{4}{2-k} = \binom{7}{2}}.$$

2. a. Compter un nombre d'éléments
L'ensemble C a **$p+q$ éléments** puisque A et B sont disjoints.

b. Dénombrer des combinaisons
Le nombre de combinaisons à n éléments d'un ensemble à $p+q$ éléments est :

$$\binom{p+q}{n}.$$

c. Utiliser le produit de deux ensembles
Soit k un entier naturel tel que $k \leqslant n$. Une combinaison de n éléments de C qui contient k éléments de A contient $n-k$ éléments de B.

Il y a $\binom{p}{k}$ combinaisons de k éléments de A et $\binom{q}{n-k}$ combinaisons de $n-k$ éléments de B, soit $\binom{p}{k} \times \binom{q}{n-k}$ **combinaisons de n éléments de C qui contiennent exactement k éléments de A.**

d. Manipuler une somme d'éléments
Les combinaisons de n éléments de C contiennent :

- soit 0 élément de A, il y en a $\binom{p}{0} \times \binom{q}{n}$;
- soit 1 élément de A, il y en a $\binom{p}{1} \times \binom{q}{n-1}$;

etc. jusqu'à n éléments de A, il y en a $\binom{p}{n} \times \binom{q}{0}$.

En sommant toutes ces combinaisons, on obtient donc toutes les combinaisons possibles de n éléments de C.

Autrement dit, en utilisant **2.b.** et **2.c.**, on obtient l'identité de Vandermonde (2) :

$$\sum_{k=0}^{n} \binom{p}{k}\binom{q}{n-k} = \binom{p+q}{n}.$$

SUJET 4 | OBJECTIF SUP

Des chiffres et des lettres

60 min

→ FICHES 1 et 2

On considère des nombres particuliers que l'on va dénombrer en distinguant plusieurs cas. On généralise ensuite aux nombres de mots s'écrivant à l'aide d'un alphabet de n symboles. Ce sujet est l'occasion de perfectionner différents points importants du programme : raisonnement par disjonction des cas, par l'absurde, sommes et dénombrement sous contraintes.

LE SUJET

Partie A

On s'intéresse dans cette partie aux entiers naturels dont l'écriture décimale ne comporte que des chiffres impairs. On dira que ces nombres sont « *impairieux* ».

1. Combien de nombres *impairieux* sont-ils inférieurs à 1 000 ?

2. Soit n un entier naturel non nul.

a. Combien y a-t-il de nombres *impairieux* de n chiffres exactement ?

b. Combien y en a-t-il d'au plus n chiffres ?

c. Exprimer ce nombre en fonction de $5^n - 1$.

3. a. Combien de nombres *impairieux* inférieurs à 1 000 ont des chiffres deux à deux distincts ?

b. Combien de nombres *impairieux* ont des chiffres deux à deux distincts ?

Partie B

On s'intéresse maintenant aux entiers naturels dont l'écriture décimale ne comporte que des chiffres pairs.

a. Combien de ces nombres sont inférieurs à 1 000 ?

b. Combien de ces nombres ont des chiffres deux à deux distincts ?

Partie C

On considère maintenant un système d'écriture comportant n lettres. Et on note D_n le nombre de mots de lettres deux à deux distinctes.

1. a. Combien un tel mot peut-il avoir de lettres au maximum ?

b. Montrer que : $D_n = n + n(n-1) + \ldots + n(n-1) \times \ldots \times 2 + n(n-1) \times \ldots \times 2 \times 1$.

c. En déduire que :

$$D_n = n! \sum_{k=0}^{n-1} \frac{1}{k!}.$$

2. a. Que représente D_9 pour le système décimal ?

b. Remarquer que $\dfrac{D_{n+1}}{(n+1)!} = \dfrac{D_n}{n!} + \dfrac{1}{n!}$ et calculer $\dfrac{D_9}{9!}$, en donnant le résultat arrondi au cent millième.

c. Que remarque-t-on ?

LES CLÉS POUR RÉUSSIR

Partie A

1. Dénombrez les entiers considérés en fonction du nombre de chiffres de leur écriture décimale : 1 ; 2 ou 3. → FICHES 1 et 2

2. a. Pensez au nombre de n-uplets d'un ensemble à p éléments. → FICHE 2

b. Procédez comme en **1.**, en distinguant le nombre de chiffres de l'écriture décimale. → FICHES 1 et 2

c. Pensez à la somme de termes consécutifs d'une suite géométrique.

3. a. Ces nombres peuvent être considérés comme des k-uplets d'éléments distincts. → FICHES 1 et 2

b. Cherchez le nombre maximum de chiffres d'un nombre dont tous les chiffres sont impairs et tous différents. → FICHES 1 et 2

Partie B

a. et b. Procédez comme dans la **partie A**, en faisant attention au 0 qui est pair mais qui ne peut pas être le premier chiffre d'un nombre d'au moins deux chiffres. → FICHES 1 et 2

Partie C

1. a. Procédez de manière analogue à la question **3.b.** de la **partie A**.

b. et c. Les mots s'écrivant avec k lettres distinctes, pour $k \leqslant n$, sont autant que les k-uplets d'éléments distincts d'un ensemble à n éléments.

2. a. Décrivez D_9 en termes de mots et de lettres, avant de le transcrire en termes de nombres et de chiffres.

b. La formule s'obtient aisément et permet de calculer le nombre demandé de proche en proche.

c. Le résultat cherché est une valeur approchée d'un nombre introduit en classe de première…

LE CORRIGÉ

Partie A

1. Procéder par disjonctions des cas

Il y a cinq chiffres impairs : 1, 3, 5, 7 et 9. On partage l'ensemble des nombres *impairieux* inférieurs à 1 000 en trois parties disjointes selon qu'ils ont un, deux ou trois chiffres.

– Il y en a 5 d'un chiffre : 1, 3, 5, 7 et 9.

– Il y en a $5^2 = 25$ de deux chiffres : 5 valeurs possibles pour chacun des chiffres des unités et des dizaines.

– Il y en a $5^3 = 125$ de trois chiffres : 5 valeurs possibles pour chacun des trois chiffres.

Finalement, il y a **5 + 25 + 125 = 155 nombres *impairieux* inférieurs à 1 000.**

2. a. Dénombrer des *n*-uplets

Un nombre *impairieux* de n chiffres correspond à un n-uplet d'un ensemble à 5 éléments : **il y en a 5^n.**

b. Donner l'expression d'une somme

On distingue, parmi les nombres *impairieux* d'au plus n chiffres, ceux de 1 chiffre (il y en a 5), ceux de 2 chiffres (il y en a 5^2), ..., ceux de n chiffres (il y en a 5^n). Finalement il y en a

$$5 + 5^2 + \ldots 5^n = \sum_{k=1}^{n} 5^k.$$

c. Calculer la somme des termes d'une suite géométrique

On rappelle, comme vu en classe de première dans le chapitre traitant des suites géométriques, que pour tout réel x différent de 1 et pour tout entier naturel m :

$$1 + x + \ldots + x^m = \frac{1 - x^{m+1}}{1 - x}.$$

On a alors : $5 + 5^2 + \ldots + 5^n = 5(1 + 5 + \ldots + 5^{n-1})$

$$= 5 \times \frac{1 - 5^n}{1 - 5}$$

$$= \frac{5}{4}(5^n - 1).$$

Ainsi, il y a $\frac{5}{4}(5^n - 1)$ **nombres *impairieux* d'au plus n chiffres.**

3. a. Dénombrer sous contraintes

Il y en a 5 de 1 chiffre, $5 \times 4 = 20$ de deux chiffres et $5 \times 4 \times 3 = 60$ de 3 chiffres, soit en tout **85 nombres *impairieux* inférieurs à 1 000 dont les chiffres sont deux à deux distincts.**

b. Dénombrer toutes les possibilités

Si un nombre *impairieux* a au moins 6 chiffres, alors au moins deux d'entre eux sont égaux puisqu'il n'y a que 5 chiffres impairs.

Les nombres *impairieux* ayant des chiffres deux à deux distincts se répartissent donc entre :

- ceux qui sont inférieurs à 1 000, au nombre de 85 ;
- ceux qui ont 4 chiffres et sont supérieurs à 1 000, il y en a $5 \times 4 \times 3 \times 2 = 120$;
- enfin ceux qui ont 5 chiffres, il y en a $5 \times 4 \times 3 \times 2 \times 1 = 120$.

Soit, au total, **325 nombres *impairieux* ayant des chiffres deux à deux distincts.**

Partie B

a. Dénombrer en distinguant des cas

- Il y a 5 chiffres pairs , 4, 5, 6 et 8 ; il y a $4 \times 5 = 20$ nombres de 2 chiffres pairs car 0 ne peut pas être le chiffre des dizaines.
- Il y a de même $4 \times 5 \times 5 = 100$ nombres de trois chiffres pairs.

Il y a donc 125 nombres inférieurs à 1 000 de chiffres pairs.

b. Transposer un raisonnement dans une situation analogue

Les nombres dont les chiffres sont tous pairs et deux à deux différents ne peuvent pas avoir plus de 5 chiffres. Il y en a : $5 + 4 \times 4 + 4 \times 4 \times 3 + 4 \times 3 \times 2 + 4 \times 3 \times 2 \times 1$, soit **117 nombres inférieurs à 1 000 de chiffres pairs distincts deux à deux.**

Partie C

1. a. Raisonner par l'absurde

Si un mot a strictement plus de n lettres, deux d'entre elles sont forcément identiques, donc **un mot dont aucune paire de lettres n'est identique est formé d'au maximum n lettres.**

b. Dénombrer en distinguant des sous-ensembles

Il y a n lettres, donc n mots s'écrivant avec une lettre, $n(n-1)$ mots avec deux lettres distinctes, $n(n-1)(n-2)$ mots avec trois lettres deux à deux distinctes, etc. jusqu'à $n!$ mots avec n lettres deux à deux distincts. On a donc bien :

$$\boldsymbol{D_n = n + n(n-1) + \ldots + n!}.$$

c. Utiliser le symbole Σ

On a : $\displaystyle\sum_{k=0}^{n-1} \frac{n!}{k!} = \frac{n!}{0!} + \frac{n!}{1!} + \ldots + \frac{n!}{(n-2)!} + \frac{n!}{(n-1)!}$

$$= \frac{n!}{0!} + \frac{n!}{1!} + \ldots + \frac{n(n-1)(n-2)!}{(n-2)!} + \frac{n(n-1)!}{(n-1)!}$$

$$= n! + n(n-1)\ldots \times 2 + \ldots + n(n-1) + n.$$

À NOTER

On a successivement $n! = n \times (n-1)! = n(n-1) \times (n-2)!\ldots$ ce qui permet bien des simplifications.

On a bien :

$$D_n = n!\sum_{k=0}^{n-1}\frac{1}{k!}.$$

2. a. Interpréter un dénombrement

Le nombre D_9 représente le nombre de mots que l'on peut écrire avec 9 lettres, deux quelconques de ses lettres étant différentes ; c'est aussi **le nombre d'entiers naturels dont l'écriture décimale ne comporte pas de 0 et dont les chiffres sont distincts deux à deux.**

b. Utiliser une formule de récurrence

On a $\frac{D_{n+1}}{(n+1)!} = \sum_{k=0}^{n}\frac{1}{k!}$

$$= \sum_{k=0}^{n-1}\frac{1}{k!} + \frac{1}{n!}$$

$$= \frac{D_n}{n!} + \frac{1}{n!}.$$

On obtient de proche en proche que la valeur arrondie au cent millième de $\frac{D_9}{9!}$ est **2,71828.**

c. Reconnaître un nombre célèbre

On remarque que **c'est l'arrondi au cent millième du nombre e** (la valeur prise en 1 par la fonction exponentielle vue en classe de première).

2 Vecteurs, droites et plans de l'espace

Dans l'espace, le déplacement rectiligne d'un point est représenté par un vecteur. En kite-surf, les déplacements de la planche et de la voile sont parallèles, puisque les vecteurs représentant leurs déplacements sont égaux et donc colinéaires.

TEST

Pour vous situer et identifier les fiches à réviser 38

FICHES DE COURS

4 Les vecteurs de l'espace 40
5 Positions relatives de deux droites de l'espace 42
6 Positions relatives d'une droite et d'un plan de l'espace 44
7 Positions relatives de deux plans de l'espace 46
8 Étude vectorielle du parallélisme dans l'espace 48
MÉMO VISUEL 50

SUJETS GUIDÉS & CORRIGÉS

OBJECTIF BAC
5 Positions relatives dans l'espace : l'exemple du cube 52
6 Positions relatives dans l'espace : les tétraèdres orthocentriques 55

OBJECTIF MENTION
7 Intersection de trois plans de l'espace 58

TESTEZ-VOUS

→ CORRIGÉS P. 349

Faites le point sur vos connaissances puis établissez votre **parcours de révision** en fonction de votre score.

On munit l'espace d'un repère orthonormé $(O\,;\vec{i},\vec{j},\vec{k})$.

1 Les vecteurs de l'espace

→ FICHE 4

On considère les points $A(1\,;-1\,;3)$, $B(1\,;1\,;3)$ et $C(1\,;1\,;-3)$.

1. Les points A, B et C sont alignés.

☐ **a.** Vrai

☒ **b.** Faux

2. Les coordonnées du milieu I du segment [AB] sont :

☐ **a.** $(0\,;2\,;0)$

☐ **b.** $(2\,;0\,;6)$

☒ **c.** $(1\,;0\,;3)$

3. Si I est le milieu du segment [AB], on a :

☒ **a.** $\overrightarrow{IA}+\overrightarrow{IB}=\vec{0}$ ☒ **b.** $\overrightarrow{AI}=\frac{1}{2}\overrightarrow{AB}$ ☐ **c.** $\overrightarrow{IA}=\overrightarrow{IB}$

.../3

2 Positions relatives de deux droites de l'espace

→ FICHE 5

Parmi les affirmations suivantes, laquelle est vraie ?

☒ **a.** Si deux droites sont parallèles, alors toute droite orthogonale à l'une est orthogonale à l'autre.

☐ **b.** Si deux droites sont orthogonales, alors toute droite orthogonale à l'une est parallèle à l'autre.

.../1

3 Positions relatives d'une droite et d'un plan de l'espace

→ FICHE 6

Parmi les affirmations suivantes, laquelle est vraie ?

☒ **a.** Si une droite est orthogonale à un plan, alors elle est orthogonale à toutes les droites incluses dans ce plan.

☐ **b.** Si une droite est orthogonale à une autre droite, alors elle est orthogonale à tous les plans contenant cette droite.

.../1

4 Positions relatives de deux plans de l'espace

→ FICHE 7

Parmi les affirmations suivantes, laquelle est vraie ?

☐ **a.** Deux plans sécants sont perpendiculaires.

☑ **b.** Si deux plans sont parallèles, alors tout plan sécant à l'un est sécant à l'autre.

…/1

5 Étude du parallélisme de deux droites dans l'espace

→ FICHE 8

On donne des vecteurs directeurs $\vec{u}$ et $\vec{v}$ de deux droites $\mathscr{D}$ et Δ.

Dans quel cas $\mathscr{D}$ et Δ sont-elles parallèles ?

☐ **a.** $\mathscr{D}$ est une droite de vecteur directeur $\vec{u}(-4\,;4\,;0)$ et Δ une droite de vecteur directeur $\vec{v}(1;1;0)$.

☐ **b.** $\mathscr{D}$ est une droite de vecteur directeur $\vec{u}(4\,;4\,;0)$ et Δ une droite de vecteur directeur $\vec{v}(1;1;0)$.

…/1

6 Étude du parallélisme d'une droite et d'un plan de l'espace

Parmi les affirmations suivantes, laquelle est vraie ?

☐ **a.** Soit $\mathscr{D}$ une droite de vecteur directeur $\vec{u}(2\,;-1;-3)$ et $\mathscr{P}$ un plan de vecteur normal $\vec{n}(1;-1;1)$.
Alors la droite $\mathscr{D}$ et le plan $\mathscr{P}$ sont parallèles.

☐ **b.** Soit $\mathscr{D}$ une droite de vecteur directeur $\vec{u}(-2\,;2\,;-2)$ et $\mathscr{P}$ un plan de vecteur normal $\vec{n}(-1;-1;-1)$.
Alors la droite $\mathscr{D}$ et le plan $\mathscr{P}$ sont parallèles.

…/1

7 Étude du parallélisme de deux plans dans l'espace

On donne les vecteurs normaux $\vec{n}$ et $\overrightarrow{n'}$ de deux plans $\mathscr{P}$ et Q.

Dans quel cas $\mathscr{P}$ et Q sont-ils des plans parallèles ?

☐ **a.** $\mathscr{P}$ de vecteur normal $\vec{n}(1;2\,;1)$ et Q de vecteur normal $\overrightarrow{n'}(2\,;1;2)$.

☐ **b.** $\mathscr{P}$ de vecteur normal $\vec{n}(2\,;-2\,;-4)$ et Q de vecteur normal $\overrightarrow{n'}(-1;1;2)$.

…/1

Score total …/9

Parcours PAS À PAS ou EXPRESS ? → MODE D'EMPLOI P. 3

4 Les vecteurs de l'espace

En bref *On peut étendre à l'espace, qui est muni d'un repère orthonormé $(O\,;\vec{i},\vec{j},\vec{k})$, la notion de vecteur vue dans le plan, et les opérations associées.*

I Définitions et opérations

1 Vecteurs de l'espace

- Soit A et B deux points de l'espace. Le vecteur $\overrightarrow{AB}$ est défini par :
  - sa **direction,** celle de la droite (AB) ;
  - son **sens,** de A vers B ;
  - sa **norme**, notée $\|\overrightarrow{AB}\|$, qui est la distance $AB = \|\overrightarrow{AB}\|$.

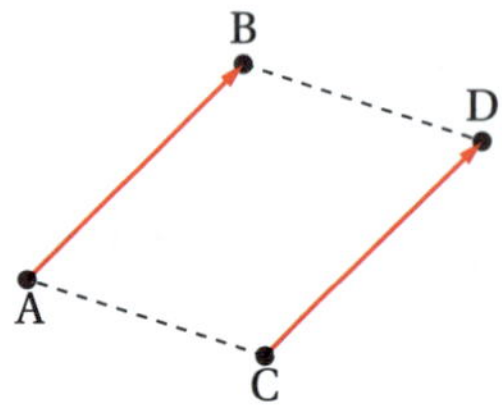

- Comme en géométrie plane, on peut définir la translation de vecteur $\overrightarrow{AB}$ (notée $t_{\overrightarrow{AB}}$) qui transforme le point A en le point B.
- Pour tous points A, B, C, D :
$\overrightarrow{AB} = \overrightarrow{CD} \Leftrightarrow$ ABDC est un parallélogramme.

2 Addition de deux vecteurs

- Soit $\vec{u}$ et $\vec{v}$ deux vecteurs. On définit le vecteur $\vec{u}+\vec{v}$ en construisant un parallélogramme : si $\vec{u} = \overrightarrow{AB}$ et $\vec{v} = \overrightarrow{AC}$, alors $\vec{u}+\vec{v} = \overrightarrow{AD}$ tel que ABDC est un parallélogramme. L'image du point C par la translation de vecteur $\overrightarrow{AB}$ est D.
- Pour tous les points A, B et C : $\overrightarrow{AB} + \overrightarrow{BC} = \overrightarrow{AC}$ (relation de Chasles).

3 Multiplication d'un vecteur par un réel

- Soit $\vec{u}$ un vecteur de l'espace, $\boldsymbol{\vec{u} \neq \vec{0}}$, et α un réel, $\alpha \neq 0$.
Le produit du vecteur $\vec{u}$ par le réel α est le vecteur noté $\alpha\vec{u}$ qui a :
  - la même direction que $\vec{u}$;
  - le même sens que $\vec{u}$ si $\alpha > 0$, le sens contraire si $\alpha < 0$;
  - pour norme $\|\alpha\vec{u}\| = |\alpha| \times \|\vec{u}\|$.
- Si $\vec{u} = \vec{0}$ ou $\alpha = 0$, alors $\alpha\vec{u} = \vec{0}$.
- Pour tous nombres réels α et β, et tous vecteurs $\vec{u}$ et $\vec{v}$ de l'espace :
$\alpha(\vec{u}+\vec{v}) = \alpha\vec{u} + \alpha\vec{v}$ et $(\alpha+\beta)\vec{u} = \alpha\vec{u} + \beta\vec{u}$.

À NOTER
Comme dans le plan, le **vecteur nul**, noté $\vec{0}$, est le vecteur dont la norme est égale à 0.
L'**opposé** d'un vecteur $\vec{u}$ est le vecteur $-\vec{u}$.

II Vecteurs colinéaires et points alignés, coordonnées

- Soit A, B et C trois points de l'espace.

A, B, C alignés $\Leftrightarrow \overrightarrow{AB}$ et $\overrightarrow{AC}$ colinéaires $\Leftrightarrow$ Il existe $\alpha \in \mathbb{R}$ tel que $\overrightarrow{AC} = \alpha\overrightarrow{AB}$.

- Pour tous vecteurs $\vec{u}(x\,;y\,;z)$ et $\vec{v}(x'\,;y'\,;z')$ de l'espace, et tout $\alpha \in \mathbb{R}$: $\vec{u}+\vec{v}(x+x'\,;y+y'\,;z+z')$ et $\alpha\vec{u}(\alpha x\,;\alpha y\,;\alpha z)$.

- Soit $A(x_A\,;y_A\,;z_A)$ et $B(x_B\,;y_B\,;z_B)$ deux points de l'espace. On note I le milieu de [AB].

$$\overrightarrow{AB}\,(x_B - x_A\,;y_B - y_A\,;z_B - z_A)$$

$$I\left(\frac{x_A+x_B}{2}\,;\frac{y_A+y_B}{2}\,;\frac{z_A+z_B}{2}\right)$$

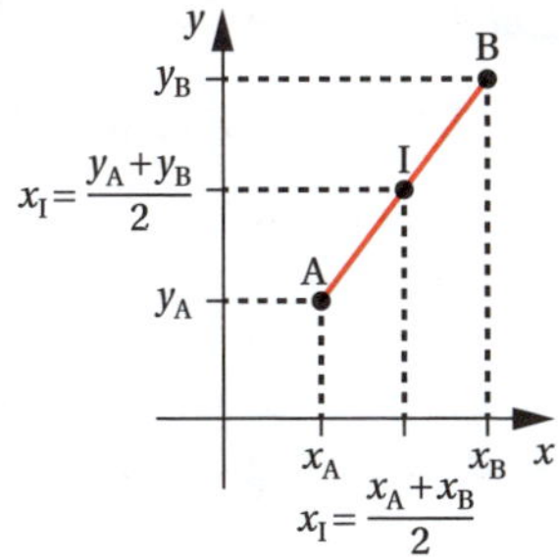

- Pour tous points $A(x_A\,;y_A\,;z_A)$ et $B(x_B\,;y_B\,;z_B)$ de l'espace :

$$\|\overrightarrow{AB}\| = \sqrt{(x_B-x_A)^2+(y_B-y_A)^2+(z_B-z_A)^2} = AB$$

Méthode

Utiliser les propriétés des vecteurs de l'espace

Dans l'espace muni d'un repère orthonormé $(O\,;\vec{i},\vec{j},\vec{k})$, on considère les points $A(2\,;-1\,;3)$, $B(-1\,;-2\,;5)$ et $C(8\,;1\,;-1)$.

a. Démontrer que les points A, B et C sont alignés.

b. Calculer les coordonnées du milieu I du segment [AC].

CONSEILS

a. Commencez par calculer les coordonnées des vecteurs $\overrightarrow{AB}$ et $\overrightarrow{AC}$, puis cherchez un nombre réel α tel que $\overrightarrow{AC} = \alpha\overrightarrow{AB}$.

b. Appliquez la formule $I\left(\frac{x_A+x_B}{2}\,;\frac{y_A+y_B}{2}\,;\frac{z_A+z_B}{2}\right)$.

SOLUTION

a. $\overrightarrow{AB}(-1-2\,;-2-(-1)\,;5-3)$, soit $\overrightarrow{AB}(-3\,;-1\,;2)$.

$\overrightarrow{AC}(8-2\,;1-(-1)\,;-1-3)$, soit $\overrightarrow{AC}(6\,;2\,;-4)$.

Ainsi $\overrightarrow{AC} = -2\overrightarrow{AB}$, donc les vecteurs $\overrightarrow{AB}$ et $\overrightarrow{AC}$ sont colinéaires.

Les points A, B et C sont donc **alignés**.

b. $I\left(\frac{2+8}{2}\,;\frac{-1+1}{2}\,;\frac{3+(-1)}{2}\right)$, soit $I(5\,;0\,;1)$.

5 Positions relatives de deux droites de l'espace

En bref *Dans l'espace, deux droites ne sont pas nécessairement coplanaires. Il en résulte une nouvelle classification des positions relatives de deux droites de l'espace.*

I Étude des positions relatives de deux droites

1 Droites coplanaires

Si deux droites $\mathcal{D}$ et Δ de l'espace sont coplanaires, alors elles sont **soit sécantes soit parallèles**.

<table>
<tr><th colspan="2">$\mathcal{D}$ et Δ parallèles</th><th rowspan="2">$\mathcal{D}$ et Δ sécantes</th></tr>
<tr><th>strictement parallèles</th><th>confondues</th></tr>
<tr><td>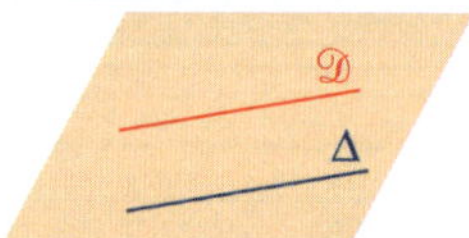
</td><td>
</td><td>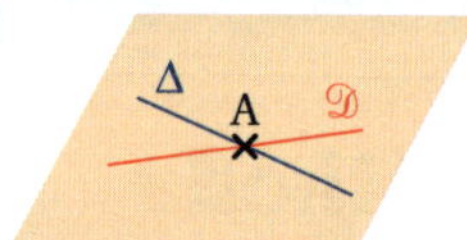
</td></tr>
<tr><td>Aucun point commun</td><td>$\mathcal{D} = \Delta$</td><td>Un unique point commun</td></tr>
</table>

2 Droites non coplanaires

- Si deux droites $\mathcal{D}$ et Δ ne sont pas coplanaires, aucun plan ne les contient toutes les deux et elles n'ont aucun point d'intersection.
- Deux droites de l'espace sont **orthogonales** lorsque les parallèles à ces droites passant par un point donné sont **perpendiculaires** (dans le plan qu'elles forment).

MOT CLÉ
Dans l'espace, deux droites sont **perpendiculaires** si et seulement si elles sont orthogonales et sécantes. Attention à bien faire la différence avec l'orthogonalité.

II Propriétés des droites de l'espace

- Si deux droites sont parallèles, toute droite parallèle à l'une est parallèle à l'autre, et toute droite orthogonale à l'une est orthogonale à l'autre.
- Si deux droites sont orthogonales, alors toute droite parallèle à l'une est orthogonale à l'autre. Mais, toute droite orthogonale à l'une n'est pas forcément parallèle à l'autre.
- Deux droites perpendiculaires à un même plan sont parallèles.

Méthode

Étudier la position relative de deux droites dans un cube

Dans le cube ABCDEFGH représenté ci-contre :
- le point I est le milieu du segment [AB] ;
- le point J est le milieu du segment [GH].

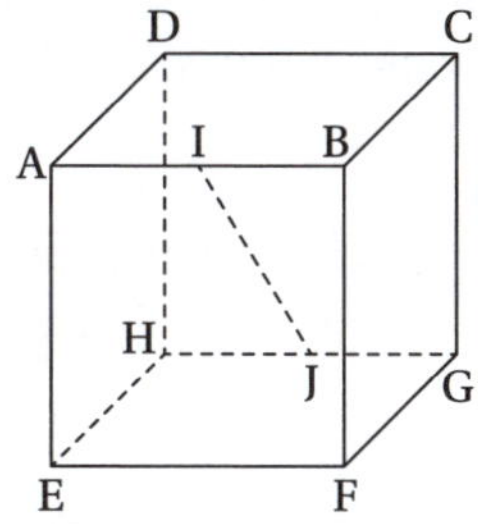

Donner la position relative des droites :

a. (IJ) et (BG)

b. (AD) et (CG)

c. (AD) et (DH)

d. (FG) et (IJ)

e. (IF) et (AB)

f. (AB) et (IJ)

g. (EF) et (IJ)

CONSEILS
Utilisez le fait que ABCDEFGH est un cube et les propriétés des faces et des arêtes d'un cube.

SOLUTION

a. Les droites (IJ) et (BG) sont **parallèles** dans le plan (ABG) qui est aussi le plan (ABGH).

b. Les droites (AD) et (CG) sont **orthogonales**.
En effet : (AD) // (BC) et (BC) et (CG) sont **perpendiculaires** en C car BCGF est un carré.

À NOTER
Si deux droites sont **parallèles**, alors toute droite orthogonale (donc en particulier perpendiculaire) à l'une est orthogonale à l'autre.

c. Les droites (AD) et (DH) sont **perpendiculaires** en D, car la face ADHE du cube est un carré.

d. Les droites (FG) et (IJ) sont **non coplanaires** car aucun plan ne les contient toutes les deux.

e. Les droites (IF) et (AB) sont **sécantes**.
En effet, elles sont **coplanaires** (plan (ABF)) et se coupent en I.

f. Les droites (AB) et (IJ) sont **perpendiculaires** car elles sont sécantes en I et orthogonales.
En effet : (IJ) // (BG), et (AB) et (BG) sont perpendiculaires car le quadrilatère ABGH est un rectangle.

g. Les droites (EF) et (IJ) sont **orthogonales**.
En effet : (AB) // (EF), et (AB) et (IJ) sont perpendiculaires (d'après la question **f.**).

6 Positions relatives d'une droite et d'un plan de l'espace

En bref *Lorsqu'une droite et un plan de l'espace ne sont pas parallèles, ils sont sécants, éventuellement perpendiculaires. Ces différentes positions relatives font l'objet de plusieurs propriétés.*

I Étude des positions relatives d'une droite et d'un plan

■ Dans l'espace, une droite et un plan sont **soit parallèles, soit sécants**.

$\mathcal{D}$ parallèle à $\mathcal{P}$		**$\mathcal{D}$ et $\mathcal{P}$ sécants**
strictement parallèles	$\mathcal{D} \subset \mathcal{P}$	
	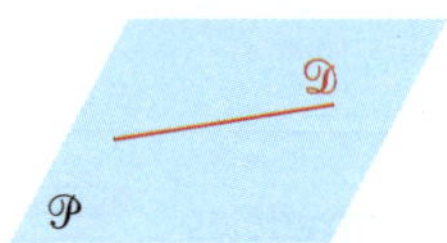	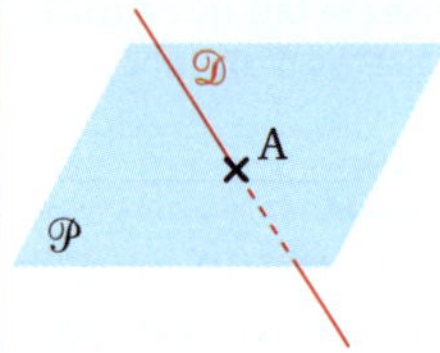
Aucun point commun	Points communs : $\mathcal{D}$	Un unique point commun

II Propriétés des droites et des plans de l'espace

1 Droite parallèle à un plan

■ Si deux points distincts appartiennent à un plan, alors la droite qui passe par ces deux points est incluse dans ce plan.

■ Si deux droites sont parallèles, alors l'une est parallèle à tout plan contenant l'autre.

■ Si une droite est parallèle à une droite d'un plan, alors elle est parallèle à ce plan.

2 Droite perpendiculaire à un plan

■ Pour qu'une droite $\mathcal{D}$ et un plan $\mathcal{P}$ soient perpendiculaires, il suffit que $\mathcal{D}$ soit orthogonale à deux droites **sécantes** de $\mathcal{P}$.

■ Si une droite $\mathcal{D}$ et un plan $\mathcal{P}$ sont perpendiculaires, alors $\mathcal{D}$ est orthogonale à toutes les droites de $\mathcal{P}$.

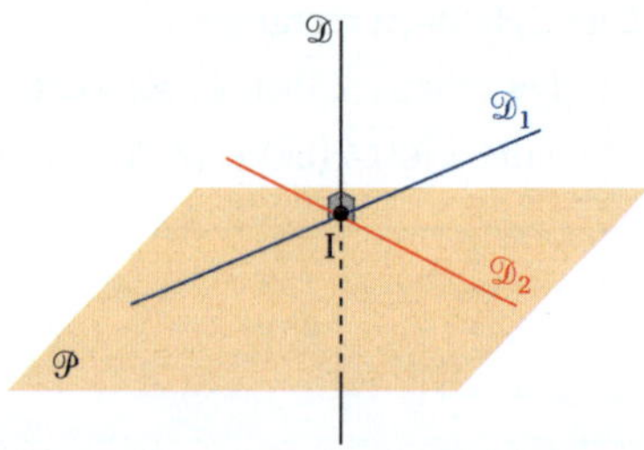

Méthode

Étudier la position relative d'une droite et d'un plan

On considère le cube ABCDEFGH représenté ci-dessous.

Déterminer la position relative :

a. de la droite (CG) et du plan (ABD).

b. de la droite (HF) et du plan (CAD).

c. de la droite (HF) et du plan (DEG).

d. de la droite (EH) et du plan (ADF).

e. de la droite (AB) et du plan (DEG).

f. de la droite (HF) et du plan (ACG).

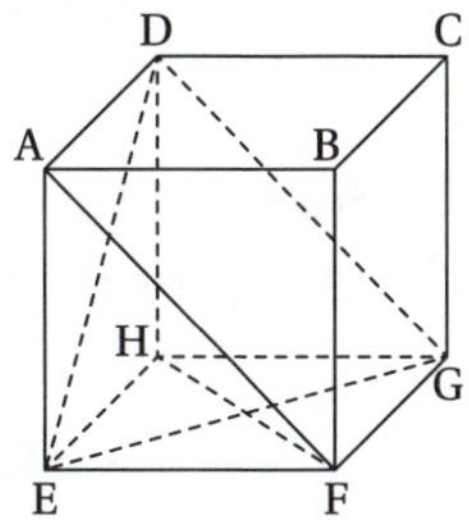

CONSEILS

- Observez la figure et utilisez les positions relatives des arêtes et des faces du cube pour répondre par le terme le plus précis possible.
- Pour chaque question, vous pouvez commencer par expliciter le plan qui est déterminé par trois points, en fonction, par exemple, des faces du cube.

SOLUTION

a. La droite (CG) est **perpendiculaire** au plan (ABD), c'est-à-dire (ABCD).

MOT CLÉ
Dans l'espace, deux droites sont **perpendiculaires** si et seulement si elles sont orthogonales et sécantes.

b. La droite (HF) est **strictement parallèle** au plan (CAD).
En effet : (HF) // (DB) et (DB) appartient au plan (CAD) ; donc d'après la propriété rappelée dans le cours, (HF) est **parallèle** au plan (CAD).

c. La droite (HF) et le plan (DEG) sont sécants mais ne sont pas perpendiculaires car (HF) **n'est pas orthogonale à (DE)**.

d. (EH) // (GF) et (GF) appartient au plan (ADF), donc la droite (EH) est **parallèle** au plan (ADF).

e. (AB) // (EF) et (EF) coupe le plan (DEG) en E, donc la droite (AB) et le plan (DEG) sont **sécants**.
En effet, raisonnons par l'absurde : si la droite (AB) et le plan (DEG) n'étaient pas sécants, ils seraient strictement parallèles, puis la droite (EF) et plan (DEG) aussi. Ce qui n'est pas le cas.

f. La droite (HF) est perpendiculaire, donc orthogonale, à la droite (EG) car EFGH est un carré. De plus, (HF) est perpendiculaire à la droite (BF), qui est elle-même parallèle à la droite (CG), donc les droites (HF) et (CG) sont orthogonales.
Ainsi, la droite (HF) est orthogonale à deux droites sécantes du plan (ACG), donc elle est **perpendiculaire** à ce plan.

7 Positions relatives de deux plans de l'espace

En bref *Lorsque deux plans de l'espace ne sont pas parallèles, ils sont sécants, éventuellement perpendiculaires. Ces différentes positions relatives font l'objet de plusieurs propriétés.*

I Étude des positions relatives de deux plans de l'espace

Dans l'espace, deux plans sont **soit parallèles, soit sécants**.

$\mathcal{P}$ et Q parallèles		$\mathcal{P}$ et Q sécants
strictement parallèles	**confondus**	
		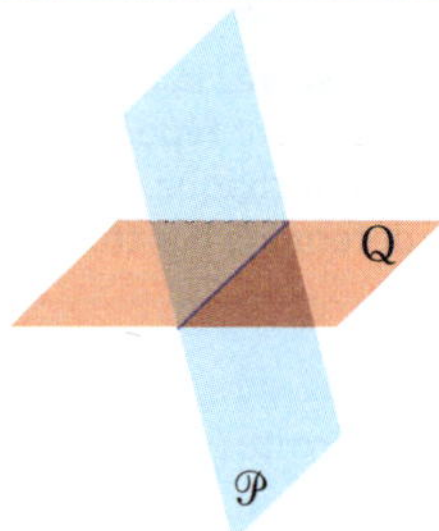
Aucun point commun	$\mathcal{P}$ = Q	Une droite d'intersection

II Propriétés des plans de l'espace

1 Plans parallèles

- Si deux plans sont parallèles, alors tout plan parallèle à l'un est parallèle à l'autre.
- Si deux plans $\mathcal{P}_1$ et $\mathcal{P}_2$ sont perpendiculaires à une même droite $\mathcal{D}$, alors les deux plans $\mathcal{P}_1$ et $\mathcal{P}_2$ sont parallèles.
- Soit $\mathcal{D}_1$ et $\mathcal{D}_2$ deux droites parallèles. Si un plan $\mathcal{P}_1$ est perpendiculaire à $\mathcal{D}_1$ et un plan $\mathcal{P}_2$ est perpendiculaire à $\mathcal{D}_2$, alors $\mathcal{P}_1$ et $\mathcal{P}_2$ sont parallèles.

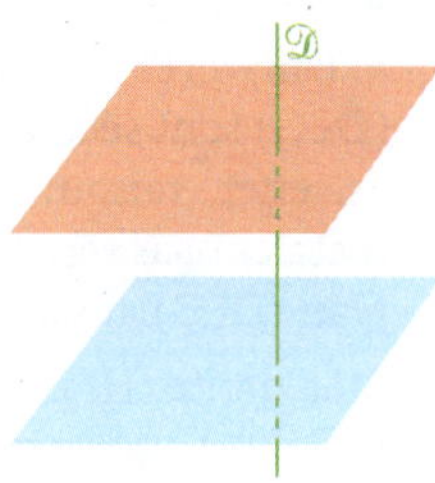

2 Plans perpendiculaires

- Si deux plans sont perpendiculaires :
  - tout plan parallèle à l'un est perpendiculaire à l'autre ;
  - tout plan perpendiculaire à l'un est parallèle à l'autre.
- Soit $\mathcal{D}_1$ et $\mathcal{D}_2$ deux droites orthogonales. Si un plan $\mathcal{P}_1$ est perpendiculaire à $\mathcal{D}_1$ et un plan $\mathcal{P}_2$ est perpendiculaire à $\mathcal{D}_2$, alors les plans $\mathcal{P}_1$ et $\mathcal{P}_2$ sont perpendiculaires.

Méthode

Étudier la position relative de deux plans de l'espace

On considère le cube ABCDEFGH représenté ci-dessous.

Déterminer la position relative des plans donnés. Lorsque deux plans sont sécants, préciser leur intersection.

a. Les plans (DEG) et (GBE).
b. Les plans (DCG) et (HGD).
c. Les plans (DCG) et (AFE).
d. Les plans (EFG) et (GFB).
e. Les plans (DEG) et (DCG).
f. Les plans (AEG) et (DCG).
g. Les plans (EHG) et (BCG).

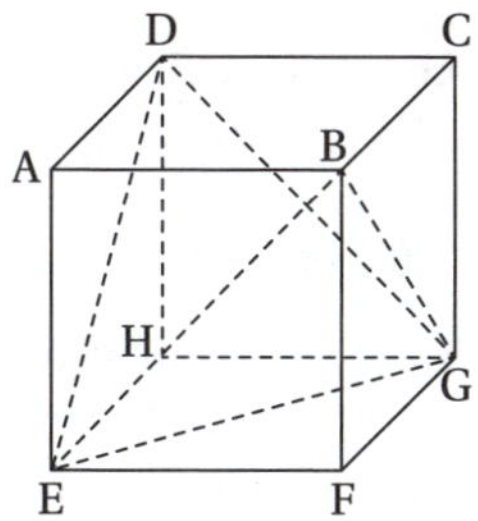

CONSEILS
- Répondez en employant le terme le plus précis possible.
- Pour chaque question, vous pouvez commencer par expliciter le plan qui est déterminé par trois points, en fonction, par exemple, des faces du cube.

SOLUTION

a. Les plans (DEG) et (GBE) sont **sécants** et leur **intersection** est la droite (EG). En effet, les points E et G appartiennent à chacun des deux plans donc la droite (EG) appartient à ces deux plans.

À NOTER
L'**intersection** deux plans sécants (et non parallèles) est une droite.

b. Les plans (DCG) et (HGD) sont **confondus**.

c. Les plans (DCG) et (AFE) sont **strictement** parallèles, car les faces opposées d'un cube sont parallèles.

d. Les plans (EFG) et (GFB) sont **perpendiculaires**.
En effet, les faces d'un cube qui ont une arête commune sont perpendiculaires car toutes les faces d'un cube sont des carrés.

e. Les plans (DEG) et (DCG) sont **sécants** et leur intersection est la droite **(DG)**. En effet, les points D et G appartiennent à chacun des deux plans donc la droite (DG) appartient à ces deux plans.

f. Les plans (AEG) et (DCG) sont **sécants** et leur intersection est la droite **(CG)**. En effet, les points C et G appartiennent à chacun des deux plans donc la droite (CG) appartient à ces deux plans.

g. Les plans (EHG) et (BCG) sont **perpendiculaires**.

8 Étude vectorielle du parallélisme dans l'espace

En bref *Après l'étude des positions relatives de droites et de plans dans l'espace, cette fiche propose d'étudier vectoriellement le cas particulier du parallélisme entre droites et plans de l'espace.*

I Caractérisation vectorielle d'une droite et d'un plan de l'espace

1 Droites de l'espace

Soit A un point et $\vec{u}$ un vecteur non nul.
La droite passant par A et de vecteur directeur $\vec{u}$ est l'ensemble des points M de l'espace pour lesquels il existe $t \in \mathbb{R}$ tel que $\overrightarrow{AM} = t\vec{u}$.

2 Plan de l'espace

- Un vecteur $\vec{n}$ non nul de l'espace est un **vecteur normal** à un plan $\mathcal{P}$ lorsqu'il est orthogonal à deux vecteurs non colinéaires du plan $\mathcal{P}$.
- Le plan passant par A et de vecteur normal $\vec{n}$ est l'ensemble des points M de l'espace tels que les vecteurs **$\overrightarrow{AM}$ et $\vec{n}$ sont orthogonaux**, c'est-à-dire que $\overrightarrow{AM} \cdot \vec{n} = 0$. → FICHE 9

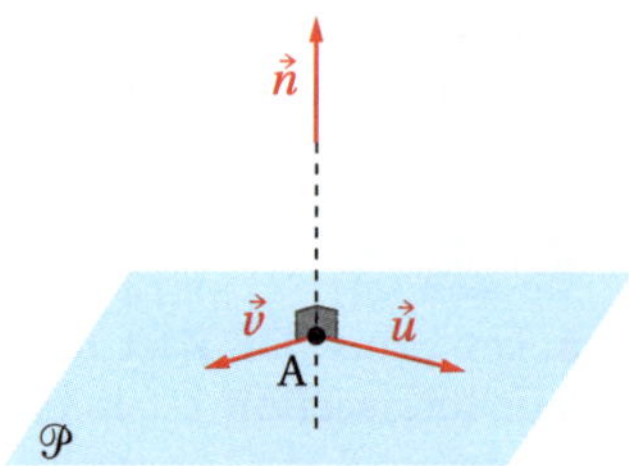

II Étude vectorielle du parallélisme dans l'espace

- **Parallélisme de deux droites de l'espace**

Soit $\mathcal{D}$ et Δ des droites ayant pour vecteurs directeurs $\vec{u} \neq \vec{0}$ et $\vec{v} \neq \vec{0}$.

$$\mathcal{D} \parallel \Delta \Leftrightarrow \vec{u} \text{ et } \vec{v} \text{ sont colinéaires} \Leftrightarrow \text{Il existe } \alpha \in \mathbb{R} \text{ tel que } \vec{v} = \alpha\vec{u}.$$

- **Parallélisme d'une droite et d'un plan de l'espace**

Soit $\mathcal{D}$ une droite et $\mathcal{P}$ un plan de l'espace, $\vec{u} \neq \vec{0}$ un vecteur directeur de $\mathcal{D}$ et $\vec{n} \neq \vec{0}$ un vecteur normal à $\mathcal{P}$.

$$\mathcal{D} \parallel \mathcal{P} \Leftrightarrow \vec{u} \text{ et } \vec{n} \text{ sont orthogonaux} \Leftrightarrow \vec{n} \cdot \vec{u} = 0$$ → FICHE 9

- **Parallélisme de deux plans de l'espace**

Soit $\mathcal{P}$ et $\mathcal{P}'$ deux plans de l'espace, $\vec{n} \neq \vec{0}$ un vecteur normal à $\mathcal{P}$ et $\vec{n}' \neq \vec{0}$ un vecteur normal à $\mathcal{P}'$.

$$\mathcal{P} \parallel \mathcal{P}' \Leftrightarrow \vec{n} \text{ et } \vec{n}' \text{ sont colinéaires} \Leftrightarrow \text{Il existe } \alpha \in \mathbb{R} \text{ tel que } \vec{n}' = \alpha\vec{n}.$$

Méthodes

1 Établir le parallélisme de deux droites de l'espace

Dans l'espace muni d'un repère orthonormé $(O ; \vec{i}, \vec{j}, \vec{k})$, on considère :
- une droite $\mathcal{D}$ de vecteur directeur $\vec{u}(2 ; 1 ; -3)$;
- une droite $\mathcal{D}'$ de vecteur directeur $\vec{v}(-4 ; -2 ; 6)$.

Démontrer que les droites $\mathcal{D}$ et $\mathcal{D}'$ sont parallèles.

CONSEILS
Démontrez que les vecteurs $\vec{u}$ et $\vec{v}$, vecteurs directeurs respectifs de la droite $\mathcal{D}$ et de la droite $\mathcal{D}'$, sont colinéaires.

SOLUTION

$\vec{u}(2 ; 1 ; -3)$ et $\vec{v}(-4 ; -2 ; 6)$, donc $\vec{v} = -2\vec{u}$.

En effet : $-4 = (-2) \times 2$; $-2 = (-2) \times 1$; $6 = (-2) \times (-3)$.

Les vecteurs $\vec{u}$ et $\vec{v}$ sont colinéaires, donc **les droites $\mathcal{D}$ et $\mathcal{D}'$** sont **parallèles**.

2 Établir le parallélisme de deux plans de l'espace

Dans l'espace muni d'un repère orthonormé $(O ; \vec{i}, \vec{j}, \vec{k})$, on considère le plan $\mathcal{P}_1$ d'équation cartésienne $-2x + y + z - 6 = 0$ et le plan $\mathcal{P}_2$ d'équation cartésienne $4x - 2y - 2z + 1 = 0$.

Démontrer que les plans $\mathcal{P}_1$ et $\mathcal{P}_2$ sont parallèles.

CONSEILS
Étape 1 Dans tous les cas, déterminez un vecteur normal aux plans considérés à partir de leur équation cartésienne. → FICHE 12
Étape 2 Démontrez ensuite qu'un vecteur normal à $\mathcal{P}_2$ est colinéaire à un vecteur normal à $\mathcal{P}_1$.

SOLUTION

Étape 1 Le plan $\mathcal{P}_1$ a pour équation cartésienne $-2x + y + z - 6 = 0$, donc **$\vec{n}_1(-2 ; 1 ; 1)$** est un vecteur normal à ce plan.
Le plan $\mathcal{P}_2$ a pour équation cartésienne $4x - 2y - 2z + 1 = 0$, donc **$\vec{n}_2(4 ; -2 ; -2)$** est un vecteur normal à ce plan.

Étape 2 $\vec{n}_2 = -2\vec{n}_1$ car $4 = (-2) \times (-2)$; $-2 = (-2) \times 1$; $-2 = (-2) \times 1$.

Les vecteurs $\vec{n}_1$ et $\vec{n}_2$ sont colinéaires, donc **les plans $\mathcal{P}_1$ et $\mathcal{P}_2$ sont parallèles**.

MÉMO VISUEL

VECTEURS, ET PLANS

Propriétés des vecteurs

Quelles sont les principales propriétés des vecteurs ?

Vecteurs colinéaires et points alignés

- $\vec{u}$ et $\vec{v}$ sont **colinéaires** $\Leftrightarrow$ il existe un réel α tel que $\vec{v} = \alpha\vec{u}$
- A, B, C **alignés** $\Leftrightarrow$ $\overrightarrow{AB}$ et $\overrightarrow{AC}$ colinéaires

$\Leftrightarrow$ il existe $\alpha \in \mathbb{R}$ tel que $\overrightarrow{AC} = \alpha\overrightarrow{AB}$

Coordonnées et norme d'un vecteur

On munit l'espace d'un repère orthonormé $\left(O ; \vec{i}, \vec{j}, \vec{k}\right)$.
Soit $A(x_A ; y_A ; z_A)$ et $B(x_B ; y_B ; z_B)$ deux points de l'espace, et I le milieu de [AB].

- $\overrightarrow{AB}(x_B - x_A ; y_B - y_A ; z_B - z_A)$
- $I\left(\dfrac{x_A + x_B}{2} ; \dfrac{y_A + y_B}{2} ; \dfrac{z_A + z_B}{2}\right)$
- $\left\|\overrightarrow{AB}\right\| = AB = \sqrt{(x_B - x_A)^2 + (y_B - y_A)^2 + (z_B - z_A)^2}$

Positions de deux droites

Quelles sont les positions relatives de deux droites ?

Droites coplanaires

Si $\mathscr{D}$ et Δ sont coplanaires, alors elles sont soit **sécantes**, soit **parallèles**.

$\mathscr{D}$ et Δ parallèles		$\mathscr{D}$ et Δ sécantes
strictement parallèles	confondues	
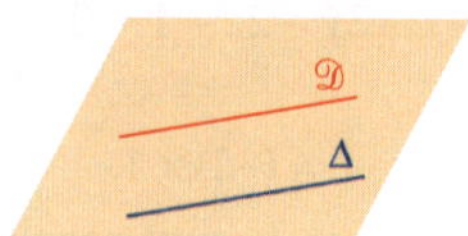		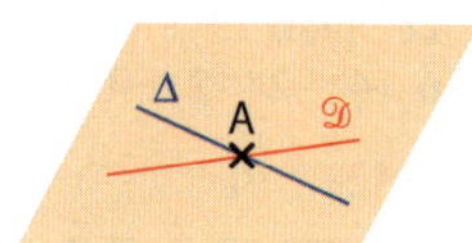
Aucun point commun	$\mathscr{D} = \Delta$	Un unique point commun

Droites non coplanaires

Si $\mathscr{D}$ et Δ ne sont pas coplanaires, aucun plan ne les contient toutes les deux et elles n'ont **aucun point d'intersection**.

DROITES DE L'ESPACE

Quelles sont les positions relatives d'une droite et d'un plan ?

Positions relatives d'une droite et d'un plan

Une droite et un plan sont soit parallèles, soit sécants.

$\mathscr{D}$ parallèle à $\mathscr{P}$		$\mathscr{D}$ et $\mathscr{P}$ sécants
strictement parallèles	$\mathscr{D} \subset \mathscr{P}$	
	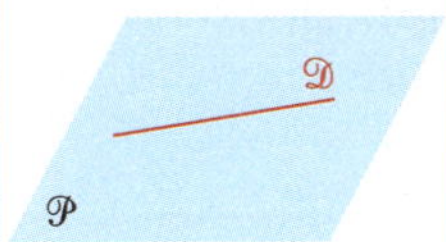	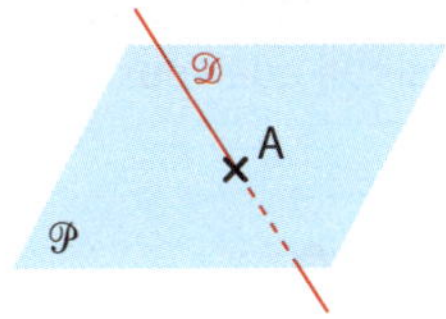
Aucun point commun	Points communs : $\mathscr{D}$	Un unique point commun

Quelles sont les positions relatives de deux plans ?

Positions relatives de deux plans

Dans l'espace, deux plans sont soit parallèles, soit sécants.

$\mathscr{P}$ et Q parallèles		$\mathscr{P}$ et Q sécants
strictement parallèles	confondus	
		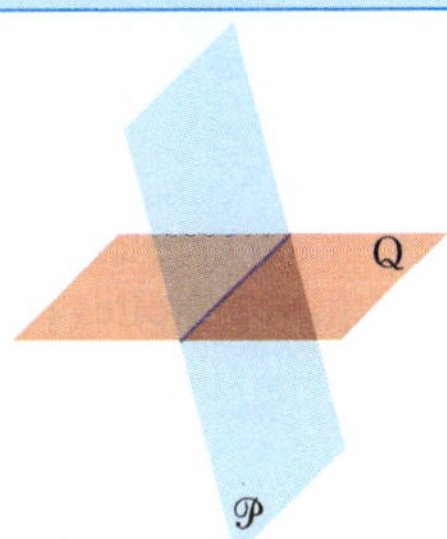
Aucun point commun	$\mathscr{P} = Q$	Une droite d'intersection

SUJET 5 | OBJECTIF BAC

Positions relatives dans l'espace : l'exemple du cube

40 min

→ FICHES 4, 6, 7 et 11

L'exemple du cube permet d'illustrer différents cas intéressants de positions relatives dans l'espace, de droites, mais aussi et de droites et de plans. C'est donc une mise en situation classique que vous devez maîtriser.

LE SUJET

On donne la propriété suivante : « Par un point de l'espace, il passe un plan, et un seul, orthogonal à une droite donnée. »

Sur la figure ci-dessous, on a représenté le cube ABCDEFGH d'arête 1.

On a placé :

– les points I et J tels que $\overrightarrow{BI} = \frac{2}{3}\overrightarrow{BC}$ et $\overrightarrow{EJ} = \frac{2}{3}\overrightarrow{EH}$;

– le milieu K du segment [IJ].

On appelle P le projeté orthogonal du point G sur le plan (FIJ).

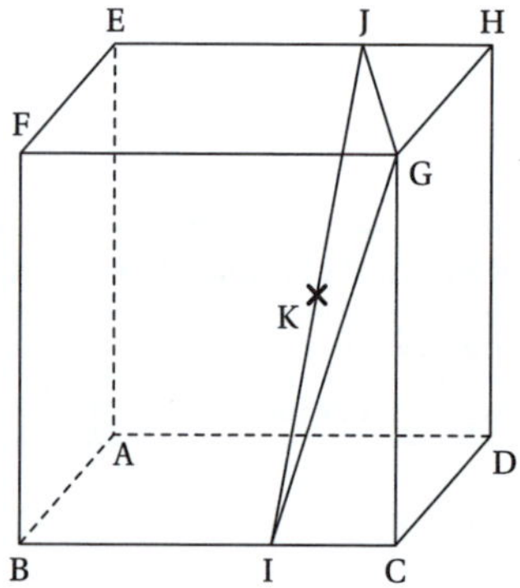

1. Démontrer que le triangle FIJ est isocèle en F.
En déduire que les droites (FK) et (IJ) sont orthogonales.

2. On admet que les droites (GK) et (IJ) sont orthogonales.
Démontrer que la droite (IJ) est orthogonale au plan (FGK).

3. Démontrer que la droite (IJ) est orthogonale au plan (FGP).

4. a. Montrer que les points F, G, K et P sont coplanaires.
b. En déduire que les points F, P et K sont alignés.

LES CLÉS POUR RÉUSSIR

1. Pour démontrer que le triangle FIJ est isocèle en F, pensez à utiliser le théorème de Pythagore. Utilisez ensuite les propriétés d'un triangle isocèle.

2. Pour montrer qu'une droite $\mathcal{D}$ est orthogonale à un plan $\mathcal{P}$, il suffit de montrer que $\mathcal{D}$ est orthogonale à deux droites **sécantes** de $\mathcal{P}$. → FICHE 6

3. Rappelez-vous que si une droite $\mathcal{D}$ et un plan $\mathcal{P}$ sont perpendiculaires, alors $\mathcal{D}$ est orthogonale à toutes les droites de $\mathcal{P}$, puis utilisez le même raisonnement qu'à la question précédente. → FICHES 6 et 11

4. a. Utilisez les questions précédentes et la propriété donnée dans l'énoncé : « Par un point de l'espace, il passe un plan et un seul orthogonal à une droite donnée. »

b. Montrez que les points F, K et P appartiennent à deux plans non parallèles, donc à leur intersection. → FICHE 7

LE CORRIGÉ

1. Utiliser les propriétés d'un triangle

- Dans le triangle FEJ rectangle en E, on a, d'après le théorème de Pythagore :

$$FJ^2 = FE^2 + EJ^2 = 1^2 + \left(\frac{2}{3}\right)^2 = 1 + \frac{4}{9} = \frac{13}{9}, \text{ car } EJ = \frac{2}{3}.$$

De même, dans le triangle FBI rectangle en B, on a, d'après le théorème de Pythagore :

$$FI^2 = FB^2 + BI^2 = 1^2 + \left(\frac{2}{3}\right)^2 = 1 + \frac{4}{9} = \frac{13}{9}, \text{ car } BI = \frac{2}{3}.$$

On a donc $FJ^2 = FI^2$, puis **FJ = FI**.
Finalement, le triangle FIJ est **isocèle en F.**

> **À NOTER**
> $x^2 = y^2 \Rightarrow x = y$ lorsque x et y sont des valeurs positives. Ici, les distances sont des valeurs positives.

- Dans le triangle FIJ, la droite (FK) est la médiane issue du sommet F car K est le milieu du segment [IJ].
Or, dans un triangle isocèle, la médiane issue du sommet principal est aussi la hauteur issue du sommet principal.
Les droites (FK) et (IJ) sont donc **orthogonales.**

2. Démontrer qu'une droite est orthogonale à un plan

D'après la question précédente, la droite (IJ) est orthogonale à la droite (FK).
De plus, la droite (IJ) est orthogonale à la droite (GK) qui est sécante avec la droite (FK) en K.
La droite (IJ) est orthogonale à deux droites sécantes du plan (FGK), donc elle est **orthogonale** à ce plan.

> **À NOTER**
> Pour qu'une droite $\mathcal{D}$ et un plan $\mathcal{P}$ soient perpendiculaires, il suffit que $\mathcal{D}$ soit orthogonale à deux droites **sécantes** de $\mathcal{P}$.

3. Démontrer qu'une droite est orthogonale à un plan

▸ Le point P est le projeté orthogonal du point G sur le plan (FIJ) donc, par définition, la droite (PG) est orthogonale au plan (FIJ).
La droite (PG) est **orthogonale** à toutes les droites du plan (FIJ) donc, en particulier, à la droite (IJ).

À NOTER
Si une droite $\mathcal{D}$ et un plan $\mathcal{P}$ sont perpendiculaires, alors $\mathcal{D}$ est orthogonale à toutes les droites de $\mathcal{P}$.

▸ De même, d'après la question précédente, la droite (IJ) est orthogonale au plan (FGK), donc à toutes ses droites et en particulier à la droite (FG).
La droite (IJ) est orthogonale aux droites (PG) et (FG), donc **elle est orthogonale au plan (FGP)**, qui existe car les points F, G et P ne sont pas alignés.

4. a. Montrer que des points sont coplanaires

D'après la question **2.**, la droite (IJ) est orthogonale au plan (FGK).
D'après la question **3.**, la droite (IJ) est orthogonale au plan (FGP).
En appliquant la propriété « Par un point de l'espace, il passe un plan et un seul orthogonal à une droite donnée » au point F, aux plans (FGK) et (FGP) qui contiennent tous les deux le point F, et à la droite (IJ), on obtient que les plans (FGK) et (FGP) sont confondus.
Finalement, les points F, G, P et K sont donc **coplanaires**.

b. Montrer que des points sont alignés

Par définition, les points F, P et K appartiennent au plan (FIJ).
D'après la question précédente, les points F, G, P et K sont coplanaires, donc les points F, P et K appartiennent au plan (FGK).
Finalement, les points F, P et K appartiennent aux plans (FIJ) et (FGK) qui ne sont pas **parallèles**, donc qui sont sécants selon une droite.

À NOTER
Dans l'espace, deux plans sont **soit parallèles, soit sécants** selon une droite.

Ainsi, les points F, P et K appartiennent à une même droite, donc ils sont **alignés.**

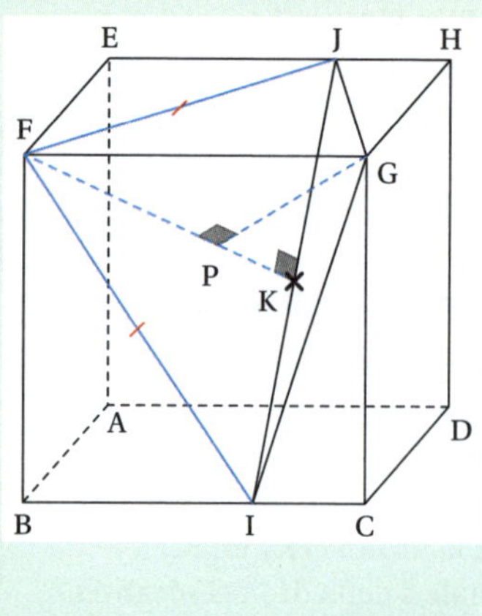

SUJET 6 | OBJECTIF BAC

40 min

Positions relatives dans l'espace : les tétraèdres orthocentriques

→ FICHES 5, 6 et 12

Un tétraèdre est une pyramide à base triangulaire dont les faces sont des triangles. Le but de ce sujet est d'examiner les quatre hauteurs d'un tétraèdre. On étudie d'abord des cas particuliers, puis on élargit pour obtenir une condition nécessaire pour que les hauteurs d'un tétraèdre soient concourantes.

LE SUJET

On rappelle que dans un tétraèdre MNPQ, la hauteur issue de M est la droite passant par M et orthogonale au plan (NPQ).

Partie A Étude de cas particuliers

On considère un cube ABCDEFGH.

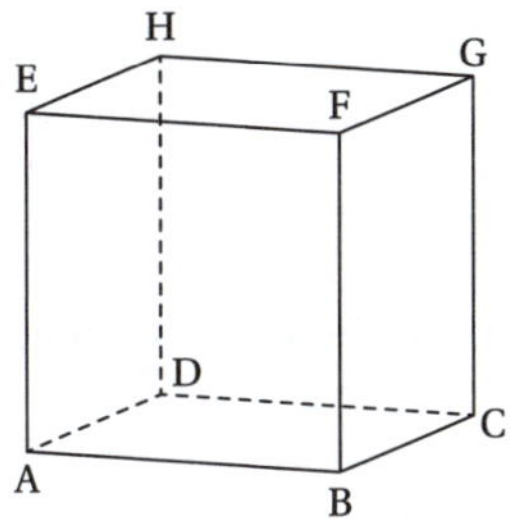

On admet que les droites (AG), (BH), (CE) et (DF), appelées « grandes diagonales » du cube, sont concourantes.

1. On considère le tétraèdre ABCE.

a. Préciser la hauteur issue de E et la hauteur issue de C dans ce tétraèdre.

b. Les quatre hauteurs du tétraèdre ABCE sont-elles concourantes ?

2. On considère le tétraèdre ACHF et on travaille dans le repère $\left(A\,;\overrightarrow{AB}, \overrightarrow{AD}, \overrightarrow{AE}\right)$.

a. Vérifier qu'une équation cartésienne du plan (ACH) est : $x - y + z = 0$.

b. En déduire que (FD) est la hauteur issue de F du tétraèdre ACHF.

c. Par analogie avec le résultat précédent, préciser les hauteurs du tétraèdre ACHF issues respectivement des sommets A, C et H.

Les quatre hauteurs du tétraèdre ACHF sont-elles concourantes ?

Partie B Une propriété des tétraèdres orthocentriques

Un tétraèdre orthocentrique est un tétraèdre dont les quatre hauteurs sont concourantes.

Dans cette partie, on considère un tétraèdre MNPQ dont les hauteurs issues des sommets M et N sont sécantes en un point K. Les droites (MK) et (NK) sont donc orthogonales aux plans (NPQ) et (MPQ) respectivement.

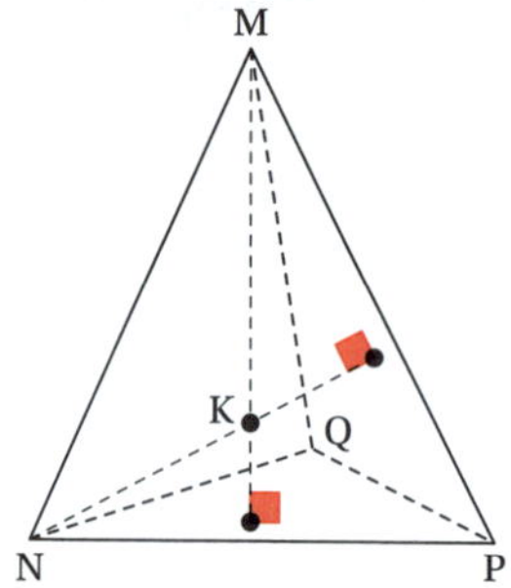

1. a. Justifier que la droite (PQ) est orthogonale à la droite (MK) et à la droite (NK).

b. Que peut-on déduire de la question précédente relativement à la droite (PQ) et au plan (MNK) ? Justifier la réponse.

2. Montrer que les arêtes [MN] et [PQ] sont orthogonales. Ainsi, on obtient la propriété suivante : « Si un tétraèdre est orthocentrique, alors ses arêtes **opposées** sont orthogonales deux à deux. »

MOT CLÉ
On dit que deux arêtes d'un tétraèdre sont **opposées** lorsqu'elles n'ont pas de sommet commun.

LES CLÉS POUR RÉUSSIR

Partie A

1. a. Utilisez la définition de la hauteur d'un tétraèdre donnée dans l'énoncé.

b. Commencez par vous demander si les hauteurs (AE) et (BC) du tétraèdre ABCE sont concourantes. → FICHE 5

2. a. Montrez que les points A, C et H forment un plan et qu'ils appartiennent au plan d'équation cartésienne $x - y + z = 0$. → FICHE 12

b. Montrez que le vecteur $\overrightarrow{DF}$ est un vecteur normal au plan (ACH). → FICHE 12

c. Observez le cube ABCDEFGH et le tétraèdre ACHF, pour en déduire les hauteurs issues des sommets A, C et H, en suivant le même raisonnement que pour la hauteur issue de F. → FICHE 6

Partie B

1. a. Commencez par remarquer que les droites (MK) et (NK) sont des hauteurs, donc qu'elles sont orthogonales à des faces planes du tétraèdre MNPQ. → FICHE 6

b. Remarquez que la droite (PQ) est orthogonale à deux droites sécantes du plan (MNK). → FICHE 6

2. Étudiez la position relative de la droite (MN) et du plan (MNK). → FICHE 6

LE CORRIGÉ

Partie A Étude de cas particuliers

1. a. Identifier les hauteurs d'un tétraèdre

Dans le tétraèdre ABCE, **la hauteur issue de E est la droite (AE)**, car cette droite est perpendiculaire au plan (ABC) et passe par le point E.
De même, **la hauteur issue de C est la droite (BC)**, car cette droite est perpendiculaire au plan (AEB) et passe par le point C.

b. Vérifier si des droites sont concourantes ou non

Les droites (AE) et (BC) qui sont deux hauteurs du tétraèdre ABCE ne sont pas concourantes car elles ne sont pas coplanaires.
Les quatre hauteurs de ce tétraèdre ne sont donc pas concourantes.

2. a. Vérifier qu'une équation cartésienne donnée est celle d'un plan

- Dans le repère $\left(A\,;\overrightarrow{AB},\overrightarrow{AD},\overrightarrow{AE}\right)$, les coordonnées des points A, C et H sont : $A(0\,;0\,;0)$, $C(1\,;1\,;0)$ et $H(0\,;1\,;1)$.
Ces points ne sont pas alignés et forment donc le plan (ACH).

- Vérifions maintenant que ces points appartiennent au plan d'équation cartésienne $x-y+z=0$. On a :
- $A(0\,;0\,;0)$ et $0-0+0=0$ donc le point A appartient à ce plan ;
- $C(1\,;1\,;0)$ et $1-1+0=0$ donc le point C appartient à ce plan ;
- $H(0\,;1\,;1)$ et $0-1+1=0$ donc le point H appartient à ce plan.

En conclusion, **$x-y+z=0$ est donc une équation cartésienne du plan (ACH).**

b. Déterminer une hauteur d'un tétraèdre

$D(0\,;1\,;\ 0)$ et $F(1\,;0\,;1)$ donc le vecteur $\overrightarrow{DF}$ a pour coordonnées $\overrightarrow{DF}(1-0\,;0-1\,;1-0)$, soit $\overrightarrow{DF}(1\,;-1\,;1)$.
Le plan (ACH) admet pour équation cartésienne $x-y+z=0$, donc le vecteur $\overrightarrow{DF}(1\,;-1\,;1)$ est un **vecteur normal** à ce plan.
La droite (FD) est perpendiculaire au plan (ACH) et passe par le point F, donc c'est la **hauteur issue de F** du tétraèdre ACHF.

> **À NOTER**
> Soit $\vec{n}(a\,;b\,;c)$ un vecteur non nul.
> $\vec{n}(a\,;b\,;c)$ est un vecteur normal du plan $\mathcal{P}$ si et seulement si le plan $\mathcal{P}$ admet une équation cartésienne de la forme $ax+by+cz+d=0$ avec $d\in\mathbb{R}$.

c. Montrer que des droites sont concourantes

Par analogie, dans le tétraèdre ACHF, la hauteur issue de A est la droite (AG), **la hauteur issue de C est la droite (CE) et la hauteur issue de H est la droite (HB).**
Les quatre hauteurs du tétraèdre ACHF sont les quatre « grandes diagonales » du cube ABCDEFGH qui sont concourantes, donc **elles sont elles-mêmes concourantes.**

Partie B Une propriété des tétraèdres orthocentriques

1. a. Montrer que deux droites sont orthogonales

La droite (MK) est **orthogonale** au plan (NPQ), donc en particulier à la **droite (PQ).**
De même, la droite (NK) est orthogonale au plan (MPQ), donc en particulier à la **droite (PQ).**

> **À NOTER**
> Si une droite $\mathscr{D}$ est orthogonale à un plan $\mathscr{P}$, alors $\mathscr{D}$ est orthogonale à toutes les droites de $\mathscr{P}$.

b. Montrer qu'une droite est orthogonale à un plan

La droite (PQ) est **orthogonale** aux droites (MK) et (NK) qui sont sécantes, donc qui forment un plan.
La droite **(PQ) est donc orthogonale au plan (MNK).**

> **À NOTER**
> Pour qu'une droite $\mathscr{D}$ soit orthogonale à un plan $\mathscr{P}$, il suffit que $\mathscr{D}$ soit orthogonale à deux droites **sécantes** de $\mathscr{P}$.

2. Étudier la position relative de deux droites

Les points M et N appartiennent au plan (MNK) qui est orthogonal à la droite (PQ), donc les arêtes **[MN] et [PQ] sont orthogonales.**

SUJET 7 | OBJECTIF MENTION

50 min Intersection de trois plans de l'espace

→ FICHES 6, 7 et 12

Ce sujet vous propose d'étudier les positions relatives et l'intersection de plans ou de droites et de plans, dans le cas où les droites sont les axes du repère orthonormé et les plans sont les plans dits *de coordonnées* (passant par O et de vecteurs normaux respectifs $\vec{i}$, $\vec{j}$ et $\vec{k}$).

LE SUJET

L'espace est muni d'un repère orthonormé $\left(O\,;\vec{i}, \vec{j}, \vec{k}\right)$.

On complétera le repère ci-après au fur et à mesure de l'exercice.

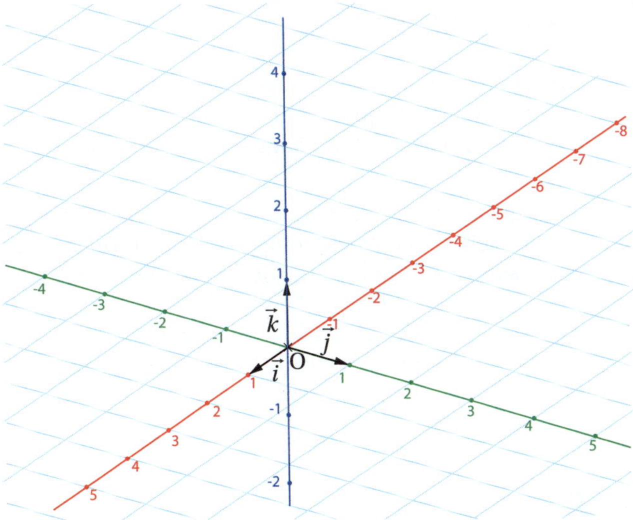

1. On donne le plan $\mathcal{P}$ d'équation $2x + 2y + 3z = 6$.

a. Déterminer les coordonnées des points A, B et C, intersections du plan $\mathcal{P}$ avec, respectivement, les axes $(O\,;\vec{i})$, $(O\,;\vec{j})$ et $(O\,;\vec{k})$ du repère $(O\,;\vec{i},\vec{j},\vec{k})$.

Placer ces points dans le repère $(O\,;\vec{i},\vec{j},\vec{k})$.

On rappelle que l'axe $(O\,;\vec{i})$, par exemple, est défini par le système d'équations :

$$\begin{cases} y = 0 \\ z = 0 \end{cases}.$$

b. Tracer les droites d'intersection du plan $\mathcal{P}$ avec les plans de coordonnées du repère $(O\,;\vec{i},\vec{j},\vec{k})$.

(On admettra que le plan $\mathcal{P}$ n'est parallèle à aucun plan de coordonnées du repère et que les intersections de $\mathcal{P}$ avec ces plans sont des droites.)

2. On considère le plan Q d'équation $x + 2y = 2$.

a. Déterminer les coordonnées des points d'intersections du plan Q avec l'axe $(O\,;\vec{i})$ et avec l'axe $(O\,;\vec{j})$.

Placer ces points dans le repère $(O\,;\vec{i},\vec{j},\vec{k})$.

b. Démontrer, par deux méthodes différentes, que le plan Q et l'axe $(O\,;\vec{k})$ sont parallèles.

c. Tracer les droites d'intersections du plan Q avec les plans de coordonnées du repère $(O\,;\vec{i},\vec{j},\vec{k})$.

d. Tracer la droite d'intersection des deux plans $\mathcal{P}$ et Q.

LES CLÉS POUR RÉUSSIR

1. a. Remarquez que pour chaque point, deux des trois coordonnées sont nulles. Calculez la troisième à l'aide de l'équation du plan $\mathcal{P}$.
b. Trouvez deux points appartenant à chaque intersection avec les plans de coordonnées du repère. → FICHE 6

2. a. Comme pour la question **1. a.**, remarquez que pour chaque point, deux des trois coordonnées sont nulles. Calculez la troisième à l'aide de l'équation du plan Q.
b. Pensez à un raisonnement par l'absurde ou utilisez un vecteur normal au plan Q. → FICHES 7 et 12
c. Utilisez le fait que le plan Q est parallèle à un des axes de coordonnées.
d. Trouvez deux points appartenant à l'intersection des deux plans $\mathcal{P}$ et Q. → FICHE 6

LE CORRIGÉ

1. a. Déterminer les coordonnées du point d'intersection d'un plan et d'une droite

- Le point $A(x\,;y\,;z)$ appartient au plan $\mathcal{P}$ d'équation $2x+2y+3z=6$ et à l'axe $(O\,;\vec{i})$ défini par le système d'équations $\begin{cases} y=0 \\ z=0 \end{cases}$.

Les coordonnées du point A vérifient donc le système $\begin{cases} 2x+2y+3z=6 \\ y=0 \\ z=0 \end{cases}$.

En particulier, $2x+2\times 0+3\times 0=6$, soit $2x=6$ ou encore $x=3$.
D'où $\mathbf{A(3\,;0\,;0)}$.

- Le point $B(x\,;y\,;z)$ appartient au plan $\mathcal{P}$ d'équation $2x+2y+3z=6$ et à l'axe $(O\,;\vec{j})$ défini par le système d'équations $\begin{cases} x=0 \\ z=0 \end{cases}$.

Les coordonnées du point B vérifient donc le système $\begin{cases} 2x+2y+3z=6 \\ x=0 \\ z=0 \end{cases}$.

En particulier, $2\times 0+2y+3\times 0=6$, soit $2y=6$ et donc $y=3$.
D'où : $\mathbf{B(0\,;3\,;0)}$.

- Le point $C(x\,;y\,;z)$ appartient au plan $\mathcal{P}$ d'équation $2x+2y+3z=6$ et à l'axe $(O\,;\vec{k})$ défini par le système d'équations $\begin{cases} x=0 \\ y=0 \end{cases}$.

Les coordonnées du point C vérifient donc le système $\begin{cases} 2x+2y+3z=6 \\ x=0 \\ y=0 \end{cases}$.

En particulier, $2\times 0+2\times 0+3z=6$, soit $3z=6$, c'est-à-dire $z=2$.
D'où $\mathbf{C(0\,;0\,;2)}$.

Voir la figure p. 62.

b. Tracer la droite intersection de deux plans

Pour dessiner l'intersection de deux plans sécants, qui est une droite, il suffit de déterminer deux points qui appartiennent à ces deux plans, puis de tracer la droite passant par ces deux points.

- Les points A et C appartiennent au plan $\mathcal{P}$ et au plan $\left(O\,;\vec{i},\vec{k}\right)$ qui sont non parallèles et donc sécants selon une droite, **la droite (AC)**.
- Les points A et B appartiennent au plan $\mathcal{P}$ et au plan $\left(O\,;\vec{i},\vec{j}\right)$ qui sont non parallèles et donc sécants selon une droite, **la droite (AB)**.
- Les points B et C appartiennent au plan $\mathcal{P}$ et au plan $\left(O\,;\vec{j},\vec{k}\right)$ qui sont non parallèles et donc sécants selon une droite, **la droite (BC)**.

Voir la figure page suivante.

2. a. Déterminer les coordonnées du point d'intersection d'un plan et d'une droite

On utilise le même raisonnement qu'au **1.a**.

Les coordonnées du point $M(x\,;y\,;z)$ d'intersection du plan Q d'équation $x+2y=2$ et de l'axe $\left(O\,;\vec{i}\right)$ vérifient le système :

$\begin{cases} x+2y=2 \\ y=0 \\ z=0 \end{cases}$ donc $\mathbf{M(2\,;0\,;0)}$.

De même, les coordonnées du point $N(x\,;y\,;z)$ d'intersection du plan Q et de l'axe $\left(O\,;\vec{j}\right)$ vérifient le système $\begin{cases} x+2y=2 \\ x=0 \\ z=0 \end{cases}$ donc $\mathbf{N(0\,;1\,;0)}$.

b. Montrer qu'un plan et une droite sont parallèles

- **1re méthode**

Démontrons que l'axe $\left(O\,;\vec{k}\right)$ et le plan Q ne sont pas sécants.

Si c'était le cas, les coordonnées du point d'intersection vérifieraient le système

$\begin{cases} x+2y=2 \\ x=0 \\ y=0 \end{cases}$ donc $\begin{cases} x=2 \\ x=0 \\ y=0 \end{cases}$.

La première et la deuxième équations sont en contradiction donc, c'est impossible.

On conclut que plan Q et l'axe $\left(O\,;\vec{k}\right)$ ne sont pas sécants, ils sont donc **parallèles**.

- **2e méthode**

Le plan Q a pour équation $x+2y=2$, donc le vecteur $\vec{n}(1\,;2\,;0)$ est **normal** au plan.

Or $\vec{n}\cdot\vec{k}=1\times0+2\times0+0\times1=0$, donc le plan Q et l'axe $\left(O\,;\vec{k}\right)$ sont parallèles.

À NOTER

Soit $\mathcal{D}$ une droite et $\mathcal{P}$ un plan de l'espace, $\vec{u}\neq\vec{0}$ un vecteur directeur de $\mathcal{D}$ et $\vec{n}\neq\vec{0}$ un vecteur normal à $\mathcal{P}$.

$\mathcal{D}\,//\,\mathcal{P} \Leftrightarrow \vec{u}$ et $\vec{n}$ sont orthogonaux $\Leftrightarrow \vec{n}\cdot\vec{u}=0$.

c. Tracer la droite intersection de deux plans

Pour dessiner l'intersection de deux plans sécants, qui est une droite, il suffit de déterminer deux points qui appartiennent à ces deux plans, puis de tracer la droite passant par ces deux points.

- Les points M et N appartiennent au plan Q et au plan $\left(O;\vec{i},\vec{j}\right)$ qui sont non parallèles et donc sécants selon une droite, **la droite (MN)**.

- Le plan Q passe par les points M et N et est parallèle à l'axe $\left(O;\vec{k}\right)$.

Ses intersections avec les plans $\left(O;\vec{i},\vec{k}\right)$ et $\left(O;\vec{j},\vec{k}\right)$ sont **les droites parallèles à l'axe $\left(O;\vec{k}\right)$, passant respectivement par le point M et par le point N.**

Voir la figure ci-après.

d. Tracer la droite intersection de deux plans

À partir des tracés précédents, nous pouvons observer que deux points des plans de coordonnées $\left(O;\vec{i},\vec{k}\right)$ et $\left(O;\vec{j},\vec{k}\right)$ du repère appartiennent aux plans $\mathcal{P}$ et Q.

La droite d'intersection des plans $\mathcal{P}$ et Q est **la droite passant par ces deux points.**

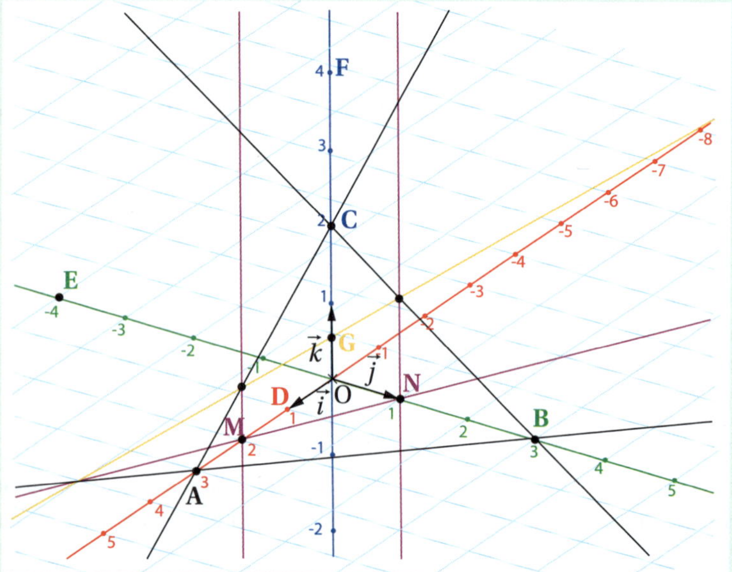

3 Orthogonalité et distances dans l'espace

Le calcul de distances intervient dans de nombreuses technologies, comme celle qui permet au système GPS de repérer la position de votre voiture et de vous guider vers votre destination.

TEST

Pour vous situer et identifier les fiches à réviser 64

FICHES DE COURS

9 Produit scalaire de deux vecteurs de l'espace 66
10 Orthogonalité et produit scalaire 68
11 Projeté orthogonal d'un point sur une droite ou un plan de l'espace 70
MÉMO VISUEL 72

SUJETS GUIDÉS & CORRIGÉS

OBJECTIF BAC
8 Caractérisation d'une sphère à l'aide du produit scalaire 74
9 Distance d'un point à la droite intersection de deux plans 78
OBJECTIF MENTION
10 Géométrie dans un cube 81

TESTEZ-VOUS

→ CORRIGÉS P. 349

Faites le point sur vos connaissances puis établissez votre **parcours de révision** en fonction de votre score.

1 Produit scalaire de deux vecteurs de l'espace

→ FICHE 9

On considère les points $A(2\,;4\,;1)$, $B(1\,;4\,;-3)$ et $C(3\,;1\,;-3)$.

1. $\overrightarrow{AB}\cdot\overrightarrow{AC} = \ldots$

☐ **a.** 15 ☐ **b.** −2 ☐ **c.** 7

2. $\overrightarrow{AB}\cdot\overrightarrow{BC} = \ldots$

☐ **a.** 15 ☐ **b.** −2 ☐ **c.** 7

3. $AC = \|\overrightarrow{AC}\| = \ldots$

☐ **a.** 26 ☐ **b.** $\sqrt{8}$ ☐ **c.** $\sqrt{26}$

4. $AB = \|\overrightarrow{AB}\| = \ldots$

☐ **a.** $\sqrt{5}$ ☐ **b.** $\sqrt{17}$ ☐ **c.** 17

5. $\cos\left(\overrightarrow{AB}\,;\overrightarrow{AC}\right) = \ldots$

☐ **a.** $15\sqrt{442}$ ☐ **b.** $\dfrac{15}{442}$ ☐ **c.** $\dfrac{15}{\sqrt{442}}$

…/5

2 Propriétés du produit scalaire

→ FICHE 9

Soit $\vec{u}$ et $\vec{v}$ deux vecteurs de l'espace.

1. $\vec{u}\cdot\vec{v} = 0 \Leftrightarrow \vec{u} = \vec{0}$ ou $\vec{v} = \vec{0}$

☐ **a.** Vrai ☐ **b.** Faux

2. $\|\vec{u}+\vec{v}\|^2 = \ldots$

☐ **a.** $\|\vec{u}\|^2 + \|\vec{v}\|^2$ ☐ **b.** $\|\vec{u}\|^2 + 2\|\vec{u}\|\cdot\|\vec{v}\| + \|\vec{v}\|^2$ ☐ **c.** $\|\vec{u}\|^2 + 2\,\vec{u}\cdot\vec{v} + \|\vec{v}\|^2$

3. $\vec{u}\cdot\vec{v} = \ldots$

☐ **a.** $\dfrac{1}{2}\left(\|\vec{u}+\vec{v}\|^2 + \|\vec{u}\|^2 + \|\vec{v}\|^2\right)$

☐ **b.** $\dfrac{1}{2}\left(\|\vec{u}+\vec{v}\|^2 - \|\vec{u}\|^2 - \|\vec{v}\|^2\right)$

☐ **c.** $\dfrac{1}{2}\left(\|\vec{u}\|^2 + \|\vec{v}\|^2\right)$

…/3

3 Orthogonalité et produit scalaire

→ FICHE 10

Les droites $\mathscr{D}$ et Δ admettent respectivement pour vecteurs directeurs les vecteurs $\vec{u}(2\,;-1\,;3)$ et $\vec{u'}(2\,;-5\,;-3)$.

Les plans $\mathscr{P}$ et Q admettent respectivement pour vecteurs normaux les vecteurs $\vec{n}(-2\,;1\,;-3)$ et $\vec{n'}(2\,;-1\,;3)$.

Parmi les affirmations suivantes, lesquelles sont vraies ?

☐ **a.** Les droites $\mathscr{D}$ et Δ sont orthogonales.

☐ **b.** La droite $\mathscr{D}$ et le plan $\mathscr{P}$ sont perpendiculaires.

☐ **c.** La droite Δ et le plan $\mathscr{P}$ sont perpendiculaires.

☐ **d.** La droite $\mathscr{D}$ et le plan Q sont perpendiculaires.

☐ **e.** La droite Δ et le plan Q sont perpendiculaires.

☐ **f.** Les plans $\mathscr{P}$ et Q sont perpendiculaires.

…/1

4 Projeté orthogonal d'un point sur une droite

→ FICHE 11

Soit Δ une droite de l'espace de vecteur directeur $\vec{u}$, $A \notin \Delta$ un point et H son projeté orthogonal sur la droite Δ. Que peut-on dire à propos des vecteurs $\overrightarrow{AH}$ et $\vec{u}$?

☐ **a.** $\overrightarrow{AH} = \vec{u}$ ☐ **b.** $\overrightarrow{AH}$ et $\vec{u}$ sont colinéaires ☐ **c.** $\overrightarrow{AH}$ et $\vec{u}$ sont orthogonaux

…/1

5 Projeté orthogonal d'un point sur un plan

→ FICHE 11

1. Soit $\mathscr{P}$ un plan de l'espace défini par la donnée d'un point et du vecteur normal $\vec{n}$, $A \notin \mathscr{P}$ un point et H son projeté orthogonal sur le plan $\mathscr{P}$.

Que peut-on dire à propos des vecteurs $\overrightarrow{AH}$ et $\vec{n}$?

☐ **a.** $\overrightarrow{AH} = \vec{n}$

☐ **b.** $\overrightarrow{AH}$ et $\vec{n}$ sont colinéaires

☐ **c.** $\overrightarrow{AH}$ et $\vec{n}$ sont orthogonaux

2. Quelle est la distance entre le point A et le plan $\mathscr{P}$?

☐ **a.** $\dfrac{AH}{\|\overrightarrow{AH}\|}$ ☐ **b.** $\dfrac{AH}{\|\vec{n}\|}$ ☐ **c.** AH

…/2

Score total …/12

Parcours PAS À PAS ou EXPRESS ? → MODE D'EMPLOI P. 3

9 Produit scalaire de deux vecteurs de l'espace

En bref *La définition du produit scalaire donnée dans le plan peut être étendue à l'espace. On retrouve alors les mêmes propriétés que dans le plan.*

I Définition

Soit $\vec{u}$ et $\vec{v}$ deux vecteurs de l'espace.

- Si $\vec{u} = \vec{0}$ ou $\vec{v} = \vec{0}$, alors $\vec{u} \cdot \vec{v} = 0$.
- Si $\vec{u} \neq \vec{0}$ et $\vec{v} \neq \vec{0}$, alors :

$$\vec{u} \cdot \vec{v} = \|\vec{u}\| \times \|\vec{v}\| \times \cos(\vec{u} ; \vec{v})$$

où l'angle $(\vec{u} ; \vec{v})$ est défini comme en géométrie plane.

À NOTER
Comme dans le plan, le **produit scalaire** de deux vecteurs de l'espace est un nombre réel.

II Propriétés

Soit $\vec{u}$, $\vec{v}$ et $\vec{w}$ des vecteurs de l'espace, et α un nombre réel.

Commutativité et distributivité

- $\vec{u} \cdot \vec{v} = \vec{v} \cdot \vec{u}$
- $(\alpha\vec{u}) \cdot \vec{v} = \alpha(\vec{u} \cdot \vec{v}) = \vec{u} \cdot (\alpha\vec{v})$
- $\vec{u} \cdot (\vec{v} + \vec{w}) = \vec{u} \cdot \vec{v} + \vec{u} \cdot \vec{w}$
- $(\vec{u} + \vec{v}) \cdot \vec{w} = \vec{u} \cdot \vec{w} + \vec{v} \cdot \vec{w}$

Norme

- $\vec{u} \cdot \vec{u} = \|\vec{u}\|^2$, noté aussi $\vec{u}^2$ (carré scalaire du vecteur $\vec{u}$)
- $\|\vec{u} + \vec{v}\|^2 = \|\vec{u}\|^2 + 2\vec{u} \cdot \vec{v} + \|\vec{v}\|^2$
- $\|\vec{u} - \vec{v}\|^2 = \|\vec{u}\|^2 - 2\vec{u} \cdot \vec{v} + \|\vec{v}\|^2$
- $\vec{u} \cdot \vec{v} = \frac{1}{2}\left(\|\vec{u}\|^2 + \|\vec{v}\|^2 - \|\vec{u} - \vec{v}\|^2\right) = \frac{1}{2}\left(\|\vec{u} + \vec{v}\|^2 - \|\vec{u}\|^2 - \|\vec{v}\|^2\right)$

Orthogonalité

$$\vec{u} \cdot \vec{v} = 0 \Leftrightarrow \vec{u} = \vec{0} \text{ ou } \vec{v} = \vec{0} \text{ ou } \vec{u} \perp \vec{v}$$

III Expression analytique du produit scalaire

L'espace est muni d'un repère orthonormé $(O ; \vec{i}, \vec{j}, \vec{k})$.
Soit $\vec{u}(x ; y ; z)$ et $\vec{v}(x' ; y' ; z')$ deux vecteurs de l'espace.

- $\vec{u} \cdot \vec{v} = xx' + yy' + zz'$
- $\|\vec{u}\| = \sqrt{x^2 + y^2 + z^2}$
- $AB = \|\overrightarrow{AB}\| = \sqrt{(x_B - x_A)^2 + (y_B - y_A)^2 + (z_B - z_A)^2}$

(avec $\vec{u} = \overrightarrow{AB}$ et $A(x_A ; y_A ; z_A)$ et $B(x_B ; y_B ; z_B)$).

Méthode

Calculer des distances dans l'espace

Dans l'espace muni d'un repère orthonormé $\left(O\,;\vec{i},\vec{j},\vec{k}\right)$, on considère le tétraèdre ABCD de sommets :
$A(0\,;0\,;3)$, $B\left(2\sqrt{2}\,;0\,;-1\right)$, $C\left(-\sqrt{2}\,;-\sqrt{6}\,;-1\right)$, $D\left(-\sqrt{2}\,;\sqrt{6}\,;-1\right)$.
R, S, T et U sont les milieux respectifs des arêtes [AC], [AD], [BD] et [BC].

1. Démontrer que le tétraèdre ABCD est régulier, c'est-à-dire que toutes ses arêtes sont de même longueur.

2. a. Démontrer que le quadrilatère RSTU est un parallélogramme.

b. Ce parallélogramme a-t-il des propriétés supplémentaires ? Expliquer.

CONSEILS
1. Identifiez les arêtes et montrez qu'elles sont de même longueur.

SOLUTION

1. $AB=\sqrt{\left(2\sqrt{2}\right)^2+(-1-3)^2}=\sqrt{8+16}=\sqrt{24}$
On démontre de même que $AC=AD=BC=BD=CD=\sqrt{24}$.
Le tétraèdre ABCD est **un tétraèdre régulier**.

2. a. Le point R est le milieu de [AC], donc il a pour coordonnées $\left(\frac{0-\sqrt{2}}{2}\,;\frac{0-\sqrt{6}}{2}\,;\frac{3-1}{2}\right)$, soit $R\left(-\frac{\sqrt{2}}{2}\,;-\frac{\sqrt{6}}{2}\,;1\right)$. On obtient de même :

$S\left(-\frac{\sqrt{2}}{2}\,;\frac{\sqrt{6}}{2}\,;1\right)$; $T\left(\frac{\sqrt{2}}{2}\,;\frac{\sqrt{6}}{2}\,;-1\right)$; $U\left(\frac{\sqrt{2}}{2}\,;-\frac{\sqrt{6}}{2}\,;-1\right)$ → FICHE 4.

On en déduit que :

$\overrightarrow{RS}\left(-\frac{\sqrt{2}}{2}-\left(-\frac{\sqrt{2}}{2}\right);\frac{\sqrt{6}}{2}-\left(-\frac{\sqrt{6}}{2}\right);1-1\right)$, soit $\overrightarrow{RS}\left(0\,;\sqrt{6}\,;0\right)$.

$\overrightarrow{UT}\left(\frac{\sqrt{2}}{2}-\frac{\sqrt{2}}{2};\frac{\sqrt{6}}{2}-\left(-\frac{\sqrt{6}}{2}\right);-1-(-1)\right)$, soit $\overrightarrow{UT}\left(0\,;\sqrt{6}\,;0\right)$.

Ainsi, $\overrightarrow{RS}=\overrightarrow{UT}$, donc le quadrilatère **RSTU est un parallélogramme**.

b. On a $\overrightarrow{RS}\left(0\,;\sqrt{6}\,;0\right)$.

De même $\overrightarrow{ST}\left(\frac{\sqrt{2}}{2}-\left(-\frac{\sqrt{2}}{2}\right);\frac{\sqrt{6}}{2}-\frac{\sqrt{6}}{2};-1-1\right)$, soit $\overrightarrow{ST}\left(\sqrt{2}\,;0\,;-2\right)$.

$RS=\sqrt{0^2+\left(\sqrt{6}\right)^2+0^2}=\sqrt{6}$ et $ST=\sqrt{\left(\sqrt{2}\right)^2+0^2+(-2)^2}=\sqrt{6}$.
De plus, $\overrightarrow{RS}\cdot\overrightarrow{ST}=0\times\sqrt{2}+\sqrt{6}\times0+0\times(-2)=0$.
Ainsi, les côtés consécutifs [RS] et [ST] sont perpendiculaires et égaux. Un parallélogramme qui a un angle droit est un rectangle et un rectangle dont deux côtés consécutifs sont égaux est un carré, donc **RSTU est un carré**.

10 Orthogonalité et produit scalaire

En bref *Le produit scalaire permet de traduire analytiquement l'orthogonalité dans le plan, mais aussi dans l'espace.*

I Droites orthogonales

Soit $\mathcal{D}$ une droite de vecteur directeur $\vec{u} \neq \vec{0}$, et Δ une droite de vecteur directeur $\vec{v} \neq \vec{0}$.

$$\mathcal{D} \perp \Delta \Leftrightarrow \vec{u} \text{ et } \vec{v} \text{ sont orthogonaux} \Leftrightarrow \vec{u} \cdot \vec{v} = 0$$

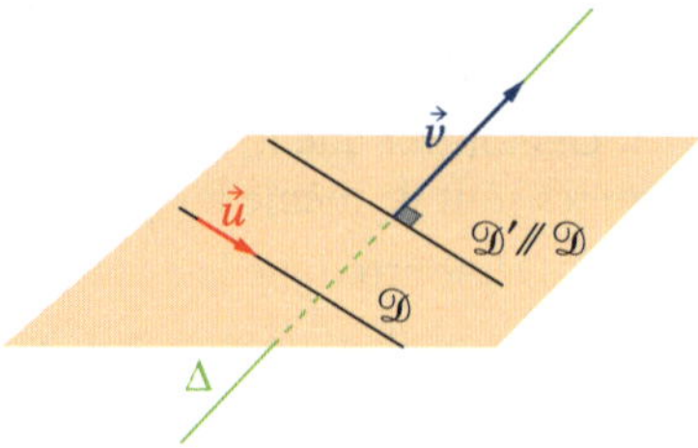

II Droites et plans perpendiculaires

- Un plan $\mathcal{P}$ de l'espace peut être défini par la donnée d'un point A et de deux vecteurs $\vec{v}$ et $\vec{w}$ non colinéaires et non nuls : ce plan est l'ensemble des points M de l'espace tels que $\overrightarrow{AM} = t_1\vec{v} + t_2\vec{w}$ avec $(t_1 ; t_2) \in \mathbb{R}^2$.

On dit que $\vec{v}$ et $\vec{w}$ sont des **vecteurs directeurs** du plan $\mathcal{P}$.

À NOTER
Le couple $(\vec{v} ; \vec{w})$ détermine la **direction** du plan $\mathcal{P}$.

- Soit $\mathcal{D}$ une droite de vecteur directeur $\vec{u} \neq \vec{0}$, et $\mathcal{P}$ un plan de vecteurs directeurs non colinéaires $\vec{v} \neq \vec{0}$ et $\vec{w} \neq \vec{0}$.

$$\mathcal{D} \perp \mathcal{P} \Leftrightarrow \vec{u} \cdot \vec{v} = 0 \text{ et } \vec{u} \cdot \vec{w} = 0$$

À NOTER
Le vecteur $\vec{u}$ est alors un vecteur normal au plan $\mathcal{P}$.

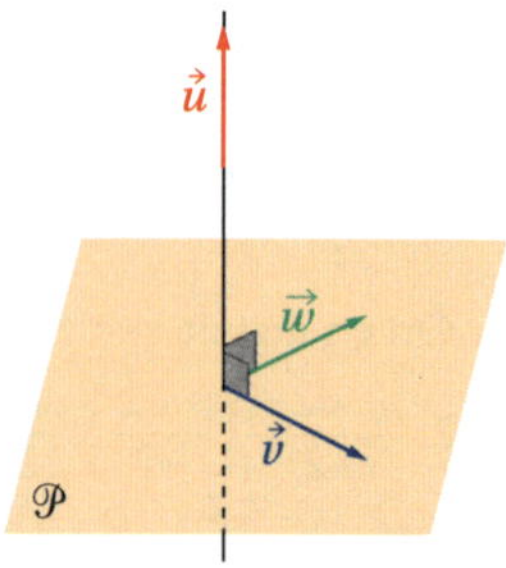

III Plans perpendiculaires

Soit $\mathcal{P}$ un plan de vecteur normal $\vec{n} \neq \vec{0}$ et $\mathcal{P}'$ un plan de vecteur normal $\vec{n}' \neq \vec{0}$.

$$\mathcal{P} \perp \mathcal{P}' \Leftrightarrow \vec{n} \text{ et } \vec{n}' \text{ orthogonaux} \Leftrightarrow \vec{n} \cdot \vec{n}' = 0$$

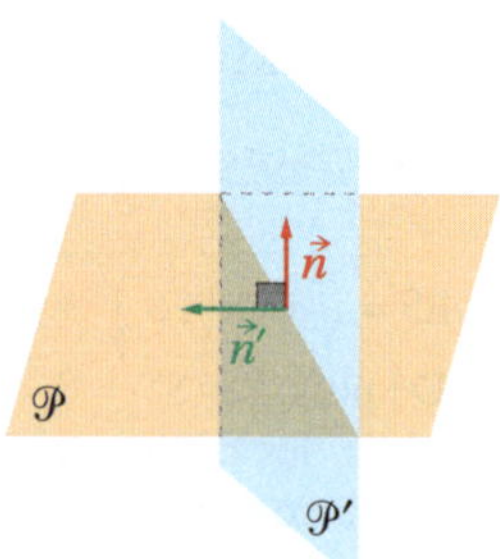

Méthode

Démontrer l'orthogonalité à l'aide du produit scalaire

Dans l'espace muni d'un repère orthonormé $\left(O;\vec{i},\vec{j},\vec{k}\right)$, on considère le plan $\mathcal{P}$ passant par le point $B(1;-2;1)$ et de vecteur normal $\vec{n}(-2;1;5)$, et le plan $\mathcal{R}$ dont $x+2y-7=0$ est une équation cartésienne.

a. Démontrer que les plans $\mathcal{P}$ et $\mathcal{R}$ sont perpendiculaires.

b. Démontrer que l'intersection des plans $\mathcal{P}$ et $\mathcal{R}$ est la droite passant par le point $C(-1;4;-1)$ et de vecteur directeur $\vec{u}(2;-1;1)$.

CONSEILS

a. Commencez par déterminer un vecteur normal au plan $\mathcal{R}$. → FICHE 12

b. Vérifiez que C appartient à $\mathcal{P}$ et à $\mathcal{R}$, puis que $\vec{u}$ est orthogonal à un vecteur normal au plan $\mathcal{P}$ et à un vecteur normal au plan $\mathcal{R}$.

SOLUTION

a. Le plan $\mathcal{R}$ a pour équation cartésienne $x+2y-7=0$, donc $\vec{n}'(1 ; 2 ; 0)$ est un vecteur normal à $\mathcal{R}$. Or $\vec{n}\cdot\vec{n}'=-2\times1+1\times2+5\times0=0$, donc les plans **$\mathcal{P}$ et $\mathcal{R}$ sont perpendiculaires**.

À NOTER

$\vec{n}(a;b;c)$ est un vecteur normal au plan $\mathcal{P}$ d'équation $ax+by+cz+d=0$.

→ FICHE 12

b. Des plans sécants et non confondus se coupent selon une droite. Notons Δ la droite d'intersection de $\mathcal{P}$ et $\mathcal{R}$.

- $-1+2\times4-7=0$, donc les coordonnées de C vérifient une équation cartésienne du plan $\mathcal{R}$, ce qui prouve que C appartient à $\mathcal{R}$.
- Déterminons une équation cartésienne du plan $\mathcal{P}$. $\vec{n}(-2;1;5)$ est un vecteur normal au plan $\mathcal{P}$, donc $\mathcal{P}$ admet une équation cartésienne de la forme : $-2x+y+5z+d=0$ avec $d\in\mathbb{R}$.

Le point $B(1;-2;1)$ appartient à $\mathcal{P}$ donc : $-2\times1-2+5\times1+d=1+d=0$, soit $d=-1$. Finalement, une équation cartésienne de $\mathcal{P}$ est $-2x+y+5z-1=0$. Or, $-2\times(-1)+4+5\times(-1)-1=0$, donc C appartient à $\mathcal{P}$.

On en déduit que C appartient à $\Delta=\mathcal{P}\cap\mathcal{R}$.

- Le vecteur $\vec{u}(2;-1;1)$ est orthogonal à $\vec{n}$ et à $\vec{n}'$. En effet :

$\vec{n}\cdot\vec{u}=-2\times2+1\times(-1)+5\times1=0$ et $\vec{n}'\cdot\vec{u}=1\times2+2\times(-1)+0\times1=0$.
Donc le vecteur $\vec{u}$ est un vecteur directeur de la droite Δ.

- **Conclusion :** L'intersection des plans $\mathcal{P}$ et $\mathcal{R}$ est la droite Δ passant par le point $C(-1;4;-1)$ et de vecteur directeur $\vec{u}(2;-1;1)$.

11 Projeté orthogonal d'un point sur une droite ou un plan de l'espace

En bref *Pour un point donné, on peut avoir besoin de connaître la distance de ce point à une droite ou à un plan de l'espace. Pour calculer cette distance, on utilise le projeté orthogonal de ce point sur la droite ou le plan.*

I Projeté orthogonal d'un point sur une droite de l'espace

Définition

Pour une droite Δ et un point $A \notin \Delta$, le **projeté orthogonal du point A sur la droite Δ** est le point $H \in \Delta$ tel que le vecteur $\overrightarrow{AH}$ est orthogonal à la droite Δ, c'est-à-dire que $\overrightarrow{AH}$ est un vecteur normal à la droite Δ.

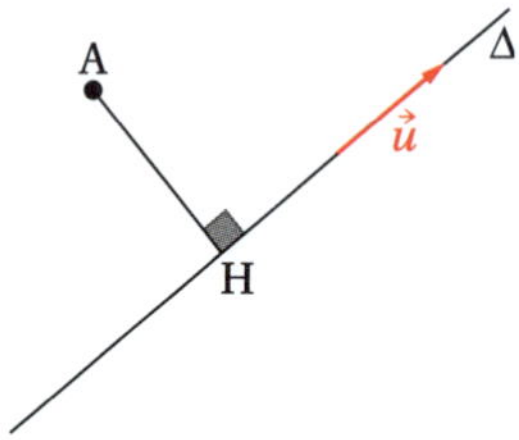

Propriété

Si la droite Δ admet pour vecteur directeur le vecteur $\vec{u}$, alors : $\overrightarrow{AH} \cdot \vec{u} = 0$.

Distance d'un point à une droite

Si le projeté orthogonal du point A sur la droite Δ est le point H, alors la distance du point A à la droite Δ est : $d(A\,;\Delta) = AH$.

II Projeté orthogonal d'un point sur un plan de l'espace

Définition

Pour un plan $\mathcal{P}$ et un point $A \notin \mathcal{P}$, le **projeté orthogonal du point A sur le plan $\mathcal{P}$** est le point $H \in \mathcal{P}$ tel que le vecteur $\overrightarrow{AH}$ est orthogonal au plan $\mathcal{P}$, c'est-à-dire que $\overrightarrow{AH}$ est un vecteur normal au plan $\mathcal{P}$.

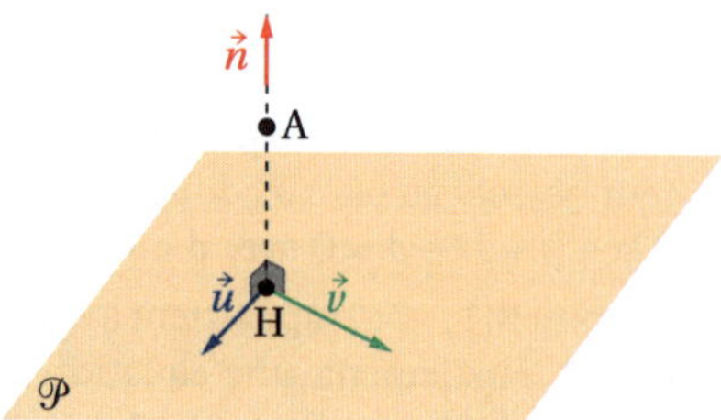

Propriétés

Si le plan $\mathcal{P}$ est défini par la donnée d'un point et de deux vecteurs $\vec{u}$ et $\vec{v}$ non colinéaires, ou bien du vecteur normal $\vec{n}$, alors : $\overrightarrow{AH} \cdot \vec{u} = \overrightarrow{AH} \cdot \vec{v} = 0$ et les vecteurs $\overrightarrow{AH}$ et $\vec{n}$ sont colinéaires.

Distance d'un point à un plan

Si le projeté orthogonal du point A sur le plan $\mathcal{P}$ est le point H, alors la distance du point A au plan $\mathcal{P}$ est : $d(A\,;\mathcal{P}) = AH$.

Méthode

Déterminer le projeté orthogonal d'un point sur un plan

ABCDEFGH est le cube représenté ci-contre. L'espace est rapporté au repère orthonormal $\left(A ; \overrightarrow{AB}, \overrightarrow{AD}, \overrightarrow{AE}\right)$.

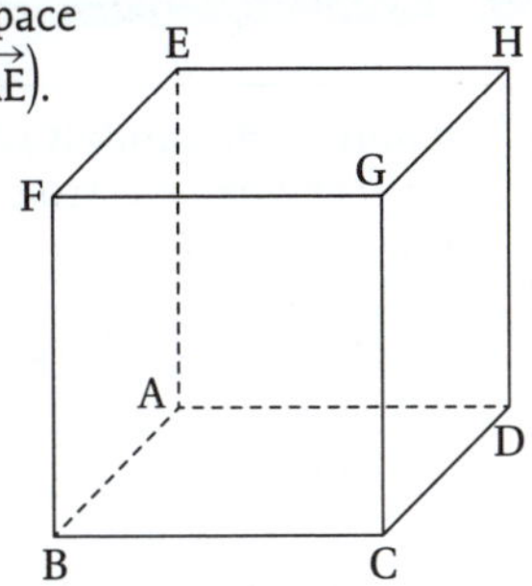

1. Soit I le point défini par :

$$\overrightarrow{IB} + \overrightarrow{ID} + \overrightarrow{IE} = \vec{0}.$$

I est appelé *centre de gravité* du triangle BDE.

a. Démontrer que $\overrightarrow{AI} = \frac{1}{3}\overrightarrow{AG}$.

b. Calculer les coordonnées du point I.

2. Prouver que I est le projeté orthogonal du point A sur le plan (BDE).

CONSEILS

1. a. Utilisez la relation de Chasles en faisant apparaître le vecteur $\overrightarrow{IA}$.

b. Déduisez les coordonnées du point I de celles du point G. → FICHE 12

2. Montrez que $\overrightarrow{AI}$ est un vecteur normal au plan (BDE).

SOLUTION

1. a. En décomposant les trois vecteurs, on a $\overrightarrow{IA} + \overrightarrow{AB} + \overrightarrow{IA} + \overrightarrow{AD} + \overrightarrow{IA} + \overrightarrow{AE} = \vec{0}$, puis $3\overrightarrow{IA} + \overrightarrow{AB} + \overrightarrow{AD} + \overrightarrow{AE} = \vec{0}$, donc $3\overrightarrow{AI} = \overrightarrow{AB} + \overrightarrow{AD} + \overrightarrow{AE}$.
Or, $\overrightarrow{AD} = \overrightarrow{BC}$ et $\overrightarrow{AE} = \overrightarrow{CG}$ car les faces du cube sont des carrés, donc $3\overrightarrow{AI} = \overrightarrow{AB} + \overrightarrow{BC} + \overrightarrow{CG} = \overrightarrow{AG}$ et $\boldsymbol{\overrightarrow{AI} = \frac{1}{3}\overrightarrow{AG}}$.

1. b. On a $\overrightarrow{AG} = \overrightarrow{AB} + \overrightarrow{AD} + \overrightarrow{AE}$, donc les coordonnées du point G dans le repère orthonormal $\left(A ; \overrightarrow{AB}, \overrightarrow{AD}, \overrightarrow{AE}\right)$ sont G(1 ; 1 ; 1).
Par ailleurs $\overrightarrow{AI} = \frac{1}{3}\overrightarrow{AG}$, donc les coordonnées du point I sont $\boldsymbol{I\left(\frac{1}{3} ; \frac{1}{3} ; \frac{1}{3}\right)}$.

2. Puisque le point I appartient au plan (BDE), il suffit de montrer que le vecteur $\overrightarrow{AI}$ est un vecteur normal au plan (BDE).

$\overrightarrow{AI}\left(\frac{1}{3} ; \frac{1}{3} ; \frac{1}{3}\right)$ et $\overrightarrow{BD}(-1 ; 1 ; 0)$ car B(1 ; 0 ; 0) et D(0 ; 1 ; 0), donc :

$\overrightarrow{AI} \cdot \overrightarrow{BD} = \frac{1}{3} \times (-1) + \frac{1}{3} \times 1 + \frac{1}{3} \times 0 = 0$ et $\overrightarrow{AI}$ et $\overrightarrow{BD}$ sont orthogonaux.

$\overrightarrow{AI}\left(\frac{1}{3} ; \frac{1}{3} ; \frac{1}{3}\right)$ et $\overrightarrow{BE}(-1 ; 0 ; 1)$ car E(0 ; 0 ; 1) donc :

$\overrightarrow{AI} \cdot \overrightarrow{BE} = \frac{1}{3} \times (-1) + \frac{1}{3} \times 0 + \frac{1}{3} \times 1 = 0$ et $\overrightarrow{AI}$ et $\overrightarrow{BE}$ sont orthogonaux.

Le vecteur $\overrightarrow{AI}$ est donc un vecteur normal au plan (BDE) puisqu'il est orthogonal à deux vecteurs non colinéaires de ce plan.

Le point I est donc le projeté orthogonal du point A sur le plan (BDE).

MÉMO VISUEL

Définition et propriétés du produit scalaire

Définition du produit scalaire

Pour $\vec{u}$ et $\vec{v}$ deux vecteurs de l'espace, le produit scalaire $\vec{u}\cdot\vec{v}$ est le nombre réel défini par :

- si $\vec{u}=\vec{0}$ ou $\vec{v}=\vec{0}$, alors $\vec{u}\cdot\vec{v}=0$.
- si $\vec{u}\neq\vec{0}$ et $\vec{v}\neq\vec{0}$, alors $\vec{u}\cdot\vec{v}=\|\vec{u}\|\times\|\vec{v}\|\times\cos(\vec{u};\vec{v})$.

Propriétés du produit scalaire

Pour tous vecteurs $\vec{u}$, $\vec{v}$ et $\vec{w}$ de l'espace, et tout nombre réel α :

- $\vec{u}\cdot\vec{v}=\vec{v}\cdot\vec{u}$
- $\alpha\vec{u}\cdot(\vec{v}+\vec{w})=\alpha\vec{u}\cdot\vec{v}+\alpha\vec{u}\cdot\vec{w}$
- $\vec{u}\cdot\vec{u}=\|\vec{u}\|^2$, noté aussi $\vec{u}^2$ (carré scalaire du vecteur $\vec{u}$)
- $\|\vec{u}+\vec{v}\|^2=\|\vec{u}\|^2+2\vec{u}\cdot\vec{v}+\|\vec{v}\|^2$
- $\vec{u}\cdot\vec{v}=\frac{1}{2}\left(\|\vec{u}+\vec{v}\|^2-\|\vec{u}\|^2-\|\vec{v}\|^2\right)$

Qu'est-ce que le produit scalaire de deux vecteurs de l'espace ?

ORTHOGONALITÉ DANS

Comment déterminer l'orthogonalité de deux vecteurs ?

Produit scalaire et orthogonalité

Pour tous vecteurs $\vec{u}$ et $\vec{v}$ de l'espace :

$$\vec{u}\cdot\vec{v}=0\Leftrightarrow\vec{u}=\vec{0}\text{ ou }\vec{v}=\vec{0}\text{ ou }\vec{u}\perp\vec{v}$$

Comment exprimer le produit scalaire dans une base orthonormée ?

Expression analytique du produit scalaire

L'espace est muni d'un repère orthonormé $\left(O\,;\vec{i},\vec{j},\vec{k}\right)$.

Soit $\vec{u}(x\,;y\,;z)$ et $\vec{v}(x'\,;y'\,;z')$ deux vecteurs de l'espace.

- $\vec{u}\cdot\vec{v} = xx' + yy' + zz'$
- $\|\vec{u}\| = \sqrt{x^2+y^2+z^2}$
- $AB = \|\overrightarrow{AB}\| = \sqrt{(x_B-x_A)^2+(y_B-y_A)^2+(z_B-z_A)^2}$

(avec $\vec{u} = \overrightarrow{AB}$ et $A(x_A\,;y_A\,;z_A)$ et $B(x_B\,;y_B\,;z_B)$).

Comment démontrer l'orthogonalité à l'aide du produit scalaire ?

Orthogonalité

ET DISTANCES L'ESPACE

Droites orthogonales

Soit $\mathcal{D}$ de vecteur directeur $\vec{u} \neq \vec{0}$, et Δ une droite de vecteur directeur $\vec{v} \neq \vec{0}$.

$\mathcal{D} \perp \Delta \Leftrightarrow \vec{u}\cdot\vec{v} = 0$

Droites et plans perpendiculaires

Soit $\mathcal{D}$ de vecteur directeur $\vec{u} \neq \vec{0}$, et $\mathcal{P}$ de vecteurs directeurs non colinéaires $\vec{v} \neq \vec{0}$ et $\vec{w} \neq \vec{0}$.

$\mathcal{D} \perp \mathcal{P} \Leftrightarrow \vec{u}\cdot\vec{v} = 0$ et $\vec{u}\cdot\vec{w} = 0$

Plans perpendiculaires

Soit $\mathcal{P}$ un plan de vecteur normal $\vec{n} \neq \vec{0}$ et $\mathcal{P}'$ un plan de vecteur normal $\vec{n}' \neq \vec{0}$.

$\mathcal{P} \perp \mathcal{P}' \Leftrightarrow \vec{n}\cdot\vec{n}' = 0$

SUJET 8 | OBJECTIF BAC

Caractérisation d'une sphère à l'aide du produit scalaire

60 min

→ FICHES **4** et **9** à **14**

Ce sujet montre, sur un exemple, comment la transformation d'un produit scalaire permet d'étudier un ensemble de points. Il fournit également une méthode, par étapes, pour déterminer les coordonnées du projeté orthogonal d'un point sur un plan.

LE SUJET

Partie A

On considère deux points A et D de l'espace et on désigne par I le milieu du segment [AD].

a. Démontrer que pour tout point M de l'espace :

$$\overrightarrow{MD} \cdot \overrightarrow{MA} = MI^2 - IA^2.$$

b. En déduire l'ensemble E des points de l'espace tels que :

$$\overrightarrow{MD} \cdot \overrightarrow{MA} = 0.$$

Partie B

Dans l'espace rapporté au repère orthonormé $\left(O\,;\vec{i},\vec{j},\vec{k}\right)$, on considère les points $A(3\,;0\,;0)$, $B(0\,;6\,;0)$, $C(0\,;0\,;4)$ et $D(-5\,;0\,;1)$.

1. a. Démontrer que les points A, B et C déterminent un plan que l'on notera (ABC).
b. Vérifier que le vecteur $\vec{n}(4\,;2\,;3)$ est normal au plan (ABC).
c. Déterminer une équation cartésienne du plan (ABC).

2. a. Déterminer une représentation paramétrique de la droite Δ, perpendiculaire au plan (ABC) et passant par D.
b. En déduire les coordonnées du point H, projeté orthogonal de D sur le plan (ABC).
c. Calculer la distance DH, qui est la distance du point D au plan (ABC).
d. Démontrer que H appartient à l'ensemble E défini dans la **partie A.**

LES CLÉS POUR RÉUSSIR

Partie A

a. Utilisez la relation de Chasles pour décomposer $\overrightarrow{MD}$ et $\overrightarrow{MA}$ et faire apparaitre le vecteur $\overrightarrow{MI}$, puis développez l'expression obtenue en cherchant à simplifier le résultat. → FICHES 4 et 9

b. Les points I et A étant donnés, utilisez la question précédente pour déterminer l'ensemble des points M de l'espace vérifiant MI = IA.

Partie B

1. a. Démontrez, par exemple, que $\overrightarrow{AB}$ et $\overrightarrow{AC}$ ne sont pas colinéaires. → FICHE 4

b. Démontrez que $\vec{n}\cdot\overrightarrow{AB}=\vec{n}\cdot\overrightarrow{AC}=0$. → FICHES 9 et 10

c. Utilisez le fait que $\vec{n}$ est un vecteur normal au plan (ABC) et que, par exemple, le point A appartient à ce plan. → FICHE 12

2. a. Remarquez que $\vec{n}$ est un vecteur directeur de la droite Δ. → FICHES 10 et 13

b. H est le point d'intersection de la droite Δ et du plan (ABC). → FICHES 11 et 14

c. Il s'agit de calculer la norme du vecteur $\overrightarrow{DH}$. → FICHE 9

d. Calculez $\overrightarrow{HD}\cdot\overrightarrow{HA}$ et concluez. → FICHE 9

LE CORRIGÉ

Partie A

a. Transformer un produit scalaire

Soit M un point de l'espace.

D'après la relation de Chasles, $\overrightarrow{MD}=\overrightarrow{MI}+\overrightarrow{ID}$ et $\overrightarrow{MA}=\overrightarrow{MI}+\overrightarrow{IA}$, donc :

$$\overrightarrow{MD}\cdot\overrightarrow{MA}=\left(\overrightarrow{MI}+\overrightarrow{ID}\right)\cdot\left(\overrightarrow{MI}+\overrightarrow{IA}\right)$$
$$=\overrightarrow{MI}\cdot\left(\overrightarrow{MI}+\overrightarrow{IA}\right)+\overrightarrow{ID}\cdot\left(\overrightarrow{MI}+\overrightarrow{IA}\right)$$
$$=\overrightarrow{MI}\cdot\overrightarrow{MI}+\overrightarrow{MI}\cdot\overrightarrow{IA}+\overrightarrow{ID}\cdot\overrightarrow{MI}+\overrightarrow{ID}\cdot\overrightarrow{IA}$$
$$=\overrightarrow{MI}^2+\overrightarrow{MI}\cdot\overrightarrow{IA}+\overrightarrow{MI}\cdot\overrightarrow{ID}-\overrightarrow{IA}\cdot\overrightarrow{IA}$$
car $\overrightarrow{ID}\cdot\overrightarrow{MI}=\overrightarrow{MI}\cdot\overrightarrow{ID}$ et $\overrightarrow{ID}=-\overrightarrow{IA}$
$$=\overrightarrow{MI}^2+\overrightarrow{MI}\cdot\left(\overrightarrow{IA}+\overrightarrow{ID}\right)-\overrightarrow{IA}^2$$
en factorisant $\overrightarrow{MI}\cdot\overrightarrow{IA}+\overrightarrow{MI}\cdot\overrightarrow{ID}$
$$=\overrightarrow{MI}^2+\overrightarrow{MI}\cdot\vec{0}-\overrightarrow{IA}^2 \text{ car } \overrightarrow{IA}+\overrightarrow{ID}=\vec{0}$$
$$=\overrightarrow{MI}^2-\overrightarrow{IA}^2 \text{ car } \overrightarrow{MI}\cdot\vec{0}=0$$
$$=MI^2-IA^2.$$

Ainsi, pour tout point M de l'espace, $\overrightarrow{MD}\cdot\overrightarrow{MA}=MI^2-IA^2$.

À NOTER

Pour tous vecteurs $\vec{u}$, $\vec{v}$ et $\vec{w}$ de l'espace : $\vec{u}\cdot(\vec{v}+\vec{w})=\vec{u}\cdot\vec{v}+\vec{u}\cdot\vec{w}$ et $(\vec{u}+\vec{v})\cdot\vec{w}=\vec{u}\cdot\vec{w}+\vec{v}\cdot\vec{w}$. → FICHE 9

Comme en géométrie plane :

I milieu de [AD] $\Leftrightarrow \overrightarrow{ID}+\overrightarrow{IA}=\vec{0}$.
$\Leftrightarrow \overrightarrow{ID}=-\overrightarrow{IA}$

b. Déterminer un ensemble de points

Pour un point M de l'espace :

$M \in E \Leftrightarrow \overrightarrow{MD} \cdot \overrightarrow{MA} = 0 \Leftrightarrow MI^2 - IA^2 = 0$ d'après le résultat précédent

$\Leftrightarrow MI^2 = IA^2 \Leftrightarrow MI = IA$ car les distances sont des réels positifs.

L'ensemble E est donc la **sphère de centre I et de rayon IA.**

Partie B

1. a. Montrer que des points déterminent un plan

$\overrightarrow{AB}(0-3\,;6-0\,;0-0)$, soit $\overrightarrow{AB}(-3\,;6\,;0) \neq (0\,;0\,;0)$.

$\overrightarrow{AC}(0-3\,;0-0\,;4-0)$, soit $\overrightarrow{AC}(-3\,;0\,;4) \neq (0\,;0\,;0)$.

Les vecteurs $\overrightarrow{AB}$ et $\overrightarrow{AC}$ ne sont pas colinéaires, donc les points A, B et C ne sont pas alignés et déterminent un **plan**, noté (ABC).

> **À NOTER**
> Trois points non alignés de l'espace, qui forment deux vecteurs non colinéaires, définissent un **plan**.

b. Vérifier qu'un vecteur est normal à un plan

Démontrons que le vecteur $\vec{n}(4\,;2\,;3)$ est normal au plan (ABC).

$\vec{n} \cdot \overrightarrow{AB} = 4 \times (-3) + 2 \times 6 + 3 \times 0 = -12 + 12 + 0 = 0$

et $\vec{n} \cdot \overrightarrow{AC} = 4 \times (-3) + 2 \times 0 + 3 \times 4 = -12 + 0 + 12 = 0$.

Donc $\vec{n}$ est orthogonal à $\overrightarrow{AB}$ et à $\overrightarrow{AC}$.

Or, $\overrightarrow{AB}$ et $\overrightarrow{AC}$ sont des vecteurs directeurs du plan (ABC), donc le vecteur $\vec{n}(4\,;2\,;3)$ est un **vecteur normal au plan (ABC).**

c. Déterminer une équation cartésienne d'un plan

- $\vec{n}(4\,;2\,;3)$ est un vecteur normal au plan (ABC), donc le plan (ABC) a une **équation cartésienne** de la forme $4x + 2y + 3z + d = 0$, avec $d \in \mathbb{R}$.

> **À NOTER**
> Soit $\vec{n}(a\,;b\,;c)$ un vecteur non nul.
> $\vec{n}(a\,;b\,;c)$ vecteur normal du plan $\mathcal{P}$ si et seulement si le plan $\mathcal{P}$ admet une **équation cartésienne** de la forme $ax + by + cz + d = 0$ avec $d \in \mathbb{R}$. → FICHE 12

- Déterminons la valeur de d.

Le point A appartient au plan (ABC), donc ses coordonnées vérifient l'équation du plan : $4 \times 3 + 2 \times 0 + 3 \times 0 + d = 12 + d = 0$, soit $d = -12$.

Une équation cartésienne du plan (ABC) est donc $\mathbf{4x + 2y + 3z - 12 = 0}$.

2. a. Déterminer une représentation paramétrique d'une droite

La droite Δ est orthogonale au plan (ABC), donc le vecteur normal $\vec{n}$ au plan (ABC) est un vecteur directeur de la droite Δ.

Δ est la droite passant par le point D$(-5\,;0\,;1)$ et de vecteur directeur $\vec{n}(4\,;2\,;3)$, donc une **représentation paramétrique** de Δ est :

$$\begin{cases} x = 4t - 5 \\ y = 2t \\ z = 3t + 1 \end{cases}, \ t \in \mathbb{R}.$$

> **À NOTER**
> Une droite orthogonale à un plan a pour vecteur directeur un vecteur normal à ce plan.

À NOTER

Soit $\mathscr{D}$ la droite passant par le point $A(x_A\,;y_A\,;z_A)$ et de vecteur directeur $\vec{u}(a\,;b\,;c)\neq\vec{0}$.

$M(x\,;y\,;z)\in\mathscr{D}\Leftrightarrow$ Il existe un réel t tel que $\begin{cases}x=ta+x_A\\y=tb+y_A\\z=tc+z_A\end{cases}$.

→ FICHE 13

b. Déterminer les coordonnées du projeté orthogonal d'un point sur un plan

- La droite Δ et le plan (ABC) étant perpendiculaires par définition, ils sont sécants en un seul point H.
- Déterminer les coordonnées $(x_H\,;y_H\,;z_H)$ de H revient à déterminer le réel t tel que $\begin{cases}x_H=4t-5\\y_H=2t\\z_H=3t+1\\4x_H+2y_H+3z_H-12=0\end{cases}$,

c'est-à-dire tel que $\begin{cases}x_H=4t-5\\y_H=2t\\z_H=3t+1\\4\times(4t-5)+2\times(2t)+3\times(3t+1)-12=0\end{cases}$.

La dernière équation donne $16t-20+4t+9t+3-12=0$,
soit $29t-29=0$, d'où $t=1$.

En remplaçant t par 1, on a : $\begin{cases}x_H=4\times1-5=-1\\y_H=2\times1=2\\z_H=3\times1+1=4\end{cases}$.

Donc le point **H a pour coordonnées (–1 ; 2 ; 4)**.

c. Calculer une distance

D(–5 ; 0 ; 1) et H(–1 ; 2 ; 4), donc :

$$DH=\|\overrightarrow{DH}\|=\sqrt{(-1-(-5))^2+(2-0)^2+(4-1)^2}$$
$$=\sqrt{4^2+2^2+3^2}=\sqrt{16+4+9}=\sqrt{\mathbf{29}}.$$

À NOTER

$$DH=\sqrt{(x_H-x_D)^2+(y_H-y_D)^2+(z_H-z_D)^2}$$

→ FICHE 9

d. Vérifier qu'un point appartient à un ensemble de points

Par définition de l'ensemble E : $H\in E\Leftrightarrow\overrightarrow{HD}\cdot\overrightarrow{HA}=0$.

Or, $\overrightarrow{HD}(-5-(-1)\,;0-2\,;1-4)$, soit $\overrightarrow{HD}(-4\,;-2\,;-3)$,
et $\overrightarrow{HA}(3-(-1)\,;0-2\,;0-4)$, soit $\overrightarrow{HA}(4\,;-2\,;-4)$.

Donc :

$$\overrightarrow{HD}\cdot\overrightarrow{HA}=(-4)\times4+(-2)\times(-2)+(-3)\times(-4)$$
$$=-16+4+12=0.$$

Le point H appartient à la **sphère E de centre I et de rayon IA.**

SUJET 9 | OBJECTIF BAC

Distance d'un point à la droite intersection de deux plans

60 min

→ FICHES 4, 5 et 8 à 13

Ce sujet nous fait déterminer la position relative de deux plans de l'espace, puis définir leur intersection, et enfin calculer la distance d'un point à cette intersection des deux plans.

LE SUJET

Dans l'espace muni d'un repère orthonormé $\left(O\,;\vec{i},\vec{j},\vec{k}\right)$, on considère les points $A(1\,;2\,;2)$, $B(3\,;2\,;1)$ et $C(1\,;3\,;3)$.

1. a. Démontrer que les points A, B et C déterminent un plan, noté $\mathcal{P}_1$.
b. Vérifier que $x - 2y + 2z - 1 = 0$ est une équation cartésienne de $\mathcal{P}_1$.

2. On considère le plan $\mathcal{P}_2$ d'équation cartésienne $x - 3y + 2z + 2 = 0$.
a. Démontrer que les plans $\mathcal{P}_1$ et $\mathcal{P}_2$ sont sécants.
On note Δ leur droite d'intersection.
b. Démontrer que le point C appartient à la droite Δ.
c. Vérifier que $\vec{u}(2\,;0\,;-1)$ est un vecteur directeur de la droite Δ.
d. En déduire que $\begin{cases} x = 2t + 1 \\ y = 3 \\ z = -t + 3 \end{cases}$, $t \in \mathbb{R}$, est une représentation paramétrique de la droite Δ.

3. a. Démontrer qu'il existe un unique point H appartenant à Δ tel que les vecteurs $\overrightarrow{AH}$ et $\vec{u}$ sont orthogonaux. Déterminer les coordonnées de H, qui est donc le projeté othogonal du point A sur la droite Δ.
b. Que peut-on en déduire pour les droites (AH) et Δ ?
c. Calculer AH, qui est la distance du point A à la droite Δ.

LES CLÉS POUR RÉUSSIR

1. a. Démontrez, par exemple, que $\overrightarrow{AB}$ et $\overrightarrow{AC}$ ne sont pas colinéaires. → FICHE 4
b. Démontrez que le vecteur $\vec{n}(1\,;-2\,;2)$ est un vecteur normal au plan $\mathcal{P}_1$ et que l'un des points A, B ou C appartient au plan d'équation donnée. → FICHE 12

2. a. Démontrez que les vecteurs normaux de ces deux plans ne sont pas colinéaires. → FICHE 8
b. Démontrez que le point C appartient au plan $\mathcal{P}_1$ et au plan $\mathcal{P}_2$.

c. Considérez une droite de vecteur directeur $\vec{u}$ et démontrez que le vecteur $\vec{u}$ est orthogonal à un vecteur normal à chacun des deux plans. → FICHE 8
d. Utilisez le fait que le point C appartient à Δ et que $\vec{u}$ en est un vecteur directeur. → FICHE 13

3. a. Résolvez dans $\mathbb{R}$ l'équation $\overrightarrow{AH} \cdot \vec{u} = 0$ d'inconnue t. → FICHE 10
b. Remarquez que (AH) et Δ sont orthogonales et ont un point commun. → FICHE 5
c. Utilisez les coordonnées du point A et du point H. → FICHE 9

LE CORRIGÉ

1. a. Montrer que des points déterminent un plan

$\overrightarrow{AB}(3-1\,;2-2\,;1-2)$, soit $\overrightarrow{AB}(2\,;0\,;-1) \neq (0\,;0\,;0)$.
$\overrightarrow{AC}(1-1\,;3-2\,;3-2)$, soit $\overrightarrow{AC}(0\,;1\,;1) \neq (0\,;0\,;0)$.

Les vecteurs $\overrightarrow{AB}$ et $\overrightarrow{AC}$ ne sont pas colinéaires, donc **les points A, B et C ne sont pas alignés et déterminent un plan**, noté $\mathscr{P}_1$.

b. Vérifier qu'une équation cartésienne est celle d'un plan donné

Notons Π le plan dont $x - 2y + 2z - 1 = 0$ est une équation cartésienne et démontrons que $\Pi = \mathscr{P}_1$.

- De l'équation, on déduit que le vecteur $\vec{n}(1\,;-2\,;2)$ est un vecteur normal au plan Π.
Or, $\vec{n} \cdot \overrightarrow{AB} = 1 \times 2 + (-2) \times 0 + 2 \times (-1) = 2 - 2 = 0$
et $\vec{n} \cdot \overrightarrow{AC} = 1 \times 0 + (-2) \times 1 + 2 \times 1 = -2 + 2 = 0$.
Donc, comme $\left(\overrightarrow{AB}\,;\overrightarrow{AC}\right)$ est un couple de vecteurs directeurs du plan $\mathscr{P}_1$, on en déduit que $\vec{n}(1\,;-2\,;2)$ est aussi un vecteur normal au plan $\mathscr{P}_1$. Les plans Π et $\mathscr{P}_1$ sont donc parallèles.

> **À NOTER**
> Deux plans de l'espace qui admettent le même vecteur normal sont **parallèles**.

- De plus, A(1 ; 2 ; 2) et $1 - 2 \times 2 + 2 \times 2 - 1 = 0$, donc A appartient au plan Π.
- Ainsi, les plans Π et $\mathscr{P}_1$ sont parallèles et ont un point commun.

Ils sont donc confondus et $x - 2y + 2z - 1 = 0$ est **une équation cartésienne du plan $\mathscr{P}_1$**.

2. a. Étudier la position relative de deux plans

Un vecteur normal au plan $\mathscr{P}_2$ d'équation $x - 3y + 2z + 2 = 0$ est $\vec{n'}(1\,;-3\,;2)$.
Les vecteurs $\vec{n}(1\,;-2\,;2)$ et $\vec{n'}(1\,;-3\,;2)$ ne sont pas colinéaires, donc les plans $\mathscr{P}_1$ et $\mathscr{P}_2$ sont sécants et leur intersection est une droite, notée Δ.

> **À NOTER**
> Soit $\mathscr{P}$ et $\mathscr{P}'$ deux plans de vecteurs normaux respectifs $\vec{n} \neq \vec{0}$ et $\vec{n'} \neq \vec{0}$.
> $\mathscr{P} \,//\, \mathscr{P}' \Leftrightarrow \vec{n}$ et $\vec{n'}$ sont colinéaires $\Leftrightarrow$ Il existe $\alpha \in \mathbb{R}$ tel que $\vec{n'} = \alpha\vec{n}$.
> Dans l'espace, deux plans sont **soit parallèles, soit sécants** selon une droite.

b. Démontrer qu'un point appartient à une droite

Démontrer que C appartient à Δ revient à démontrer que C appartient à $\mathcal{P}_1$ et à $\mathcal{P}_2$, c'est-à-dire que les coordonnées de C vérifient une équation cartésienne de chacun des deux plans.

- $C(1;3;3)$ et $1-2\times3+2\times3-1=1-6+6-1=0$, donc $C\in\mathcal{P}_1$.
- De même, $1-3\times3+2\times3+2=1-9+6+2=0$, donc $C\in\mathcal{P}_2$.

Donc le point **C appartient à la droite Δ.**

À NOTER

Dans l'espace, une droite $\mathcal{D}$ ne peut pas être définie par une équation cartésienne.

En revanche, ici, le système $\begin{cases}x-2y+2z-1=0\\x-3y+2z+2=0\end{cases}$ définit la droite $\mathcal{D}$.

c. Identifier un vecteur directeur d'une droite donnée

Notons $\mathcal{D}$ une droite de vecteur directeur $\vec{u}(2;0;-1)$ et démontrons que $\mathcal{D}$ est parallèle à Δ, ce qui prouvera que $\vec{u}$ est un vecteur directeur de Δ.

- $\vec{n}(1;-2;2)$ est un vecteur normal au plan $\mathcal{P}_1$
et $\vec{n}\cdot\vec{u}=1\times2+(-2)\times0+2\times(-1)=2+0-2=0$, donc $\vec{n}\perp\vec{u}$.
On en déduit que $\mathcal{D}$ est parallèle au plan $\mathcal{P}_1$.

À NOTER

Soit $\mathcal{D}$ une droite et $\mathcal{P}$ un plan de l'espace, $\vec{u}\neq\vec{0}$ un vecteur directeur de $\mathcal{D}$ et $\vec{n}\neq\vec{0}$ un vecteur normal à $\mathcal{P}$. $\mathcal{D}\,//\,\mathcal{P}\Leftrightarrow\vec{u}$ et $\vec{n}$ sont orthogonaux $\Leftrightarrow\vec{n}\cdot\vec{u}=0$.

- De même, $\overrightarrow{n'}(1;-3;2)$ est un vecteur normal au plan $\mathcal{P}_2$
et $\overrightarrow{n'}\cdot\vec{u}=1\times2+(-3)\times0+2\times(-1)=2+0-2=0$, donc $\overrightarrow{n'}\perp\vec{u}$.
On en déduit que $\mathcal{D}$ est parallèle au plan $\mathcal{P}_2$.
- La droite $\mathcal{D}$ est donc parallèle à la droite Δ, intersection de $\mathcal{P}_1$ et $\mathcal{P}_2$.
Ainsi, $\vec{u}$ étant un vecteur directeur de $\mathcal{D}$, c'est aussi un **vecteur directeur de Δ**, car les droites $\mathcal{D}$ et Δ ont la même direction.

d. Déterminer une représentation paramétrique d'une droite

Δ est la droite passant par le point $C(1;3;3)$ et de vecteur directeur $\vec{u}(2;0;-1)$.

Une représentation paramétrique de Δ est donc $\begin{cases}x=2t+1\\y=3\\z=-t+3\end{cases}$, $t\in\mathbb{R}$.

À NOTER

Soit $\mathcal{D}$ la droite passant par le point $A(x_A;y_A;z_A)$ et de vecteur directeur $\vec{u}(a;b;c)\neq\vec{0}$.

$M(x;y;z)\in\mathcal{D}\Leftrightarrow$ Il existe un réel t tel que $\begin{cases}x=ta+x_A\\y=tb+y_A\\z=tc+z_A\end{cases}$.

3. a. Déterminer les coordonnées d'un point

Compte tenu de la représentation paramétrique de Δ, un point M appartenant à la droite Δ a pour coordonnées $(2t+1\,;3\,;-t+3)$, avec t appartenant à $\mathbb{R}$.

$\overrightarrow{AM}$ et $\vec{u}$ orthogonaux $\Leftrightarrow \overrightarrow{AM} \cdot \vec{u} = 0$.
A(1 ; 2 ; 2) donc $\overrightarrow{AM}(2t+1-1 ; 3-2 ; -t+3-2)$, soit $\overrightarrow{AM}(2t ; 1 ; -t+1)$.
$\vec{u}(2 ; 0 ; -1)$, donc :

$$\overrightarrow{AM} \cdot \vec{u} = 0 \Leftrightarrow 2t \times 2 + 1 \times 0 + (-t+1) \times (-1) = 0$$
$$\Leftrightarrow 4t + t - 1 = 0 \Leftrightarrow 5t = 1 \Leftrightarrow t = \frac{1}{5}$$

Ainsi, il existe un unique réel t tel que les vecteurs $\overrightarrow{AM}$ et $\vec{u}$ sont orthogonaux, donc il existe un unique point de Δ tel que $\overrightarrow{AM}$ et $\vec{u}$ sont orthogonaux.

Notons H ce point. En remplaçant t par $\frac{1}{5}$ dans l'expression générale des coordonnées d'un point de Δ, on obtient :
H a pour coordonnées $\left(2 \times \frac{1}{5} + 1 ; 3 ; -\frac{1}{5} + 3\right)$, soit $\left(\mathbf{\frac{7}{5} ; 3 ; \frac{14}{5}}\right)$.

b. Étudier la position relative de deux droites

La droite Δ a pour vecteur directeur $\vec{u}$, et les vecteurs $\overrightarrow{AH}$ et $\vec{u}$ sont orthogonaux, donc les droites Δ et (AH) sont orthogonales.
De plus, elles sont sécantes en H, donc les droites **Δ et (AH) sont perpendiculaires en H.**

> **À NOTER**
> Soit $\mathscr{D}$ et Δ deux droites de l'espace de vecteurs directeurs respectifs $\vec{u} \neq \vec{0}$ et $\vec{v} \neq \vec{0}$: $\mathscr{D} \perp \Delta \Leftrightarrow \vec{u} \cdot \vec{v} = 0$

c. Calculer une distance

$H\left(\frac{7}{5} ; 3 ; \frac{14}{5}\right)$ et A(1 ; 2 ; 2), donc :

$$AH = \sqrt{\left(\frac{7}{5} - 1\right)^2 + (3-2)^2 + \left(\frac{14}{5} - 2\right)^2}$$
$$= \sqrt{\frac{4}{25} + 1 + \frac{16}{25}} = \sqrt{\frac{4+25+16}{25}} = \sqrt{\frac{45}{25}} = \frac{\sqrt{45}}{\sqrt{25}} = \frac{3\sqrt{5}}{5}.$$

> **À NOTER**
> $AH = \sqrt{(x_H - x_A)^2 + (y_H - y_A)^2 + (z_H - z_A)^2}$
> → FICHE 9

SUJET 10 | OBJECTIF MENTION

80 min Géométrie dans un cube

→ FICHES 4 à 6 et 9 à 13

Dans ce sujet, nous allons étudier vectoriellement toutes les notions à connaître cette année en géométrie dans l'espace, en se plaçant dans un cube.

LE SUJET

On considère un cube ABCDEFGH d'arête 1.

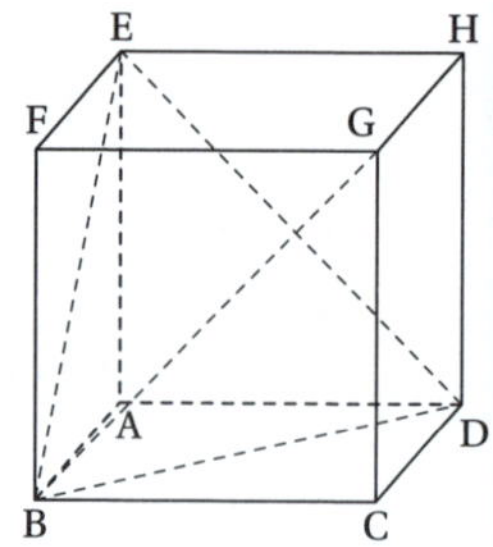

1. a. Exprimer plus simplement le vecteur $\overrightarrow{AB}+\overrightarrow{AD}+\overrightarrow{AE}$.

b. En déduire que $\overrightarrow{AG}\cdot\overrightarrow{BD}=0$ et $\overrightarrow{AG}\cdot\overrightarrow{BE}=0$.

2. Déduire de la question précédente que la droite (AG) est perpendiculaire au plan (BDE).

3. Soit I le point défini par l'égalité vectorielle $\overrightarrow{IB}+\overrightarrow{ID}+\overrightarrow{IE}=\vec{0}$.

a. Justifier que le point I appartient au plan (BDE).

b. Déduire du **1. a.** que le point I est le point d'intersection de la droite (AG) et du plan (BDE), et préciser la position du point I sur le segment [AG].

4. Dans cette question, l'espace est muni du repère orthonormé $\left(A\,;\overrightarrow{AB},\overrightarrow{AD},\overrightarrow{AE}\right)$.

a. Déterminer une équation cartésienne du plan (BDE).

b. Déterminer une représentation paramétrique de la droite Δ passant par le point H et perpendiculaire au plan (BDE).

c. Déterminer les coordonnées du point J, intersection de la droite Δ et du plan (BDE), qui est le projeté orthogonal du point H sur le plan (BDE).

d. En déduire la distance JH, qui est la distance du point H au plan (BDE).

e. **Démonstration de cours :** Montrer que le projeté orthogonal d'un point M sur un plan $\mathcal{P}$ est le point de $\mathcal{P}$ le plus proche de M.

LES CLÉS POUR RÉUSSIR

1. a. Utilisez des égalités vectorielles et la relation de Chasles. → FICHE 4

b. Décomposez le vecteur $\overrightarrow{AG}$ et observez les vecteurs qui sont orthogonaux par définition du cube. → FICHE 9

2. Démontrez que le vecteur $\overrightarrow{AG}$ est orthogonal à deux vecteurs directeurs du plan (BDE). → FICHE 10

3. a. Exprimez le vecteur $\overrightarrow{BI}$ comme une combinaison linéaire des vecteurs $\overrightarrow{BD}$ et $\overrightarrow{BE}$ en utilisant la relation de Chasles. → FICHE 10

b. Démontrez que les vecteurs $\overrightarrow{AI}$ et $\overrightarrow{AG}$ sont colinéaires. → FICHE 4

4. a. Déterminez les coordonnées des points A et G, puis du vecteur $\overrightarrow{AG}$ qui est un vecteur normal au plan (BDE). → FICHE 12

b. Déterminez un vecteur directeur de la droite Δ et les coordonnées du point H. → FICHE 13

c. Exprimez les coordonnées $(x_J\,;y_J\,;z_J)$ de J en fonction d'un réel t et écrivez que $(x_J\,;y_J\,;z_J)$ vérifie l'équation cartésienne trouvée en **4. a.** → FICHES 6 et 13

d. Exprimez la distance JH en fonction des coordonnées de J et H. → FICHE 4

e. Pensez à utiliser le théorème de Pythagore dans un plan à définir. → FICHE 11

LE CORRIGÉ

1. a. Simplifier une expression vectorielle

ABCD est un carré donc $\overrightarrow{AD} = \overrightarrow{BC}$ et AEGC est un parallélogramme donc $\overrightarrow{AE} = \overrightarrow{CG}$.

D'où : $\overrightarrow{\mathbf{AB}} + \overrightarrow{\mathbf{AD}} + \overrightarrow{\mathbf{AE}} = \overrightarrow{\mathbf{AB}} + \overrightarrow{\mathbf{BC}} + \overrightarrow{\mathbf{CG}}$

$= \overrightarrow{\mathbf{AG}}$ d'après la relation de Chasles.

b. Calculer un produit scalaire

- En utilisant le résultat précédent, on a :

$\overrightarrow{AG} \cdot \overrightarrow{BD} = \left(\overrightarrow{AB} + \overrightarrow{AD} + \overrightarrow{AE}\right) \cdot \overrightarrow{BD}$

$= \left(\overrightarrow{AC} + \overrightarrow{AE}\right) \cdot \overrightarrow{BD}$ car ABCD est un carré, donc $\overrightarrow{AB} + \overrightarrow{AD} = \overrightarrow{AC}$

$= \overrightarrow{AC} \cdot \overrightarrow{BD} + \overrightarrow{AE} \cdot \overrightarrow{BD}$.

À NOTER

Pour tous vecteurs $\vec{u}$, $\vec{v}$ et $\vec{w}$ de l'espace :
$\vec{u} \cdot (\vec{v} + \vec{w}) = \vec{u} \cdot \vec{v} + \vec{u} \cdot \vec{w}$ et $(\vec{u} + \vec{v}) \cdot \vec{w} = \vec{u} \cdot \vec{w} + \vec{v} \cdot \vec{w}$. → FICHE 9

Or, les vecteurs $\overrightarrow{AC}$ et $\overrightarrow{BD}$ sont orthogonaux car les diagonales d'un carré sont perpendiculaires, donc $\overrightarrow{AC} \cdot \overrightarrow{BD} = 0$.
De plus, la droite (AE) est orthogonale au plan (BDC) donc à toutes les droites incluses dans ce plan et en particulier à la droite (BD).

À NOTER

Si une droite $\mathscr{D}$ est orthogonale à un plan $\mathscr{P}$, alors $\mathscr{D}$ est orthogonale à toutes les droites de $\mathscr{P}$.

Les vecteurs $\overrightarrow{AE}$ et $\overrightarrow{BD}$ sont donc orthogonaux et $\overrightarrow{AE} \cdot \overrightarrow{BD} = 0$.
Finalement, $\overrightarrow{\mathbf{AG}} \cdot \overrightarrow{\mathbf{BD}} = \mathbf{0}$ et les vecteurs **$\overrightarrow{\mathbf{AG}}$ et $\overrightarrow{\mathbf{BD}}$ sont orthogonaux.**

- De même :

$\overrightarrow{AG} \cdot \overrightarrow{BE} = \left(\overrightarrow{AB} + \overrightarrow{AD} + \overrightarrow{AE}\right) \cdot \overrightarrow{BE} = \left(\overrightarrow{AF} + \overrightarrow{AD}\right) \cdot \overrightarrow{BE}$ car $\overrightarrow{AB} + \overrightarrow{AE} = \overrightarrow{AF}$

$= \overrightarrow{AF} \cdot \overrightarrow{BE} + \overrightarrow{AD} \cdot \overrightarrow{BE}$.

Or les vecteurs $\overrightarrow{AF}$ et $\overrightarrow{BE}$ sont orthogonaux car les diagonales d'un carré sont perpendiculaires, donc $\overrightarrow{AF} \cdot \overrightarrow{BE} = 0$.
De plus, la droite (AD) est orthogonale au plan (ABE), donc à toutes les droites incluses dans ce plan et en particulier à la droite (BE).
Les vecteurs $\overrightarrow{AD}$ et $\overrightarrow{BE}$ sont donc orthogonaux et $\overrightarrow{AD} \cdot \overrightarrow{BE} = 0$.
Finalement, $\overrightarrow{\mathbf{AG}} \cdot \overrightarrow{\mathbf{BE}} = \mathbf{0}$ et les vecteurs **$\overrightarrow{\mathbf{AG}}$ et $\overrightarrow{\mathbf{BE}}$ sont orthogonaux.**

2. Étudier la position relative d'une droite et d'un plan

D'après le 1. b., le vecteur $\overrightarrow{AG}$ est orthogonal aux vecteurs $\overrightarrow{BD}$ et $\overrightarrow{BE}$, donc la droite (AG) est orthogonale à la droite (BD) et à la droite (BE).
De plus, les droites (BD) et (BE) sont sécantes (en B).
Ainsi, la droite (AG) est orthogonale à deux droites sécantes du plan (BDE), donc **elle est perpendiculaire à ce plan.**

À NOTER

Pour qu'une droite $\mathscr{D}$ soit orthogonale à un plan $\mathscr{P}$, il suffit que $\mathscr{D}$ soit orthogonale à deux droites sécantes de $\mathscr{P}$.

3. Montrer qu'un point appartient à un plan donné

a. Le point I est défini par l'égalité vectorielle $\overrightarrow{IB}+\overrightarrow{ID}+\overrightarrow{IE}=\vec{0}$.

Avec la relation de Chasles, on a : $\overrightarrow{IB}+\left(\overrightarrow{IB}+\overrightarrow{BD}\right)+\left(\overrightarrow{IB}+\overrightarrow{BE}\right)=\vec{0}$,

soit $3\overrightarrow{IB}+\overrightarrow{BD}+\overrightarrow{BE}=\vec{0}$, ou encore $\overrightarrow{BD}+\overrightarrow{BE}=-3\overrightarrow{IB}=3\overrightarrow{BI}$.

On en déduit : $\overrightarrow{BI}=\frac{1}{3}\overrightarrow{BD}+\frac{1}{3}\overrightarrow{BE}$.

Ainsi, le vecteur $\overrightarrow{BI}$ s'écrit comme une combinaison linéaire des vecteurs $\overrightarrow{BD}$ et $\overrightarrow{BE}$, ce qui prouve que les points B, D, E et I sont coplanaires.

Le point I appartient donc au plan (BDE).

> **À NOTER**
> Quatre points A, B, C et D de l'espace sont coplanaires si, et seulement si, il existe deux réels α et β tels que $\overrightarrow{AD}=\alpha\overrightarrow{AB}+\beta\overrightarrow{AC}$.

b. Identifier l'intersection d'un plan et d'une droite

$\overrightarrow{IB}+\overrightarrow{ID}+\overrightarrow{IE}=\vec{0}$, donc en utilisant la relation de Chasles :

$\left(\overrightarrow{IA}+\overrightarrow{AB}\right)+\left(\overrightarrow{IA}+\overrightarrow{AD}\right)+\left(\overrightarrow{IA}+\overrightarrow{AE}\right)=\vec{0}$, soit $3\overrightarrow{IA}+\overrightarrow{AB}+\overrightarrow{AD}+\overrightarrow{AE}=\vec{0}$.

Or, d'après le **1.a.**, $\overrightarrow{AB}+\overrightarrow{AD}+\overrightarrow{AE}=\overrightarrow{AG}$, donc $3\overrightarrow{IA}+\overrightarrow{AG}=\vec{0}$.

Ainsi, $\overrightarrow{AG}=3\overrightarrow{AI}$, ou encore $\overrightarrow{AI}=\frac{1}{3}\overrightarrow{AG}$.

Les vecteurs $\overrightarrow{AI}$ et $\overrightarrow{AG}$ sont colinéaires, donc les points A, G et I sont alignés.

> **À NOTER**
> Soit A, B et C trois points de l'espace.
> A, B, C alignés $\Leftrightarrow$ $\overrightarrow{AB}$ et $\overrightarrow{AC}$ colinéaires $\Leftrightarrow$ $\overrightarrow{AC}=\alpha\overrightarrow{AB}$ avec $\alpha\in\mathbb{R}$.

Comme I appartient aussi au plan (BDE), c'est le **point d'intersection de la droite (AG) et du plan (BDE)**. De plus le point I est situé entre A et G, à un tiers de la distance AG.

4. a. Déterminer une équation cartésienne d'un plan

▸ La droite (AG) est perpendiculaire au plan (BDE), donc le vecteur $\overrightarrow{AG}$ est un vecteur normal au plan (BDE).

Déterminons ses coordonnées dans le repère orthonormé $\left(A\,;\overrightarrow{AB},\overrightarrow{AD},\overrightarrow{AE}\right)$.

Dans ce repère, $A(0\,;0\,;0)$ et $G(1\,;1\,;1)$ car $\overrightarrow{AG}=\overrightarrow{AB}+\overrightarrow{AD}+\overrightarrow{AE}$;

donc $\overrightarrow{AG}$ a pour coordonnées $(1\,;1\,;1)$.

Le plan (BDE) admet donc une équation cartésienne de la forme $x+y+z+d=0$ avec $d\in\mathbb{R}$.

> **À NOTER**
> Soit $\vec{n}(a\,;b\,;c)$ un vecteur non nul.
> $\vec{n}(a\,;b\,;c)$ vecteur normal du plan $\mathscr{P}$ si et seulement si le plan $\mathscr{P}$ admet une équation cartésienne de la forme $ax+by+cz+d=0$, avec $d\in\mathbb{R}$.

Pour déterminer d, on utilise le fait que le point B, par exemple, appartient au plan (BDE).
Dans le repère orthonormé $\left(A ; \overrightarrow{AB}, \overrightarrow{AD}, \overrightarrow{AE}\right)$, B a pour coordonnées $B(1;0;0)$ et ses coordonnées vérifient l'équation $x+y+z+d=0$, c'est-à-dire que $1+0+0+d=1+d=0$, soit $d=-1$.

Une équation cartésienne du plan (BDE) est donc $\mathbf{x+y+z-1=0}$.

b. Déterminer une représentation paramétrique d'une droite

Les droites Δ et (AG) étant toutes les deux perpendiculaires au plan (BDE), elles sont parallèles, et le vecteur $\overrightarrow{AG}(1;1;1)$ est un vecteur directeur de Δ.
Ainsi, Δ est la droite passant par le point $H(0;1;1)$ et de vecteur directeur $\overrightarrow{AG}(1;1;1)$, donc une représentation paramétrique de Δ est :

> **À NOTER**
> Deux droites perpendiculaires à un même plan sont parallèles.

$$\begin{cases} x=t \\ y=t+1, \ t \in \mathbb{R}. \\ z=t+1 \end{cases}$$

> **À NOTER**
> Soit $\mathscr{D}$ la droite passant par le point $A(x_A ; y_A ; z_A)$ et de vecteur directeur $\vec{u}(a;b;c) \neq \vec{0}$.
> $M(x;y;z) \in d \Leftrightarrow$ Il existe un réel t tel que $\begin{cases} x=ta+x_A \\ y=tb+y_A \\ z=tc+z_A \end{cases}$.

c. Déterminer les coordonnées du point d'intersection d'une droite et d'un plan

La droite Δ et le plan (DBE) sont perpendiculaires, donc ils sont sécants en un seul point.
Notons J ce point et déterminons ses coordonnées $\left(x_J ; y_J ; z_J\right)$ dans le repère $\left(A ; \overrightarrow{AB}, \overrightarrow{AD}, \overrightarrow{AE}\right)$.
J appartient à Δ et à (BDE), donc il existe un réel t tel que :

$$\begin{cases} x_J=t \\ y_J=t+1 \\ z_J=t+1 \\ x_J+y_J+z_J-1=0 \end{cases}.$$

La dernière équation donne $t+(t+1)+(t+1)-1=0$, soit $3t+1=0$, donc $t=-\frac{1}{3}$.

En remplaçant t par $-\frac{1}{3}$, on obtient $\begin{cases} x_J=-\frac{1}{3} \\ y_J=-\frac{1}{3}+1=\frac{2}{3} \\ z_J=-\frac{1}{3}+1=\frac{2}{3} \end{cases}$.

Donc le point **J a pour coordonnées** $\left(-\frac{1}{3};\frac{2}{3};\frac{2}{3}\right)$.

d. Calculer une distance

H(0 ; 1 ; 1) et $J\left(-\frac{1}{3};\frac{2}{3};\frac{2}{3}\right)$, donc :

$$JH=\sqrt{\left(0-\left(-\frac{1}{3}\right)\right)^2+\left(1-\frac{2}{3}\right)^2+\left(1-\frac{2}{3}\right)^2}$$

$$JH=\sqrt{\frac{1}{9}+\frac{1}{9}+\frac{1}{9}}=\sqrt{\frac{1}{3}}=\frac{1}{\sqrt{3}}=\frac{\sqrt{3}}{3}.$$

À NOTER

$$JH=\sqrt{(x_H-x_J)^2+(y_H-y_J)^2+(z_H-z_J)^2}$$

→ FICHE 9

e. Utiliser des résultats de géométrie plan pour comparer des distances

On considère un plan $\mathcal{P}$ de l'espace et un point $M \notin \mathcal{P}$.
On note H le projeté orthogonal du point M sur le plan $\mathcal{P}$.
Montrons que le point H est le point du plan $\mathcal{P}$ le plus proche du point M.
Soit H′ un autre point quelconque du plan $\mathcal{P}$.
Les points M, H et H′ ne sont pas alignés car sinon le point M appartiendrait au plan $\mathcal{P}$, ce qui n'est pas le cas.
Les points M, H et H′ forment donc un plan et le triangle MHH′ est rectangle en H, par définition du projeté orthogonal.

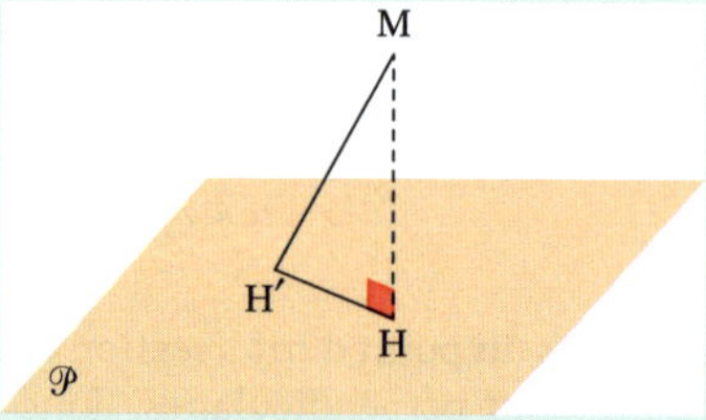

Dans le plan (MHH′), d'après le théorème de Pythagore appliqué au triangle MHH′ rectangle en H, on a :

$$MH'^2 = MH^2 + HH'^2.$$

Or, $HH'^2 \geqslant 0$, donc $MH'^2 \geqslant MH^2$ pour tout point H′ de $\mathcal{P}$.
On en déduit que **le projeté orthogonal d'un point M sur un plan $\mathcal{P}$ est le point de $\mathcal{P}$ le plus proche de M.**
La distance du point M au plan $\mathcal{P}$ est cette distance minimale MH, distance du point à son projeté orthogonal sur le plan.

GÉOMÉTRIE

4 Équations de droites et de plans

On peut décrire des droites avec des équations paramétriques. Si on complique les équations, on peut obtenir des formes sophistiquées par des logiciels spécialisés, notamment en architecture.

TEST

Pour vous situer et identifier les fiches à réviser 88

FICHES DE COURS

12 Équation cartésienne d'un plan de l'espace 90

13 Représentation paramétrique d'une droite de l'espace 92

14 Coordonnées des points d'intersection de droites et plans 94

MÉMO VISUEL 96

SUJETS GUIDÉS & CORRIGÉS

OBJECTIF BAC

11 Intersections de plans et de droites dans un parallélépipède rectangle 98

12 Étude analytique de droites et de plans dans un cube 101

13 Étude analytique des propriétés de droites dans un tétraèdre 104

OBJECTIF MENTION

14 Étude analytique de la trajectoire d'un drone 107

TESTEZ-VOUS

→ CORRIGÉS P. 349

Faites le point sur vos connaissances puis établissez votre **parcours de révision** en fonction de votre score.

1 Positions relatives de droites et de plans

→ FICHES 12 à 14

On considère le plan $\mathscr{P}$ d'équation cartésienne $3x+2y+9z-5=0$ et la droite $\mathscr{D}$ dont une représentation paramétrique est $\begin{cases} x = 4t+3 \\ y = -t+2 \, ; t \in \mathbb{R}. \\ z = -t+9 \end{cases}$

Parmi les affirmations suivantes, lesquelles sont vraies ?

☐ **a.** L'intersection de $\mathscr{P}$ et de $\mathscr{D}$ est réduite au point $(3\,;2\,;9)$.

☐ **b.** Le plan $\mathscr{P}$ et la droite $\mathscr{D}$ sont orthogonaux.

☐ **c.** L'intersection de $\mathscr{P}$ et de $\mathscr{D}$ est réduite au point $(-353\,;91;98)$. .../1

2 Calcul de distances

→ FICHE 13

On considère la droite $\mathscr{D}$ dont une représentation paramétrique est $\begin{cases} x = t+2 \\ y = 2 \\ z = 5t-6 \end{cases}$ et le point A(–2 ; 1 ; 0).

Soit M un point variable de la droite $\mathscr{D}$.
La plus petite longueur AM :

☐ **a.** est égale à $3\sqrt{3}$.

☐ **b.** est atteinte lorsque le point M a pour coordonnées $(-2\,;1;0)$. .../1

3 Intersections de plans

→ FICHES 12 et 13

On considère le plan $\mathscr{P}$ d'équation cartésienne $x+2y-3z+1=0$ et le plan $\mathscr{P}'$ d'équation cartésienne $2x - y+2=0$. L'intersection des plans $\mathscr{P}$ et $\mathscr{P}'$ est :

☐ **a.** l'ensemble vide, les plans $\mathscr{P}$ et $\mathscr{P}'$ étant parallèles.

☐ **b.** une droite passant par le point $D(-1;0\,;0)$ et dont un vecteur directeur est $\vec{v}(3\,;6\,;5)$.

☐ **c.** une droite passant par le point $D(-1;0\,;0)$ et dont un vecteur directeur est $\vec{u}(1;2\,;2)$. .../1

4 Intersection de deux droites ou de deux plans

→ FICHES 12 et 13

Les droites de représentations paramétriques respectives $\begin{cases} x = 2+t \\ y = 1-t \\ z = 1+t \end{cases}$ $(t \in \mathbb{R})$

et $\begin{cases} x = -t' \\ y = -2-1{,}5t' \\ z = 3+t' \end{cases}$ $(t' \in \mathbb{R})$ admettent comme point commun :

☐ **a.** A(3 ; 0 ; 2)

☐ **b.** B(2 ; 1 ; 1)

☐ **c.** C(0 ; 2 ; –3)

…/1

5 Projeté orthogonal d'un point sur une droite

→ FICHE 14

La droite $\mathscr{D}$ a pour équations paramétriques $\begin{cases} x = \dfrac{1}{2} - 3t \\ y = 2t \\ z = \dfrac{3}{2} + t \end{cases}$.

Le point A a pour coordonnées (0 ; 1 ; 1).

Le projeté orthogonal de A sur $\mathscr{D}$ a pour coordonnées :

☐ **a.** (1 ; 4 ; 5)

☐ **b.** $\left(-\dfrac{1}{7} ; \dfrac{3}{7} ; \dfrac{12}{7}\right)$

☐ **c.** $\left(-\dfrac{1}{7} ; -\dfrac{4}{7} ; \dfrac{5}{7}\right)$

…/1

6 Projeté orthogonal d'un point sur un plan

→ FICHE 14

Le plan $\mathscr{P}$ a pour équation $x - 2y + 3z + 5 = 0$ et le point A a pour coordonnées (1 ; –1 ; 2).

Le projeté orthogonal de A sur $\mathscr{P}$ a pour coordonnées :

☐ **a.** (–1 ; 2 ; 0)

☐ **b.** (1 ; 0 ; –2)

☐ **c.** (0 ; 1 ; –1)

…/1

Score total …/6

Parcours PAS À PAS ou EXPRESS ? → MODE D'EMPLOI P. 3

12 Équation cartésienne d'un plan de l'espace

En bref *On se place dans un repère orthonormé $\left(O\,;\vec{i},\vec{j},\vec{k}\right)$ de l'espace et on caractérise un plan à l'aide d'une équation à trois inconnues : x, y, z.*

I Équation cartésienne d'un plan

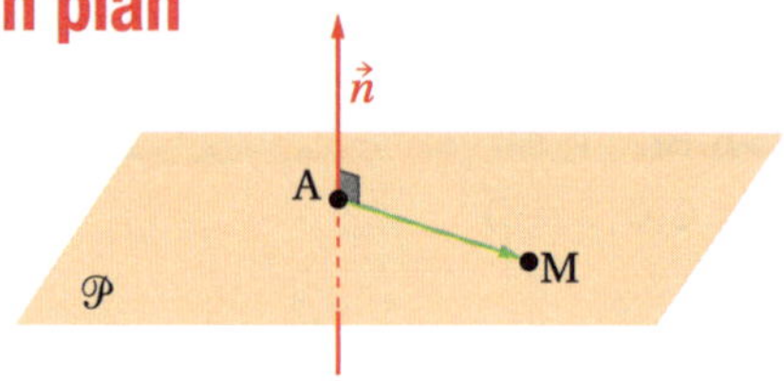

- **Théorème** Tout plan dont un vecteur normal a pour coordonnées $(a\,;b\,;c)$ a une équation cartésienne de la forme :

$$ax + by + cz + d = 0$$

- Réciproquement : si a, b, c et d sont quatre nombres tels que $(a, b, c) \neq (0, 0, 0)$, toute équation de la forme $ax + by + cz + d = 0$ est celle d'un plan dont $\vec{n}(a\,;b\,;c)$ est un vecteur normal.
- Un plan a une **infinité d'équations** cartésiennes. Si $ax + by + cz + d = 0$ est l'une d'elle, alors $k(ax + by + cz + d) = 0$ en est une autre pour tout réel $k \neq 0$.
- Deux plans d'équations respectives $ax + by + cz + d = 0$ et $a'x + b'y + c'z + d' = 0$ sont **perpendiculaires** si et seulement si leurs vecteurs normaux le sont, c'est-à-dire si et seulement si $aa' + bb' + cc' = 0$. → FICHE 9

II Intersections de deux plans

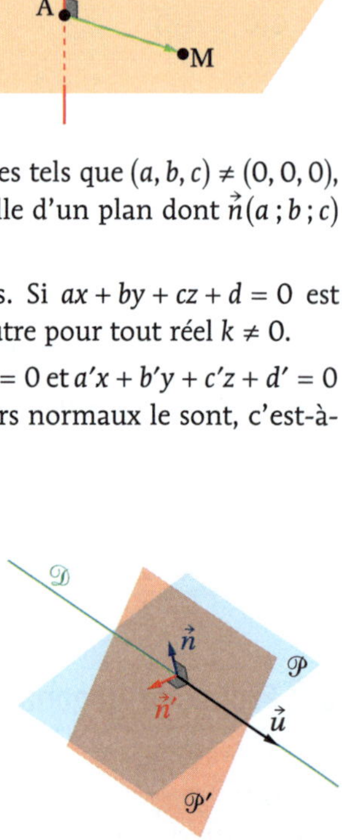

- **Théorème** Tout système de la forme
$\begin{cases} ax + by + c + d = 0 \\ a'x + b'y + c'z + d' = 0 \end{cases}$
où les deux équations sont celles de deux plans *distincts* $\mathscr{P}$ et $\mathscr{P}'$, admet une infinité de solutions si et seulement si $\mathscr{P}$ et $\mathscr{P}'$ ont des vecteurs normaux $\vec{n}$ et $\vec{n}'$ **non** colinéaires.
- Les **solutions** de ce système sont les coordonnées des points de la droite d'intersection $\mathscr{D}$ des deux plans. → FICHE 9

À NOTER
Un vecteur directeur $\vec{u}$ de $\mathscr{D}$ est orthogonal à chaque vecteur normal de $\mathscr{P}$ et $\mathscr{P}'$.

Remarque : Le système a des solutions si et seulement si $\vec{n}$ et $\vec{n}'$ ne sont pas colinéaires, c'est-à-dire si les triplets (a, b, c) et (a', b', c') ne sont pas proportionnels. En effet, dans le cas contraire, $\mathscr{P}$ et $\mathscr{P}'$ sont parallèles.

Méthodes

1 Écrire une équation cartésienne d'un plan

a. On donne les points $A(-1\,;2\,;0)$, $B(2\,;3\,;-1)$ et $C(0\,;-4\,;2)$.
Écrire une équation cartésienne du plan $\mathcal{P}$ passant par A et orthogonal à la droite (BC).

b. Écrire une équation cartésienne des plans (xOy), (yOz) et (zOx).

CONSEILS

a. Calculez les coordonnées de $\overrightarrow{BC}$ normal au plan $\mathcal{P}$, puis traduisez analytiquement le fait qu'un point M appartient à $\mathcal{P}$ si et seulement si $\overrightarrow{AM}\cdot\overrightarrow{BC}=0$.
b. Déterminez un vecteur normal aux plans, sachant qu'ils contiennent l'origine O.

SOLUTION

a. ■ Un vecteur normal au plan $\mathcal{P}$ est $\overrightarrow{BC}$. Celui-ci a pour coordonnées $(0-2\,;-4-3\,;2-(-1))$, soit $\overrightarrow{BC}(-2\,;-7\,;3)$.

■ Un point M appartient à $\mathcal{P}$ si et seulement si $\overrightarrow{AM}\cdot\overrightarrow{BC}=0$, donc si et seulement si $(x+1)\times(-2)+(y-2)\times(-7)+(z-0)\times 3=0 \Leftrightarrow \mathbf{-2x-7y+3z+12=0}$.

b. $\vec{k}(0\,;0\,;1)$ est un vecteur normal au plan (xOy), qui a donc pour équation $0x+0y+1z+d=0$ soit $\mathbf{z=0}$ car le plan contient O.
De même pour le plan (yOz) : $\mathbf{x=0}$ et pour le plan (zOx) : $\mathbf{y=0}$.

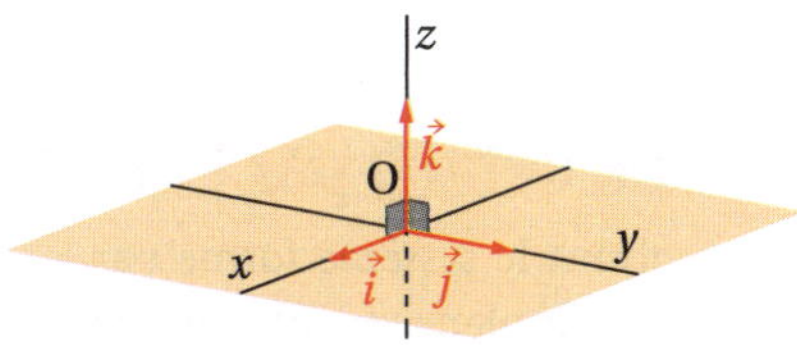

2 Étudier l'intersection de deux plans

On considère les plans $\mathcal{P}$ et Q d'équations cartésiennes respectives $-2x-7y+3z+12=0$ et $2x+7y-3z-11=0$.
Examiner la nature de l'intersection de $\mathcal{P}$ et Q.

CONSEILS

Étudier l'intersection de $\mathcal{P}$ et Q revient à résoudre un système d'équations.

SOLUTION

■ $2x+7y-3z-11=0 \Leftrightarrow -2x-7y+3z+11=0$.
Un point $M(x\,;y\,;z)$ appartient à l'intersection des deux plans si et seulement si le système $\begin{cases}-2x-7y+3z=-12\\-2x-7y+3z=-11\end{cases}$ a des solutions.

■ Ce n'est pas le cas car $-12\neq-11$. L'intersection des deux plans est donc vide. C'est pourquoi ces plans sont **parallèles**. → FICHE 7

13 Représentation paramétrique d'une droite de l'espace

En bref *On se place dans un repère orthonormé $(O;\vec{i},\vec{j},\vec{k})$ de l'espace et on caractérise une droite par un système d'équations.*

I Définition d'une représentation paramétrique

■ **Définition** On considère une droite $\mathscr{D}$ passant par $A(x_A;y_A;z_A)$ et dont un vecteur directeur est $\vec{u}(\alpha;\beta;\gamma)$.

$M(x;y;z)\in\mathscr{D} \Leftrightarrow \overrightarrow{AM}$ et $\vec{u}$ sont colinéaires $\Leftrightarrow$ Il existe $t\in\mathbb{R}$ tel que $\overrightarrow{AM}=t\vec{u}$

$$\Leftrightarrow \begin{cases} x-x_A=t\alpha \\ y-y_A=t\beta \\ z-z_A=t\gamma \end{cases} \text{avec } t\in\mathbb{R} \Leftrightarrow \begin{cases} x=x_A+t\alpha \\ y=y_A+t\beta \\ z=z_A+t\gamma \end{cases}$$

Ce système est une **représentation paramétrique** de la droite $\mathscr{D}$ caractérisée par la donnée du point A et du vecteur $\vec{u}$.

> **À NOTER**
> On peut choisir pour $\mathscr{D}$ un autre repère.

On écrit en abrégé $\mathscr{D}(A;\vec{u})$. On dit aussi que $(A;\vec{u})$ est un repère de $\mathscr{D}$.

■ Lorsqu'aucune coordonnée de $\vec{u}$ n'est nulle, une représentation paramétrique de $\mathscr{D}$ est équivalente aux équations : $\dfrac{x-x_A}{\alpha}=\dfrac{y-y_A}{\beta}=\dfrac{z-z_A}{\gamma}$.

II Droite définie par l'intersection de deux plans

■ En résolvant le système formé par les équations cartésiennes de deux plans sécants, on obtient une représentation paramétrique de la **droite d'intersection**.

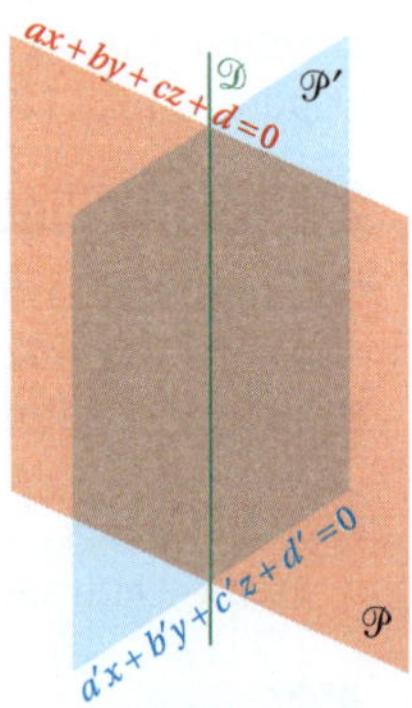

■ En effet, le système $\begin{cases} ax+by+cz+d=0 \\ a'x+b'y+c'z+d'=0 \end{cases}$ caractérise la droite d'intersection.

Si on choisit l'une des trois inconnues comme paramètre, par exemple en posant $z=t$ si cela est possible, on obtient le système suivant :

$$\begin{cases} ax+by=-d-ct \\ a'x+b'y=-d'-c't. \\ z=t \end{cases}$$

En résolvant les deux premières équations, on exprime **x et y** en fonction de t et on obtient une représentation paramétrique de $\mathscr{D}$.

> **À NOTER**
> Bien entendu, on peut choisir x ou y comme paramètre.

Méthodes

1 Écrire des équations paramétriques d'une droite

Déterminer deux représentations paramétriques différentes de la droite (AB) passant par les points A(1 ; –2 ; 1) et B(–1 ; 1 ; 3).

CONSEILS

Donnez un vecteur directeur de la droite (AB), puis traduisez l'appartenance d'un point M à la droite (AB) en termes de colinéarité de vecteurs.
On obtient une autre représentation de $\mathscr{D}$, en choisissant le point B au lieu du point A.

SOLUTION

■ On représente $\mathscr{D}$ avec A et $\overrightarrow{AB}$. Un vecteur directeur de la droite (AB) est $\overrightarrow{AB}$. Ses coordonnées sont (–2 ; 3 ; 2).
$M(x\,;y\,;z) \in \mathscr{D} \Leftrightarrow$ il existe $t \in \mathbb{R}$ tel que $\overrightarrow{AM} = t\overrightarrow{AB}$.

On obtient ainsi : $\begin{cases} x-1=-2t \\ y+2=3t \\ z-1=2t \end{cases}$ avec $t \in \mathbb{R} \Leftrightarrow \begin{cases} x=1-2t \\ y=-2+3t \\ z=1+2t \end{cases}$ avec $t \in \mathbb{R}$.

■ On représente maintenant $\mathscr{D}$ avec B et $\overrightarrow{AB}$.
$M(x\,;y\,;z) \in \mathscr{D} \Leftrightarrow$ il existe $t' \in \mathbb{R}$ tel que $\overrightarrow{BM} = t'\overrightarrow{AB}$.

On obtient ainsi : $\begin{cases} x+1=-2t' \\ y-1=3t' \\ z-3=2t' \end{cases}$ avec $t' \in \mathbb{R} \Leftrightarrow \begin{cases} x=-1-2t' \\ y=1+3t' \\ z=3+2t' \end{cases}$ avec $t' \in \mathbb{R}$.

2 Déterminer si un point appartient à une droite

Parmi les points suivants, indiquer ceux qui appartiennent à la droite (AB) de la méthode 1 ci-dessus : X(5 ; –8 ; –3), $Y\left(0, -\frac{1}{2}, 1\right)$.

CONSEILS

Choisissez d'abord une représentation paramétrique de la droite (AB).

SOLUTION

■ Choisissons la représentation $\mathscr{D}\left(A, \overrightarrow{AB}\right)$. Pour le point X, on cherche t de telle sorte que $\begin{cases} 5=1-2t \\ -8=-2+3t \\ -3=1+2t \end{cases}$. La valeur $t=-2$ convient, donc **X ∈ $\mathscr{D}$**.

■ Pour le point Y, le système $\begin{cases} 0=1-2t \\ -\frac{1}{2}=-2+3t \\ 1=1+2t \end{cases}$ n'a pas de solution car la troisième équation fournit $t=0$ alors que 0 n'est pas solution de la première équation. **Donc Y ∉ $\mathscr{D}$**.

14 Coordonnées de points d'intersection de droites et de plans

En bref *Une représentation paramétrique d'une droite fournit un outil pour obtenir les coordonnées de points d'intersection, en particulier du projeté orthogonal d'un point sur une droite ou sur un plan.*

I Projeté orthogonal d'un point sur une droite

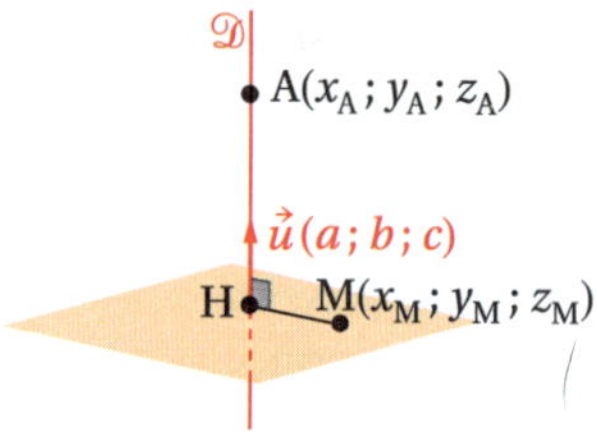

- Étant donné un point M et une droite $\mathcal{D}(A, \vec{u})$, où $\vec{u}$ a pour coordonnées $(a\,;b\,;c)$, on veut déterminer les coordonnées du **projeté orthogonal H** de M sur $\mathcal{D}$. On sait que H est l'intersection de $\mathcal{D}$ avec le plan $\mathcal{P}$ perpendiculaire à $\mathcal{D}$ passant par M (→ FICHE 11).
- Pour trouver les **coordonnées de H**, on procède par étapes.

Étape 1 Le vecteur $\overrightarrow{AH}$ est colinéaire à $\vec{u}$, donc il existe t tel que $\overrightarrow{AH} = t\vec{u}$.

On en déduit le système : $\begin{cases} x_H - x_A = ta \\ y_H - y_A = tb \\ z_H - z_A = tc \end{cases}$ avec $t \in \mathbb{R} \Leftrightarrow \begin{cases} x_H = x_A + ta \\ y_H = y_A + tb \\ z_H = z_A + tc \end{cases}$ avec $t \in \mathbb{R}$.

Étape 2 Déterminer l'équation du plan $\mathcal{P}$, sachant que $M \in \mathcal{P}$ et que $\vec{u}$ est un vecteur normal à $\mathcal{P}$.

Étape 3 Traduire l'appartenance de $H(x_H\,;y_H\,;z_H)$ à $\mathcal{P}$ pour déterminer t, donc les coordonnées du point H.

II Projeté orthogonal d'un point sur un plan

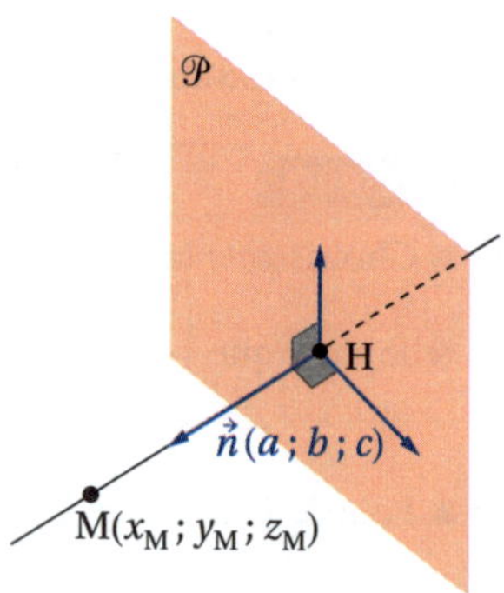

Soit M un point et $\mathcal{P}$ un plan dont une équation est $ax + by + cz + d = 0$.

Pour déterminer les coordonnées du projeté orthogonal $H(x_H\,;y_H\,;z_H)$ de M sur $\mathcal{P}$ (→ FICHE 11), on procède par étapes.

Étape 1 Le vecteur $\overrightarrow{MH}$ est colinéaire à $\vec{n}$.
Il existe donc $t \in \mathbb{R}$ tel que $\overrightarrow{MH} = t\vec{n}$, c'est-à-dire :
$\begin{cases} x_H - x_M = ta \\ y_H - y_M = tb \\ z_H - z_M = tc \end{cases}$ avec $t \in \mathbb{R} \Leftrightarrow \begin{cases} x_H = x_M + ta \\ y_H = y_M + tb \\ z_H = z_M + tc \end{cases}$ avec $t \in \mathbb{R}$

Étape 2 $H \in \mathcal{P}$, donc t est solution de l'équation
$a(x_M + ta) + b(y_M + tb) + c(z_M + tc) + d = 0$.

Étape 3 On trouve t, donc les coordonnées du point H.

Méthode

Trouver les coordonnées du point d'intersection d'un plan et d'une droite

On considère le plan $\mathcal{P}$ dont une équation cartésienne est $x + 2y + z - 1 = 0$ et la droite $\mathcal{D}$ dont une représentation paramétrique est :

$$\begin{cases} x = 2 + \lambda \\ y = 1 + \lambda \text{ avec } \lambda \in \mathbb{R}. \\ z = 5 + \lambda \end{cases}$$

a. Déterminer un vecteur directeur et un point de $\mathcal{D}$.

b. Déterminer les coordonnées du point d'intersection de $\mathcal{D}$ et $\mathcal{P}$.

CONSEILS

a. Identifiez un point A et un vecteur directeur $\vec{u}$ de $\mathcal{D}$ en utilisant le fait que M appartient à $\mathcal{D}$ si et seulement s'il existe un réel λ tel que $\overrightarrow{AM} = \lambda\vec{u}$.

b. Les coordonnées du point d'intersection de $\mathcal{D}$ et $\mathcal{P}$ vérifient à la fois l'équation de $\mathcal{P}$ et les équations paramétriques de $\mathcal{D}$.

SOLUTION

a. On peut écrire les équations paramétriques ainsi :

$$\begin{cases} x = 2 + \lambda \times 1 \\ y = 1 + \lambda \times 1 \text{ avec } \lambda \in \mathbb{R}. \\ z = 5 + \lambda \times 1 \end{cases}$$

C'est pourquoi un vecteur directeur de $\mathcal{D}$ a pour coordonnées $\vec{u}(1\,;1\,;1)$.

De plus, le point $A(2\,;1\,;5)$ appartient à $\mathcal{D}$.

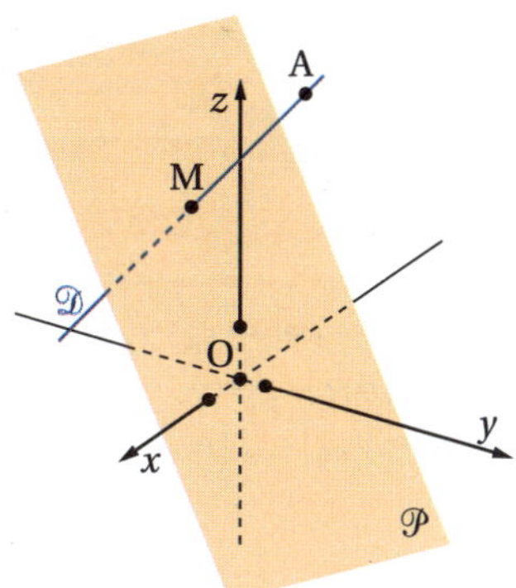

b. $M \in \mathcal{P} \cap \mathcal{D}$ si, et seulement si, ses coordonnées vérifient simultanément les équations paramétriques de $\mathcal{D}$ et l'équation cartésienne de $\mathcal{P}$, c'est-à-dire si il existe un réel λ tel que :

$$(2 + \lambda) + 2(1 + \lambda) + (5 + \lambda) - 1 = 0.$$

Ce qui équivaut à $4\lambda + 8 = 0$, soit à $\lambda = -2$.

En remplaçant λ par -2 dans les équations paramétriques de $\mathcal{D}$, on obtient :

$$\begin{cases} x = 0 \\ y = -1. \\ z = 3 \end{cases}$$

Ainsi $\mathcal{D}$ perce $\mathcal{P}$ en $M(0\,;-1\,;3)$.

MÉMO VISUEL

ÉQUATIONS ET DE

Qu'est-ce qu'une équation cartésienne de plan ?

Équation cartésienne d'un plan $\mathcal{P}$

- Une équation cartésienne du plan $\mathcal{P}$ passant par $A(x_A\,;y_A\,;z_A)$ et qui a pour vecteur normal $\vec{n}\,(a\,;b\,;c)$ s'écrit sous la forme :

$$ax+by+cz+d=0$$

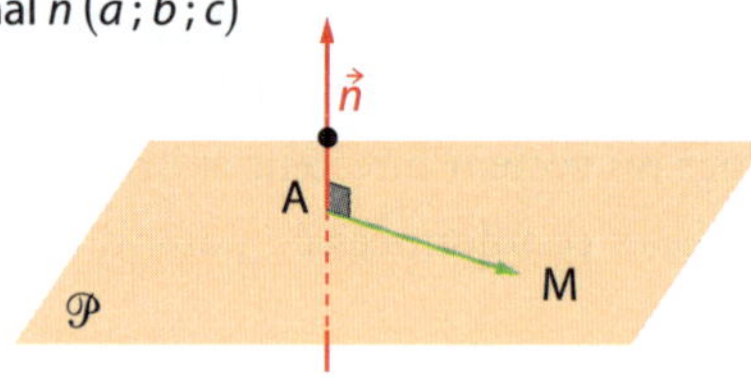

- Pour la déterminer on écrit :
$M\in\mathcal{P}\Leftrightarrow\overrightarrow{AM}\cdot\vec{n}=0\Leftrightarrow ax+by+cz+d=0.$

Comment trouver des équations paramétriques de droites ?

Équations paramétriques de droites

- $\mathcal{D}$ passe par $A(x_A\,;y_A\,;z_A)$ et a pour vecteur directeur $\vec{u}(a\,;b\,;c)$.
$M(x\,;y\,;z)\in\mathcal{D}(A,\vec{u})\Leftrightarrow$ il existe $t\in\mathbb{R}$ tel que $\overrightarrow{AM}=t\vec{u}$

$$\Leftrightarrow \text{il existe } t\in\mathbb{R} \text{ tel que } \begin{cases}x=x_A+ta\\y=y_A+tb\\z=z_A+tc\end{cases}$$

- $\mathcal{D}$ est l'intersection de deux plans : $\begin{cases}ax+by+cz+d=0\\a'x+b'y+c'z+d'=0.\end{cases}$
En prenant l'une des variables comme paramètre, on obtient une représentation paramétrique de la droite.

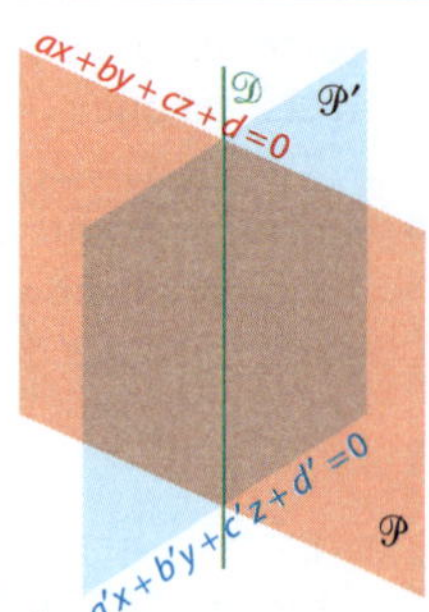

DE DROITES
PLANS

Comment trouver le projeté orthogonal d'un point sur une droite ?

Projeté orthogonal d'un point sur une droite

On cherche le projeté orthogonal H d'un point M sur une droite $\mathcal{D}(A, \vec{u})$.

- On trouve t tel que $H \in \mathcal{D}$ donc tel que :

$$\begin{cases} x_H = x_A + ta \\ y_H = y_A + tb. \\ z_H = z_A + tc \end{cases}$$

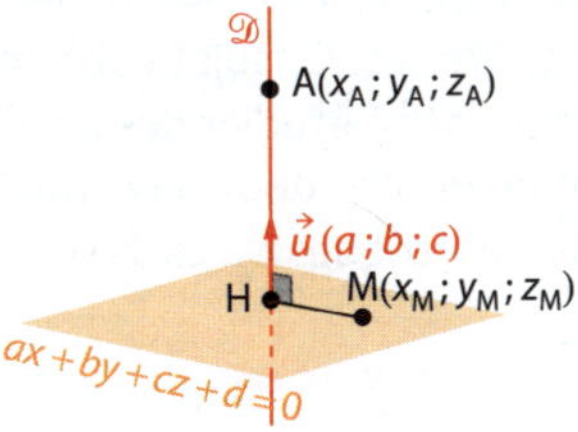

- On trouve H tel que $H \in \mathcal{P}$ donc tel que :
$a(x_A + ta) + b(y_A + tb) + c(z_A + tc) + d = 0.$

Comme trouver le projeté orthogonal d'un point sur un plan ?

Projeté orthogonal d'un point sur un plan

On cherche les coordonnées $(x_H ; y_H ; z_H)$ du projeté orthogonal H d'un point M sur un plan $\mathcal{P}$ d'équation $ax + by + cz + d = 0$.

- $\overrightarrow{MH}$ est normal à $\mathcal{P}$ donc il existe $t \in \mathbb{R}$ tel que

$$\begin{cases} x_H = x_M + ta \\ y_H = y_M + tb. \\ z_H = z_M + tc \end{cases}$$

- On trouve t car $H \in \mathcal{P}$ donc :
$a(x_A + ta) + b(y_A + tb) + c(z_A + tc) + d = 0.$
- On en déduit les coordonnées de H.

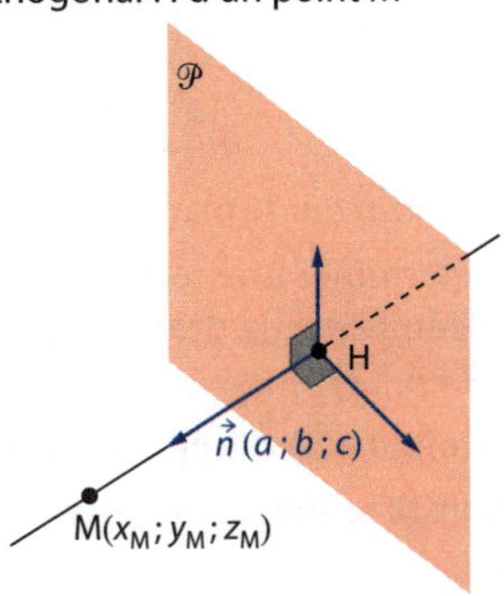

SUJET 11 | OBJECTIF BAC

Intersections de plans et de droites dans un parallélépipède rectangle

50 min

→ FICHES 7 et 12 à 14

Dans un parallélépipède rectangle dont un sommet est l'origine d'un repère orthonormé de l'espace, il est aisé d'identifier des plans et des droites. Ce sujet est donc l'occasion de vous entraîner à étudier des intersections de plans et de droites dont on connaît des équations paramétriques ou cartésiennes.

LE SUJET

Sur la figure ci-dessous :

- ABCDEFGH est un parallélépipède rectangle tel que AB = 12, AD = 18 et AE = 6 ;
- EBDG est un tétraèdre.

L'espace est rapporté à un repère orthonormal d'origine A dans lequel les points B, D et E ont pour coordonnées respectives B(12 ; 0 ; 0), D(0 ; 18 ; 0) et E(0 ; 0 ; 6).

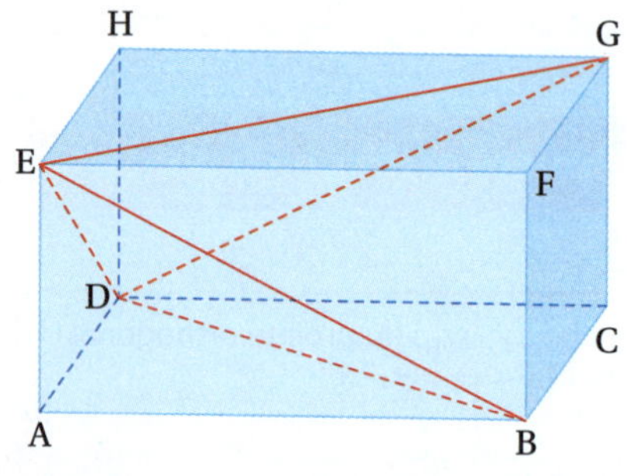

1. Démontrer que le plan (EBD) a pour équation cartésienne $3x + 2y + 6z - 36 = 0$.

2. a. Déterminer une représentation paramétrique de la droite (AG).
b. En déduire que la droite (AG) coupe le plan (EBD) en un point K de coordonnées (4 ; 6 ; 2).

3. La droite (AG) est-elle orthogonale au plan (EBD) ? Justifier.

4. a. Soit M le milieu du segment [ED]. Démontrer que les points B, K et M sont alignés.
b. Construire alors le point K sur la figure.

5. On note $\mathcal{P}$ le plan parallèle au plan (ADE) passant par le point K.

a. Démontrer que le plan $\mathcal{P}$ coupe le plan (EBD) selon une parallèle à la droite (ED).
b. Construire alors sur la figure l'intersection du plan $\mathcal{P}$ et de la face EBD du tétraèdre EBDG.

LES CLÉS POUR RÉUSSIR

1. Montrez que les coordonnées points E, B et D vérifient l'équation donnée. → FICHE 12

2. a. Déterminez les coordonnées de G puis utilisez un vecteur directeur de la droite (AG). → FICHE 13
b. Utilisez le fait que les coordonnées de K vérifient simultanément les équations de la droite et du plan. → FICHE 14

3. Déterminez un vecteur normal au plan $\mathcal{P}$ puis comparez-le à un vecteur directeur de la droite. → FICHE 12

4. a. Pensez à la colinéarité de deux vecteurs.
b. K est le point d'intersection de deux droites.

5. a. Si deux plans sont parallèles, examinez leurs intersections avec un plan les coupant. → FICHE 7
b. L'intersection est parallèle à (BD). Il suffit de placer un de ses points.

LE CORRIGÉ

1. Montrer qu'un plan passe par trois points
Les points B, D et E ne sont pas alignés.
Soit Q le plan dont une équation cartésienne est $3x + 2y + 6z - 36 = 0$.
$B(12\,;0\,;0) \in Q$ car $3 \times 12 + 2 \times 0 + 6 \times 0 - 36 = 0$.
De même : $D \in Q$ et $E \in Q$.
Le plan Q passe par les trois points non alignés E, B et D, donc **Q = (EBD).**

2. a. Déterminer les équations paramétriques d'une droite
Le point C a la même abscisse que B et la même ordonnée que D. Ses coordonnées sont donc $(12\,;18\,;0)$. G ayant la même cote que E et même abscisse et ordonnée que C, ses coordonnées sont $(12\,;18\,;6)$. Donc $\overrightarrow{AG}$ a pour coordonnées $(12\,;18\,;6)$.
Soit $\vec{u}$ le vecteur de coordonnées $(2\,;3\,;1)$. Comme $\overrightarrow{AG} = 6\vec{u}$, $\vec{u}$ est un vecteur directeur de la droite (AG).

$$N(x\,;y\,;z) \in (AG) \Leftrightarrow \text{Il existe } t \in \mathbb{R} \text{ tel que } \overrightarrow{AN} = t\vec{u} \Leftrightarrow \begin{cases} x = 2t \\ y = 3t \\ z = t \end{cases} \text{avec } t \in \mathbb{R}.$$

Ce sont des **équations paramétriques de la droite** (AG).

b. Déterminer l'intersection d'une droite et d'un plan

Le point K(4 ; 6 ; 2) appartient à la droite (AG) car on obtient ses coordonnées en choisissant $t = 2$. Il appartient également au plan (EBD) car $3 \times 4 + 2 \times 6 + 6 \times 2 - 36 = 0$.

Comme cette droite et ce plan sont sécants, **leur point commun est K.**

3. Montrer qu'une droite est orthogonale ou non à un plan

Le vecteur $\vec{n}(3\,;2\,;6)$ est normal à (EBD). Les coordonnées de $\vec{u}$, vecteur directeur de la droite (AG), ne sont pas proportionnelles à celles de $\vec{n}$. Donc $\vec{u}$ et $\vec{n}$ ne sont pas colinéaires, c'est pourquoi la droite **(AG) n'est pas orthogonale à (EBD).**

4. a. Démontrer que des points sont alignés

M a pour coordonnées $(0\,;9\,;3)$.

On obtient donc les coordonnées suivantes :

$\overrightarrow{BK}(-8\,;6\,;2) = 2(-4\,;3\,;1)$ et $\overrightarrow{BM}(-12\,;9\,;3) = 3(-4\,;3\,;1)$.

Ces deux vecteurs sont colinéaires, **donc les points B, K et M sont alignés.**

> **RAPPEL**
> L'abscisse de M est la demi-somme des abscisses de E et D. *Idem* pour l'ordonnée et la cote.

b. Placer un point sur une figure

Le point K est donc l'intersection des droites (AG) et (BM).

5. a. Déterminer l'intersection de deux plans

Les plans (ADE) et (EBD) ont deux points en commun : D et E.

Ils se coupent donc selon la droite (DE).

Le plan $\mathscr{P}$, parallèle à (ADE), coupe donc (EBD) suivant une **droite parallèle à (DE).**

> **RAPPEL**
> Si deux plans $\mathscr{P}$ et $\mathscr{P}'$ sont parallèles, tout plan Q coupant l'un coupe l'autre, et les deux droites d'intersection $\mathscr{D}$ et $\mathscr{D}'$ sont parallèles.

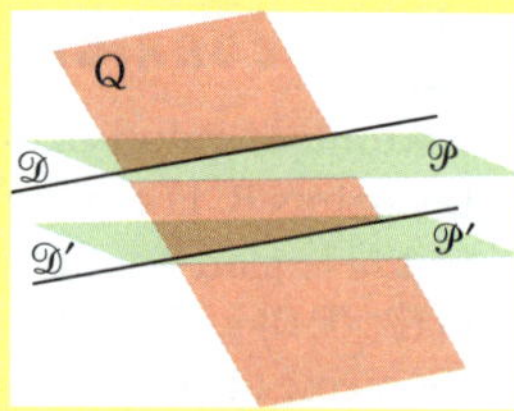

b. Dessiner une droite sur une figure

Le point K appartient à la fois aux plans $\mathscr{P}$ et (EBD).

Il appartient donc à leur droite d'intersection.

Celle-ci est donc **la parallèle à (ED) passant par K.**

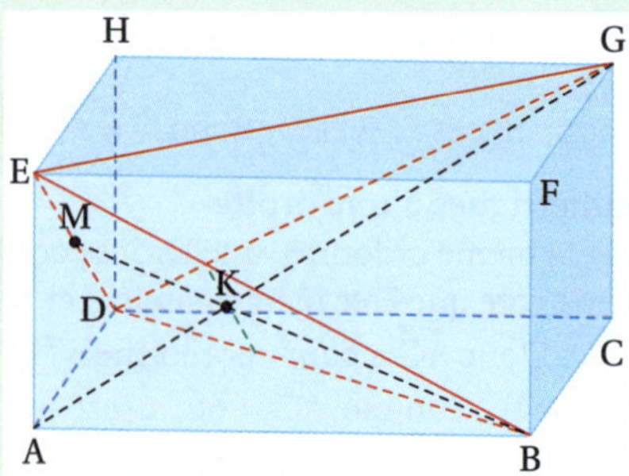

SUJET 12 | OBJECTIF BAC

50 min

Étude analytique de droites et de plans dans un cube

→ FICHES 9, 10 et 12 à 14

Représentez-vous un cube dont un sommet est l'origine d'un repère orthonormé et dont des arêtes sont les supports des axes de ce repère. En exploitant des équations cartésiennes et paramétriques, ce sujet vous permet de calculer des coordonnées, des distances et même de faire un patron.

LE SUJET

Dans l'espace, on considère un cube ABCDEFGH de centre Ω et d'arête de longueur 6.

Les points P, Q et R sont définis par :

$$\overrightarrow{AP} = \frac{1}{3}\overrightarrow{AB}\,;\ \overrightarrow{AQ} = \frac{1}{3}\overrightarrow{AE}\,;\ \overrightarrow{HR} = \frac{1}{3}\overrightarrow{HE}.$$

Dans tout ce qui suit, on utilise le repère orthonormé $\left(A\,;\vec{i},\vec{j},\vec{k}\right)$ avec :

$$\vec{i} = \frac{1}{6}\overrightarrow{AB}\,;\ \vec{j} = \frac{1}{6}\overrightarrow{AD} \text{ et } \vec{k} = \frac{1}{6}\overrightarrow{AE}.$$

Dans ce repère, on a par exemple B(6 ; 0 ; 0), F(6 ; 0 ; 6) et R(0 ; 4 ; 6).

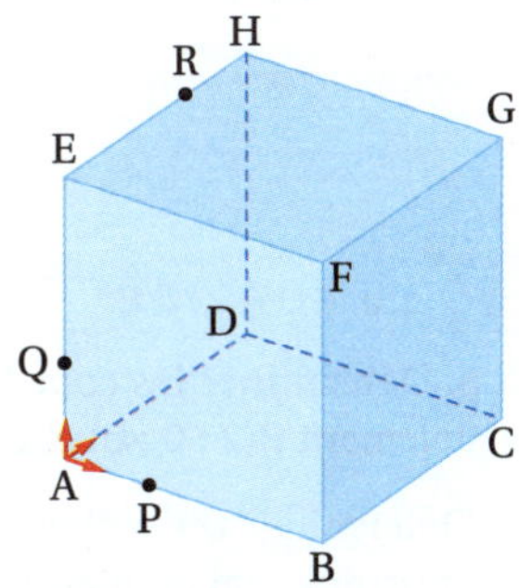

1. a. Donner, sans justifier, les coordonnées des points P, Q et Ω.

b. Déterminer les nombres réels b et c tels que $\vec{n}(1\,;b\,;c)$ soit un vecteur normal au plan (PQR). → FICHE 12

c. En déduire qu'une équation du plan (PQR) est : $x - y + z - 2 = 0$.

2. a. On note Δ la droite perpendiculaire au plan (PQR) passant par le point Ω, centre du cube.

Donner une représentation paramétrique de la droite Δ.

b. En déduire que la droite Δ perce le plan (PQR) au point I de coordonnées $\left(\frac{8}{3}\,;\frac{10}{3}\,;\frac{8}{3}\right)$.

c. Calculer la distance ΩI.

3. On considère les points J(6 ; 4 ; 0) et K(6 ; 6 ; 2).

a. Justifier que ces points appartiennent au plan (PQR).

b. Vérifier que les droites (JK) et (QR) sont parallèles.

c. Tracer la section du cube par le plan (PQR). On laissera apparents les traits de construction, ou bien on expliquera la démarche.

LES CLÉS POUR RÉUSSIR

1. a. Pour P et Q, il suffit de lire leurs coordonnées et Ω se projette orthogonalement au centre de chacune des faces du cube. → FICHE 14

b. Utilisez le produit scalaire et le fait que $\vec{n}$ est orthogonal à deux vecteurs du plan (PQR). → FICHE 10

c. Utilisez la question **b.** et choisissez un point du plan (PQR). → FICHE 12

À NOTER
L'équation cartésienne permet de trouver les coordonnées d'un vecteur normal au plan (PQR). On peut ainsi vérifier les résultats de la question **b.**

2. a. Identifiez un point et un vecteur directeur de Δ. → FICHE 13

b. Le point I appartient à la fois à la droite Δ et au plan (PQR).

c. Calculez la distance ΩI à l'aide des coordonnées de Ω et I. → FICHE 9

3. a. Utilisez l'équation cartésienne du plan (PQR) trouvée au **1. c.**

b. Examinez la colinéarité de vecteurs directeurs des deux droites.

c. Utilisez les segments appartenant à la fois au plan et au cube.

LE CORRIGÉ

1. a. Déterminer les coordonnées de points dans un repère donné

Visiblement $\mathbf{P(2\,;0\,;0)}$ et $\mathbf{Q(0\,;0\,;2)}$. De plus $\Omega\mathbf{(3\,;3\,;3)}$.

b. Déterminer un vecteur normal à un plan

$\vec{n}$ est orthogonal au plan (PQR) si et seulement s'il est orthogonal à $\overrightarrow{PQ}$ et $\overrightarrow{QR}$, c'est-à-dire $\vec{n}\cdot\overrightarrow{PQ}=\vec{n}\cdot\overrightarrow{QR}=0$. Comme on a $\overrightarrow{PQ}(-2\,;0\,;2)$ et $\overrightarrow{QR}(0\,;4\,;4)$, on trouve : $-2+2c=0$ et $4b+4c=0$. La première équation fournit $c=\mathbf{1}$ et la deuxième $\boldsymbol{b}=\mathbf{-1}$.

RAPPEL
Si $\vec{u}(x\,;y\,;z)$ et $\vec{u'}(x'\,;y'\,;z')$ alors $\vec{u}\cdot\vec{u'}=xx'+yy'+zz'$.

c. Utiliser la forme générale de l'équation cartésienne d'un plan

Le plan (PQR) a donc une équation cartésienne de la forme $1x+(-1)y+1z+d=0$. Comme $P\in(PQR)$: $2+d=0$, donc $\boldsymbol{d}=\mathbf{-2}$, ce qu'il fallait démontrer.

2. a. Déterminer une représentation paramétrique d'une droite

Étant perpendiculaire au plan (PQR), la droite Δ a pour vecteur directeur $\vec{n}$. De plus, Δ passe par le point Ω, donc un point $M(x\,;y\,;z)$ appartient à Δ si et seulement s'il existe un réel t tel que $\overrightarrow{\Omega M}=t\vec{n}$, c'est-à-dire :

$$\begin{cases}x-3=t\\y-3=-t\\z-3=t\end{cases}\Leftrightarrow\begin{cases}x=3+t\\y=3-t\\z=3+t\end{cases}\text{ avec } t\in\mathbb{R}.$$

Ces équations sont des **équations paramétriques de Δ.**

b. Déterminer l'intersection d'une droite et d'un plan

$$I(x\,;y\,;z)\in\Delta\cap(PQR)\Leftrightarrow\begin{cases}x=3+t\\y=3-t\\z=3+t\end{cases}\text{ et } x-y+z-2=0.$$

Cela implique que $(3+t)-(3-t)+(3+t)-2=0\Leftrightarrow 1+3t=0\Leftrightarrow t=-\frac{1}{3}$.

On trouve donc : $\begin{cases}x_I=3-\frac{1}{3}=\mathbf{\frac{8}{3}}\\y_I=3+\frac{1}{3}=\mathbf{\frac{10}{3}}\\z_I=3-\frac{1}{3}=\mathbf{\frac{8}{3}}\end{cases}$, ce qu'il fallait démontrer.

c. Calculer une distance

On a : $\overrightarrow{\Omega I}\left(\frac{8}{3}-3\,;\frac{10}{3}-3\,;\frac{8}{3}-3\right)$, soit $\overrightarrow{\Omega I}\left(-\frac{1}{3}\,;\frac{1}{3}\,;-\frac{1}{3}\right)$.

Donc $\Omega I^2=\left(-\frac{1}{3}\right)^2+\left(\frac{1}{3}\right)^2+\left(-\frac{1}{3}\right)^2=\frac{3}{9}=\frac{1}{3}$. On en déduit : $\mathbf{\Omega I=\frac{1}{\sqrt{3}}}$.

RAPPEL

Si $\overrightarrow{AB}(x\,;y\,;z)$ alors $AB^2=\overrightarrow{AB}\cdot\overrightarrow{AB}=x^2+y^2+z^2$. → FICHE 9

3. Vérifier qu'un point appartient à un plan d'équation cartésienne donnée

a. Comme $6-4+0-2=0$ le point **J appartient au plan (PQR)**.
De même $6-6+2-2=0$, donc **K** $\in$ **(PQR)**.

b. Montrer que deux droites sont parallèles

On trouve : $\overrightarrow{JK}(0\,;2\,;2)=\frac{1}{2}(0\,;4\,;4)=\frac{1}{2}\overrightarrow{QR}$. Les vecteurs $\overrightarrow{JK}$ et $\overrightarrow{QR}$ sont donc colinéaires, ce qui prouve que les droites **(JK) et (QR) sont parallèles.**

c. Tracer une section plane

La parallèle à (PQ), qui est sur la face ABFE, passant par K appartient à la fois à la face parallèle CDHG et au plan (PQR). Sa trace [LK] appartient donc à la section considérée.
Il en est de même pour [LR], parallèle à (JP) et [JK], parallèle à (QR).
On obtient la **section représentée en rouge sur la figure.**

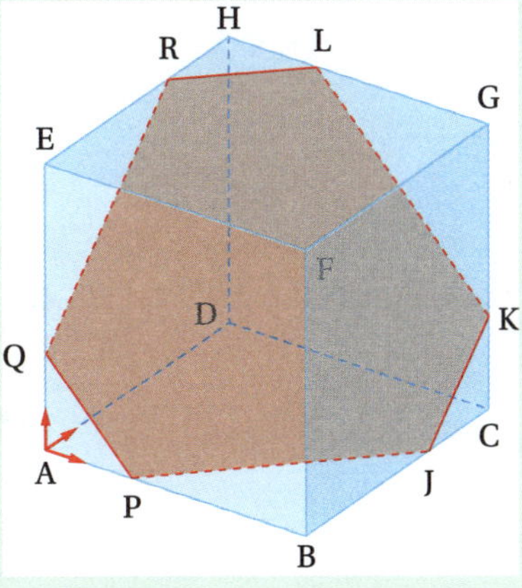

SUJET 13 | OBJECTIF BAC

40 min

Étude analytique des propriétés de droites dans un tétraèdre

→ FICHES 4, 9 et 12 à 14

Dans ce sujet, vous allez construire un tétraèdre en utilisant l'intersection de droites et de plans, et le projeté orthogonal d'une droite sur un plan. Puis vous examinerez les faces de ce tétraèdre ainsi que sa sphère circonscrite, c'est-à-dire la sphère passant par ses quatre sommets.

LE SUJET

Dans un repère orthonormé de l'espace d'origine O, on considère le point A(3 ; 1 ; –5) et la droite $\mathscr{D}$ de représentation paramétrique $\begin{cases} x = 2t + 1 \\ y = -2t + 9 \\ z = t - 3 \end{cases}$, où $t \in \mathbb{R}$.

1. Déterminer une équation cartésienne du plan $\mathscr{P}$ orthogonal à la droite $\mathscr{D}$ et passant par le point A.

2. Soit D le point de coordonnées (9 ; 1 ; 1). Montrer que le point B(5 ; 5 ; –1) est le projeté orthogonal de D sur $\mathscr{P}$.

3. Justifier que le point C(7 ; 3 ; –9) appartient au plan $\mathscr{P}$ puis montrer que le triangle ABC est un triangle rectangle isocèle en A.

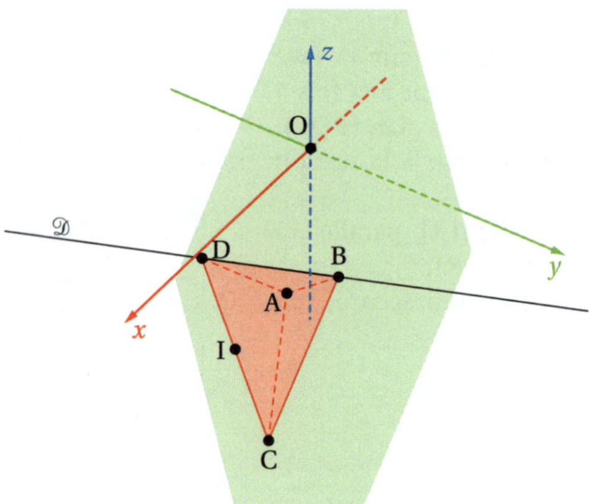

4. *Cette question est indépendante de la suivante.*
Soit t un réel différent de 2 et M le point de paramètre t appartenant à la droite $\mathcal{D}$.
a. Justifier que le triangle ABM est rectangle.
b. Montrer que le triangle ABM est isocèle en B si et seulement si le réel t vérifie l'équation $t^2 - 4t = 0$.
c. En déduire les coordonnées des points M_1 et M_2 de la droite $\mathcal{D}$ tels que les triangles rectangles ABM_1 et ABM_2 soient isocèles en B.

5. a. Déterminer les coordonnées du point I, milieu de [CD].
b. Montrer que les quatre sommets du tétraèdre ABCD sont situés sur une sphère de centre I dont on précisera le rayon.

LES CLÉS POUR RÉUSSIR

1. Choisissez un vecteur directeur de $\mathcal{D}$ puis déduisez-en un vecteur normal à $\mathcal{P}$. → FICHE 12

2. Il suffit de vérifier que $D \in \mathcal{D}$ et $B \in \mathcal{P} \cap \mathcal{D}$. → FICHE 14

3. Pensez à la réciproque du théorème de Pythagore. → FICHE 12

4. a. Utilisez la question **2**. → FICHE 13
b. Calculez les distances BM et BA. → FICHE 9
c. Il s'agit de résoudre l'équation en t.

5. a. Utilisez la formule du milieu d'un segment. → FICHE 4
b. Calculez les distances du point I aux quatre sommets.

LE CORRIGÉ

1. Déterminer une équation cartésienne d'un plan

Le plan $\mathcal{P}$ a pour vecteur normal un vecteur directeur de $\mathcal{D}$, par exemple $(2\,;-2\,;1)$.
Une équation de $\mathcal{P}$ est donc de la forme $2x - 2y + z + d = 0$.
Comme $A \in \mathcal{P}$, on trouve $2 \times 3 - 2 \times 1 + (-5) + d = 0$, d'où $d = 1$.
Une équation cartésienne de $\mathcal{P}$ est donc $\mathbf{2x - 2y + z + 1 = 0}$.

2. Identifier le projeté orthogonal d'un point sur une droite

Dans la représentation paramétrique de $\mathcal{D}$, si $t = 4$ alors $x = 9$, $y = 1$ et $z = 1$ donc $D(9,1,1) \in \mathcal{D}$. De même, si $t = 2$ alors $x = 5$, $y = 5$ et $z = -1$ donc $B(5\,;5\,;-1) \in \mathcal{D}$.
De plus $2 \times 5 - 2 \times 5 + (-1) + 1 = 0$. Donc $B \in \mathcal{P}$.
Le point B étant sur une droite perpendiculaire à $\mathcal{P}$ et appartenant à $\mathcal{P}$, **B est le projeté orthogonal sur $\mathcal{P}$ de tout point de la droite $\mathcal{D}$, donc en particulier de D.**

3. Utiliser les vecteurs pour déterminer la nature d'un triangle

$C \in \mathcal{P}$ car $2 \times 7 - 2 \times 3 + (-9) + 1 = 0$. De plus les coordonnées des vecteurs $\overrightarrow{AB}$, $\overrightarrow{AC}$ et $\overrightarrow{BC}$ sont respectivement $(2\,;4\,;4)$, $(4\,;2\,;-4)$ et $(2\,;-2\,;-8)$.
On en déduit : $AB^2 = 2^2 + 4^2 + 4^2 = 36$ et de même $AC^2 = 36$ et $BC^2 = 72$.

Il en résulte que $BC^2 = AB^2 + AC^2$, donc le triangle ABC est rectangle en A, et AB = AC donc le triangle ABC est isocèle.
En conclusion, le triangle ABC est **rectangle isocèle en A.**

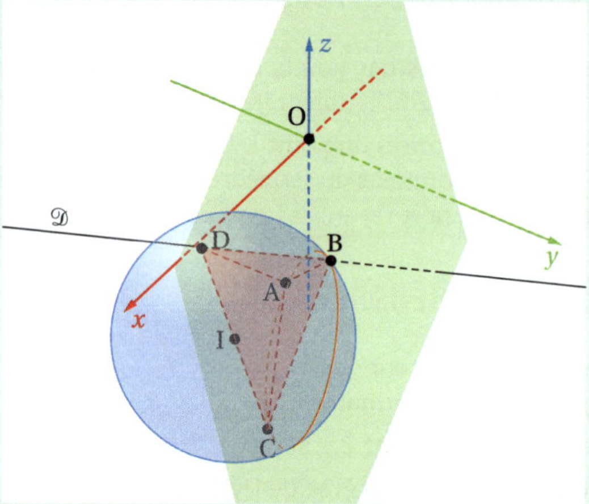

4. Exploiter le projeté orthogonal d'une droite sur un plan

a. À la question **2**, on a vu que tout point M de $\mathscr{D}$ se projetait orthogonalement sur $\mathscr{P}$ en B. Donc l'angle $\widehat{ABM}$ est droit car $A \in \mathscr{P}$. Par conséquent, le triangle **ABM est rectangle en B.**

b. Utiliser la formule de la distance entre deux points

Les coordonnées de $\overrightarrow{BM}$ sont $(2t + 1 - 5\,; -2t + 9 - 5\,; t - 3 + 1)$, soit $(2t - 4\,; -2t + 4\,; t - 2)$.
Donc $BM^2 = (2t-4)^2 + (-2t+4)^2 + (t-2)^2 = 9t^2 - 36t + 36$.
Comme $AB^2 = 36$, le triangle ABM est isocèle si et seulement si :
$9t^2 - 36t + 36 = 36 \Leftrightarrow 9(t^2 - 4t) = 0 \Leftrightarrow \boldsymbol{t^2 - 4t = 0}$, ce qu'il fallait démontrer.

c. Résoudre une équation du second degré

Comme $t^2 - 4t = t(t-4)$, on trouve $t_1 = 0$ et $t_2 = 4$.
Les points M_1 et M_2 ont donc pour coordonnées respectives $\mathbf{(1\,;9\,;-3)}$ et $\mathbf{(9\,;1\,;1)}$.

À NOTER
On remarque que $M_2 = D$.

5. a. Déterminer les coordonnées du milieu d'un segment

Les coordonnées de I sont les demi-sommes des coordonnées de C et D ; ce sont donc $\mathbf{(8\,;2\,;-4)}$.

b. Calculer des distances

Les coordonnées des vecteurs $\overrightarrow{IA}$, $\overrightarrow{IB}$, $\overrightarrow{IC}$ et $\overrightarrow{ID}$ sont respectivement $(-5\,;-1\,;-1)$, $(-3\,;3\,;3)$, $(-1\,;1\,;-5)$ et $(1\,;-1\,;5)$.
On a donc $IA = IB = IC = ID = \sqrt{27} = 3\sqrt{3}$.
On en conclut que les quatre sommets du tétraèdre ABCD appartiennent à **la sphère de centre I et de rayon $3\sqrt{3}$.**

SUJET 14 OBJECTIF MENTION

45 min

Étude analytique de la trajectoire d'un drone

→ FICHES 4 et 9 à 13

Le problème suivant présente une application des équations de droites et de plans à la modélisation des trajectoires rectilignes de deux drones. Cette modélisation permet ensuite d'examiner la validité des règles de sécurité liées à leurs vols.

LE SUJET

Les deux parties de cet exercice sont indépendantes.

Alex et Élisa, deux pilotes de drones, s'entraînent sur un terrain constitué d'une partie plane qui est bordée par un obstacle.

On considère un repère orthonormé $\left(O ; \vec{i}, \vec{j}, \vec{k}\right)$, une unité correspondant à dix mètres. Pour modéliser le relief de la zone, on définit six points O, P, Q, T, U et V par leurs coordonnées dans ce repère :

O(0 ; 0 ; 0), P(0 ; 10 ; 0), Q(0 ; 11 ; 1), T(10 ; 11 ; 1), U(10 ; 10 ; 0) et V(10 ; 0 ; 0).

La partie plane est délimitée par le rectangle OPUV et l'obstacle par le rectangle PQTU.

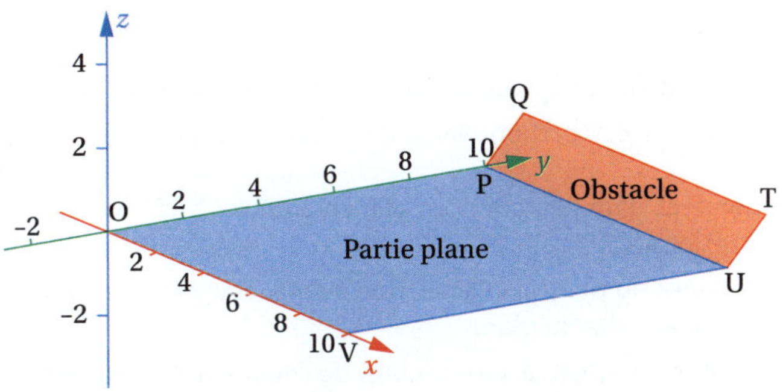

Les deux drones sont assimilables à deux points et on suppose qu'ils suivent des trajectoires rectilignes :

- le drone d'Alex suit la trajectoire portée par la droite (AB), avec A(2 ; 4 ; 0,25) et B(2 ; 6 ; 0,75) ;
- le drone d'Élisa suit la trajectoire portée par la droite (CD), avec C(4 ; 6 ; 0,25) et D(2 ; 6 ; 0,25).

Partie A Étude de la trajectoire du drone d'Alex

1. Déterminer une représentation paramétrique de la droite (AB).

2. a. Justifier que le vecteur $\vec{n}(0\ ;\ 1\ ;\ -1)$ est un vecteur normal au plan (PQU).

b. En déduire une équation cartésienne du plan (PQU).

3. Démontrer que la droite (AB) et le plan (PQU) sont sécants au point I de coordonnées $\left(2\,;\frac{37}{3}\,;\frac{7}{3}\right)$.

4. Expliquer pourquoi, en suivant cette trajectoire, le drone d'Alex ne rencontre pas l'obstacle.

Partie B Distance minimale entre les deux trajectoires

Pour éviter une collision entre leurs deux appareils, Alex et Élisa imposent une distance minimale de 4 mètres entre les trajectoires de leurs drones.
L'objectif de cette partie est de vérifier si cette consigne est respectée.
Pour cela, on considère un point M de la droite (AB) et un point N de la droite (CD).
Il existe alors deux réels a et b tels que $\overrightarrow{AM} = a\overrightarrow{AB}$ et $\overrightarrow{CN} = b\overrightarrow{CD}$.

On s'intéresse donc à la distance MN.

1. Démontrer que les coordonnées du vecteur $\overrightarrow{MN}$ sont $(2 - 2b\,; 2 - 2a\,; -0{,}5a)$.

2. On admet que les droites (AB) et (CD) ne sont pas coplanaires. On admet également que la distance MN est minimale lorsque la droite (MN) est perpendiculaire à la fois à la droite (AB) et à la droite (CD).
Démontrer alors que la distance MN est minimale lorsque $a = \frac{16}{17}$ et $b = 1$.

3. En déduire la valeur minimale de la distance MN puis conclure.

LES CLÉS POUR RÉUSSIR

Partie A

1. Déterminez un point et un vecteur directeur de la droite (AB). → FICHE 13

2. a. Montrez que $\vec{n}$ est orthogonal à deux vecteurs non colinéaires du plan (PQU). → FICHE 9

b. Les coordonnées d'un vecteur normal à un plan sont des coefficients de son équation cartésienne. → FICHE 12

3. Les coordonnées du point d'intersection éventuel vérifient à la fois les équations de la droite et celle du plan.

4. Examinez l'altitude (c'est-à-dire la cote) de l'obstacle et la cote de I.

Partie B

1. Utilisez la relation de Chasles pour exprimer $\overrightarrow{MN}$ à l'aide de vecteurs dont on connaît les coordonnées. → FICHE 4

2. Utilisez le produit scalaire pour caractériser l'orthogonalité des droites. → FICHE 10

3. Calculez la distance MN avec les valeurs de a et b trouvées en **2**.

LE CORRIGÉ

Partie A Étude de la trajectoire du drone d'Alex

1. Déterminer une représentation paramétrique d'une droite

Les coordonnées du vecteur $\overrightarrow{AB}$ sont $(0\,;2\,;0{,}5)$ et un point $M(x\,;y\,;z)$ appartient à (AB) si et seulement s'il existe $t \in \mathbb{R}$ tel que $\overrightarrow{AM} = t\overrightarrow{AB}$, ce qui équivaut à :

$$\begin{cases} x-2=0t \\ y-4=2t \\ z-0{,}25=0{,}5t \end{cases} \Leftrightarrow \begin{cases} x=2 \\ y=4+2t \\ z=0{,}25+0{,}5t \end{cases} \text{ avec } t \in \mathbb{R}.$$

Ce système constitue une **représentation paramétrique de la droite (AB).**

> **RAPPEL**
> L'abscisse de $\overrightarrow{AB}$ est $x_B - x_A$. *Idem* pour l'ordonnée et la cote.

2. Vérifier qu'un vecteur est normal à un plan

a. Les coordonnées des vecteurs $\overrightarrow{PQ}$ et $\overrightarrow{PU}$ sont respectivement $(0\,;1\,;1)$ et $(10\,;0\,;0)$.
De plus $\vec{n}\cdot\overrightarrow{PQ} = 0\times 0 + 1\times 1 + (-1)\times 1 = 0$ et $\vec{n}\cdot\overrightarrow{PU} = 0\times 10 + 1\times 0 + (-1)\times 0 = 0$.
Le vecteur $\vec{n}$ est donc orthogonal à deux vecteurs non colinéaires du plan (PQU).
C'est pourquoi c'est **un vecteur normal à ce plan.**

b. Déterminer une équation cartésienne d'un plan

$\vec{n}(0\,;\,1\,;\,-1)$ est un vecteur normal au plan (PQU), donc une équation cartésienne de ce plan est de la forme $0x + 1y + (-1)z + d = 0 \Leftrightarrow y - z + d = 0$.
Comme $P \in (PQU)$: $10 + d = 0$, d'où $d = -10$.
Une équation cartésienne du plan (PQU) est donc $\mathbf{y - z - 10 = 0}$.

3. Déterminer les coordonnées du point d'intersection d'une droite et d'un plan

Cherchons s'il existe un réel t tel que $\begin{cases} x=2 \\ y=4+2t \\ z=0{,}25+0{,}5t \end{cases}$ et $y - z - 10 = 0$.

On trouve : $4 + 2t - 0{,}25 - 0{,}5t - 10 = 0 \Leftrightarrow 1{,}5t = 6{,}25$

$$\Leftrightarrow t = \frac{6{,}25}{1{,}5} = \frac{12{,}5}{3}.$$

Remplaçons dans les équations paramétriques de la droite (AB) :

$$x = 2\,;\ y = 4 + \frac{25}{3} = \frac{12}{3} + \frac{25}{3} = \frac{37}{3}\,;\ z = 0{,}25 + \frac{6{,}25}{3} = \frac{0{,}75}{3} + \frac{6{,}25}{3} = \frac{7}{3}.$$

Il en résulte que le point de coordonnées $\left(2\,;\frac{37}{3}\,;\frac{7}{3}\right)$ est l'**intersection de la droite (AB) et du plan (PQU).**

4. Exploiter l'intersection d'une droite et d'un plan

L'obstacle culmine à 10 mètres du sol. La trajectoire du drone d'Alex rencontre le *plan* de l'obstacle à l'altitude $\frac{7}{3}\times 10$ m, soit plus de 10 mètres. C'est pourquoi **ce drone ne rencontre pas l'obstacle.**

> **RAPPEL**
> L'unité du repère est 10 mètres.

Partie B Distance minimale entre les deux trajectoires

1. Déterminer les coordonnées d'un vecteur

$\overrightarrow{MN} = \overrightarrow{MA} + \overrightarrow{AC} + \overrightarrow{CN} = -a\overrightarrow{AB} + \overrightarrow{AC} + b\overrightarrow{CD}$.

On a $\overrightarrow{AB}(0\,;2\,;0{,}5)$, et de plus les coordonnées des vecteurs $\overrightarrow{AC}$ et $\overrightarrow{CD}$ sont respectivement $(2\,;2\,;0)$ et $(-2\,;0\,;0)$. On obtient donc les coordonnées de $\overrightarrow{MN}$:

$$(-a\times 0+2+b\times(-2)\,;-a\times 2+2+b\times 0\,;-a\times 0{,}5+0+b\times 0).$$

Soit $\overrightarrow{MN}(\mathbf{2-2b\,;-2a+2\,;-0{,}5a})$, ce qu'il fallait démontrer.

2. Utiliser le produit scalaire pour caractériser l'orthogonalité de droites

La distance MN est minimale si et seulement si $(MN)\perp(AB)$ et $(MN)\perp(CD)$.

$$(MN)\perp(AB)\Leftrightarrow \overrightarrow{MN}\cdot\overrightarrow{AB}=0\Leftrightarrow 0+2(-2a+2)-0{,}25a=0$$

$$\Leftrightarrow -4{,}25a=-4\Leftrightarrow \boldsymbol{a}=\frac{\mathbf{4}}{\mathbf{4{,}25}}=\frac{\mathbf{4\times 4}}{\mathbf{4\times 4{,}25}}=\frac{\mathbf{16}}{\mathbf{17}}.$$

$(MN)\perp(CD)\Leftrightarrow \overrightarrow{MN}\cdot\overrightarrow{CD}=0\Leftrightarrow -2(2-2b)=0\Leftrightarrow \boldsymbol{b}=\mathbf{1}$.

Ce qu'il fallait démontrer.

3. Calculer une distance

Calculons $MN^2=\overrightarrow{MN}\cdot\overrightarrow{MN}$ lorsque $a=\dfrac{16}{17}$ et $b=1$.

$\overrightarrow{MN}$ a alors pour coordonnées $\left(0\,;-\dfrac{32}{17}+2\,;-\dfrac{8}{17}\right)$, soit $\left(0\,;\dfrac{2}{17}\,;-\dfrac{8}{17}\right)$.

Donc $MN^2=\left(\dfrac{2}{17}\right)^2+\left(-\dfrac{8}{17}\right)^2=\dfrac{68}{17^2}$.

On en déduit : $MN=\dfrac{\sqrt{68}}{17}$ et donc : $MN\approx 0{,}49$.

La distance minimale entre les deux drones est donc de 4,9 mètres, donc **la consigne est respectée.**

RAPPEL

Si $\overrightarrow{AB}(x\,;y\,;z)$ alors $AB^2=x^2+y^2+z^2$. → FICHE 4

Analyse

5 Suites numériques

Les suites constituent un outil particulièrement bien adapté à l'étude de la dynamique des populations, telles que l'évolution des tortues au cours des prochaines décennies, ainsi qu'à bien d'autres phénomènes d'évolution.

TEST

Pour vous situer et identifier les fiches à réviser 112

FICHES DE COURS

15 Définitions, comparaison et encadrement 114
16 Limites : opérations et suites monotones 116
17 Suites géométriques et fonction exponentielle 118
MÉMO VISUEL 120

SUJETS GUIDÉS & CORRIGÉS

OBJECTIF BAC
15 Modéliser l'évolution d'une population 122
16 Étude de la vitesse de refroidissement d'un liquide 125

OBJECTIF MENTION
17 Approximation de $\sqrt{2}$ par une suite de nombres rationnels 129
18 Variations sur la série harmonique 132

TESTEZ-VOUS

→ CORRIGÉS P. 349

Faites le point sur vos connaissances puis établissez votre **parcours de révision** en fonction de votre score.

1 Limite d'une suite

→ FICHE 15

La suite de terme général $u_n = -n^4 + 1$ admet pour limite :

☐ **a.** 0 ☐ **b.** $+\infty$ ☐ **c.** $-\infty$

.../1

2 Encadrement et comparaison

→ FICHE 15

1. La suite de terme général $u_n = \dfrac{(-1)^n}{n}$:

☐ **a.** n'admet pas de limite

☐ **b.** diverge vers $+\infty$

☐ **c.** converge

2. La suite de terme général $u_n = (-1)^n + n$:

☐ **a.** n'admet pas de limite

☐ **b.** diverge vers $+\infty$

☐ **c.** converge

.../2

3 Opérations sur les limites

→ FICHE 16

1. La suite de terme général $u_n = -\dfrac{1}{n} + 1 + n$:

☐ **a.** diverge vers $-\infty$

☐ **b.** diverge vers $+\infty$

☐ **c.** converge

2. La suite de terme général $u_n = \dfrac{2 - \dfrac{1}{n}}{n+1}$:

☐ **a.** diverge vers $-\infty$

☐ **b.** diverge vers $+\infty$

☐ **c.** converge

.../2

4 Limite d'une suite et formes indéterminées

→ FICHE 16

1. La suite de terme général $u_n = n^2 - 10\,000n$:

☐ **a.** diverge vers $-\infty$ ☐ **b.** diverge vers $+\infty$ ☐ **c.** converge vers 0

2. La suite de terme général $u_n = \dfrac{n^2 - 1}{3 - 2n}$:

☐ **a.** diverge vers $-\infty$ ☐ **b.** diverge vers $+\infty$ ☐ **c.** converge vers 1

…/2

5 Limite d'une suite croissante

→ FICHE 16

Toute suite croissante positive :

☐ **a.** converge ☐ **b.** diverge vers $+\infty$ ☐ **c.** admet une limite

…/1

6 Limite d'une suite monotone bornée

→ FICHE 15

Toute suite u majorée par un réel M et strictement croissante :

☐ **a.** converge vers M ☐ **b.** diverge vers $+\infty$ ☐ **c.** admet une limite

…/1

7 Limite d'une suite géométrique

→ FICHE 17

La suite de terme général $u_n = \dfrac{5^n - 7^n}{5^n + 7^n}$:

☐ **a.** diverge vers $-\infty$ ☐ **b.** converge vers 0 ☐ **c.** converge vers -1

…/1

8 Limite et fonction exponentielle

→ FICHE 17

La fonction $x \mapsto e^{-x} + \dfrac{1}{e^x + 1}$ admet pour limite en $+\infty$:

☐ **a.** 0 ☐ **b.** 1 ☐ **c.** 2

…/1

Score total …/11

Parcours PAS À PAS ou EXPRESS ? → MODE D'EMPLOI P. 3

15 Définitions, comparaison et encadrement

En bref *Étudier la limite d'une suite permet d'avoir une idée de son comportement en l'infini. Pour trouver la limite (si elle existe) d'une suite, une méthode consiste à la comparer aux comportements de suites que l'on connait.*

I Suites de limites finie et infinie

1 Limite infinie

Soient A et B des réels.

- On dit qu'une suite u admet pour limite $+\infty$ si tout intervalle de la forme $[A\,;+\infty[$ contient tous les termes de la suite à partir d'un certain rang.

On note $\lim\limits_{n\to+\infty} u_n = +\infty$ et on dit que la suite **diverge vers $+\infty$**.

- On dit qu'une suite u admet pour limite $-\infty$ si tout intervalle de la forme $]-\infty\,; B]$ contient tous les termes de la suite à partir d'un certain rang.

On note $\lim\limits_{n\to+\infty} u_n = -\infty$ et on dit que la suite **diverge vers $-\infty$**.

À NOTER
La suite de terme général u_n admet pour limite $-\infty$ si et seulement si la suite de terme général $-u_n$ admet pour limite $+\infty$.

2 Limite finie

Soit ℓ un réel.

On dit qu'une suite u admet pour limite ℓ si tout intervalle ouvert contenant ℓ contient tous les termes de la suite à partir d'un certain rang.

On note $\lim\limits_{n\to+\infty} u_n = \ell$ et on dit que la suite **converge** vers ℓ.

II Comparaison et encadrement

- **Théorème de comparaison**

Soit N un entier naturel et soient (u_n) et (r_n) des suites réelles.

Si pour tout entier $n \geqslant N$, $u_n \geqslant r_n$ et $\lim\limits_{n\to+\infty} r_n = +\infty$, alors $\lim\limits_{n\to+\infty} u_n = +\infty$.

Si pour tout entier $n \geqslant N$, $u_n \leqslant r_n$ et $\lim\limits_{n\to+\infty} r_n = -\infty$, alors $\lim\limits_{n\to+\infty} u_n = -\infty$.

- **Théorème d'encadrement (dit « théorème des gendarmes »)**

Soient ℓ un réel, N un entier naturel, et (u_n), (r_n) et (s_n) des suites réelles.

Si pour tout entier $n \geqslant N$, $s_n \leqslant u_n \leqslant r_n$ et si $\lim\limits_{n\to+\infty} s_n = \ell$ et $\lim\limits_{n\to+\infty} r_n = \ell$, alors $\lim\limits_{n\to+\infty} u_n = \ell$.

À NOTER
Pour démontrer qu'une suite diverge vers $+\infty$ ou $-\infty$, il est inutile d'encadrer les termes de la suite car un théorème de comparaison suffit.

Méthodes

1 Déterminer la limite d'une suite par comparaison

Déterminer la limite de la suite de terme général $u_n = n + (-1)^n$.

CONSEILS

Pensez à encadrer $(-1)^n$ pour déterminer la limite de (u_n).

SOLUTION

Pour tout entier naturel n, $-1 \leqslant (-1)^n \leqslant 1$. Donc $n - 1 \leqslant u_n$.

Or $\lim\limits_{n \to +\infty} (n-1) = +\infty$ donc $\lim\limits_{n \to +\infty} u_n = +\infty$.

2 Déterminer la limite d'une suite par encadrement

Déterminer la limite des suites de termes généraux u_n et s_n, avec
$u_n = \dfrac{(-1)^n - n}{n}$ et $s_n = \dfrac{1}{n^2} + \dfrac{1}{n^2+1} + \ldots + \dfrac{1}{n^2+n}$.

CONSEILS

Encadrez le numérateur de u_n. Pour s_n, remarquez que chacun des $n+1$ termes de la somme est compris entre $\dfrac{1}{n^2+n}$ et $\dfrac{1}{n^2}$.

SOLUTION

- Pour tout entier naturel n, on a $-1 \leqslant (-1)^n \leqslant 1$.

Donc $-1 - n \leqslant (-1)^n - n \leqslant 1 - n$, puis $\dfrac{-1-n}{n} \leqslant u_n \leqslant \dfrac{1-n}{n}$.

On a $\dfrac{-1-n}{n} = -\dfrac{1}{n} - 1$ et $\dfrac{1-n}{n} = \dfrac{1}{n} - 1$.

Or $\lim\limits_{n \to +\infty} \dfrac{-1-n}{n} = -1$ et $\lim\limits_{n \to +\infty} \dfrac{1-n}{n} = -1$.

Donc $\lim\limits_{n \to +\infty} u_n = -1$.

- Pour tout entier naturel n non nul,

$$\frac{1}{n^2+n} + \frac{1}{n^2+n} + \ldots + \frac{1}{n^2+n} \leqslant \frac{1}{n^2} + \frac{1}{n^2+1} + \ldots + \frac{1}{n^2+n} \leqslant \frac{1}{n^2} + \frac{1}{n^2} + \ldots + \frac{1}{n^2},$$

donc $\dfrac{n+1}{n^2+n} \leqslant s_n \leqslant \dfrac{n+1}{n^2}$ d'où $\dfrac{1}{n} \leqslant s_n \leqslant \dfrac{1}{n} + \dfrac{1}{n^2}$.

Or $\lim\limits_{n \to +\infty} \dfrac{1}{n} = 0$ et $\lim\limits_{n \to +\infty} \left(\dfrac{1}{n} + \dfrac{1}{n^2}\right) = 0$.

Donc $\lim\limits_{n \to +\infty} s_n = 0$.

16 Limites : opérations et suites monotones

En bref *Pour déterminer la limite d'une suite, il peut être utile de la décomposer en somme, différence ou encore en quotient de deux suites dont on sait calculer les limites.*

I Limites et opérations

■ Dans les tableaux ci-dessous, ℓ et ℓ' sont des réels, et « F. I. » désigne une **forme indéterminée**, c'est-à-dire les cas où l'on ne peut pas déterminer d'emblée la limite de la suite.

Limite de u	ℓ	ℓ	ℓ	$+\infty$	$-\infty$	$+\infty$
Limite de v	ℓ'	$+\infty$	$-\infty$	$+\infty$	$-\infty$	$-\infty$
Limite de $u+v$	$\ell+\ell'$	$+\infty$	$-\infty$	$+\infty$	$-\infty$	F. I.

Limite de u	ℓ	$\ell>0$	$\ell<0$	0	0	$+\infty$	$-\infty$
Limite de v	ℓ'	$+\infty$	$+\infty$	$+\infty$	0	$+\infty$	$+\infty$
Limite de uv	$\ell\times\ell'$	$+\infty$	$-\infty$	F. I.	0	$+\infty$	$-\infty$
Limite de $\frac{1}{u}$	Si $\ell\neq 0$: $1/\ell$	$1/\ell$	$1/\ell$	Si $u>0$: $+\infty$	Si $u<0$: $-\infty$	0	0
Limite de $\frac{u}{v}$	Si $\ell'\neq 0$: ℓ/ℓ'	0	0	0	F. I.	F. I.	F. I.

■ Sans plus de renseignement sur les suites, on ne peut pas déterminer la limite :
- de la **différence** de deux suites de même limite infinie (« $\infty-\infty$ ») ;
- du **quotient** de deux suites de limites infinies (« ∞/∞ ») ;
- du **quotient** de deux suites de limites nulles (« $0/0$ ») ;
- du **produit** de deux suites de limites respectivement *nulle* et *infinie* (« $0\times\infty$ »).

Pour lever l'indétermination, dans les deux premiers cas, on peut factoriser chaque terme du quotient ou de la différence par des termes prépondérants.

À NOTER
Certaines suites n'admettent pas de limites, par exemple les suites de termes généraux $(-1)^n$ et $(-10)^n$.

II Suites monotones

■ **Théorèmes :** Toute suite croissante non majorée diverge vers $+\infty$.

Toute suite décroissante non minorée diverge vers $-\infty$.

■ **Théorèmes :** Soient M et m des réels.

Toute suite croissante majorée par M converge vers un réel ℓ tel que $\ell\leqslant M$.

Toute suite décroissante minorée par m converge vers un réel ℓ tel que $\ell\geqslant m$.

Méthodes

1 Déterminer des limites de somme, produit, inverse, quotient

Déterminer la limite des suites de termes généraux $\frac{1}{(1-n)(n^2-7)}$ et $\frac{1+\frac{1}{n}}{n+5}$.

CONSEILS

Décomposez chacune des suites en somme, produit, inverse ou quotient de suites dont les limites sont connues.

SOLUTION

■ On a $\lim\limits_{n\to+\infty} n = +\infty$ donc $\lim\limits_{n\to+\infty} n^2 = +\infty$ et $\lim\limits_{n\to+\infty} (n^2-7) = +\infty$;
$\lim\limits_{n\to+\infty} (1-n) = -\infty$, ainsi $\lim\limits_{n\to+\infty} (1-n)(n^2-7) = -\infty$ (limite d'un produit).
Par limite de l'inverse, on a $\lim\limits_{n\to+\infty} \frac{1}{(1-n)(n^2-7)} = 0$.

■ On a $\lim\limits_{n\to+\infty} \frac{1}{n} = 0$ donc $\lim\limits_{n\to+\infty} \left(1+\frac{1}{n}\right) = 1$. De plus, $\lim\limits_{n\to+\infty} (n+5) = +\infty$, donc par limite d'un quotient $\lim\limits_{n\to+\infty} \frac{1+\frac{1}{n}}{n+5} = 0$.

2 Déterminer les limites de suites monotones

Soit la suite v définie par $v_0 = 5$ et $v_{n+1} = \sqrt{v_n + 12}$ pour tout $n \in \mathbb{N}$.

a. Montrer que, pour tout $n \in \mathbb{N}$, $v_n \geqslant 4$.

b. On admet que la suite v est décroissante. En déduire que la suite v converge.

CONSEILS

On suivra un raisonnement par récurrence, qui se fait en trois étapes.
Étape 1 Initialisation : elle consiste à montrer que la propriété à démontrer ($v_n \geqslant 4$) est vraie au rang 0.
Étape 2 Hérédité : on suppose la propriété vraie à un rang quelconque n ($v_n \geqslant 4$), puis on en déduit qu'elle est vraie au rang suivant ($v_{n+1} \geqslant 4$).
Étape 3 Conclusion

SOLUTION

a. **Étape 1** On a $v_0 \geqslant 4$.

Étape 2 Si $n \in \mathbb{N}$ tel que $v_n \geqslant 4$, alors $v_n + 12 \geqslant 16$. Ainsi $v_{n+1} \geqslant 4$.

Étape 3 Le principe de récurrence permet de conclure que, pour tout $n \in \mathbb{N}$, $v_n \geqslant 4$.

b. La suite v est décroissante et minorée par 4. Donc elle converge vers un réel ℓ tel que $\ell \geqslant 4$.

17 Suites géométriques et fonction exponentielle

En bref *La limite d'une suite géométrique dépend de sa raison.*
La fonction exponentielle et les suites géométriques se comportent de manière analogue en l'infini.

I Limites des suites géométriques

■ **Définitions :**

- Une suite divergente est une suite qui admet une limite infinie ou qui n'admet pas de limite.
- Une suite convergente est une suite qui admet une limite finie.

■ **Théorème :** Soient q un réel différent de 1 et u la suite de terme général q^n.

- Si $q > 1$, alors $\lim\limits_{n \to +\infty} q^n = +\infty$ (u diverge vers $+\infty$) ;
- si $-1 < q < 1$, alors $\lim\limits_{n \to +\infty} q^n = 0$ (u converge vers 0) ;
- si $q \leqslant -1$, alors la suite de terme général q^n n'admet pas de limite (u diverge).

À NOTER

- **Si $q = 1$**, alors la suite de terme général q^n est constante de limite 1.
- **Si $q = -1$**, alors la suite de terme général q^n est bornée et vaut alternativement -1 et 1.
- **Si $q < -1$**, alors la suite de terme général q^n n'est pas bornée et prend alternativement des valeurs positives et négatives de valeurs absolues de plus en plus grandes.

II Limite de la fonction exponentielle

■ **Limite en $+\infty$**

On a : $\lim\limits_{x \to +\infty} e^x = +\infty$

On rappelle que $e \approx 2{,}718$ donc $e > 1$. Ainsi la suite géométrique (e^n), $n \in \mathbb{N}$, a pour limite $+\infty$: $\lim\limits_{n \to +\infty} e^n = +\infty$.

■ **Limite en $-\infty$**

On a : $\lim\limits_{x \to -\infty} e^x = 0$

On a, pour tout $n \in \mathbb{N}$, $e^{-n} = \left(\dfrac{1}{e}\right)^n$. Puisque $-1 < \dfrac{1}{e} < 1$, alors la suite géométrique (e^{-n}) a pour limite 0. En effet, $\lim\limits_{n \to +\infty} \left(\dfrac{1}{e}\right)^n = 0$, soit $\lim\limits_{n \to +\infty} e^{-n} = 0$.

Méthodes

1 Étudier la limite de suites géométriques

a. Étudier la limite des suites de termes généraux :

$u_n = \left(\sqrt{5}-5\right)^n$; $v_n = \left(\dfrac{\pi}{4}\right)^n$ et $w_n = -3^n$.

b. Étudier la limite de la suite de terme général $x_n = \dfrac{1-3^n}{2^n}$.

CONSEILS

a. Comparez la raison de chaque suite géométrique aux réels –1 et 1 et appliquez le théorème.

SOLUTION

a. ■ L'arrondi au dixième de $\sqrt{5}-5$ est $-2{,}8$, donc $\sqrt{5}-5 < -1$. **La suite u diverge sans admettre de limite.**

■ On a $0 < \dfrac{\pi}{4} < 1$, donc $\lim\limits_{n\to+\infty} v_n = 0$.

■ On a $3 > 1$, donc $\lim\limits_{n\to+\infty} 3^n = +\infty$ d'où $\lim\limits_{n\to+\infty} w_n = -\infty$.

b. Pour tout $n \in \mathbb{N}$, $x_n = \left(\dfrac{1}{2}\right)^n - \left(\dfrac{3}{2}\right)^n$.

Or $0 < \dfrac{1}{2} < 1$, donc $\lim\limits_{n\to+\infty}\left(\dfrac{1}{2}\right)^n = 0$ et $\dfrac{3}{2} > 1$ donc $\lim\limits_{n\to+\infty}\left(\dfrac{3}{2}\right)^n = +\infty$.

Par différence, on obtient $\lim\limits_{n\to+\infty} x_n = -\infty$.

2 Utiliser les limites de la fonction exponentielle

Déterminer la limite en $+\infty$ et en $-\infty$ des fonctions définies sur $\mathbb{R}$ par $f(x) = e^x + e^{-x}$ et $g(x) = x + e^{2x}$.

CONSEILS

Les théorèmes d'opérations sur les limites sont analogues à ceux relatifs aux limites de suites (voir le chapitre 7).

SOLUTION

On étudie dans chaque cas la limite d'une somme.

■ On a $\lim\limits_{x\to+\infty} e^x = +\infty$ et $\lim\limits_{x\to+\infty} e^{-x} = 0$. D'où $\lim\limits_{x\to+\infty} f(x) = +\infty$.

On a $\lim\limits_{x\to-\infty} e^x = 0$ et $\lim\limits_{x\to-\infty} e^{-x} = +\infty$. D'où $\lim\limits_{x\to-\infty} f(x) = +\infty$.

■ On a $\lim\limits_{x\to+\infty} e^x = +\infty$ donc $\lim\limits_{x\to+\infty} e^{2x} = +\infty$. D'où $\lim\limits_{x\to+\infty} g(x) = +\infty$.

On a $\lim\limits_{x\to-\infty} e^x = 0$ donc $\lim\limits_{x\to-\infty} e^{2x} = 0$. D'où $\lim\limits_{x\to-\infty} g(x) = -\infty$.

MÉMO VISUEL

SUITES

Comment démontrer qu'une suite admet une limite ?

Trouver la limite d'une suite

Par comparaison

- Si, à partir d'un certain rang, une suite devient supérieure à une suite de limite $+\infty$, alors elle admet également pour limite $+\infty$.
- Si une suite devient, à partir d'un certain rang, inférieure à une suite de limite $-\infty$, alors elle admet également pour limite $-\infty$.

Par encadrement

Toute suite comprise entre deux suites convergentes vers le même réel ℓ converge vers ce réel ℓ.

Comment déterminer la limite d'une suite géométrique ?

Suite géométrique

Terme général q^n

On compare la raison q aux réels – 1 et 1.

q	Limite de la suite de terme général q^n
$q > 1$	$+\infty$
$q = 1$	1
$-1 < q < 1$	0
$q \leq -1$	Pas de limite

NUMÉRIQUES

Comment lever une forme indéterminée ?

Formes indéterminées

Principales formes indéterminées

- **Avec des limites infinies**

Les quotients et certaines différences de suites de limites infinies, c'est-à-dire les limites de la forme :

« ∞/∞ », « $+\infty-(+\infty)$ » et « $-\infty-(-\infty)$ »

- **Avec des limites nulles**

Les quotients de suites de limites nulles, c'est-à-dire les limites de la forme : « $0/0$ »

- **Avec des limites nulles et infinies**

Les produits d'une suite de limite nulle par une suite de limite infinie, c'est-à-dire les limites de la forme :

« $0\times+\infty$ » et « $0\times-\infty$ »

Lever une indétermination

- **Différence de suites**

Pour une différence de suites de limites $+\infty$ (ou $-\infty$), on factorise par le terme prépondérant.

- **Quotient de suites**

Pour un quotient de suites de limites infinies, on factorise par chacun des termes prépondérants du numérateur et du dénominateur, puis on simplifie.

Comment déterminer la limite de la fonction exponentielle ?

Limites de la fonction exponentielle

Limite en $+\infty$ — **Pour $k>0$**

$\lim\limits_{x\to+\infty} e^{x}=+\infty$ et $\lim\limits_{x\to+\infty} e^{-x}=0$

$\lim\limits_{x\to+\infty} e^{kx}=+\infty$ et $\lim\limits_{x\to+\infty} e^{-kx}=0$

Limite en $-\infty$ — **Pour $k>0$**

$\lim\limits_{x\to-\infty} e^{x}=0$ et $\lim\limits_{x\to-\infty} e^{-x}=+\infty$

$\lim\limits_{x\to-\infty} e^{kx}=0$ et $\lim\limits_{x\to-\infty} e^{-kx}=+\infty$

SUJET 15 | OBJECTIF BAC

50 min **Modéliser l'évolution d'une population** → FICHES 3 et 16

Ce sujet consiste à étudier un modèle d'évolution d'une population en faisant varier les coefficients inhérents aux modèles.

LE SUJET

On se propose d'étudier l'évolution d'une population de coccinelles à l'aide d'un modèle utilisant la fonction logistique f définie par $f(x) = kx(1-x)$, k étant un paramètre qui dépend de l'environnement ($k \in \mathbb{R}$). Dans le modèle choisi, on admet que le nombre des coccinelles reste inférieur à un million. L'effectif des coccinelles, exprimé en million d'individus, est donné pour l'année n par un nombre réel u_n.

On admet que l'évolution obéit à la relation $u_{n+1} = f(u_n)$.

On admet la proposition suivante : si la suite (u_n) converge, alors sa limite ℓ vérifie la relation $f(\ell) = \ell$.

1. On suppose que $u_0 = 0{,}4$ et $k = 1$.

a. Étudier le sens de variation de la suite (u_n).

b. Montrer par récurrence que, pour tout entier naturel n, $0 \leqslant u_n \leqslant 1$.

c. La suite (u_n) est-elle convergente ? Si oui, quelle est sa limite ?

d. Que peut-on dire de l'évolution à long terme de la population de coccinelles avec ces hypothèses ?

2. On suppose maintenant que $u_0 = 0{,}3$ et $k = 1{,}8$.

a. Étudier les variations de la fonction f sur $[0\,;1]$ et montrer qu'elle est bornée par 0 et $\frac{1}{2}$.

b. Démontrer par récurrence que pour tout entier naturel n, on a :

$$0 \leqslant u_n \leqslant u_{n+1} \leqslant \frac{1}{2}.$$

c. La suite (u_n) est-elle convergente ?
Si oui, quelle est sa limite ?

d. Que peut-on dire de l'évolution à long terme de la population de coccinelles avec ces hypothèses ?

3. On a représenté la fonction f dans le cas où $k = 3{,}2$ avec $u_0 = 0{,}6$.
En utilisant ce graphique, formuler une conjecture sur l'évolution de la population dans ce cas.

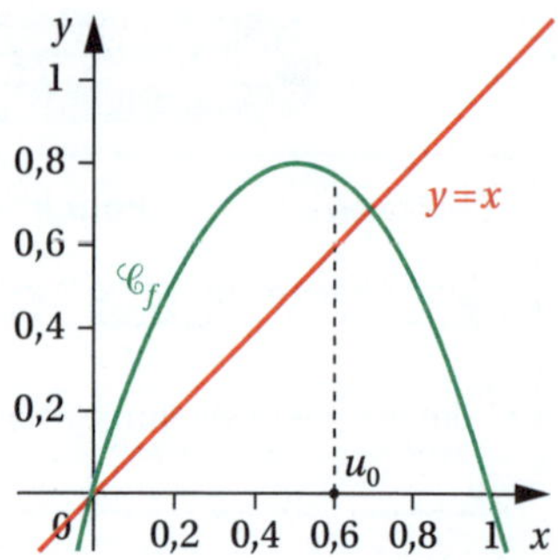

LES CLÉS POUR RÉUSSIR

1. a. Étudiez le signe de $u_{n+1} - u_n$.
b. L'hérédité s'obtient en encadrant $1 - u_n$, puis $u_n(1 - u_n)$. → FICHE 3
c. Utilisez un théorème sur les limites de suites monotones et l'égalité admise : $f(\ell) = \ell$. → FICHE 16

2. a. La monotonie de la fonction permet d'encadrer $f(x)$ pour $x \in [0\,;1]$.

3. Tout d'abord, $u_1 = f(u_0)$ donc u_1 est l'ordonnée du point de $\mathscr{C}_f$ d'abscisse u_0, la droite d'équation $y = x$ permet de reporter u_1 sur l'axe des abscisses puis de déterminer graphiquement u_2 et ainsi de suite…

LE CORRIGÉ

1. On suppose $u_0 = 0{,}4$ et $k = 1$.

a. Étudier les variations d'une suite

Pour tout entier naturel n, $u_{n+1} = u_n(1 - u_n)$ donc :

$u_{n+1} - u_n = u_n(1 - u_n) - u_n = u_n - u_n^2 - u_n = -u_n^2 \leqslant 0$.

La suite (u_n) est donc décroissante.

b. Encadrer une suite en raisonnant par récurrence

Montrons par récurrence que, pour tout entier naturel n, $0 \leqslant u_n \leqslant 1$.

Initialisation : Pour $n = 0$: $u_0 = 0{,}4$ donc $0 \leqslant u_0 \leqslant 1$.

Hérédité : Supposons la proposition vraie pour un entier naturel n, soit : $0 \leqslant u_n \leqslant 1$.

On a $u_{n+1} = u_n(1 - u_n)$.

D'après l'hypothèse de récurrence, $0 \leqslant u_n \leqslant 1$,

donc $-1 \leqslant -u_n \leqslant 0$, puis $0 \leqslant 1 - u_n \leqslant 1$.

D'où $0 \leqslant u_n(1 - u_n) \leqslant 1$, c'est-à-dire $0 \leqslant u_{n+1} \leqslant 1$.

Le principe de récurrence permet de conclure que, **pour tout entier naturel n, $0 \leqslant u_n \leqslant 1$.**

> **À NOTER**
> La double inégalité a été obtenue en multipliant les membres de deux doubles inégalités à termes **positifs**.

c. Démontrer qu'une suite converge

La suite (u_n) est décroissante et minorée par 0, donc cette suite converge vers un réel positif.

D'après la proposition admise dans l'énoncé, la limite ℓ de la suite (u_n) vérifie $f(\ell) = \ell$, soit $\ell(1 - \ell) = \ell$ ou encore $-\ell^2 = 0$.

Finalement $\ell = 0$.

La suite (u_n) admet pour limite 0.

> **À NOTER**
> Pour montrer qu'une suite converge, il n'est pas nécessaire de trouver sa limite.

> **À NOTER**
> En effet, puisque $\lim\limits_{n \to +\infty} u_n = \ell$, on a également $\lim\limits_{n \to +\infty} u_{n+1} = \ell$. Mais $u_{n+1} = u_n(1 - u_n)$ donc on a aussi, par opération sur les limites, $\lim\limits_{n \to +\infty} u_{n+1} = \ell(1 - \ell)$, c'est-à-dire $f(\ell) = \ell$.

d. Interpréter une limite
On en déduit qu'à long terme, **la population de coccinelles tend à s'éteindre.**

2. On suppose que $u_0 = 0,3$ et $k = 1,8$.
a. Étudier les variations d'une fonction pour pouvoir l'encadrer
Pour tout réel $x \in [0\,;1]$, $f(x) = 1,8x(1-x)$ et $f'(x) = 1,8(1-2x)$.

Ainsi $f'(x) \geqslant 0 \Leftrightarrow x \in \left[0\,;\frac{1}{2}\right]$. Donc la fonction f est croissante sur $\left[0\,;\frac{1}{2}\right]$ et décroissante sur $\left[\frac{1}{2}\,;1\right]$. Elle atteint son maximum en $\frac{1}{2}$ où $f\left(\frac{1}{2}\right) = 0,45$.
De plus, $f(0) = f(1) = 0$, donc son minimum est 0.
Ainsi, pour tout $x \in [0\,;1]$, on a $f(x) \in \left[0\,;\frac{1}{2}\right]$.

b. Étudier les variations d'une suite en raisonnant par récurrence
Démontrons par récurrence que pour tout entier naturel n, $0 \leqslant u_n \leqslant u_{n+1} \leqslant \frac{1}{2}$.
Initialisation : Pour $n = 0$, on a $u_0 = 0,3$ et $u_1 = 1,8 \times 0,3 \times 0,7 = 0,378$ donc $0 \leqslant u_0 \leqslant u_1 \leqslant \frac{1}{2}$.
Hérédité : On suppose que, pour un entier naturel n, $0 \leqslant u_n \leqslant u_{n+1} \leqslant \frac{1}{2}$.
Puisque la fonction f est croissante sur $\left[0\,;\frac{1}{2}\right]$, on a $f(0) \leqslant f(u_n) \leqslant f(u_{n+1}) \leqslant f\left(\frac{1}{2}\right)$.
Or $f(0) = 0$, $f(u_n) = u_{n+1}$, $f(u_{n+1}) = u_{n+2}$ et $f\left(\frac{1}{2}\right) = 0,45$.
Donc $0 \leqslant u_{n+1} \leqslant u_{n+2} \leqslant 0,45 \leqslant \frac{1}{2}$.
Le principe de récurrence permet de conclure que, **pour tout entier naturel n, $0 \leqslant u_n \leqslant u_{n+1} \leqslant \frac{1}{2}$.**

c. Démontrer qu'une suite converge et trouver sa limite
D'après les inégalités démontrées précédemment, la suite u est croissante et majorée par 1 donc **elle converge vers un réel ℓ inférieur ou égal à 1.**
On a $f(\ell) = \ell \Leftrightarrow 1,8\ell(1-\ell) = \ell$
$f(\ell) = \ell \Leftrightarrow \ell(1,8(1-\ell)-1) = 0$
$f(\ell) = \ell \Leftrightarrow \ell(0,8-1,8\ell) = 0$
$f(\ell) = \ell \Leftrightarrow \ell = 0$ ou $0,8 - 1,8\,\ell = 0 \Leftrightarrow \ell = \frac{4}{9}$.

La suite u étant croissante et puisque $u_0 = 0,3$, on doit avoir $\ell \geqslant 0,3$ d'où $\ell = \frac{4}{9}$.

d. Interpréter une limite
La population de coccinelles va croître et tendre vers $\frac{4}{9}$ millions d'individus soit **444 400 arrondi à la centaine d'individus.**

3. Conjecturer le comportement d'une suite
On conjecture après avoir représenté u_0, u_1, u_2 et u_3 sur l'axe des abscisses qu'il y aura de plus en plus de coccinelles les années impaires, et de moins en moins les années paires.

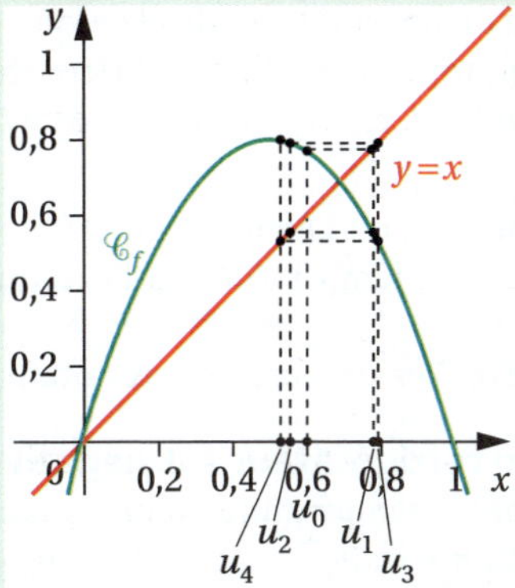

	A
1	0,6
2	0,77
3	0,57
4	0,78
5	0,54
6	0,79
7	0,52
8	0,80
9	0,52
10	0,80
11	0,51
12	0,80
13	0,51
14	0,80

On obtient les valeurs arrondies au centième de la suite u ci-contre à l'aide d'un tableur après avoir saisi dans la cellule A2 :
=3,2*A1*(1-A1), puis l'avoir copiée vers le bas.

SUJET 16 | OBJECTIF BAC

60 min

Étude de la vitesse de refroidissement d'un liquide

→ FICHES 3 et 17

On place un liquide dans un réfrigérateur.
Comment évolue sa température ?

Dans ce sujet, l'évolution de la température sera étudiée en utilisant un modèle discret puis un modèle continu de la loi de Newton.

LE SUJET

Les parties A, B et C sont indépendantes.

Partie A Quand la température du réfrigérateur est nulle

Un bol est rempli d'eau à 18 °C. On place ce bol dans un réfrigérateur dans lequel la température reste constante à 0 °C. On note θ_n la température en degré Celsius de l'eau du bol n minutes après avoir placé le bol dans le réfrigérateur.
Ainsi $\theta_0 = 18$.

On suppose que la température de l'eau du bol suit la loi de Newton : « La vitesse de refroidissement d'un corps inerte est proportionnelle à la différence de température entre ce corps et le milieu ambiant ». Cela signifie qu'il existe un réel r tel que, pour tout $n \in \mathbb{N}$, $\theta_{n+1} - \theta_n = r\theta_n$.

a. Démontrer que la suite de terme général θ_n est géométrique.
b. On constate qu'au bout de 2 minutes, la température de l'eau du bol est de 8 °C. Déterminer le réel r sachant que $r > -1$.
c. Déterminer alors la limite de la suite (θ_n) et interpréter le résultat.

Partie B Quand la température du réfrigérateur est négative

On place le bol dans un réfrigérateur dont la température est désormais de –2 °C. On a $\theta_0 = 18$ et on admet que, pour tout $n \in \mathbb{N}$, $\theta_{n+1} - \theta_n = -0{,}12(\theta_n + 2)$.

a. Soit n un entier naturel. Exprimer θ_{n+1} en fonction de θ_n.
b. Démontrer par récurrence que, pour tout $n \in \mathbb{N}$, $\theta_n = 20 \times 0{,}88^n - 2$.
c. Écrire un algorithme qui permet de déterminer le nombre de minutes nécessaires à ce que la température de l'eau du bol devienne négative. Donner la valeur obtenue.

Partie C Représentation graphique

Le bol d'eau à 18 °C est à nouveau placé dans un réfrigérateur dont la température est de –2 °C. On note alors, pour tout réel t positif ou nul, $\theta(t)$ la température exprimée en degré Celsius de l'eau du bol à l'instant t (exprimé en minute).

On admet que la fonction θ est définie pour tout réel $t \geqslant 0$ par $\theta(t) = 20e^{-0{,}13t} - 2$.

a. Calculer $\theta(0)$ et la limite de θ en $+\infty$. Interpréter ces résultats.
b. Montrer qu'il existe un réel k tel que, pour tout $t \geqslant 0$, $\theta'(t) = k(\theta(t) + 2)$. Interpréter ce résultat.
c. Étudier les variations de la fonction θ.
d. Tracer la courbe représentative de la fonction θ dans un repère du plan et déterminer graphiquement le temps qu'il faudra pour que la température de l'eau du bol devienne inférieure à 10 °C.

LES CLÉS POUR RÉUSSIR

Partie A

a. Exprimez θ_{n+1} en fonction de θ_n.
b. Exprimez θ_2 en fonction de θ_0.
c. La limite d'une suite géométrique dépend de la valeur de sa raison. → FICHE 17

Partie B

b. Utilisez la question précédente pour démontrer l'hérédité de la propriété de récurrence. → FICHE 3
c. Cet algorithme contient une boucle « Tant que ».

Partie C

a. La limite de la fonction exponentielle en $-\infty$ est 0. → FICHE 17
b. La fonction $x \mapsto e^{kx}$ admet pour fonction dérivée $x \mapsto ke^{kx}$.
c. Étudiez le signe de sa fonction dérivée.
d. Il suffit de tracer la droite d'équation $y = 10$.

LE CORRIGÉ

Partie A Quand la température du réfrigérateur est nulle

a. Étudier la nature d'une suite

Pour tout $n \in \mathbb{N}$, on a $\theta_{n+1} - \theta_n = r\theta_n$ donc $\theta_{n+1} = r\theta_n + \theta_n$, soit $\theta_{n+1} = (r+1)\theta_n$.
Donc la suite (θ_n) est géométrique de raison $r + 1$.

b. Déterminer une constante

On a $\theta_2 = (r+1)^2\,\theta_0$, soit $8 = (r+1)^2 \times 18$.
D'où $(r+1)^2 = \frac{8}{18} = \frac{4}{9}$ et $r + 1 = \frac{2}{3}$ car $r + 1 > 0$ (puisque $r > -1$). On en déduit que $\boldsymbol{r = -\frac{1}{3}}$.

> **À NOTER**
> On a $\theta_1 = (r+1)\theta_0$ et θ_1 et θ_0 sont des températures positives, donc $r + 1 > 0$.

c. Déterminer une limite

On a, pour tout $n \in \mathbb{N}$, $\theta_n = (r+1)^n\,\theta_0$ et $r = -\frac{1}{3}$ donc $\theta_n = \left(\frac{2}{3}\right)^n \theta_0$.
Or $-1 < \frac{2}{3} < 1$, donc $\lim\limits_{n \to +\infty} \left(\frac{2}{3}\right)^n = 0$. **La suite (θ_n) admet pour limite 0 : à long terme, l'eau du bol gèlera.**

Partie B Quand la température du réfrigérateur est négative

a. Définir une suite par récurrence

On a, pour tout $n \in \mathbb{N}$, $\theta_{n+1} = -0{,}12(\theta_n + 2) + \theta_n$ d'où $\boldsymbol{\theta_{n+1} = 0{,}88\theta_n - 0{,}24}$.

b. Faire une démonstration par récurrence

Démontrons par récurrence que, pour tout $n \in \mathbb{N}$, $\theta_n = 20 \times 0{,}88^n - 2$.
Initialisation : $\theta_0 = 18$ et $20 \times 0{,}88^0 - 2 = 18$ donc $\theta_0 = 20 \times 0{,}88^0 - 2$.
Hérédité : Supposons un entier naturel n tel que $\theta_n = 20 \times 0{,}88^n - 2$.
Alors, d'après la question précédente, $\theta_{n+1} = 0{,}88\theta_n - 0{,}24$.
D'où, d'après l'hypothèse de récurrence :
$\theta_{n+1} = 0{,}88(20 \times 0{,}88^n - 2) - 0{,}24 = 20 \times 0{,}88^{n+1} - 2 \times 0{,}88 - 0{,}24 = 20 \times 0{,}88^{n+1} - 2$
Le principe de récurrence permet de conclure que, **pour tout $n \in \mathbb{N}$, $\theta_n = 20 \times 0{,}88^n - 2$.**

c. Écrire un algorithme déterminant un seuil

L'algorithme suivant convient :

```
T ← 18
N ← 0
Tant que T > 0 :
    T ← 0,88 × T − 0,24
    N ← N + 1
Fin Tant que
```

À NOTER
On aurait pu mettre dans la boucle $T = 20 \times 0{,}88^N - 2$.

En programmant l'algorithme, on obtient $N = 19$.

Partie C Représentation graphique

a. Calculer une limite

On a $\theta(0) = \mathbf{18}$. De plus, puisque $\lim\limits_{x \to -\infty} e^x = 0$, alors $\lim\limits_{t \to +\infty} e^{-0{,}13t} = 0$ et $\lim\limits_{t \to +\infty} \theta(t) = \mathbf{-2}$.

À $t = 0$, la température de l'eau est bien 18 °C, et elle sera **proche de −2 °C à long terme.**

b. Calculer une fonction dérivée

θ est dérivable sur $\mathbb{R}^{+*}$.

Pour tout réel $t \geqslant 0$, on a $\theta(t) = 20e^{-0{,}13t} - 2$ et $\theta'(t) = 20 \times (-0{,}13)e^{-0{,}13t}$, soit $\theta'(t) = -0{,}13(\theta(t) + 2)$ puisque $\theta(t) + 2 = 20e^{-0{,}13t}$. Donc $\boldsymbol{k = -0{,}13}$.

Interprétation : $\theta(t) + 2$ est la différence de température entre l'eau du bol et l'intérieur du réfrigérateur.

La vitesse de refroidissement $\theta'(t)$ est bien proportionnelle à cette différence, comme le stipule la loi de Newton.

c. Étudier les variations d'une fonction

Pour tout réel $t \geqslant 0$, on a $\theta'(t) = 20 \times (-0{,}13)e^{-0{,}13t}$ donc $\theta'(t) < 0$ (la fonction exponentielle est strictement positive). **La fonction θ est donc strictement décroissante sur $[0\,;+\infty[$.**

d. Déterminer graphiquement un antécédent

La fonction θ est représentée en vert ci-dessous, elle coupe la droite d'équation $y = 10$ en un point d'abscisse environ égale à 4.

Il faudra environ **4 minutes pour que la température de l'eau du bol descende à 10 °C.**

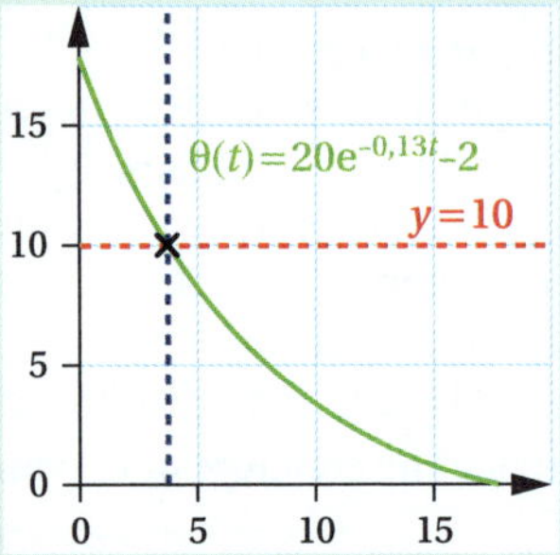

SUJET 17 | OBJECTIF MENTION

60 min

Approximation de $\sqrt{2}$ par une suite de nombres rationnels

→ FICHES 3, 16 et 17

Pour obtenir une valeur approchée de $\sqrt{2}$, nous allons utiliser la méthode de Héron. Elle consiste à construire, pour tout réel $a > 0$, une suite (x_n) qui converge vers $\sqrt{a}$ de manière rapide.

LE SUJET

Soit a un réel strictement positif.

On admet que la fonction f définie par $x \mapsto \frac{1}{2}\left(x + \frac{a}{x}\right)$ est croissante sur $\left[\sqrt{a}\,;+\infty\right[$.

Partie A Cas général

On considère la suite (x_n) définie par $x_0 = a$ et, pour tout $n \in \mathbb{N}$, $x_{n+1} = \frac{1}{2}\left(x_n + \frac{a}{x_n}\right)$.

a. Démontrer que, pour tout réel positif x, on a $x + 1 \geqslant 2\sqrt{x}$.

b. Démontrer par récurrence que, pour tout $n \in \mathbb{N}^*$, $x_n \geqslant \sqrt{a}$.

c. En déduire que la suite (x_n) est décroissante à partir du rang 1.

d. Montrer que la suite (x_n) est convergente de limite ℓ, telle que $\ell = \frac{1}{2}\left(\ell + \frac{a}{\ell}\right)$.

e. Déterminer alors la limite de la suite (x_n).

Partie B Cas de $\sqrt{2}$

On considère dans toute la suite de l'exercice que $a = 2$.

a. Montrer que, pour tout $n \in \mathbb{N}$, $x_{n+1} - \sqrt{2} = \dfrac{\left(x_n - \sqrt{2}\right)^2}{2x_n}$.

b. En déduire que, pour tout $n \in \mathbb{N}$, $x_{n+1} - \sqrt{2} \leqslant \dfrac{1}{2\sqrt{2}}\left(x_n - \sqrt{2}\right)^2$.

c. Démontrer par récurrence que, pour tout $n \in \mathbb{N}^*$, $0 \leqslant x_n - \sqrt{2} \leqslant 0{,}1^{2^{n-1}}$.

d. Démontrer que la suite (x_n) converge vers $\sqrt{2}$.

e. Calculer x_4, puis comparer le résultat avec la valeur de $\sqrt{2}$ donnée par une calculatrice.

f. Déterminer une valeur de n pour laquelle x_n et $\sqrt{2}$ ont au moins 1 000 décimales égales.

LES CLÉS POUR RÉUSSIR

Partie A

a. Étudiez le signe de la différence des deux membres de l'inégalité et retrouvez une identité remarquable.

b. L'initialisation découle de la question **a.** ; l'hérédité découle des variations de la fonction définie en préambule. → FICHE 3

c. Montrez que, pour tout $n \in \mathbb{N}^*$, $x_{n+1} - x_n \leqslant 0$.

d. Utilisez le théorème sur les limites de suites monotones bornées et le fait que x_{n+1} tend vers ℓ lorsque n tend vers $+\infty$. → FICHE 16

e. Il suffit de résoudre l'équation vérifiée par ℓ.

Partie B

a. On peut développer $\dfrac{\left(x_n - \sqrt{2}\right)^2}{2x_n}$ et comparer l'expression obtenue à $x_{n+1} - \sqrt{2}$.

c. Utilisez également la question **b.** de la partie **A** et la question précédente. → FICHE 3

d. Utilisez le théorème des gendarmes et la limite des suites géométriques. → FICHES 16 et 17

e. Calculez x_1, x_2, x_3 puis enfin x_4.

f. On cherche l'entier n tel que $0{,}1^{2^{n-1}} \leqslant 0{,}1^{-1000}$.

LE CORRIGÉ

Partie A Cas général

a. Démontrer une inégalité

Pour tout réel positif x, $x + 1 - 2\sqrt{x} = \left(\sqrt{x} - 1\right)^2$ et $\left(\sqrt{x} - 1\right)^2 \geqslant 0$, donc $\mathbf{x + 1 \geqslant 2\sqrt{x}}$.

b. Démontrer par récurrence

Démontrons par récurrence que, pour tout $n \in \mathbb{N}^*$, $x_n \geqslant \sqrt{a}$.

Initialisation : On a $x_1 = \dfrac{1}{2}\left(x_0 + \dfrac{a}{x_0}\right) = \dfrac{a+1}{2}$ puisque $x_0 = a$.

On sait que $a + 1 \geqslant 2\sqrt{a}$ d'après la question **a**, donc $x_1 \geqslant \sqrt{a}$.

Hérédité : On suppose que, pour un entier naturel non nul n, $x_n \geqslant \sqrt{a}$.

On a $x_{n+1} = \dfrac{1}{2}\left(x_n + \dfrac{a}{x_n}\right) = f(x_n)$, où la fonction f est définie en préambule. On a admis que cette fonction est croissante sur $\left[\sqrt{a}\,;+\infty\right[$, donc si $x_n \geqslant \sqrt{a}$, alors $f(x_n) \geqslant f\left(\sqrt{a}\right)$. Or $f(x_n) = x_{n+1}$ et $f\left(\sqrt{a}\right) = \dfrac{1}{2}\left(\sqrt{a} + \dfrac{a}{\sqrt{a}}\right) = \sqrt{a}$, donc $x_{n+1} \geqslant \sqrt{a}$.

On conclut avec le principe de récurrence que, **pour tout** $\boldsymbol{n \in \mathbb{N}^*, x_n \geqslant \sqrt{a}}$.

c. Étudier les variations d'une suite

Pour tout $n \in \mathbb{N}^*$, $x_{n+1} - x_n = \frac{1}{2}\left(x_n + \frac{a}{x_n}\right) - x_n = \frac{1}{2}\left(\frac{a - x_n^2}{x_n}\right)$ et $x_n \geqslant \sqrt{a}$ donc $x_n^2 \geqslant a$.

Ainsi, puisque $x_n > 0$, $\frac{1}{2}\left(\frac{a - x_n^2}{x_n}\right) \leqslant 0$. Par conséquent, **la suite est décroissante à partir du rang 1.**

d. Étudier la convergence d'une suite

La suite (x_n) est décroissante à partir du rang 1 et minorée par $\sqrt{a}$, donc d'après le théorème sur les suites monotones bornées, **la suite (x_n) converge vers une limite ℓ** telle que $\ell \geqslant \sqrt{a}$.

La suite de terme général x_{n+1} converge également vers ℓ.

On a d'autre part $\lim\limits_{n \to +\infty} \frac{1}{2}\left(x_n + \frac{a}{x_n}\right) = \frac{1}{2}\left(\ell + \frac{a}{\ell}\right)$ par opérations sur les limites.

Puisque $x_{n+1} = \frac{1}{2}\left(x_n + \frac{a}{x_n}\right)$, on a $\ell = \frac{1}{2}\left(\ell + \frac{a}{\ell}\right)$.

e. Déterminer la valeur de la limite de la suite (x_n)

On a $\ell = \frac{1}{2}\left(\ell + \frac{a}{\ell}\right) \Leftrightarrow 2\ell^2 = \ell^2 + a$

$\Leftrightarrow \ell = -\sqrt{a}$ ou $\sqrt{a}$

Or $\ell \geqslant 0$, donc $\ell = \sqrt{a}$. Finalement, **la suite (x_n) converge vers $\sqrt{a}$.**

Partie B Cas de $\sqrt{2}$

a. Établir une relation de récurrence

On a, pour tout $n \in \mathbb{N}$, $\frac{\left(x_n - \sqrt{2}\right)^2}{2x_n} = \frac{x_n^2 - 2\sqrt{2}x_n + 2}{2x_n} = \frac{1}{2}\left(x_n + \frac{2}{x_n}\right) - \sqrt{2}$.

D'où $\boldsymbol{\frac{\left(x_n - \sqrt{2}\right)^2}{2x_n} = x_{n+1} - \sqrt{2}}$.

b. Démontrer une inégalité

On a, pour tout $n \in \mathbb{N}$, $x_n \geqslant \sqrt{2}$ d'après la question b. de la partie A, donc $\frac{1}{2x_n} \leqslant \frac{1}{2\sqrt{2}}$. En multipliant par $\left(x_n - \sqrt{2}\right)^2 \geqslant 0$, on obtient $\frac{\left(x_n - \sqrt{2}\right)^2}{2x_n} \leqslant \frac{1}{2\sqrt{2}}\left(x_n - \sqrt{2}\right)^2$, soit $\boldsymbol{x_{n+1} - \sqrt{2} \geqslant \frac{1}{2\sqrt{2}}\left(x_n - \sqrt{2}\right)^2}$.

c. Démontrer par récurrence

Démontrons par récurrence que, pour tout $n \in \mathbb{N}^*$, $x_n - \sqrt{2} \leqslant 0{,}1^{2^{n-1}}$.

Initialisation : On a $x_1 = \frac{3}{2}$ et $0{,}1^{2^{1-1}} = 0{,}1^1$ donc $x_1 - \sqrt{2} \leqslant 0{,}1^{2^{1-1}}$.

Hérédité : Soit n un entier naturel non nul tel que $x_n - \sqrt{2} \leqslant 0{,}1^{2^{n-1}}$.

Alors, d'après la question précédente, $x_{n+1} - \sqrt{2} \leqslant \frac{1}{2\sqrt{2}}\left(x_n - \sqrt{2}\right)^2$.

Donc, d'après l'hypothèse de récurrence, $x_{n+1} - \sqrt{2} \leqslant \frac{1}{2\sqrt{2}}\left(0{,}1^{2^{n-1}}\right)^2$.

Or $\left(0{,}1^{2^{n-1}}\right)^2 = 0{,}1^{2^{n-1}\times 2} = 0{,}1^{2^n}$, donc $x_{n+1} - \sqrt{2} \leqslant \dfrac{1}{2\sqrt{2}} 0{,}1^{2^n} \leqslant 0{,}1^{2^n}$.

Le principe de récurrence permet de conclure que $x_n - \sqrt{2} \leqslant 0{,}1^{2^n}$ pour tout $n \in \mathbb{N}^*$.

De plus, d'après la question **b.** de la partie **A**, pour tout $n \in \mathbb{N}^*$, on a $x_n \geqslant \sqrt{2}$.
Finalement, pour tout $n \in \mathbb{N}^*$, $0 \leqslant x_n - \sqrt{2} \leqslant 0{,}1^{2^{n-1}}$.

d. Étudier la convergence d'une suite

On a $-1 < 0{,}1 < 1$, donc $\lim\limits_{n\to+\infty} 0{,}1^n = 0$. D'où $\lim\limits_{n\to+\infty} \left(\sqrt{2} + 0{,}1^{2^{n-1}}\right) = \sqrt{2}$.

De plus, pour tout $n \in \mathbb{N}^*$, $\sqrt{2} \leqslant x_n \leqslant \sqrt{2} + 0{,}1^{2^{n-1}}$.

Ainsi, d'après le théorème des gendarmes, $\mathbf{\lim\limits_{n\to+\infty} x_n = \sqrt{2}}$.

À NOTER

On retrouve bien le résultat de la partie **A** dans le cas où $a = 2$.

e. Calculer le terme d'une suite

On a $x_1 = \dfrac{3}{2}$, $x_2 = \dfrac{17}{12}$, $x_3 = \dfrac{577}{408}$ et $\mathbf{x_4 = \dfrac{665\,857}{470\,832}}$.

Le rationnel $\dfrac{665\,857}{470\,832}$ et $\sqrt{2}$ ont les mêmes 11 premières décimales.

f. Déterminer un rang

On cherche l'entier n tel que $0{,}1^{2^{n-1}} \leqslant 0{,}1^{1000}$. L'inégalité $0{,}1^{2^{n-1}} \leqslant 0{,}1^{1000}$ est équivalente à $2^{n-1} \geqslant 1\,000$, soit à $n = 11$.

x_{11} donne les 1 000 premières décimales de $\sqrt{2}$.

SUJET 18 | OBJECTIF MENTION

60 min Variations sur la série harmonique

→ FICHES 3, 16 et 17

La série harmonique est la somme des inverses des entiers naturels non nuls. Cette somme admet pour limite $+\infty$. Nous allons voir dans ce sujet que la somme d'une infinité de termes peut être finie.

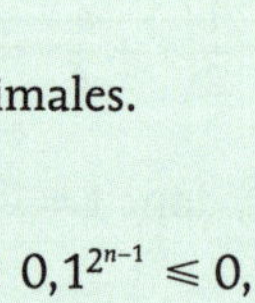

Partie A Somme de puissances

Soit n un entier naturel, on considère la somme s_n telle que :

$$s_n = \sum_{k=0}^{n} \frac{1}{2^k} = 1 + \frac{1}{2} + \frac{1}{4} + \ldots + \frac{1}{2^n}.$$

a. Montrer que, pour tout $n \in \mathbb{N}$, $s_n = 2 - \frac{1}{2^n}$.
b. En déduire que la suite (s_n) converge et donner sa limite.
c. Soit x un réel strictement supérieur à 1. Déterminer $\lim\limits_{n \to +\infty} \sum_{k=0}^{n} \frac{1}{x^k}$.

Partie B Somme d'inverses

On considère la somme H_m des inverses des m premiers entiers naturels non nuls :

$$H_m = \sum_{k=1}^{m} \frac{1}{k}.$$

Pour tout $n \in \mathbb{N}$, on pose $u_n = H_{2^n}$.

a. Montrer que, pour tout $n \in \mathbb{N}$, $u_{n+1} - u_n \geqslant \frac{1}{2}$.
b. En déduire que, pour tout $n \in \mathbb{N}$, $u_n \geqslant 1 + \frac{n}{2}$ (on pourra faire une démonstration par récurrence).
c. Soit $n \in \mathbb{N}^*$. Montrer que la suite (H_n) n'est pas majorée.
d. Étudier la monotonie de la suite (H_n).
e. En déduire la limite de la suite (H_n).

Partie C Somme convergente

Soit n un entier naturel non nul. On considère la somme D_n telle que :

$$D_n = \sum_{k=1}^{n} \frac{1}{2^k - 1} = 1 + \frac{1}{3} + \frac{1}{7} + \frac{1}{15} + \ldots + \frac{1}{2^n - 1}.$$

a. Montrer que la suite (D_n) est croissante.
b. Démontrer que, pour tout entier naturel k non nul, $2^{k-1} \leqslant 2^k - 1$.
c. Montrer que, pour tout entier naturel n non nul, $\sum_{k=1}^{n} \frac{1}{2^{k-1}} = 2\left(1 - \frac{1}{2^n}\right)$.
d. En déduire que la suite (D_n) est majorée par 2.
e. Montrer que la suite (D_n) converge.

Partie D Somme alternée

On considère la « somme alternée » des inverses des n premiers entiers naturels non nuls :

$$A_n = \sum_{k=1}^{n} \frac{(-1)^{k+1}}{k} = 1 - \frac{1}{2} + \frac{1}{3} - \ldots + \frac{(-1)^{n+1}}{n}$$

a. Montrer que la suite de terme général $u_n = A_{2n}$ est décroissante et que la suite de terme général $v_n = A_{2n+1}$ est croissante.
b. Montrer que, pour tout entier naturel n non nul, $v_1 \leqslant v_n \leqslant u_n \leqslant u_1$.
c. Montrer que :
- les suites de termes généraux u_n et v_n convergent ;
- la suite de terme général $v_n - u_n$ admet une limite nulle ;
- les suites (u_n) et (v_n) ont même limite.

d. Que peut-on en déduire pour la suite (A_n) ?
e. Écrire un algorithme qui permet de calculer le n-ième terme de cette suite.

LES CLÉS POUR RÉUSSIR

Partie A

a. On reconnaît la somme de termes consécutifs d'une suite géométrique.

b. Il s'agit de déterminer la limite d'une suite géométrique. → FICHE 17

c. On reconnaît là encore la somme de termes consécutifs d'une suite géométrique.

Partie B

a. On remarque que $H_{2^{n+1}} = H_{2^n} + \frac{1}{2^n+1} + \frac{1}{2^n+2} + \ldots + \frac{1}{2^{n+1}}$.

b. Utilisez pour l'hérédité l'inégalité démontrée précédemment. → FICHE 3

c. On pourra raisonner par l'absurde.

d. Déterminez le signe de $H_{n+1} - H_n$.

e. Utilisez un théorème sur les limites de suites monotones non bornées. → FICHE 16

Partie C

a. Montrez tout d'abord que $D_{n+1} = D_n + \frac{1}{2^{n+1}-1}$.

b. On peut étudier le signe de la différence des deux membres de l'inégalité.

c. Il s'agit encore de la somme de termes consécutifs d'une suite géométrique.

d. Utilisez les deux questions précédentes.

e. Pensez au théorème sur les limites de suites monotones bornées. → FICHE 16

Partie D

a. Utilisez les égalités : $u_{n+1} = A_{2n+2}$ et $v_{n+1} = A_{2n+3}$.

b. Comparez u_n à v_n, puis utilisez les variations des suites.

c. Utilisez un théorème sur les limites de suites monotones bornées. → FICHE 16

d. Revenez à la définition d'une suite convergente pour montrer que la suite (A_n) converge. → FICHE 15

e. Pour la somme des termes, utilisez l'instruction $S + \frac{(-1)^N}{N} \rightarrow S$.

LE CORRIGÉ

Partie A Somme de puissances

a. Démontrer une égalité

On reconnaît la somme des $(n+1)$ premiers termes d'une suite géométrique de raison $\frac{1}{2}$.

Pour tout $n \in \mathbb{N}$, on a $1 + \frac{1}{2} + \frac{1}{4} + \ldots + \frac{1}{2^n} = \frac{1 - \left(\frac{1}{2}\right)^{n+1}}{1 - \frac{1}{2}}$.

D'où $s_n = 2\left(1 - \frac{1}{2^{n+1}}\right)$, soit $\boldsymbol{s_n = 2 - \frac{1}{2^n}}$.

> **À NOTER**
> Pour tout réel x différent de 1 et pour tout entier naturel m, on a $1 + x + \ldots + x^m = \frac{1 - x^{m+1}}{1 - x}$ (formule vue en Première sur les suites géométriques).

b. Étudier la convergence d'une suite

On a $2 > 1$ donc $\lim\limits_{n \to +\infty} 2^n = +\infty$. De plus, $\lim\limits_{n \to +\infty} \frac{1}{2^n} = 0$.

La suite (s_n) admet pour limite 2.

c. Déterminer une limite

$\sum\limits_{k=0}^{n} \frac{1}{x^k}$ est la somme des premiers termes d'une suite géométrique de raison $\frac{1}{x}$.

Pour tout $n \in \mathbb{N}$, on a $\sum\limits_{k=0}^{n} \frac{1}{x^k} = \frac{1 - \left(\frac{1}{x}\right)^{n+1}}{1 - \frac{1}{x}} = \frac{x}{x-1}\left(1 - \left(\frac{1}{x}\right)^{n+1}\right)$.

Or $x > 1$, donc $0 < \frac{1}{x} < 1$ et $\lim\limits_{n \to +\infty} \left(\frac{1}{x}\right)^{n+1} = 0$. Donc $\boldsymbol{\lim\limits_{n \to +\infty} \sum\limits_{k=0}^{n} \frac{1}{x^k} = \frac{x}{x-1}}$.

Partie B Somme d'inverses

a. Établir une inégalité

On a, pour tout $n \in \mathbb{N}$, $u_n = H_{2^n} = 1 + \frac{1}{2} + \frac{1}{3} + \ldots + \frac{1}{2^n}$

et $u_{n+1} = H_{2^{n+1}} = 1 + \frac{1}{2} + \frac{1}{3} + \ldots + \frac{1}{2^n} + \frac{1}{2^n+1} + \frac{1}{2^n+2} + \ldots + \frac{1}{2^{n+1}}$.

D'où $u_{n+1} - u_n = \frac{1}{2^n+1} + \frac{1}{2^n+2} + \ldots + \frac{1}{2^{n+1}}$.

Cette somme est composée de 2^n termes puisque $2^{n+1} = 2^n + 2^n$.

De plus, $2^n + 1 \leqslant 2^{n+1}$, donc $\frac{1}{2^n+1} \geqslant \frac{1}{2^{n+1}}$; $\frac{1}{2^n+2} \geqslant \frac{1}{2^{n+1}}$; ... et $\frac{1}{2^{n+1}} \geqslant \frac{1}{2^{n+1}}$.

Ainsi $u_{n+1} - u_n \geqslant \frac{1}{2^{n+1}} \times 2^n$.

Par conséquent $\boldsymbol{u_{n+1} - u_n \geqslant \frac{1}{2}}$.

> **À NOTER**
> Commencez par exprimer H_{2^2} et H_{2^3} avant d'exprimer $H_{2^{n+1}}$.

> **À NOTER**
> Pour majorer la somme, on a majoré chacun de ses termes par un même nombre.

b. Faire une démonstration par récurrence

Démontrons par récurrence que, pour tout $n \in \mathbb{N}$, $u_n \geqslant 1 + \frac{n}{2}$.

Initialisation : On a $u_0 = H_{2^0} = H_1 = 1$, donc pour $n = 0$, on a $u_n \geqslant 1 + \frac{n}{2}$.

Hérédité : Soit n un entier naturel tel que $u_n \geqslant 1 + \frac{n}{2}$.

On a, d'après la question précédente, $u_{n+1} \geqslant u_n + \frac{1}{2}$. Donc, d'après l'hypothèse de récurrence, $u_{n+1} \geqslant 1 + \frac{n}{2} + \frac{1}{2}$, soit $u_{n+1} \geqslant 1 + \frac{n+1}{2}$.

D'après le principe de récurrence, **pour tout** $\boldsymbol{n \in \mathbb{N}}$**,** $\boldsymbol{u_n \geqslant 1 + \frac{n}{2}}$.

c. Montrer qu'une suite n'est pas majorée

Si la suite (H_n) était majorée par un réel A, alors pour tout $n \in \mathbb{N}^*$, on aurait $H_n \leqslant A$, et donc $H_{2^n} \leqslant A$. Or $H_{2^n} \geqslant 1 + \frac{n}{2}$ d'après la question précédente.

La suite de terme général $1 + \frac{n}{2}$ n'étant pas bornée, il est impossible de trouver un A tel que $H_{2^n} \leqslant A$ pour tout $n \in \mathbb{N}^*$. Ainsi, **la suite** $\boldsymbol{(H_n)}$ **n'est pas majorée.**

d. Étudier la monotonie d'une suite

Pour tout $n \in \mathbb{N}^*$, $H_{n+1} - H_n = \frac{1}{n+1} > 0$: **la suite** $\boldsymbol{(H_n)}$ **est croissante.**

e. Étudier la limite d'une suite

On sait que toute suite croissante non majorée diverge vers $+\infty$,

donc $\lim\limits_{n \to +\infty} \sum_{k=1}^{n} \frac{1}{k} = +\infty$.

Partie C Somme convergente

a. Étudier les variations d'une suite

Pour tout $n \in \mathbb{N}^*$, $\sum_{k=1}^{n+1} \frac{1}{2^k - 1} = \sum_{k=1}^{n} \frac{1}{2^k - 1} + \frac{1}{2^{n+1} - 1}$.

Donc $D_{n+1} - D_n = \frac{1}{2^{n+1} - 1}$. On a $\frac{1}{2^{n+1} - 1} > 0$ car $2^{n+1} > 1$: **la suite** $\boldsymbol{(D_n)}$ **est croissante.**

b. Démontrer une inégalité

Pour tout entier naturel $k \neq 0$: $2^k - 1 - 2^{k-1} = 2^{k-1}(2-1) - 1 = 2^{k-1} - 1 > 0$ car $k \geqslant 1$, donc $\boldsymbol{2^{k-1} \leqslant 2^k - 1}$.

c. Exprimer une somme explicitement

Comme à la question a. de la partie A,

$$\sum_{k=1}^{n} \frac{1}{2^{k-1}} = 1 + \frac{1}{2} + \ldots + \frac{1}{2^{n-1}} = \frac{1-\left(\frac{1}{2}\right)^n}{1-\frac{1}{2}} = 2\left(1-\frac{1}{2^n}\right).$$

d. Établir une majoration

Pour tout $k \in \mathbb{N}^*$, $0 < 2^{k-1} \leqslant 2^k - 1$ donc $\frac{1}{2^k - 1} \leqslant \frac{1}{2^{k-1}}$ et $\sum_{k=1}^{n} \frac{1}{2^k - 1} \leqslant \sum_{k=1}^{n} \frac{1}{2^{k-1}}$.

Donc $D_n \leqslant 2\left(1-\frac{1}{2^n}\right)$ et puisque $\left(1-\frac{1}{2^n}\right) \leqslant 1$, on a $D_n \leqslant 2$.

La suite (D_n) est majorée par 2.

e. Étudier la convergence d'une suite

On sait que toute suite croissante et majorée converge, donc **la suite (D_n) converge vers un réel inférieur ou égal à 2.**

Partie D Somme alternée

a. Étudier les variations de suites

Pour tout $n \in \mathbb{N}^*$, $\sum_{k=1}^{2n+2} \frac{(-1)^{k+1}}{k} = \sum_{k=1}^{2n} \frac{(-1)^{k+1}}{k} + \frac{(-1)^{2n+1}}{2n+1} + \frac{(-1)^{2n+2}}{2n+2}$.

Donc $A_{2n+2} = A_{2n} - \frac{1}{2n+1} + \frac{1}{2n+2}$.

> **À NOTER**
> Si p est pair, $(-1)^p = 1$;
> si p est impair, $(-1)^p = -1$.
> Ainsi $(-1)^{2n+2} = 1$ et $(-1)^{2n+1} = -1$.

D'où $u_{n+1} - u_n = -\frac{1}{2n+1} + \frac{1}{2n+2}$

$= \frac{-2n-2+2n+1}{(2n+1)(2n+2)}$

$= -\frac{1}{(2n+1)(2n+2)} < 0$: **la suite (u_n) est décroissante.**

De même, pour tout $n \in \mathbb{N}^*$,

$v_{n+1} = A_{2(n+1)+1} = A_{2n+3} = A_{2n+1} + \frac{1}{2n+2} - \frac{1}{2n+3} = A_{2n+1} + \frac{1}{(2n+2)(2n+3)}$.

D'où $v_{n+1} - v_n > 0$: **la suite (v_n) est croissante.**

b. Démontrer des inégalités

Pour tout $n \in \mathbb{N}^*$, $A_{2n+1} = A_{2n} - \frac{1}{2n+1}$, donc $v_n - u_n = -\frac{1}{2n+1} \leqslant 0$.

On déduit des variations des suites (u_n) et (v_n) que, pour tout $n \in \mathbb{N}^*$, $v_n \geqslant v_1$ et $u_n \leqslant u_1$. Finalement, **pour tout $n \in \mathbb{N}^*$: $v_1 \leqslant v_n \leqslant u_n \leqslant u_1$.**

c. Étudier les limites de deux suites

- La suite (u_n) est décroissante et minorée par v_1, elle converge donc vers un réel ℓ. Et la suite (v_n) est croissante et majorée par u_1, elle converge donc vers un réel ℓ'.
- Pour tout $n \in \mathbb{N}^*$, $v_n - u_n = -\dfrac{1}{2n+1}$ donc $\lim\limits_{n\to+\infty}(v_n - u_n) = 0$.
- Puisque $\lim\limits_{n\to+\infty} u_n = \ell$ et $\lim\limits_{n\to+\infty} v_n = \ell'$, on a par différence des limites $\lim\limits_{n\to+\infty}(v_n - u_n) = \ell - \ell'$. D'où $\ell - \ell' = 0$: **les suites (u_n) et (v_n) convergent vers la même limite ℓ.**

d. Déterminer une limite

Tout intervalle de la forme $]\ell - \varepsilon\,;\ell + \varepsilon[$ contient donc tous les termes de la suite (A_{2n}) à partir d'un certain rang n_1 et tous les termes de la suite (A_{2n+1}) à partir d'un certain rang n_2. Si n_0 est le maximum entre n_1 et n_2, alors tous les termes de la suite (A_n) sont dans l'intervalle $]\ell - \varepsilon\,;\ell + \varepsilon[$ à partir du rang n_0 (si $n \geqslant n_0$, alors $2n \geqslant n_0$ et $2n+1 \geqslant n_0$). Ainsi, tout intervalle de la forme $]\ell - \varepsilon\,;\ell + \varepsilon[$ contient donc tous les termes de la suite (A_n) à partir d'un certain rang. Cela signifie que **la suite (A_n) admet pour limite ℓ.**

e. Écrire un algorithme

L'algorithme suivant donne la valeur A_N.

$S \leftarrow 0$
$K \leftarrow 0$
Tant que $K < N$:
    $S \leftarrow S + \dfrac{(-1)^{K+1}}{K}$
    $K \leftarrow K + 1$
Fin Tant que

À NOTER

On peut démontrer que cette limite vaut ln(2). On obtient d'ailleurs avec cet algorithme : $A_{10} \approx 0{,}65$ et $A_{100} = 0{,}69$.

Analyse

6 Compléments sur la dérivation

Le futur télescope spatial James Web utilise les propriétés de convexité des différents miroirs qui le composent et qui déforment les images des objets célestes dont ils reçoivent la lumière. La dérivation permet de déterminer si une fonction est convexe.

TEST

Pour vous situer et identifier les fiches à réviser 140

FICHES DE COURS

18 Dérivée de la composée de deux fonctions 142

19 Fonctions convexes 144

MÉMO VISUEL 146

SUJETS GUIDÉS & CORRIGÉS

OBJECTIF BAC

19 Obtention d'une inégalité en étudiant les variations d'une fonction 148

20 Étude de la position relative d'une courbe et de ses tangentes 151

OBJECTIF MENTION

21 Une dérivée *n*-ième 155

22 Définition d'une fonction convexe par une inégalité 157

23 Utilisation d'une courbe de Lorenz 161

TESTEZ-VOUS

→ CORRIGÉS P. 349

Faites le point sur vos connaissances puis établissez votre **parcours de révision** en fonction de votre score.

1 Composée de fonctions

→ FICHE 18

1. On considère les quatre fonctions suivantes :

$$f : x \mapsto x^2 + 1 \,;\ g : x \mapsto 2x \,;\ h : x \mapsto x + 1 \text{ et } k : x \mapsto x^2.$$

Parmi les égalités suivantes, lesquelles sont vraies ?

☒ **a.** $h \circ k = f$ ☐ **b.** $k \circ h = f$ ☐ **c.** $g \circ f = 2(k \circ h)$

2. Soit f la fonction définie par $f(x) = \dfrac{1}{x^2+4}$. On considère les fonctions a, c et i définies par $a(x) = x + 4$, $c(x) = x^2$ et $i(x) = \dfrac{1}{x}$. Alors :

☐ **a.** $f = a \circ c \circ i$ ☐ **b.** $f = i \circ a \circ c$ ☐ **c.** $f = i \circ c \circ a$

…/2

2 Dérivée d'une fonction composée

→ FICHE 18

Soit f la fonction définie par $f : x \mapsto \sqrt{3x+1}$. La dérivée de f est :

☐ **a.** $f' : x \mapsto \dfrac{1}{2\sqrt{3x+1}}$ ☐ **b.** $f' : x \mapsto \dfrac{-1}{2\sqrt{3x+1}}$ ☐ **c.** $f' : x \mapsto \dfrac{3}{2\sqrt{3x+1}}$

…/1

3 Variations d'une fonction composée

→ FICHE 18

Soit v la fonction définie sur $\mathbb{R}$ par $v(x) = x^2 - 4x$. On pose, pour tout x différent de 0 et 4, $f(x) = \dfrac{1}{v(x)}$. Le tableau de variations de f est :

☐ **a.**

x	$-\infty$		0		2		4		$+\infty$
$f(x)$		↗	‖	↗	$-\frac{1}{4}$	↘	‖	↗	

☐ **b.**

x	$-\infty$		0		2		4		$+\infty$
$f(x)$		↘	‖	↘	$-\frac{1}{4}$	↗	‖	↗	

☐ **c.**

x	$-\infty$		0		2		4		$+\infty$
$f(x)$		↗	‖	↗	$-\frac{1}{4}$	↘	‖	↘	

…/1

4 Étude de la convexité

→ FICHE 19

La fonction inverse $x \mapsto \frac{1}{x}$ est :

☐ **a.** convexe sur $]-\infty\,;0[$ et sur $]0\,;+\infty[$.

☐ **b.** convexe sur $]-\infty\,;0[$ et concave sur $]0\,;+\infty[$.

☐ **c.** concave sur $]-\infty\,;0[$ et convexe sur $]0\,;+\infty[$.

.../1

5 Propriétés de la convexité

→ FICHE 19

1. Si f est une fonction convexe sur un intervalle I et $\mathscr{C}$ sa courbe représentative, alors :

☐ **a.** la tangente à $\mathscr{C}$ au point d'abscisse 0 est au-dessus de $\mathscr{C}$ sur I.

☐ **b.** $\mathscr{C}$ n'a pas de point d'inflexion sur I.

☐ **c.** $f'(x)$ est positive sur I.

2. Soit $\mathscr{C}$ la courbe représentant une fonction f deux fois dérivable sur un intervalle I.
Si $\mathscr{C}$ admet un point d'inflexion d'abscisse a sur I, alors :

☐ **a.** la tangente à $\mathscr{C}$ au point d'abscisse a est horizontale.

☐ **b.** $f'(a) = 0$

☐ **c.** la tangente à $\mathscr{C}$ au point d'abscisse a traverse $\mathscr{C}$ en ce point.

.../2

6 Recherche de points d'inflexion

→ FICHE 19

1. Soient f la fonction définie sur $\mathbb{R}$ par $f(x) = x^3 + 3x^2 + 2x - 3$ et $\mathscr{C}$ sa courbe représentative. La courbe $\mathscr{C}$:

☐ **a.** a un point d'inflexion d'abscisse -1.

☐ **b.** a un point d'inflexion d'abscisse 1.

☐ **c.** n'a aucun point d'inflexion.

2. Parmi les affirmations suivantes, laquelle est vraie ?

☐ **a.** Une fonction convexe sur $\mathbb{R}$ n'est pas monotone sur $\mathbb{R}$.

☐ **b.** Une fonction polynôme du second degré est convexe sur $\mathbb{R}$.

☐ **c.** Une parabole ne présente aucun point d'inflexion.

.../2

Score total .../9

Parcours PAS À PAS ou EXPRESS ? → MODE D'EMPLOI P. 3

18 Dérivée de la composée de deux fonctions

En bref *Écrire une fonction comme composée de fonctions usuelles permet de simplifier certains calculs, notamment celui des dérivées.*

I Composée de deux fonctions

■ **Définition :** Soient u et v deux fonctions définies respectivement sur les intervalles I et J telles que, pour tout x de I, $u(x) \in J$. On appelle **composée de u suivie de v** la fonction notée $v \circ u$ et définie par : pour tout x de I, $v \circ u(x) = v(u(x))$.
$v \circ u$ se lit « v rond u ».

À NOTER
Dans la notation $v \circ u$, il est important de noter que c'est la fonction u qui opère en premier, ce qui justifie l'appellation « u suivie de v ».

■ *Remarque* : Cette définition peut être mémorisée à l'aide du schéma suivant :

$$x \xrightarrow{u} u(x) \xrightarrow{v} v(u(x)) \quad \text{avec } x \xrightarrow{v \circ u} v(u(x))$$

■ *Exemple* : Soient u et v les fonctions définies sur $\mathbb{R}$ par $u(x) = x^2 + 1$ et $v(x) = 2x - 4$. La fonction $v \circ u$ est définie sur $\mathbb{R}$ par
$(v \circ u)(x) = v(x^2 + 1) = 2(x^2 + 1) - 4$, soit $(v \circ u)(x) = 2x^2 - 2$.

II Dérivée d'une composée de deux fonctions

■ **Théorème :** Soient u et v deux fonctions définies respectivement sur les intervalles I et J telles que, pour tout x de I, $u(x)$ est dans J.
Soient x_0 un élément de I et $y_0 = u(x_0)$ un élément de J.
Si la fonction u est dérivable en x_0 et si v est dérivable en $y_0 = u(x_0)$, alors la fonction $v \circ u$ est **dérivable** en x_0 et $(v \circ u)'(x_0) = v'(u(x_0)) \times u'(x_0)$.

À NOTER
$v \circ u$ est **dérivable** sur I si $v \circ u$ est dérivable en tout point de I.

■ *Exemple* : Soit f la fonction définie sur $\mathbb{R}$ par $f(x) = (2x+1)^5$.
f est la composée de u suivie de v avec $u(x) = 2x + 1$ et $v(x) = x^5$.
On a donc $f = v \circ u$.
u et v sont dérivables sur $\mathbb{R}$ et, pour tout x réel, $v'(x) = 5x^4$ et $u'(x) = 2$.
f est donc dérivable sur $\mathbb{R}$ et on a :

$$f'(x) = (v \circ u)'(x)$$
$$= v'(u(x)) \times u'(x)$$
$$= 5(2x+1)^4 \times 2 = 10(2x+1)^4.$$

Méthodes

1 Déterminer une composée de fonctions

Soient u et v les fonctions définies par $v : x \mapsto \sqrt{x}$ et $u : x \mapsto x^2 - 4$.
Comparer les fonctions $v \circ u$ et $u \circ v$.

CONSEILS
Commencez par déterminer l'ensemble de définition de la composée, c'est-à-dire les valeurs de x pour lesquelles cette composée est définie. Déterminez ensuite l'expression de cette composée.

SOLUTION

■ La fonction $v \circ u$ est définie si, pour tout x de l'ensemble de définition de u, $u(x)$ est bien dans l'ensemble de définition de v. Ici, $u(x)$ est définie sur $\mathbb{R}$ car c'est un polynôme du second degré. $v(x)$ est définie sur $[0\,;+\infty[$ Donc $(v \circ u)(x)$ est définie si et seulement si $u(x)$ appartient à $[0\,;+\infty[$.

Nous sommes donc amenés à résoudre l'inéquation $u(x) \geqslant 0$.

$u(x) \geqslant 0 \Leftrightarrow x^2 - 4 \geqslant 0$ soit $x \in D = \left]-\infty\,;-2\right] \cup \left[2\,;+\infty\right[$.

Pour tout x de D, on a $v \circ u\ (x) = v(u(x)) = \sqrt{u(x)} = \boldsymbol{\sqrt{x^2 - 4}}$.

■ $u \circ v(x)$ est définie si x appartient à $\mathbb{R}^+$ et si $v(x)$ appartient à l'ensemble de définition de u, soit $\mathbb{R}$. Ainsi $u \circ v$ est définie sur $\mathbb{R}^+$. On a alors $u \circ v(x) = u(v(x)) = (v(x))^2 - 4 = \left(\sqrt{x}\right)^2 - 4 = \boldsymbol{x - 4}$.

■ On s'aperçoit que $\boldsymbol{v \circ u \neq u \circ v}$.

À NOTER
La composée de fonctions n'est pas commutative, c'est-à-dire, en général, $v \circ u \neq u \circ v$.

2 Déterminer la dérivée d'une composée

Déterminer la dérivée de la fonction f définie par $f : x \mapsto \sqrt{x^2 - 3x + 5}$.

CONSEILS
Écrivez f sous la forme $f = v \circ u$. Cherchez ensuite l'ensemble D_f sur lequel f est dérivable et appliquez la formule donnant la dérivée de $v \circ u$.

SOLUTION

$f(x)$ est définie si et seulement si $x^2 - 3x + 5 \geqslant 0$. Le discriminant Δ de $x^2 - 3x + 5$ est $\Delta = -11$. $\Delta < 0$ donc $x^2 - 3x + 5$ est strictement positif, f est donc dérivable sur $\mathbb{R}$.

On a $f = v \circ u$ avec $u(x) = x^2 - 3x + 5$ et $v(x) = \sqrt{x}$.

Pour tout x réel, $f'(x) = v'(u(x)) \times u'(x)$. Ici, $u'(x) = 2x - 3$ et

$v'(x) = \dfrac{1}{2\sqrt{x}}$, d'où $f'(x) = \dfrac{1}{2\sqrt{u(x)}} \times u'(x) = \boldsymbol{\dfrac{1}{2\sqrt{x^2 - 3x + 5}} \times (2x - 3)}$.

19 Fonctions convexes

En bref *L'étude de la convexité d'une fonction permet d'apporter des précisions sur la position de la courbe par rapport à ses tangentes.*

I Convexité d'une fonction

■ **Définition :** Une fonction f définie sur un intervalle I est dite **convexe** si la courbe $\mathscr{C}_f$ représentant f est située au-dessous de chacune de ses **cordes**.

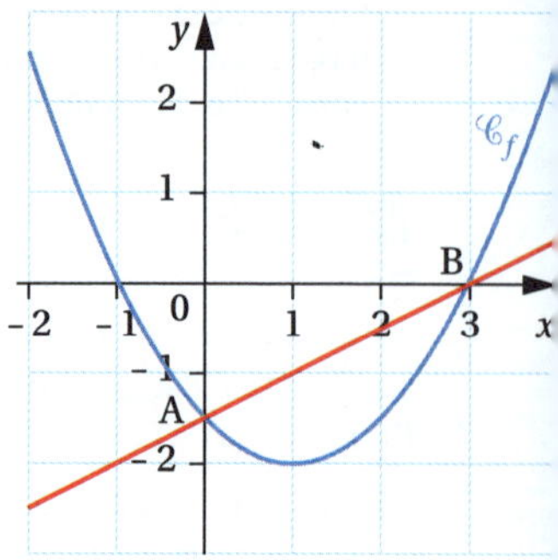

À NOTER

On appelle **corde** de la courbe $\mathscr{C}_f$ représentant f tout segment [AB] où A et B sont deux points de $\mathscr{C}_f$.

■ *Remarque* : Une fonction f est dite **concave** sur un intervalle I si $-f$ est convexe sur I. Attention, si f n'est pas convexe sur I alors f n'est pas forcément concave sur I.

■ **Définitions équivalentes :** Soit f une fonction dérivable sur un intervalle ouvert I et soit $\mathscr{C}$ sa courbe représentative.

- f est convexe sur I si et seulement si $\mathscr{C}$ est au-dessus de ses tangentes.
- f est convexe sur I si et seulement si f' est croissante sur I.

II Dérivée seconde d'une fonction

■ **Définition :** Soient f une fonction dérivable sur un intervalle I et f' sa dérivée sur I. Si f' est dérivable sur I, on appelle **dérivée seconde** de f sur I, la dérivée de f' sur I. On note cette dérivée seconde f''.

■ **Propriété :** f est convexe sur un intervalle I si et seulement si f'' est positive sur I.

III Point d'inflexion d'une courbe

■ **Définition :** Soient f une fonction définie sur un intervalle I et $\mathscr{C}$ sa courbe représentative. On appelle **point d'inflexion** de $\mathscr{C}$, tout point de $\mathscr{C}$ en lequel f change de convexité (elle passe de convexe à concave ou inversement).

■ **Théorèmes :**

- Soit a un réel de l'ensemble de définition de f. Si f est une fonction deux fois dérivable sur I, le point I$(a\ ;\ f(a))$ est un point d'inflexion de $\mathscr{C}$ si et seulement si f'' s'annule et change de signe en a.
- Si f est dérivable sur I, le point I$(a\ ;\ f(a))$ est un **point d'inflexion** de $\mathscr{C}$ si et seulement si $\mathscr{C}$ traverse sa tangente en I.

Méthodes

1 Étudier la convexité d'une fonction

On considère la fonction f définie sur $\mathbb{R}$ par $f(x) = 3x^2 - 4x + 1$.
Étudier la convexité de f sur $\mathbb{R}$.

CONSEILS
Étudiez la dérivabilité de f et f' sur $\mathbb{R}$ et le signe de f''.

SOLUTION

f est une fonction polynôme donc f est deux fois dérivable sur $\mathbb{R}$.
Pour tout x réel, on a $f'(x) = 6x - 4$ et $f''(x) = 6$.
$f''(x) > 0$ pour tout x réel, **la fonction f est donc convexe sur $\mathbb{R}$.**

2 Déterminer des points d'inflexion

Soit f la fonction définie sur $\mathbb{R}$ par $f(x) = \dfrac{2x}{x^2+2}$ et soit $\mathscr{C}$ sa courbe représentative. Étudier l'existence éventuelle de points d'inflexion.

CONSEILS
Pour déterminer les éventuels points d'inflexion de la courbe représentative d'une fonction f dérivable deux fois sur un intervalle I, il suffit de :
Étape 1 calculer $f''(x)$;
Étape 2 résoudre l'équation $f''(x) = 0$;
Étape 3 étudier le signe de $f''(x)$ et déterminer si f'' change de signe en chacune des éventuelles solutions de l'équation $f''(x) = 0$.

SOLUTION

Étape 1 f est deux fois dérivable sur $\mathbb{R}$. Pour tout réel x :

$$f'(x) = \frac{2(x^2+2) - 2x(2x)}{(x^2+2)^2} = \frac{-2x^2+4}{(x^2+2)^2}$$

$$\text{et } f''(x) = \frac{-4x(x^2+2)^2 - (-2x^2+4)(2 \times 2x(x^2+2))}{(x^2+2)^4} = \frac{4x(x^2-6)}{(x^2+2)^3}.$$

Étape 2 $f''(x) = 0$ équivaut à : $4x(x^2-6) = 0$, soit $x = 0$ ou $x^2 = 6$.
L'équation $f''(x) = 0$ a donc trois solutions : 0 ; $\sqrt{6}$ et $-\sqrt{6}$.
La courbe possède au maximum **trois points d'inflexion**.

Étape 3 $f''(x)$ s'annule et change de signe en $-\sqrt{6}$, en 0 et en $\sqrt{6}$. $\mathscr{C}$ admet donc trois points d'inflexion dont les abscisses sont $-\sqrt{6}$, 0 et $\sqrt{6}$.

x	$-\infty$		$-\sqrt{6}$		0		$\sqrt{6}$		$+\infty$
$f''(x)$		$-$	0	$+$	0	$-$	0	$+$	

MÉMO VISUEL

DÉRIVATION

Qu'est-ce qu'une fonction composée ?

Composée de deux fonctions

Soient u et v deux fonctions définies respectivement sur les intervalles I et J.

Soit $f : x \mapsto u(x) \mapsto v(u(x))$ avec $x \in \mathrm{I}$ et $u(x) \in \mathrm{J}$.

On écrit alors $f = v \circ u$ ou encore, pour tout x tel que $x \in \mathrm{I}$ et $u(x) \in \mathrm{J}$, $f(x) = (v \circ u)(x) = v(u(x))$

$$\begin{array}{ccccc} \mathrm{I} & \mapsto & \mathrm{J} & \mapsto & \mathbb{R} \\ x & \mapsto & u(x) & \mapsto & v(u(x)) = (v \circ u)(x) \end{array}$$

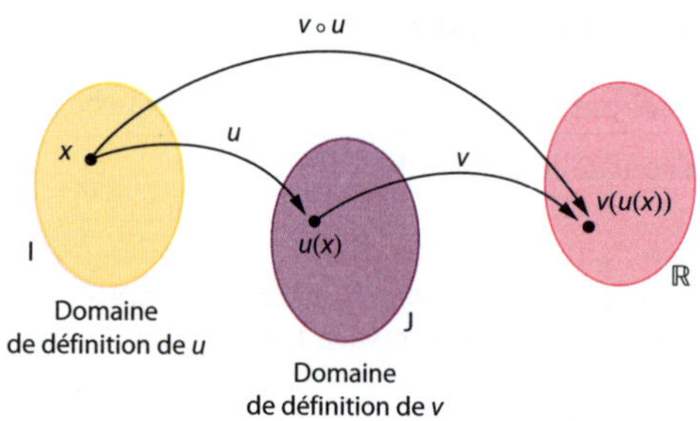

Comment calculer la dérivée d'une fonction composée ?

Dérivée d'une composée

Soient u et v deux fonctions définies respectivement sur les intervalles I et J tels que pour tout x de I, $u(x)$ est dans J.

Soient x_0 un élément de I et $y_0 = u(x_0)$ un élément de J.

Si la fonction u est dérivable en x_0 et si v est dérivable en y_0, alors la fonction $v \circ u$ est dérivable en x_0 et

$$(v \circ u)'(x_0) = v'(u(x_0)) \times u'(x_0)$$

Comment déterminer si une fonction est convexe ?

Convexité d'une fonction

Convexité

Une fonction f définie sur un intervalle I est dite **convexe** si la courbe représentant f est située au-dessous de chacune de ses cordes ou au-dessus de chacune de ses tangentes.

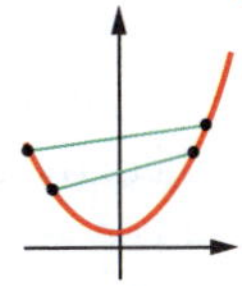

Définitions équivalentes

Soit f est une fonction deux fois dérivable sur I.
- f est **convexe** sur I si et seulement si f' est croissante sur I.
- f est **convexe** sur I si et seulement si f'' est positive sur I.

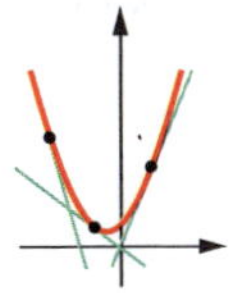

Concavité

Une fonction f définie sur un intervalle I est dite **concave** si la courbe représentant f est située au-dessus de chacune de ses cordes ou en dessous de chacune de ses tangentes.

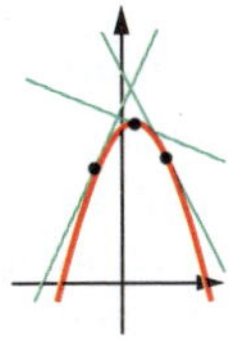

DES FONCTIONS

Comment reconnaître un point d'inflexion ?

Point d'inflexion

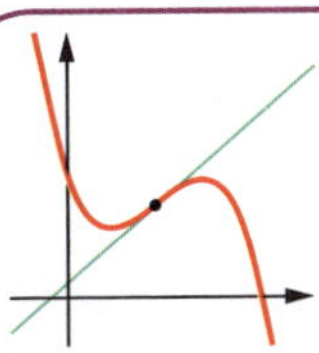

Si f est une fonction deux fois dérivable sur I, le point $I(a\,;f(a))$ est un **point d'inflexion** de $\mathscr{C}$ si et seulement si f'' s'annule et change de signe en a.

Au point d'inflexion, la fonction change de convexité.

SUJET 19 | OBJECTIF BAC

25 min

Obtention d'une inégalité en étudiant les variations d'une fonction

→ FICHES 18, 21 et 22

Lorsqu'il est compliqué d'étudier le signe de la dérivée d'une fonction, on peut penser à étudier ses variations pour en déduire son signe et avoir recours à la dérivée seconde.

LE SUJET

1. Soit f la fonction définie sur $\mathbb{R}$ par $f(x) = x - \dfrac{2}{x^2+1}$.

a. Déterminer la dérivée f' et la dérivée seconde f'' de f sur $\mathbb{R}$.

b. Étudier le signe de $f''(x)$ selon les valeurs de x, puis en déduire le sens de variation de f'.

c. En déduire que f' s'annule deux fois, en -1 et en α. Donner un encadrement de α d'amplitude 10^{-1} (on pourra utiliser la calculatrice).

d. En déduire le signe de f' puis les variations de f.

2. En s'inspirant de la méthode utilisée dans la question **1.**, montrer que, pour tout réel x, on a $\cos(x) \geqslant 1 - \dfrac{x^2}{2}$.

LES CLÉS POUR RÉUSSIR

1. a. Déterminez la dérivée f' de f puis la dérivée f'' de f'. On pourra utiliser la formule de la dérivée de $\dfrac{1}{u}$, où u est une fonction non nulle. Le signe de f'' permettra d'obtenir les variations de f'.

c. Déterminez les limites de f en $+\infty$ et en $-\infty$, puis calculez les images des extrema de f'.

2. Appliquez pas à pas la méthode précédente en considérant la fonction $x \mapsto \cos(x) - \left(1 - \dfrac{x^2}{2}\right)$. On s'intéressera à son signe.

LE CORRIGÉ

1. a. Déterminer une dérivée seconde

La fonction f est dérivable sur $\mathbb{R}$ comme somme d'une fonction affine et d'une fraction rationnelle dont le dénominateur ne s'annule pas.

Pour tout réel x, on a $f'(x) = \mathbf{1} + \dfrac{\mathbf{4x}}{(\mathbf{x^2+1})^2}$.

La fonction f' est également dérivable sur $\mathbb{R}$. La dérivée de la fonction composée $x \mapsto (x^2+1)^2$ est $4x(x^2+1)$. → FICHE 18

Pour tout réel x :

$$f''(x) = \frac{4(x^2+1)^2 - 4x \times 4x(x^2+1)}{(x^2+1)^4} = \frac{4(x^2+1-4x^2)}{(x^2+1)^3}$$
$$= \frac{\mathbf{4}}{(\mathbf{x^2+1})^3}(\mathbf{1-3x^2}).$$

> **À NOTER**
> Le but est d'étudier le signe de $f''(x)$. Aussi, pensez à factoriser $f''(x)$ au maximum.

b. Déterminer les variations d'une fonction à l'aide du signe de sa dérivée

Pour tout réel x, $\dfrac{4}{(x^2+1)^3}$ est strictement positif. Ainsi $f''(x)$ est du signe de $1-3x^2$.

Alors $f''(x)$ est strictement positif si, et seulement si, x appartient à l'intervalle $\left]-\dfrac{1}{\sqrt{3}} ; \dfrac{1}{\sqrt{3}}\right[$ et $f''(x)$ s'annule lorsque $x = \dfrac{1}{\sqrt{3}}$ ou $x = -\dfrac{1}{\sqrt{3}}$.

La fonction f' est donc **strictement croissante sur** $\left]-\dfrac{1}{\sqrt{3}} ; \dfrac{1}{\sqrt{3}}\right[$**, et strictement décroissante sur** $\left]-\infty ; -\dfrac{1}{\sqrt{3}}\right[$ **et sur** $\left]\dfrac{1}{\sqrt{3}} ; +\infty\right[$.

c. Dresser un tableau de variations complet

Pour tout x non nul, $f'(x) = 1 + \dfrac{4x}{x^4\left(1+\dfrac{1}{x^2}\right)^2} = 1 + \dfrac{4}{x^3\left(1+\dfrac{1}{x^2}\right)^2}$.

Or $\displaystyle\lim_{x\to+\infty} x^3\left(1+\frac{1}{x^2}\right)^2 = +\infty$ et $\displaystyle\lim_{x\to-\infty} x^3\left(1+\frac{1}{x^2}\right)^2 = -\infty$. Donc par quotient et somme de limites, la limite de f en $+\infty$ est égale à la limite de f en $-\infty$ et elles sont égales à 1. → FICHE 21

$$f'\left(-\frac{1}{\sqrt{3}}\right) = 1 + \frac{-\dfrac{4}{\sqrt{3}}}{\left(\left(-\dfrac{1}{\sqrt{3}}\right)^2+1\right)^2} = 1 - \frac{4}{\sqrt{3}\left(\dfrac{1}{3}+1\right)^2} = 1 - \frac{4\times 9}{\sqrt{3}\times 16} = \frac{4-3\sqrt{3}}{4} < 0.$$

De même, $f'\left(\dfrac{1}{\sqrt{3}}\right) = \dfrac{4+3\sqrt{3}}{4} > 0$.

> **À NOTER**
> Comme $9 = 3\left(\sqrt{3}\right)^2$, on a $\dfrac{9}{\sqrt{3}} = 3\sqrt{3}$.

On obtient donc le tableau de variations de f'.

x	$-\infty$		-1		$-\frac{1}{\sqrt{3}}$		$\frac{1}{\sqrt{3}}$		$+\infty$
Signe de $f''(x)$			$-$		0	$+$	0	$-$	
Variations de $f'(x)$	1	↘	0	↘	$\frac{4-3\sqrt{3}}{4}$	↗	$\frac{4+3\sqrt{3}}{4}$	↘	1

- On a $f'(-1) = 0$. Or la fonction f' est strictement décroissante sur $\left]-\infty\,;-\frac{1}{\sqrt{3}}\right[$.

Puisque $f'\left(-\frac{1}{\sqrt{3}}\right) < 0$, f' s'annule une seule fois sur $\left]-\infty\,;-\frac{1}{\sqrt{3}}\right[$: en -1.

- 0 appartient à $\left[f'\left(-\frac{1}{\sqrt{3}}\right);f'\left(\frac{1}{\sqrt{3}}\right)\right]$ et f' est continue et strictement croissante sur $\left[-\frac{1}{\sqrt{3}};\frac{1}{\sqrt{3}}\right]$. Donc d'après le théorème des valeurs intermédiaires, il existe une unique solution à l'équation $f'(x) = 0$, notée α, dans $\left[-\frac{1}{\sqrt{3}};\frac{1}{\sqrt{3}}\right]$.
- f' étant strictement croissante sur $\left[-\frac{1}{\sqrt{3}};\frac{1}{\sqrt{3}}\right]$ et puisque $f'(-0{,}3) < 0$ et $f'(-0{,}2) > 0$, alors $-0{,}3 < \alpha < -0{,}2$.

Enfin, $f'(x) > 0$ pour tout $x \geqslant \frac{1}{\sqrt{3}}$, donc f' ne s'annule pas sur $\left[\frac{1}{\sqrt{3}};+\infty\right[$.

La fonction f' s'annule donc exactement deux fois sur $\mathbb{R}$, en -1 et en α avec $-0{,}3 < \alpha < -0{,}2$.

d. Déterminer le signe d'une fonction

D'après les variations de f', on déduit que $f'(x) > 0$ pour $x < -1$ ou pour $x > \alpha$ et que $f'(x) < 0$ pour $-1 < x < \alpha$.

La fonction f est donc strictement croissante sur $]-\infty\,;-1]$ et sur $[\alpha\,;+\infty[$ et strictement décroissante sur $[-1\,;\alpha]$.

2. Comparer cos x à un polynôme

On considère la fonction g définie sur $\mathbb{R}$ par $g(x) = \cos x - 1 + \frac{x^2}{2}$.

La fonction g est dérivable sur $\mathbb{R}$ et, pour tout réel x, on a $g'(x) = -\sin(x) + x$.

La fonction g' est dérivable sur $\mathbb{R}$ et, pour tout réel x, on a $g''(x) = -\cos(x) + 1$.

> **À NOTER**
> $(\cos x)' = -\sin x$
> $(\sin x)' = \cos x$

Ainsi, puisque pour tout réel x, $\cos(x) \leqslant 1$, on a $g''(x) \geqslant 0$. La fonction g' est donc croissante sur $\mathbb{R}$.

Or $g'(0) = 0$. Ainsi $g'(x) \geqslant 0$ si $x \geqslant 0$ et $g'(x) \leqslant 0$ si $x \leqslant 0$.

La fonction g est donc croissante sur $[0\,;+\infty[$ et décroissante sur $]-\infty\,;0]$.

Elle atteint son minimum en 0. Or $g(0) = 0$, donc, pour tout réel x, $g(x) \geqslant 0$, ce qui permet d'établir que : $\forall x \in \mathbb{R}$, $\boldsymbol{\cos(x) \geqslant 1 - \frac{x^2}{2}}$.

SUJET 20 | OBJECTIF BAC

40 min

Étude de la position relative d'une courbe et de ses tangentes

→ FICHE 18

Ce sujet un peu plus théorique permet d'étudier la position d'une courbe à partir des dérivées premières et secondes.

LE SUJET

1. Cas général

Soient a un réel et f une fonction définie et dérivable sur un intervalle $I = [a - h\,;a + h']$ avec h et h' deux réels strictement positifs. On note $\mathscr{C}$ la courbe représentative de f dans un repère orthogonal du plan et $\mathscr{T}$ sa tangente au point $A(a\,;f(a))$.

On souhaite étudier la position relative de $\mathscr{C}$ et de $\mathscr{T}$.

Soit g la fonction définie et dérivable sur I par $g(x) = f(x) - f'(a)(x - a) - f(a)$.

a. Démontrer que g' et f' ont le même sens de variation.

b. Déterminer le signe de g' lorsque f' est croissante sur I. En déduire le sens de variation puis le signe de g.

c. Rappeler l'équation de la tangente à $\mathscr{C}$ au point d'abscisse a.
Quelle est alors la position de la courbe $\mathscr{C}$ par rapport à la tangente $\mathscr{T}$?

d. Étudier de la même façon le signe de la fonction g sur I, puis illustrer par un dessin la position relative de $\mathscr{C}$ par rapport à $\mathscr{T}$ dans chacun des cas ci-dessous :

- *Cas 1* : la fonction f' est décroissante sur I ;
- *Cas 2* : la fonction f' est croissante sur $[a - h\,;a]$ et décroissante sur $[a\,;a + h']$;
- *Cas 3* : la fonction f' est décroissante sur $[a - h\,;a]$ et croissante sur $[a\,;a + h']$.

2. Application

Soient f la fonction définie sur $\mathbb{R}$ par $f(x) = 2x^4 - 3x^2 - 2x + 1$ et $\mathscr{C}$ sa courbe dans un repère orthogonal du plan.

a. Déterminer trois réels α, β et γ tels que, pour tout réel x :

$$f'(x) = (x - 1)(\alpha x^2 + \beta x + \gamma)$$

b. En déduire les variations de f.

c. Déterminer la dérivée seconde f'' de f.

d. En déduire les variations de la dérivée f' de f sur $\mathbb{R}$.

e. Déterminer la position relative de la courbe $\mathscr{C}$ et de ses tangentes en tout point.

f. Tracer, dans le repère du plan, les tangentes à la courbe $\mathscr{C}$ aux points A, B et C d'abscisses respectives $-\frac{1}{2}$, $\frac{1}{2}$ et 1. Puis tracer la courbe $\mathscr{C}$.

LES CLÉS POUR RÉUSSIR

1. a. Le sens de variation de g' et f' est donné par le signe de g'' et f''. Il suffit donc de montrer que g'' et f'' ont le même signe.
b. Calculez $g'(a)$ et utilisez le fait que f' est croissante sur I et que g' l'est donc aussi. Déduisez-en le signe de g' sur I puis les variations de g et son signe. Concluez alors quant à la position de la courbe $\mathscr{C}$ par rapport à sa tangente $\mathscr{T}$.
d. Procédez comme dans la question **c**.

2. a. Développez l'expression de f' donnée dans la question, ordonnez suivant les puissances de x, puis comparez l'expression obtenue à celle de f' que vous aurez calculée.
b. Étudiez le signe de $f'(x)$ sur $\mathbb{R}$.
c. Déterminez la dérivée de f'.
d. Étudiez le signe de $f''(x)$.
e. Utilisez la première question pour conclure.
f. Tracez toutes les tangentes demandées après avoir déterminé leurs équations puis tracez la courbe.

LE CORRIGÉ

1. a. Comparer les variations de deux fonctions
Pour tout x dans I, $g'(x) = f'(x) - f'(a)$. On a donc $g''(x) = f''(x)$. Ainsi g'' et f'' sont égales ; elles ont donc le même signe sur I. **Les fonctions g' et f' ont donc les mêmes variations sur I.**

b. Étudier le signe d'une fonction
Si f' est croissante sur I, g' est aussi croissante sur I. Or $g'(a) = 0$.
Ainsi $g'(x) \leqslant 0$ si $x \in [a-h\,;a]$ et $g'(x) \geqslant 0$ si $x \in [a\,;a+h']$.
La fonction g est donc **décroissante sur $[a-h\,;a]$ et croissante sur $[a\,;a+h']$.**
La fonction g atteint donc son minimum en a et $g(a) = 0$.
Ainsi pour tout x dans I, $\boldsymbol{g(x) \geqslant 0}$.

c. Déterminer la position d'une courbe et de sa tangente
L'équation de la tangente à $\mathscr{C}$ au point d'abscisse a est donnée par
$y = f'(a)(x-a) + f(a)$.
g correspond à la différence entre $f(x)$ et l'équation de la tangente en A. $g(x)$ étant positif, on a : $f(x) - f'(a)(x-a) - f(a) \geqslant 0$, soit $f(x) \geqslant f'(a)(x-a) + f(a)$. On en déduit que la **courbe $\mathscr{C}$ est au-dessus de sa tangente $\mathscr{T}$ sur I.**

d. Étudier la position d'une courbe par rapport à ses tangentes
- *Cas 1* : Si la fonction f' est décroissante sur I, g' est aussi décroissante sur I. Or $g'(a) = 0$. Ainsi $g'(x) \geqslant 0$ si $x \in [a-h\,;a]$ et $g'(x) \leqslant 0$ si $x \in [a\,;a+h']$.
La fonction g est donc croissante sur $[a-h\,;a]$ et décroissante sur $[a\,;a+h']$.
La fonction g atteint donc son maximum en a et $g(a) = 0$. Ainsi pour tout x dans I, $g(x) \leqslant 0$. **La courbe $\mathscr{C}$ est donc au-dessous de sa tangente $\mathscr{T}$ sur I.**

- *Cas 2* : Si la fonction f' est croissante sur $[a-h\,;a]$ et décroissante sur $[a\,;a+h']$, alors g' est aussi croissante sur $[a-h\,;a]$ et décroissante sur $[a\,;a+h']$. Or $g'(a)=0$. Donc $g'(x)\leqslant 0$ quel que soit le réel x dans I. La fonction g est donc décroissante sur I.
Comme $g(a)=0$, on a $g(x)\geqslant 0$ si $x\in[a-h\,;a]$ et $g(x)\leqslant 0$ si $x\in[a\,;a+h']$. **La courbe $\mathscr{C}$ est donc au-dessus de sa tangente $\mathscr{T}$ sur $[a-h\,;a]$ et au-dessous de sa tangente sur $[a\,;a+h']$.**

- *Cas 3* : Si la fonction f' est décroissante sur $[a-h\,;a]$ et croissante sur $[a\,;a+h']$, alors g' est aussi décroissante sur $[a-h\,;a]$ et croissante sur $[a\,;a+h']$.
Or $g'(a)=0$. Donc $g'(x)\geqslant 0$ quel que soit le réel x dans I.
La fonction g est donc croissante sur I.
Comme $g(a)=0$, on a $g(x)\leqslant 0$ si $x\in[a-h\,;a]$ et $g(x)\geqslant 0$ si $x\in[a\,;a+h']$.
La courbe $\mathscr{C}$ est donc au-dessous de sa tangente $\mathscr{T}$ sur $[a-h\,;a]$ et au-dessus de sa tangente sur $[a\,;a+h']$.

Cas 1

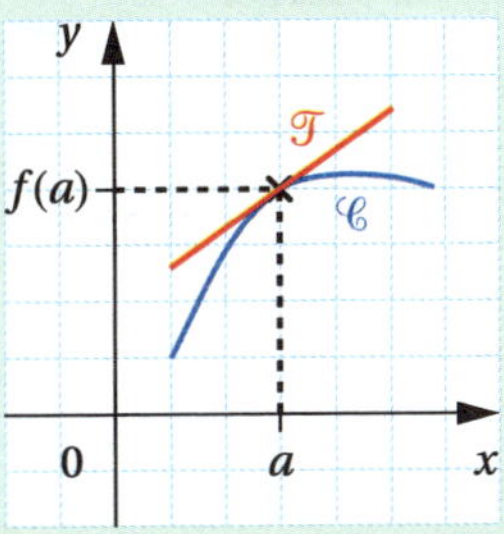

Cas 2

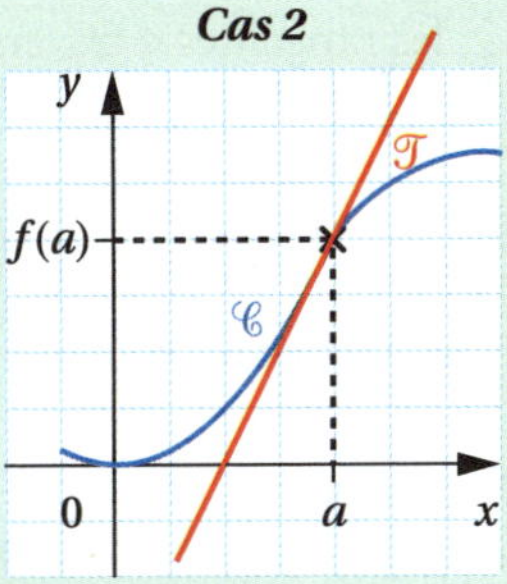

Cas 3

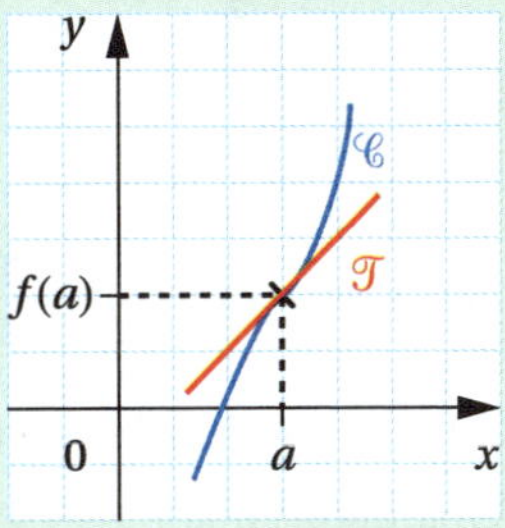

2. a. Factoriser une fonction polynôme
Soit x un réel quelconque, $f'(x)=8x^3-6x-2$.
Soient α, β et γ trois réels. Pour tout réel x :

$$(x-1)(\alpha x^2+\beta x+\gamma)=\alpha x^3+(\beta-\alpha)x^2+(\gamma-\beta)x-\gamma.$$

Deux polynômes sont égaux si et seulement si les coefficients de leurs monômes de même degré sont égaux. Ainsi, par identification :

$$\forall x\in\mathbb{R},\ f'(x)=(x-1)(\alpha x^2+\beta x+\gamma)\Leftrightarrow\begin{cases}\alpha=8\\\beta-\alpha=0\\\gamma-\beta=-6\\-\gamma=-2\end{cases}\Leftrightarrow\begin{cases}\alpha=8\\\beta=8\\\gamma=2\end{cases}$$

Ainsi pour tout réel x, $\boldsymbol{f'(x)=(x-1)(8x^2+8x+2)}$.

b. Étudier les variations de f
Le discriminant du polynôme $P(x)=8x^2+8x+2$ est nul. Ainsi P possède une unique racine $x_0=-\dfrac{1}{2}$ et $P(x)>0$ pour tout réel $x\neq-\dfrac{1}{2}$.
Ainsi $f'(x)>0$ si et seulement si $x>1$, et $f'(x)=0$ si et seulement si $x=1$ ou $x=-\dfrac{1}{2}$.
La fonction f est donc strictement décroissante sur $]-\infty\,;1]$ et strictement croissante sur $[1\,;+\infty[$.

c. Déterminer une dérivée seconde

Soit $x \in \mathbb{R}$, $f''(x) = 24x^2 - 6 = 6\left(4x^2 - 1\right) = \mathbf{6(2x-1)(2x+1)}$.

d. Étudier les variations d'une fonction dérivée

$f''(x) > 0$ si, et seulement si, $x < -\frac{1}{2}$ ou $x > \frac{1}{2}$, et $f''(x) < 0$ si, et seulement si, $-\frac{1}{2} < x < \frac{1}{2}$. La fonction f' est donc **strictement croissante sur** $\left]-\infty\,;-\frac{1}{2}\right[$ **et sur** $\left]\frac{1}{2}\,;+\infty\right[$ **et strictement décroissante sur** $\left]-\frac{1}{2}\,;\frac{1}{2}\right[$.

e. Donner la position relative d'une courbe par rapport à ses tangentes

D'après le cas 2 de la question **1.**, on en déduit que $\mathscr{C}$ est **au-dessus de ses tangentes sur l'intervalle** $\left]-\infty\,;-\frac{1}{2}\right[$ **et sur l'intervalle** $\left]\frac{1}{2}\,;+\infty\right[$, **$\mathscr{C}$ est au-dessous de ses tangentes sur** $\left]-\frac{1}{2}\,;\frac{1}{2}\right[$.

Aux points d'abscisse $\frac{1}{2}$ et $-\frac{1}{2}$, les tangentes « traversent » la courbe.

À NOTER

La fonction f est convexe sur $\left]-\infty\,;-\frac{1}{2}\right]$ et sur $\left[\frac{1}{2}\,;+\infty\right[$ et est concave sur $\left[-\frac{1}{2}\,;\frac{1}{2}\right]$.

Les points d'abscisses $-\frac{1}{2}$ et $\frac{1}{2}$ sont les points d'inflexion de la courbe $\mathscr{C}$.

f. Tracer une courbe et ses tangentes

Remarquons que $f'\left(-\frac{1}{2}\right) = f'(1) = 0$.

Les tangentes aux points A et C à la courbe $\mathscr{C}$ sont donc horizontales.

De plus $f\left(-\frac{1}{2}\right) = \frac{1}{8} - \frac{3}{4} + \frac{2}{2} + 1 = \frac{1-6+16}{8} = \frac{11}{8}$ et $f(1) = -2$.

La tangente en A a donc pour équation $y = \frac{11}{8}$.

Et la tangente en C a pour équation $y = -2$.

En outre, $f'\left(\frac{1}{2}\right) = -4$ et $f\left(\frac{1}{2}\right) = \frac{-5}{8}$. La tangente en B a donc pour équation $y = -4\left(x - \frac{1}{2}\right) - \frac{5}{8} = -4x + \frac{11}{8}$.

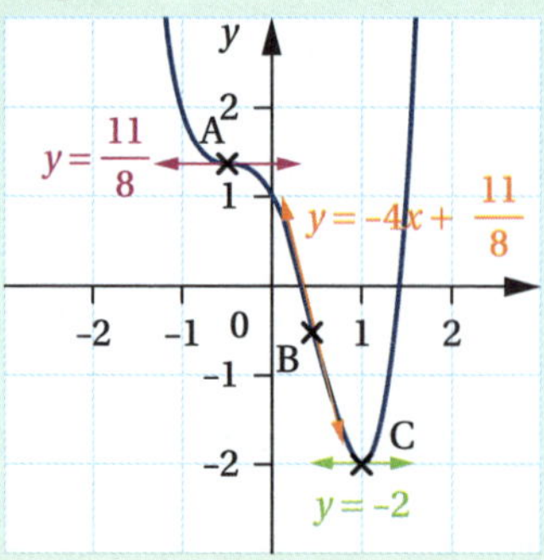

SUJET 21 | OBJECTIF MENTION

40 min Une dérivée *n*-ième

→ FICHES 3 et 18

Nous avons vu dans la fiche 18 comment obtenir une dérivée seconde. On peut également dériver une dérivée seconde et obtenir une dérivée troisième, et ainsi de suite. Dans certains cas, on peut même obtenir une expression générale d'une dérivée d'ordre *n*, c'est-à-dire d'une fonction que l'on a dérivée *n* fois.

LE SUJET

La dérivée n-ième d'une fonction f s'obtient en dérivant la fonction n fois de suite (n est un entier naturel). On a $f^{(2)} = f'' = (f')'$; $f^{(3)} = \left(f^{(2)}\right)' \dots f^{(n)} = \left(f^{(n-1)}\right)'$.

a. Soit f la fonction définie sur $\mathbb{R}$ par $f(x) = \sin x$.

Montrer que la dérivée n-ième de f est donnée par $f^{(n)}(x) = \sin\left(x + n\dfrac{\pi}{2}\right)$.

b. On veut déterminer la dérivée n-ième de la fonction f définie sur $\mathbb{R}\backslash\{2\}$ par $f(x) = \dfrac{1}{x-2}$.

Montrer par récurrence que cette dérivée n-ième est donnée par $f^{(n)}(x) = \dfrac{(-1)^n n!}{(x-2)^{n+1}}$, où $n! = 1 \times 2 \times 3 \times 4 \times \dots \times n$.

À NOTER

$n!$ s'appelle la factorielle de l'entier naturel n.
Par convention, $0! = 1$.

LES CLÉS POUR RÉUSSIR

a. Utilisez un raisonnement par récurrence : vérifiez l'égalité pour $n = 0$, supposez l'égalité vraie pour un entier $n \geqslant 0$ et montrez qu'elle reste vraie pour $n + 1$.

Pensez à utiliser les formules de trigonométrie telles que $\cos\left(x + \dfrac{\pi}{2}\right) = -\sin x$ et $\sin\left(x + \dfrac{\pi}{2}\right) = \cos x$.

b. Utilisez à nouveau un raisonnement par récurrence. Pensez à simplifier les puissances du dénominateur.

LE CORRIGÉ

a. Démontrer une relation trigonométrique par récurrence

Soit P_n la propriété : « $(\sin x)^{(n)} = \sin\left(x + n\dfrac{\pi}{2}\right)$ ».

La fonction sinus est dérivable sur $\mathbb{R}$.

Initialisation : On vérifie que la propriété est vraie pour la première valeur possible de n, soit $n = 0$.

Par convention, $(\sin x)^{(0)} = \sin x$; de plus $\sin\left(x + 0 \times \dfrac{\pi}{2}\right) = \sin x$.

La propriété est donc vérifiée pour $n = 0$.

Hérédité : Supposons la propriété vraie pour un entier $n \geqslant 0$, c'est-à-dire que, pour un entier n fixé, on a $(\sin x)^{(n)} = \sin\left(x + n\dfrac{\pi}{2}\right)$. Démontrons que la propriété reste vraie pour l'entier $n + 1$, c'est-à-dire que $(\sin x)^{(n+1)} = \sin\left(x + (n+1)\dfrac{\pi}{2}\right)$.

> **À NOTER**
>
> $f^{(n+1)} = \left(f^{(n)}\right)'$ et la dérivée de $x \mapsto \sin(ax + b)$ est $x \mapsto a\cos(ax + b)$

Nous sommes donc amenés à déterminer la dérivée $(n + 1)$-ème de f, en dérivant la dérivée n-ième de f.

$x \mapsto \sin\left(x + n\dfrac{\pi}{2}\right)$ est dérivable sur $\mathbb{R}$.

> **À NOTER**
>
> Pour tout x réel, $\cos x = \sin\left(x + \dfrac{\pi}{2}\right)$.

et $(\sin x)^{(n+1)} = \left((\sin x)^{(n)}\right)' = \sin\left(x + n\dfrac{\pi}{2}\right)'$

$$= \cos\left(x + n\frac{\pi}{2}\right) = \sin\left(x + n\frac{\pi}{2} + \frac{\pi}{2}\right) = \sin\left(x + (n+1)\frac{\pi}{2}\right)$$

La propriété est donc vraie pour l'entier $n + 1$.

La propriété a été initialisée pour $n = 0$ et est héréditaire, elle est donc vraie pour tout n de $\mathbb{N}$.

b. Démontrer une relation faisant intervenir une factorielle

Soit la propriété P_n : « $f^{(n)}(x) = \dfrac{(-1)^n\, n!}{(x-2)^{n+1}}$ ».

Initialisation : On vérifie que la propriété est vraie pour la première valeur possible de n, soit $n = 0$.

Par convention $(f(x))^{(0)} = f(x)$. Et on a $\dfrac{(-1)^0 \times 0!}{(x-2)^{0+1}} = \dfrac{1}{x-2}$.

La propriété est donc vérifiée pour $n = 0$.

Hérédité : Supposons la propriété vraie pour un entier $n \geqslant 0$ fixé (c'est-à-dire que $(f(x))^{(n)} = \dfrac{(-1)^n\, n!}{(x-2)^{n+1}}$) et démontrons que la propriété reste vraie pour l'entier $n + 1$.

Montrons que $(f(x))^{(n+1)} = \dfrac{(-1)^{n+1}(n+1)!}{(x-2)^{n+1+1}}$.

On détermine la dérivée $(n+1)$-ième de f en dérivant la dérivée n-ième de f :
$x \mapsto f^{(n)}(x)$ est dérivable sur $]-\infty\,;2[$ et sur $]2\,;+\infty[$ et on a :

$$f(x)^{(n+1)} = \left(f(x)^{(n)}\right)' = \left((-1)^n n!\right) \times \frac{-\left((x-2)^{n+1}\right)'}{\left((x-2)^{n+1}\right)^2} = \left((-1)^n n!\right) \times \frac{-(n+1)(x-2)^n}{(x-2)^{2n+2}}$$

$$= \left((-1)^n n!\right) \times \frac{-(n+1)}{(x-2)^{2n+2-n}} = \left((-1)^n n!\right) \times \frac{-(n+1)}{(x-2)^{n+2}}$$

$$= \frac{(-1)^{n+1} n!(n+1)}{(x-2)^{n+2}} = \frac{(-1)^{n+1}(n+1)!}{(x-2)^{n+2}}$$

À NOTER
$n!(n+1) = (n+1)!$

La propriété reste vraie au rang $n+1$.
La propriété a été initialisée, elle est héréditaire, elle est donc vraie pour tout n de $\mathbb{N}$.

SUJET 22 | OBJECTIF MENTION

25 min

Définition d'une fonction convexe par une inégalité

→ FICHES 18 et 19

Il y a plusieurs façons d'aborder la notion de convexité. Ce sujet vous en propose une nouvelle qui lie des notions de géométrie et d'analyse, et qui est fondée sur l'étude d'une inégalité.

LE SUJET

Soit f une fonction convexe sur un intervalle I et soient a et b deux éléments de I.

On considère les points A et B de la courbe représentative de f de coordonnées respectives $A(a\,;f(a))$ et $B(b\,;f(b))$.

Soient $A_0(a\,;0)$ et $B_0(b\,;0)$ deux points de l'axe des abscisses. On se propose de montrer que f est convexe sur $[a\,;b]$ si, pour tout t appartenant à $[0\,;1]$, on a $f(ta+(1-t)b) \leqslant tf(a)+(1-t)f(b)$.

Partie A Caractérisation de la convexité

1. Soit M un point d'abscisse x_0 situé entre A_0 et B_0 tel que $\overrightarrow{B_0M} = t\,\overrightarrow{B_0A_0}$ avec $t \in [0\,;1]$.

a. Déterminer l'abscisse de M en fonction de a, b et t.

b. Déterminer l'équation réduite de la droite (AB).

c. En traduisant que f est une fonction convexe sur $[a\,;b]$ à l'aide de la position de la courbe par rapport à ses cordes, montrer que f est convexe si, pour tout $t \in [0\,;1]$, $f(ta+(1-t)b) \leqslant tf(a)+(1-t)f(b)$.

d. En déduire que f est concave si $f(ta+(1-t)b) \geqslant tf(a)+(1-t)f(b)$.

Partie B Applications

1. Soient f une fonction convexe sur un intervalle I et g une fonction croissante et convexe sur $\mathbb{R}$.
Montrer que la fonction $h : x \mapsto g[f(x)]$ est convexe sur I.

2. a. Montrer que la fonction logarithme népérien est concave sur $]0\,;+\infty[$.

b. En déduire que, pour tous a et b réels strictement positifs, on a :

$$\frac{1}{2}\ln a+\frac{1}{2}\ln b \leqslant \ln\left(\frac{1}{2}a+\frac{1}{2}b\right), \text{ puis que } \sqrt{ab} \leqslant \frac{a+b}{2}.$$

LES CLÉS POUR RÉUSSIR

Partie A

1. a. Traduisez l'égalité vectorielle en utilisant l'abscisse et l'ordonnée de chacun des deux vecteurs. Pour rappel : deux vecteurs sont égaux s'ils ont les mêmes composantes.

c. La convexité précise la position de la courbe par rapport à ses cordes. Un point de la courbe et d'abscisse x comprise entre a et b (exprimée en fonction de a, b, t) a une ordonnée inférieure à celle du point de même abscisse situé sur la corde.

À NOTER
Il peut être utile de faire un schéma.

Partie B

1. Traduisez la convexité de f en utilisant l'inégalité de la question 1. c., puis utilisez le fait que g est croissante sur I, donc conserve l'ordre entre les antécédents et les images.

2. a. Pour montrer que la fonction logarithme népérien est concave, on utilise le signe de la dérivée seconde.

b. La première inégalité demandée se déduit du résultat obtenu dans la partie A en choisissant une valeur de t pertinente. Pour obtenir la seconde inégalité, il suffit d'utiliser les règles de calcul de la fonction ln.

LE CORRIGÉ

Partie A Caractérisation de la convexité

1. a. Déterminer les composantes d'un vecteur

Les composantes du vecteur $\overrightarrow{B_0M}$ sont $\begin{pmatrix} x_0 - b \\ 0 \end{pmatrix}$, celles de $\overrightarrow{B_0A_0}$ sont $\begin{pmatrix} a - b \\ 0 \end{pmatrix}$.

On a donc $x_0 - b = t(a - b)$ ou encore $\boldsymbol{x_0 = b + t(a - b) = ta + (1 - t)b}$.

À NOTER

L'égalité $\overrightarrow{B_0M} = t\,\overrightarrow{B_0A_0}$ avec $t \in [0\,;1]$ traduit le fait que le point M est situé entre A_0 et B_0, il est donc sur le segment $[A_0B_0]$.

b. Déterminer l'équation réduite d'une droite

L'équation réduite d'une droite est de la forme $y = mx + p$ où m est le **coefficient directeur** de la droite et p est l'ordonnée à l'origine.

À NOTER

Le **coefficient directeur** d'une droite (AB) est donné par $\dfrac{y_B - y_A}{x_B - x_A}$, avec $A(x_A\,; y_A)$ et $B(x_B\,; y_B)$.

Pour déterminer p, on traduit le fait que le point $B(b, f(b))$ appartienne à la droite (AB) : on a $f(b) = \dfrac{f(b) - f(a)}{b - a}b + p$, d'où $p = f(b) - \dfrac{f(b) - f(a)}{b - a}b$.

Ainsi, l'équation réduite de la tangente cherchée est :

$$y = \frac{f(b) - f(a)}{b - a}x + f(b) - \frac{f(b) - f(a)}{b - a}b, \text{ soit } \boldsymbol{y = \frac{f(b) - f(a)}{b - a}(x - b) + f(b)}.$$

c. Déduire une inégalité traduisant la convexité

Par hypothèse, f est convexe sur I, donc $\mathscr{C}$ est située au-dessous de ses sécantes ou cordes. La droite (AB) est une sécante de $\mathscr{C}$.

Considérons les points N et P de même abscisse x_0 (compris entre les abscisses de A_0 et B_0), N étant un point de la droite (AB) et P un point de la courbe $\mathscr{C}$.

La fonction f étant convexe sur I, P est donc au-dessous de N, ce qui se traduit par le fait que l'ordonnée de P soit inférieure à celle de N.

P a pour coordonnées $(ta + (1 - t)b\,; f(ta + (1 - t)b))$ car P est un point de $\mathscr{C}$.

N a pour ordonnée y_0 telle que :

$$y_0 = \frac{f(b) - f(a)}{b - a}(x_0 - b) + f(b) = \frac{f(b) - f(a)}{b - a}(ta + (1 - t)b - b) + f(b), \text{ soit}$$

$$y_0 = \frac{f(b) - f(a)}{b - a}(t(a - b)) + f(b) = -t(f(b) - f(a)) + f(b) = tf(a) + (1 - t)f(b)$$

Ainsi N a pour coordonnées $(ta + (1 - t)b\,; tf(a) + (1 - t)f(b))$.

Puisque l'ordonnée de P est inférieure à celle de N, on peut écrire :

$$\boldsymbol{f(ta + (1 - t)b) \leqslant tf(a) + (1 - t)f(b)}.$$

d. Si f est concave sur I, la courbe représentant f est située au-dessus de ses cordes. L'ordonnée de P est donc supérieure à celle de N, soit :

$$f(ta+(1-t)b) \geqslant tf(a)+(1-t)f(b).$$

Partie B Applications

1. Étudier la convexité d'une fonction composée

Soient a et b deux éléments de I et $t \in [0\,;1]$.

Puisque f est convexe sur I, on a :

$$f(ta+(1-t)b) \leqslant tf(a)+(1-t)f(b).$$

Comme g est croissante sur $\mathbb{R}$, on en déduit que :

$$g[f(ta+(1-t)b)] \leqslant g[tf(a)+(1-t)f(b)].$$

De plus, g étant convexe, on a aussi d'après la partie A :

$$g[tf(a)+(1-t)f(b)] \leqslant tg[f(a)]+(1-t)g[f(b)].$$

Cela entraîne :

$g[f(ta+(1-t)b)] \leqslant tg[f(a)]+(1-t)g[f(b)]$,

soit : $h[ta+(1-t)b] \leqslant th(a)+(1-t)h(b)$.

Cette inégalité permet d'affirmer que la fonction $h : x \mapsto g[f(x)]$ est **convexe** sur I.

> **À NOTER**
> Une fonction croissante conserve l'ordre ; l'ordre des images est le même que celui des éléments de départ.

2. a. Étudier la convexité de la fonction ln sur $]0\,;+\infty[$

Pour montrer que la fonction logarithme népérien est concave sur $]0\,;+\infty[$, on commence par calculer la dérivée seconde.

La fonction ln est dérivable sur $]0\,;+\infty[$ et a pour dérivée $x \mapsto \dfrac{1}{x}$.

De même, la fonction $x \mapsto \dfrac{1}{x}$ est dérivable sur $]0\,;+\infty[$ et a pour dérivée $x \mapsto -\dfrac{1}{x^2}$.

La dérivée seconde de la fonction ln est donc négative. **On en déduit que la fonction logarithme népérien est concave sur $]0\,;+\infty[$.**

b. Démontrer des inégalités

- D'après l'inégalité démontrée dans la partie A, on peut écrire que, pour tout $t \in [0\,;1]$, $\ln(ta+(1-t)b) \geqslant t\ln(a)+(1-t)\ln(b)$ car la fonction ln est concave sur $]0\,;+\infty[$.

En donnant à t la valeur $\dfrac{1}{2}$, on obtient : $\boldsymbol{\ln\left(\dfrac{1}{2}a+\dfrac{1}{2}b\right) \geqslant \dfrac{1}{2}\ln a+\dfrac{1}{2}\ln b}$.

- L'inégalité précédente peut encore s'écrire $\ln\left(\dfrac{a+b}{2}\right) \geqslant \ln\sqrt{a}+\ln\sqrt{b}$ ou encore $\ln\left(\dfrac{a+b}{2}\right) \geqslant \ln\left(\sqrt{ab}\right)$.

> **À NOTER**
> Pour tous a, b réels positifs on sait que $\ln(ab)=\ln a+\ln b$ et $\ln\sqrt{a}=\dfrac{1}{2}\ln a$.

La fonction ln est croissante, on en déduit que $\boldsymbol{\sqrt{ab} \leqslant \dfrac{a+b}{2}}$.

SUJET 23 | OBJECTIF MENTION

45 min Utilisation d'une courbe de Lorenz

→ FICHES **18, 19** et **31**

Ce sujet montre l'utilité de certaines fonctions mathématiques pour mesurer des inégalités au sein d'un pays. Ici, en particulier, il s'agit d'étudier la répartition des exploitations agricoles.

LE SUJET

On appelle courbe de Lorenz la représentation graphique d'une fonction L vérifiant les conditions suivantes :

- L est définie sur $[0\,;\,1]$;
- L est croissante et convexe sur $[0\,;\,1]$;
- $L(0) = 0$ et $L(1) = 1$;
- pour tout x de $[0\,;1]$, $L(x) \leqslant x$.

Partie A Analyse théorique

Le but de la partie A est de vérifier que les fonctions f et g considérées satisfont les conditions énoncées ci-dessus.

1. Soit la fonction f définie sur $[0\,;1]$ par $f(x) = \dfrac{3}{2}x + \dfrac{1}{x+1} - 1$.

a. Déterminer la dérivée f' de f et dresser le tableau de variations de f sur $[0\,;1]$.

b. Déterminer le signe de $x - f(x)$ sur $[0\,;1]$.

c. La courbe représentant f est-elle une courbe de Lorenz ?

2. Soit g la fonction définie sur $[0\,;\,1]$ par $g(x) = \mathrm{e}^x - (\mathrm{e}-2)x - 1$.

a. Déterminer la dérivée g' de g, en déduire le sens de variations de g sur $[0\,;1]$.

b. Calculer $g(0)$ et $g(1)$.

c. g est-elle convexe sur $[0\,;1]$?

3. Soit h la fonction définie sur $[0\,;1]$ par $h(x) = -\mathrm{e}^x + (\mathrm{e}-1)x + 1$.

a. Le tableau de signes suivant donne le signe de la dérivée de h (que l'on ne demande pas de calculer). Dresser le tableau de variations de h ; on précisera l'arrondi à 0,1 près de $h(\ln(\mathrm{e}-1))$.

x	0		$\ln(\mathrm{e}-1)$		1
Signe de $f''(x)$		$+$	0	$-$	

b. Vérifier que, pour tout x de $[0\,;1]$, on a $h(x) = x - g(x)$. À l'aide de la question **3. a.**, montrer que pour tout x appartenant à $[0\,;\,1]$, on a $g(x) \leqslant x$.

c. Conclure.

Partie B Application

Sur le graphique ci-dessous sont tracées les courbes $\mathscr{C}$ et Γ respectivement représentatives des fonctions f et g définies dans la partie A, et le segment [OA] où A est le point de coordonnées (1 ; 1).

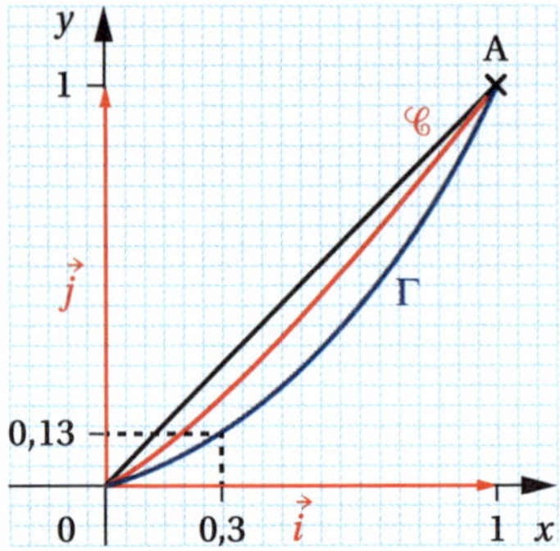

On suppose que la courbe de Lorenz Γ illustre la répartition des surfaces des exploitations agricoles d'un pays G.

En abscisse, x représente en pourcentage, la part des exploitations les plus petites par rapport au nombre total des exploitations du pays. En ordonnée, $g(x)$ représente le pourcentage total des superficies de ces exploitations. Par exemple, comme l'arrondi de $g(0{,}3)$ à 10^{-2} est 0,13, on dit que 30 % des exploitations les plus petites représentent au total 13 % de la superficie des exploitations du pays G.

1. Donner la valeur arrondie à 0,01 de $g(0{,}5)$. Interpréter ce résultat.

2. On appelle coefficient de Gini pour le pays G le nombre $2S$ où S est l'aire, en unités d'aire, du domaine limité par le segment [OA] et la courbe Γ. On le note γ_G.

a. Exprimer cette aire à l'aide d'une intégrale. Déterminer la valeur exacte de cette aire.

b. Donner la valeur approchée à 0,01 de γ_G.

3. La représentation graphique $\mathscr{C}$ de f est la courbe de Lorenz pour un pays F. Calculer γ_F, le coefficient de Gini pour le pays F.

En donner la valeur exacte et la valeur approchée arrondie à 0,01.

4. Plus le coefficient de Gini est petit, plus la répartition des exploitations est égalitaire.

a. Quel est le pays pour lequel la répartition est la plus égalitaire ?

b. Le graphique permet-il de prévoir ce résultat ? Pourquoi ?

LES CLÉS POUR RÉUSSIR

Partie A

1. a. Déterminez la dérivée f' de f et étudiez son signe sur $[0\,;1]$.
b. Déterminez l'expression de $x - f(x)$, réduisez au même dénominateur et étudiez le signe du quotient obtenu sur $[0\,;1]$.
c. Vérifiez que f est convexe sur $[0\,;1]$ et concluez.

2. a. Déterminez la dérivée g' de g et étudiez son signe sur $[0\,;1]$.
c. Vérifiez que g est convexe sur $[0\,;1]$.

3. a. Utilisez le tableau de signe de h' pour dresser le tableau de variations de h.
b. et **c.** Évaluez $h(x) = x - g(x)$ et étudiez le signe de $h(x)$ sur $[0\,;1]$.

Partie B

2. Exprimez le coefficient de Gini à l'aide de l'intégrale donnant l'aire du domaine limité par le segment [OA] et la courbe Γ.

3. Faites le même calcul pour la courbe $\mathscr{C}$.

4. Comparez les coefficients de Gini des pays F et G.

LE CORRIGÉ

Partie A Analyse théorique

1. a. Déterminer la dérivée d'une fonction

On a $f(x) = \frac{3}{2}x + \frac{1}{x+1} - 1$. f est dérivable sur $[0\,;1]$ comme somme de quotients de fonctions dérivables sur $[0\,;1]$.

$$f'(x) = \frac{3}{2} - \frac{1}{(x+1)^2} = \frac{3(x+1)^2 - 2}{2(x+1)^2} = \frac{3(x^2+2x+1)-2}{2(x+1)^2} = \mathbf{\frac{3x^2+6x+1}{2(x+1)^2}}$$

Comme $2(x+1)^2 \geqslant 0$ pour tout x de $[0\,;1]$, $f'(x)$ est du signe de $3x^2+6x+1$.
Étudions le signe de $3x^2+6x+1$: le discriminant Δ de ce polynôme est $\Delta = 6^2 - 4\times3\times1 = 24$.

Ses deux racines sont donc $x_1 = \frac{-6-\sqrt{24}}{6} \simeq -1{,}81$ et $x_2 = \frac{-6+\sqrt{24}}{6} \simeq -0{,}18$.

Ainsi, sur [0 ; 1], $3x^2 + 6x + 1$ est toujours positif. La fonction f est donc strictement croissante sur [0 ; 1].

x	0	1
$f'(x)$	+	
f	0 ↗	1

b. Déterminer le signe d'une expression

On a : $x - f(x) = x - \left(\frac{3}{2}x + \frac{1}{x+1} - 1\right) = -\frac{1}{2}x - \frac{1}{x+1} + 1$

$$= \frac{-x(x+1) - 2 + 2(x+1)}{2(x+1)} = \frac{-x^2 + x}{2(x+1)} = \frac{x(-x+1)}{2(x+1)}$$

Sur [0 ; 1], $x \geqslant 0$ et $-x + 1 \geqslant 0$, donc $\boldsymbol{x - f(x) \geqslant 0}$.

Ainsi $x \geqslant f(x)$ pour tout x de [0 ; 1].

c. Conclure sur la nature d'une courbe

La courbe représentant f est une courbe de Lorenz si toutes les conditions du préambule sont vérifiées.

Il reste à vérifier que f est convexe sur [0 ; 1]. Pour cela, on détermine la dérivée seconde de f et on étudie son signe.

$$f''(x) = \frac{(6x+6)\left[2(x+1)^2\right] - (3x^2+6x+1)(4x+4)}{\left[2(x+1)^2\right]^2}$$

$$= \frac{2(x+1)\left[(6x+6)(x+1) - 2(3x^2+6x+1)\right]}{4(x+1)^4}$$

$$= \frac{6x^2 + 12x + 6 - 6x^2 - 12x - 2}{2(x+1)^3}$$

$$= \frac{4}{2(x+1)^3}$$

Sur [0 ; 1], $f''(x)$ est positive, f est donc convexe.

D'après les questions précédentes :

f est définie sur [0 ; 1] ;

f est croissante sur [0 ; 1] ;

$f(0) = 0$ et $f(1) = 1$ (tableau de variations) ;

pour tout x de [0 ; 1], $f(x) \leqslant x$;

f est convexe sur [0 ; 1].

On peut donc dire que **la représentation graphique de f est une courbe de Lorenz.**

2. a. Déterminer la dérivée d'une fonction

g est une fonction dérivable sur $[0\,;1]$ car la fonction exponentielle et les fonctions affines sont dérivables sur cet intervalle.

On a $\mathbf{g'(x) = e^x - (e - 2)}$.

Étudions le signe de $g'(x)$ sur $[0\,;1]$.

$g'(x) \geqslant 0 \Leftrightarrow e^x \geqslant e - 2$

$\Leftrightarrow x \geqslant \ln(e - 2)$

Or $e - 2 < 1$ donc $\ln(e - 2) < 0$; ainsi **sur $[0\,;1]$, g est toujours croissante.**

b. Calculer $g(0)$ et $g(1)$

$g(0) = e^0 - (e - 2) \times 0 - 1 = \mathbf{0}$ et $g(1) = e^1 - (e - 2) - 1 = \mathbf{1}$

c. Étudier la convexité d'une fonction sur un intervalle

g' est dérivable sur $[0\,;1]$.

On a $g''(x) = e^x$.

Pour tout x de $[0\,;1]$, $g''(x) \geqslant 0$, **g est donc convexe sur $[0\,;1]$.**

À NOTER
Une fonction est convexe si sa dérivée seconde est positive.

3. a. Donner le tableau de variations d'une fonction sur un intervalle

On a $h(\ln(e - 1)) \approx 0{,}21$. Le tableau de variations de h sur $[0\,;1]$ est :

x	0		$\ln(e-1)$		1
$h(x)$	0	↗	$h(\ln(e-1))$	↘	0

b. Étudier le signe d'une fonction

On a $x - g(x) = x - [e^x - (e - 2)x - 1] = x - e^x + ex - 2x + 1 = -e^x + (e - 1)x + 1 = h(x)$

D'après le tableau de variations de h, on constate que, pour tout x de $[0\,;\,1]$, $h(x) \geqslant 0$ puisque $h(0) = h(1) = 0$. Ainsi, $x - g(x) \geqslant 0$ et donc $\mathbf{g(x) \leqslant x}$.

c. Conclure sur la nature de la courbe de g

D'après les questions précédentes :

g est définie sur $[0\,;1]$;

g est croissante sur $[0\,;1]$;

$g(0) = 0$ et $g(1) = 1$;

pour tout x de $[0\,;1]$, $g(x) \leqslant x$;

g est convexe sur $[0\,;1]$.

On peut donc dire que **la représentation graphique de g est une courbe de Lorenz.**

Partie B Application

1. Interpréter un résultat

$g(0,5) = e^{0,5} - (e-1)0,5 - 1 = e^{0,5} - 0,5e \simeq 0,29$

On peut dire que **50 % des exploitations les plus petites représentent au total 29 % de la superficie des exploitations du pays G.**

2. a. Exprimer une aire à l'aide d'une intégrale

$$\begin{aligned}\text{On a } S = \int_0^1 (x - g(x))\,dx &= \int_0^1 \left(-e^x + (e-1)x + 1\right)dx \\ &= \left[-e^x + (e-1)\frac{x^2}{2} + x\right]_0^1 \\ &= \left(-e^1 + (e-1)\frac{1}{2} + 1\right) - \left(-e^0 + (e-1)\times\frac{0}{2} + 0\right) \\ &= -e + \frac{1}{2}(e-1) + 1 + 1 \\ &= -\frac{1}{2}e + \frac{3}{2}\end{aligned}$$

b. Donner le coefficient de Gini γ_G

$S \simeq 0,14$. Le coefficient de Gini pour le pays G est donc $\gamma_G = \mathbf{2S \simeq 2 \times 0,14 \simeq 0,28.}$

3. Déterminer le coefficient de Gini γ_F

$$\text{On a } S = \int_0^1 (x - f(x))\,dx = \int_0^1 \left(-\frac{1}{2}x - \frac{1}{x+1} + 1\right)dx$$

$$= \left[-\frac{1}{2}\frac{x^2}{2} - \ln(x+1) + x\right]_0^1 = -\frac{1}{4} - \ln 2 + 1$$

$$= \frac{3}{4} - \ln 2 \simeq 0,06.$$

On en déduit que $\gamma_F = \mathbf{2S \simeq 0,12.}$

4. a. Comparer la répartition dans deux pays

Le coefficient de Gini du pays F est inférieur à celui du pays G, la répartition des exploitations est donc **plus égalitaire dans le pays F.**

b. Interpréter le résultat à l'aide du graphique

Il aurait été possible de voir cette conclusion sur le graphique car **l'aire située entre la droite d'équation $y = x$ et la courbe $\mathscr{C}$ est plus petite** que l'aire située entre la droite d'équation $y = x$ et la courbe Γ.

Analyse

7 Limites et continuité

La trajectoire des avions devient semblable à une droite. Cette droite sera appelée asymptote à la courbe représentant la trajectoire de l'avion.

TEST

Pour vous situer et identifier les fiches à réviser 168

FICHES DE COURS

20 Limites et asymptotes 170
21 Opérations sur les limites, comparaison 172
22 Limites et continuité 174
MÉMO VISUEL 176

SUJETS GUIDÉS & CORRIGÉS

OBJECTIF BAC

24 Étude d'une suite définie par $u_{n+1} = f(u_n)$ 178
25 Étude d'une fonction dont la courbe représentative admet une asymptote oblique 181
26 Étude d'une famille de fonctions 184

OBJECTIF MENTION

27 Résolution d'une équation fonctionnelle 190

TESTEZ-VOUS

→ CORRIGÉS P. 350

Faites le point sur vos connaissances puis établissez votre **parcours de révision** en fonction de votre score.

1 Opérations sur les limites

→ FICHE 21

f et g sont deux fonctions telles que $\lim\limits_{x \to +\infty} f(x) = -\infty$ et $\lim\limits_{x \to +\infty} g(x) = 0^-$. Alors :

☐ **a.** $\lim\limits_{x \to +\infty} (f(x) + g(x)) = -\infty$

☐ **b.** $\lim\limits_{x \to +\infty} (f(x) \times g(x)) = +\infty$

☐ **c.** $\lim\limits_{x \to +\infty} \dfrac{f(x)}{g(x)} = -\infty$

…/1

2 Calcul de limites

→ FICHE 21

Soit f la fonction définie sur $]-2\,;+\infty[$ par $f(x) = 3 + \dfrac{1}{x+2}$.

1. La limite de f, lorsque x tend vers -2, est égale à :

☐ **a.** 3 ☐ **b.** $+\infty$ ☐ **c.** 0

2. L'inverse de la fonction f admet la (les) limite(s) :

☐ **a.** $\lim\limits_{x \to +\infty} \dfrac{1}{f(x)} = 0$ ☐ **b.** $\lim\limits_{x \to -2} \dfrac{1}{f(x)} = 0$ ☐ **c.** $\lim\limits_{x \to +\infty} \dfrac{1}{f(x)} = +\infty$

…/2

3 Existence d'une asymptote

→ FICHES 20 et 21

1. La droite d'équation $y = 4$ est asymptote à la courbe représentant f définie par :

☐ **a.** $f(x) = 4 + \dfrac{x^2}{x^2+1}$ ☐ **b.** $f(x) = \dfrac{4x^4}{x^2+1}$ ☐ **c.** $f(x) = 4 - \dfrac{1}{2x^2+1}$

2. Soit f la fonction définie par $f(x) = \dfrac{1-2x^2}{x^2-5x}$. Sa courbe représentative a pour asymptote la droite d'équation :

☐ **a.** $x = -2$ ☐ **b.** $y = 0$ ☐ **c.** $y = -2$

…/2

4 Encadrement d'une fonction

→ FICHE 21

1. Si $\lim\limits_{x \to -\infty} f(x) = +\infty$, alors f peut être telle que :

☐ **a.** $f(x) \leqslant x - 1$ ☒ **b.** $-2x \leqslant f(x) \leqslant \sqrt{x^2+1}$ ☐ **c.** $\dfrac{1}{x^2+3} \leqslant f(x) \leqslant \dfrac{1}{x^2}$

2. Parmi les affirmations suivantes, laquelle est exacte ?

☒ **a.** Si, pour tout réel x positif, $f(x) \geqslant x^2$, alors $\lim\limits_{x \to -\infty} f(x) = +\infty$.

☐ **b.** Si, pour tout réel x strictement positif, $0 \leqslant f(x) \leqslant x$, alors $\lim\limits_{x \to +\infty} \dfrac{f(x)}{x} = 0$.

☐ **c.** Si, pour tout réel x strictement positif, $f(x) \leqslant \dfrac{1}{x}$, alors $\lim\limits_{x \to +\infty} f(x) = 0$.

…/2

5 Utilisation du théorème des valeurs intermédiaires

→ FICHE 22

1. Soit f une fonction définie et continue sur $[-2\,;3]$ telle que $f(-2) = 0$ et $f(3) = 7$.
L'équation $f(x) = 4$ sur $[-2\,;3]$:

☐ **a.** n'admet pas de solution. ☒ **b.** admet au moins une solution.

☐ **c.** admet exactement une solution.

2. On donne le tableau de variations d'une fonction f sur $\mathbb{R}$.

x	$-\infty$		-2		1		4		$+\infty$
$f(x)$	$-\infty$	↗	2	↘	-5	↗	-1	↘	-10

Parmi les affirmations suivantes, laquelle est exacte ?

☐ **a.** L'équation $f(x) = 0$ admet une unique solution dans $\mathbb{R}$.

☒ **b.** L'équation $f(x) = 0$ admet une unique solution dans $]-\infty\,;-2[$.

☐ **c.** L'équation $f(x) = \dfrac{3}{2}$ admet une solution dans $]-5\,;-1[$.

…/2

6 Limite d'une composée de deux fonctions

→ FICHE 22

f et g sont deux fonctions telles que $\lim\limits_{x \to +\infty} f(x) = 3$ et $\lim\limits_{x \to 3} g(x) = -\infty$. On a :

☐ **a.** $\lim\limits_{x \to +\infty} (f \circ g)(x) = -\infty$ ☐ **b.** $\lim\limits_{x \to +\infty} (g \circ f)(x) = -\infty$ ☐ **c.** $\lim\limits_{x \to 3} (g \circ f)(x) = -\infty$

…/1

Score total …/10

Parcours PAS À PAS ou EXPRESS ? → MODE D'EMPLOI P. 3

20 Limites et asymptotes

En bref *La notion de limite vue pour les suites peut s'étendre aux fonctions, que x tende vers $+\infty$, $-\infty$ ou vers un nombre fini.*

I Limite finie en l'infini

■ **Définition :** Dire que ℓ est la limite de $f(x)$ quand x tend vers $+\infty$ signifie qu'il existe un nombre x_0 tel que, pour tout $x > x_0$, tout intervalle ouvert contenant ℓ contient tous les nombres $f(x)$.

Autrement dit, ℓ est la limite de $f(x)$ quand x tend vers $+\infty$ (resp. $-\infty$) si tout intervalle ouvert contenant ℓ contient tous les nombres $f(x)$ pourvu que x soit suffisamment grand (resp. pourvu que x soit négatif et suffisamment grand en valeur absolue).

On note $\lim\limits_{x \to +\infty} f(x) = \ell$ (resp. $\lim\limits_{x \to -\infty} f(x) = \ell$).

■ *Exemples* : $\lim\limits_{x \to +\infty} \frac{1}{x} = 0$; $\lim\limits_{x \to -\infty} \frac{1}{x} = 0$; $\lim\limits_{x \to -\infty} e^x - 1 = -1$.

■ **Définition :** Soit ℓ un nombre réel.

Dire que la droite d'équation $y = \ell$ est **asymptote** à la courbe représentant f en $+\infty$ (resp. en $-\infty$) signifie que $\lim\limits_{x \to +\infty} f(x) = \ell$ (resp. $\lim\limits_{x \to -\infty} f(x) = \ell$).

À NOTER
La courbe se rapproche de « plus en plus » de son asymptote.

II Limite infinie en l'infini

■ **Définition :** Soit A un nombre réel. Dire qu'une fonction f **tend vers $+\infty$** (resp. $-\infty$) quand x tend vers $+\infty$ signifie que tout intervalle de la forme $]A\,;+\infty[$ contient tous les nombres $f(x)$ pourvu que x soit suffisamment grand.

On note $\lim\limits_{x \to +\infty} f(x) = +\infty$ et $\lim\limits_{x \to +\infty} f(x) = -\infty$ (resp. $\lim\limits_{x \to -\infty} f(x) = \pm\infty$).

■ *Exemples :* Soit n un entier naturel. On a $\lim\limits_{x \to +\infty} x^n = +\infty$; $\lim\limits_{x \to -\infty} x^n = +\infty$ ou $-\infty$ selon la parité de n ; $\lim\limits_{x \to +\infty} \sqrt{x} = +\infty$; $\lim\limits_{x \to +\infty} e^x = +\infty$.

III Limite infinie en un point

■ **Définition :** Dire que f a pour limite $+\infty$ (resp. $-\infty$) en x_0 signifie que tout intervalle du type $]A\,;+\infty[$ (resp. $]-\infty\,;A[$) contient tous les nombres $f(x)$, pourvu que x soit suffisamment proche de x_0.

■ *Exemples* : $\lim\limits_{x \to 0^+} \frac{1}{x} = +\infty$ et $\lim\limits_{x \to 0^-} \frac{1}{x} = -\infty$

■ **Définition :** Soit ℓ un nombre réel. La droite d'équation $x = \ell$ est asymptote à la courbe représentant f si $\lim\limits_{x \to \ell} f(x) = \pm\infty$.

Méthode

Lire et interpréter une limite

On considère une fonction f dont le tableau de variations est donné ci-dessous.

x	$-\infty$		3		4		5		$+\infty$
$f(x)$		↗	3	↘	‖ $+\infty$	↘		↗	2
	$-\infty$				$-\infty$ ‖		-1		

a. Quel est l'ensemble de définition de f ?

b. Quelles sont les limites données dans ce tableau ? Les interpréter graphiquement, puis donner une allure de la courbe représentant f.

CONSEILS

Les limites de f se lisent en $+\infty$, $-\infty$ et aux points en lesquels la fonction n'est pas définie.

SOLUTION

a. L'ensemble de définition de f est $]-\infty, 4[\cup]4, +\infty[$.

b. On lit les limites suivantes : $\lim\limits_{x \to -\infty} f(x) = -\infty$ et $\lim\limits_{x \to +\infty} f(x) = 2$.

Lorsque x tend vers 4 en restant inférieur à 4, on a $\lim\limits_{x \to 4^-} f(x) = -\infty$.

Lorsque x tend vers 4 en restant supérieur à 4, on a $\lim\limits_{x \to 4^+} f(x) = +\infty$.

A NOTER

$\lim\limits_{x \to 4^-} f(x)$ peut également se noter $\lim\limits_{\substack{x \to 4 \\ x < 4}} f(x)$. Cette écriture montre bien que x se rapproche de 4 en étant dans l'intervalle $]-\infty\,;4[$.

La courbe représentant f admet donc pour asymptote horizontale la droite d'équation $y = 2$ en $+\infty$ et pour asymptote verticale la droite d'équation $x = 4$.

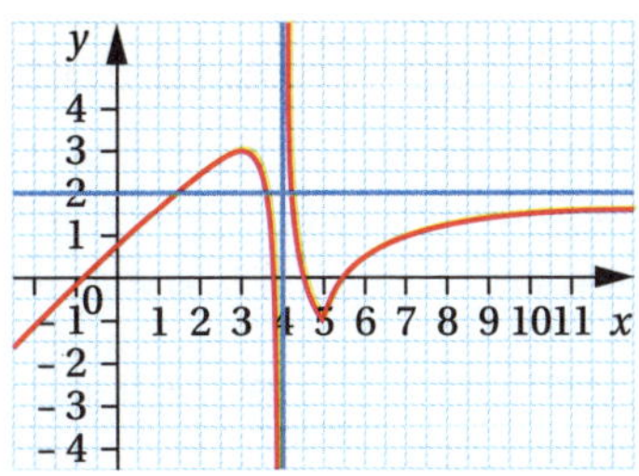

21 Opérations sur les limites, comparaison

En bref *On peut déterminer les limites de fonctions en utilisant les opérations sur les limites ou en comparant les fonctions.*

I Opérations sur les limites

Les résultats des opérations sur les limites sont admis. La limite d'une somme de fonctions se calcule de la même façon que la limite d'une somme de suites. Dans les tableaux ci-dessous, « F. I. » désigne une forme indéterminée → FICHE 16.

1 Limite d'un produit

Limite de f	ℓ	$\ell \neq 0$	$+\infty$	$-\infty$	$-\infty$	0
Limite de g	ℓ'	$+\infty$ ou $-\infty$	$+\infty$	$+\infty$	$-\infty$	$+\infty$ ou $-\infty$
Limite de $f \times g$	$\ell\ell'$	$+\infty$ ou $-\infty$ selon le signe de ℓ	$+\infty$	$-\infty$	$+\infty$	F. I.

2 Limite d'un quotient

Limite de f	ℓ	ℓ	$\ell > 0$		$\ell < 0$	
Limite de g	$\ell' \neq 0$	$+\infty$ ou $-\infty$	0^+	0^-	0^+	0^-
Limite de $\frac{f}{g}$	$\frac{\ell}{\ell'}$	0	$+\infty$	$-\infty$	$-\infty$	$+\infty$

Limite de f	$+\infty$	$+\infty$		$-\infty$		0	$+\infty$ ou $-\infty$
Limite de g	$\ell' \neq 0$	0^+	0^-	0^+	0^-	0	$+\infty$ ou $-\infty$
Limite de $\frac{f}{g}$	$+\infty$ ou $-\infty$ selon le signe de ℓ	$+\infty$	$-\infty$	$-\infty$	$+\infty$	F. I.	F. I.

II Comparaison et encadrement

- **Théorème 1 :** Soient f, g, h trois fonctions définies sur un intervalle I telles que pour tout x de I : $f(x) \leqslant g(x) \leqslant h(x)$ ou $f(x) < g(x) < h(x)$.

Si $\lim\limits_{x \to x_0} f(x) = \ell$ et $\lim\limits_{x \to x_0} h(x) = \ell'$, alors $\ell \leqslant \lim\limits_{x \to x_0} g(x) \leqslant \ell'$.

- **Théorème 2 :** Soient f, g, h trois fonctions définies sur un intervalle I telles que pour tout x de I : $f(x) \leqslant g(x) \leqslant h(x)$ ou $f(x) < g(x) < h(x)$.

Si $\lim\limits_{x \to x_0} f(x) = \ell$ et $\lim\limits_{x \to x_0} h(x) = \ell$, alors $\lim\limits_{x \to x_0} g(x) = \ell$.

Méthode

Déterminer la limite en l'infini d'une fraction rationnelle

a. Déterminer la limite lorsque x tend vers $+\infty$ de $3x^2+3x+1$, puis celle de $2x-1$.

b. Déterminer la limite en $+\infty$ de $f(x)=\dfrac{2x-1}{3x^2+3x+1}$.

CONSEILS

b. Pour lever la forme indéterminée, factorisez le numérateur et le dénominateur par les termes de plus haut degré.

SOLUTION

a. $\lim\limits_{x\to+\infty} 3x^2=+\infty$; $\lim\limits_{x\to+\infty} 3x=+\infty$ et $\lim\limits_{x\to+\infty} 1=1$. Ainsi $\lim\limits_{x\to+\infty}(3x^2+3x+1)=+\infty$.
De même, $\lim\limits_{x\to+\infty}(2x-1)=+\infty$.

b. Le numérateur et le dénominateur de cette fraction ont pour limite $+\infty$: il s'agit d'une forme indéterminée.
Pour lever cette indétermination, on factorise le numérateur et le dénominateur par les termes de plus haut degré. On a alors :

$$f(x)=\frac{2x-1}{3x^2+3x+1}=\frac{2x\left(1-\dfrac{1}{2x}\right)}{3x^2\left(1+\dfrac{3x}{3x^2}+\dfrac{1}{3x^2}\right)}=\frac{2\left(1-\dfrac{1}{2x}\right)}{3x\left(1+\dfrac{3}{3x}+\dfrac{1}{3x^2}\right)}.$$

$\lim\limits_{x\to+\infty} 2\left(1-\dfrac{1}{2x}\right)=2$ car $\lim\limits_{x\to+\infty}\dfrac{1}{2x}=0$ et $\lim\limits_{x\to+\infty}\left(1-\dfrac{1}{2x}\right)=1$.

De plus, $\lim\limits_{x\to+\infty}\left(1+\dfrac{3}{3x}+\dfrac{1}{3x^2}\right)=1$ et $\lim\limits_{x\to+\infty} 3x=+\infty$,

donc $\lim\limits_{x\to+\infty} 3x\left(1+\dfrac{3}{3x}+\dfrac{1}{3x^2}\right)=+\infty$. Ainsi, d'après le tableau donnant la limite d'un quotient, on déduit que $\lim\limits_{x\to+\infty} f(x)=0$.

À NOTER

On remarque que $\lim\limits_{x\to+\infty} f(x)=\lim\limits_{x\to+\infty}\dfrac{2}{3x}$. D'une façon générale, la limite en $+\infty$ (ou $-\infty$) d'une fraction rationnelle est égale à la limite en $+\infty$ (ou $-\infty$) du rapport de ses termes prépondérants, c'est-à-dire de plus haut degré.

22 Limites et continuité

En bref *Certaines courbes peuvent être tracées sans lever le crayon, d'autres pas. On peut retrouver ce critère grâce à l'étude de la continuité de la fonction associée à la courbe.*

I Définitions – Propriétés

■ **Définition :** Soit x_0 un réel appartenant à un intervalle I. Une fonction f définie sur I est **continue** en x_0 si f admet une limite finie en x_0. Cette limite est alors $f(x_0)$.

■ Une fonction f définie sur un intervalle I est **continue sur I** si f est continue en tout point de I.

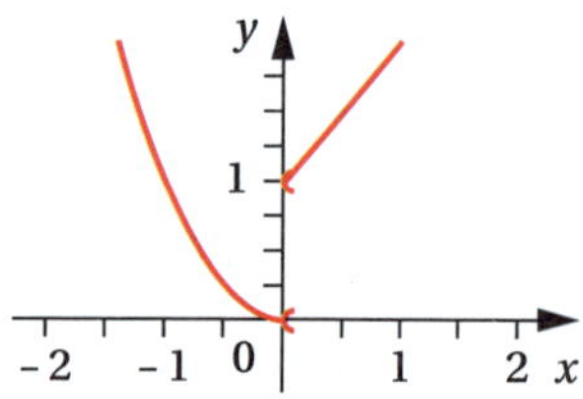

Contre-exemple : La fonction ci-contre est continue sur]– 2 ; 0[et sur [0 ; 2] mais pas sur tout l'intervalle [– 2 ; 2].

■ **Exemples :**

- Les fonctions polynômes sont continues sur $\mathbb{R}$.
- La fonction $x \mapsto \sqrt{x}$ est continue sur $[0\,;+\infty[$.
- La fonction exponentielle est continue sur $\mathbb{R}$.
- Les fonctions rationnelles sont continues sur tout intervalle inclus dans leur domaine de définition.
- Toute fonction dérivable sur un intervalle I est continue sur I.

II Théorèmes des valeurs intermédiaires et de la bijection

■ **Théorème des valeurs intermédiaires**

Soient f une fonction définie et continue sur un intervalle I, et a et b deux réels de I.

Pour tout réel k compris entre $f(a)$ et $f(b)$, il existe **au moins** un réel c compris entre a et b tel que $f(c) = k$.

Remarque : Cela revient à dire que, si k est compris entre $f(a)$ et $f(b)$, l'équation $f(x) = k$ admet au moins une solution comprise entre a et b.

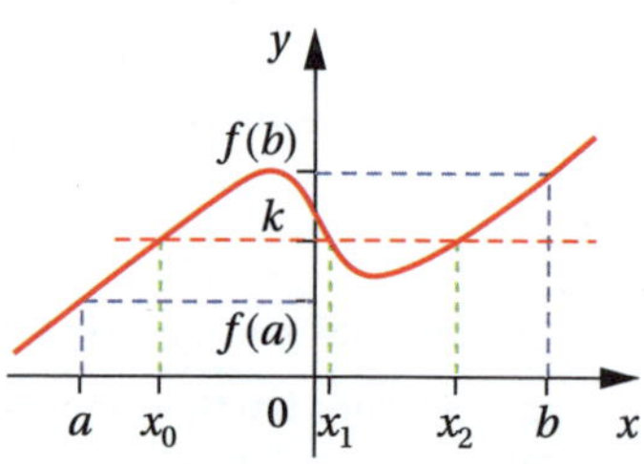

Dans ce cas, $f(x) = k$ a trois solutions.

■ **Corollaire : théorème de la bijection**

Si f est une fonction continue et strictement monotone sur un intervalle $[a\,;b]$, alors pour tout réel k compris entre $f(a)$ et $f(b)$, l'équation $f(x) = k$ a une solution **unique** dans $[a\,;b]$.

Méthode

Déterminer une solution de l'équation $f(x) = 0$

Montrer que l'équation (E) $-x^3 + x^2 - x + 2 = 0$ admet une unique solution dans l'intervalle [1 ; 2].

CONSEILS

Pour démontrer ce résultat, appliquez le théorème de la bijection avec $k = 0$.

Étape 1 Explicitez la fonction f à laquelle on souhaite appliquer ce théorème.

Étape 2 Vérifiez toutes les hypothèses nécessaires :
f est continue sur $[a ; b]$; f est strictement monotone sur $[a ; b]$ et 0 est compris entre $f(a)$ et $f(b)$.

Étape 3 Appliquez le théorème de la bijection et conclure.

SOLUTION

Étape 1 On introduit la fonction f définie par $f(x) = -x^3 + x^2 - x + 2$.

Résoudre l'équation (E) revient à résoudre $f(x) = 0$.

Étape 2 ■ f est une fonction polynôme donc f est continue sur $\mathbb{R}$, et en particulier sur [1 ; 2].

■ Pour montrer que f est strictement monotone, on commence par déterminer la dérivée de f. Étant une fonction polynôme, f est dérivable sur [1 ; 2] et, pour tout x de [1 ; 2], on a $f'(x) = -3x^2 + 2x - 1$.

Le discriminant du polynôme du second degré $f'(x)$ est $2^2 - 4 \times (-3) \times (-1) = -8$. Il est négatif, donc $f'(x)$ est toujours du signe du coefficient de x^2 ($a = -3$), c'est-à-dire négatif. La fonction f est donc strictement décroissante sur [1 ; 2].

■ $f(1) = -1 + 1 - 1 + 2 = 1$ et $f(2) = -8 + 4 - 2 + 2 = -4$.

Donc 0 est bien compris entre $f(1)$ et $f(2)$.

D'après le théorème de la bijection, **l'équation $f(x) = 0$ admet une unique solution sur [1 ; 2].**

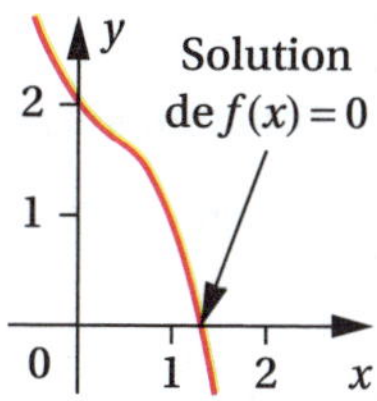

À NOTER

On peut remarquer ici que f étant décroissante sur [1 ; 2], l'image par f de [1 ; 2] est $[f(2) ; f(1)] = [-4 ; 1]$.

MÉMO VISUEL

LIMITES

Quelles sont les limites des fonctions usuelles ?

Limites usuelles

Fonctions puissances

Si *n* est pair

- $\lim\limits_{x\to+\infty} x^n = +\infty$
- $\lim\limits_{x\to-\infty} x^n = +\infty$
- $\lim\limits_{x\to 0^+} x^n = 0^+$
- $\lim\limits_{x\to 0^-} x^n = 0^+$
- $\lim\limits_{x\to+\infty} \frac{1}{x^n} = 0^+$
- $\lim\limits_{x\to-\infty} \frac{1}{x^n} = 0^+$
- $\lim\limits_{x\to 0^+} \frac{1}{x^n} = +\infty$
- $\lim\limits_{x\to 0^-} \frac{1}{x^n} = +\infty$

Si *n* est impair

- $\lim\limits_{x\to+\infty} x^n = +\infty$
- $\lim\limits_{x\to-\infty} x^n = -\infty$
- $\lim\limits_{x\to 0^+} x^n = 0^+$
- $\lim\limits_{x\to 0^-} x^n = 0^-$
- $\lim\limits_{x\to+\infty} \frac{1}{x^n} = 0^+$
- $\lim\limits_{x\to-\infty} \frac{1}{x^n} = 0^-$
- $\lim\limits_{x\to 0^+} \frac{1}{x^n} = +\infty$
- $\lim\limits_{x\to 0^-} \frac{1}{x^n} = -\infty$

Fonction racine carrée

- $\lim\limits_{x\to+\infty} \sqrt{x} = +\infty$
- $\lim\limits_{x\to+\infty} \frac{1}{\sqrt{x}} = 0^+$
- $\lim\limits_{x\to 0^+} \sqrt{x} = 0^+$
- $\lim\limits_{x\to 0^+} \frac{1}{\sqrt{x}} = +\infty$

Fonctions exp et ln

- $\lim\limits_{x\to+\infty} e^x = +\infty$
- $\lim\limits_{x\to+\infty} \ln x = +\infty$
- $\lim\limits_{x\to-\infty} e^x = 0^+$
- $\lim\limits_{x\to 0^+} \ln x = -\infty$

Fonction polynôme

- $\lim\limits_{x\to+\infty} a_nx^n + a_{n-1}x^{n-1} + \ldots a_1x + a_0 = \lim\limits_{x\to+\infty} a_nx^n$
- $\lim\limits_{x\to-\infty} a_nx^n + a_{n-1}x^{n-1} + \ldots a_1x + a_0 = \lim\limits_{x\to-\infty} a_nx^n$

Fraction rationnelle

- $\lim\limits_{x\to+\infty} \frac{a_nx^n + a_{n-1}x^{n-1} + \ldots a_1x + a_0}{b_kx^k + b_{k-1}x^{k-1} + \ldots b_1x + b_0} = \lim\limits_{x\to+\infty} \frac{a_nx^n}{b_kx^k}$
- $\lim\limits_{x\to-\infty} \frac{a_nx^n + a_{n-1}x^{n-1} + \ldots a_1x + a_0}{b_kx^k + b_{k-1}x^{k-1} + \ldots b_1x + b_0} = \lim\limits_{x\to-\infty} \frac{a_nx^n}{b_kx^k}$

Comment interpréter une limite ?

Asymptotes

Limite finie en l'infini

Si la limite d'une fonction en l'infini est une constante ℓ, alors la droite d'équation $y = \ell$ est **asymptote horizontale** à la courbe représentant *f*.

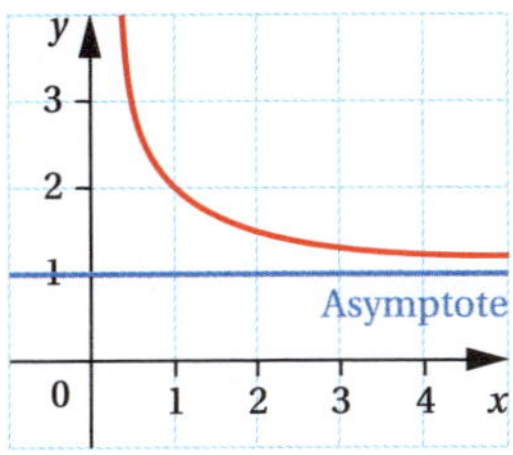

Limite infinie en un point

Si la limite en x_0 d'une fonction *f* est l'infini alors la droite d'équation $x = x_0$ est **asymptote verticale** à la courbe représentant *f*.

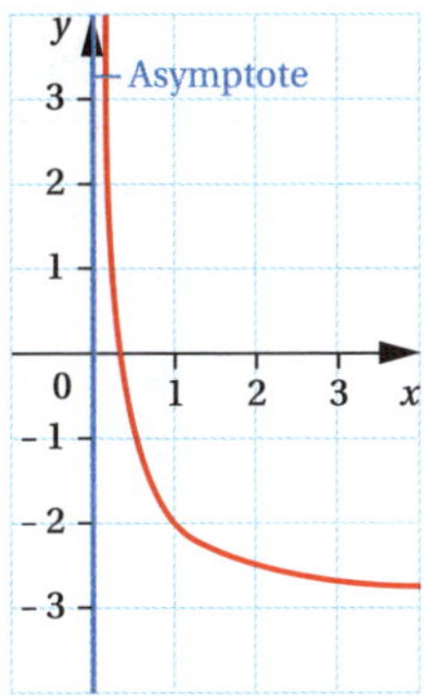

Comment appliquer le théorème des valeurs intermédiaires ?

Solutions d'une équation

Soit *f* une fonction définie sur $[a\,;b]$.

- Si *f* est continue sur $[a\,;b]$ et si *k* est compris entre $f(a)$ et $f(b)$, alors l'équation $f(x) = k$ admet **au moins une solution** dans $[a\,;b]$ (théorème des valeurs intermédiaires).
- Si *f* est continue et strictement monotone sur $[a\,;c]$ et si *k* est compris entre $f(a)$ et $f(c)$, alors la solution de l'équation $f(x) = k$ est **unique** sur $[a\,;c]$.

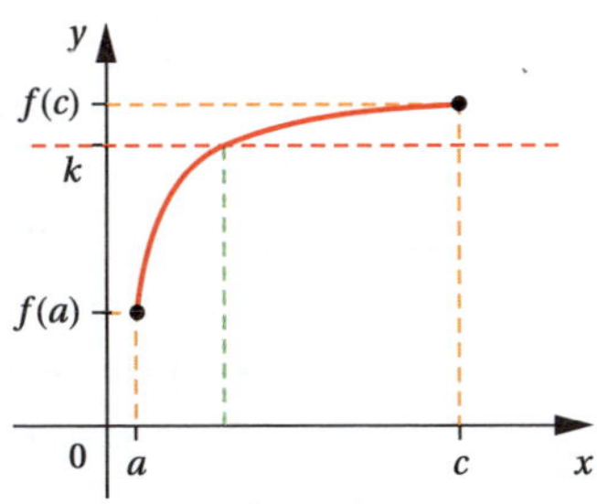

SUJET 24 | OBJECTIF BAC

50 min Étude d'une suite définie par $u_{n+1} = f(u_n)$

→ FICHES 3, 21 et 22

Une suite définie par récurrence est une suite définie par son premier terme et par une relation de récurrence. Lorsque cette relation de récurrence est une relation du type $u_{n+1} = f(u_n)$, l'étude de la suite (u_n) peut se baser, dans certains cas, sur l'étude de la fonction f.

LE SUJET

Partie A Étude d'une fonction

Soit f la fonction définie sur $\mathbb{R}$ par $f(x) = x - \ln(x^2 + 1)$.

1. Résoudre dans $\mathbb{R}$ l'équation $f(x) = x$.

2. Justifier tous les éléments du tableau de variations de f donné ci-dessous.

x	$-\infty$		1		$+\infty$
$f'(x)$		+	0	+	
f	$-\infty$	↗			$+\infty$

3. Montrer que, pour tout réel x appartenant à $[0\,;1]$, $f(x)$ appartient à $[0\,;1]$.

4. On considère l'algorithme ci-contre, où N et A sont des entiers naturels.

a. Que fait cet algorithme ?

b. Déterminer la valeur N fournie par l'algorithme lorsque la valeur saisie pour A est 100.

```
Saisir A
N ← 0
Tant que N – ln(N² + 1) < A
    N ← N + 1
    Fin Tant que
Afficher N
```

Partie B Étude d'une suite

Soit (u_n) la suite définie par $u_0 = 1$ et, pour tout entier naturel n, $u_{n+1} = u_n - \ln(u_n^2 + 1)$.

1. Montrer par récurrence que, pour tout entier naturel n, u_n appartient à $[0\,;1]$.

2. Étudier les variations de la suite (u_n).

3. Montrer que la suite (u_n) est convergente.

4. On note ℓ sa limite, et on admet qu'elle vérifie l'égalité $f(\ell) = \ell$.
En déduire la valeur de ℓ.

LES CLÉS POUR RÉUSSIR

Partie A

1. Pensez à $\ln 1 = 0$.

2. Justifiez que f est croissante sur $\mathbb{R}$ (étudiez le signe de la dérivée de f sur $\mathbb{R}$), puis calculez les limites de f en $-\infty$ et en $+\infty$ (faites apparaître des limites usuelles ; pour cela on factorisera par x). → FICHE 20

3. Utilisez le tableau de variations de f.

4. b. Donnez le résultat en utilisant la calculatrice.

Partie B

1. Utilisez un raisonnement par récurrence sur n ainsi que le résultat de la question **3.** de la **partie A**.

2. Étudiez le signe de $u_{n+1} - u_n$.

3. Pensez aux théorèmes de convergence des suites monotones.

LE CORRIGÉ

Partie A Étude d'une fonction

1. Résoudre une équation dans $\mathbb{R}$ faisant intervenir le logarithme

$$f(x) = x \Leftrightarrow x - \ln(x^2+1) = x \Leftrightarrow -\ln(x^2+1) = 0 \Leftrightarrow \ln(x^2+1) = 0$$
$$\Leftrightarrow \ln(x^2+1) = \ln 1 \Leftrightarrow x^2+1 = 1$$
$$\Leftrightarrow x^2 = 0 \Leftrightarrow \mathbf{x = 0}$$

2. Justifier les éléments d'un tableau de variations

▸ *f est croissante sur $\mathbb{R}$.* Pour le montrer, on étudie le signe de la dérivée de f sur $\mathbb{R}$. f est dérivable sur $\mathbb{R}$ comme somme et composée de fonctions dérivables sur $\mathbb{R}$. La fonction $g : x \mapsto \ln(x^2+1)$ est une fonction composée $g = u \circ v$ avec $u(x) = \ln x$ et $v(x) = x^2+1$. On a donc $g'(x) = u'(v(x)) \times v'(x)$, soit $g'(x) = \dfrac{1}{x^2+1} \times 2x = \dfrac{2x}{x^2+1}$.

D'où $f'(x) = 1 - \dfrac{2x}{x^2+1} = \dfrac{x^2+1-2x}{x^2+1} = \dfrac{(x-1)^2}{x^2+1}$.

Pour tout x réel, $x^2+1 > 0$. De plus, $(x-1)^2 \geqslant 0$ et ne s'annule que pour $x = 1$. Ainsi $f'(x) \geqslant 0$ sur $\mathbb{R}$, **f est donc croissante sur $\mathbb{R}$.**

▸ *Limite de f en $-\infty$:* On a $\lim\limits_{x \to -\infty} x^2 = +\infty$ et, par somme, $\lim\limits_{x \to -\infty} (x^2+1) = +\infty$.

De plus, $\lim\limits_{X \to +\infty} \ln X = +\infty$, donc $\lim\limits_{x \to -\infty} \ln(x^2+1) = +\infty$.

On en déduit que $\lim\limits_{x \to -\infty} -\ln(x^2+1) = -\infty$.

On a $\lim\limits_{x \to -\infty} x = -\infty$, donc, par somme, $\mathbf{\lim\limits_{x \to -\infty} f(x) = -\infty}$.

- *Limite de f en +∞* : $\lim_{x\to+\infty} x^2 = +\infty$ et, par somme, $\lim_{x\to+\infty} \left(x^2+1\right) = +\infty$.

De plus, $\lim_{X\to+\infty} \ln X = +\infty$, donc $\lim_{x\to+\infty} \ln\left(x^2+1\right) = +\infty$.

On en déduit que $\lim_{x\to+\infty} -\ln\left(x^2+1\right) = -\infty$.

Or $\lim_{x\to+\infty} x = +\infty$, donc la limite de f en $+\infty$ présente une forme indéterminée.

En factorisant par x, on obtient :

$$f(x) = x - \ln\left(x^2+1\right) = x - \ln\left(x^2\left(1+\frac{1}{x^2}\right)\right)$$

$$= x - \ln\left(x^2\right) - \ln\left(1+\frac{1}{x^2}\right) = x\left(1 - \frac{\ln x^2}{x} - \frac{1}{x}\ln\left(1+\frac{1}{x^2}\right)\right)$$

$$= x\left(1 - 2\frac{\ln x}{x} - \frac{1}{x}\ln\left(1+\frac{1}{x^2}\right)\right)$$

À NOTER

Si $a > 0$ et $b > 0$, alors $\ln(ab) = \ln a + \ln b$.

On a $\lim_{x\to+\infty} \frac{1}{x} = 0$, donc, par produit, $\lim_{x\to+\infty} \left(2\frac{\ln x}{x}\right) = 0$ et $\lim_{x\to+\infty} \left(\frac{1}{x}\ln\left(1+\frac{1}{x^2}\right)\right) = 0$.

Par somme, $\lim_{x\to+\infty} \left(1 - 2\frac{\ln x}{x} - \frac{1}{x}\ln\left(1+\frac{1}{x^2}\right)\right) = 1$. De plus, $\lim_{x\to+\infty} x = +\infty$.

Ainsi, par produit de limites, $\boldsymbol{\lim_{x\to+\infty} f(x) = +\infty}$.

3. Encadrement d'une fonction

f est croissante sur $[0\,;1]$, donc f conserve l'ordre :
pour tout $x \in [0\,;1]$, $f(x) \in [f(0)\,;f(1)]$.
Or $f(0) = 0$ et $f(1) = 1 - \ln 2 \approx 0{,}3$. On a donc $\boldsymbol{f(0) \leqslant f(x) \leqslant f(1) \leqslant 1}$.

4. a. Tester un algorithme

Cet algorithme détermine la **plus petite valeur de *x* entière telle que $f(x) \geqslant A$**, où A est un nombre entier naturel entré par l'utilisateur.

b. Dérouler un algorithme avec la calculatrice

En utilisant la calculatrice, on obtient **$N = 110$**.

Partie B Étude d'une suite

1. Encadrer le terme général d'une suite

Soit la proposition $P(n)$: « u_n appartient à $[0\,;1]$ ».

Initialisation au rang 0 : $u_0 = 1$, donc $u_0 \in [0\,;1]$.

Hérédité : Supposons que, pour un entier n positif, $P(n)$ soit vraie, c'est-à-dire que $u_n \in [0\,;1]$. Montrons qu'alors $P(n+1)$ est également vraie.

Pour tout entier naturel n, $u_{n+1} = f(u_n)$, où f est la fonction étudiée dans la partie A.

$u_n \in [0\,;1]$, soit $0 \leqslant u_n \leqslant 1$.

D'après la question A. 3., on en déduit que $0 \leqslant f(u_n) \leqslant 1$, soit $0 \leqslant u_{n+1} \leqslant 1$.

Donc $P(n+1)$ est vraie.

$P(n)$ est vraie pour $n = 0$ et est héréditaire, donc $P(n)$ est vraie pour tout entier naturel n.

2. Étudier les variations d'une suite

On étudie le signe de $u_{n+1} - u_n$.

On a $u_{n+1} - u_n = u_n - \ln(u_n^2 + 1) - u_n = -\ln(u_n^2 + 1)$.

Puisque $u_n^2 + 1 \geqslant 1$, on a $\ln(u_n^2 + 1) \geqslant 0$, ainsi $-\ln(u_n^2 + 1) \leqslant 0$.

On a donc $u_{n+1} - u_n \leqslant 0$, soit $u_{n+1} \leqslant u_n$. La suite (u_n) est donc **décroissante.**

3. Montrer qu'une suite converge

Pour tout entier naturel n, $u_n \in [0\,;1]$, donc (u_n) est minorée par 0. De plus, la suite est décroissante, on peut alors affirmer qu'**elle converge d'après le théorème de convergence monotone.** → FICHE 16

À NOTER
Toute suite décroissante et minorée est convergente.

4. Déterminer la limite d'une suite

Il s'agit de résoudre l'équation $f(\ell) = \ell$.

En utilisant le résultat de A. 1., on obtient $\ell = \mathbf{0}$.

SUJET 25 | OBJECTIF BAC

40 min

Étude d'une fonction dont la courbe représentative admet une asymptote oblique

→ FICHE 21

L'étude des asymptotes d'une courbe représentative fait parfois apparaître des asymptotes obliques. C'est le cas dans ce sujet où, après avoir déterminé les éventuelles asymptotes verticales et horizontales d'une fonction, vous serez guidés dans la recherche de l'équation d'une asymptote oblique.

LE SUJET

Soit f la fonction définie sur $\mathbb{R}\backslash\{2\}$ par $f(x) = \dfrac{x^2 - x - 1}{x - 2}$.

1. Étudier les variations de f sur $\mathbb{R}\backslash\{2\}$.

2. Déterminer les limites de f aux bornes de son ensemble de définition. Qu'en déduire pour sa courbe représentative $\mathscr{C}_f$?

3. Déterminer trois réels a, b et c tels que : $\forall x \in \mathbb{R}\backslash\{2\}$, $f(x) = ax + b + \dfrac{c}{x - 2}$.

4. a. Déterminer $\lim_{x \to +\infty} (f(x) - (ax + b))$ et $\lim_{x \to -\infty} (f(x) - (ax + b))$. Que peut-on en déduire graphiquement ?

b. Étudier la position de $\mathscr{C}_f$ par rapport à la droite d'équation $y = ax + b$.

5. Tracer la courbe $\mathscr{C}_f$ ainsi que toutes les droites particulières dans un même repère orthogonal.

À NOTER
La droite d'équation $y = ax + b$ est appelée asymptote oblique à $\mathscr{C}_f$.

LES CLÉS POUR RÉUSSIR

1. Déterminez la dérivée de f et étudier son signe.

2. Déterminez les limites de f en $-\infty, 2^-, 2^+$ et $+\infty$. En déduire l'existence éventuelle d'asymptotes parallèles aux axes de coordonnées.

3. Réduisez au même dénominateur l'expression de $f(x)$ proposée et comparez l'expression obtenue à $\dfrac{x^2 - x - 1}{x - 2}$. On obtient alors un système d'équations dont les inconnues sont a, b et c.

4. a. Utilisez l'expression obtenue à la question précédente en remplaçant a, b et c par leurs valeurs.

b. Pour étudier la position de $\mathscr{C}_f$ par rapport à la droite d'équation $y = ax + b$, étudiez le signe de $f(x) - (ax + b)$.

LE CORRIGÉ

1. Étudier les variations d'une fonction

La fonction f est dérivable sur $]-\infty\,;2[$ et sur $]2\,;+\infty[$ comme quotient de fonctions dérivables dont le dénominateur ne s'annule pas sur $]-\infty\,;2[$ et sur $]2\,;+\infty[$.

Pour tout réel $x \neq 2$, on a $f'(x) = \dfrac{(2x-1)(x-2) - (x^2 - x - 1)}{(x-2)^2} = \dfrac{x^2 - 4x + 3}{(x-2)^2}$.

Ainsi $f'(x)$ est du signe du polynôme du second degré $p(x) = x^2 - 4x + 3$, lequel s'annule en 1 et 3.

Par conséquent, $f'(x) > 0$ pour tout réel $x \in\,]-\infty\,;1[\, \cup\,]3\,;+\infty[$, et $f'(x) < 0$ pour tout réel $x \in\,]1\,;2[\, \cup\,]2\,;3[$.

La fonction f est donc **strictement croissante sur $]-\infty\,;1[$ et sur $]3\,;+\infty[$, elle est strictement décroissante sur $]1\,;2[$ et sur $]2\,;3[$.**

2. Calculer les limites d'une fonction

- Pour tout réel $x \neq 0$ et $x \neq 2$, $f(x) = \dfrac{x - 1 - \frac{1}{x}}{1 - \frac{2}{x}}$. La limite de $1 - \dfrac{2}{x}$ en $+\infty$ et en $-\infty$ est égale à 1, la limite de $x - 1 - \dfrac{1}{x}$ en $+\infty$ est $+\infty$ et la limite de $x - 1 - \dfrac{1}{x}$ en $-\infty$ est $-\infty$.

Donc $\lim\limits_{x \to +\infty} f(x) = +\infty$ et $\lim\limits_{x \to -\infty} f(x) = -\infty$.

- $\lim\limits_{x \to 2}(x^2 - x - 1) = 1$ et $\lim\limits_{x \to 2}(x-2) = 0$. Or $x - 2 > 0$ si $x > 2$ et $x - 2 < 0$ si $x < 2$.

Ainsi $\lim\limits_{\substack{x \to 2 \\ x<2}} f(x) = -\infty$ et $\lim\limits_{\substack{x \to 2 \\ x>2}} f(x) = +\infty$.

- La droite d'équation $x = 2$ est donc **asymptote verticale** à la courbe de f.

3. Obtenir une autre expression de f par identification

Soit $x \neq 2$. On a :

$$f(x) = ax + b + \frac{c}{x-2} = \frac{(ax+b)(x-2)+c}{x-2} = \frac{ax^2 - 2ax + bx - 2b + c}{x-2}$$
$$= \frac{ax^2 + (b-2a)x + (-2b+c)}{x-2}$$

On doit donc déterminer a, b, c tels que $\dfrac{x^2 - x - 1}{x-2} = \dfrac{ax^2 + (b-2a)x + (-2b+c)}{x-2}$.

Ou encore, puisque $x \neq 2$, $x^2 - x - 1 = ax^2 + (b-2a)x + (-2b+c)$.

Deux polynômes sont égaux si, et seulement si, leurs monômes de même degré sont égaux.

On obtient donc le système suivant :

$$\begin{cases} a = 1 \\ b - 2a = -1 \\ -2b + c = -1 \end{cases} \Leftrightarrow \begin{cases} a = 1 \\ b = -1 + 2a = 1 \\ c = -1 + 2b = 1 \end{cases}$$

Ainsi $\mathbf{f(x) = x + 1 + \dfrac{1}{x-2}}$.

4. a. Interpréter une limite

Pour tout réel $x \neq 2$, on a $f(x) - (x+1) = \dfrac{1}{x-2}$.

Donc $\lim\limits_{x \to +\infty} (f(x) - (ax+b)) = \lim\limits_{x \to +\infty} (f(x) - (x+1)) = \lim\limits_{x \to +\infty} \dfrac{1}{x-2} = 0$

et $\lim\limits_{x \to -\infty} (f(x) - (ax+b)) = \lim\limits_{x \to -\infty} (f(x) - (x+1)) = \lim\limits_{x \to -\infty} \dfrac{1}{x-2} = 0$.

La courbe $\mathscr{C}_f$ **se rapproche donc de la droite d'équation $y = x + 1$ lorsque x tend vers $+\infty$ ou $-\infty$**. Cette droite est une asymptote oblique à $\mathscr{C}_f$.

b. Étudier la position de deux courbes

On étudie le signe de $f(x) - (x+1)$, qui est le même que celui de $\dfrac{1}{x-2}$ ou encore de $x - 2$.

$x - 2 > 0 \Leftrightarrow x > 2$ et $x - 2 < 0 \Leftrightarrow x < 2$

La courbe $\mathscr{C}_f$ est donc au-dessous de son asymptote oblique sur $]-\infty\,;2[$ et au-dessus sur $]2\,;+\infty[$.

À NOTER

Pour étudier la position relative de deux courbes $\mathscr{C}_f$ et $\mathscr{C}_g$ représentant deux fonctions f et g définies sur un intervalle I, on étudie le signe de $f(x) - g(x)$ sur I.

4. **Tracer une courbe représentative dans un repère orthogonal**

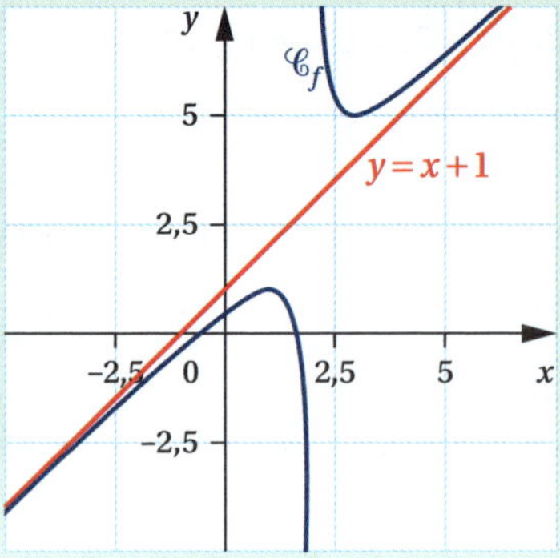

SUJET 26 OBJECTIF BAC

60 min Étude d'une famille de fonctions

→ FICHES 20, 21 et 31

Dans ce sujet, on vous propose d'étudier non pas une fonction, mais tout une famille de fonctions ! Plus précisément, on étudie des fonctions dépendant d'un entier naturel *n*.
Selon les valeurs de *n*, les allures des courbes et les propriétés sont différentes.

LE SUJET

On note f_n la fonction définie sur $\mathbb{R}$ par $f_n(x) = \dfrac{e^{-nx}}{1+e^{-x}}$.

On note $\mathscr{C}_n$ la courbe représentative de f_n dans un repère orthogonal $\left(O ; \vec{i}, \vec{j}\right)$.
Les courbes $\mathscr{C}_0$, $\mathscr{C}_1$, $\mathscr{C}_2$ et $\mathscr{C}_3$ sont représentées ci-contre.

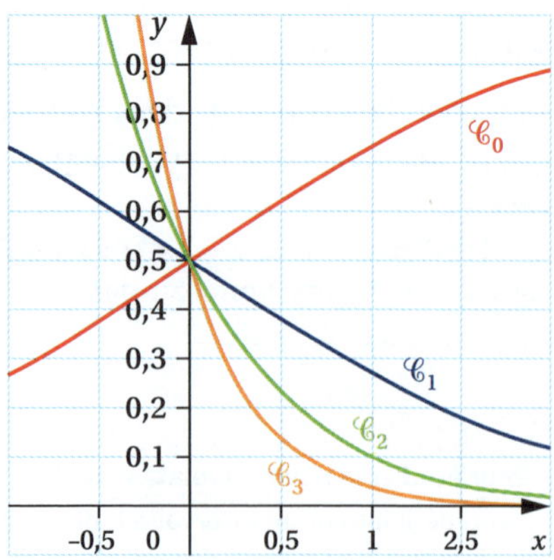

Partie A Quelques propriétés des fonctions f_n et des courbes $\mathscr{C}_n$

1. Démontrer que, pour tout entier naturel n, les courbes $\mathscr{C}_n$ ont un point A en commun. On précisera ses coordonnées.

2. Étude de la fonction f_0

a. Étudier le sens de variation de f_0.

b. Préciser les limites de la fonction f_0 en $+\infty$ et $-\infty$. Interpréter graphiquement ces limites.

c. Dresser le tableau de variations de la fonction f_0 sur $\mathbb{R}$.

3. Étude de la fonction f_1

a. Démontrer que $f_0(x) = f_1(-x)$ pour tout nombre réel x.

b. En déduire les limites de la fonction f_1 en $+\infty$ et $-\infty$, ainsi que son sens de variation.

c. Donner une interprétation géométrique de l'égalité obtenue à la question **3. a.** pour les courbes $\mathscr{C}_0$ et $\mathscr{C}_1$.

4. Étude de la fonction f_n pour $n \geqslant 2$

a. Vérifier que, pour tout entier naturel $n \geqslant 2$ et pour tout nombre réel x, on a :

$$f_n(x) = \frac{1}{e^{nx} + e^{(n-1)x}}.$$

b. Étudier les limites de la fonction f_n en $+\infty$ et $-\infty$.

c. Démontrer que la fonction f_n est décroissante sur $\mathbb{R}$ et dresser son tableau de variations.

Partie B Étude d'une suite liée aux fonctions f_n

On pose, pour tout entier naturel n, $u_n = \int_0^1 f_n(x)\,dx$.

1. Calculer u_1, puis montrer que $u_0 + u_1 = 1$.
En déduire u_0.

2. Démontrer que, pour tout entier n, on a :

$$0 \leqslant u_n \leqslant \int_0^1 e^{-nx}\,dx.$$

3. Calculer l'intégrale $\int_0^1 e^{-nx}\,dx$. En déduire que la suite (u_n) est convergente et préciser sa limite.

LES CLÉS POUR RÉUSSIR

Partie A

1. À l'aide du graphique, on peut conjecturer les coordonnées du point A, puis le vérifier par le calcul. On peut aussi chercher l'intersection de deux courbes quelconques.

2. a. Utilisez les résultats connus sur des fonctions de référence ou déterminez le signe de la dérivée de f_0. → FICHE 17

b. Déterminez les deux limites en utilisant les opérations sur les limites.

3. a. À partir de l'expression de $f_0(x)$, utilisez l'égalité $e^{-x} = \dfrac{1}{e^x}$.

b. Utilisez la relation précédente pour obtenir les limites et le sens de variations de f_1, en considérant f_1 comme la composée de f_0 et $g : x \mapsto -x$. → FICHE 18

4. a. Pour tout x réel, $e^{-nx} = \dfrac{1}{e^{nx}}$.

b. Utilisez les opérations sur les limites.

c. Les variations de f_n s'obtiennent à l'aide de sa dérivée.

Partie B

1. Pour calculer u_1, il faut déterminer une primitive de f_1, on reconnaîtra alors la forme $\dfrac{u'}{u}$.

2. Pour tout x, $e^x > 0$. On pourra alors minorer le dénominateur de f_1.

3. Déterminez une primitive de $x \mapsto e^{-nx}$.

LE CORRIGÉ

Partie A Quelques propriétés des fonctions f_n et des courbes $\mathscr{C}_n$

1. Déterminer un point commun à toutes des courbes

- *Première méthode* : D'après le graphique, on peut conjecturer que le point $A\left(0\,;\dfrac{1}{2}\right)$ est commun à toutes les courbes $\mathscr{C}_n$. On vérifie la conjecture en calculant $f_n(0)$.

$f_n(0) = \dfrac{e^{-n\times 0}}{1+e^{-0}} = \dfrac{1}{2}$. Le nombre $f_n(0)$ ne dépend pas de n, le point $A\left(0\,;\dfrac{1}{2}\right)$ est donc commun à toutes les courbes $\mathscr{C}_n$.

▸ *Deuxième méthode* : Soient m et n deux entiers naturels distincts, on cherche l'intersection des courbes $\mathscr{C}_n$ et $\mathscr{C}_m$.

$$M(x\,;y) \in \mathscr{C}_n \cap \mathscr{C}_m \Leftrightarrow \begin{cases} y = f_n(x) \\ y = f_m(x) \end{cases} \Leftrightarrow \begin{cases} y = f_n(x) \\ f_n(x) = f_m(x) \end{cases}$$

On résout : $f_n(x) = f_m(x) \Leftrightarrow \dfrac{e^{-n\times x}}{1+e^{-x}} = \dfrac{e^{-m\times x}}{1+e^{-x}} \Leftrightarrow e^{-nx} = e^{-mx} \Leftrightarrow -nx = -mx$

$\Leftrightarrow x(m-n) = 0 \Leftrightarrow x = 0$ (car m et n sont distincts).

Il reste à déterminer y ; on a $y = f_n(0) = \dfrac{1}{2}$.

Toutes les courbes passent donc par le point $\mathbf{A}\left(\mathbf{0}\,;\dfrac{\mathbf{1}}{\mathbf{2}}\right)$.

2. a. Étude de la fonction f_0

▸ On a $f_0(x) = \dfrac{e^{-0\times x}}{1+e^{-x}} = \dfrac{1}{1+e^{-x}}$. Pour tout x réel, $1+e^{-x} > 0$, donc f_0 est bien définie et dérivable sur $\mathbb{R}$ comme inverse d'une fonction dérivable qui ne s'annule pas sur $\mathbb{R}$.

Pour tout x réel, on a $f_0'(x) = -\dfrac{-e^{-x}}{\left(1+e^{-x}\right)^2} = \dfrac{e^{-x}}{\left(1+e^{-x}\right)^2}$.

$f_0'(x) > 0$, donc **f_0 est strictement croissante sur $\mathbb{R}$.**

À NOTER
Si une fonction u est dérivable sur un intervalle I et telle que, pour tout x de I, $u(x) \neq 0$, alors la fonction $\dfrac{1}{u}$ est dérivable sur I et a pour dérivée $\dfrac{-u'}{u^2}$.

b. Déterminer les limites d'une fonction aux bornes de son ensemble de définition

▸ *Limite en* $-\infty$: $\lim\limits_{x\to-\infty} e^{-x} = +\infty$ car $\lim\limits_{x\to-\infty} -x = +\infty$ et $\lim\limits_{x\to+\infty} e^{x} = +\infty$.

Ainsi $\lim\limits_{x\to-\infty}\left(1+e^{-x}\right) = +\infty$ et, par quotient, $\lim\limits_{x\to-\infty} \dfrac{1}{1+e^{-x}} = 0$, soit $\mathbf{\lim\limits_{x\to-\infty} f_0(x) = 0}$.

▸ *Limite en* $+\infty$: $\lim\limits_{x\to+\infty} e^{-x} = \lim\limits_{x\to+\infty} \dfrac{1}{e^{x}} = 0$. Ainsi $\mathbf{\lim\limits_{x\to+\infty} f_0(x) = \lim\limits_{x\to+\infty} \dfrac{1}{1} = 1}$.

On déduit de ces deux résultats que la courbe représentant f_0 admet deux asymptotes : les droites d'équation $y = 0$ et $y = 1$.

c. Établir un tableau de variations

Tous les résultats sont rassemblés dans le tableau de variations ci-dessous.

x	$-\infty$	$+\infty$
$f_0(x)$	0 ↗	1

3. a. Comparer deux fonctions

On a $f_0(x) = \dfrac{1}{1+e^{-x}} = \dfrac{1}{1+\dfrac{1}{e^{x}}} = \dfrac{1}{\dfrac{e^{x}+1}{e^{x}}} = \dfrac{e^{x}}{e^{x}+1} = \dfrac{e^{-(-x)}}{1+e^{-(-x)}} = f_1(-x)$.

Ainsi, pour tout x réel, on a bien $\mathbf{f_0(x) = f_1(-x)}$.

b. Déterminer les limites d'une fonction aux bornes de son ensemble de définition

- $\lim\limits_{x \to -\infty} f_1(x) = \lim\limits_{x \to -\infty} f_0(-x) = \lim\limits_{X \to +\infty} f_0(X) = \mathbf{1}$

et $\lim\limits_{x \to +\infty} f_1(x) = \lim\limits_{x \to +\infty} f_0(-x) = \lim\limits_{X \to -\infty} f_0(X) = \mathbf{0}$.

- Variations de f_1 sur $\mathbb{R}$: f_1 est dérivable sur $\mathbb{R}$, on remarque que $f_1 = f_0 \circ h$ avec $h : x \mapsto -x$.

On a donc $\forall x \in \mathbb{R}$, $f_1'(x) = (f_0' \circ h)(x) \times h'(x) = (f_0'(-x)) \times (-1) = -f_0'(-x)$.

Pour tout réel x, $f_0'(-x) > 0$. On en déduit que, pour tout réel x, $f_1'(x) < 0$.

La fonction f_1 **est donc décroissante sur** $\mathbb{R}$.

À NOTER

La dérivée d'une fonction composée $x \mapsto f \circ g(x)$ est $x \mapsto (f' \circ g)(x) \times g'(x)$, avec les conditions d'existence des différentes dérivées (voir chap. 6).

c. Mettre en relation les positions de deux courbes

Pour tout réel x, le point de $\mathscr{C}_0$ d'abscisse x a la même ordonnée que le point de $\mathscr{C}_1$ d'abscisse $-x$. Cela signifie que **les courbes $\mathscr{C}_0$ et $\mathscr{C}_1$ sont symétriques par rapport à l'axe des ordonnées.**

4. a. Donner une autre expression d'une fonction

$$f_n(x) = \frac{e^{-n \times x}}{1 + e^{-x}} = \frac{\frac{1}{e^{nx}}}{1 + e^{-x}} = \frac{1}{e^{nx}} \times \frac{1}{1 + e^{-x}} = \frac{1}{e^{nx} + e^{nx} \times e^{-x}} = \mathbf{\frac{1}{e^{nx} + e^{(n-1)x}}}$$

b. Déterminer les limites de f_n en $+\infty$ et $-\infty$

- Puisque $n \geqslant 2$, alors $n - 1 > 0$. On a donc : $\lim\limits_{x \to +\infty} e^{nx} = \lim\limits_{X \to +\infty} e^X = +\infty$.

De même, $\lim\limits_{x \to +\infty} e^{(n-1)x} = +\infty$, ainsi $\lim\limits_{x \to +\infty} \left(e^{nx} + e^{(n-1)x}\right) = +\infty$.

On en déduit que $\lim\limits_{x \to +\infty} f_n(x) = \mathbf{0}$.

- En utilisant le fait que $n - 1 > 0$, on peut écrire que $\lim\limits_{x \to -\infty} e^{nx} = \lim\limits_{X \to -\infty} e^X = 0$.

Et $\lim\limits_{x \to -\infty} e^{(n-1)x} = 0$. De plus, pour tout x réel, $e^{nx} + e^{(n-1)x} > 0$,

donc $\lim\limits_{x \to -\infty} \left(e^{nx} + e^{(n-1)x}\right) = 0$. Ainsi $\lim\limits_{x \to -\infty} f_n(x) = +\infty$.

c. Étudier les variations de f_n

Soit n un entier naturel supérieur ou égal à 2. La fonction f_n est dérivable sur $\mathbb{R}$ comme inverse d'une fonction dérivable sur $\mathbb{R}$ et ne s'annulant pas sur $\mathbb{R}$.

Pour tout x réel, on a $f_n'(x) = -\dfrac{ne^{nx} + (n-1)e^{(n-1)x}}{\left(e^{nx} + e^{(n-1)x}\right)^2}$.

On a $n > 0$; $n - 1 > 0$ et, pour tout réel x, $e^{nx} > 0$, $e^{(n-1)x} > 0$ et $\left(e^{nx} + e^{(n-1)x}\right)^2 > 0$.

Ainsi $f_n'(x) < 0$ et f_n **est donc décroissante sur** $\mathbb{R}$.

x	$-\infty$	$+\infty$
$f_n(x)$	$+\infty$ ↘	0

Partie B Étude d'une suite liée aux fonctions f_n

1. Calculer deux termes d'une suite

On a $u_1 = \int_0^1 f_1(x)\,dx = \int_0^1 \frac{e^{-x}}{1+e^{-x}}\,dx = \int_0^1 -\frac{-e^{-x}}{1+e^{-x}}\,dx$.

On remarque que $x \mapsto \frac{-e^{-x}}{1+e^{-x}}$ est de la forme $\frac{u'}{u}$ avec $u(x) = 1+e^{-x}$. Une primitive de cette fonction sur $\mathbb{R}$ est donc $x \mapsto \ln(1+e^{-x})$. On a alors :

$$u_1 = \int_0^1 -\frac{-e^{-x}}{1+e^{-x}}\,dx = \left[-\ln(1+e^{-x})\right]_0^1 = -\ln(1+e^{-1}) + \ln(1+e^0) = \ln 2 - \ln(1+e^{-1}).$$

Ainsi $u_0 + u_1 = \int_0^1 \frac{1}{1+e^{-x}}\,dx + \int_0^1 \frac{e^{-x}}{1+e^{-x}}\,dx = \int_0^1 \frac{1+e^{-x}}{1+e^{-x}}\,dx = \int_0^1 1\,dx = 1.$

D'où $\boldsymbol{u_0 = 1 - u_1 = 1 - \ln 2 + \ln(1+e^{-1})}$ et $\boldsymbol{u_1 = \ln 2 - \ln(1+e^{-1})}$.

2. Déterminer un encadrement

Pour tout x de $[0\,;1]$, $e^{-x} \geqslant 0$, donc $1+e^{-x} \geqslant 1$, ainsi $0 \leqslant \frac{1}{1+e^{-x}} \leqslant 1$.

En multipliant les trois termes de cet encadrement par le réel strictement positif e^{-nx}, on obtient : $0 \leqslant \frac{e^{-nx}}{1+e^{-x}} \leqslant e^{-nx}$.

En intégrant chaque membre entre 0 et 1, on obtient : $0 \leqslant \int_0^1 \frac{e^{-nx}}{1+e^{-x}}\,dx \leqslant \int_0^1 e^{-nx}\,dx$.

On a donc montré que, pour tout entier naturel n, $\boldsymbol{0 \leqslant u_n \leqslant \int_0^1 e^{-nx}\,dx}$.

3. Déterminer la limite d'une suite

La fonction $x \mapsto e^{-nx}$ est continue sur $[0\,;1]$, donc elle admet des primitives sur $[0\,;1]$ qui sont $x \mapsto -\frac{1}{n}e^{-nx}$.

On a donc $\int_0^1 e^{-nx}\,dx = \left[-\frac{1}{n}e^{-nx}\right]_0^1 = -\frac{1}{n}e^{-n} - \left(-\frac{1}{n}e^0\right) = \frac{1-e^{-n}}{n}$.

Ainsi, $0 \leqslant u_n \leqslant \frac{1-e^{-n}}{n}$.

On a, de plus, $\lim\limits_{n\to+\infty}(1-e^{-n}) = 1$ et $\lim\limits_{n\to+\infty} n = +\infty$,

donc, par quotient, $\lim\limits_{n\to+\infty} \frac{1-e^{-n}}{n} = 0$.

D'après le théorème d'encadrement des limites, on en déduit que la suite (u_n) converge et que $\boldsymbol{\lim\limits_{n\to+\infty} u_n = 0}$.

SUJET 27 | OBJECTIF MENTION

40 min Résolution d'une équation fonctionnelle

→ FICHES 3 et 22

À vous qui savez ce qu'est une fonction, bienvenue dans le monde des équations fonctionnelles ! Une équation fonctionnelle est une équation dont les inconnues sont des fonctions. La résoudre revient donc à trouver une ou plusieurs fonctions vérifiant l'égalité donnée, et ce, pour toute valeur des variables intervenant.

LE SUJET

On souhaite déterminer toutes les fonctions f définies et continues sur $\mathbb{R}$ vérifiant, pour tous réels x et y, l'équation fonctionnelle :

$$f(x+y) = f(x) + f(y).$$

Soit f une fonction remplissant ces conditions et soit x un nombre réel quelconque.

1. a. Démontrer que $f(0) = 0$ et que $f(-x) = -f(x)$.

b. Démontrer par récurrence que, pour tout entier naturel n, $f(nx) = nf(x)$.

c. Démontrer que pour tout entier naturel n, $f(-nx) = -nf(x)$. On a donc, pour tout entier relatif k, $f(kx) = kf(x)$.

d. Démontrer que, pour tout entier naturel non nul p, on a $f\left(\frac{1}{p}x\right) = \frac{1}{p}f(x)$.

e. Démontrer que, pour tout nombre rationnel r, $f(rx) = rf(x)$.

2. On pose $f(1) = \lambda$.
Démontrer que, pour tout nombre rationnel q, on a $f(q) = \lambda q$.

3. On admet que tout nombre réel x est la limite d'une suite de nombres rationnels.

a. On pose toujours $f(1) = \lambda$.
Démontrer que, pour tout réel x, on a $f(x) = \lambda x$ (on pourra poser $x = \lim_{n \to +\infty} q_n$ où, pour tout entier naturel n, q_n est un nombre rationnel).

b. Quelles sont les fonctions f vérifiant les conditions énoncées ?

LES CLÉS POUR RÉUSSIR

1. a. Calculez l'image de 0 par f, puis comparez $f(x)$ et $f(-x)$.

c. Utilisez le résultat démontré en **1. a.**

d. Pensez à écrire x sous la forme $x = \frac{p}{p}x$ puis $p \times \frac{1}{p}x$, et utilisez **1. b.**

e. Un nombre rationnel est le quotient de deux entiers relatifs.

Écrivez r sous la forme $r = \frac{p}{q}$ (avec $q \neq 0$), et utilisez le résultat de **1. d.**

Remarquez que $q = q \times 1$, puis calculez $f(q)$.

2. Calculez $f(x)$ en remplaçant x par $\lim\limits_{n \to +\infty} q_n$ et en utilisant la continuité de f sur $\mathbb{R}$.

LE CORRIGÉ

1. a. Démontrer des propriétés

- La relation étant vraie pour tous x et y réels, on peut choisir $x = y = 0$. On obtient alors : $f(0+0) = f(0) + f(0)$, ou encore $f(0) = 2f(0)$, soit $f(0) = 0$.
- Si on choisit $y = -x$, on obtient $f(x - x) = f(x) + f(-x)$,
ou encore $f(0) = f(x) + f(-x)$, soit $0 = f(x) + f(-x)$, c'est-à-dire $\boldsymbol{f(-x) = -f(x)}$.

b. Démontrer par récurrence

Soit la proposition $P(n)$: « $f(nx) = nf(x)$ ».

- Vérifions que la propriété est vraie pour $n = 0$.
$f(nx) = f(0) = 0$ (d'après **a.**), de plus $nf(x) = 0 \times f(x) = 0$.
La propriété est donc vérifiée pour $n = 0$.
- Supposons la propriété vraie pour un entier $n \geqslant 0$ et montrons qu'elle reste vraie pour l'entier $n + 1$.

$$\begin{aligned} f((n+1)x) &= f(nx) + f(x) \\ &= nf(x) + f(x) \text{ d'après l'hypothèse de récurrence} \\ &= (n+1)f(x) \end{aligned}$$

La propriété reste donc vraie au rang $n + 1$.

La propriété a été initialisée, est héréditaire, elle est donc vraie pour tout n de $\mathbb{N}$.

c. Démontrer des propriétés relatives à une fonction pour un entier naturel

La relation précédente est vérifiée pour tout n de $\mathbb{N}$ et tout x réel, on peut donc l'appliquer à $-x$, on obtient alors : $f(-nx) = nf(-x)$.

De plus, d'après la question **1. a**, $nf(-x) = -nf(x)$. On a donc bien $f(-nx) = -nf(x)$ pour tout entier naturel n, ou $f(kx) = kf(x)$ pour tout entier relatif k.

d. Démontrer des propriétés relatives à une fonction

Soit p un entier naturel non nul.

$f(x) = f\left(\frac{p}{p}x\right) = pf\left(\frac{1}{p}x\right)$ d'après **c.** car p est un entier. On a donc $\boldsymbol{f\left(\frac{1}{p}x\right) = \frac{1}{p}f(x)}$.

e. Démontrer des propriétés relatives à une fonction pour un rationnel

> **À NOTER**
> L'ensemble des rationnels est noté $\mathbb{Q}$. Un rationnel r étant le quotient de deux entiers relatifs, il existe p et q deux entiers relatifs ($q \neq 0$) tels que $r = \frac{p}{q}$.

Soit un nombre rationnel r tel que $r = \frac{p}{q}$.

On a $f(rx) = f\left(\frac{p}{q}x\right) = pf\left(\frac{1}{q}x\right)$ d'après **c.**

Or d'après **d.**, $pf\left(\frac{1}{q}x\right) = p \times \frac{1}{q}f(x)$ et $p \times \frac{1}{q}f(x) = \frac{p}{q}f(x) = rf(x)$.

On a donc montré que, **pour tout rationnel r, $f(rx) = rf(x)$.**

2. Démontrer des propriétés relatives à une fonction pour un rationnel

Si on pose $f(1) = \lambda$, alors $f(r \times 1) = rf(1) = \lambda r$.

Ainsi **$f(r) = \lambda r$ pour r rationnel.**

3. a. Démontrer des propriétés relatives à une fonction pour un réel

On admet que tout nombre réel x est la limite d'une suite de nombres rationnels.
Alors, il existe une suite (r_n) de nombres rationnels telle que $x = \lim r_n$.
D'où, si x est réel, on a $f(x) = f(\lim r_n) = \lim f(r_n)$ car la fonction f est continue sur $\mathbb{R}$.
Or, d'après la question **2.**, on sait que $f(r_n) = \lambda r_n$, donc $\boldsymbol{f(x)} = \lim \lambda r_n = \lambda \lim r_n = \boldsymbol{\lambda x}$.

b. Déterminer les fonctions vérifiant $f(x+y) = f(x) + f(y)$

On a montré que, pour tout x réel, la fonction f vérifie $f(x) = \lambda x$.
Les fonctions continues vérifiant $f(x+y) = f(x) + f(y)$ sont donc les **fonctions linéaires.**

Analyse

8 Fonctions de référence : logarithme, sinus et cosinus

Le nombre de noyaux radioactifs décroît selon une *loi exponentielle*. En comparant les proportions d'isotopes présents dans les roches à des échantillons « primitifs » trouvés dans les météorites, on en déduit l'âge de ces roches et l'âge de la Terre, estimé aujourd'hui à 4,55 milliards d'années.

TEST

Pour vous situer et identifier les fiches à réviser 194

FICHES DE COURS

23 Définition et propriétés analytiques de la fonction logarithme népérien 196

24 Propriétés algébriques de la fonction logarithme népérien 198

25 Comparaison des fonctions puissance, ln et exp 200

26 Fonctions trigonométriques 202

MÉMO VISUEL 204

SUJETS GUIDÉS & CORRIGÉS

OBJECTIF BAC

28 Fonction tangente 206

29 Solutions des équations $a\ln x = x\ln a$ 208

30 Suite de fonctions et suite de solutions d'équations 212

OBJECTIF MENTION

31 Famille de courbes passant par un point fixe 215

TESTEZ-VOUS

→ CORRIGÉS P. 350

Faites le point sur vos connaissances puis établissez votre **parcours de révision** en fonction de votre score.

1 Propriétés du logarithme

→ FICHE 23

1. a et b désignent des réels strictement positifs. Le réel $\ln(a^2b)$ vaut :

☐ **a.** $2\ln a \ln b$ ☐ **b.** $2\ln a + \ln b$ ☐ **c.** $(\ln a)^2 \ln b$

.../0,5

2. Pour tout réel x non nul :

☐ **a.** $\ln(x^2) = 2\ln x$ ☐ **b.** $\dfrac{\ln(1+e^x)}{x} = 1$ ☐ **c.** $\ln(1+e^x) = x + \ln(1+e^{-x})$

.../1

2 Solutions d'une équation

→ FICHE 24

1. La solution de l'équation $\ln x = -\ln 2$ est :

☐ **a.** $x = \dfrac{1}{2}$

☐ **b.** $x = -2$

☐ **c.** $x = e^{-2}$

.../0,5

2. Dans $]0\,;+\infty[$, l'équation $x\ln x = 1$:

☐ **a.** a deux solutions

☐ **b.** a une unique solution

☐ **c.** n'a pas de solution

.../1

3 Manipulation d'inégalités

→ FICHE 24

Pour tout entier naturel n non nul, on a :

☐ **a.** $2^n > n \Leftrightarrow \dfrac{\ln n}{n} > \ln 2$

☐ **b.** $0{,}5^n \leqslant 0{,}01 \Leftrightarrow n \leqslant \dfrac{\ln 0{,}01}{\ln 0{,}5}$

☐ **c.** $\left(\dfrac{1}{2}\right)^n \leqslant \dfrac{1}{n} \Leftrightarrow \dfrac{\ln n}{n} \leqslant \ln 2$

.../1

4 Calcul de limites

→ FICHES 23 et 25

1. La limite $\lim\limits_{x \to 0} \frac{\ln(1+x)}{x}$:

☐ **a.** n'existe pas ☐ **b.** vaut 1 ☐ **c.** vaut $+\infty$

2. La limite $\lim\limits_{x \to +\infty} e^{-x} \cos x$:

☐ **a.** n'existe pas ☐ **b.** vaut 0 ☐ **c.** vaut $+\infty$

…/2

5 Calcul de dérivées

→ FICHE 23

1. Soient f et g définies sur $\mathbb{R}$ par $f(x) = \cos\left(2x + \frac{\pi}{2}\right)$ et $g(x) = \sin\left(2x + \frac{\pi}{2}\right)$.
Pour tout réel x, on a :

☐ **a.** $f'(x) = -2g(x)$ ☐ **b.** $f'(x) = -g(x)$ ☐ **c.** $f'(x) = -g'(x)$

2. La fonction f définie sur $]0\,;+\infty[$ par $f(x) = \frac{\sin x}{x}$ a pour dérivée :

☐ **a.** $f'(x) = \frac{\cos x}{x} - \frac{\sin x}{x^2}$ ☐ **b.** $f'(x) = \frac{-\cos x}{x^2}$ ☐ **c.** $f'(x) = \frac{\cos x - \sin x}{x^2}$

…/2

6 Comparaison de courbes

→ FICHE 25

On note $\mathscr{C}$ la courbe représentative de la fonction ln, et $\mathscr{D}$ la courbe représentative de la fonction racine carrée. Alors :

☐ **a.** $\mathscr{C}$ est en dessous de $\mathscr{D}$

☐ **b.** $\mathscr{C}$ et $\mathscr{D}$ se confondent pour des abscisses suffisamment grandes

☐ **c.** $\mathscr{C}$ est au-dessus de $\mathscr{D}$

…/1

7 Fonction trigonométrique

→ FICHE 26

Soit f définie sur $\mathbb{R}$ par $f(x) = \cos^2 x - \sin^2 x$. Alors :

☐ **a.** pour tout réel x, $f(x) = 1$

☐ **b.** f est décroissante sur $\left[0\,;\frac{\pi}{2}\right]$

☐ **c.** f est positive sur $\left[0\,;\frac{\pi}{2}\right]$

…/1

Score total …/10

Parcours PAS À PAS ou EXPRESS ? → MODE D'EMPLOI P. 3

23 Définition et propriétés analytiques de la fonction logarithme népérien

En bref *La fonction logarithme népérien est la fonction réciproque de la fonction exponentielle étudiée en Première.*

I Définition et notations

■ **Définition :** La fonction exponentielle vue en Première, notée exp, est l'unique fonction dérivable sur $\mathbb{R}$ de dérivée elle-même, et qui prend la valeur 1 en 0.

■ **Définition :** La fonction logarithme népérien, notée ln est la fonction définie sur $]0\,;+\infty[$ par :

$$\text{pour tout } x \in]0\,;+\infty[,\ \ln x = y \Leftrightarrow x = e^y$$

■ *Conséquences :*

- Pour tout réel x strictement positif, $e^{\ln x} = x$.
- Pour tout réel y, $\ln(e^y) = y$.

■ On a en particulier $\ln 1 = 0$ et $\ln e = 1$.

II Propriétés analytiques

■ La fonction ln est **dérivable** sur $]0\,;+\infty[$, et pour tout $x \in]0\,;+\infty[$:

$$\ln'(x) = \frac{1}{x}$$

À NOTER
Pour toute fonction u strictement positive et dérivable sur un intervalle I, la fonction $\ln u$ est dérivable sur I et $(\ln u)' = \frac{u'}{u}$.

■ La fonction ln est **strictement croissante** sur $]0\,;+\infty[$.

■ $\lim\limits_{x\to 0^+} \ln x = -\infty$ et $\lim\limits_{x\to +\infty} \ln x = +\infty$.

III Tableau de variations et courbe

x	0		1		$+\infty$
ln	‖ $-\infty$	↗	0	↗	$+\infty$

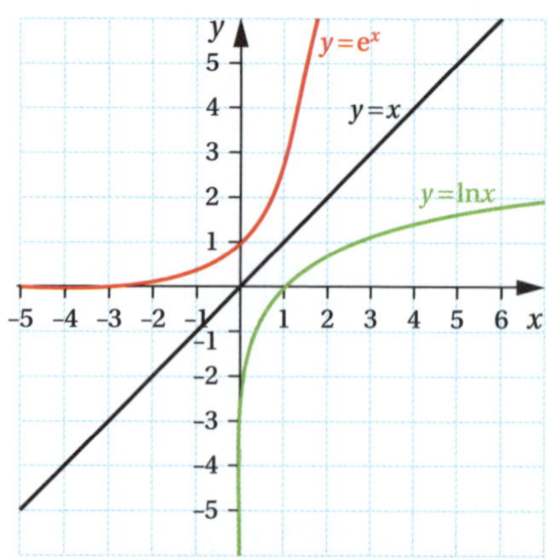

À NOTER
Les courbes représentatives des fonctions exp et ln sont symétriques par rapport à la droite d'équation $y = x$.

Méthode

Étudier une fonction contenant des logarithmes

Étudier la fonction f définie par $f(x) = \ln\left(1 + e^{-x}\right)$.

CONSEILS

Étape 1 Déterminez l'ensemble de définition de f.
Étape 2 Étudiez la dérivabilité de f et déterminez sa fonction dérivée.
Étape 3 Déduisez-en les variations de f sur son domaine de définition.
Étape 4 Étudiez les limites de f aux bornes de son domaine de définition.
Étape 5 Dressez le tableau de variations de f.

SOLUTION

Étape 1 La fonction ln est définie sur $]0\,;+\infty[$. Or, pour tout réel x, $e^{-x} > 0$ donc $1 + e^{-x} > 0$. Donc f est **définie sur $\mathbb{R}$**.

Étape 2 Comme composée de fonctions dérivables, f est **dérivable sur $\mathbb{R}$** (→ FICHE 18).

f est de la forme $\ln u$ avec $u(x) = 1 + e^{-x}$, pour tout réel x. Or $(\ln u)' = \dfrac{u'}{u}$, avec $u'(x) = -e^{-x}$.

Donc pour tout réel x, $\boldsymbol{f'(x) = \dfrac{-e^{-x}}{1 + e^{-x}}}$.

Étape 3 La fonction exponentielle est strictement positive, d'où $\dfrac{e^{-x}}{1 + e^{-x}} > 0$ et $f'(x) < 0$ pour tout réel x. Donc f est **strictement décroissante sur $\mathbb{R}$**.

Étape 4 On sait que $\lim\limits_{x \to -\infty}\left(e^{-x}\right) = +\infty$, donc $\lim\limits_{x \to -\infty}\left(1 + e^{-x}\right) = +\infty$.

Or $\lim\limits_{X \to +\infty} \ln X = +\infty$, donc, par composition, $\boldsymbol{\lim\limits_{x \to -\infty} f(x) = +\infty}$.

On sait que $\lim\limits_{x \to +\infty}\left(e^{-x}\right) = 0$, donc $\lim\limits_{x \to +\infty}\left(1 + e^{-x}\right) = 1$. Or $\lim\limits_{X \to 1} \ln X = \ln 1 = 0$, donc, par composition, $\boldsymbol{\lim\limits_{x \to +\infty} f(x) = 0}$.

Étape 5

x	$-\infty$		$+\infty$
$f'(x)$		$-$	
f	$+\infty$	↘	0

24 Propriétés algébriques de la fonction logarithme népérien

En bref *Historiquement, la fonction ln a été inventée pour simplifier les calculs, car elle permet de convertir les multiplications, longues à effectuer et souvent sources d'erreurs, en de simples additions.*

I Propriétés algébriques

- Pour tous réels strictement positifs a et b, et pour tout entier n, on a :
  - $\ln(ab) = \ln(a) + \ln(b)$
  - $\ln\left(\frac{1}{a}\right) = -\ln(a)$
  - $\ln\left(\frac{a}{b}\right) = \ln(a) - \ln(b)$
  - $\ln(a^n) = n\ln(a)$
- *Conséquence* : Pour tout réel strictement positif a, on a :

$$\ln\left(\sqrt{a}\right) = \frac{1}{2}\ln(a)$$

II Équations et inéquations

- Pour tous réels a et b strictement positifs, on a :
  - $\ln(a) = \ln(b) \Leftrightarrow a = b$
  - $\ln(a) < \ln(b) \Leftrightarrow a < b$

Exemple : $\ln(3x) = \ln 6 \Leftrightarrow 3x = 6 \Leftrightarrow x = 2$.

- *Conséquence* :

Pour tout réel m et tout réel strictement positif x, on a :

- $\ln(x) = m \Leftrightarrow x = \mathrm{e}^m$
- $\ln(x) < m \Leftrightarrow x < \mathrm{e}^m$

Exemple : $\ln(1+x) = 4 \Leftrightarrow 1+x = \mathrm{e}^4 \Leftrightarrow x = \mathrm{e}^4 - 1$.

En particulier : $\ln(a) < 0 \Leftrightarrow 0 < a < 1$.

Remarque : Si q et a sont des réels strictement positifs et si n est un entier naturel, alors $q^n > a \Leftrightarrow n\ln(q) > \ln(a)$.

À NOTER
Cette remarque permet de déterminer un seuil dans l'étude d'une suite géométrique. → FICHE 17

Méthodes

1 Simplifier ou transformer une expression

On pose $A = \dfrac{\ln 12 - 3\ln 2}{2\ln 3 - \ln 6}$ et $B = \mathrm{e}^{-\ln 2} + \ln(\mathrm{e}^{-2})$.

Montrer que A est un entier et que B est un rationnel.

CONSEILS

Pour simplifier *A*, utilisez la propriété sur le logarithme d'un produit.
Pour simplifier *B*, utilisez la définition du logarithme.

SOLUTION

- $A = \dfrac{\ln(3\times 2^2) - 3\ln 2}{2\ln 3 - \ln(3\times 2)} = \dfrac{\ln 3 + 2\ln 2 - 3\ln 2}{2\ln 3 - (\ln 3 + \ln 2)} = \dfrac{\ln 3 - \ln 2}{\ln 3 - \ln 2} = 1.$

Donc **A est entier**.

- $B = \dfrac{1}{\mathrm{e}^{\ln 2}} + \ln(\mathrm{e}^{-2}) = \dfrac{1}{2} - 2 = -\dfrac{3}{2}$. Donc **$B$ est rationnel**.

2 Résoudre une inéquation

On considère la suite géométrique de terme général $u_n = \dfrac{1}{2^n}$.

Déterminer à partir de quel rang n on a $u_n \leqslant 10^{-5}$.

CONSEIL

Modifiez la condition $u_n \leqslant 10^{-5}$ en prenant le logarithme népérien de chaque membre, pour faire passer l'inconnue *n* d'exposant à coefficient.

SOLUTION

Pour tout $n \in \mathbb{N}$, $u_n > 0$. On peut donc utiliser la croissance de la fonction ln puisque les deux membres de l'inégalité sont positifs. On obtient :

$$0 < u_n \leqslant 10^{-5} \Leftrightarrow \ln(u_n) \leqslant \ln(10^{-5}) \quad \Leftrightarrow \ln\left(\frac{1}{2^n}\right) \leqslant \ln(10^{-5})$$

$$\Leftrightarrow -\ln(2^n) \leqslant \ln(10^{-5}) \Leftrightarrow -n\ln 2 \leqslant \ln(10^{-5})$$

$$\Leftrightarrow n \geqslant \frac{-\ln(10^{-5})}{\ln 2} \text{ (car } \mathbf{-\ln 2 < 0}\text{) avec } \frac{-\ln(10^{-5})}{\ln 2} \approx 16{,}6$$

Donc $u_n \leqslant 10^{-5}$ à partir du rang **$n = 17$**.

À NOTER

Attention aux signes dans les résolutions d'inéquations !

25 Comparaison des fonctions puissance, ln et exp

En bref *Parmi les fonctions puissance, exponentielle et logarithme népérien, c'est la fonction logarithme népérien qui modélise les croissances les plus lentes.*

I Théorème des croissances comparées

- Soit n un entier naturel non nul. On a :

$$\lim_{x \to 0^+} x^n \ln x = 0 \text{ et } \lim_{x \to +\infty} \frac{\ln x}{x^n} = 0$$

- *Conséquence* : Compte tenu des croissances comparées des fonctions puissance et exponentielle, on a également :

$$\lim_{x \to +\infty} \frac{\ln x}{e^x} = 0$$

À NOTER

$\lim_{x \to 0} \frac{\ln(1+x)}{x}$ est la limite du taux d'accroissement en 0 de la fonction u définie sur $]-1; +\infty[$ par $u(x) = \ln(1+x)$, dont la dérivée est $u'(x) = \frac{1}{1+x}$.

Donc $\lim_{x \to 0} \frac{\ln(1+x)}{x} = u'(0) = 1$ (il faut connaître cette limite !).

II Courbes représentatives

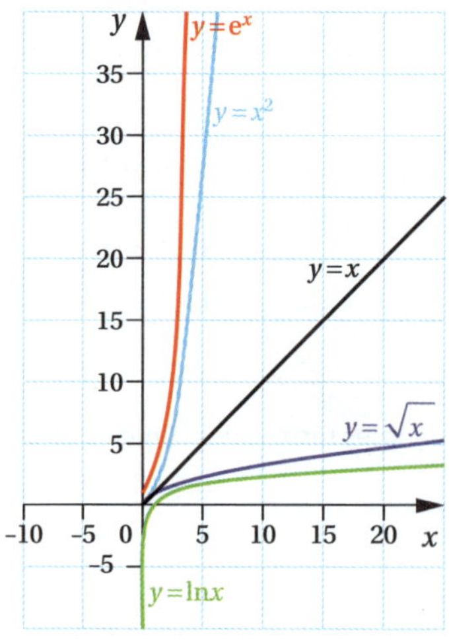

Méthode

Lever une forme indéterminée

a. Calculer la limite en $+\infty$ de la fonction $f : x \mapsto e^x - x + \ln x$.

b. Calculer les limites de la fonction $g : x \mapsto x\ln\left(1+\dfrac{1}{x}\right)$ aux bornes de l'intervalle $]0\,;+\infty[$.

CONSEILS

a. Pour f, factorisez par le terme qui « l'emporte » pour faire apparaître des croissances comparées.

b. Pour g, utilisez une propriété de la fonction ln pour vous ramener à une croissance comparée.

SOLUTION

a. Pour tout réel x strictement positif, $f(x) = e^x\left(1-\dfrac{x}{e^x}+\dfrac{\ln x}{e^x}\right)$.

Par croissances comparées, on a $\lim\limits_{x\to+\infty}\dfrac{x}{e^x}=0$ et $\lim\limits_{x\to+\infty}\dfrac{\ln(x)}{e^x}=0$.

Donc, par somme, $\lim\limits_{x\to+\infty}\left(1-\dfrac{x}{e^x}+\dfrac{\ln x}{e^x}\right)=1$.

De plus, $\lim\limits_{x\to+\infty} e^x = +\infty$.

Donc, par produit, on obtient $\lim\limits_{x\to+\infty} f(x) = +\infty$.

b. Pour tout réel x strictement positif, $g(x) = x\ln\left(\dfrac{x+1}{x}\right) = x\ln(x+1) - x\ln x$.

Par croissances comparées, $\lim\limits_{x\to 0^+} x\ln x = 0$, donc par somme, $\lim\limits_{x\to 0^+} g(x) = 0$.

En effectuant le changement de variable $X = \dfrac{1}{x}$, on a

$\lim\limits_{x\to+\infty} x\ln\left(1+\dfrac{1}{x}\right) = \lim\limits_{X\to 0}\dfrac{\ln(1+X)}{X} = 1$, donc $\lim\limits_{x\to+\infty} g(x) = 1$.

À NOTER

On reconnaît $\lim\limits_{X\to 0}\dfrac{\ln(1+X)}{X}$ qui n'est pas une croissance comparée, mais la limite d'un taux d'accroissement.

26 Fonctions trigonométriques

En bref *Les fonctions trigonométriques interviennent souvent en physique. Elles s'étudient comme n'importe quelle fonction, et le recours au cercle trigonométrique permet de résoudre rapidement des équations et inéquations.*

I Fonction cosinus

- La fonction cosinus, notée **cos**, est définie sur $\mathbb{R}$.
- Pour tout réel x, $\cos(-x) = \cos x$, la fonction cosinus est **paire**, **l'axe des ordonnées est axe de symétrie** de sa courbe représentative.
- Pour tout réel x, $\cos(x + 2\pi) = \cos x$, la fonction cosinus est **périodique de période 2π**, sa courbe représentative est invariante par translation de vecteur $2\pi\vec{i}$.
- Tableau de variations sur $[0 ; \pi]$

x	0	$\frac{\pi}{2}$	π
$\cos x$	1 ↘	0 ↘	-1

- Courbe représentative

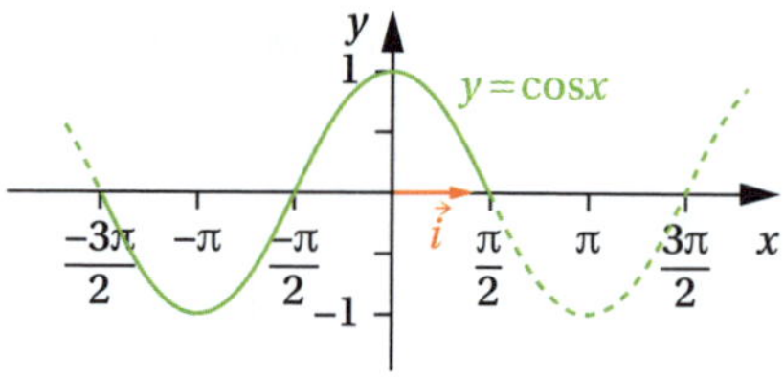

II Fonction sinus

- La fonction sinus, notée **sin**, est définie sur $\mathbb{R}$.
- Pour tout réel x, $\sin(-x) = -\sin x$, la fonction sinus est **impaire**, **l'origine O du repère est centre de symétrie** de sa courbe représentative.
- Pour tout réel x, $\sin(x + 2\pi) = \sin x$, la fonction sinus est **périodique de période 2π**, sa courbe représentative est invariante par translation de vecteur $2\pi\vec{i}$.
- Tableau de variations sur $[0 ; \pi]$

x	0	$\frac{\pi}{2}$	π
$\sin x$	0 ↗	1 ↘	0

- Courbe représentative

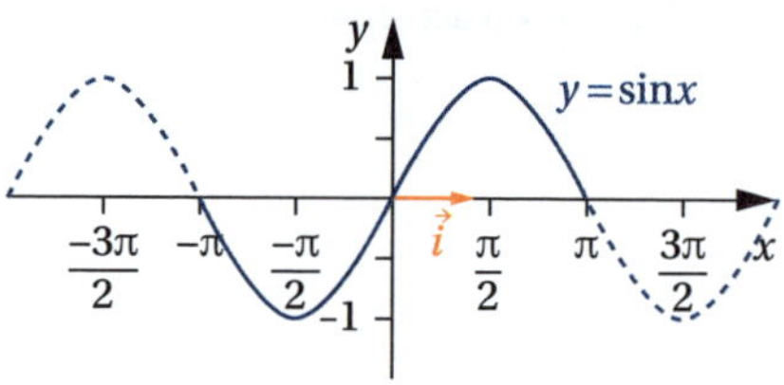

III Dérivée des fonctions cosinus et sinus

■ Les fonctions cosinus et sinus sont dérivables sur $\mathbb{R}$, et pour tout réel x :

$$\cos'(x) = -\sin x \text{ et } \sin'(x) = \cos x$$

■ Les limites des taux d'accroissement en 0 des fonctions sinus et cosinus donnent :

$$\lim_{x \to 0} \frac{\sin x}{x} = 1 \text{ et } \lim_{x \to 0} \frac{\cos x - 1}{x} = 0$$

À NOTER
Si u est une fonction dérivable sur I, alors $\cos u$ et $\sin u$ sont dérivables sur I, et $(\cos u)' = -u' \times \sin u$ et $(\sin u)' = u' \times \cos u$. (→ FICHE 18)

Méthode

Résoudre une inéquation

Résoudre dans l'intervalle $]-\pi\,;\pi]$ l'inéquation $\cos x \geqslant \frac{1}{2}$.

CONSEIL
Aidez-vous d'un cercle trigonométrique et utilisez les variations de la fonction cos.

SOLUTION

La fonction cos est croissante sur $]-\pi\,;0]$ et décroissante sur $[0\,;\pi]$.

De plus, $\cos\frac{-\pi}{3} = \cos\frac{\pi}{3} = \frac{1}{2}$.

Sur $]-\pi\,;0]$, $\cos x \geqslant \frac{1}{2} \Leftrightarrow -\frac{\pi}{3} \leqslant x \leqslant 0$;

Sur $[0\,;\pi]$, $\cos x \geqslant \frac{1}{2} \Leftrightarrow 0 \leqslant x \leqslant \frac{\pi}{3}$.

Finalement, sur $]-\pi\,;\pi]$,

$\cos x \geqslant \frac{1}{2} \Leftrightarrow x \in \left[-\frac{\pi}{3}\,;\frac{\pi}{3}\right]$.

Donc $\mathcal{S} = \left[-\frac{\pi}{3}\,;\frac{\pi}{3}\right]$.

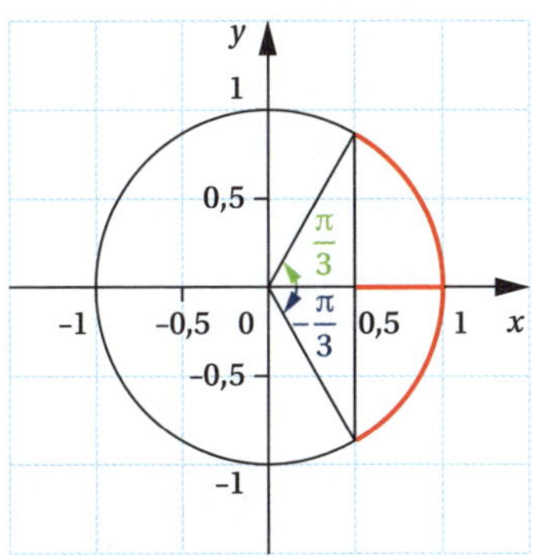

MÉMO VISUEL

FONCTIONS SINUS,

Définition de la fonction ln

Qu'est-ce que la fonction ln ?

La fonction ln est la réciproque de la fonction exp.

$$]0\,;+\infty[\xrightarrow{\ln}\mathbb{R}$$

$$x=e^{y}\underset{\exp}{\overset{\ln}{\rightleftarrows}}y=\ln x$$

Pour tout $x\in\,]0\,;+\infty[$, $\ln x=y\Leftrightarrow x=e^{y}$

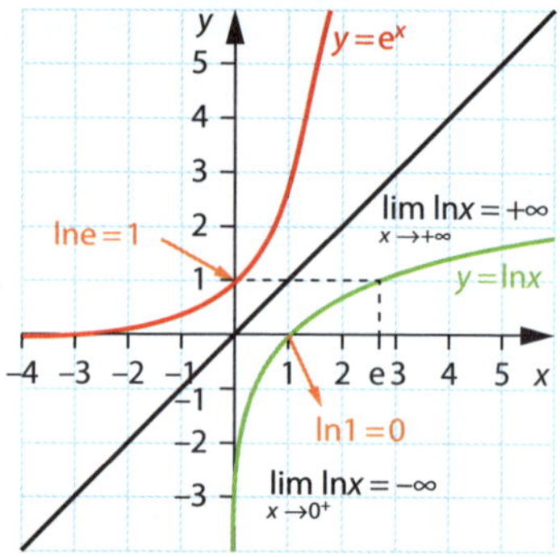

Variations de la fonction ln

Comment étudier les variations de la fonction ln ?

Dérivée

- Pour tout $x\in\,]0\,;+\infty[$, $\ln'(x)=\dfrac{1}{x}$
- Pour toute fonction u strictement positive et dérivable sur un intervalle I, la fonction $\ln u$ est dérivable sur I et $(\ln u)'=\dfrac{u'}{u}$.

Variations

La fonction ln est strictement croissante sur $]0\,;+\infty[$.

Propriétés

Quelles sont les propriétés de la fonction ln ?

Croissances comparées

Pour tout entier naturel non nul n, on a : $\lim\limits_{x\to0^+}x^{n}\ln(x)=0$ et $\lim\limits_{x\to+\infty}\dfrac{\ln(x)}{x^{n}}=0$

Propriétés algébriques

Pour tous réels strictement positifs a et b et pour tout entier n, on a :

- $\ln(ab)=\ln(a)+\ln(b)$
- $\ln\left(\dfrac{a}{b}\right)=\ln(a)-\ln(b)$
- $\ln\left(\dfrac{1}{a}\right)=-\ln(a)$
- $\ln(a^{n})=n\ln(a)$

In
ET COSINUS

Quelles sont les formules de trigonométrie à connaître ?

Formules de trigonométrie

Soit t un réel quelconque.

- $\cos^2 t + \sin^2 t = 1$
- $\cos(t + 2\pi) = \cos t$
- $\sin(t + 2\pi) = \sin t$
- Si $t \neq \frac{\pi}{2} [\pi]$, $\tan t = \frac{\sin t}{\cos t}$

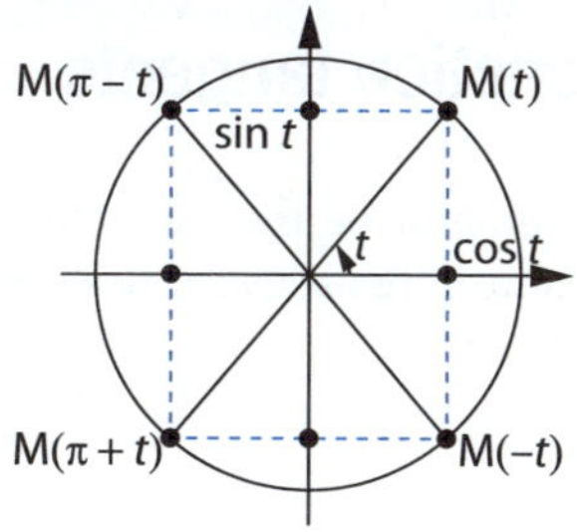

Comment étudier les fonctions sinus et cosinus ?

Fonctions sinus et cosinus

Dérivées

Si u est une fonction dérivable sur I, alors $\cos u$ et $\sin u$ sont dérivables sur I, et $(\cos u)' = -u' \times \sin u$, $(\sin u)' = u' \times \cos u$.

Courbes représentatives

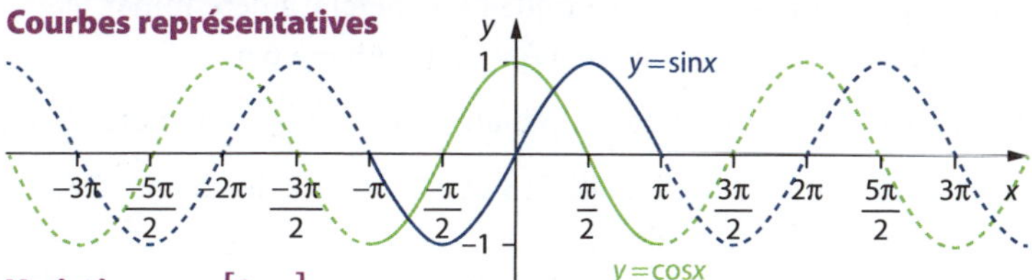

Variations sur $[0 ; \pi]$

x	0		π
$\cos x$	1 ↘	0 ↘	−1

x	0		π
$\sin x$	0 ↗	1 ↘	0

SUJET 28 | OBJECTIF BAC

Le thème des fonctions sinus et cosinus n'est pas au programme de l'épreuve écrite du bac, mais est utile à la poursuite de vos études.

30 min Fonction tangente

→ FICHE 26

Ce problème permet de définir la fonction tangente, très souvent utilisée, et qu'il est bon de connaître.

LE SUJET

Lors d'un match de rugby, un joueur doit transformer un essai qui a été marqué au point E (voir figure ci-contre) situé à l'extérieur du segment [AB]. La transformation consiste à taper le ballon par un coup de pied depuis un point T que le joueur a le droit de choisir n'importe où sur le segment [EM] perpendiculaire à la droite (AB), ailleurs qu'en E. La transformation est réussie si le ballon passe entre les poteaux repérés par les points A et B.

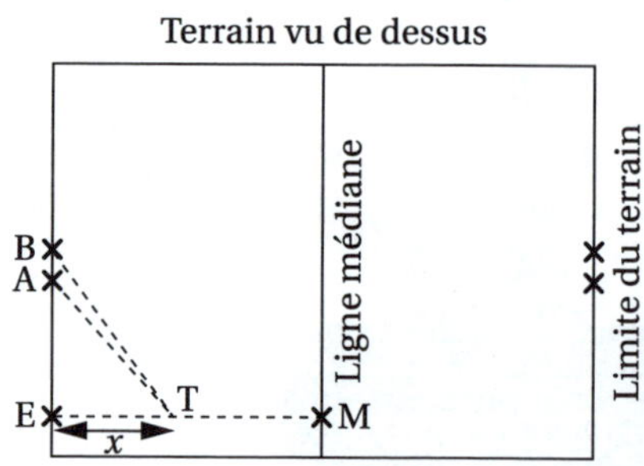

Pour augmenter ses chances de réussite, le joueur tente de déterminer la position du point T qui rend l'angle $\widehat{ATB}$ le plus grand possible.

Le but de cet exercice est donc de rechercher s'il existe une position du point T sur le segment [EM] pour laquelle la mesure de l'angle $\widehat{ATB}$ est maximale et, si c'est le cas, d'en déterminer une valeur approchée.

Dans toute la suite, on note x la longueur ET que l'on cherche à déterminer.

Les dimensions du terrain sont : EM = 50 m, EA = 25 m, AB = 5,6 m.

Les mesures des angles sont exprimées en radian, dans $\left[0\,;\frac{\pi}{2}\right[$. On note a la mesure de l'angle $\widehat{ETA}$, b la mesure de l'angle $\widehat{ETB}$ et c la mesure de l'angle $\widehat{ATB}$.

a. Exprimer $\tan a$ et $\tan b$ en fonction de x.

b. On définit la fonction tangente, notée tan, sur l'intervalle $\left[0\,;\frac{\pi}{2}\right[$ par :

$$\tan x = \frac{\sin x}{\cos x}$$

Montrer que la fonction tan est strictement croissante sur $\left[0\,;\frac{\pi}{2}\right[$.

c. Pour tous réels α et β de $\left[0\,;\frac{\pi}{2}\right[$, on admet que $\tan(\alpha-\beta) = \frac{\tan\alpha - \tan\beta}{1+\tan\alpha\cdot\tan\beta}$.

Montrer que $\tan c = \frac{5{,}6x}{x^2+765}$.

d. Justifier que la mesure c de l'angle $\widehat{ATB}$ est maximale lorsque $\tan c$ est maximum. Montrer que cela correspond au minimum de la fonction f définie par $f(x) = x + \frac{765}{x}$ sur l'intervalle $]0\,;50]$.

e. Montrer qu'il existe une unique valeur de x pour laquelle la mesure de l'angle $\widehat{ATB}$ est maximale. Déterminer cette valeur au mètre près, ainsi qu'une mesure de l'angle $\widehat{ATB}$ à 0,01 radian près.

LES CLÉS POUR RÉUSSIR

a. Utilisez les formules de trigonométrie dans des triangles bien choisis.

b. Dérivez la fonction tan en utilisant la dérivée d'un quotient. → FICHE 26

c. Remplacez α et β par les valeurs adéquates.

d. Grâce au résultat de la question **2.** et à la transformation de l'expression de tan c, mettez en évidence une fonction plus simple que vous pourrez étudier.

e. Étudiez la fonction f donnée.

LE CORRIGÉ

a. Utiliser la trigonométrie du triangle rectangle

Dans le triangle TEA rectangle en E, on a $\tan a = \frac{EA}{ET} = \frac{\mathbf{25}}{\boldsymbol{x}}$.

Dans le triangle TEB rectangle en E, on a $\tan b = \frac{EB}{ET} = \frac{EA + AB}{ET} = \frac{\mathbf{30{,}6}}{\boldsymbol{x}}$.

b. Déterminer la dérivée d'un quotient

La fonction tan est dérivable sur $\left[0\,;\frac{\pi}{2}\right[$ comme quotient de fonctions dérivables (dont le dénominateur ne s'annule pas). Pour $x \in \left[0\,;\frac{\pi}{2}\right[$, on a

$$\tan'(x) = \frac{\cos x \cdot \cos x - \sin x \cdot (-\cos x)}{\cos^2 x} = \frac{\cos^2 x + \sin^2 x}{\cos^2 x} = \frac{1}{\cos^2 x} > 0.$$

À NOTER

On a utilisé ici la formule fondamentale : pour tout réel x, $\cos^2 x + \sin^2 x = 1$.

Donc la fonction tan est **strictement croissante sur** $\left[\mathbf{0}\,;\frac{\boldsymbol{\pi}}{\mathbf{2}}\right[$.

c. Simplifier une expression

On a $c = b - a$. Donc en appliquant la formule donnée, on obtient,

$$\tan c = \tan(b-a) = \frac{\tan b - \tan a}{1 + \tan b \tan a} = \frac{\frac{30{,}6}{x} - \frac{25}{x}}{1 + \frac{30{,}6}{x} \cdot \frac{25}{x}} = \frac{\frac{5{,}6}{x}}{1 + \frac{765}{x^2}} = \frac{\mathbf{5{,}6}\boldsymbol{x}}{\boldsymbol{x}^{\mathbf{2}} + \mathbf{765}}.$$

d. Déterminer un minimum

La fonction tan est strictement croissante sur $\left[0\,;\frac{\pi}{2}\right[$. Donc **tan c est maximum lorsque c est maximum.**

Pour tout $x \in \left]0\,;50\right]$, $f(x) = x + \frac{765}{x} = \frac{x^2+765}{x} = \frac{5{,}6}{\tan c} > 0$.

La fonction inverse est strictement décroissante sur $\left]0\,;+\infty\right[$. On en déduit donc que **c est maximum** $\Leftrightarrow$ $\tan c$ est maximum $\Leftrightarrow$ **$f(x)$ est minimum.**

e. Trouver les valeurs numériques

La fonction f est dérivable sur $\left]0\,;50\right]$ comme somme de fonctions dérivables.

Pour tout $x \in \left]0\,;50\right]$, on a

$$f'(x) = 1 - \frac{765}{x^2} = \frac{x^2-765}{x^2} = \frac{\left(x-\sqrt{765}\right)\left(x+\sqrt{765}\right)}{x^2}.$$

Donc $f'(x)$ est du signe de $x - \sqrt{765}$. La fonction f est strictement décroissante sur $\left]0\,;\sqrt{765}\right]$ et strictement croissante sur $\left[\sqrt{765}\,;50\right]$. Elle admet donc un minimum en $x = \sqrt{765}$.

La mesure de l'angle $\widehat{ATB}$ est ainsi maximale pour $ET = x = \sqrt{765} \approx 27{,}659$.

Pour maximiser ses chances, le joueur doit donc se placer à **28 mètres** de la ligne d'essai. À cette position, on a alors $\tan c = \frac{5{,}6\times\sqrt{765}}{\left(\sqrt{765}\right)^2+765} = \frac{5{,}6\sqrt{765}}{1530}$. La mesure maximale de l'angle $\widehat{ATB}$ correspondante est donc **0,1 rad** (ce qui correspond à environ 6°).

SUJET 29 | OBJECTIF BAC

60 min

Solutions des équations $a\ln x = x\ln a$

→ FICHES 23, 24, 25

Ce sujet demande une bonne maîtrise de la fonction ln, qu'il s'agisse de ses propriétés analytiques ou algébriques.

LE SUJET

a désigne un réel strictement positif. L'objectif de ce problème est la recherche dans l'intervalle $\left]0\,;+\infty\right[$ des solutions de l'équation (E_a) $a\ln x = x\ln a$.

Partie A Étude de cas particuliers

1. a. Vérifier que 2 et 4 sont solutions de l'équation (E_2).

b. Vérifier que a est toujours solution de (E_a).

2. On se propose de montrer que e est la seule solution de (E_e).
On note f la fonction définie sur $]0\,;+\infty[$ par $f(x) = x - e\ln x$.

a. Question de cours
On rappelle que $\lim\limits_{x \to +\infty} \frac{e^x}{x} = +\infty$. Montrer que $\lim\limits_{x \to +\infty} \frac{\ln x}{x} = 0$.

b. Déterminer les limites de f en 0 et en $+\infty$.
c. Étudier les variations de f sur $]0\,;+\infty[$.
d. Dresser le tableau de variations de f. Conclure quant aux solutions de (E_e)

Partie B Résolution de l'équation (E_a)

1. Montrer qu'un réel strictement positif x est solution de (E_a) si et seulement s'il est solution de l'équation $\frac{\ln x}{x} = \frac{\ln a}{a}$.

2. On note g la fonction définie sur $]0\,;+\infty[$ par $g(x) = \frac{\ln x}{x}$.
a. Déterminer les limites de g en 0 et $+\infty$. Interpréter graphiquement.
b. Étudier les variations de g sur $]0\,;+\infty[$. Dresser son tableau de variations.

3. a. Montrer que si $a \in\,]0\,;1]$, alors $g(a) \leqslant 0$.
b. Montrer que si $a \in\,]1\,;e[$ ou $a \in\,]e\,;+\infty[$, alors $0 < g(a) < e^{-1}$.

4. Déduire de ce qui précède que :
a. si $a \in\,]0\,;1]$, alors (E_a) admet a pour unique solution ;
b. si $a \in\,]1\,;e[$ ou $a \in\,]e\,;+\infty[$, alors (E_a) admet deux solutions, l'une dans l'intervalle $]1\,;e[$, l'autre dans l'intervalle $]e\,;+\infty[$.

LES CLÉS POUR RÉUSSIR

Partie A

1. Remplacez la variable par le réel pour vérifier s'il est solution

À NOTER
Il ne faut pas confondre ici la variable x (à remplacer par 2 puis par 4 dans la question **a.**), avec le paramètre a (à remplacer par 2 dans la question **a.**).

2. a. Utilisez une composition. → FICHE 23
b. Levez la forme indéterminée en factorisant. → FICHE 25
c. Dérivez f et étudiez le signe de la dérivée.
d. Faites le lien entre l'équation $f(x) = 0$ et (E_e).

Partie B

1. Assurez-vous que l'on ne divise pas par un réel qui peut être nul. → FICHE 24

2. a. Recherchez d'éventuelles asymptotes.
b. Dérivez f et étudiez le signe de la dérivée.

3. Utilisez les variations de g.

4. Notez $b = g(a)$ et appliquez le corollaire du théorème des valeurs intermédiaires pour résoudre $g(x) = b$, en vous plaçant dans des intervalles adaptés. → FICHE 22

LE CORRIGÉ

Partie A Étude de cas particuliers

1. Vérifier des solutions

a. (E_2) est l'équation $2\ln x = x\ln 2$.

- En remplaçant x par 2, on trouve immédiatement que **2** est solution.
- En remplaçant x par 4, et en utilisant les propriétés algébriques de ln, on a $2\ln 4 = 2\ln(2^2) = 2\times 2\ln 2 = 4\ln 2$, donc **4** est également solution.

b. En remplaçant x par a dans (E_a), on a immédiatement que **a** est solution.

2. a. Démontrer un résultat de cours

Pour $x \in \,]0\,;+\infty[$, on pose $X = \ln x$. On a $\dfrac{\ln x}{x} = \dfrac{X}{e^X} = \dfrac{1}{\dfrac{e^X}{X}}$.

On sait que $\lim\limits_{x\to+\infty} \ln x = +\infty$ et $\lim\limits_{X\to+\infty} \dfrac{e^X}{X} = +\infty$; par composition et quotient, on obtient que $\boldsymbol{\lim\limits_{x\to+\infty} \dfrac{\ln x}{x} = 0}$.

b. Calculer des limites

- $\lim\limits_{x\to 0^+} \ln x = -\infty$, donc par produit et somme, $\boldsymbol{\lim\limits_{x\to 0} f(x) = +\infty}$.
- Pour $x \in \,]0\,;+\infty[$, $f(x) = x\left(1 - \dfrac{e\ln x}{x}\right)$. On a montré que $\lim\limits_{x\to+\infty} \dfrac{\ln x}{x} = 0$. Donc par somme et produit, $\boldsymbol{\lim\limits_{x\to+\infty} f(x) = +\infty}$.

c. Étudier des variations

f est dérivable sur $]0\,;+\infty[$ comme somme de fonctions dérivables, et pour tout $x \in \,]0\,;+\infty[$, $f'(x) = 1 - \dfrac{e}{x} = \dfrac{x-e}{x}$. Ainsi, sur $]0\,;+\infty[$, $f'(x)$ est du signe de $x - e$.

On en déduit que f est **strictement décroissante sur $]0\,;e]$** et **strictement croissante sur $[e\,;+\infty[$**.

d. Utiliser un tableau de variations pour résoudre une équation

On en déduit le tableau de variations de f, et $f(e) = e - e\ln e = e - e = 0$.

x	0		e		$+\infty$
f	‖	$+\infty$ ↘	0	↗	$+\infty$

x solution de $(E_e) \Leftrightarrow e\ln x = x\ln e \Leftrightarrow x - e\ln x = 0 \Leftrightarrow f(x) = 0$.

Or, sur $]0\,;+\infty[$, f admet un minimum en e qui vaut 0. Donc l'équation $f(x) = 0$ admet e comme unique solution dans $]0\,;+\infty[$.

On a donc montré que l'équation (E_e) admet e pour unique solution.

Partie B Résolution de l'équation (E_a)

1. Transformer une égalité

x et a sont des réels non nuls. En divisant les deux membres de l'égalité par le produit ax non nul, on a $a\ln x = x\ln a \Leftrightarrow \frac{\ln x}{x} = \frac{\ln a}{a}$.

x est solution de (E_a) si et seulement si x est solution de $\frac{\ln x}{x} = \frac{\ln a}{a}$.

2. a. Calculer des limites et les interpréter

▸ $\lim\limits_{x\to 0^+} \ln x = -\infty$ donc, **par quotient**, $\lim\limits_{x\to 0^+} g(x) = -\infty$. La droite d'équation $x = 0$ est donc **asymptote verticale** à la courbe représentative de g.

À NOTER

Pour l'existence du logarithme, la limite est nécessairement une limite à droite. On effectue donc le **quotient** d'une fonction de limite $-\infty$ par une fonction de limite 0^+. La forme n'est pas indéterminée, et il ne s'agit pas d'une croissance comparée.

▸ On a montré à la question **2. a.** de la **partie A** que $\lim\limits_{x\to +\infty} g(x) = 0$. La droite d'équation $y = 0$ est donc **asymptote horizontale** à la courbe représentative de g au voisinage de $+\infty$.

b. Étudier des variations

g est dérivable sur $]0\,;+\infty[$, comme quotient de fonctions dérivables (dont le dénominateur ne s'annule pas).

Pour tout $x \in]0\,;+\infty[$, $g'(x) = \frac{\frac{1}{x}\times x - 1\times \ln x}{x^2} = \frac{1-\ln x}{x^2}$. On en déduit que $g'(x)$ est du signe de $1 - \ln x$ sur $]0\,;+\infty[$.

Or $1 - \ln x > 0 \Leftrightarrow 1 > \ln x \Leftrightarrow \mathrm{e} > x$, par croissance de la fonction exponentielle.

Donc g est **strictement croissante sur** $]0\,;\mathrm{e}]$ et **strictement décroissante sur** $[\mathrm{e}\,;+\infty[$.

x	0		e		$+\infty$
$g'(x)$	‖	$+$	0	$-$	
g	‖ $-\infty$	↗	e^{-1}	↘	0

3. Établir des inégalités

a. On suppose que $a \in]0\,;1]$. g est strictement croissante sur $]0\,;\mathrm{e}]$ donc $g(a) \leqslant g(1)$ (car $1 < \mathrm{e}$). On a donc $\boldsymbol{g(a) \leqslant 0}$

b. ▸ On suppose que $a \in]1\,;\mathrm{e}[$. g est strictement croissante sur $]0\,;\mathrm{e}]$ donc $g(1) < g(a) < g(\mathrm{e}) \Leftrightarrow \boldsymbol{0 < g(a) < \mathrm{e}^{-1}}$.

▸ On suppose que $a \in]\mathrm{e}\,;+\infty[$. g est strictement décroissante sur $]\mathrm{e}\,;+\infty[$ avec $\lim\limits_{x\to +\infty} g(x) = 0$. Donc $0 < g(a) < g(\mathrm{e}) \Leftrightarrow \boldsymbol{0 < g(a) < \mathrm{e}^{-1}}$.

4. Déterminer le nombre de solutions d'une équation

Posons $b = g(a)$.

D'après la question **1.**, x est solution de (E_a) si et seulement si $g(x) = g(a)$.
Il suffit donc de résoudre l'équation $g(x) = b$ dans chacun des cas.

a. Si $a \in]0\,;1]$, d'après la question **3.**, on a $b \leqslant 0 < g(\mathrm{e})$.

- g est définie continue (car dérivable), strictement croissante sur $]0\,;\mathrm{e}]$. On a $\lim\limits_{x \to 0^+} g(x) = -\infty$ et $b < g(\mathrm{e})$. D'après le corollaire du théorème des valeurs intermédiaires, l'équation $g(x) = b$ admet une unique solution dans $]0\,;\mathrm{e}]$.
- g est définie continue (car dérivable), strictement décroissante sur $[\mathrm{e}\,;+\infty[$. On a $\lim\limits_{x \to +\infty} g(x) = 0$. Or $b \leqslant 0$ donc l'équation $g(x) = b$ n'admet pas de solution dans $[\mathrm{e}\,;+\infty[$.

Ainsi $g(x) = b$ admet une unique solution dans $]0\,;+\infty[$. Or a est toujours solution de (E_a)(voir la **partie A**). Donc, ***a* est bien l'unique solution de (E_a).**

b. Si $a \in]1\,;\mathrm{e}[$ ou $a \in]\mathrm{e}\,;+\infty[$, d'après la question **3.**, $0 < b < g(\mathrm{e})$.

- g est définie continue (car dérivable), strictement croissante sur $]0\,;1]$. Or $g(1) = 0$ et $b > 0$ donc l'équation $g(x) = b$ n'a pas de solution dans $]0\,;1]$.
- g est définie continue (car dérivable), strictement croissante sur $]1\,;\mathrm{e}]$. On a $g(1) < b < g(\mathrm{e})$. Donc, d'après le corollaire du théorème des valeurs intermédiaires, l'équation $g(x) = b$ admet une unique solution dans $]1\,;\mathrm{e}]$.
- g est définie continue (car dérivable), strictement décroissante sur $[\mathrm{e}\,;+\infty[$. On a $\lim\limits_{x \to +\infty} g(x) = 0$ et $0 < b < g(\mathrm{e})$. Donc, d'après le corollaire du théorème des valeurs intermédiaires, l'équation $g(x) = b$ admet une unique solution dans $[\mathrm{e}\,;+\infty[$.

On en conclut que (E_a) **admet deux solutions, l'une dans $]1\,;\mathrm{e}]$, l'autre dans $[\mathrm{e}\,;+\infty[$.**

SUJET 30 | OBJECTIF BAC

Suite de fonctions et suite de solutions d'équations

50 min

→ FICHES **16, 22, 23, 25**

Ce sujet couvre une grande partie du programme d'analyse. Son originalité et sa difficulté résident dans l'étude simultanée d'une suite de fonctions et d'une suite de réels définis comme solutions d'équations.

LE SUJET

1. Soit n un entier naturel non nul. On considère la fonction f_n définie sur $[0\,;+\infty[$ par $f_n(x) = 2x - 2 + \dfrac{\ln(x^2+1)}{n}$.

a. Déterminer la limite de f_n en $+\infty$.

b. Démontrer que la fonction f_n est strictement croissante sur $[0\,;+\infty[$.

c. Démontrer que l'équation $f_n(x) = 0$ admet une unique solution α_n dans $[0\,;+\infty[$.

d. Justifier que, pour tout entier naturel n non nul, on a $0 < \alpha_n < 1$.

2. a. Montrer que tout entier naturel n non nul et pour tout réel $x \in\,]0\,;+\infty[$, $f_{n+1}(x) < f_n(x)$.

b. En déduire que pour tout entier naturel n non nul, $f_n(\alpha_{n+1}) > 0$.

3. On va étudier la suite (α_n), pour n entier naturel non nul.

a. Montrer que la suite (α_n) est croissante.

b. Déduire des questions précédentes que la suite (α_n) est convergente.

c. Utiliser $\alpha_n = 1 - \dfrac{\ln(\alpha_n^2+1)}{2n}$ pour déterminer la limite de cette suite.

LES CLÉS POUR RÉUSSIR

1. a. Utilisez les limites des polynômes et de la fonction ln. → FICHE 23

b. Dérivez f_n et déterminez le signe de la dérivée.

c. Utilisez le corollaire du théorème des valeurs intermédiaires. → FICHE 22

d. Utilisez la définition de α_n et le fait que la fonction f_n est croissante.

2. a. Pensez que pour tout entier naturel n non nul, on a $\dfrac{1}{n+1} < \dfrac{1}{n}$.

b. Utilisez la question précédente et la définition de α_n.

3. a. À partir du résultat précédent, comparez $f_n(\alpha_n)$ et $f_n(\alpha_{n+1})$. Puis utilisez la stricte croissance de f_n.

b. Utilisez la question précédente et la question **1. d.**, puis appliquez le théorème de croissance monotone. → FICHE 16

c. « Passez à la limite » sur l'égalité proposée.

LE CORRIGÉ

1. a. Calculer une limite

On a $\lim\limits_{x\to+\infty} \dfrac{\ln(x^2+1)}{n} = +\infty$ car $n > 0$. Par somme, on a $\lim\limits_{x\to+\infty} f_n(x) = +\infty$.

b. Étudier des variations

f_n est dérivable sur $[0\,;+\infty[$ comme composée et somme de fonctions dérivables et $f_n'(x) = 2 + \dfrac{1}{n} \times \dfrac{2x}{x^2+1}$. Pour tout $x \in [0\,;+\infty[$, $f_n'(x) > 0$.

Donc la fonction f_n est **strictement croissante sur $[0\,;+\infty[$**.

c. Prouver l'existence et l'unicité d'une solution

La fonction f_n est continue (car dérivable), strictement croissante sur $[0\,;+\infty[$. On a $f_n(0) = -2$ et $\lim\limits_{x\to+\infty} f_n(x) = +\infty$.

D'après le corollaire du théorème des valeurs intermédiaires, l'équation **$f_n(x) = 0$ admet une unique solution α_n dans $[0\,;+\infty[$**.

d. Encadrer une solution

Pour tout entier naturel n non nul, $f_n(0) = -2$, $f_n(\alpha_n) = 0$, $f_n(1) = \dfrac{\ln 2}{n}$.

Donc $f_n(0) < f_n(\alpha_n) < f_n(1) \Leftrightarrow \mathbf{0 < \alpha_n < 1}$ car f_n est strictement croissante sur $[0\,;+\infty[$.

2. a. Prouver une inégalité

Pour n entier naturel non nul, $0 < n < n+1$, donc $\dfrac{1}{n+1} < \dfrac{1}{n}$.

Or, pour $x \in \,]0\,;+\infty[$, $x^2 > 0$ donc $x^2+1 > 1$ et $\ln(x^2+1) > 0$.

Donc $\dfrac{\ln(x^2+1)}{n+1} < \dfrac{\ln(x^2+1)}{n}$, d'où **$f_{n+1}(x) < f_n(x)$ pour tout $x \in \,]0\,;+\infty[$**.

b. Déterminer un signe

Pour tout entier naturel n non nul, $\alpha_{n+1} > 0$ (**1. d.**) donc $f_{n+1}(\alpha_{n+1}) < f_n(\alpha_{n+1})$.
Or, par définition, $f_{n+1}(\alpha_{n+1}) = 0$, donc **$f_n(\alpha_{n+1}) > 0$**.

3. a. Établir une monotonie

Pour tout entier naturel n non nul, $f_n(\alpha_{n+1}) > 0$ et $f_n(\alpha_n) = 0$.
Donc $f_n(\alpha_n) < f_n(\alpha_{n+1}) \Leftrightarrow \alpha_n < \alpha_{n+1}$ car f_n est strictement croissante.
La suite (α_n) est donc **strictement croissante.**

b. Prouver une convergence

La suite (α_n) est croissante majorée par 1 (d'après la question **1. d.**) donc elle est bien convergente.

c. Calculer une limite de suite

En notant ℓ la limite de la suite (α_n). On a $\lim\limits_{n\to+\infty} \ln(\alpha_n^2+1) = \ell^2+1$, d'où

$\lim\limits_{n\to+\infty} \dfrac{\ln(\alpha_n^2+1)}{2n} = 0$. Donc $\ell = \lim\limits_{n\to+\infty} (\alpha_n) = \lim\limits_{n\to+\infty} \left(1 - \dfrac{\ln(\alpha_n^2+1)}{2n}\right) = 1 - 0 = 1$.

SUJET 31 | OBJECTIF MENTION

50 min Famille de courbes passant par un point fixe

→ FICHES 22, 23 et 24

Ce problème s'intéresse à une famille de fonctions logarithmiques, met en évidence des propriétés de leurs courbes et se termine par un calcul d'aire. → FICHE 30

Dans l'ensemble de l'exercice, il convient de bien distinguer la variable réelle x du paramètre entier n dont elles dépendent.

LE SUJET

On considère la famille de fonctions $(f_n)_{n\geqslant 1}$, définies sur $]0\,;+\infty[$ par :

$$f_n(x) = x - n - \frac{n\ln x}{x}$$

Pour $n \in \mathbb{N}^*$, on notera $\mathscr{C}_n$ la courbe représentative de la fonction f_n.
On montrera que toutes les courbes $\mathscr{C}_n$ passent par un même point A.

Partie A Étude de deux fonctions auxiliaires

1. On considère la fonction d définie sur $]0\,;+\infty[$ par $d(x) = 1 + \dfrac{\ln x}{x}$.

a. Étudier les variations de d et préciser ses limites en 0 et en $+\infty$.

b. Déduire de la question précédente que l'équation $d(x) = 0$ admet une unique solution β, avec $\beta \in]0\,;1[$.

2. Soit n un entier naturel non nul. Sur $]0\,;+\infty[$, on définit la fonction g_n par $g_n(x) = x^2 - n + n\ln x$.

a. Étudier les variations de g_n et préciser ses limites en 0 et en $+\infty$.

b. Déduire de la question précédente que l'équation $g_n(x) = 0$ admet une unique solution α_n, avec $\alpha_n \in [1\,;3]$.

c. Déterminer le signe de $g_n(x)$ sur $]0\,;+\infty[$.

Partie B Étude des fonctions f_n

1. Montrer que, pour tout réel x de $]0\,;+\infty[$, on a $f_n'(x) = \dfrac{g_n(x)}{x^2}$. En déduire les variations de f_n.

2. Déterminer les limites de f_n en 0 et en $+\infty$.

3. Montrer que la droite $\mathscr{D}_n$ d'équation $y = x - n$ est asymptote à la courbe $\mathscr{C}_n$. Préciser les positions relatives de $\mathscr{D}_n$ et $\mathscr{C}_n$.

4. Pour tout entier naturel n non nul et pour tout x de $]0\,;+\infty[$, calculer $f_n(x) - f_{n+1}(x)$. Quelle en est la limite quand x tend vers $+\infty$?

5. Montrer que pour tout entier naturel n non nul, on a $f_n(\beta) = \beta$. Que peut-on en conclure ?

Partie C Étude des cas particuliers $n = 1$ et $n = 2$

1. Montrer que $\alpha_1 = 1$ et que $1{,}2 < \alpha_2 < 1{,}3$.

2. En déduire que $f_2(\alpha_2) \leqslant -1{,}10$.

3. Représenter dans un même repère les courbes $\mathscr{C}_1$ et $\mathscr{C}_2$ en faisant apparaître leurs positions relatives, ainsi que leurs asymptotes et le point de concours A.

4. Calculer la valeur exacte, en unité d'aire, de la surface du plan comprise entre $\mathscr{C}_1$ et les droites d'équation $x = 1$, $x = 2$ et $y = 0$.

LES CLÉS POUR RÉUSSIR

Partie A

1. a. Pour obtenir les variations, dérivez d et étudiez le signe de la dérivée. → FICHE 24

b. Servez-vous du théorème des valeurs intermédiaires. → FICHE 22

2. a. N'oubliez pas que n et x sont positifs, pour étudier la dérivée. → FICHE 23

b. Encore une application du théorème des valeurs intermédiaires.

c. Utilisez les variations de g_n et la définition de α_n.

Partie B

1. Si vous ne trouvez pas le résultat demandé pour la dérivée, dites clairement sur la copie que vous admettez le résultat.

2. Pensez aux limites de la fonction ln pour répondre. → FICHE 23

3. Montrez que, pour n fixé, $f_n(x) - (x - n)$ tend vers 0 quand x tend vers $+\infty$, puis étudiez le signe de cette différence en fonction de x. → FICHE 23

4. Utilisez les résultats de la **partie A**.

5. Pensez à la façon dont on a défini β.

Partie C

1. Vérifiez que $\alpha_1 = 1$ et que les variations de g_2 donnent $1{,}2 < \alpha_2 < 1{,}3$.

2. Utilisez les variations de f_2.

3. Vous en êtes à la synthèse du problème : faites un graphique clair pour montrer que vous avez bien compris chaque partie.

4. Une aire entre deux courbes s'obtient par un calcul intégral. Ici, pour calculer l'intégrale, pensez à la dérivée d'une fonction composée. → FICHE 30

LE CORRIGÉ

Partie A Étude de deux fonctions auxiliaires

1. a. Étudier des variations

- d est dérivable sur $]0\,;+\infty[$ comme quotient et somme de fonctions dérivables.

Pour tout $x \in]0\,;+\infty[$, on a $d'(x) = \dfrac{\frac{1}{x} \times x - 1 \times \ln x}{x^2} = \dfrac{1-\ln x}{x^2}$, qui est du signe de $1-\ln x$. Or $1-\ln x > 0 \Leftrightarrow \ln x < 1 \Leftrightarrow x < \mathrm{e}$. Donc d est **strictement croissante sur $]0\,;\mathrm{e}]$**, et **strictement décroissante sur $[\mathrm{e}\,;+\infty[$**.

- $\lim\limits_{x\to 0^+} \ln x = -\infty$, donc, par quotient, $\lim\limits_{x\to 0^+} d(x) = -\infty$.

On a $\lim\limits_{x\to +\infty} \dfrac{\ln x}{x} = 0$ (d'après les croisssances comparées), donc $\lim\limits_{x\to +\infty} d(x) = 1$.

b. Prouver l'existence et l'unicité d'une solution

- d est définie continue (car dérivable), strictement croissante sur $]0\,;\mathrm{e}]$.

On a $\lim\limits_{x\to 0^+} d(x) = -\infty$ et $d(\mathrm{e}) = 1 + \dfrac{\ln \mathrm{e}}{\mathrm{e}} = 1 + \dfrac{1}{\mathrm{e}} > 0$. Donc, d'après le corollaire du théorème des valeurs intermédiaires, l'équation $d(x) = 0$ admet une unique solution β dans $]0\,;\mathrm{e}]$.
Or $d(1) = 1$, donc $d(\beta) < d(1) \Leftrightarrow \beta < 1$ (puisque d est croissante sur $]0\,;\mathrm{e}]$).

- d est définie continue (car dérivable), strictement décroissante sur $[1\,;+\infty[$.

Or $\lim\limits_{x\to +\infty} d(x) = 1$. Donc l'équation $d(x) = 0$ n'admet pas de solution dans $[1\,;+\infty[$.
Donc l'équation **$d(x) = 0$ admet une unique solution $\beta \in]0\,;1]$.**

2. a. Étudier une fonction

g_n est dérivable sur $]0\,;+\infty[$ comme somme de fonctions dérivables. Pour tout $x \in]0\,;+\infty[$, on a $g_n'(x) = 2x + \dfrac{n}{x} > 0$.
Donc, la fonction g_n est **strictement croissante sur $]0\,;+\infty[$.**
Par somme, on obtient facilement que $\lim\limits_{x\to 0^+} g_n(x) = -\infty$ et $\lim\limits_{x\to +\infty} g_n(x) = +\infty$.

b. Prouver l'existence et l'unicité d'une solution

g_n est définie continue (car dérivable), strictement croissante sur $]0\,;+\infty[$.
On a $\lim\limits_{x\to 0^+} g_n(x) = -\infty$ et $\lim\limits_{x\to +\infty} g_n(x) = +\infty$. Donc, d'après le corollaire du théorème des valeurs intermédiaires, l'équation $g_n(x) = 0$ admet une unique solution α_n dans $]0\,;+\infty[$.
Or $g_n(1) = 1 - n \leqslant 0$ et $g_n(3) = 9 - n + n\ln 3 = 9 + n((\ln 3) - 1) > 0$ (puisque $\ln 3 > \ln \mathrm{e}$ avec $\ln \mathrm{e} = 1$). Donc $g_n(1) \leqslant g_n(\alpha_n) \leqslant g_n(3) \Leftrightarrow 1 \leqslant \alpha_n \leqslant 3$.
Donc l'équation **$g_n(x) = 0$ admet une unique solution $\alpha_n \in [1\,;3]$.**

c. Établir le signe d'une fonction

Par définition de α_n et par croissance de la fonction g_n, on obtient immédiatement que $g_n(x)$ est **négatif sur $]0\,;\alpha_n[$, positif sur $]\alpha_n\,;+\infty[$.**

Partie B Étude des fonctions f_n

1. Étudier des variations

f_n est dérivable sur $]0\,;+\infty[$ comme somme et quotient de fonctions dérivables (dont le dénominateur ne s'annule pas).

Pour tout $x \in]0\,;+\infty[$, $f_n'(x) = 1 - \dfrac{n \times \frac{1}{x} \times x - n\ln x}{x^2} = \dfrac{x^2 - n + n\ln x}{x^2}$.

Donc pour tout $x \in]0\,;+\infty[$, $f_n'(x) = \dfrac{g_n(x)}{x^2}$.

On en déduit, à l'aide de la question précédente, que f_n est **strictement décroissante sur $]0\,;\alpha_n[$, strictement croissante sur $]\alpha_n\,;+\infty[$.**

2. Calculer des limites

Pour tout entier naturel n non nul et tout $x \in]0\,;+\infty[$, $f_n(x) = x - n \times d(x)$.

Donc, d'après la question **1. a.** de la **partie A** et par somme, on obtient que $\lim\limits_{x\to 0^+} f_n(x) = +\infty$ et $\lim\limits_{x\to +\infty} f_n(x) = +\infty$.

3. Étudier la position de courbes

Pour n entier naturel non nul et $x \in]0\,;+\infty[$, $f_n(x) - (x - n) = -n\dfrac{\ln x}{x}$.

Or $\lim\limits_{x\to+\infty} \dfrac{\ln x}{x} = 0$, donc $\lim\limits_{x\to+\infty} (f_n(x) - (x-n)) = 0$. Donc la droite $\mathscr{D}_n$ **d'équation $y = x - n$ est asymptote à $\mathscr{C}_n$** au voisinage de $+\infty$.

De plus, $f_n(x) - (x-n) = -n\dfrac{\ln x}{x} > 0 \Leftrightarrow \ln x < 0 \Leftrightarrow 0 < x < 1$. On en conclut que **$\mathscr{C}_n$ est au-dessus de $\mathscr{D}_n$ sur $]0\,;1[$, en dessous sur $]1\,;+\infty[$.**

4. Calculer une limite avec un paramètre entier

Pour tout entier naturel n non nul et pour tout $x \in]0\,;+\infty[$, on a :

$$f_n(x) - f_{n+1}(x) = x - n - \frac{n\ln x}{x} - x + n + 1 + \frac{(n+1)\ln x}{x} = 1 + \frac{\ln x}{x} = d(x).$$

On déduit de la question **1. a.** de la **partie A** que $\lim\limits_{x\to+\infty} (f_n(x) - f_{n+1}(x)) = 1$.

5. Établir un point de concours

Par définition, on a $d(\beta) = 0$. Donc, pour tout entier naturel n non nul, on a $f_n(\beta) = \beta - n - \dfrac{n\ln\beta}{\beta} = \beta - n \times d(\beta) = \beta$.

Donc les courbes $\mathscr{C}_n$ **passent par un même point A de coordonnées** $(\beta\,;\beta)$.

Partie C Étude des cas particuliers $n = 1$ et $n = 2$

1. Étudier des solutions particulières et établir un encadrement

- α_1 est l'unique solution de $g_1(x) = 0$. Or $g_1(1) = 1^2 - 1 + 1\ln 1 = 0$, donc $\alpha_1 = 1$.
- On a par définition, $g_2(\alpha_2) = 0$, et $g_2(1{,}2) \approx -0{,}195$ et $g_2(1{,}3) \approx 0{,}215$, donc $g_2(1{,}2) < g_2(\alpha_2) < g_2(1{,}3) \Leftrightarrow 1{,}2 < \alpha_2 < 1{,}3$ puisque d'après la question **2. a.** de la **partie A**, g_2 est une fonction strictement croissante.

2. Établir une inégalité

D'après la question **1.** de la **partie B**, la fonction f_2 admet un minimum en α_2. Donc $f_2(\alpha_2) \leqslant f_2(1{,}2)$. Or $f_2(1{,}2) \approx -1{,}104$ donc $\boldsymbol{f_2(\alpha_2) \leqslant -1{,}10}$.

3. Tracer des courbes

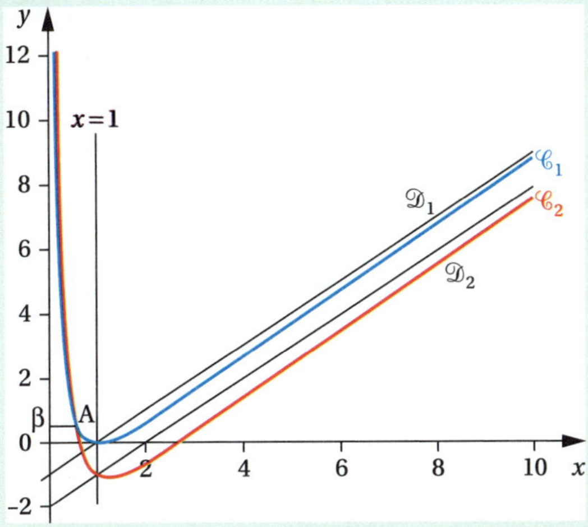

4. Calculer une aire

Notons S l'aire, en unités d'aire, de la partie du plan comprise entre $\mathscr{C}_1$ et les droites d'équation $x = 1$, $x = 2$ et $y = 0$.

f_1 est croissante sur $[\alpha_1\,;+\infty[$. Or $\alpha_1 = 1$ et $f_1(1) = 0$. Donc la fonction f_1 est positive sur $[1\,;2]$.

On a donc $S = \int_1^2 f_1(x)\,\mathrm{d}x = \int_1^2 \left(x - 1 - \frac{\ln x}{x}\right)\mathrm{d}x = \left[\frac{x^2}{2} - x - \frac{1}{2}(\ln x)^2\right]_1^2$

D'où $\boldsymbol{S = \frac{1-(\ln 2)^2}{2}}$ **u.a.**

À NOTER

Pour calculer l'intégrale, on a utilisé que $\frac{1}{2}u^2$ est une primitive de $u'u$, u étant la fonction ln. On a bien $u'(x)u(x) = \frac{1}{x} \times \ln x$.

9 Primitives, équations différentielles

Déduites des lois de Newton, les équations du mouvement d'un corps en chute libre sont des équations différentielles dont les solutions donnent la position du corps en fonction de son altitude à tout instant.

TEST

Pour vous situer et identifier les fiches à réviser 222

FICHES DE COURS

27 Notions d'équation différentielle et de primitive 224
28 Équation différentielle $y' = ay + f$ 226
29 Calculs de primitives 228
MÉMO VISUEL 230

SUJETS GUIDÉS & CORRIGÉS

OBJECTIF BAC

32 Solution d'une équation différentielle 232
33 Résolution d'une équation différentielle, à coefficients non constants 235
34 Résolution d'une équation différentielle non linéaire 237

OBJECTIF MENTION

35 Résolution d'une équation différentielle du second ordre 240

TESTEZ-VOUS

→ CORRIGÉS P. 350

Faites le point sur vos connaissances puis établissez votre **parcours de révision** en fonction de votre score.

1 Résolution d'une équation différentielle

→ FICHES 27 et 28

1. Les solutions sur $\mathbb{R}$ de l'équation différentielle (E_1) : $\frac{3}{5}y' - \frac{5}{3}y + 1 = 0$ sont :

☐ **a.** $x \mapsto Ce^{x} + \frac{3}{5}$

☐ **b.** $x \mapsto Ce^{\frac{9}{25}x} + \frac{5}{3}$

☐ **c.** $x \mapsto Ce^{\frac{25}{9}x} + \frac{3}{5}$

2. Les solutions sur $\mathbb{R}$ de l'équation différentielle (E_2) : $2y' + 3y - 1 = 0$ sont :

☐ **a.** $x \mapsto Ce^{\frac{3}{2}x} - \frac{3}{2}$

☐ **b.** $x \mapsto Ce^{-\frac{3}{2}x} + \frac{3}{2}$

☐ **c.** $x \mapsto Ce^{-\frac{3}{2}x} + \frac{1}{3}$

3. Les solutions sur $\mathbb{R}$ de l'équation différentielle (E_3) : $y' + y = x$ sont :

☐ **a.** $x \mapsto Ce^{-x} + \frac{x^2}{2}$

☐ **b.** $x \mapsto Ce^{-x} + x - 1$

☐ **c.** $x \mapsto Ce^{-x} + x$

…/3

2 Solutions d'une équation différentielle

→ FICHES 27 et 28

On considère l'équation différentielle (E) : $y' = y + f$, où f est une fonction continue sur $\mathbb{R}$, non nulle. Parmi les affirmations suivantes, lesquelles sont vraies ?

☐ **a.** Si g et h sont deux solutions de (E), alors $(g - h)$ est une solution de (E).

☐ **b.** Les solutions de (E) sont les fonctions $x \mapsto Ce^{x} + F$ où F est une primitive de f.

☐ **c.** Les solutions de (E) sont les fonctions $x \mapsto Ce^{x} + g$, où g est une solution de (E).

…/1

3 Primitives

→ FICHES 27 et 29

1. La fonction f définie sur $\mathbb{R}$ par $f(x) = (1-2x)e^{-x}$ admet pour primitive sur $\mathbb{R}$ la fonction :

☐ **a.** $x \mapsto (-1+2x)e^{-x}$ ☐ **b.** $x \mapsto (1+2x)e^{-x}$ ☐ **c.** $x \mapsto (-x+x^2)e^{-x}$

2. La fonction f définie sur $]0\,;+\infty[$ par $f(x) = \dfrac{\ln x}{x}$ admet pour primitive sur $]0\,;+\infty[$ la fonction :

☐ **a.** $x \mapsto \ln(\ln x)$ ☐ **b.** $x \mapsto x\ln x$ ☐ **c.** $x \mapsto \dfrac{1}{2}(\ln x)^2$

3. La fonction f définie sur $]1\,;+\infty[$ par $f(x) = \dfrac{1}{x\ln x}$ admet pour primitive sur $]1\,;+\infty[$ la fonction :

☐ **a.** $x \mapsto \ln(\ln x)$ ☐ **b.** $x \mapsto \ln(x\ln x)$ ☐ **c.** $x \mapsto \dfrac{1}{\ln x}$

.../3

4 Propriétés des primitives

→ FICHES 27 et 29

1. Si u est une fonction continue qui ne s'annule pas sur $\mathbb{R}$, alors la fonction $-\dfrac{1}{u^2}$ admet pour primitive la fonction $\dfrac{1}{u}$

☐ **a.** toujours

☐ **b.** parfois

☐ **c.** jamais

2. Si deux fonctions admettent une même primitive, alors elles sont égales :

☐ **a.** toujours

☐ **b.** parfois

☐ **c.** jamais

3. La fonction f définie sur $\mathbb{R}$ par $f(x) = e^{-x^2}$...

☐ **a.** n'admet pas de primitive sur $\mathbb{R}$

☐ **b.** admet la fonction $x \mapsto -\dfrac{e^{-x^2}}{2x}$ pour primitive sur $\mathbb{R}$

☐ **c.** admet des primitives strictement croissantes sur $\mathbb{R}$

.../3

Score total .../10

Parcours PAS À PAS ou EXPRESS ? → MODE D'EMPLOI P. 3

27 Notions d'équation différentielle et de primitive

En bref *Les équations différentielles permettent de relier une fonction et ses dérivées, alors que la recherche de primitives est l'opération inverse de la dérivation.*

I Solution d'une équation différentielle

■ **Définition :** On appelle **équation différentielle** une équation liant une fonction (qui est donc l'inconnue de l'équation) et ses dérivées.
Exemples : $y' = y$; $y' = y^2$; $y'' + \omega^2 y = 0$.

■ On appelle **solution de l'équation différentielle** (E) sur un intervalle I une fonction définie sur I qui vérifie (E) pour tous les réels de I.
Exemples : La fonction $x \mapsto -\dfrac{1}{x}$ est solution sur $]0\,;+\infty[$ de l'équation différentielle $y' = y^2$. Les fonctions $t \mapsto \cos(\omega t)$ et $t \mapsto \sin(\omega t)$ sont solutions sur $\mathbb{R}$ de l'équation différentielle $y'' + \omega^2 y = 0$.

■ **Résoudre** une équation différentielle (E) sur un intervalle I revient à trouver l'ensemble des solutions de (E) sur I.
Exemple : Les solutions sur $\mathbb{R}$ de l'équation différentielle $y' = y$ sont les fonctions de la forme $x \mapsto C\mathrm{e}^x$ où C est un réel quelconque.

À NOTER
La fonction exponentielle est l'unique solution f de l'équation différentielle $y' = y$, qui vérifie $f(0) = 1$.

II Notion de primitive et propriétés

Soit f une fonction continue sur un intervalle I.

■ **Définition :** On appelle **primitive** de f sur I toute solution sur I de l'équation différentielle $y' = f$.

■ *Conséquence* : F est une primitive de f sur I si et seulement si F est dérivable sur I et :

$$\text{pour tout réel } x \text{ de I, } F'(x) = f(x)$$

■ **Propriétés :**

- Toute fonction continue sur un intervalle I admet des primitives sur I.
- Si F et G sont deux primitives d'une même fonction f sur I, alors il existe un réel k tel que pour tout $x \in$ I, $F(x) = G(x) + k$.

À NOTER
Deux primitives d'une même fonction diffèrent d'une constante.

Méthode

Approcher une solution par la méthode d'Euler

On considère l'équation différentielle (E) : $y' = -y + 2$.

On note f la solution de (E) telle que $f(x_0) = y_0$ (on admet qu'il en existe une et une seule).

Pour $a > x_0$, écrire un algorithme qui permet de déterminer, par la méthode d'Euler, une approximation de $f(a)$, avec un pas h.

Rappel : La courbe représentative de f admet une tangente en chacun de ses points $M(\alpha ; f(\alpha))$, et pour h très petit, on a $f(\alpha + h) \approx f(\alpha) + h \times f'(\alpha)$. On peut ainsi obtenir des valeurs approchées de $f(x)$ pour x proche de α.

CONSEILS

Étape 1 On définit les suites (x_n) et (y_n) pour $n \geqslant 1$ par $x_n = x_{n-1} + h$ et $y_n = f(x_n)$. Donnez une approximation du terme général y_n.

Étape 2 Écrivez l'algorithme demandé.

SOLUTION

Étape 1 On pose $M_0(x_0 ; y_0)$. On construit une suite de points $M_n(x_n ; y_n)$ tels que, pour $n \geqslant 1$, $x_n = x_{n-1} + h$ et $y_n = f(x_n) = f(x_{n-1} + h)$.

On a donc $y_n \approx f(x_{n-1}) + h \times f'(x_{n-1})$. Or $f(x_{n-1}) = y_{n-1}$ et f est solution de (E) donc $f'(x_{n-1}) = -f(x_{n-1}) + 2 = -y_{n-1} + 2$. D'où $\mathbf{y_n \approx y_{n-1}(1 - h) + 2h}$.

Étape 2

```
Entrer α, h
Entrer x0, y0
x, y = x0, y0
Tant que x < α :
    x = x + h
    y = y × (1 − h) + 2h
Fin Tant que
Afficher y
```

28 Équation différentielle $y' = ay + f$

En bref *On connaît la forme des solutions des équations différentielles $y' = ay + f$, selon la nature de f, ce qui n'est pas le cas pour la plupart des autres équations.*

I Équation différentielle $y' = ay$, a réel

Les solutions sur $\mathbb{R}$ de l'équation différentielle $y' = ay$ sont les fonctions de la forme :

$$x \mapsto Ce^{ax}, \text{ où } C \text{ est une constante réelle}$$

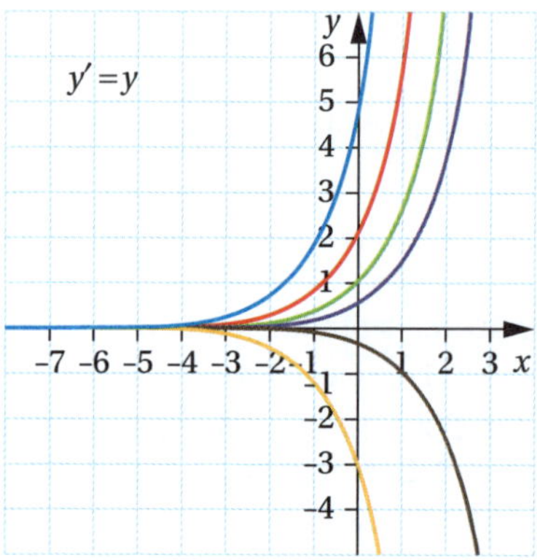

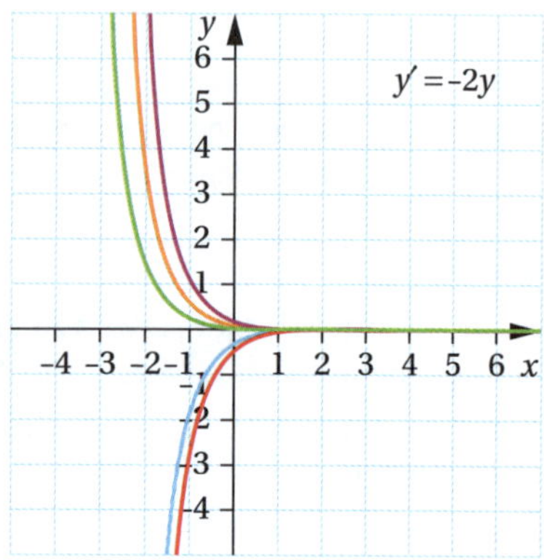

II Équation différentielle $y' = ay + b$, a réel non nul, b réel

Les solutions sur $\mathbb{R}$ de l'équation différentielle $y' = ay + b$ sont les fonctions de la forme :

$$x \mapsto Ce^{ax} - \frac{b}{a}, \text{ où } C \text{ est une constante réelle}$$

À NOTER
Lorsque $b = 0$, on retrouve le cas précédent.

III Équation différentielle $y' = ay + f$, a réel non nul, f fonction continue

Si l'on connaît une solution particulière y_0 sur un intervalle I de l'équation différentielle $y' = ay + f$, alors toutes les autres solutions sont de la forme :

$$x \mapsto Ce^{ax} + y_0 \text{ où } C \text{ est une constante réelle}$$

À NOTER
Lorsque f est une fonction constante, on retrouve le cas précédent.

Méthode

Résoudre une équation différentielle de la forme $y' = ay + b$

On considère l'équation différentielle (E) : $2y' + y = 0$.

1. Déterminer les solutions de (E) sur $\mathbb{R}$.

2. Déterminer la (ou les) solution(s) éventuelle(s) de (E) vérifiant la condition précisée dans chacun des cas suivants :

a. $f(1) = 1$

b. $f(2) = (f(1))^2$

c. $\lim\limits_{x \to +\infty} f(x) = +\infty$

CONSEILS

1. On se ramène à la forme $y' = ay + b$; c'est alors une question de cours.
2. Exprimez la contrainte par une condition sur la constante C de la solution générale.

SOLUTION

1. y solution de (E) $\Leftrightarrow y' = -\frac{1}{2}y$. Donc $\mathcal{S} = \left\{x \mapsto Ce^{-\frac{x}{2}}, C \in \mathbb{R}\right\}$.

2. f est solution de (E) donc f est de la forme $f(x) = Ce^{-\frac{x}{2}}$ avec $C \in \mathbb{R}$.

a. $f(1) = 1 \Leftrightarrow Ce^{-\frac{1}{2}} = 1 \Leftrightarrow C = e^{\frac{1}{2}}$. Donc l'unique fonction f solution de (E) vérifiant $f(1) = 1$ est définie par $f_0(x) = e^{\frac{1}{2}} \times e^{-\frac{x}{2}}$ et $\mathcal{S} = \left\{f_0 : x \mapsto e^{\frac{1-x}{2}}\right\}$.

b. $f(2) = (f(1))^2 \Leftrightarrow Ce^{-1} = \left(Ce^{-\frac{1}{2}}\right)^2 \Leftrightarrow Ce^{-1} = C^2e^{-1} \Leftrightarrow C = C^2$

$$\Leftrightarrow C - C^2 = 0 \Leftrightarrow C(C-1) = 0 \Leftrightarrow C = 0 \text{ ou } C = 1$$

On a donc deux solutions et $\mathcal{S} = \left\{f_0 : x \mapsto 0 \,;\, f_1 : x \mapsto e^{-\frac{x}{2}}\right\}$.

À NOTER

$e^{-1} \neq 0$, on peut donc bien simplifier par e^{-1}. En revanche, on ne sait rien de C. Il ne faut donc surtout pas « simplifier » par C dans d'égalité $C = C^2$ (on remarque d'ailleurs que $C = 0$ donne une solution).

c. On sait que $\lim\limits_{x \to +\infty} e^{-\frac{x}{2}} = 0$. Donc quel que soit C, $\lim\limits_{x \to +\infty} f(x) = 0$. Il n'y a donc **pas de solution** vérifiant la condition $\lim\limits_{x \to +\infty} f(x) = +\infty$.

29 Calculs de primitives

En bref *La recherche d'une primitive d'une fonction est l'opération inverse de la dérivation.*

I Primitives usuelles

On déduit du tableau des dérivées, le tableau des primitives usuelles.

Fonction f	Une primitive F	
$x \mapsto a$ (a réel)	$x \mapsto ax$	sur $\mathbb{R}$
$x \mapsto x^n$ ($n \in \mathbb{Z}\setminus\{-1\}$)	$x \mapsto \dfrac{x^{n+1}}{n+1}$	sur $\mathbb{R}$ si $n \geqslant 0$ sur $]0\,;+\infty[$ si $n < -1$
$x \mapsto \dfrac{1}{x}$	$x \mapsto \ln x$	sur $]0\,;+\infty[$
$x \mapsto \dfrac{1}{\sqrt{x}}$	$x \mapsto 2\sqrt{x}$	sur $]0\,;+\infty[$
$x \mapsto \mathrm{e}^x$	$x \mapsto \mathrm{e}^x$	sur $\mathbb{R}$
$x \mapsto \cos x$	$x \mapsto \sin x$	sur $\mathbb{R}$
$x \mapsto \sin x$	$x \mapsto -\cos x$	sur $\mathbb{R}$

II Opérations et composition

Soient u et v deux fonctions dérivables sur un intervalle I.

Fonction f	Une primitive F (sur I)
ku' (k réel)	ku
$u' + v'$	$u + v$
$u'u^n$ ($n \in \mathbb{Z}\setminus\{-1\}$)	$\dfrac{u^{n+1}}{n+1}$
$\dfrac{u'}{u}$	$\ln\lvert u\rvert$ c'est-à-dire : $\ln u$ si u strictement positive sur I $\ln(-u)$ si u strictement négative sur I
$\dfrac{u'}{\sqrt{u}}$	$2\sqrt{u}$
$u'\mathrm{e}^u$	e^u
$u'\cos u$	$\sin u$
$u'\sin u$	$-\cos u$

Méthode

Déterminer des primitives

Déterminer les primitives des fonctions suivantes :

a. $f(x) = 2x^3 + \frac{3}{x}$, pour tout $x \in]0\,;+\infty[$;

b. $g(x) = \frac{x}{(1+x^2)^3}$, pour tout $x \in \mathbb{R}$.

CONSEILS

Étape 1 Justifiez l'existence des primitives.

Étape 2 Déterminez s'il s'agit d'une primitive de référence ou reconnaissez une opération ou une fonction composée (dans ce cas, définir u et exprimer u'. Concluez.

SOLUTION

a. Étape 1 La fonction f est continue sur $]0\,;+\infty[$ comme somme de fonctions continues ; elle y admet donc des primitives.

Étape 2 $x \mapsto \frac{x^4}{4}$ est une primitive de $x \mapsto x^3$ et $x \mapsto \ln x$ est une primitive de $x \mapsto \frac{1}{x}$ sur $]0\,;+\infty[$, donc les primitives de f sur $]0\,;+\infty[$ sont de la forme $F(x) = 2 \times \frac{x^4}{4} + 3\ln x + C = \mathbf{\frac{x^4}{2} + 3\ln x + C}$, où C est une constante réelle.

b. Étape 1 La fonction g est continue sur $\mathbb{R}$ comme quotient de fonctions continues dont le dénominateur ne s'annule pas ; elle admet donc des primitives sur $\mathbb{R}$.

Étape 2 Posons $u(x) = 1 + x^2$. La fonction u est dérivable sur $\mathbb{R}$ et $u'(x) = 2x$.

Pour tout $x \in \mathbb{R}$, $g(x) = \frac{1}{2} \times \frac{2x}{(1+x^2)^3} = \frac{1}{2}u'(x)(u(x))^{-3}$.

Donc les primitives de g sur $\mathbb{R}$ sont de la forme

$G(x) = \frac{1}{2}\frac{(1+x^2)^{-3+1}}{-3+1} + C = \frac{1}{2}\frac{(1+x^2)^{-2}}{-2} + C = \mathbf{-\frac{1}{4(1+x^2)^2} + C}$ où C est une constante réelle.

MÉMO VISUEL

ÉQUATIONS DIFFÉRENTIELLES

Qu'est-ce qu'une équation différentielle ?

Équation différentielle

Définition

- On appelle **équation différentielle** une équation liant une fonction (qui est l'inconnue de l'équation) et ses dérivées.
- On appelle **solution** de l'équation différentielle (E) sur un intervalle I une fonction définie sur I qui vérifie (E) pour tous les réels de I.
- **Résoudre** une équation différentielle (E) sur un intervalle I revient à trouver l'ensemble des solutions de (E) sur I.

Comment résoudre certaines équations différentielles ?

Solutions de certaines équations différentielles

(E) : $y' = ay$, a réel

Les solutions sur $\mathbb{R}$ sont de la forme $x \mapsto C\mathrm{e}^{ax}$ où C est une constante réelle.

(E) : $y' = ay + b$, a réel non nul, b réel

Les solutions sur $\mathbb{R}$ sont de la forme $x \mapsto C\mathrm{e}^{ax} - \dfrac{b}{a}$ où C est une constante réelle.

Remarque : Lorsque $b = 0$, on retrouve le cas précédent.

(E) : $y' = ay + f$, a réel non nul, f fonction continue

Si y_0 en est une solution particulière sur un intervalle I, les solutions sur I sont toutes de la forme $x \mapsto C\mathrm{e}^{ax} + y_0$, où C est une constante réelle.

Remarque : Lorsque f est une fonction constante, on retrouve le cas précédent.

ET PRIMITIVES

Primitives

Qu'est-ce qu'une primitive ?

Définition

Soit f une fonction continue sur un intervalle I.

- On appelle **primitive** de f sur I toute solution sur I de l'équation différentielle $y' = f$.
- F est une primitive de f sur I si et seulement si F est dérivable sur I, et pour tout réel x de I, $F'(x) = f(x)$.

Propriété des primitives

- Toute fonction continue sur un intervalle I admet des primitives sur I.
- Deux primitives d'une même fonction sur un intervalle I diffèrent d'une constante.

Tableau récapitulatif des primitives

Comment déterminer une primitive ?

Soient u et v deux fonctions dérivables sur un intervalle I.

Fonction f	**Une primitive F (sur I)**
ku' (k réel)	ku
$u' + v'$	$u + v$
$u'u^n$ ($n \in \mathbb{Z} \setminus \{-1\}$)	$\frac{u^{n+1}}{n+1}$
$\frac{u'}{u}$	$\ln\lvert u\rvert$
$\frac{u'}{\sqrt{u}}$	$2\sqrt{u}$
$u'e^u$	e^u
$u'\cos u$	$\sin u$
$u'\sin u$	$-\cos u$

SUJET 32 | OBJECTIF BAC

40 min Solution d'une équation différentielle

→ FICHES 27 et 28

Dans ce sujet classique, il suffit de bien connaître son cours pour résoudre l'équation différentielle sans difficultés.

LE SUJET

1. Résoudre sur $\mathbb{R}$ l'équation différentielle (E_0) : $3y' + 2y = 0$.

2. On considère l'équation différentielle (E) : $3y' + 2y = xe^{\frac{-2x}{3}}$.

a. Déterminer deux réels a et b tels que la fonction définie sur $\mathbb{R}$ par $f(x) = e^{\frac{-2x}{3}}(ax^2 + bx)$ soit solution de (E) sur $\mathbb{R}$.

b. Soit g une fonction définie et dérivable sur $\mathbb{R}$. Montrer que g est solution de (E) si et seulement si $(g - f)$ est solution de (E_0) sur $\mathbb{R}$.

c. Donner l'ensemble des solutions de (E) sur $\mathbb{R}$.

3. a. Démontrer que l'unique solution h de (E) telle que $h(0) = 0$ est définie sur $\mathbb{R}$ par $h(x) = \frac{x^2}{6}e^{\frac{-2x}{3}}$.

b. Étudier les variations de h sur $\mathbb{R}$.

c. Déterminer les limites en $+\infty$ et en $-\infty$ de la fonction h.

d. Tracer la courbe représentative de h dans un repère adapté.

LES CLÉS POUR RÉUSSIR

1. Appliquez le résultat vu en cours. → FICHE 28

2. a. Après avoir dérivé f, remplacez y par f dans (E), simplifiez l'équation, puis identifiez les coefficients des polynômes.

b. Sachant que $(g - f)$ est solution de (E_0) et f est elle-même solution de (E), il faut que vous arriviez à g solution de (E) en raisonnant toujours par équivalences.

c. Grâce à l'équivalence de la question **2. b.** et la connaissance de f, déterminez toutes les solutions de (E).

3. a. Déterminez la constante qui apparaît dans l'expression de la solution générale de (E) en utilisant la condition $h(0) = 0$.

b. Étudiez le signe de h' grâce à l'étude du signe d'un trinôme du second degré.

c. Pensez au théorème des croissances comparées pour l'une des limites.

d. Utilisez le tableur de la calculatrice pour choisir les unités adaptées.

LE CORRIGÉ

1. Trouver les solutions générales d'une équation différentielle auxiliaire

y solution de $(E_0) \Leftrightarrow y' = -\frac{2}{3}y$. Donc $\mathcal{S} = \left\{ x \mapsto Ce^{-\frac{2x}{3}}, C \in \mathbb{R} \right\}$.

2. a. Trouver une solution particulière de l'équation différentielle initiale

f est dérivable sur $\mathbb{R}$ (car produit de fonctions dérivables). Pour tout réel x,

$f'(x) = \frac{-2}{3}e^{\frac{-2x}{3}}(ax^2 + bx) + e^{\frac{-2x}{3}}(2ax + b) = \frac{-2}{3}f(x) + e^{\frac{-2x}{3}}(2ax + b)$.

Ainsi f est solution de (E) si et seulement si, pour tout réel x,

$3\left(\frac{-2}{3}f(x) + e^{\frac{-2x}{3}}(2ax + b)\right) + 2f(x) = xe^{\frac{-2x}{3}} \Leftrightarrow e^{\frac{-2x}{3}}(6ax + 3b) = xe^{\frac{-2x}{3}}$.

La fonction exponentielle ne s'annulant pas sur $\mathbb{R}$, on obtient donc que f est solution de (E) $\Leftrightarrow$ pour tout réel x, $6ax + 3b = x \Leftrightarrow \begin{cases} 6a = 1 \\ 3b = 0 \end{cases} \Leftrightarrow \begin{cases} a = \frac{1}{6} \\ b = 0 \end{cases}$.

b. Montrer une équivalence

On sait que f est solution de (E) donc $3f'(x) + 2f(x) = xe^{\frac{-2x}{3}}$ (1)

On a $g - f$ **solution de** (E_0) sur $\mathbb{R}$

$\Leftrightarrow$ pour tout réel x, $3(g - f)'(x) + 2(g - f)(x) = 0$

$\Leftrightarrow$ pour tout réel x, $3g'(x) + 2g(x) = 3f'(x) + 2f(x)$

$\Leftrightarrow$ pour tout réel x, $3g'(x) + 2g(x) = xe^{\frac{-2x}{3}}$ d'après (1)

$\Leftrightarrow$ g **est solution de (E)** sur $\mathbb{R}$

c. En déduire les solutions générales de l'équation différentielle initiale

On déduit de ce qui précède que g est solution de (E)

$\Leftrightarrow g - f$ est solution de (E_0)

$\Leftrightarrow$ il existe un réel C tel que $g(x) - f(x) = Ce^{\frac{-2x}{3}}$, pour tout réel x

$\Leftrightarrow$ il existe un réel C tel que $g(x) = Ce^{\frac{-2x}{3}} + f(x)$, pour tout réel x

$\Leftrightarrow$ il existe un réel C tel que $g(x) = Ce^{\frac{-2x}{3}} + \frac{1}{6}x^2e^{\frac{-2x}{3}}$, pour tout réel x

Donc l'ensemble des solutions de (E) est $\mathcal{S} = \left\{ x \mapsto \left(C + \frac{x^2}{6}\right)e^{\frac{-2x}{3}}, C \in \mathbb{R} \right\}$.

3. a. Déterminer une solution particulière avec condition initiale

h est solution de (E) donc, d'après la question précédente, il existe une constante réelle C telle que, pour tout réel x, $h(x) = \left(C + \frac{x^2}{6}\right)e^{\frac{-2x}{3}}$. Or $h(0) = C = 0$.

Donc l'unique solution h de (E) vérifiant $h(0) = 0$ est définie par $h(x) = \frac{x^2e^{\frac{-2x}{3}}}{6}$.

b. Étudier une fonction

h est solution de (E), elle est donc dérivable sur $\mathbb{R}$ et, pour tout réel x,
$h'(x) = \frac{-2}{3}h(x) + \frac{x}{3}e^{\frac{-2x}{3}} = \left(\frac{-x^2}{9} + \frac{x}{3}\right)e^{\frac{-2x}{3}} = \frac{x}{3}\left(\frac{-x}{3} + 1\right)e^{\frac{-2x}{3}}$.

À NOTER

On a utilisé ici le fait que h est solution de (E). On aurait aussi pu dériver directement h comme produit de fonctions usuelles.

La fonction exponentielle est strictement positive, donc $h'(x)$ est du signe de $x\left(\frac{-x}{3} + 1\right)$, c'est-à-dire positif sur $[0 ; 3]$, négatif ailleurs.

h est décroissante sur $]-\infty ; 0[$ et sur $]3 ; +\infty[$, croissante sur $]0 ; 3[$.

c. Calculer des limites

- $\lim_{X \to +\infty} e^X = +\infty$, donc, par composition, $\lim_{x \to -\infty} e^{\frac{-2x}{3}} = +\infty$ et par produit $\lim_{x \to -\infty} h(x) = +\infty$.
- On a $h(x) = \frac{3}{8}\left(\frac{2x}{3}\right)^2 e^{\frac{-2x}{3}}$. Le théorème des croissances comparées donne

$\lim_{X \to +\infty} X^2 e^{-X} = 0$, donc $\lim_{x \to +\infty} \left(\frac{2x}{3}\right)^2 e^{\frac{-2x}{3}} = 0$, et $\lim_{x \to +\infty} h(x) = 0$.

d. Tracer une courbe représentative

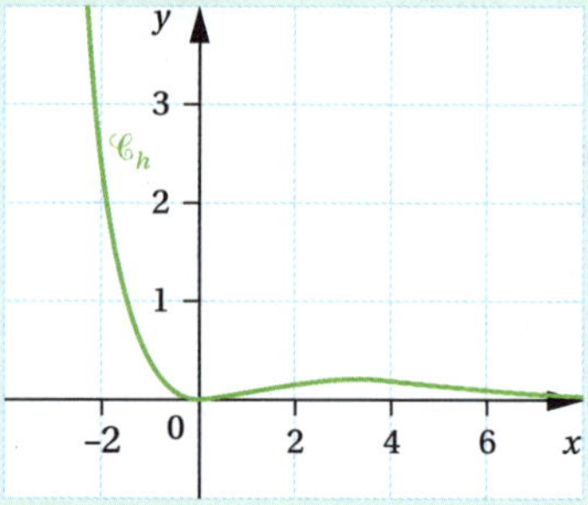

SUJET 33 | OBJECTIF BAC

30 min

Résolution d'une équation différentielle, à coefficients non constants

→ FICHES 27 et 28

Ce sujet propose de résoudre une équation différentielle $y' = ay + b$, où a et b ne sont pas constants, grâce à une fonction auxiliaire qui est elle-même solution d'une équation différentielle que l'on sait résoudre.

LE SUJET

On cherche à résoudre l'équation (E) : $xy' - (x+1)y = x^3$ dans $]0\,;+\infty[$.

1. On considère l'équation différentielle (E_1) : $y' = y + x$.

a. Déterminer deux réels a et b tels que la fonction affine f définie sur $\mathbb{R}$ par $f(x) = ax + b$ soit solution de (E_1) sur $\mathbb{R}$.

b. Soit g une fonction définie et dérivable sur $\mathbb{R}$.
Montrer que g est solution de (E_1) sur $\mathbb{R}$ si et seulement si $(g - f)$ est solution sur $\mathbb{R}$ de l'équation différentielle (E_0) : $y' = y$.

c. Donner l'ensemble des solutions de (E_1) sur $\mathbb{R}$.

2. a. Soit h une fonction définie et dérivable sur $]0\,;+\infty[$. Montrer que si h est solution de (E) sur $]0\,;+\infty[$, alors la fonction $u : x \mapsto \dfrac{h(x)}{x}$ est solution de (E_1) sur $]0\,;+\infty[$.

b. Soit u une fonction définie et dérivable sur $]0\,;+\infty[$. Montrer que si u est solution de (E_1) sur $]0\,;+\infty[$, alors la fonction $h : x \mapsto xu(x)$ est solution de (E) sur $]0\,;+\infty[$.

c. Déduire l'ensemble des solutions de (E) sur $]0\,;+\infty[$.

LES CLÉS POUR RÉUSSIR

1. a. Après avoir dérivé f, remplacez y par f dans (E_1), simplifiez l'équation, puis identifiez les coefficients des polynômes.

b. Sachant que g et f sont solutions de (E_1), il faut que vous arriviez à $(f - g)$ solution de (E_0) en raisonnant toujours par équivalences.

c. Appliquez un résultat de cours pour résoudre (E_0), puis utilisez l'équivalence de la question **1. b.** pour trouver toutes les solutions de (E_1).

2. a. Sachant que h vérifie (E_1), dérivez u et remplacez y par u dans (E).

b. Utilisez un raisonnement identique à celui de la question précédente, sachant cette fois que u vérifie (E) et remplacez y par h dans (E_1).

c. Trouvez une équivalence grâce aux questions **2. a.** et **2. b.** À partir des solutions de (E_1) trouvées à la question **1**, déduisez-en celles de (E).

LE CORRIGÉ

1. a. Trouver une solution particulière d'une équation auxiliaire

f est dérivable sur $\mathbb{R}$. Pour tout réel $x, f'(x) = a$. f est solution de (E_1) si et seulement si, pour tout réel x, on a $a = ax + b + x \Leftrightarrow (a+1)x + b - a = 0$

Donc f est solution de $(E_1) \Leftrightarrow \begin{cases} a+1=0 \\ b-a=0 \end{cases} \Leftrightarrow \boldsymbol{a = b = -1}$.

b. Montrer une équivalence

On sait que f est solution de (E_1) donc $f'(x) = f(x) + x \quad (1)$

On a $\boldsymbol{g - f}$ **solution de** $(\mathbf{E_0})$ **sur** $\mathbb{R}$

$\Leftrightarrow$ pour tout réel x, $(g-f)'(x) = (g-f)(x)$

$\Leftrightarrow$ pour tout réel x, $g'(x) - g(x) = f'(x) - f(x)$

$\Leftrightarrow$ pour tout réel x, $g'(x) = g(x) + x$ d'après (1)

$\Leftrightarrow$ $\boldsymbol{g}$ **est solution de** $(\mathbf{E_1})$ **sur** $\mathbb{R}$

c. Résoudre l'équation différentielle auxiliaire

On déduit de ce qui précède que g est solution de (E_1)

$\Leftrightarrow g - f$ est solution de (E_0)

$\Leftrightarrow$ il existe un réel C tel que $g(x) - f(x) = Ce^x$ pour tout réel x

$\Leftrightarrow$ il existe un réel C tel que $g(x) = Ce^x + f(x)$, pour tout réel x

Donc l'ensemble des solutions de (E_1) est $\mathcal{S} = \{\boldsymbol{x \mapsto Ce^x - x - 1, C \in \mathbb{R}}\}$.

2. Faire le lien entre les solutions de deux équations différentielles

a. h est dérivable sur $]0\,;+\infty[$, donc la fonction $u : x \mapsto \dfrac{h(x)}{x}$ est définie et dérivable sur $]0\,;+\infty[$. Pour tout réel $x \in\,]0\,;+\infty[$, $u'(x) = \dfrac{xh'(x) - h(x)}{x^2}$.

Si h est solution de (E), pour tout $x \in\,]0\,;+\infty[$, $xh'(x) - (x+1)h(x) = x^3$

et $u'(x) - u(x) = \dfrac{xh'(x) - h(x)}{x^2} - \dfrac{h(x)}{x} = \dfrac{xh(x) + x^3 - xh(x)}{x^2} = x$.

Donc $\boldsymbol{u}$ **est solution de** $(\mathbf{E_1})$ **sur** $]\mathbf{0}\,;+\infty[$.

b. u est dérivable sur $]0\,;+\infty[$, donc la fonction $h : x \mapsto xu(x)$ est définie et dérivable sur $]0\,;+\infty[$. Pour tout réel $x \in\,]0\,;+\infty[$, $h'(x) = u(x) + xu'(x)$.

Si u est solution de (E_1), alors pour tout $x \in\,]0\,;+\infty[$, $u'(x) = u(x) + x$

et $xh'(x) - (x+1)h(x) = xu(x) + x^2u'(x) - \left(x^2u(x) + xu(x)\right) = x^2\left(u'(x) - u(x)\right)$.

Donc $xh'(x) - (x+1)h(x) = x^2 \times x = x^3$. Et $\boldsymbol{h}$ **est solution de (E) sur** $]\mathbf{0}\,;+\infty[$.

c. D'après **2. a** et **b**, h est solution de $(E) \Leftrightarrow x \mapsto \dfrac{h(x)}{x}$ est solution de (E_1)

$\Leftrightarrow$ il existe $C \in \mathbb{R}$ tel que pour tout $x \in\,]0\,;+\infty[$, $\dfrac{h(x)}{x} = Ce^x - x - 1$.

Donc l'ensemble des solutions de (E) est $\mathcal{S} = \{\boldsymbol{x \mapsto x(Ce^x - x - 1), C \in \mathbb{R}}\}$.

SUJET 34 | OBJECTIF BAC

50 min Résolution d'une équation différentielle non linéaire

→ FICHES 28 et 29

Les équations non linéaires sont particulièrement difficiles à résoudre, et souvent, on ne peut en trouver que des solutions approchées. Dans cet exercice, des changements de variables vont permettre de transformer l'équation de départ en une équation que l'on sait résoudre.

LE SUJET

Le but de ce problème est d'obtenir une solution de (E) : $(y' + 2)e^{\frac{y}{2}} = x + 1$.

1. Montrer que pour tout réel x, $e^{-x} + \dfrac{x}{2} > 0$.

2. On considère l'équation différentielle (E_1) : $y' + y = \dfrac{x+1}{2}$.

a. Déterminer une solution y_p de (E_1) de la forme $y_p : x \mapsto ax + b$.

b. En déduire l'ensemble des solutions de (E_1).

c. Donner une solution de (E_1) strictement positive sur $\mathbb{R}$.

3. Montrer que si la fonction u est une solution de (E), alors la fonction $v = e^u$ est solution de l'équation différentielle (E_2) : $y' + 2y - (x+1)\sqrt{y} = 0$.

4. Montrer que si v est solution de (E_2), alors la fonction $g : x \mapsto \sqrt{v(x)}$ est solution de l'équation différentielle (E_1).

5. À l'aide des questions précédentes, donner une solution de (E).

LES CLÉS POUR RÉUSSIR

1. Étudiez la fonction $x \mapsto e^{-x} + \dfrac{x}{2}$.

2. a. Remplacez y par y_p dans (E_1), simplifiez l'équation, et identifiez les coefficients des polynômes pour obtenir a et b.

b. Appliquez directement le cours. → FICHE 28

c. Utilisez la question **1**.

3. Remplacez u et u' par leurs expressions en fonction de v et v' dans (E).

4. Utilisez le même procédé qu'à la question précédente.

5. Construisez une solution en « remontant » les questions précédentes, et n'oubliez pas de vérifier que la solution ainsi trouvée est correcte.

LE CORRIGÉ

1. Établir une inégalité par l'étude d'une fonction auxiliaire

Soit f la fonction définie sur $\mathbb{R}$ par $f(x) = \mathrm{e}^{-x} + \dfrac{x}{2}$. f est dérivable sur $\mathbb{R}$ comme somme de fonctions dérivables. Pour tout réel x, $f'(x) = -\mathrm{e}^{-x} + \dfrac{1}{2}$.

$f'(x) > 0 \Leftrightarrow -\mathrm{e}^{-x} + \dfrac{1}{2} > 0 \Leftrightarrow \mathrm{e}^{-x} < \dfrac{1}{2} \Leftrightarrow -x < \ln\dfrac{1}{2} \Leftrightarrow -x < -\ln 2 \Leftrightarrow x > \ln 2$,

car $\mathrm{e}^{-x} > 0$ et la fonction ln est strictement croissante sur $]0\,;+\infty[$.

Donc f est décroissante sur $]-\infty\,;\ln 2[$, croissante sur $]\ln 2\,;+\infty[$.

Elle admet donc un minimum en ln 2. Or $f(\ln 2) = \mathrm{e}^{-\ln 2} + \dfrac{\ln 2}{2} = \dfrac{1}{2} + \dfrac{\ln 2}{2} > 0$,

donc, **pour tout réel x, $\mathrm{e}^{-x} + \dfrac{x}{2} > 0$.**

2. Résoudre une équation différentielle $y' = ay + h$ où h fonction continue

a. Si $y_p : x \mapsto ax + b$ est solution de (E_1) alors, pour tout réel x :

$$a + ax + b = \frac{x+1}{2} \Leftrightarrow \left(a - \frac{1}{2}\right)x + a + b - \frac{1}{2} = 0 \Leftrightarrow \begin{cases} a - \dfrac{1}{2} = 0 \\ a + b - \dfrac{1}{2} = 0 \end{cases} \Leftrightarrow \begin{cases} a = \dfrac{1}{2} \\ b = 0 \end{cases}$$

Réciproquement, on vérifie que $y_p : x \mapsto \dfrac{x}{2}$ est bien **solution de (E_1).**

b. Par application directe du cours, $\mathcal{S} = \left\{x \mapsto C\mathrm{e}^{-x} + \dfrac{x}{2}, C \in \mathbb{R}\right\}$.

c. La fonction $f : x \mapsto \mathrm{e}^{-x} + \dfrac{x}{2}$ est une solution de (E_1) (avec $C = 1$) qui est bien strictement positive (d'après la question **1.**)

3. Effectuer un changement de variable et utiliser une équation auxiliaire

Si u est solution de (E), alors u est dérivable sur $\mathbb{R}$. La fonction $v = \mathrm{e}^{u}$ est dérivable par composition et pour tout réel x, $v'(x) = u'(x)\mathrm{e}^{u(x)} = u'(x)v(x)$.

v ne s'annule pas sur $\mathbb{R}$, donc $\dfrac{v'(x)}{v(x)} = u'(x)$, pour tout réel x.

u est solution de (E), donc pour tout réel x, on a $(u'(x) + 2)\mathrm{e}^{\frac{u(x)}{2}} = x + 1$

$\Leftrightarrow \left(\dfrac{v'(x)}{v(x)} + 2\right)\sqrt{\mathrm{e}^{u(x)}} = x + 1 \Leftrightarrow \left(\dfrac{v'(x)}{v(x)} + 2\right)\sqrt{v(x)} = x + 1$

$\Leftrightarrow \dfrac{v'(x)}{\sqrt{v(x)}} + 2\sqrt{v(x)} = x + 1 \Leftrightarrow v'(x) + 2v(x) = (x+1)\sqrt{v(x)}$

$\Leftrightarrow v'(x) + 2v(x) - (x+1)\sqrt{v(x)} = 0$. Donc **$v$ est solution de (E_2).**

4. Effectuer un deuxième changement de variable

On sait que $v(x) = \mathrm{e}^{u(x)} > 0$ pour tout réel x, donc g est bien définie sur $\mathbb{R}$. Si v est solution de (E_2), alors v est dérivable sur $\mathbb{R}$. La fonction g est dérivable par composition et pour tout réel x, $g'(x) = \dfrac{v'(x)}{2\sqrt{v(x)}} = \dfrac{v'(x)}{2g(x)}$.

> **À NOTER**
> La fonction racine carrée est dérivable sur $]0\,;+\infty[$.

v est solution de (E_2) donc pour tout réel x, $v'(x)+2v(x)-(x+1)\sqrt{v(x)}=0$

$\Leftrightarrow 2g'(x)g(x)+2g^2(x)-(x+1)g(x)=0$

$\Leftrightarrow g'(x)+g(x)-\dfrac{x+1}{2}=0$ car $v(x)>0$ donc g ne s'annule pas sur $\mathbb{R}$

$\Leftrightarrow g'(x)+g(x)=\dfrac{x+1}{2}$. Donc **$g$ est solution de (E_1).**

5. Conclure en regroupant les informations précédemment obtenues

- Si u est une solution de (E), alors $\sqrt{e^u}$ est une solution de (E_1) (d'après les questions **3.** et **4.**).

Or on sait, d'après la question **2. c.** que $f: x \mapsto e^{-x}+\dfrac{x}{2}$ est une solution strictement positive de (E_1). Soit u telle que $f(x)=\sqrt{e^{u(x)}}$ sur $\mathbb{R}$.

Pour tout réel x, $e^{u(x)}=(f(x))^2 \Leftrightarrow u(x)=2\ln(f(x))=2\ln\left(e^{-x}+\dfrac{x}{2}\right)$.

- Vérifions que u ainsi définie est bien solution de (E). u est bien définie et dérivable sur $\mathbb{R}$. Pour tout réel x, on a $u'(x)=2\dfrac{-e^{-x}+\frac{1}{2}}{e^{-x}+\frac{x}{2}}=\dfrac{-2e^{-x}+1}{e^{-x}+\frac{x}{2}}$.

Donc $(u'(x)+2)e^{\frac{u(x)}{2}}=\left(\dfrac{-2e^{-x}+1}{e^{-x}+\frac{x}{2}}+2\right)\times\left(e^{-x}+\dfrac{x}{2}\right)=\dfrac{1+x}{e^{-x}+\frac{x}{2}}\times\left(e^{-x}+\dfrac{x}{2}\right)=x+1$.

Donc **$u: x \mapsto 2\ln\left(e^{-x}+\dfrac{x}{2}\right)$ solution de (E) sur $\mathbb{R}$.**

À NOTER

On a utilisé que pour tout $X \in]0;+\infty[$, $e^{\ln X}=X$.

SUJET 35 | OBJECTIF MENTION

60 min

Résolution d'une équation différentielle du second ordre

→ FICHES 27, 28, 29, 30 et 31

Une équation différentielle du second ordre fait intervenir une fonction y, sa dérivée première y' et sa dérivée seconde y''. Cet exercice propose une résolution, dite « méthode de Lagrange », grâce à laquelle on se ramène à une équation différentielle d'ordre 1 que l'on sait résoudre.

LE SUJET

Partie A Préambule

a. Déterminer les primitives de la fonction $\phi : x \mapsto e^{2x} - 1$.

b. Pour un réel x quelconque, calculer $\int_0^x te^{-2t}\,dt$ à l'aide d'une intégration par parties. En déduire les primitives de la fonction $\varphi : x \mapsto xe^{-2x}$.

Partie B Équation différentielle d'ordre 1

On considère l'équation différentielle $(E_1) : y' + 2y = 1 - e^{-2x}$.

a. Résoudre l'équation différentielle $(H_1) : y' + 2y = 0$.

b. Déterminer les fonctions dérivables g, définies sur $\mathbb{R}$, telles que $f : x \mapsto g(x)e^{-2x}$ soit solution de (E_1).

c. En déduire une solution f de (E_1) qui vérifie $f(0) = \frac{1}{2}$.

d. Donner l'ensemble des solutions de (E_1).

Partie C Équation différentielle d'ordre 2

On considère l'équation différentielle $(E_2) : xy'' + 2(x+1)y' + 2y = 1 - e^{-2x}$.

a. Montrer qu'il existe un entier a, que l'on déterminera, tel que la fonction $h : x \mapsto x^a$ soit solution sur $I =]0\,;+\infty[$ de l'équation différentielle $(H_2) : xy'' + 2(x+1)y' + 2y = 0$.

b. Montrer que si $z : x \mapsto u(x) \times h(x)$ est solution de (E_2) sur I, alors u' est solution de (E_1) (méthode de Lagrange).

c. En déduire l'ensemble des solutions de (E_2) sur I.

LES CLÉS POUR RÉUSSIR

Partie A

a. Utilisez le fait que e^u est une primitive de $u'e^u$.

b. Dans l'intégration par parties, intégrez l'exponentielle et dérivez la fonction polynômiale. → FICHES 30 et 31

Partie B

a. Utilisez un résultat du cours.

b. Remplacez f et f' par leurs expressions en fonction de g et g' dans l'équation différentielle (E_1), puis utilisez la **partie A** pour conclure.

c. Utilisez la question précédente pour obtenir la forme générale de f. Puis déterminez la constante grâce à la valeur de $f(0)$.

d. Grâce à la solution de (E_1) et les solutions de (H_1) obtenues, concluez avec un résultat de cours.

Partie C

a. Dérivez deux fois la fonction h, remplacez y par h dans (H_2), puis identifiez les coefficients.

b. Procédez de même avec la fonction z dans (E_2).

c. Déterminez $u'(x)$ à l'aide de la **partie B**, puis intégrez-la en utilisant la **partie A**. Obtenez la forme finale en multipliant $u(x)$ par $h(x)$.

LE CORRIGÉ

Partie A Préambule

a. Déterminer des primitives

La fonction ϕ est continue (car dérivable) sur $\mathbb{R}$ et $\phi(x) = \frac{1}{2}(2e^{2x}) - 1$.

On a donc $\mathcal{S} = \left\{x \mapsto \frac{e^{2x}}{2} - x + A, A \in \mathbb{R}\right\}$.

b. Effectuer une intégration par parties

Pour tout $t \in \mathbb{R}$, on pose $\begin{cases} u'(t) = e^{-2t} \\ v(t) = t \end{cases}$, on a $\begin{cases} u(t) = \frac{-e^{-2t}}{2} \\ v'(t) = 1 \end{cases}$.

Les fonctions u et v ainsi définies sont dérivables sur $\mathbb{R}$, à dérivées continues. Le théorème d'intégration par parties donne :

$$\int_0^x te^{-2t}\,dt = \left[\frac{-te^{-2t}}{2}\right]_0^x + \int_0^x \frac{e^{-2t}}{2}\,dt = \frac{-xe^{-2x}}{2} + \left[\frac{-e^{-2t}}{4}\right]_0^x = \frac{-e^{-2x}}{4}(2x+1) + \frac{1}{4}.$$

Deux primitives d'une même fonction diffèrent d'une constante.

On en déduit donc que les primitives de la fonction φ sont de la forme $x \mapsto \frac{-e^{-2x}}{4}(2x+1) + B$, avec B constante réelle.

Partie B Équation différentielle d'ordre 1

a. Résoudre une équation différentielle auxiliaire

$y' + 2y = 0 \Leftrightarrow y' = -2y$. Donc, d'après le cours, $\mathcal{S} = \{x \mapsto Ce^{-2x}, C \in \mathbb{R}\}$.

b. Déterminer des fonctions particulières, solutions de l'équation initiale

g est dérivable sur $\mathbb{R}$ donc $f : x \mapsto g(x)e^{-2x}$ est dérivable.

Pour tout réel x, on a $f'(x) = g'(x)e^{-2x} - 2g(x)e^{-2x}$.

f est solution de $(E_1) \Leftrightarrow f'(x) + 2f(x) = 1 - e^{-2x}$ pour tout réel x

$\Leftrightarrow g'(x)e^{-2x} - 2g(x)e^{-2x} + 2g(x)e^{-2x} = 1 - e^{-2x}$ pour tout réel x

$\Leftrightarrow g'(x)e^{-2x} = 1 - e^{-2x}$ pour tout réel x

$\Leftrightarrow g'(x) = \dfrac{1}{e^{-2x}} - 1 = e^{2x} - 1 = \phi(x)$ pour tout réel x.

D'après **A. a.**, les fonctions g sont donc de la forme $x \mapsto \dfrac{e^{2x}}{2} - x + A, A \in \mathbb{R}$.

c. Déterminer une solution avec condition initiale

Si f est solution de (E_1), alors, il existe une constante A telle que

$f(x) = \left(\dfrac{e^{2x}}{2} - x + A\right)e^{-2x} = \dfrac{1}{2} - xe^{-2x} + Ae^{-2x}$.

Or on sait que $f(0) = \dfrac{1}{2}$, donc $\dfrac{1}{2} - 0 + A = \dfrac{1}{2} \Leftrightarrow A = 0$.

Donc $f(x) = \left(\dfrac{e^{2x}}{2} - x\right)e^{-2x} = \boldsymbol{\dfrac{1}{2} - xe^{-2x}}$.

On vérifie que f est bien solution de (E_1), avec $f(0) = \dfrac{1}{2}$.

d. En déduire l'ensemble des solutions de l'équation initiale d'ordre 1

On en déduit, d'après le cours, que $\mathcal{S} = \left\{x \mapsto Ce^{-2x} + \dfrac{1}{2} - xe^{-2x}, C \in \mathbb{R}\right\}$.

Partie C Équation différentielle d'ordre 2

a. Déterminer une solution particulière d'une équation auxiliaire

Si la fonction $h : x \mapsto x^a$ est solution de (H_2) sur $I =]0\,;+\infty[$, alors, pour tout $x \in I$,

$0 = a(a-1)x^{a-1} + 2a(x+1)x^{a-1} + 2x^a = (a^2 + a)x^{a-1} + (2a+2)x^a$.

À NOTER

h est dérivable sur I, et pour tout $x \in I$, $h'(x) = ax^{a-1}$ et $h''(x) = a(a-1)x^{a-2}$.

Par identification, on obtient $\begin{cases} a^2 + a = 0 \\ a + 1 = 0 \end{cases}$ donc $\boldsymbol{a = -1}$.

(On vérifie facilement que $h : x \mapsto \dfrac{1}{x}$ est bien solution de (H_2) sur I.)

b. Appliquer la méthode de Lagrange

z est dérivable sur I comme produit de fonctions dérivables. Pour tout $x \in I$,

$z'(x) = u'(x)h(x) + u(x)h'(x)$ et $z''(x) = u''(x)h(x) + 2u'(x)h'(x) + u(x)h''(x)$.

Si z est solution de (E_2) alors :

$$\begin{aligned}1-e^{-2x} &= xz''(x)+2(x+1)z'(x)+2z(x)\\ &= x(u''(x)h(x)+2u'(x)h'(x)+u(x)h''(x))\\ &\qquad +2(x+1)(u'(x)h(x)+u(x)h'(x))+2u(x)h(x)\\ &= u(x)(xh''(x)+2(x+1)h'(x)+2h(x))+x(u''(x)h(x)+2u'(x)h'(x))\\ &\qquad +2(x+1)u'(x)h(x)\end{aligned}$$

Or h est solution de (H_2) donc $xh''(x)+2(x+1)h'(x)+2h(x)=0$

À NOTER

On a $h(x)=\dfrac{1}{x}$, donc $h'(x)=-\dfrac{1}{x^2}$.

On a donc $1-e^{-2x} = x(u''(x)h(x)+2u'(x)h'(x))+2(x+1)u'(x)h(x)$

$$= x\left(\frac{u''(x)}{x}-2\frac{u'(x)}{x^2}\right)+2(x+1)\frac{u'(x)}{x} = u''(x)+2u'(x)$$

Donc **u' est solution de (E_1).**

c. En déduire l'ensemble des solutions de l'équation initiale d'ordre 2

On sait d'après la **partie B** que pour tout réel x, $u'(x)=Ce^{-2x}+\dfrac{1}{2}-xe^{-2x}$.

Donc, en déterminant une primitive et grâce à la question **A. 2.**, on obtient que $u(x)=-\dfrac{C}{2}e^{-2x}+\dfrac{x}{2}+\dfrac{2x+1}{4}e^{-2x}-B=\dfrac{2x+1-2C}{4}e^{-2x}+\dfrac{x}{2}-B$.

On en déduit que si z est une solution de (E_2) sur I, alors $z(x)=u(x)h(x)=\dfrac{u(x)}{x}=\left(\dfrac{1}{2}+\dfrac{1-2C}{4x}\right)e^{-2x}+\dfrac{1}{2}-\dfrac{B}{x}$ avec B et C réels.

Réciproquement, on vérifie que ces fonctions sont solutions de (E_2) sur I.

Donc $\mathcal{S}=\left\{x\mapsto\left(\dfrac{1}{2}+\dfrac{1-2C}{4x}\right)e^{-2x}+\dfrac{1}{2}-\dfrac{B}{x},\ B\in\mathbb{R} \text{ et } C\in\mathbb{R}\right\}$.

Analyse

10 Calcul intégral

Dans le cas particulier d'un pavage, comme celui de la cour de Marbre du château de Versailles, l'aire d'une surface peut être déterminée en comptant le nombre de carreaux. Dans le cas général d'une surface quelconque, il faut avoir recours au calcul intégral.

TEST

Pour vous situer et identifier les fiches à réviser 246

FICHES DE COURS

30 Définition de l'intégrale 248

31 Propriétés de l'intégrale 250

MÉMO VISUEL 252

SUJETS GUIDÉS & CORRIGÉS

OBJECTIF SUP

36 Constante d'Euler 254

37 Inégalité de Cauchy-Schwarz 256

38 Somme d'une série numérique 259

39 Étude d'une suite de polynômes 264

TESTEZ-VOUS

→ CORRIGÉS P. 350

Faites le point sur vos connaissances puis établissez votre **parcours de révision** en fonction de votre score.

1 Calcul d'aires

→ FICHE 30

1. L'aire comprise entre les droites d'équations $x = 0$, $x = 2$, $y = 0$, et la courbe représentative de la fonction $t \mapsto (t^2 - 1)(t + 4)$ vaut, en u.a. :

☐ **a.** $\frac{21}{2}$ ☐ **b.** $\frac{14}{3}$ ☐ **c.** $\frac{20}{3}$

2. L'aire de la portion du plan délimitée par la courbe représentative de la fonction $t \mapsto -t^2 + 2t + 2$ et celle de la fonction $t \mapsto t^2 - 2t + 2$ pour $t \in [0\,;2]$ vaut en u.a. :

☐ **a.** $\frac{4}{3}$ ☐ **b.** $\frac{8}{3}$ ☐ **c.** $\frac{32}{3}$

3. L'aire comprise entre les droites d'équations $x = \frac{\pi}{4}$, $x = \frac{\pi}{3}$, $y = 0$, et la courbe représentative de la fonction $t \mapsto \frac{\sin t}{\cos^2 t}$ vaut, en u.a. :

☐ **a.** $\sqrt{2} - 2$

☐ **b.** $2 - \sqrt{2}$

☐ **c.** $\frac{\sqrt{2} - 1}{2}$

…/3

2 Théorème fondamental de l'intégration

→ FICHE 30

1. Soit F la fonction définie sur $\mathbb{R}$ par $F(x) = \int_0^x \cos^2 t \, dt$. Pour tout $x \in \mathbb{R}$:

☐ **a.** $F(x) = \frac{\sin^3 x}{3}$ ☐ **b.** $F'(x) = -2\cos x \sin x$ ☐ **c.** $F'(x) = \cos^2 x$

2. La fonction F définie sur $\mathbb{R}$ par $F(x) = \int_0^x e^{-t^2} \, dt$:

☐ **a.** est croissante sur $\mathbb{R}$

☐ **b.** est décroissante sur $\mathbb{R}$

☐ **c.** n'est pas monotone sur $\mathbb{R}$

…/2

3 Valeur moyenne

→ FICHE 30

1. La valeur moyenne d'une fonction f continue sur $[-1;1]$ est :

☐ **a.** toujours positive

☐ **b.** toujours nulle

☐ **c.** positive si f est positive

.../0,5

2. La valeur moyenne sur $[-1;2]$ de la fonction f définie par $f(x)=\dfrac{1}{2+x}$ est :

☐ **a.** $\mu=\dfrac{\ln 4}{3}$ ☐ **b.** $\mu=\dfrac{5}{8}$ ☐ **c.** $\mu=\ln 4$

.../0,5

4 Calcul d'intégrales

→ FICHE 31

1. $\int_0^{\pi} t\cos t\,\mathrm{d}t=\ldots$

☐ **a.** -2 ☐ **b.** 0 ☐ **c.** π

.../0,5

2. $\int_1^{\mathrm{e}} \ln t\,\mathrm{d}t=\ldots$

☐ **a.** e ☐ **b.** 1 ☐ **c.** $\mathrm{e}-1$

.../0,5

5 Suite définie par une intégrale

→ FICHE 31

1. Soit (I_n) la suite définie pour tout entier naturel n par $I_n=\int_0^1 t^n\,\mathrm{e}^t\,\mathrm{d}t$. Pour tout entier naturel n :

☐ **a.** $I_{n+1}=\mathrm{e}-(n+1)I_n$ ☐ **b.** $I_{n+1}=tI_n$ ☐ **c.** $I_{n+1}-I_n=1$

2. Soit f une fonction continue et positive sur $[0;1]$.
La suite (u_n) définie pour tout entier naturel n par $u_n=\int_0^1 t^n f(t)\,\mathrm{d}t$ est :

☐ **a.** croissante ☐ **b.** décroissante ☐ **c.** non monotone

3. La suite (u_n) définie pour tout entier naturel n par $u_n=\int_0^1 \mathrm{e}^{-nt^2}\,\mathrm{d}t$ est :

☐ **a.** négative ☐ **b.** minorée et majorée ☐ **c.** non majorée

.../3

Score total .../10

Parcours PAS À PAS ou EXPRESS ? → MODE D'EMPLOI P. 3

30 Définition de l'intégrale

En bref *L'intégrale d'une fonction positive sur un intervalle I est l'aire de la surface comprise entre sa courbe et l'axe des abscisses.*

I Intégrale d'une fonction continue positive

Le plan est rapporté à un repère orthogonal $(O; \vec{i}; \vec{j})$.

- Soient I et J des points du plan tels que $\overrightarrow{OI} = \vec{i}$, $\overrightarrow{OJ} = \vec{j}$. On appelle **unité d'aire** (notée u.a.) l'aire du rectangle de longueur OI et de largeur OJ.

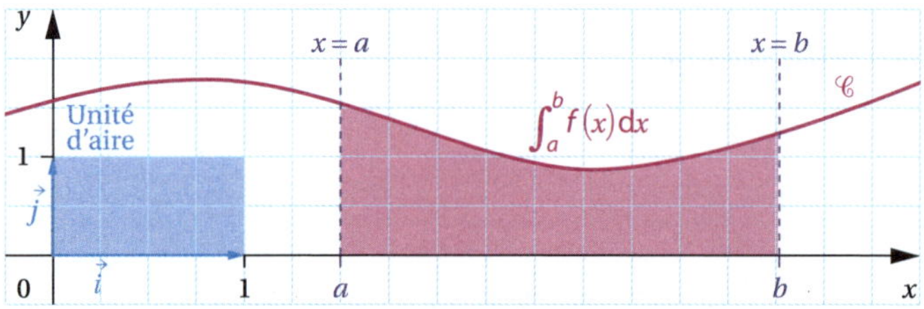

- **Définition :** Soit f une fonction continue **positive** sur un intervalle $[a\,;b]$, $a \leqslant b$. On note $\mathscr{C}$ la courbe représentative de f dans le repère $(O; \vec{i}; \vec{j})$.
L'**intégrale de f sur $[a\,;b]$** est l'aire, exprimée en u.a., du domaine délimité par $\mathscr{C}$, l'axe des abscisses et les droites d'équations $x = a$ et $x = b$. On la note $\int_a^b f(t)\,dt$.
a et b s'appellent les bornes de l'intégrale.
- **Théorème fondamental :** Si f est une fonction continue positive sur un intervalle $[a\,;b]$, la fonction F_a définie sur $[a\,;b]$ par $F_a(x) = \int_a^x f(t)\,dt$ est la primitive de f qui s'annule en a. → FICHE 27
- *Conséquence* : Si F est une primitive de f sur $[a\,;b]$, on a $\int_a^b f(t)\,dt = F(b) - F(a)$ que l'on note $[F(t)]_a^b$. → FICHE 29

II Intégrale d'une fonction continue de signe quelconque

- **Définition :** Soit f une fonction continue sur un intervalle I, et F une primitive de f sur I. Pour tous a, b de I, on définit $\int_a^b f(t)\,dt$ par :

$$\int_a^b f(t)\,dt = [F(t)]_a^b = F(b) - F(a)$$

- *Remarque* : Si f est continue **négative** sur $[a\,;b]$, alors l'intégrale de f sur $[a\,;b]$ est l'opposé de l'aire du domaine défini par $\int_a^b -f(t)\,dt$.
- **Définition :** Soit f une fonction continue sur un intervalle $[a\,;b]$, $a \leqslant b$. On appelle **valeur moyenne** de f sur $[a\,;b]$ le réel :

$$\mu = \frac{1}{b-a}\int_a^b f(t)\,dt$$

Méthode

Calculer l'aire d'un domaine limité par deux courbes

On considère les fonctions f et g définies sur $]0\,;+\infty[$ par $f(x) = x - 2 + \dfrac{\ln x}{x}$ et $g(x) = x - 2$.

On note $\mathscr{C}$ et $\mathscr{C}'$ leurs courbes respectives dans un repère orthogonal d'unités graphiques 2 cm sur l'axe des abscisses et 1 cm sur l'axe des ordonnées.

Calculer l'aire en cm², du domaine $\mathscr{D}$ du plan limité par les courbes $\mathscr{C}$, $\mathscr{C}'$ et les droites d'équation $x = \dfrac{1}{e}$ et $x = 2$.

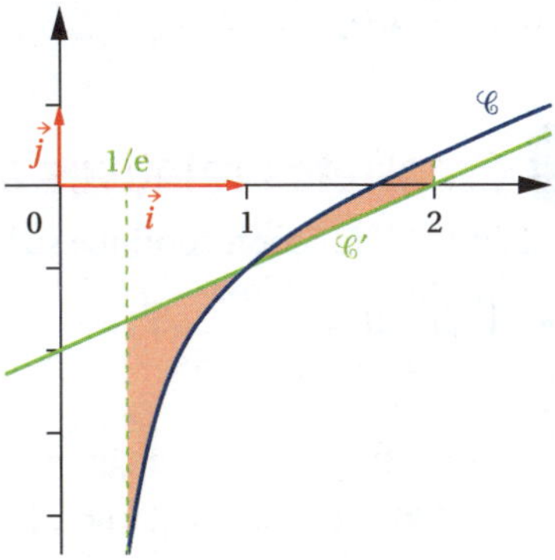

CONSEILS

Étape 1 Cherchez le signe de la fonction $f - g$ sur l'intervalle $\left[\dfrac{1}{e};2\right]$.

Étape 2 Découpez $\left[\dfrac{1}{e};2\right]$ en intervalles sur lesquels le signe de $f - g$ est constant. L'aire de chacun des domaines ainsi délimités est égale à l'intégrale de $f - g$ si $f - g$ est positive, et à l'opposé de l'intégrale de $f - g$ si $f - g$ est négative.
L'aire de $\mathscr{D}$ (en u.a.) est alors la somme de l'aire de chacun des domaines.

Étape 3 Convertissez le résultat précédent en cm².

SOLUTION

Étape 1 Pour tout $x > 0$, on a $f(x) - g(x) = \dfrac{\ln x}{x} \geqslant 0 \Leftrightarrow x \geqslant 1$.

Donc, $f - g$ est négative sur $\left[\dfrac{1}{e};1\right]$, positive sur $[1\,;2]$.

Étape 2 On a $A = A_1 + A_2 = -\int_{\frac{1}{e}}^{1}\left(\dfrac{\ln t}{t}\right)\mathrm{d}t + \int_{1}^{2}\left(\dfrac{\ln t}{t}\right)\mathrm{d}t$. Or une primitive de $t \mapsto \dfrac{\ln t}{t}$, fonction de la forme $u'u$ avec $u(t) = \ln t$, est $t \mapsto \dfrac{1}{2}(\ln t)^2$. Donc

$$A = -\left[\frac{1}{2}(\ln t)^2\right]_{\frac{1}{e}}^{1} + \left[\frac{1}{2}(\ln t)^2\right]_{1}^{2} = -\left(-\frac{1}{2}\left(\ln\frac{1}{e}\right)^2\right) + \frac{1}{2}(\ln 2)^2 = \frac{1}{2} + \frac{(\ln 2)^2}{2} \text{ u.a.}$$

Étape 3 On a 1 u.a. $= 1 \times 2\ \text{cm}^2 = 2\ \text{cm}^2$. Donc $A = 1 + (\ln 2)^2\ \text{cm}^2$.

31 Propriétés de l'intégrale

En bref *L'intégrale possède des propriétés qui facilitent son calcul ou son encadrement, ce qui permet d'en obtenir une valeur approchée.*

I Propriétés relatives aux bornes

- Soit f une fonction continue sur un intervalle I. Pour tous a, b de I, on a :
  - $\int_a^a f(t)\,\mathrm{d}t = 0$
  - $\int_b^a f(t)\,\mathrm{d}t = -\int_a^b f(t)\,\mathrm{d}t$

À NOTER

La variable t est muette. On note indifféremment $\int_a^b f(t)\mathrm{d}t$, $\int_a^b f(x)\mathrm{d}x$, etc.

- **Relation de Chasles :** Soit f une fonction continue sur un intervalle I. Pour tous a, b, c de I, on a :

$$\int_a^c f(t)\,\mathrm{d}t = \int_a^b f(t)\,\mathrm{d}t + \int_b^c f(t)\,\mathrm{d}t$$

II Linéarité de l'intégrale

Soient f et g des fonctions continues sur un intervalle I. Pour tous a, b de I et pour tout λ réel, on a :

- $\int_a^b (f(t)+g(t))\,\mathrm{d}t = \int_a^b f(t)\,\mathrm{d}t + \int_a^b g(t)\,\mathrm{d}t$
- $\int_a^b \lambda f(t)\,\mathrm{d}t = \lambda\int_a^b f(t)\,\mathrm{d}t$

III Positivité et croissance de l'intégrale

Soient f et g des fonctions continues sur un intervalle $[a\,;b]$, $a \leqslant b$.

- Si $f(t) \geqslant 0$ pour tout $t \in [a\,;b]$, alors $\int_a^b f(t)\,\mathrm{d}t \geqslant 0$
- Si $f(t) \geqslant g(t)$ pour tout $t \in [a\,;b]$, alors $\int_a^b f(t)\,\mathrm{d}t \geqslant \int_a^b g(t)\,\mathrm{d}t$

IV Intégration par parties

Soient u et v deux fonctions dérivables à dérivées continues sur un intervalle $[a\,;b]$, $a \leqslant b$. Alors :

$$\int_a^b u'(t)v(t)\,\mathrm{d}t = [u(t)v(t)]_a^b - \int_a^b u(t)v'(t)\,\mathrm{d}t$$

Méthodes

1 Majorer ou minorer une intégrale

On pose $A = \int_0^2 \frac{t^3}{1+t^2}\,dt$. Montrer que $0 \leqslant A \leqslant 4$.

CONSEILS

Étape 1 Encadrez la fonction $t \mapsto \frac{t^3}{1+t^2}$ sur l'intervalle d'intégration $[0\,;2]$ par des fonctions dont on sait déterminer une primitive.
Étape 2 Utilisez la positivité et la croissance de l'intégrale.

SOLUTION

Étape 1 Pour tout $t \in [0\,;2]$, $1+t^2 \geqslant 1$ donc $0 \leqslant \frac{1}{1+t^2} \leqslant 1$. t étant positif, on en déduit que pour tout $t \in [0\,;2]$, $0 \leqslant \frac{t^3}{1+t^2} \leqslant t^3$.

Étape 2 Par positivité et croissance de l'intégrale, on en déduit que $0 \leqslant \int_0^2 \frac{t^3}{1+t^2}\,dt \leqslant \int_0^2 t^3\,dt$.

Or $\int_0^2 t^3\,dt = \left[\frac{t^4}{4}\right]_0^2 = 4$.

Donc $\mathbf{0 \leqslant A \leqslant 4}$.

2 Appliquer le théorème d'intégration par parties

Calculer $\int_0^1 t\mathrm{e}^t\,dt$ à l'aide d'une intégration par parties.

CONSEILS

Identifiez les fonctions u' et v du théorème, de telle sorte que l'intégrale $\int_0^1 u(t)v'(t)\,dt$ soit facile à calculer.

SOLUTION

Pour tout $t \in [0\,;1]$, on pose $\begin{cases} u'(t) = \mathrm{e}^t \\ v(t) = t \end{cases}$, on a alors $\begin{cases} u(t) = \mathrm{e}^t \\ v'(t) = 1 \end{cases}$.

Les fonctions u et v ainsi définies sont dérivables sur $[0\,;1]$ à dérivées continues. Le théorème d'intégration par parties donne donc :

$\int_0^1 t\mathrm{e}^t\,dt = \left[t\mathrm{e}^t\right]_0^1 - \int_0^1 \mathrm{e}^t\,dt = \mathrm{e} - (\mathrm{e}-1)$ et $\mathbf{\int_0^1 t\mathrm{e}^t\,dt = 1}$.

MÉMO VISUEL

Définition

Qu'est-ce que l'intégrale d'une fonction f continue positive?

Soit f une fonction continue **positive** sur un intervalle $[a\,;b]$, $a \leqslant b$.
On note $\mathscr{C}$ sa courbe représentative dans un repère orthogonal.

- $\int_a^b f(t)\,\mathrm{d}t$ est l'aire, en u.a., du domaine délimité par $\mathscr{C}$, l'axe des abscisses et les droites d'équations $x=a$ et $x=b$.

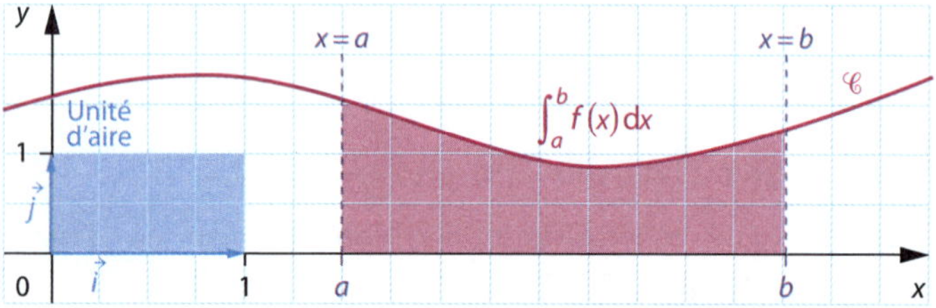

- La valeur moyenne de f est

$$\mu = \frac{1}{b-a}\int_a^b f(t)\,\mathrm{d}t.$$

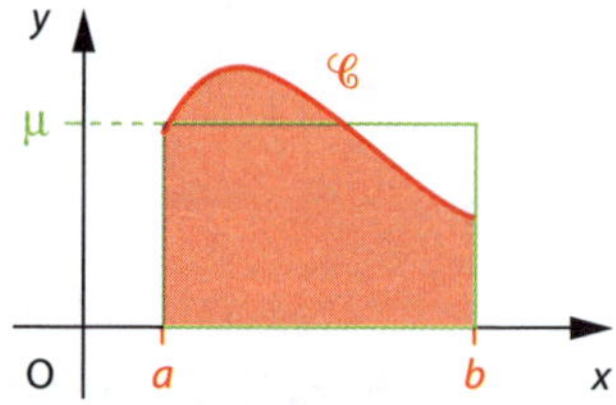

CALCUL

Comment calculer une intégrale à l'aide d'une primitive ?

Calculer une intégrale

Intégrale d'une fonction continue de signe quelconque

Soit f une fonction continue sur un intervalle $[a\,;b]$, et F une primitive de f sur $[a\,;b]$

On a $\int_a^b f(t)\,\mathrm{d}t = [F(t)]_a^b = F(b) - F(a)$.

Théorème d'intégration par parties

Soient u et v deux fonctions dérivables à dérivées continues sur un intervalle $[a\,;b]$, $a \leqslant b$

Alors $\int_a^b u'(t)v(t)\,\mathrm{d}t = [u(t)v(t)]_a^b - \int_a^b u(t)v'(t)\,\mathrm{d}t$.

Propriétés relatives aux bornes

Soit f une fonction continue sur un intervalle I. Pour tous a, b, c de I, on a:

- $\int_a^a f(t)\mathrm{d}t = 0$
- $\int_b^a f(t)\mathrm{d}t = -\int_a^b f(t)\mathrm{d}t$
- Relation de Chasles :

$$\int_a^c f(t)\mathrm{d}t = \int_a^b f(t)\mathrm{d}t + \int_b^c f(t)\mathrm{d}t$$

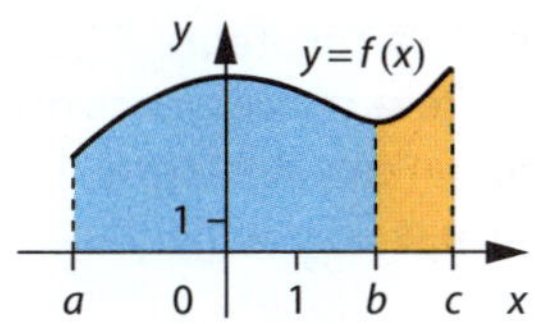

Linéarité de l'intégrale

Soient f et g des fonctions continues sur un intervalle I.
Pour tous a, b de I et pour tout λ réel, on a :

- $\int_a^b (f(t)+g(t))\mathrm{d}t = \int_a^b f(t)\mathrm{d}t + \int_a^b g(t)\mathrm{d}t$
- $\int_a^b \lambda f(t)\mathrm{d}t = \lambda\int_a^b f(t)\mathrm{d}t$

Positivité et croissance de l'intégrale

Soient f et g des fonctions continues sur un intervalle $[a\,;b]$, $a \leqslant b$.

- Si $f(t) \geqslant 0$ pour tout $t \in [a\,;b]$, alors $\int_a^b f(t)\mathrm{d}t \geqslant 0$
- Si $f(t) \geqslant g(t)$ pour tout $t \in [a\,;b]$, alors $\int_a^b f(t)\mathrm{d}t \geqslant \int_a^b g(t)\mathrm{d}t$

INTÉGRAL

Propriétés de l'intégrale

Quelles sont les propriétés de l'intégrale ?

Le thème de ce chapitre n'est pas au programme de l'épreuve écrite du bac, mais est utile à la poursuite de vos études.

SUJET 36 | OBJECTIF SUP

25 min Constante d'Euler

→ FICHES 30 et 31

Ce sujet définit la constante d'Euler, limite d'une suite dont on montre la convergence grâce à des inégalités obtenues par un calcul intégral. Les intégrales ne servent donc pas uniquement à calculer des aires !

LE SUJET

Pour tout entier naturel n non nul, on note $u_n = 1 + \frac{1}{2} + \frac{1}{3} + \ldots + \frac{1}{n} - \ln n$.

1. a. Question de cours

On admet que si f est une fonction continue et positive sur $[a\,;b]$ (avec $a < b$), alors $\int_a^b f(t)\,\mathrm{d}t \geqslant 0$. On admet également la linéarité de l'intégrale.

Montrer que si u et v sont des fonctions continues sur $[a\,;b]$ (avec $a < b$), telles que pour tout $t \in [a\,;b]$, $u(t) \leqslant v(t)$, alors $\int_a^b u(t)\,\mathrm{d}t \leqslant \int_a^b v(t)\,\mathrm{d}t$.

b. Montrer que pour tout entier naturel non nul k, on a $\frac{1}{k+1} \leqslant \int_k^{k+1} \frac{1}{t}\,\mathrm{d}t \leqslant \frac{1}{k}$.

En déduire que pour tout entier naturel non nul k : $\frac{1}{k+1} \leqslant \ln(k+1) - \ln k \leqslant \frac{1}{k}$.

2. Montrer que la suite (u_n) est monotone.

3. Montrer que pour tout entier $n \geqslant 2$, $u_n = \frac{1}{n} + \sum_{k=1}^{n-1}\left(\frac{1}{k} - \ln(k+1) + \ln k\right)$.

4. Déduire des questions précédentes que la suite (u_n) est convergente.
Sa limite (que l'on ne déterminera pas) est appelée la constante d'Euler.

LES CLÉS POUR RÉUSSIR

1. a. Considérez la fonction $v - u$.

b. Encadrez $\frac{1}{t}$ sur $[k\,;k+1]$, puis appliquez le résultat du **1. a.**

2. Étudiez le signe de $u_{n+1} - u_n$.

3. Démontrez le résultat par récurrence.

4. Montrez que la suite est minorée, puis appliquez le théorème sur les suites monotones.

LE CORRIGÉ

1. a. Question de cours

Pour tout $t \in [a\,;b]$, on a $v(t)-u(t) \geqslant 0$, avec $v-u$ fonction continue sur $[a\,;b]$. Donc par positivité de l'intégrale, on a $\int_a^b (v(t)-u(t))\,\mathrm{d}t \geqslant 0$.

Or par linéarité de l'intégrale, $\int_a^b (v(t)-u(t))\,\mathrm{d}t = \int_a^b v(t)\,\mathrm{d}t - \int_a^b u(t)\,\mathrm{d}t$.

Donc $\boldsymbol{\int_a^b v(t)\,\mathrm{d}t \geqslant \int_a^b u(t)\,\mathrm{d}t}$.

b. Établir un encadrement

Soit k un entier naturel non nul. La fonction inverse est décroissante sur $]0\,;+\infty[$, donc pour tout $t \in [k\,;k+1]$, on a $\frac{1}{k+1} \leqslant \frac{1}{t} \leqslant \frac{1}{k}$.

D'après la question **1. a.**, on déduit que $\int_k^{k+1} \frac{1}{k+1}\,\mathrm{d}t \leqslant \int_k^{k+1} \frac{1}{t}\,\mathrm{d}t \leqslant \int_k^{k+1} \frac{1}{k}\,\mathrm{d}t$.

Or $\int_k^{k+1} \frac{1}{k+1}\,\mathrm{d}t = \frac{1}{k+1}[t]_k^{k+1} = \frac{k+1-k}{k+1} = \frac{1}{k+1}$, et $\int_k^{k+1} \frac{1}{k}\,\mathrm{d}t = \frac{1}{k}[t]_k^{k+1} = \frac{1}{k}$.

Donc $\boldsymbol{\frac{1}{k+1} \leqslant \int_k^{k+1} \frac{1}{t}\,\mathrm{d}t \leqslant \frac{1}{k}}$.

Or $\int_k^{k+1} \frac{1}{t}\,\mathrm{d}t = [\ln t]_k^{k+1} = \ln(k+1) - \ln k$. Donc $\boldsymbol{\frac{1}{k+1} \leqslant \ln(k+1) - \ln k \leqslant \frac{1}{k}}$.

2. Étudier la monotonie d'une suite

Soit n un entier naturel non nul, on a :

$$u_{n+1} - u_n = 1 + \frac{1}{2} + \ldots + \frac{1}{n} + \frac{1}{n+1} - \ln(n+1) - \left(1 + \frac{1}{2} + \ldots + \frac{1}{n} - \ln n\right)$$

Donc $u_{n+1} - u_n = \frac{1}{n+1} - (\ln(n+1) - \ln n)$. Or $\ln(n+1) - \ln n \geqslant \frac{1}{n+1}$, d'après la question **1. b.** On en déduit donc que $u_{n+1} - u_n \leqslant 0$ et la suite (u_n) **est décroissante.**

À NOTER

On a utilisé la première inégalité de l'encadrement pour $k = n$.

3. Démontrer une égalité par récurrence

Montrons que pour tout $n \geqslant 2$, $u_n = \frac{1}{n} + \sum_{k=1}^{n-1}\left(\frac{1}{k} - \ln(k+1) + \ln k\right)$.

- *Initialisation (pour $n = 2$) :*

$\frac{1}{2} + \sum_{k=1}^{2-1}\left(\frac{1}{k} - \ln(k+1) + \ln k\right) = \frac{1}{2} + (1 - \ln 2 + \ln 1) = 1 + \frac{1}{2} - \ln 2 = u_2$.

Donc l'égalité est vérifiée pour $n = 2$.

- *Hérédité :* Soit un entier naturel $n \geqslant 2$, on suppose que la propriété est vraie au rang n, c'est-à-dire que $u_n = \frac{1}{n} + \sum_{k=1}^{n-1}\left(\frac{1}{k} - \ln(k+1) + \ln k\right)$.

$u_{n+1} = 1 + \frac{1}{2} + \ldots + \frac{1}{n} + \frac{1}{n+1} - \ln(n+1) = u_n + \ln n + \frac{1}{n+1} - \ln(n+1)$.

En appliquant l'hypothèse de récurrence, on obtient que

$$u_{n+1} = \frac{1}{n} + \sum_{k=1}^{n-1}\left(\frac{1}{k} - \ln(k+1) + \ln k\right) + \ln n + \frac{1}{n+1} - \ln(n+1)$$

$$u_{n+1} = \frac{1}{n+1} + \sum_{k=1}^{n-1}\left(\frac{1}{k} - \ln(k+1) + \ln k\right) + \frac{1}{n} - \ln(n+1) + \ln n$$

$$u_{n+1} = \frac{1}{n+1} + \sum_{k=1}^{n}\left(\frac{1}{k} - \ln(k+1) + \ln k\right).$$

Donc la propriété est vraie au rang $n+1$ et est donc héréditaire.

- *Conclusion :* la propriété est vraie pour tout $n \geqslant 2$.

Donc pour tout $n \geqslant 2$, $\boldsymbol{u_n = \frac{1}{n} + \sum_{k=1}^{n-1}\left(\frac{1}{k} - \ln(k+1) + \ln k\right)}$.

4. Établir une convergence

D'après l'encadrement établi à la question **1. b.**, pour tout entier naturel k compris entre 1 et $n-1$, on a $\frac{1}{k} - \ln(k+1) + \ln k \geqslant 0$.

À NOTER
On a cette fois utilisé la deuxième inégalité de l'encadrement.

Une somme de nombres positifs étant positive, on déduit de la question précédente que pour tout $n \geqslant 2$, $u_n \geqslant 0$. Cette inégalité est également vérifiée pour $n = 1$, car $u_1 = 1$.

On a donc montré que la suite (u_n) est décroissante et minorée par 0, on en déduit qu'elle **converge vers un réel positif.** → FICHE 15

SUJET 37 | OBJECTIF SUP

Inégalité de Cauchy-Schwarz

45 min

→ FICHES 30 et 31

Ce sujet vous propose de démontrer la célèbre inégalité de Cauchy-Schwarz, et en présente quelques applications, notamment en physique.

LE SUJET

1. Soient A, B et C des réels, avec $A > 0$. Quelle inégalité est vérifiée par ces réels si le trinôme du second degré $Ax^2 + Bx + C$ est positif pour tout réel x ?

2. f et g sont des fonctions continues sur l'intervalle $[a\,;b]$ (avec $a < b$).
Pour tout réel λ, on définit $P(\lambda) = \int_a^b (\lambda f(t) + g(t))^2\,\mathrm{d}t$.

a. Montrer que $P(\lambda)$ est un polynôme en λ, et exprimer ses coefficients à l'aide d'intégrales.
b. Démontrer que pour tout réel λ, $P(\lambda) \geqslant 0$.
c. On admet que l'intégrale d'une fonction continue positive est nulle sur un intervalle $[a\,;b]$ si et seulement si la fonction est nulle sur $[a\,;b]$.
En utilisant le résultat du **1.**, en déduire l'inégalité de Cauchy-Schwarz :

$$\left(\int_a^b f(t)g(t)\right)^2 \leqslant \left(\int_a^b (f(t))^2\,\mathrm{d}t\right) \times \left(\int_a^b (g(t))^2\,\mathrm{d}t\right)$$

3. On suppose que la tension aux bornes d'une résistance est une fonction continue U, de période T.
a. Exprimer la valeur moyenne V_m de U sur l'intervalle $[0\,;T]$.
b. La valeur efficace de la tension V_e est la valeur d'une tension continue qui produirait un échauffement identique dans la résistance. Elle est donnée par la formule $\sqrt{\frac{1}{T}\int_0^T (U(t))^2\,\mathrm{d}t}$.
À l'aide de l'inégalité de Cauchy-Schwarz, comparer V_m et V_e.
c. Calculer V_m et V_e pour $U : t \mapsto \frac{1}{2}\cos(\omega t)$ de période T, avec $\omega = \frac{2\pi}{T}$.
Pour le calcul de V_e, on rappelle que pour tout réel x, $\cos^2 x = \frac{1+\cos(2x)}{2}$.

4. Soient a et b des réels tels que $0 < a < b$.
En utilisant l'inégalité de Cauchy-Schwarz, montrer que $\ln\left(\frac{b}{a}\right) \leqslant \frac{b-a}{\sqrt{ab}}$.

LES CLÉS POUR RÉUSSIR

1. Pensez au discriminant.

2. a. Utilisez la linéarité de l'intégrale.
b. Utilisez la positivité de l'intégrale.
c. Pensez à étudier le cas particulier où le coefficient de λ^2 est nul, puis calculez le discriminant du trinôme dans les autres cas.

3. a. C'est une question de cours.
b. Appliquez l'inégalité de Cauchy-Schwarz à $t \mapsto 1$ et U.
c. Utilisez la relation $(\sin u)' = u'\cos u$ pour une fonction dérivable u.

4. Appliquez l'inégalité de Cauchy-Schwarz à $t \mapsto 1$ et $t \mapsto \frac{1}{t}$.

LE CORRIGÉ

1. Déterminer le signe d'un trinôme du second degré

Un trinôme du second degré $Ax^2 + Bx + C$ est du signe de A (positif ici) si et seulement si son discriminant est négatif c'est-à-dire $B^2 - 4AC \leqslant 0$.

2. a. Expliciter un polynôme dont les coefficients sont des intégrales

Par linéarité de l'intégrale, on a :

$$P(\lambda) = \int_a^b (\lambda f(t) + g(t))^2 \, dt = \lambda^2 \int_a^b (f(t))^2 \, dt + 2\lambda \int_a^b f(t)g(t)\, dt + \int_a^b (g(t))^2 \, dt$$

Ainsi, $P(\lambda) = A\lambda^2 + B\lambda + C$, avec $A = \int_a^b (f(t))^2 \, dt$, $B = 2\int_a^b f(t)g(t)\, dt$,

et $C = \int_a^b (g(t))^2 \, dt$.

b. Déterminer le signe d'un polynôme

Pour tout $t \in [a\,;b]$ et tout $\lambda \in \mathbb{R}$, on a $(\lambda f(t) + g(t))^2 \geqslant 0$, donc, par positivité de l'intégrale, $P(\lambda) \geqslant 0$ pour tout $\lambda \in \mathbb{R}$.

c. Démontrer l'inégalité de Cauchy-Schwarz

- Si $A = \int_a^b (f(t))^2 \, dt = 0$: pour tout $t \in [a\,;b]$, $(f(t))^2 \geqslant 0$, on en déduit que f est nulle sur $[a\,;b]$. La fonction produit $f \times g$ est donc nulle sur $[a\,;b]$. L'inégalité de Cauchy-Schwarz est vérifiée pour $A = 0$.
- Si $A = \int_a^b (f(t))^2 \, dt \neq 0$: $P(\lambda)$ est un trinôme du second degré. On déduit des questions précédentes que le discriminant est négatif.

On a donc $B^2 - 4AC = \left(2\int_a^b f(t)g(t)\, dt\right)^2 - 4\left(\int_a^b (f(t))^2 \, dt\right) \times \left(\int_a^b (g(t))^2 \, dt\right) \leqslant 0$.

On a ainsi $\left(\int_a^b f(t)g(t)\, dt\right)^2 \leqslant \left(\int_a^b (f(t))^2 \, dt\right) \times \left(\int_a^b (g(t))^2 \, dt\right)$.

3. Appliquer l'inégalité de Cauchy-Schwarz en physique

a. Par définition, on a $V_m = \dfrac{1}{T}\int_0^T U(t)\, dt$.

b. $V_m = \dfrac{1}{T}\int_0^T U(t)\, dt = \dfrac{1}{T}\int_0^T U(t) \times 1\, dt$.

D'après l'inégalité de Cauchy-Schwarz appliquée aux fonctions $t \mapsto 1$ et U, on obtient que $\left(\int_0^T U(t) \times 1\, dt\right)^2 \leq \left(\int_0^T (U(t))^2 dt\right) \times \left(\int_0^T 1\, dt\right)$.

Or $\int_0^T U(t)\, dt = TV_m$, $\int_0^T (U(t))^2 dt = TV_e{}^2$ et $\int_0^T 1\, dt = [t]_0^T = T$.

Donc $(TV_m)^2 \leqslant TV_e{}^2 \times T$ et $V_m{}^2 \leqslant V_e{}^2$ (car $T > 0$).

De plus, V_e est un réel positif, donc par croissance de la fonction racine carrée sur $[0\,;+\infty[$, on obtient que $|V_m| \leqslant V_e$.

c. - On a $V_m = \dfrac{1}{T}\int_0^T \dfrac{1}{2}\cos(\omega t)\, dt = \dfrac{1}{T}\left[\dfrac{1}{2\omega}\sin(\omega t)\right]_0^T = \dfrac{1}{2T\omega}\sin(\omega T)$.

Or $\omega = \dfrac{2\pi}{T}$, donc $V_m = \dfrac{1}{2T\omega}\sin(2\pi)$ d'où $V_m = 0$.

- $\int_0^T \frac{\cos^2(\omega t)}{4}\,\mathrm{d}t = \frac{1}{4}\int_0^T\left(\frac{1}{2}+\frac{1}{2}\cos(2\omega t)\right)\mathrm{d}t = \frac{1}{4}\left[\frac{1}{2}t+\frac{1}{4\omega}\sin(2\omega t)\right]_0^T = \frac{T}{8}.$

Donc $V_e = \sqrt{\frac{1}{T}\int_0^T \frac{\cos^2(\omega t)}{4}\,\mathrm{d}t} = \sqrt{\frac{1}{T}\times\frac{T}{8}} = \frac{1}{2\sqrt{2}}$ et $\boldsymbol{V_e = \frac{\sqrt{2}}{4}}$.

4. Appliquer l'inégalité de Cauchy-Schwarz pour prouver une inégalité

D'après l'inégalité de Cauchy-Schwarz appliquée aux fonctions $t \mapsto 1$ et $t \mapsto \frac{1}{t}$, on a $\left(\int_a^b \frac{1}{t}\,\mathrm{d}t\right)^2 \leqslant \left(\int_a^b \frac{1}{t^2}\,\mathrm{d}t\right)\times\left(\int_a^b 1\,\mathrm{d}t\right)$.

Or $\int_a^b \frac{1}{t}\,\mathrm{d}t = [\ln t]_a^b = \ln b - \ln a = \ln\left(\frac{b}{a}\right)$, $\int_a^b \frac{1}{t^2}\,\mathrm{d}t = \left[\frac{-1}{t}\right]_a^b = \frac{-1}{b}+\frac{1}{a} = \frac{b-a}{ab}$

et $\int_a^b 1\,\mathrm{d}t = [t]_a^b = b-a$. On en déduit que $\left(\ln\left(\frac{b}{a}\right)\right)^2 \leqslant \frac{(b-a)^2}{ab}$. De plus, $0 < a < b$, donc $b-a>0$, $\ln\left(\frac{b}{a}\right) \geqslant 0$ car $\frac{b}{a} > 1$, et $ab > 0$. On obtient par croissance de la fonction racine carrée sur $[0\,;+\infty[$ que $\boldsymbol{\ln\left(\frac{b}{a}\right) \leqslant \frac{b-a}{\sqrt{ab}}}$.

SUJET 38 OBJECTIF SUP

Somme d'une série numérique

60 min

→ FICHES **15, 30** et **31**

Ce sujet très complet, dont l'objectif est un calcul de limite, permet de réinvestir ses connaissances sur une grande partie du programme d'analyse.

LE SUJET

Le but de ce problème consiste à déterminer la limite de la suite (S_n) définie pour tout entier naturel n par $S_n = u_0 + u_1 + \ldots + u_n$, où $u_n = \frac{(-1)^n}{(3n+1)(3n+2)}$.

1. Soit P la fonction définie pour tout réel x par $P(x) = 2x^3 - 3x^2 - 1$.

a. Déterminer les limites de P en $-\infty$ et en $+\infty$. Étudier ses variations, et dresser son tableau de variations.

b. Montrer que $P(x) = 0$ admet une unique solution α et que $\alpha \in \,]1{,}6\,;1{,}7[$.

2. Soit f la fonction définie sur $\mathrm{D} = \,]-1\,;+\infty[$ par $f(x) = \frac{1-x}{1+x^3}$.

On note $\mathscr{C}$ sa courbe représentative dans un repère orthonormé du plan.

a. Étudier les variations de f.

b. Écrire une équation de la tangente (T_0) à $\mathscr{C}$ au point d'abscisse 0.
c. Étudier la position de (T_0) par rapport à $\mathscr{C}$.
d. Tracer $\mathscr{C}$ et (T_0) dans un même repère.

3. On note $F : x \mapsto \int_0^x f(t)\,\mathrm{d}t$.
a. Justifier l'existence de $F(x)$ pour tout réel positif x.
b. Déterminer a, b et c tels que, pour tout $x \in \mathrm{D}$, $f(x) = \dfrac{a}{x+1} + \dfrac{bx+c}{x^2-x+1}$.
c. Calculer $F(1)$ et interpréter graphiquement le résultat.

4. On considère l'intégrale $I = F(1) = \int_0^1 \dfrac{1-t}{1+t^3}\,\mathrm{d}t$.
a. Montrer que pour tout $n \in \mathbb{N}$, $\int_0^1 t^{3n}(1-t)\,\mathrm{d}t = \dfrac{1}{(3n+1)(3n+2)}$.
b. Montrer que pour tout $n \in \mathbb{N}$, $S_n = \int_0^1 (1-t)\dfrac{1-\left(-t^3\right)^{n+1}}{1+t^3}\,\mathrm{d}t$.
c. En déduire que pour tout $n \in \mathbb{N}$, $I - S_n = \int_0^1 t^{3n}(1-t)\dfrac{(-1)^{n+1}t^3}{1+t^3}\,\mathrm{d}t$.
d. Pour $n \in \mathbb{N}$, donner sur $[0\,;1]$ un encadrement de $\dfrac{(-1)^{n+1}t^3}{1+t^3}$ et en déduire que $-\dfrac{1}{(3n+1)(3n+2)} \leqslant I - S_n \leqslant \dfrac{1}{(3n+1)(3n+2)}$.

5. Montrer que la suite (S_n) est convergente et que sa limite est $\dfrac{2\ln 2}{3}$.

LES CLÉS POUR RÉUSSIR

1. a. Factorisez pour trouver la limite en $+\infty$.
b. Appliquez le théorème des valeurs intermédiaires.

2. a. Exprimer $f'(x)$ en fonction de $P(x)$, puis utilisez la question **1. b.**
b. C'est une question de cours.
c. Étudiez le signe de $f(x) - y$ où y représente l'ordonnée du point d'abscisse x sur la tangente.
d. Choisissez un repère adapté afin d'obtenir un graphique clair.

3. a. C'est une question de cours.
b. Mettez au même dénominateur, puis identifiez les numérateurs.
c. Utilisez la question **3. b.** et les primitives de fonctions usuelles.

4. a. Développez le produit, puis intégrez terme à terme.
b. Utilisez l'égalité établie dans la question **4. a.** et la linéarité de l'intégrale. Apparaîtra alors la somme de termes consécutifs d'une suite géométrique.
c. Utilisez la linéarité de l'intégrale.
d. Encadrez $\dfrac{t^3}{1+t^3}$ sur $[0\,;1]$, puis utilisez la croissance de l'intégrale.

5. Appliquez le théorème des gendarmes.

LE CORRIGÉ

1. a. Étudier une fonction polynômiale

- Par somme, on a immédiatement $\lim_{x\to-\infty} P(x) = \lim_{x\to-\infty} (2x^3 - 3x^2 - 1) = -\infty$.

Pour $x > 0, 2x^3 - 3x^2 - 1 = x^3\left(2 - \frac{3}{x} - \frac{1}{x^2}\right)$, donc par somme et produit, on obtient $\lim_{x\to+\infty} P(x) = +\infty$.

- P est dérivable sur $\mathbb{R}$ comme fonction polynômiale, et pour tout réel x, on a $P'(x) = 6x^2 - 6x = 6x(x-1)$. On en déduit le tableau de variations :

x	$-\infty$		0		1		$+\infty$
$P'(x)$		$+$	0	$-$	0	$+$	
P	$-\infty$	↗	-1	↘	-2	↗	$+\infty$

b. Prouver l'existence et l'unicité de la solution d'équation

P est croissante sur $]-\infty ; 0]$, décroissante sur $]0 ; 1]$, et $P(0) = -1$. Donc, pour tout $x \in]-\infty ; 1]$, $P(x) \leqslant -1$. L'équation $P(x) = 0$ n'admet donc aucune solution dans $]-\infty ; 1]$.

P est continue, strictement croissante sur $]1 ; +\infty[$. $P(1) = -2$ et $\lim_{x\to+\infty} P(x) = +\infty$.

D'après le corollaire du théorème des valeurs intermédiaires, $P(x) = 0$ admet une unique solution a dans $]1 ; +\infty[$.

De plus, $P(1{,}6) = -0{,}488 < 0$ et $P(1{,}7) = 0{,}156 > 0$. On en déduit donc que **l'équation $P(x) = 0$ admet une unique solution $a \in]1{,}6 ; 1{,}7[$.**

2. a. Étudier les variations d'une fonction

f est dérivable sur D comme quotient de fonctions dérivables (dont le dénominateur ne s'annule pas). Pour tout réel $x \in$ D,

on a $f'(x) = \dfrac{-(1+x^3) - 3x^2(1-x)}{(1+x^3)^2} = \dfrac{2x^3 - 3x^2 - 1}{(1+x^3)^2} = \dfrac{P(x)}{(1+x^3)^2}$.

Donc $f'(x)$ est du signe de $P(x)$ sur D. On déduit donc de la question 1. que **f est décroissante sur $]-1 ; a[$ et croissante sur $]a ; +\infty[$.**

b. Établir l'équation d'une tangente

$f(0) = 1$ et $f'(0) = -1$, donc la formule du cours donne (T_0) : $\boldsymbol{y = -x + 1}$.

À NOTER

La tangente à la courbe représentative d'une fonction dérivable f, en x_0, a pour équation $y = f'(x_0)(x - x_0) + f(x_0)$.

c. Étudier la position relative d'une courbe et de sa tangente

Pour tout $x \in D$, $f(x)-(-x+1)=\frac{1-x}{1+x^3}+x-1=\frac{1-x+(1+x^3)(x-1)}{1+x^3}=\frac{x^3(x-1)}{1+x^3}$.

Or $\frac{x^2}{1+x^3} \geqslant 0$, donc $f(x)-(-x+1)$ est du signe de $x(x-1)$.

Donc $f(x)-(-x+1)$ est négatif sur $]0\,;1[$, positif sur $]-1\,;0[\, \cup \,]1\,;+\infty[$.

(T_0) est au-dessus de $\mathscr{C}$ sur $]0\,;1[$, en dessous sur $]-1\,;0[\, \cup \,]1\,;+\infty[$.

d. Faire la représentation graphique d'une fonction

3. a. Établir l'existence d'une primitive

La fonction f est continue sur D.

Elle y admet donc des primitives, et **pour tout réel x positif, $\int_0^x f(t)\,\mathrm{d}t$ est bien définie.**

> **À NOTER**
> F est la primitive de f qui s'annule en 0.

b. Décomposer une expression en éléments simples

$$f(x)=\frac{a}{x+1}+\frac{bx+c}{x^2-x+1}=\frac{a(x^2-x+1)+(bx+c)(x+1)}{(x+1)(x^2-x+1)} \text{ pour tout } x \in D$$

$$\Leftrightarrow \frac{1-x}{1+x^3}=\frac{(a+b)x^2+(-a+b+c)x+a+c}{1+x^3} \text{ pour tout } x \in D$$

$$\Leftrightarrow \begin{cases} a+b=0 \\ -a+b+c=-1 \\ a+c=1 \end{cases} \Leftrightarrow \begin{cases} b=-a \\ c=1-a \\ -a-a+1-a=-1 \end{cases} \quad \Leftrightarrow \boldsymbol{a=\frac{2}{3}, b=-\frac{2}{3}, c=\frac{1}{3}}.$$

c. Calculer une aire

D'après la question précédente, $F(1)=\int_0^1\left(\frac{2}{3}\frac{1}{(t+1)}-\frac{1}{3}\frac{2t-1}{(t^2-t+1)}\right)\mathrm{d}t$.

Pour $t \in [0\,;1]$, $1+t>0$ et $t^2-t+1>0$ (car $\Delta=(-1)^2-4<0$).

On a donc $F(1)=\int_0^1\left(\frac{2}{3}\frac{1}{(t+1)}-\frac{1}{3}\frac{2t-1}{(t^2-t+1)}\right)\mathrm{d}t=\frac{2}{3}[\ln(t+1)]_0^1-\frac{1}{3}[\ln(t^2-t+1)]_0^1$.

Donc $\boldsymbol{F(1)=\frac{2}{3}\ln 2}$.

> **À NOTER**
> On reconnaît la forme $\frac{u'}{u}$ qui admet pour primitive $\ln u$ lorsque u est positive.

Pour $t \in [0\,;1]$, $f(t) \geqslant 0$ donc $F(1)$ est l'aire du domaine compris entre $\mathscr{C}$, l'axe des abscisses et les droites d'équations $x = 0$ et $x = 1$, et vaut $\mathbf{\frac{2}{3}\ln 2}$ **u.a.**

4. a. Calculer une intégrale

$$\int_0^1 t^{3n}(1-t)\,\mathrm{d}t = \int_0^1 \left(t^{3n} - t^{3n+1}\right)\mathrm{d}t = \left[\frac{t^{3n+1}}{3n+1} - \frac{t^{3n+2}}{3n+2}\right]_0^1 = \frac{1}{3n+1} - \frac{1}{3n+2},\ n \in \mathbb{N}.$$

Donc $\displaystyle\int_0^1 \boldsymbol{t^{3n}(1-t)\,\mathrm{d}t = \frac{1}{(3n+1)(3n+2)}}$.

b. Exprimer une somme à l'aide d'une intégrale

D'après la question **4. a.**, et par linéarité de l'intégrale, on a, pour tout $n \in \mathbb{N}$,

$$S_n = \sum_{k=0}^{n} \frac{(-1)^k}{(3k+1)(3k+2)} = \sum_{k=0}^{n} (-1)^k \int_0^1 t^{3k}(1-t)\,\mathrm{d}t = \int_0^1 (1-t)\left(\sum_{k=0}^{n} (-1)^k t^{3k}\right)\mathrm{d}t.$$

Or $\displaystyle\sum_{k=0}^{n} (-1)^k t^{3k} = \sum_{k=0}^{n} \left(-t^3\right)^k$ est la somme des $n+1$ premiers termes de la suite géométrique de raison $-t^3$ et de premier terme 1.

On a donc $\displaystyle\sum_{k=0}^{n} (-1)^k t^{3k} = 1 \times \frac{1-(-t^3)^{n+1}}{1-\left(-t^3\right)} = \frac{1-(-t^3)^{n+1}}{1+t^3}$. → FICHE 17

Donc on a $\displaystyle\boldsymbol{S_n = \int_0^1 (1-t)\frac{1-\left(-t^3\right)^{n+1}}{1+t^3}\,\mathrm{d}t}$.

c. Simplifier une expression contenant des intégrales

Par linéarité de l'intégrale, on a pour tout $n \in \mathbb{N}$,

$$I - S_n = \int_0^1 \left(\frac{1-t}{1+t^3} - (1-t)\frac{1-\left(-t^3\right)^{n+1}}{1+t^3}\right)\mathrm{d}t = \int_0^1 \left(\frac{1-t}{1+t^3}\left(1 - 1 + \left(-t^3\right)^{n+1}\right)\right)\mathrm{d}t$$

$$I - S_n = \int_0^1 \frac{1-t}{1+t^3}\left(-t^3\right)^{n+1}\mathrm{d}t = \boldsymbol{\int_0^1 t^{3n}(1-t)\frac{(-1)^{n+1}t^3}{1+t^3}\,\mathrm{d}t}.$$

d. Établir un encadrement

Soit $n \in \mathbb{N}$. Pour tout $t \in [0\,;1]$, $0 \leqslant \dfrac{t^3}{1+t^3} \leqslant 1$, donc $-1 \leqslant \dfrac{(-1)^{n+1}t^3}{1+t^3} \leqslant 1$.

De plus, $t^{3n}(1-t) \geqslant 0$, donc $-t^{3n}(1-t) \leqslant t^{3n}(1-t)\dfrac{(-1)^{n+1}t^3}{1+t^3} \leqslant t^{3n}(1-t)$.

Par croissance de l'intégrale, on a $-\displaystyle\int_0^1 t^{3n}(1-t)\,\mathrm{d}t \leqslant I - S_n \leqslant \int_0^1 t^{3n}(1-t)\,\mathrm{d}t$.

Or $\displaystyle\int_0^1 t^{3n}(1-t)\,\mathrm{d}t = \frac{1}{(3n+1)(3n+2)}$, d'après la question **4. a.**

On obtient donc $\boldsymbol{-\dfrac{1}{(3n+1)(3n+2)} \leqslant I - S_n \leqslant \dfrac{1}{(3n+1)(3n+2)}}$.

5. Calculer une limite

$\displaystyle\lim_{n\to+\infty} \frac{1}{(3n+1)(3n+2)} = 0$, donc d'après le théorème des gendarmes, $\displaystyle\lim_{n\to+\infty} (I - S_n) = 0$, et la suite $\boldsymbol{(S_n)}$ **converge vers** $\boldsymbol{I = \dfrac{2\ln 2}{3}}$.

SUJET 39 | OBJECTIF SUP

60 min

Étude d'une suite de polynômes

→ FICHES 30 et 31

Ce sujet est difficile et très complet. Il demande de l'initiative, de l'audace et met en œuvre des techniques calculatoires multiples : factorisation, puissance, utilisation du symbole Σ, calcul de sommes…

LE SUJET

On considère pour tout $n \in \mathbb{N}^*$ la fonction polynômiale $P_n : [0\,;+\infty[\to \mathbb{R}$, définie par $P_n(x) = \displaystyle\sum_{k=1}^{2n} \frac{(-1)^k x^k}{k} = -x + \frac{x^2}{2} + \ldots - \frac{x^{2n-1}}{2n-1} + \frac{x^{2n}}{2n}$.

Partie A Étude des fonctions polynômiales P_n

Dans cette partie, n désigne un entier naturel non nul.

a. Démontrer que pour tout $x \in [0\,;+\infty[$, $P_n'(x) = \dfrac{x^{2n}-1}{x+1}$.

b. Établir les variations de P_n sur $[0\,;+\infty[$.

c. Démontrer que $P_n(1) < 0$.

d. Démontrer que $P_{n+1}(x) = P_n(x) + x^{2n+1}\left(-\dfrac{1}{2n+1} + \dfrac{x}{2n+2}\right)$, pour tout réel positif x. En déduire que $P_n(2) \geqslant 0$.

e. Démontrer que l'équation $P_n(x) = 0$ d'inconnue $x \in [1\,;+\infty[$ admet une unique solution notée x_n, avec $1 < x_n < 2$.

Partie B Limite de la suite $(x_n)_{n\in\mathbb{N}^*}$

a. Démontrer que pour tout $n \in \mathbb{N}^*$ et tout $x \in [0\,;+\infty[$, $P_n(x) = \displaystyle\int_0^x \frac{t^{2n}-1}{t+1}\,dt$.

b. En déduire pour tout $n \in \mathbb{N}^*$, $\displaystyle\int_1^{x_n} \frac{t^{2n}-1}{t+1}\,dt = \int_0^1 \frac{1-t^{2n}}{t+1}\,dt$.

c. Démontrer que pour tout $n \in \mathbb{N}^*$ et tout $t \in [1\,;+\infty[$, $t^{2n} - 1 \geqslant n(t^2-1)$.

d. En déduire que pour tout $n \in \mathbb{N}^*$, $\displaystyle\int_1^{x_n} \frac{t^{2n}-1}{t+1}\,dt \geqslant \frac{n}{2}(x_n-1)^2$, puis que $0 < x_n - 1 < \dfrac{\sqrt{2\ln 2}}{\sqrt{n}}$.

e. Conclure quant à la convergence et à la limite de la suite $(x_n)_{n\in\mathbb{N}^*}$.

LES CLÉS POUR RÉUSSIR

Partie A

a. Utilisez la somme des termes consécutifs d'une suite géométrique.
b. Utilisez le résultat de la question **A. a.** pour déterminer le signe de $P_n'(x)$.
c. Utilisez les variations de P_n et la valeur de $P_n(0)$.
d. Pour établir le signe de $P_n(2)$, faites une démonstration par récurrence.
e. Appliquez le théorème des valeurs intermédiaires sur $[1;2]$, puis montrez qu'il ne peut pas y avoir de racines sur $]2;+\infty[$ grâce aux variations de P_n.

Partie B

a. Utilisez la question **A. a.** et le théorème fondamental de l'intégration.
b. Soustrayez les deux membres de l'égalité à prouver, appliquez la relation de Chasles et utilisez la définition de x_n.
c. Ramenez-vous à une étude de fonction.
d. Utilisez la question **B. c.** et la positivité de l'intégrale. Utilisez la question **B. b.** pour l'encadrement de $x_n - 1$.
e. Appliquez le théorème des gendarmes.

LE CORRIGÉ

Partie A Étude des fonctions polynômiales P_n

a. Déterminer une dérivée

Soit $n \in \mathbb{N}^*$. P_n est dérivable sur $[0;+\infty[$ comme fonction polynômiale, et puisque la dérivée d'une somme est la somme des dérivées,

on a $P_n'(x) = \left(\sum_{k=1}^{2n} \frac{(-1)^k x^k}{k}\right)' = \sum_{k=1}^{2n} \frac{(-1)^k \times kx^{k-1}}{k} = -\sum_{k=1}^{2n} (-x)^{k-1}$.

À NOTER

On écrit $P_n(x) = \sum_{k=1}^{2n} \frac{(-1)^k x^k}{k} = \sum_{k=1}^{2n} u_k(x)$ avec $u_k(x) = \frac{(-1)^k x^k}{k}$ et $u_k'(x) = (-1)^k x^{k-1}$.

$\sum_{k=1}^{2n} (-x)^{k-1} = 1 + (-x) + (-x)^2 + \ldots + (-x)^{2n-1}$ est la somme des $2n$ premiers termes consécutifs de la suite géométrique de raison $-x$ ($-x \neq 1$) et de premier terme 1.

→ FICHE 17

Donc $P_n'(x) = -\left(1 \times \frac{1-(-x)^{2n}}{1-(-x)}\right) = \frac{-1+(-1)^{2n} x^{2n}}{1+x}$. Or $(-1)^{2n} = 1$ (puisque $2n$ est pair).

On a donc $\boldsymbol{P_n'(x) = \frac{x^{2n}-1}{1+x}}$ pour tout $x \in [0;+\infty[$.

b. Étudier les variations d'une fonction

Soit $x \geqslant 0$. $P_n'(x) > 0 \Leftrightarrow x^{2n} - 1 > 0 \Leftrightarrow x^{2n} > 1 \Leftrightarrow x > 1$.

Donc **P_n est strictement décroissante sur $[0\,;1[$, croissante sur $]1\,;+\infty[$.**

c. Déterminer le signe d'une expression

P_n est strictement décroissante sur $[0\,;1[$, donc $P_n(1) < P_n(0)$. Or $P_n(0) = 0$.
Ainsi **$P_n(1) < 0$.**

d. Effectuer une démonstration par récurrence

Soit $x \geqslant 0$.

On a $P_{n+1}(x) = P_n(x) + \dfrac{(-1)^{2n+1}x^{2n+1}}{2n+1} + \dfrac{(-1)^{2n+2}x^{2n+2}}{2n+2} = P_n(x) - \dfrac{x^{2n+1}}{2n+1} + \dfrac{x^{2n+2}}{2n+2}$

donc **$P_{n+1}(x) = P_n(x) + x^{2n+1}\left(-\dfrac{1}{2n+1} + \dfrac{x}{2n+2}\right)$.**

> **À NOTER**
>
> $2n+1$ est impair et $2n+2$ est pair donc $(-1)^{2n+1} = -1$ et $(-1)^{2n+2} = 1$.

Démontrons par récurrence que pour tout $n \in \mathbb{N}^*$, $P_n(2) \geqslant 0$. → FICHE 41

- *Initialisation (pour $n = 1$)* :

$P_1(2) = -2 + \dfrac{4}{2} = 0$, donc la propriété est vraie au rang $n = 1$.

- *Hérédité* : Soit un entier naturel $n \geqslant 1$, on suppose que la propriété est vraie au rang n, c'est-à-dire que $P_n(2) \geqslant 0$.

$P_{n+1}(2) = P_n(2) + 2^{2n+1}\left(-\dfrac{1}{2n+1} + \dfrac{2}{2n+2}\right) = P_n(2) + 2^{2n+1}\left(\dfrac{2n}{(2n+1)(2n+2)}\right)$

Or $2^{2n+1}\left(\dfrac{2n}{(2n+1)(2n+2)}\right) \geqslant 0$, donc $P_{n+1}(2) \geqslant 0$ et la propriété est vraie au rang $n+1$ et est donc héréditaire.

- *Conclusion* : la propriété est vraie pour tout $n \geqslant 1$, et **$P_n(2) \geqslant 0$.**

e. Déterminer une racine

P_n est continue et strictement croissante sur $[1\,;+\infty[$. Or $P_n(1) < 0$ et $P_n(2) \geqslant 0$. D'après le corollaire du théorème des valeurs intermédiaires, **$P_n(x) = 0$ admet une unique solution x_n sur $[1\,;+\infty[$ avec $1 < x_n < 2$.**

Partie B Limite de la suite $(x_n)_{n\in\mathbb{N}^*}$

a. Exprimer une somme à l'aide d'une intégrale

Soit $n \in \mathbb{N}^*$. Comme $P_n(0) = 0$, P_n est la primitive de P_n' qui s'annule en 0 et, d'après le théorème fondamental de l'intégration, $P_n(x) = \int_0^x P_n'(t)\,\mathrm{d}t$, pour tout $x \in [0\,;+\infty[$. Donc d'après la question A. a., **$P_n(x) = \displaystyle\int_0^x \frac{t^{2n}-1}{t+1}\,\mathrm{d}t$.**

b. Établir une égalité

$$\int_1^{x_n} \frac{t^{2n}-1}{t+1}\,\mathrm{d}t - \int_0^1 \frac{1-t^{2n}}{t+1}\,\mathrm{d}t = \int_1^{x_n} \frac{t^{2n}-1}{t+1}\,\mathrm{d}t + \int_0^1 \frac{t^{2n}-1}{t+1}\,\mathrm{d}t$$
$$= \int_0^{x_n} \frac{t^{2n}-1}{t+1}\,\mathrm{d}t = P_n(x_n) = 0,$$

pour $n \in \mathbb{N}^*$, car x_n est solution de l'équation $P_n(x) = 0$.

Ainsi, $\boldsymbol{\int_1^{x_n} \frac{t^{2n}-1}{t+1}\,\mathrm{d}t = \int_0^1 \frac{1-t^{2n}}{t+1}\,\mathrm{d}t}$.

À NOTER
On a utilisé la relation de Chasles.

c. Établir une inégalité

Soit $n \in \mathbb{N}^*$. Pour tout $t \geqslant 1$, posons $g(t) = t^{2n} - 1 - n(t^2 - 1)$.

La fonction g est dérivable (en tant que fonction polynômiale) sur $[1\,;+\infty[$, et $g'(t) = 2nt^{2n-1} - 2nt = 2nt(t^{2n-2} - 1)$. Or $t \geqslant 1$, donc $g'(t) \geqslant 0$. Ainsi g est croissante sur $[1\,;+\infty[$. De plus, $g(1) = 0$, donc g est positive sur $[1\,;+\infty[$. Ainsi, pour tout $t \in [1\,;+\infty[$, $\boldsymbol{t^{2n} - 1 \geqslant n(t^2 - 1)}$.

d. Établir un encadrement

- Soient $n \in \mathbb{N}^*$ et $t \geqslant 1$. $\frac{t^{2n}-1}{t+1} \geqslant \frac{n(t^2-1)}{t+1}$ (**B. c.**), donc $\frac{t^{2n}-1}{t+1} \geqslant n(t-1)$ car $x_n > 1$.

Par croissance de l'intégrale, $\int_1^{x_n} \frac{t^{2n}-1}{t+1}\,\mathrm{d}t \geqslant \int_1^{x_n} n(t-1)\,\mathrm{d}t$.

$\int_1^{x_n} n(t-1)\,\mathrm{d}t = \left[\frac{n(t-1)^2}{2}\right]_1^{x_n} = \frac{n}{2}(x_n-1)^2$. Donc $\boldsymbol{\int_1^{x_n} \frac{t^{2n}-1}{t+1}\,\mathrm{d}t \geqslant \frac{n}{2}(x_n-1)^2}$.

- Pour tout $t \geqslant 0$, $\frac{1-t^{2n}}{t+1} \leqslant \frac{1}{t+1}$.

Grâce à la question **B. b.** et la croissance de l'intégrale, comme $x_n > 1$,
$\int_1^{x_n} \frac{t^{2n}-1}{t+1}\,\mathrm{d}t = \int_0^1 \frac{1-t^{2n}}{t+1}\,\mathrm{d}t \leqslant \int_0^1 \frac{1}{1+t}\,\mathrm{d}t = [\ln(1+t)]_0^1 = \ln 2$.

Ainsi, on a $\frac{n}{2}(x_n-1)^2 \leqslant \int_1^{x_n} \frac{t^{2n}-1}{t+1}\,\mathrm{d}t \leqslant \ln 2$, d'où $(x_n-1)^2 \leqslant \frac{2\ln 2}{n}$.

Or $x_n > 1$, donc on a montré que $\boldsymbol{0 < x_n - 1 \leqslant \sqrt{\frac{2\ln 2}{n}}}$.

e. Conclure

On a $\lim\limits_{n\to+\infty} \sqrt{\frac{2\ln 2}{n}} = 0$. Donc d'après le théorème des gendarmes, on en déduit que la suite (x_n) converge et $\boldsymbol{\lim\limits_{n\to+\infty} x_n = 1}$.

11 Schéma de Bernoulli, loi binomiale

Lors de ses expériences botaniques sur des générations successives de pois, le moine Gregor Mendel mit en évidence que le nombre de plantes ayant un phénotype dominant suivait une loi binomiale.

TEST

Pour vous situer et identifier les fiches à réviser 270

FICHES DE COURS

32 Schéma de Bernoulli 272

33 Succession d'épreuves 274

34 Loi binomiale 276

MÉMO VISUEL 278

SUJETS GUIDÉS & CORRIGÉS

OBJECTIF BAC

40 Étudier un problème lié à une vaccination 280

41 Les effets d'une maladie dans un cheptel bovin 283

42 Étude de tirages successifs dans une urne 285

OBJECTIF MENTION

43 Un problème de bouteilles en verre consignées 288

TESTEZ-VOUS

→ CORRIGÉS P. 350

Faites le point sur vos connaissances puis établissez votre **parcours de révision** en fonction de votre score.

1 Schéma de Bernoulli

→ FICHE 32

Parmi les affirmations suivantes, lesquelles sont vraies ?

☐ **a.** Une urne contient 5 boules blanches, 3 boules vertes et 2 boules rouges. On effectue 6 prélèvements d'une boule en remettant à chaque fois la boule dans l'urne. On s'intéresse au nombre de boules rouges obtenues. Cette expérience peut se modéliser par un schéma de Bernoulli.

☐ **b.** Dans un schéma de Bernoulli à 6 épreuves, il y a autant d'événements élémentaires comportant 2 succès exactement que d'événements élémentaires comportant 2 échecs exactement.

☐ **c.** Un tireur à l'arc vise une cible : soit il la rate soit il l'atteint. Il continue ses tirs jusqu'à ce qu'il atteigne 3 fois la cible. On peut modéliser cette situation par un schéma de Bernoulli.

.../1

2 Répétitions d'épreuves

→ FICHE 33

Parmi les affirmations suivantes, lesquelles sont vraies ?

☐ **a.** On dispose d'une urne contenant 6 boules blanches et 4 boules noires. On effectue un tirage de quatre boules une à une et sans remise. On obtient le même modèle si on effectue une prise de quatre boules simultanément.

☐ **b.** On effectue trois tirages d'une boule sans remise dans une urne contenant 5 boules noires et 5 boules blanches. La couleur de la troisième boule est indépendante de la couleur de la première.

☐ **c.** Lors de quatre jets d'une pièce de monnaie, les événements PFPF et PFFP sont équiprobables.

.../1

3 Tirage dans une urne

→ FICHE 34

Une urne contient 25 % de boules blanches et 75 % de boules noires. On effectue 80 tirages d'une boule avec remise. La probabilité, arrondie au millième, qu'on ait tiré exactement 20 boules blanches est égale à :

☐ **a.** 0,560 ☐ **b.** 0,25 ☐ **c.** 1 ☐ **d.** 0,103

.../1

4 Lancers d'une pièce de monnaie et d'un dé cubique

→ FICHE 34

Parmi les affirmations suivantes, lesquelles sont vraies ?

☐ **a.** On lance une pièce de monnaie équilibrée six fois. La probabilité d'obtenir autant de pile que de face est égale à $\frac{1}{2}$.

☐ **b.** On jette un dé équilibré dix fois. La probabilité d'obtenir au moins quatre fois le 6 est supérieure à $\frac{1}{6}$.

☐ **c.** On jette 8 fois un dé truqué de telle sorte que la probabilité d'obtenir un 5 soit égale à 0,2. On peut utiliser une loi binomiale pour calculer la probabilité pour que le 5 soit apparu exactement 4 fois.

.../1

5 Caractéristiques d'une loi binomiale

→ FICHE 34

On considère une variable aléatoire suivant une loi binomiale de paramètres n et p avec $p \neq 0$ et $p \neq 1$.
Parmi les affirmations suivantes, lesquelles sont vraies ?

☐ **a.** On a nécessairement $0 < p < 1$.

☐ **b.** Pour tout entier k compris entre 0 et n : $P(X = k) = P(X = n - k)$.

☐ **c.** Si $n = 1$, alors la loi de X est une loi de Bernoulli.

.../1

6 Paramètres d'une loi binomiale

→ FICHE 34

Une variable aléatoire a pour loi la loi binomiale de paramètres 9 et 0,5.
Quelle(s) expérience(s) aléatoire(s) peut-elle modéliser ?

☐ **a.** Le nombre de piles lors de 9 jets indépendants d'une pièce de monnaie.

☐ **b.** Le nombre de résultats pairs lors du jet de 9 dés.

☐ **c.** Le nombre de boules blanches obtenues lors du tirage simultané de 9 boules dans un sac contenant 20 boules blanches et 20 boules noires.

.../1

7 Comparaison de lois binomiales

→ FICHE 34

Parmi les affirmations suivantes, lesquelles sont vraies ?

☐ **a.** Les lois binomiales $\mathcal{B}(100\,;0{,}2)$ et $\mathcal{B}(50\,;0{,}4)$ ont même espérance et même variance.

☐ **b.** Si $X \sim \mathcal{B}(n, p)$ et $X' \sim \mathcal{B}(n', p)$ alors $X + X' \sim \mathcal{B}(n + n', p)$.

☐ **c.** Si $X \sim \mathcal{B}(20\,;0{,}7)$ alors $P(X \leqslant 5) > P(X \geqslant 15)$

.../1

Score total .../7

Parcours PAS À PAS ou *EXPRESS* ? → MODE D'EMPLOI P. 3

32 Schéma de Bernoulli

En bref *De nombreuses expériences aléatoires consistent en une répétition d'épreuves à deux issues, identiques et indépendantes. Dans ce cas, on peut modéliser la succession d'épreuves par un schéma de Bernoulli.*

I Épreuve et variable aléatoire de Bernoulli

■ **Définition :** Une **épreuve de Bernoulli** est une épreuve à deux issues : vrai/faux, pile/face, blanc/noir, etc.

On convient d'appeler « succès » et « échec » les deux résultats possibles de cette épreuve. La probabilité d'un succès est généralement notée p et la probabilité d'un échec est notée $q = 1 - p$.

■ Exemples d'épreuves de Bernoulli :

• On prélève une boule dans une urne contenant exclusivement des boules blanches (en proportion p) et des boules noires (en proportion q).

• On jette un dé cubique ordinaire et on appelle « succès » l'événement « on a obtenu 1 ». Alors $p = \frac{1}{6}$ et $q = \frac{5}{6}$.

■ **Définition :** Une **variable aléatoire de Bernoulli** est une variable aléatoire caractérisée par (p étant un nombre de $[0\,;1]$) :

• $X(\Omega) = \{0\,;1\}$ (X ne prend que deux valeurs) ;

• $P(X = 1) = p$ et donc $P(X = 0) = 1 - p = q$.

II Schéma de Bernoulli

■ **Définition :** Un **schéma de Bernoulli** est la répétition de la même épreuve de Bernoulli un certain nombre de fois (noté n), chaque fois étant indépendante des autres.

■ On peut schématiser la succession d'épreuves par un arbre de probabilités, d'où le terme de « schéma ».

Un schéma de Bernoulli est donc caractérisé par deux conditions :

• un nombre fixé de répétitions (noté n) de la même épreuve de Bernoulli ;

• les n répétitions sont indépendantes les unes des autres.

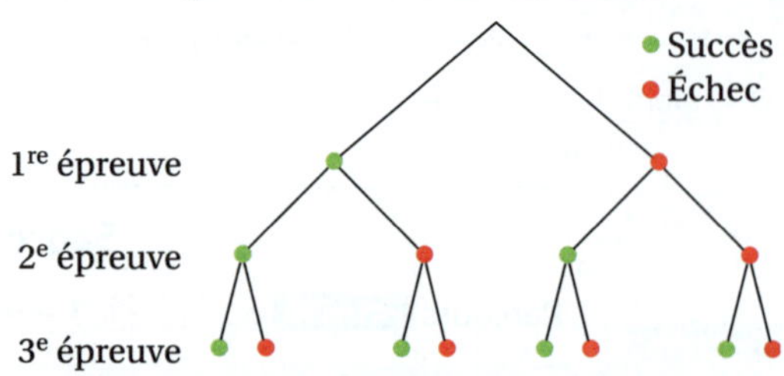

Méthodes

1 Reconnaître un schéma de Bernoulli

Dans les situations suivantes, dire s'il est possible d'utiliser un schéma de Bernoulli pour les modéliser.

a. Le nombre de jets d'un dé cubique nécessaires pour obtenir un 6 pour la première fois.

b. Le nombre de filles dans une famille de quatre enfants.

c. Le nombre de boules blanches obtenues lors du tirage de trois boules dans une urne comportant quatre boules blanches et six boules noires.

CONSEILS
a. et b. Vérifiez si chaque situation répond aux conditions caractéristiques d'un schéma de Bernoulli décrites à la fin de la fiche.
c. Discutez selon la nature des tirages : avec ou sans remise.

SOLUTION

a. **Il n'est pas possible d'utiliser un schéma de Bernoulli** car le nombre de répétitions de l'épreuve (lancer d'un dé) n'est pas fixé.

b. Si on suppose que dans une fratrie les sexes des enfants sont indépendants les uns des autres, **on peut utiliser un schéma de Bernoulli** pour connaître le nombre de filles. L'épreuve de Bernoulli de base est l'identification du sexe de l'enfant : F ou G. On la répète 4 fois.

c. Si on effectue les tirages *avec* remise, **on peut modéliser la situation par un schéma de Bernoulli**, l'épreuve de base étant l'identification de la couleur : B ou N.

Si on effectue les tirages *sans* remise **on ne peut pas utiliser un schéma de Bernoulli** car dans ce cas les tirages ne sont pas indépendants, l'issue d'un tirage dépend de la composition de l'urne, variable d'un tirage à l'autre.

2 Représenter un schéma de Bernoulli par une suite

On lance une pièce de monnaie 5 fois, les lancers étant indépendants.

En utilisant les lettres P et F décrire par une suite tous les lancers où F apparaît au plus deux fois, cette apparition ayant lieu à un lancer impair.

CONSEILS
« Au plus deux fois » signifie « 0 fois ou une fois ou deux fois ».

SOLUTION

Lancers comportant 0 fois F : PPPPP. Lancers comportant une seule fois F aux rangs impairs : FPPPP, PPFPP et PPPPF. Lancers comportant exactement deux fois F aux rangs impairs : FPFPP, FPPPF et PPFPF.

33 Succession d'épreuves

En bref *Lorsqu'on effectue une succession d'épreuves, celles-ci ne sont pas nécessairement indépendantes. Dans ce cas, on peut calculer les probabilités des événements considérés à l'aide d'un arbre.*

I Représentation d'une succession d'épreuves par un arbre

■ En général, lorsqu'on représente par un arbre une succession d'épreuves aléatoires qui dépendent l'une de l'autre, les probabilités sur les branches diffèrent à chaque nœud.

■ On calcule les probabilités des événements aux extrémités des branches en multipliant les probabilités sur les branches qui y conduisent, comme indiqué sur la figure ci-dessous $\left(A_2 = \overline{A}_1\right)$.

RAPPEL
La somme des probabilités des branches issues d'un même nœud est égale à 1.

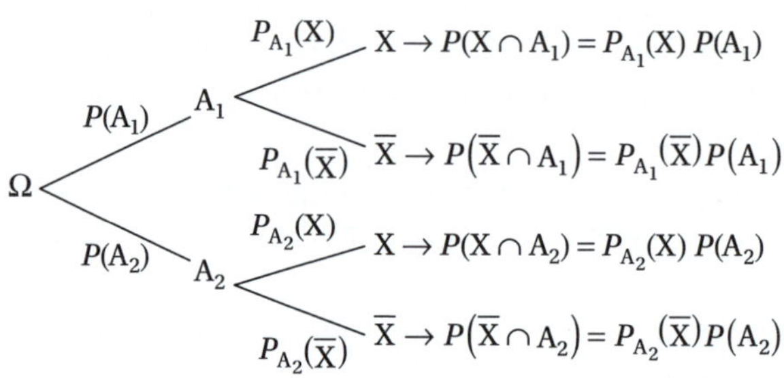

II Exemple de tirages successifs sans remise

■ On effectue deux tirages successifs sans remise d'une boule dans une urne comportant v boules vertes et r boules rouges.

■ On note A_1 (respectivement A_2) l'événement « on a tiré une boule verte (respectivement rouge) au premier tirage » et X l'événement « on a tiré une boule rouge au deuxième tirage ». On obtient l'arbre précédent.

On a alors $P(A_1) = \dfrac{v}{v+r}$, $P(A_2) = \dfrac{r}{v+r}$.

■ La probabilité de tirer une boule rouge au deuxième tirage dépend de la composition de l'urne à ce tirage. Cette composition est conditionnée par le tirage précédent. Par exemple, $P_{A_1}(X) = \dfrac{r}{v+r-1}$.

Remarque : On généralise le principe de l'arbre précédent à un nombre quelconque d'événements $A_1, A_2, \ldots, A_k$ formant une partition de Ω.

Méthode

Modéliser une suite d'épreuves à l'aide d'un arbre

On choisit l'une des trois urnes ci-dessous au hasard. On tire alors une boule. Soit X l'événement « la boule tirée est noire ».

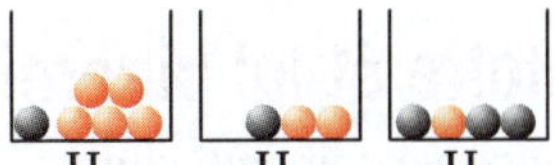

U_1 U_2 U_3

a. Modéliser l'expérience à l'aide d'un arbre.

b. Calculer $P(X)$.

CONSEILS

a. Lorsqu'on choisit l'urne au hasard, chacune a la même probabilité d'être choisie. On utilise alors le principe de l'arbre développé dans la fiche.
b. Utilisez la formule des probabilités totales.

SOLUTION

a. Si l'urne choisie est U_1 alors la probabilité de tirer une boule noire est égale à $\frac{1}{6}$ car il y a une boule noire pour un total de six boules dans l'urne.

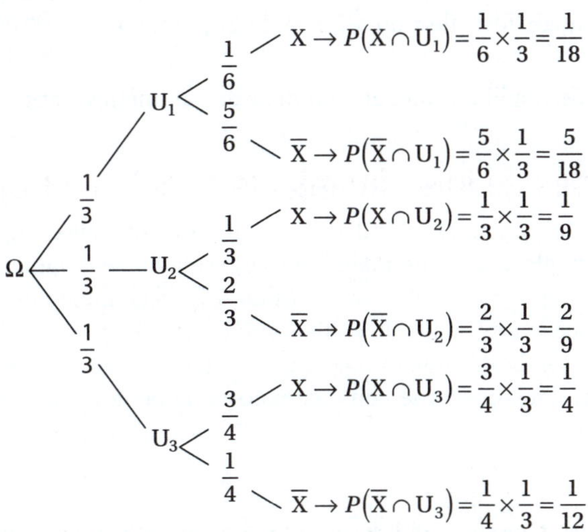

b. En sommant les probabilités écrites aux extrémités des branches ayant un X terminal on trouve $P(X) = \frac{1}{18} + \frac{1}{9} + \frac{1}{4} = \frac{2}{36} + \frac{4}{36} + \frac{9}{36} = \mathbf{\frac{15}{36}}$.

34 Loi binomiale

En bref *La loi binomiale est la loi d'une variable aléatoire qui formalise un schéma de Bernoulli à* n *répétitions.*

I Expérience aléatoire et loi binomiale

■ Considérons une expérience aléatoire qui consiste à répéter n fois une même action, les répétitions étant indépendantes. Une action produit un succès avec une probabilité p.

■ Soit X la variable aléatoire comptant le nombre de succès au cours des n répétitions. La loi de X est la **loi binomiale** de paramètres n et p et on a :

- $X(\Omega) = \{0, 1, 2, \ldots, n\} = [\![0\,;n]\!]$;
- pour tout $k \in X(\Omega)$:

$$P(X = k) = \binom{n}{k} p^k (1-p)^{n-k} = \binom{n}{k} p^k q^{n-k}$$

où $\binom{n}{k}$ est un **coefficient binomial** → FICHE 2.

À NOTER
Les crochets doubles indiquent qu'on considère les entiers entre 0 et *n*.

■ On écrit que X suit la loi $\mathcal{B}(n\,;p)$, en abrégé : $X \sim \mathcal{B}(n\,;p)$.

■ La loi binomiale formalise un schéma de Bernoulli à n répétitions.

À NOTER
On pose habituellement $q = 1 - p$.

■ Une loi de Bernoulli est une loi binomiale de paramètres 1 et p.

II Exemples de lois binomiales et calculatrice

■ Une même loi binomiale décrit de nombreuses expériences aléatoires différentes. Par exemple, la loi binomiale $\mathcal{B}(5\,;0{,}6)$ est la loi de la variable aléatoire :

- comptant le nombre de « pile » obtenus en 5 lancers d'une pièce de monnaie truquée telle que la probabilité de « pile » soit égale à 0,6 ;
- comptant le nombre de boules blanches obtenues lors d'un tirage avec remise de cinq boules dans une urne contenant 60 % de boules blanches et 40 % de boules noires.

MOT CLÉ
La loi binomiale s'appelle aussi la loi du nombre de succès au cours d'une répétition de *n* épreuves identiques et indépendantes.

■ Les calculatrices et les tableurs disposent de fonctions dédiées à la loi binomiale. Elles figurent dans les menus relatifs aux probabilités et permettent, en fournissant les valeurs de n, p et k, de calculer $P(X = k)$ et $P(X \leqslant k)$.

Méthode

Identifier les paramètres *n* et *p* d'une loi binomiale

Des coques pour téléphone sont produites à 70 % par une machine A et à 30 % par une machine B. 5 % des coques A et 10 % des coques B ont un défaut.

a. On prélève une coque au hasard dans un stock. Quelle est la probabilité qu'elle ait un défaut ?

b. On choisit dix coques dans un stock. Celui-ci est suffisamment important pour que l'on puisse assimiler ce choix à dix tirages avec remise indépendants d'une coque. Quelle est la probabilité d'avoir au moins deux coques ayant un défaut ? Donner une valeur approchée à 10^{-4} en utilisant la calculatrice.

CONSEILS

a. Appliquez la formule des probabilités totales, éventuellement en utilisant un arbre.
b. Utilisez une loi binomiale en identifiant *n*, le nombre de répétitions, et *p*, la probabilité de succès. Pensez à l'événement contraire de l'événement « au moins deux coques ».

SOLUTION

a. L'arbre ci-contre résume la situation, sachant que D est l'événement « la coque présente un défaut ». Par la formule des probabilités totales on a donc :

$$P(D) = 0{,}05 \times 0{,}7 + 0{,}1 \times 0{,}3 = 0{,}065.$$

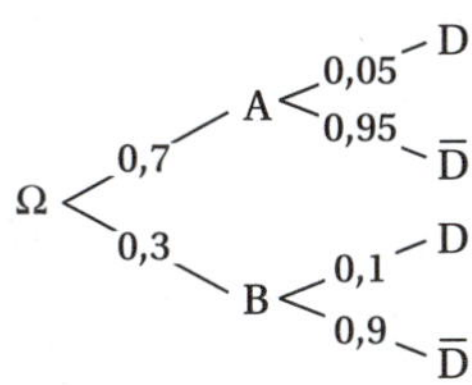

À NOTER

L'événement A (respectivement B) est « la coque est produite par la machine A (la machine B) » et $B = \overline{A}$.

b. Soit X la variable aléatoire comptant le nombre de coques ayant un défaut quand on en prélève dix avec remise au hasard dans le stock.

On peut donc considérer que la probabilité pour qu'une coque prélevée soit défectueuse est égale à 0,065. On en déduit que la loi de X est la loi binomiale de paramètres 10 et 0,065.

On cherche donc $P(X \geqslant 2)$ et on trouve :

$$P(X \geqslant 2) = 1 - P(X < 2) = 1 - (P(X = 0) + P(X = 1)).$$

La calculatrice donne :

$$P(X = 0) + P(X = 1) = \binom{10}{0} 0{,}065^0 0{,}935^{10} + \binom{10}{1} 0{,}065^1 0{,}935^9 \approx 0{,}8656.$$

Par conséquent $P(X \geqslant 2) \approx 1 - 0{,}8656$, soit $P(X \geqslant 2) \approx 0{,}1344$.

MÉMO VISUEL

SUITES D'ÉPREUVES

Qu'est-ce qu'un schéma de Bernoulli ?

Schéma de Bernoulli

- Une **épreuve de Bernoulli** est une épreuve à deux issues : vrai/faux, pile/face, blanc/noir, etc.
- Une **variable aléatoire de Bernoulli** est une variable aléatoire caractérisée ainsi ($p \in [0;1]$) :

  $X(\Omega) = \{0;1\}$ (X ne prend que deux valeurs) ;

  $P(X=1) = p$ et donc $P(X=0) = 1-p = q$.
- Un **schéma de Bernoulli** est la répétition de la même épreuve de Bernoulli un certain nombre de fois (noté n), chaque fois étant indépendante des autres.

Comment représenter une succession d'épreuves quelconques ?

Successions d'épreuves

A_1 et A_2 sont des événements complémentaires. Les épreuves sont identiques ou non, indépendantes ou non.

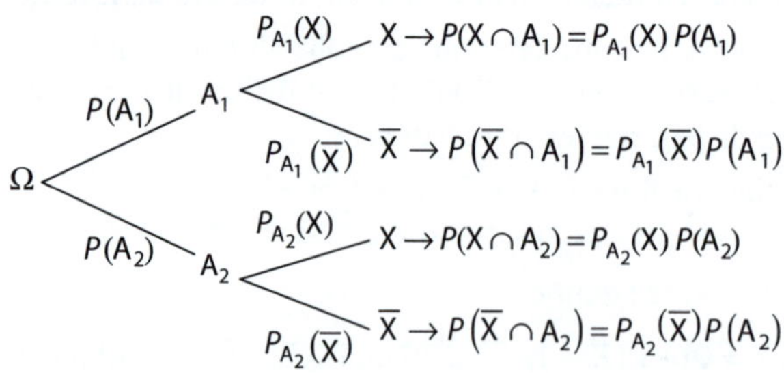

LOI BINOMIALE

Comment définir une loi binomiale ?

Loi binomiale

Définition

Soit X la variable aléatoire comptant le nombre de succès dans un schéma de Bernoulli à n répétitions. La loi de X est la loi binomiale de paramètres n et p et on a:

- $X(\Omega)=\{0,1,2,\ldots,n\}=[\![0\,;n]\!]$ (noter les crochets doubles).
- Pour tout $k \in X(\Omega)$:

$$P(X=k)=\binom{n}{k}p^k(1-p)^{n-k}=\binom{n}{k}p^kq^{n-k}$$

Applications

- $P(X \leqslant k)=\sum_{i=0}^{k}\binom{n}{i}p^i\,q^{n-i}$
- $P(X>k)=1-P(X \leqslant k)$
- $P(a \leqslant X \leqslant b)=P(X \leqslant b)-P(X<a)$

Exemple d'une expérience à trois répétitions

Pour $n=3$, $P(X=2)=ppq+pqp+qpp=\binom{3}{2}p^2q$.

S désigne le succès, $\overline{\text{S}}$ l'échec.

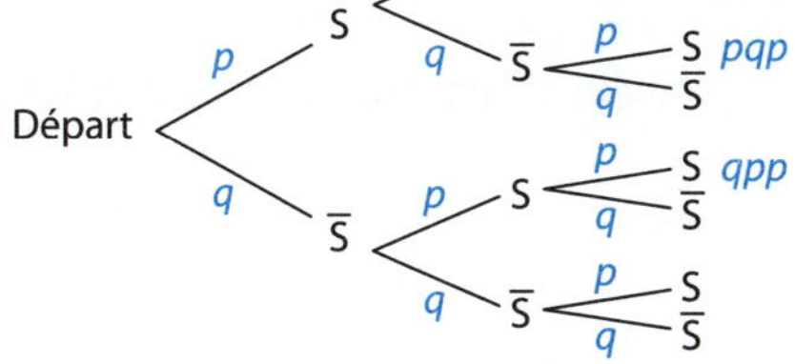

▶ SUJET 40 | OBJECTIF BAC

⏱ 50 min Étudier un problème lié à une vaccination

Dans ce sujet on étudie les effets d'un vaccin contre la grippe sur une population. Pour cela on utilise un arbre de probabilité pour calculer les probabilités des différents cas. On analyse la composition d'échantillons de population affectés par la grippe.

LE SUJET

Les parties A et B de cet exercice sont indépendantes.

Le virus de la grippe atteint chaque année, en période hivernale, une partie de la population d'une ville. La vaccination contre la grippe est possible ; elle doit être renouvelée chaque année.

Partie A

L'efficacité du vaccin contre la grippe peut être diminuée en fonction des caractéristiques individuelles des personnes vaccinées, ou en raison du vaccin, qui n'est pas toujours totalement adapté aux souches du virus qui circulent. Il est donc possible de contracter la grippe tout en étant vacciné.

Une étude menée dans la population d'une ville à l'issue de la période hivernale a permis de constater que :
- 45 % de la population est vaccinée ;
- 12 % des personnes vaccinées ont contracté la grippe ;
- 23 % de la population a contracté la grippe.

On choisit une personne au hasard dans la population de la ville et on considère les événements :
V : « la personne est vaccinée contre la grippe » ;
G : « la personne a contracté la grippe ».

1. a. Donner la probabilité de l'événement G.
b. Reproduire l'arbre pondéré ci-dessous et compléter les pointillés indiqués sur quatre de ses branches.

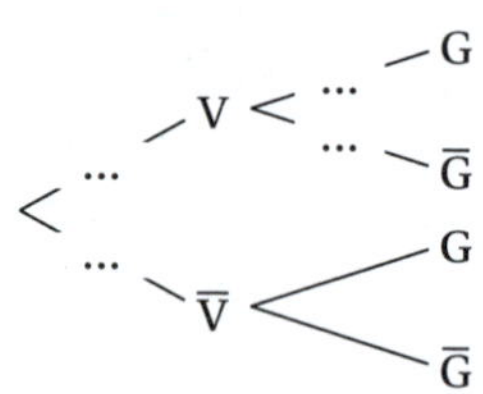

2. Déterminer la probabilité que la personne choisie ait contracté la grippe et soit vaccinée.

3. La personne choisie n'est pas vaccinée. Montrer que la probabilité qu'elle ait contracté la grippe est égale à 0,32.

Partie B

Dans cette partie, les probabilités demandées seront données à 10^{-2} près.

Un laboratoire pharmaceutique mène une étude sur la vaccination contre la grippe dans cette ville.

Après la période hivernale, on interroge au hasard n habitants de la ville, en admettant que ce choix se ramène à n tirages successifs indépendants et avec remise. On suppose que la probabilité qu'une personne choisie au hasard dans la ville soit vaccinée contre la grippe est égale à 0,45.

On note X la variable aléatoire égale au nombre de personnes vaccinées parmi les n interrogées.

1. Quelle est la loi de probabilité suivie par la variable aléatoire X ?

2. Dans cette question, on suppose que $n = 50$.
a. Déterminer la probabilité qu'exactement 20 des 50 personnes interrogées soient vaccinées.
b. Déterminer la probabilité qu'au moins la moitié des personnes interrogées soit vaccinée.

LES CLÉS POUR RÉUSSIR

Partie A

1. a. Lisez bien le troisième point de l'introduction.

b. La somme des probabilités des branches de même racine est égale à 1. → FICHE 33

2. Cherchez la probabilité de l'intersection de deux événements.

3. Utilisez la définition d'une probabilité conditionnelle.

Partie B

1. Rappelez-vous les conditions d'utilisation d'une loi binomiale. → FICHES 32 et 34

2. a. Appliquez la formule donnant $P(X = k)$, k étant un entier de 0 à 40.
b. Si votre calculatrice possède la fonction $P(X \leqslant k)$ pour la loi binomiale (généralement nommée BinoCumul ou binomFdp) il peut être utile de penser à l'événement contraire.

LE CORRIGÉ

Partie A

1. Exploiter les données de l'énoncé

a. D'après l'énoncé, 25 % de la population a contracté la grippe, donc $P(\mathrm{G}) = \mathbf{0{,}25}$.

b. On sait que $P(\overline{\mathrm{V}}) = 1 - P(\mathrm{V}) = 1 - \frac{45}{100} = \mathbf{0{,}55}$.

De plus $P_{\mathrm{V}}(\overline{\mathrm{G}}) = 1 - P_{\mathrm{V}}(\mathrm{G}) = 1 - \frac{12}{100} = \mathbf{0{,}88}$.

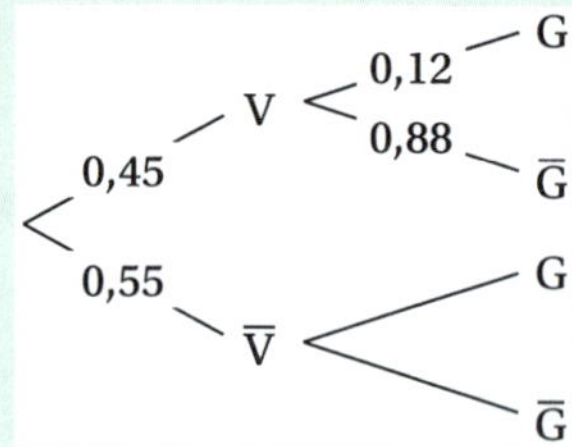

2. Utiliser la formule des probabilités composées

On cherche $P(\mathrm{G} \cap \mathrm{V})$, en utilisant la formule des probabilités composées on a :

$$P(\mathrm{G} \cap \mathrm{V}) = P_{\mathrm{V}}(\mathrm{G})P(\mathrm{V}) = 0{,}12 \times 0{,}45 = \mathbf{0{,}054}.$$

RAPPEL

On peut aussi multiplier directement les probabilités figurant sur les branches du trajet allant vers G en passant par V.

3. Appliquer la formule des probabilités conditionnelles

On cherche $P_{\overline{\mathrm{V}}}(\mathrm{G})$, on obtient $P_{\overline{\mathrm{V}}}(\mathrm{G}) = \frac{P(\mathrm{G} \cap \overline{\mathrm{V}})}{P(\overline{\mathrm{V}})}$.

Or $P(\mathrm{G}) = P(\mathrm{G} \cap \mathrm{V}) + P(\mathrm{G} \cap \overline{\mathrm{V}})$, soit $P(\mathrm{G} \cap \overline{\mathrm{V}}) = P(\mathrm{G}) - P(\mathrm{G} \cap \mathrm{V})$, donc :
$P(\mathrm{G} \cap \overline{\mathrm{V}}) = 0{,}23 - 0{,}054 = 0{,}176$.

Donc $P_{\overline{\mathrm{V}}}(\mathrm{G}) = \frac{\mathbf{0{,}176}}{\mathbf{0{,}55}} = \mathbf{0{,}32}$.

Partie B

1. Reconnaître une loi binomiale

La variable aléatoire X compte le nombre de « succès » (être vacciné contre la grippe) obtenus lors de la répétition de n « tirages » (interroger une personne au hasard) successifs et indépendants. C'est pourquoi **X suit la loi binomiale de paramètres n et 0,45** (probabilité d'un « succès »)

RAPPEL

On écrit en abrégé : $X \sim \mathscr{B}(n\,;0{,}45)$.

2. a. Appliquer la formule de loi binomiale

On cherche $P(X = 20)$ et on trouve $\binom{50}{20}0{,}45^{20}0{,}55^{30}$ c'est-à-dire : $\boldsymbol{P(X = 20) = 0{,}09}$ arrondi à 10^{-2}.

Remarque : On accède généralement aux fonctions de probabilité et de dénombrement par le menu distrib (touches 2nde var) puis binomFdp sur TI ou STAT>DIST>BINM>BCD sur Casio.

RAPPEL

Pour tout $k \in \{0, 1, \ldots, n\}$,
$P(X = k) = \binom{n}{k}p^k(1-p)^{n-k}$, où p est la probabilité de succès.

b. On cherche $P(X \geqslant 25)$,
soit $P(X \geqslant 25) = 1 - P(X \leqslant 24)$.
Comme $P(X \leqslant 24) \approx 0{,}72$, on a $\boldsymbol{P(X \geqslant 25) \approx 0{,}28}$.

SUJET 41 | OBJECTIF BAC

45 min Les effets d'une maladie dans un cheptel bovin

Dans ce sujet, on modélise l'impact d'une maladie frappant un cheptel bovin détectable par un test. Afin de savoir si ce test est fiable, on calcule la probabilité que le test détecte les animaux malades et celle qu'il détecte les animaux sains.

LE SUJET

Une maladie est apparue dans le cheptel bovin d'un pays. Elle touche 0,5 % de ce cheptel (ou 5 pour mille) et chaque animal est potentiellement porteur de cette maladie.

1. On choisit au hasard un animal dans le cheptel. Quelle est la probabilité qu'il soit malade ?

2. a. On choisit successivement et au hasard 10 animaux. On appelle X la variable aléatoire égale au nombre d'animaux malades parmi eux.
On admet que X suit une loi binomiale car le cheptel est suffisamment grand pour que le choix de 10 bovins soit assimilé à 10 tirages sans remise. Quels sont les paramètres de cette loi ?
b. On désigne par A l'événement « aucun animal n'est malade parmi les 10 » et par B l'événement « au moins un animal est malade parmi les 10 ».
Calculer les probabilités des événements A et B arrondies à 10^{-2}.

3. On sait que la probabilité qu'un animal ait un test positif à cette maladie sachant qu'il est malade est 0,8. Lorsqu'un animal n'est pas malade, la probabilité d'avoir un test négatif est 0,9.
On note T l'événement « avoir un test positif à cette maladie » et M l'événement « être atteint de cette maladie ».
a. Représenter par un arbre pondéré les données de l'énoncé.
b. Calculer la probabilité de l'événement T.
c. Quelle est la probabilité qu'un animal soit malade sachant que le test est positif ?
d. Commenter le résultat trouvé.

LES CLÉS POUR RÉUSSIR

1. La réponse est dans l'énoncé.

2. a. Faites attention aux conditions d'utilisation de la loi binomiale ! → FICHE 34

b. Traduisez les événements à l'aide de X.

3. a. On connaît la probabilité de M, les deux premières branches concernent donc les bovins malades ou non.

b. Calculez les probabilités à l'aide de l'arbre. → FICHE 34

c. Formulez la question à l'aide des probabilités conditionnelles.

d. Formulez les commentaires sous l'angle de la fiabilité du test.

LE CORRIGÉ

1. Analyser un énoncé

La probabilité pour qu'un animal soit malade est égale à 0,5 % c'est-à-dire **0,005**.

2. a. Identifier une loi binomiale

On effectue 10 répétitions de la même épreuve : choisir un bovin qui a une probabilité de 0,005 d'être malade. C'est pourquoi **X suit la loi binomiale de paramètres 10 ($n = 10$) et 0,005 ($p = 0,005$).**

b. En appliquant astucieusement la formule d'une loi binomiale, on a :

$P(A) = P(X = 0) = \binom{10}{0} 0{,}005^0 0{,}995^{10}$, soit $\mathbf{P(A) \approx 0{,}95}$.

$P(B) = P(X \geqslant 1) = 1 - P(X = 0)$, soit $\mathbf{P(B) \approx 0{,}05}$.

> **À NOTER**
> Le contraire de l'événement $(X \geqslant 1)$ est $(X < 1)$ c'est-à-dire $(X = 0)$.

3. a. Modéliser une situation par un arbre

On note $\overline{\text{T}}$ l'événement « le test est négatif ».

L'arbre ci-contre modélise les données de l'énoncé.

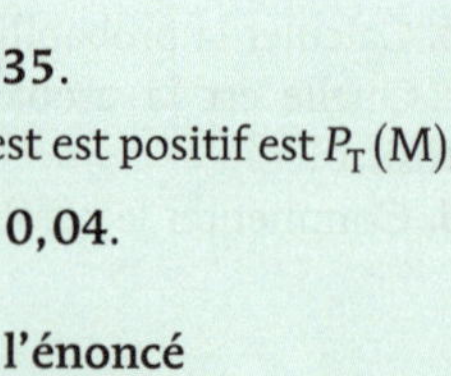

b. Exploiter les données d'un arbre

Par la formule des probabités totales,

$P(\text{T}) = P(\text{T} \cap \text{M}) + P\left(\text{T} \cap \overline{\text{M}}\right)$, et on lit sur l'arbre :

$$P(\text{T}) = 0{,}8 \times 0{,}005 + 0{,}1 \times 0{,}995 = \mathbf{0{,}1035}.$$

c. La probabilité qu'un animal soit malade sachant que le test est positif est $P_{\text{T}}(\text{M})$, soit $P_{\text{T}}(\text{M}) = \dfrac{P(\text{T} \cap \text{M})}{P(\text{T})} = \dfrac{0{,}8 \times 0{,}005}{0{,}1035}$ c'est-à-dire $\mathbf{P_{\text{T}}(M) \approx 0{,}04}$.

d. Interpréter le résultat d'un calcul dans le contexte de l'énoncé

Il y a donc 4 % de chances que l'animal soit malade sachant le test est positif. **Le test n'est donc pas du tout fiable** car pour qu'il le soit, il faudrait qu'il dise quasi certainement que l'animal est malade en cas de test positif.

SUJET 42 | OBJECTIF BAC

45 min Étude de tirages successifs dans une urne

Dans ce sujet, on utilise essentiellement les données consignées dans un arbre dont les branches comportent des probabilités variables en fonction des précédentes. Il est donc nécessaire de bien en comprendre la mécanique.

LE SUJET

Une urne contient trois boules blanches et deux boules noires.

On tire successivement trois boules en remettant la boule après tirage si celle-ci est noire et en ne remettant pas la boule après tirage si celle-ci est blanche. L'arbre ci-dessous, qui est à compléter, modélise la situation ; par exemple le chemin n° 3 est le chemin BNB.

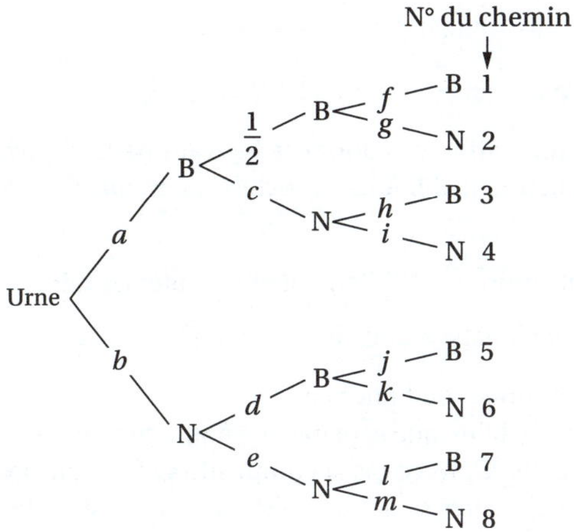

1. a. Calculer a

b. En déduire la valeur de b.

2. a. Justifier la valeur $\frac{1}{2}$ portée par la première branche BB.

b. En déduire la valeur de c.

3. a. Montrer que $e = \frac{2}{5}$.

b. En déduire la valeur de d.

4. a. Montrer que $h = i = j = k = \frac{1}{2}$.

b. Calculer f et g.

c. Calculer l et m.

5. On appelle X la variable aléatoire qui à chaque tirage de trois boules associe le nombre de boules blanches obtenues.

a. Montrer que $X(\Omega) = \{0, 1, 2, 3\}$.

b. Déterminer la loi de probabilité de X.

LES CLÉS POUR RÉUSSIR

1. b. 2. b. et 3. b. Utilisez la somme des probabilités portées par les branches d'une même racine. → FICHE 33

2. a. Si la boule d'un tirage est blanche elle est n'est pas remise dans l'urne donc la composition de l'urne change en conséquence au tirage suivant. → FICHE 33

3. et 4. Il faut connaître la composition de l'urne lors des tirages précédents. → FICHE 33

5. a. Déterminez toutes les valeurs que peut prendre X.

b. Il s'agit de calculer les probabilités des événements $\{X = k\}$ pour tout $k \in X(\Omega)$.

LE CORRIGÉ

1. Connaître la signification des données figurant dans un arbre

a. Puisque l'urne contient 3 boules blanches, la probabilité de tirer une boule blanche est $\boldsymbol{a = \frac{3}{5}}$.

b. « Tirer une boule noire » est l'événement complémentaire de « tirer une boule blanche » donc $\boldsymbol{b = 1 - a = \frac{2}{5}}$.

> **À NOTER**
> b est la probabilité de tirer une boule noire.

2. Interpréter les données de l'énoncé

a. On cherche la probabilité que la deuxième boule tirée soit blanche sachant que la première est blanche. Dans ce cas **la composition de l'urne au deuxième tirage est de deux boules blanches et deux boules noires.** C'est pourquoi la probabilité cherchée est égale à $\frac{2}{4} = \frac{1}{2}$.

b. La somme des probabilités portées par les branches d'une même racine vaut 1 donc $\boldsymbol{c = 1 - \frac{1}{2} = \frac{1}{2}}$.

3. Traduire en probabilités l'énoncé

a. On cherche la probabilité que la deuxième boule tirée soit noire sachant que la première est noire. Dans ce cas **la composition de l'urne n'a pas changé** au deuxième tirage. C'est pourquoi $\boldsymbol{e = b = \frac{2}{5}}$.

b. Comme précédemment, on a : $\boldsymbol{d = 1 - \frac{2}{5} = \frac{3}{5}}$.

4. Analyser un énoncé pour le traduire en termes probabilistes

a. Dans les chemins 3 à 6, on voit que lors des deux premiers tirages on a obtenu une boule blanche et une boule noire. C'est pourquoi, avant d'effectuer le troisième tirage, **l'urne contient deux boules blanches et deux boules noires.**

Ainsi : $\boldsymbol{h = i = j = k = \frac{2}{4} = \frac{1}{2}}$.

b. Dans les chemins 1 et 2, on voit que les deux premiers triages ont fourni deux boules blanches. Avant d'effectuer le troisième tirage, l'urne contient donc une boule blanche et deux boules noires. C'est pourquoi $\boldsymbol{f = \frac{1}{3}}$ et $\boldsymbol{g = 1 - \frac{1}{3} = \frac{2}{3}}$.

c. Dans les chemins 7 et 8, on voit que les deux premiers triages ont fourni deux boules noires. Avant d'effectuer le troisième tirage, l'urne contient donc trois boules blanches et deux boules noires comme au départ. C'est pourquoi $\boldsymbol{l = \frac{3}{5}}$ et $\boldsymbol{m = 1 - \frac{3}{5} = \frac{2}{5}}$.

5. a. À l'issue des trois tirages il est possible d'obtenir aucune boule blanche (chemin 8), une boule blanche (chemins 4, 6 et 7), deux boules blanches (chemins 2, 3 et 5) ou trois boules blanches (chemin 1). Donc $\boldsymbol{X(\Omega) = \{0, 1, 2, 3\}}$.

b. Résumer une loi de probabilité dans un tableau

Le tableau suivant résume la loi de probabilité de X.

k	0	1	2	3
$P(X = k)$	$\frac{8}{125} = 0{,}064$	0,366	0,47	$\frac{3}{30} = 0{,}1$

Avec :

$P(X = 0) = bem$;

$P(X = 1) = aci + bdk + bel$;

$P(X = 2) = a \times \frac{1}{2} \times g + ach + bdj$;

$P(X = 3) = a \times \frac{1}{2} \times f$.

À NOTER

La somme des probabilités est égale à 1.

SUJET 43 | OBJECTIF MENTION

60 min Un problème de bouteilles en verre consignées

Dans ce sujet, à l'aide d'un arbre de probabilités, on construit une suite de probabilités qui décrit le comportement d'un consommateur. On cherche à caractériser cette suite arithmético-géométrique afin d'en déterminer le comportement à l'infini, puis en donner une interprétation dans le cadre du problème posé.

LE SUJET

Chaque semaine, un agriculteur propose en vente directe à chacun de ses clients un panier de produits frais qui contient une seule bouteille de jus de fruits. Dans un esprit de développement durable, il fait le choix de bouteilles en verre incassable et demande à ce que, chaque semaine, le client rapporte sa bouteille vide.

On suppose que le nombre de clients de l'agriculteur reste constant.

Une étude statistique réalisée donne les résultats suivants :
– à l'issue de la première semaine, la probabilité qu'un client rapporte la bouteille de son panier est 0,85 ;
– si le client a rapporté la bouteille de son panier une semaine, alors la probabilité qu'il ramène la bouteille du panier la semaine suivante est 0,90 ;
– si le client n'a pas rapporté la bouteille de son panier une semaine, alors la probabilité qu'il ramène la bouteille du panier la semaine suivante est 0,15.

On choisit au hasard un client parmi la clientèle de l'agriculteur. Pour tout entier naturel n non nul, on note R_n l'événement « le client rapporte la bouteille de son panier de la n-ième semaine ».

1. a. Modéliser la situation étudiée pour les deux premières semaines à l'aide d'un arbre pondéré qui fera intervenir les événements R_1 et R_2.
b. Déterminer la probabilité que le client rapporte ses bouteilles des paniers de la première et de la deuxième semaine.
c. Montrer que la probabilité que le client rapporte la bouteille du panier de la deuxième semaine est égale à 0,7875.
d. Sachant que le client a rapporté la bouteille de son panier de la deuxième semaine, quelle est la probabilité qu'il n'ait pas rapporté la bouteille de son panier de la première semaine ? On arrondira le résultat à 10^{-3}.

2. Pour tout entier naturel n non nul, on note r_n la probabilité que le client rapporte la bouteille du panier de la n-ième semaine. On a alors $r_n = P(R_n)$.

a. Recopier et compléter l'arbre pondéré (aucune justification n'est attendue) :

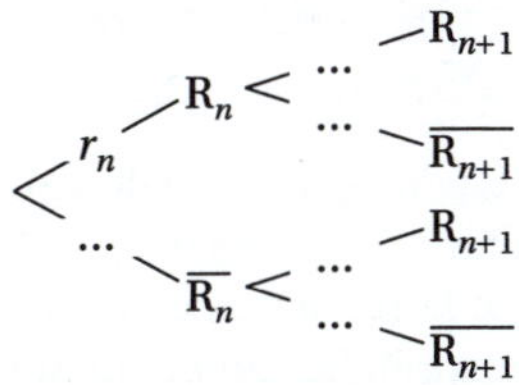

b. Justifier que pour tout entier naturel n non nul, $r_{n+1} = 0{,}75 r_n + 0{,}25$.

c. Démontrer que pour tout entier naturel n non nul, $r_n = 0{,}25 \times 0{,}75^{n-1} + 0{,}6$.

d. Calculer la limite de la suite (r_n). Interpréter le résultat dans le contexte de l'exercice.

LES CLÉS POUR RÉUSSIR

1. b. On cherche $P(R_1 \cap R_2)$. → FICHE 33

c. Utilisez la formule des probabilités totales.

d. Utilisez la formule des probabilités conditionnelles.

2. a. Adaptez l'arbre de la question **1. a**.

b. Utilisez les branches de l'arbre.

c. Utilisez un raisonnement par récurrence → FICHE 3 ou les propriétés des suites arithmético-géométriques → FICHE 17.

d. On sait que si $-1 < q < 1$ alors $\lim\limits_{n \to +\infty} q^n = 0$.

LE CORRIGÉ

1. Modéliser une situation par un arbre et exploiter les données des branches

a. L'arbre ci-dessous modélise la situation telle qu'elle est décrite par l'énoncé.

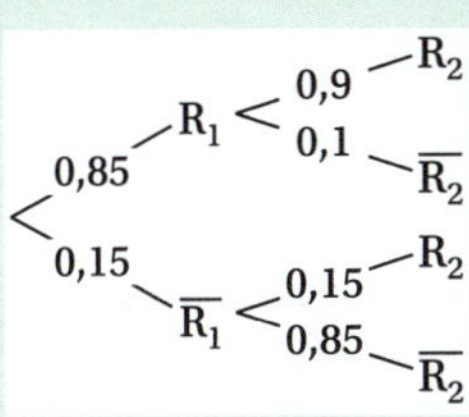

RAPPEL
La somme des probabilités des branches de même racine est égale à 1.

b. La probabilité cherchée $P(R_1 \cap R_2)$ se lit sur la première branche de l'arbre :

$$P(R_1 \cap R_2) = P_{R_1}(R_2) P(R_1) = 0{,}9 \times 0{,}85 = \mathbf{0{,}765}.$$

c. On cherche $P(R_2)$. D'après la formule des probabilités totales :

$$P(R_2) = P_{R_1}(R_2) P(R_1) + P_{\overline{R_1}}(R_2) P(\overline{R_1}) = 0{,}765 + 0{,}15 \times 0{,}15$$

soit $\mathbf{P(R_2) = 0{,}7875}$.

d. La probabilité cherchée est $P_{R_2}(R_1)$ avec :

$$P_{R_2}(R_1) = \frac{P(R_1 \cap R_2)}{P(R_2)} = \frac{0,765}{0,7875} \approx \mathbf{0,971}.$$

2. Analyser un énoncé et le traduire à l'aide de suites

a. La probabilité que le client ramène, une semaine donnée, la bouteille du panier précédent est indépendante de la semaine considérée comme il est indiqué dans les deux derniers points du préambule. On en déduit l'arbre ci-dessous.

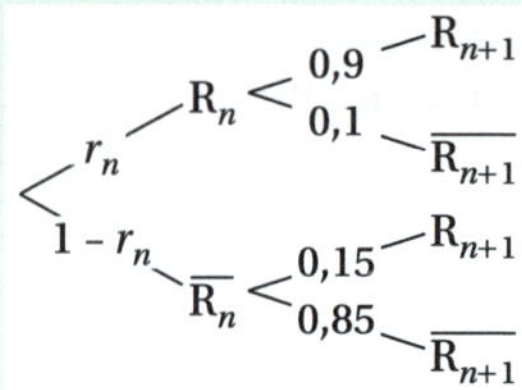

b. On en déduit :

$r_{n+1} = P(R_{n+1}) = 0,9r_n + 0,15(1 - r_n)$

$r_{n+1} = 0,9\, r_n + 0,15 - 0,15r_n$

$\mathbf{r_{n+1} = 0,75r_n + 0,15.}$

c. Traiter une suite arithmético-géométrique de deux façons

On peut utiliser deux méthodes.

■ **Raisonnements par récurrence**

Notons $\mathscr{P}_n$ la proposition « $r_n = 0,25 \times 0,75^{n-1} + 0,6$ ».

▸ D'une part $r_1 = P(R_1) = 0,85$ et d'autre part :
$0,25 \times 0,75^{1-1} + 0,6 = 0,25 \times 1 + 0,6 = 0,85.$
Donc $\mathscr{P}_1$ est vraie.

▸ Supposons que la proposition $\mathscr{P}_n$ soit vraie pour un entier naturel n non nul et démontrons alors que $\mathscr{P}_{n+1}$ est vraie, c'est-à-dire $r_{n+1} = 0,25 \times 0,75^n + 0,6$.

$$\begin{aligned} r_{n+1} &= 0,75r_n + 0,15 \\ &= 0,75\underbrace{(0,25 \times 0,75^{n-1} + 0,6)}_{r_n} + 0,15 \\ &= 0,25 \times 0,75^n + 0,75 \times 0,6 + 0,15 \\ &= 0,25 \times 0,75^n + 0,45 + 0,15 \\ &= 0,25 \times 0,75^n + 0,6. \end{aligned}$$

▸ **Bilan** : la proposition $\mathscr{P}_n$ **est vraie** pour tout entier naturel non nul.

■ **Propriétés des suites arithmético-géométriques**

Cherchons le nombre ℓ tel que $\ell = 0,75\ell + 0,15$.

On trouve $\ell = \dfrac{0,15}{0,25} = 0,6$.

Pour tout $n \in \mathbb{N}$ on a donc : $\begin{cases} r_{n+1} = 0,75r_n + 0,15 \\ 0,6 = 0,75 \times 0,6 + 0,15 \end{cases}$.

À NOTER
ℓ s'appelle le point fixe de la fonction $x \mapsto 0,75x + 0,15$.

Par soustraction : $r_{n+1} - 0,6 = 0,75(r_n - 0,6)$.
Si on pose $s_n = r_n - 0,6$ alors $s_{n+1} = r_{n+1} - 0,6$ et donc $s_{n+1} = 0,75s_n$.
La suite (s_n) est donc une suite géométrique de raison 0,75.
Ainsi, pour tout entier naturel n non nul $s_n = s_1 \times 0,75^{n-1}$. Comme $r_1 = 0,85$ on a donc :
$r_n - 0,6 = (r_1 - 0,6) \times 0,75^{n-1}$
$r_n = 0,6 + (0,85 - 0,6) \times 0,75^{n-1}$
$\mathbf{r_n = 0,6 + 0,25 \times 0,75^{n-1}}$.

d. Déterminer la limite d'une suite

$\lim\limits_{n \to +\infty} r_n = 0,6 + 0,25 \times \lim\limits_{n \to +\infty} 0,75^{n-1}$, or $\lim\limits_{n \to +\infty} 0,75^{n-1} = 0$ donc :
$\lim\limits_{n \to +\infty} r_n = 0,6$.
Dans le contexte de l'énoncé, on peut dire qu'il y a pratiquement **6 chances sur 10** pour que le client rapporte la bouteille de son panier de la n-ième semaine, pourvu que n soit suffisamment grand.
Le graphique ci-dessous représente les premières valeurs de la suite (r_n).

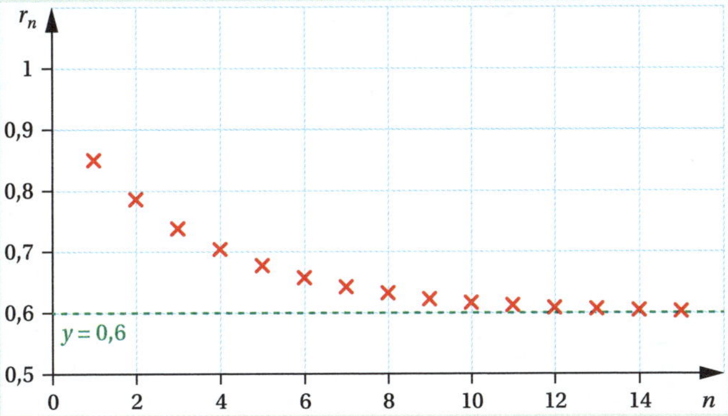

Probabilités

12 Sommes de variables aléatoires

Des joueurs ont essayé d'étudier longuement les résultats de la roulette, de calculer des moyennes, afin de mettre au point des stratégies leur permettant d'améliorer leur espérance de gain…

TEST

FICHES DE COURS

SUJETS GUIDÉS & CORRIGÉS

Pour vous situer et identifier les fiches à réviser 294

35 Somme de deux variables aléatoires 296
36 Application à la loi binomiale 298
37 Échantillon de taille *n* d'une loi de probabilité 300
MÉMO VISUEL 302

OBJECTIF SUP
44 Gain à deux au casino 304
45 Quatre dés icosaédriques 307
46 Variables aléatoires indépendantes 310

TESTEZ-VOUS

→ CORRIGÉS P. 350

Faites le point sur vos connaissances puis établissez votre **parcours de révision** en fonction de votre score.

1 Espérance d'une somme de variables aléatoires

→ FICHE 35

Soit X et Y deux variables aléatoires définies sur le même univers Ω.
L'espérance de $X+Y$, notée $E(X+Y)$, est égale à :

☐ **a.** $E(X)\times E(Y)$

☐ **b.** $E(X)+E(Y)$ dans tous les cas

☐ **c.** $E(X)+E(Y)$ si et seulement si X et Y sont indépendantes

…/1

2 Variance d'une somme de variables aléatoires

→ FICHE 35

Soit X et Y deux variables aléatoires définies sur le même univers Ω.
La variance de $X+Y$, notée $V(X+Y)$, est égale à :

☐ **a.** $V(X)\times V(Y)$

☐ **b.** $V(X)+V(Y)$ dans tous les cas

☐ **c.** $V(X)+V(Y)$ si X et Y sont indépendantes

…/1

3 Application à la loi binomiale (1)

→ FICHE 36

Si X est la variable aléatoire égale au nombre de succès lors de la répétition de 60 épreuves de Bernoulli identiques et indépendantes de probabilité de succès 0,2, alors l'espérance de X est égale à :

☐ **a.** 9,6 ☐ **b.** 12 ☐ **c.** 48

…/1

4 Application à la loi binomiale (2)

→ FICHE 36

Si la variable aléatoire X suit la loi binomiale de paramètres n et p, que son espérance est égale à 36 et son écart type égal à 3, alors :

☐ **a.** $n=108$ ☐ **b.** $p=0{,}25$ ☐ **c.** $p=0{,}75$

…/1

Pour les questions 5 à 8, on suppose que n est un entier naturel, $n \geqslant 2$, et que $X_1, X_2, \ldots, X_n$ sont n variables aléatoires indépendantes de même loi d'espérance m, de variance σ^2, d'écart type σ.

On pose $S_n = X_1 + X_2 + \ldots + X_n$ (somme) et $M_n = \dfrac{S_n}{n}$ (moyenne).

5 Espérance et variance de la somme d'un échantillon

→ FICHE 37

L'espérance $E(S_n)$ et la variance $V(S_n)$ de la variable aléatoire S_n sont égales à :

☐ **a.** $\begin{cases} E(S_n) = m \\ V(S_n) = n\sigma^2 \end{cases}$ ☐ **b.** $\begin{cases} E(S_n) = nm \\ V(S_n) = n\sigma^2 \end{cases}$ ☐ **c.** $\begin{cases} E(S_n) = nm \\ V(S_n) = \sigma^2 \end{cases}$

…/1

6 Espérance et variance de la moyenne d'un échantillon

→ FICHE 37

L'espérance $E(M_n)$ et la variance $V(M_n)$ de la variable aléatoire M_n sont égales à :

☐ **a.** $\begin{cases} E(M_n) = m \\ V(M_n) = n\sigma^2 \end{cases}$ ☐ **b.** $\begin{cases} E(M_n) = nm \\ V(M_n) = \sigma^2 \end{cases}$ ☐ **c.** $\begin{cases} E(M_n) = m \\ V(M_n) = \dfrac{\sigma^2}{n} \end{cases}$

…/1

7 Espérance de la somme d'un échantillon de taille *n* d'une loi uniforme

→ FICHE 37

Dans cette question et la suivante, k est un entier naturel, $k \geqslant 2$, et $X_1, X_2, \ldots, X_n$ suivent la loi uniforme de paramètre k, c'est-à-dire la loi uniforme sur $\{1, 2, \ldots, k\}$.
L'espérance $E(S_n)$ de S_n est égale à :

☐ **a.** $n\dfrac{k+1}{2}$ ☐ **b.** $k\dfrac{n+1}{2}$ ☐ **c.** $\dfrac{k+1}{2}$

…/1

8 Espérance de la moyenne d'un échantillon de taille *n* d'une loi uniforme

→ FICHE 37

La variance $V(M_n)$ de M_n est égale à :

☐ **a.** $\dfrac{k^2-1}{12}$ ☐ **b.** $\dfrac{k^2-1}{12n}$ ☐ **c.** $\dfrac{n^2-1}{12k}$

…/1

Score total …/8

Parcours PAS À PAS ou *EXPRESS* ? → MODE D'EMPLOI P. 3

35 Somme de deux variables aléatoires

En bref *L'espérance de la somme de deux variables aléatoires s'obtient facilement à partir des espérances des deux variables. Pour la variance, le calcul n'est simple que si les deux variables sont indépendantes.*

I Définition et espérance

- Si X et Y sont deux variables aléatoires définies sur le même univers Ω, la **somme des variables aléatoires X et Y** est la variable aléatoire notée $X + Y$ définie par :

$$\text{pour tout } \omega \text{ dans } \Omega,\ (X+Y)(\omega) = X(\omega) + Y(\omega)$$

Cette définition s'étend à la somme d'un nombre quelconque n de variables aléatoires X_1, X_2, ..., X_n définies sur le même univers.

- Si X et Y sont deux variables aléatoires définies sur le même univers Ω, alors l'**espérance $E(X+Y)$** de leur somme est :

$$E(X+Y) = E(X) + E(Y)$$

À NOTER
La propriété s'étend à la somme d'un nombre quelconque de variables aléatoires.

- Si X est une variable aléatoire et a un nombre réel, alors :

$$E(aX) = aE(X)$$

On dit que l'espérance est **linéaire**.

Remarque : On a aussi $E(X - Y) = E(X) - E(Y)$.

II Variance et variables aléatoires indépendantes

- Pour toute variable aléatoire X et tout réel a : $V(aX) = a^2V(X)$.

- Deux variables aléatoires X et Y, définies sur le même univers muni d'une probabilité P, sont **indépendantes** si et seulement si la connaissance de la valeur prise par l'une de ces deux variables n'influe pas sur la probabilité que l'autre variable prenne une valeur donnée, autrement dit si, pour tous réels a et b : $P(X = a \text{ et } Y = b) = P(X = a) \times P(Y = b)$.

À NOTER
Deux variables aléatoires **indépendantes** X et Y sont souvent associées à deux épreuves successives indépendantes, identiques ou non.

- Si deux variables aléatoires X et Y définies sur le même univers sont **indépendantes**, alors leur **variance** vérifie :

$$V(X+Y) = V(X) + V(Y)$$

Méthode

Calculer l'espérance et la variance de la somme de deux variables aléatoires

On lance deux dés équilibrés, un dé rouge cubique dont les faces sont numérotées de 1 à 6 et un dé vert à 4 faces numérotées de 1 à 4. On note X_1 le résultat affiché par le dé rouge et X_2 le résultat affiché par le dé vert.

On pose $S = X_1 + X_2$.

a. Calculer de deux manières différentes l'espérance de S.

b. Calculer la variance de S.

CONSEILS

a. Utilisez directement la loi de S, ou bien les espérances de X_1 et X_2 et la linéarité de l'espérance.

b. Justifiez le fait que X_1 et X_2 sont indépendantes et utiliser leur variance.

SOLUTION

a. ■ **Méthode 1 – Calcul direct**

Par exemple, à l'aide d'un tableau à double entrée, on peut déterminer la loi de S, résumée par le tableau suivant :

x	2	3	4	5	6	7	8	9	10
$P(S = x)$	$\frac{1}{24}$	$\frac{2}{24}$	$\frac{3}{24}$	$\frac{4}{24}$	$\frac{4}{24}$	$\frac{4}{24}$	$\frac{3}{24}$	$\frac{2}{24}$	$\frac{1}{24}$

D'où son espérance $E(S) = \dfrac{1\times 2 + 2\times 3 + 3\times 4 + \ldots + 1\times 10}{24} = \dfrac{144}{24} = \mathbf{6}$.

■ **Méthode 2 – Utilisation de la linéarité de l'espérance**

$E(X_1) = \dfrac{1+2+3+4+5+6}{6} = \dfrac{7}{2}$ et $E(X_2) = \dfrac{1+2+3+4}{4} = \dfrac{5}{2}$.

$E(S) = E(X_1 + X_2) = E(X_1) + E(X_2) = \dfrac{7}{2} + \dfrac{5}{2} = \mathbf{6}$.

b. Les résultats affichés par les deux dés sont indépendants l'un de l'autre, donc les variables aléatoires X_1 et X_2 sont indépendantes.

Donc $V(S) = V(X_1 + X_2) = V(X_1) + V(X_2)$.

$V(X_1) = E(X_1^2) - [E(X_1)]^2$

$V(X_1) = \dfrac{1+4+9+16+25+36}{6} - \dfrac{49}{4} = \dfrac{91}{6} - \dfrac{49}{4} = \dfrac{35}{12}$.

Par la même méthode, on obtient $V(X_2) = \dfrac{5}{4}$.

D'où $V(S) = \dfrac{35}{12} + \dfrac{5}{4} = \mathbf{\dfrac{25}{6}}$.

À NOTER

On peut donc calculer l'espérance et la variance d'une variable aléatoire sans en déterminer la loi.

36 Application à la loi binomiale

En bref *La loi binomiale formalise un schéma de Bernoulli. On peut aussi considérer une variable aléatoire suivant cette loi comme somme de variables de Bernoulli indépendantes de même paramètre.*

I Loi de Bernoulli, espérance et variance (rappel)

- Soit p un nombre réel appartenant à l'intervalle $[0\,;1]$.

La variable aléatoire X suit la **loi de Bernoulli de paramètre p** si et seulement si $P(X=1)=p$ et $P(X=0)=1-p$.

MOT CLÉ
p est la probabilité de succès.

- Si X suit la loi de Bernoulli de paramètre p, alors son espérance est $E(X)=p$ et sa variance est $V(X)=p(1-p)$.

II Loi binomiale, espérance et variance

- Soit n un entier naturel supérieur ou égal à 2, p un réel de l'intervalle $[0\,;1]$ et X une variable aléatoire suivant la loi binomiale de paramètres n et p.

X est la somme de n variables aléatoires indépendantes X_1, X_2, ..., X_n suivant la même loi de Bernoulli de paramètre p : chaque épreuve du schéma de Bernoulli modélisé par X est associée à une variable aléatoire de Bernoulli de paramètre p qui prend la valeur 1 en cas de succès à cette épreuve, la valeur 0 sinon.

- D'après les propriétés de la somme de variables aléatoires indépendantes → FICHE 35, on en déduit son espérance $E(X)$ et sa variance $V(X)$:

$$E(X)=np \text{ et } V(X)=np(1-p)$$

- *Remarque* : Soit n un entier naturel supérieur ou égal à 2 et p un réel de l'intervalle $[0\,;1]$. Deux variables aléatoires suivant respectivement la loi binomiale de paramètres n et p et la loi binomiale de paramètres n et $1-p$ ont la même variance (et donc la même « dispersion »). Les diagrammes en bâtons qui les représentent sont symétriques l'un de l'autre par rapport à la droite d'équation $x=\frac{n}{2}$.

Exemple : Deux lois binomiales « symétriques », $n=24$, $p=0{,}3$ et $p=0{,}7$, symétrie par rapport à la droite d'équation $x=12$.

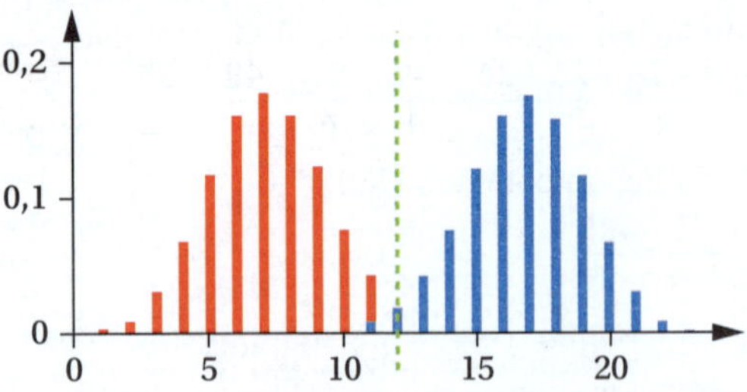

Méthode

Déterminer et interpréter l'espérance d'une variable aléatoire suivant une loi binomiale

Dans un grand magasin, chaque client reçoit, lors du paiement de ses achats, un ticket de participation à une loterie ; 16 % des tickets distribués permettent de gagner un bon d'achat de 8 €.

On suppose que les tickets distribués sont indépendants les uns des autres, et que leur nombre est suffisamment grand pour que la distribution puisse être assimilée à un tirage avec remise.

Le directeur du magasin a prévu un budget de 200 € par tranche de 150 clients et souhaite savoir si ce budget est raisonnable ; il effectue à l'aide d'un logiciel une simulation de la distribution de 150 tickets indépendants les uns des autres.

On appelle X la variable aléatoire égale au nombre de tickets gagnants sur les 150 de la simulation.

a. Reconnaître la loi de X et préciser ses paramètres.

b. Calculer l'espérance $E(X)$ de la variable aléatoire X.

c. Le budget prévisionnel paraît-il suffisant ?

CONSEILS

c. Interpréter le résultat de la question précédente, calculer la somme moyenne distribuée par le magasin par tranche de 150 clients et comparer cette somme au budget prévisionnel.

SOLUTION

a. L'expérience peut être considérée comme la répétition de 150 épreuves de Bernoulli identiques et indépendantes ; le succès est « le ticket est gagnant », la probabilité de succès est 0,16 puisque 16 % des tickets sont gagnants.
La variable aléatoire X compte le nombre de succès, donc **X suit la loi binomiale de paramètres 150 et 0,16.**

b. X suit une loi binomiale de paramètres n et p, donc $E(X) = np$ avec $n = 150$ et $p = 0{,}16$.
D'où $E(X) = 150 \times 0{,}16$, soit **$E(X) = 24$**.

c. Le résultat de la question précédente signifie qu'il y a en moyenne 24 clients gagnants par tranche de 150 clients.
Le magasin donne 8 € à chacun de ces gagnants.
$24 \times 8 = 192$, donc le magasin distribue en moyenne 192 € par tranche de 150 clients.
$192 < 200$, donc **le budget prévisionnel devrait être suffisant**.

37 Échantillon de taille n d'une loi de probabilité

En bref *Un échantillon est généralement un sous-ensemble d'une population. Ici un échantillon correspondra à des répétitions indépendantes d'une expérience modélisée par une même loi.*

I Taille d'un échantillon

- Une loi de probabilité étant donnée, on appelle **échantillon de taille n** (ou **n-échantillon**) de cette loi une liste $(X_1, X_2, \ldots, X_n)$ de n variables aléatoires **indépendantes** et identiques suivant cette loi.

- Une suite x_1 ; x_2 ; ... ; x_n de valeurs prises par les variables aléatoires X_i $(1 \leqslant i \leqslant n)$ est une **réalisation** de l'échantillon.

- Dans toute cette fiche, n est un entier naturel supérieur ou égal à 2. On suppose usuellement que la taille n de l'échantillon est « beaucoup plus petite » que celle de la population.

À NOTER
Toute **réalisation** de l'échantillon peut être assimilée à une suite de tirages « avec remise » ; la « remise » entre deux tirages successifs correspond à l'indépendance des variables aléatoires $X_1, X_2, \ldots, X_n$.

II Somme et moyenne d'un échantillon

1 Définition de la somme et de la moyenne

- Soit $(X_1, X_2, \ldots, X_n)$ un échantillon de taille n d'une loi de probabilité.
On pose $S_n = X_1 + X_2 + \ldots + X_n$ (**somme**) et $M_n = \dfrac{S_n}{n}$ (**moyenne**).

- Puisque les variables aléatoires $X_1, X_2, \ldots, X_n$ ont la même loi, elles ont la même espérance, notée m, la même variance, notée σ^2, et le même écart type, noté σ.

2 Espérance

D'après les propriétés de l'espérance : $E(S_n) = nm$ et $E(M_n) = m$

3 Variance

- D'après les propriétés de la variance : $V(S_n) = n\sigma^2$ et $V(M_n) = \dfrac{1}{n}\sigma^2$

- On en déduit l'**écart type** des variables aléatoires S_n et M_n :

$$\sigma(S_n) = \sqrt{n}\sigma \text{ et } \sigma(M_n) = \frac{\sigma}{\sqrt{n}}.$$

- *Remarque* : On constate que, lorsque n augmente, $V(M_n)$ et $\sigma(M_n)$ diminuent. La dispersion de la moyenne M_n diminue lorsque la taille n de l'échantillon augmente → FICHES 38 et 39.

Méthode

Déterminer l'espérance et la variance de la moyenne de deux variables aléatoires identiques et indépendantes

Soit X_1 et X_2 deux variables aléatoires indépendantes suivant la loi uniforme sur $\{2, 3, 6, 8, 11\}$. On note M_2 la moyenne de X_1 et X_2 : $M_2 = \frac{X_1 + X_2}{2}$.

a. Calculer l'espérance $E(M_2)$ et la variance $V(M_2)$ de M_2 à partir de celles de X_1 et X_2.

b. Établir la loi de M_2 et retrouver la valeur de son espérance.

CONSEILS

b. Utiliser un tableau à double entrée, ou bien lister tous les couples possibles pour $(X_1 ; X_2)$.

SOLUTION

a. $E(M_2) = E(X_1) = E(X_2) = m$ et $m = \frac{2+3+6+8+11}{5} = 6$.

L'espérance de M_2 est donc égale à **6**.

Si on pose $V(X_1) = V(X_2) = \sigma^2$, alors $V(M_2) = \frac{\sigma^2}{2}$.

$\sigma^2 = E(X_1^2) - [E(X_1)]^2$, donc $\sigma^2 = \frac{4+9+36+64+121}{5} - 36$; $\sigma^2 = 10{,}8$.

D'où $V(M_2) = \frac{10{,}8}{2} = $ **5,4**.

b. En listant les 25 couples (tous équiprobables) de valeurs possibles pour $(X_1 ; X_2)$ et en calculant pour chacun la moyenne des deux valeurs, on obtient la **loi de M_2**.

x	2	2,5	3	4	4,5	5	5,5
$P(M_2 = x)$	$\frac{1}{25}$	$\frac{2}{25}$	$\frac{1}{25}$	$\frac{2}{25}$	$\frac{2}{25}$	$\frac{2}{25}$	$\frac{2}{25}$

x	6	6,5	7	8	8,5	9,5	11
$P(M_2 = x)$	$\frac{1}{25}$	$\frac{2}{25}$	$\frac{4}{25}$	$\frac{1}{25}$	$\frac{2}{25}$	$\frac{2}{25}$	$\frac{1}{25}$

Par exemple, la valeur 7 de M_2 est obtenue pour les 4 couples (3 ; 11), (6 ; 8), (8 ; 6) et (11 ; 3).

D'où l'espérance de M_2 :

$$E(M_2) = \frac{1 \times 2 + 2 \times 2{,}5 + 1 \times 3 + \ldots + 2 \times 9{,}5 + 1 \times 11}{25} = 6.$$

MÉMO VISUEL

SOMMES DE

Quelles sont les propriétés de la somme de variables aléatoires ?

Propriétés

Espérance

$$E(X+Y)=E(X)+E(Y)$$

Variables aléatoires indépendantes

X et Y sont indépendantes si et seulement si, pour tous réels a et b :
$P(X=a \text{ et } Y=b)=P(X=a)\times P(Y=b)$

Variance

Si X et Y sont indépendantes, alors :

$$V(X+Y)=V(X)+V(Y)$$

Quelles sont les applications de la somme de variables aléatoires ?

Application

Application à la loi binomiale

- Si X suit la loi $\mathscr{B}(n\,;p)$, alors X est la somme de n variables de Bernoulli indépendantes de paramètre p.
- Si X suit la loi $\mathscr{B}(n\,;p)$, $E(X)=np$ et $V(X)=np(1-p)$.

VARIABLES ALÉATOIRES

Qu'est-ce qu'un échantillon de taille n d'une loi de probabilité ?

Échantillon de taille n

Définition

- Un échantillon de taille n est une liste de n variables aléatoires **indépendantes** et identiques suivant cette loi.
- $(X_1, X_2, \ldots, X_n)$ un échantillon de taille n d'une loi d'espérance m, de variance σ^2, d'écart type σ.

Somme

$S_n = X_1 + X_2 + \ldots + X_n$

Espérance : $E(S_n) = nm$

Variance : $V(S_n) = n\sigma^2$

Écart type : $\sigma(S_n) = \sigma\sqrt{n}$

Moyenne

$M_n = \frac{S_n}{n}$

Espérance : $E(M_n) = m$

Variance : $V(M_n) = \frac{1}{n}\sigma^2$

Écart type : $\sigma(M_n) = \frac{\sigma}{\sqrt{n}}$

Conséquence : la dispersion de la moyenne diminue lorsque n augmente

SUJET 44 | OBJECTIF SUP

40 min Gain à deux au casino

→ FICHE 35

Deux amis vont au casino et jouent à des jeux différents. Leur objectif est de comparer les jeux en estimant leurs espérances de gains. Après 100 parties chacun, que leur restera-t-il ? L'exercice commence par l'étude théorique de la somme de deux variables aléatoires de lois données.

LE SUJET

1. On considère deux variables aléatoires indépendantes X et Y dont les lois respectives sont données par les tableaux suivants :

j	-1	1
$P(X=j)$	$\frac{1}{2}$	$\frac{1}{2}$

k	-1	1	3
$P(Y=k)$	$\frac{16}{25}$	$\frac{8}{25}$	$\frac{1}{25}$

a. On pose $S = X + Y$. Déterminer la loi de la variable aléatoire S.

b. Calculer l'espérance de S.

2. Alice et Bob passent une soirée au casino. Alice joue à la roulette ; on suppose qu'il y a autant de cases rouges que de cases noires. Elle mise 1 € sur la couleur rouge. Si elle gagne, elle double sa mise ; sinon, la mise est perdue.
Bob pour sa part joue, indépendamment, à une machine à sous. Chaque partie coûte 1 € et consiste à trouver un code aléatoire composé de deux chiffres entre 1 et 5. Si Bob trouve le bon code, la machine lui rend 4 € ; s'il trouve un seul bon numéro, la machine lui rend 2 €.

a. Comparer les deux jeux.

b. Si chacun joue 100 parties, avec quel gain total les deux amis quitteront-ils le casino en moyenne ?

LES CLÉS POUR RÉUSSIR

1. a. Déterminez dans un premier temps les valeurs prises par S.

b. Il y a deux méthodes. L'une des deux utilise le résultat de la question précédente, l'autre la linéarité de l'espérance.
Utilisez les résultats de la question précédente.

2. a. Vous pouvez déterminer pour chacun des deux jeux la probabilité de gagner (c'est-à-dire d'avoir un gain strictement positif) et l'espérance de gain.

b. Utilisez la question **1**.

LE CORRIGÉ

1 a. Déterminer la loi de la somme de deux variables aléatoires

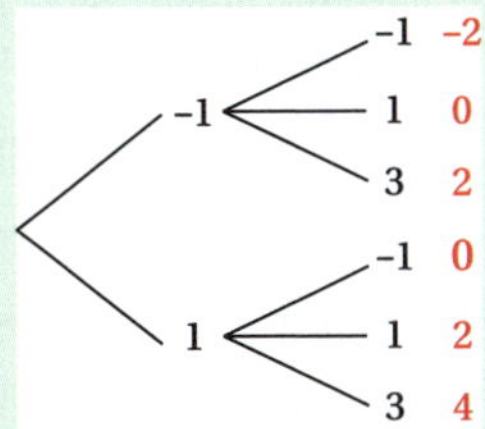

On peut par exemple faire un arbre, les valeurs indiquées en rouge sont celles prises par la variable S.

Il y a 4 valeurs : –2, 0, 2, 4.

Il y a une seule manière d'obtenir les valeurs –2 et 4, deux manières d'obtenir 0 et d'obtenir 2.

$$P(S=-2)=P(X=-1 \text{ et } Y=-1)$$
$$=P(X=-1)\times P(Y=-1) \text{ (}X\text{ et }Y\text{ sont indépendantes)}$$
$$=\frac{1}{2}\times\frac{16}{25}=\frac{8}{25}.$$

De même :

$$P(S=4)=P(X=1)\times P(Y=3)$$
$$=\frac{1}{2}\times\frac{1}{25}=\frac{1}{50}.$$

$$P(S=0)=P(X=-1 \text{ et } Y=1)+P(X=1 \text{ et } Y=-1)$$
$$=\frac{1}{2}\times\frac{8}{25}+\frac{1}{2}\times\frac{16}{25}=\frac{12}{25}.$$

$$P(S=2)=P(X=-1 \text{ et } Y=3)+P(X=1 \text{ et } Y=1)$$
$$=\frac{1}{2}\times\frac{1}{25}+\frac{1}{2}\times\frac{8}{25}=\frac{9}{50}.$$

La loi de S peut être résumée par le tableau suivant :

t	-2	0	2	4
$P(S=t)$	$\frac{8}{25}$	$\frac{12}{25}$	$\frac{9}{50}$	$\frac{1}{50}$

b. Calculer l'espérance de la somme de deux variables aléatoires

On peut calculer l'espérance $E(S)$ de S de deux manières différentes.

- Directement à partir du tableau précédent :

$$E(S)=\frac{-16+9+2}{25}=-\frac{5}{25}=-\mathbf{\frac{1}{5}}.$$

- En utilisant la linéarité de l'espérance :

$$E(S)=E(X)+E(Y).$$

Or l'espérance $E(X)$ de X est nulle, celle de Y est $E(Y)=\frac{-16+8+3}{25}=-\frac{5}{25}=-\frac{1}{5}$.

En additionnant, **on retrouve la valeur précédente.**

2. a. Comparer deux jeux

Le « gain » d'Alice peut être modélisé par la variable aléatoire X, celui de Bob par la variable aléatoire Y. En effet :

– la probabilité que Bob trouve les deux chiffres du code et donc qu'il gagne 3 € (1 € de mise, 4 € rendus par la machine) est égale à $\frac{1}{5} \times \frac{1}{5}$, soit $\frac{1}{25}$;

– la probabilité qu'il trouve un seul des 2 chiffres, et donc que son « gain » soit de 1 €, est $\frac{1}{5} \times \frac{4}{5} + \frac{4}{5} \times \frac{1}{5}$, soit $\frac{8}{25}$;

– la probabilité qu'il se trompe sur les deux chiffres, et donc que son « gain » soit −1 € (mise perdue) est $\frac{4}{5} \times \frac{4}{5}$, c'est-à-dire $\frac{16}{25}$.

> **À NOTER**
> $\frac{1}{5} \times \frac{4}{5}$ est la probabilité que Bob trouve le premier chiffre du code et se trompe sur le deuxième.

Pour Alice, la probabilité de gagner, c'est-à-dire d'avoir un gain strictement positif est $\frac{1}{2}$ et l'espérance de gain est nulle.

Pour Bob, la probabilité d'obtenir un gain strictement positif est $P(Y = 1) + P(Y = 3)$, soit $\frac{9}{25}$; son espérance de gain est $E(Y) = -\frac{1}{5}$.

Donc Bob a moins de chances de gagner qu'Alice et, de plus, son espérance de gain est inférieure.

Mais son gain maximal possible est de 4 € alors qu'Alice peut gagner au maximum 1 € (par partie).

b. Calculer une espérance de gain

Si chacun joue 100 parties, le gain total est :

$$100(X + Y).$$

En moyenne, le gain total sera $E[100(X + Y)]$, soit $E(100S)$.

$$E(100S) = 100E(S) = 100 \times \left(-\frac{1}{5}\right) = -20.$$

Donc s'ils jouent chacun 100 parties, **ils perdront en moyenne 20 € à eux deux.**

SUJET 45 | OBJECTIF SUP

45 min Quatre dés icosaédriques

→ FICHE 35

Dans certains jeux de rôle, on utilise des dés de différentes formes, dont des dés en forme d'icosaèdres (à 20 faces, on les appelle aussi d20). Il s'agit ici d'étudier la loi d'une variable aléatoire issue du lancer de 4 de ces dés et d'en calculer l'espérance.

LE SUJET

On lance quatre dés équilibrés en forme d'**icosaèdres** réguliers, dont les 20 faces sont numérotées de 1 à 20, avec la règle suivante : lorsque, parmi les quatre dés, un nombre apparaît au moins deux fois, on marque un nombre de points égal à ce nombre.

MOT CLÉ

Un **icosaèdre** régulier comporte 20 faces qui sont des triangles équilatéraux tous identiques. Il a également 12 sommets et 30 arêtes. Le préfixe *icosa* vient du grec et signifie vingt.

Par exemple, si on obtient 5 – 8 – 15 – 12, on ne marque aucun point ; si on obtient 11 – 8 – 8 – 17, on marque 8 points.

1. Soit a un nombre entier compris entre 1 et 20. On appelle M_a la variable aléatoire qui, à chaque lancer des quatre dés, associe le nombre de dés affichant la face numérotée a.

a. Donner la loi de M_a.

b. On pose $p = P(M_a \geqslant 2)$. Donner la valeur exacte de p, puis une valeur approchée à 10^{-3} près.

2. Pour tout entier a compris entre 1 et 20, on appelle X_a la variable aléatoire qui prend pour valeur 1 s'il y a au moins deux dés affichant la face numérotée a lors du lancer des quatre dés, 0 sinon.

Quelle est la loi suivie par X_a ? Quelle est son espérance ?

3. Montrer que, pour tout entier naturel $n \geqslant 2$:

$$\sum_{a=1}^{n} a = \frac{n(n+1)}{2}.$$

4. Soit :

$$G = \sum_{a=1}^{20} aX_a.$$

a. Donner l'expression, en fonction de p, de l'espérance $E(G)$ de la variable aléatoire G et donner une valeur approchée à 10^{-3} près de cette espérance.
b. Donner une interprétation de $E(G)$.

LES CLÉS POUR RÉUSSIR

1. La loi de la variable aléatoire M_a ne dépend pas de a : les variables aléatoires M_a ont toutes la même loi. L'expérience est la répétition de 4 épreuves de Bernoulli identiques et indépendantes. → FICHE 36

2. Utilisez les propriétés des lois de Bernoulli. → FICHE 36

3. Faites une démonstration par récurrence. → FICHE 3

4. a. Utilisez les questions précédentes et les propriétés de l'espérance.

LE CORRIGÉ

1. a. Déterminer la loi d'une variable aléatoire

a est fixé. L'expérience (le lancer des quatre dés) est la répétition de 4 épreuves de Bernoulli identiques et indépendantes (lancer d'un dé). Le succès est « le dé donne comme résultat a », la probabilité de succès est $\frac{1}{20}$ (les dés sont supposés équilibrés). M_a est la variable aléatoire égale au nombre de succès, donc **M_a suit la loi binomiale de paramètres 4 et $\frac{1}{20}$.**

b. Calculer une probabilité associée à une loi binomiale

M_a prend pour valeurs 0, 1, 2, 3, 4.
$p = P(M_a \geqslant 2) = 1 - P(M_a = 0) - P(M_a = 1)$.
D'après les propriétés de la loi binomiale :

$$p = 1 - \left(\frac{19}{20}\right)^4 - \binom{4}{1} \times \frac{1}{20} \times \left(\frac{19}{20}\right)^3.$$

> **MOT CLÉ**
> $\binom{4}{1}$ est un coefficient binomial, il se lit « 1 parmi 4 ».

Soit :

$$p = \frac{20^4 - 19^4 - 4 \times 19^3}{20^4} = \mathbf{\frac{2\ 243}{160\ 000}} \text{ et } \mathbf{p \approx 0{,}014 \text{ à } 10^{-3} \text{ près.}}$$

2. Déterminer la loi d'une variable aléatoire

X_a ne prend comme valeurs que 0 et 1, donc elle suit une loi de Bernoulli. Son paramètre est $P(X_a = 1) = P(M_a \geqslant 2) = p$.
X_a suit la loi de Bernoulli de paramètre p.
Son espérance est $\mathbf{E(X_a) = p}$.

3. Démontrer par récurrence une égalité sur des nombres entiers

Montrons par récurrence que, pour tout entier naturel $n \geqslant 2$:

$$\sum_{a=1}^{n} a = \frac{n(n+1)}{2}.$$

- **Initialisation** : pour $n = 2$:

$$\sum_{a=1}^{2} a = 1 + 2 = 3 \text{ et } \frac{2 \times 3}{2} = 3.$$

On a bien égalité, la propriété est vraie pour $n = 2$.

- **Hérédité** : supposons que, pour un certain entier naturel n quelconque tel que $n \geqslant 2$, on ait (hypothèse de récurrence) :

$$\sum_{a=1}^{n} a = \frac{n(n+1)}{2}.$$

Alors :

$$\sum_{a=1}^{n+1} a = \sum_{a=1}^{n} a + (n+1) = \frac{n(n+1)}{2} + (n+1) = \frac{n(n+1) + 2(n+1)}{2}$$

$$\sum_{a=1}^{n+1} a = \frac{(n+1)(n+2)}{2}.$$

La propriété est héréditaire, si elle est vraie pour l'entier n, alors elle est vraie pour l'entier $n+1$.

- **Conclusion** : la propriété étant vraie pour $n = 2$ et étant héréditaire, **elle est vraie pour tout entier naturel n.**

4. a. Calculer l'espérance d'une variable aléatoire

D'après les propriétés de l'espérance :

$$E(G) = \sum_{a=1}^{20} aE(X_a).$$

D'après la question précédente :

$$E(G) = \sum_{a=1}^{20} a \times p.$$

Il s'agit d'une somme de 20 termes dans lesquels le nombre p, indépendant de a, peut être mis en facteur. Donc :

$$E(G) = p\sum_{a=1}^{20} a.$$

D'après la question précédente :

$$\sum_{a=1}^{20} a = \frac{20 \times 21}{2} = 210.$$

Donc $E(G) = \mathbf{210p}$.

$E(G) \approx$ **2,944** à 10^{-3} près.

b. Interpréter l'espérance d'une variable aléatoire

$E(G)$ est le gain moyen par partie qu'un joueur peut espérer réaliser s'il joue un grand nombre de parties.

SUJET 46 | OBJECTIF SUP

50 min Variables aléatoires indépendantes

→ FICHE 35

Dans cet exercice, on introduit la notion de covariance, on précise la relation de dépendance éventuelle entre deux variables aléatoires, et la conséquence de cette éventuelle indépendance sur le calcul de la variance de leur somme.

LE SUJET

X et Y sont deux variables aléatoires définies sur le même univers.

On note respectivement $E(X)$ et $V(X)$ l'espérance et la variance de X, $E(Y)$ et $V(Y)$ l'espérance et la variance de Y, $E(X+Y)$ et $V(X+Y)$ l'espérance et la variance de leur somme.

On rappelle que, pour toute variable aléatoire Z :

$$V(Z) = E(Z^2) - [E(Z)]^2.$$

1. Montrer que :

$$V(X+Y) = V(X) + V(Y) + 2E(XY) - 2E(X)E(Y).$$

MOT CLÉ

Le nombre $E(XY) - E(X)E(Y)$ est appelé **covariance** de X et Y et noté $\text{Cov}(X\,;Y)$.
Il quantifie, d'une certaine manière, les écarts des deux variables par rapport à leurs espérances respectives.

2. Montrer que si X et Y sont indépendantes : $E(XY) = E(X) \times E(Y)$.

À NOTER

Ce résultat peut être traduit de la manière suivante : si X et Y sont deux variables aléatoires indépendantes, alors leur covariance est nulle.
On peut montrer que la réciproque est fausse.

3. En déduire que si X et Y sont indépendantes alors :

$$V(X+Y) = V(X) + V(Y).$$

LES CLÉS POUR RÉUSSIR

1. Utilisez la propriété rappelée pour la variance, puis la linéarité de l'espérance.

2. Utilisez la définition de l'espérance et l'indépendance des deux variables aléatoires.

3. C'est une conséquence des deux questions précédentes.

LE CORRIGÉ

1. Donner une expression de la variance de la somme de deux variables aléatoires

En utilisant la définition de la variance et les propriétés de l'espérance :

$$\begin{aligned}V(X+Y) &= E\left[(X+Y)^2\right]-[E(X+Y)]^2\\ &= E\left(X^2+Y^2+2XY\right)-[E(X)+E(Y)]^2\\ &= E\left(X^2\right)+E\left(Y^2\right)+2E(XY)-[E(X)]^2-[E(Y)]^2-2E(X)E(Y).\end{aligned}$$

On a donc, en réordonnant :

$$V(X+Y)=E\left(X^2\right)-[E(X)]^2+E\left(Y^2\right)-[E(Y)]^2+2E(XY)-2E(X)E(Y)$$

soit :

$$\boldsymbol{V(X+Y)=V(X)+V(Y)+2E(XY)-2E(X)E(Y).}$$

2. Exploiter l'indépendance de deux variables aléatoires

On considère que X prend les valeurs $x_1, x_2, \ldots, x_p$ et que Y prend les valeurs $y_1, y_2, \ldots, y_q$. Alors XY prend les valeurs x_iy_j avec $1 \leqslant i \leqslant p$ et $1 \leqslant j \leqslant q$.

$$E(XY)=\sum_{i=1}^{p}\sum_{j=1}^{q}x_iy_jP(X=x_i \text{ et } Y=y_j).$$

On suppose dans cette question que X et Y sont indépendantes, donc $P\left(X=x_i \text{ et } Y=y_j\right)=P\left(X=x_i\right)\times P(Y=y_j)$ quels que soient les entiers i et j. D'où :

$$E(XY)=\sum_{i=1}^{p}\sum_{j=1}^{q}x_iy_jP\left(X=x_i\right)\times P\left(Y=y_j\right)$$

$$E(XY)=\sum_{i=1}^{p}x_iP\left(X=x_i\right)\times\sum_{j=1}^{q}y_jP\left(Y=y_j\right)$$

(dans la deuxième somme, on met en facteur $x_i\ P\left(X=x_i\right)$ qui ne dépend pas de j).

Donc :

$$\boldsymbol{E(XY)=E(X)\times E(Y).}$$

3. Justifier le calcul de la variance de la somme de deux variables aléatoires indépendantes

On a vu que, quelles que soient les variables aléatoires X et Y :

$V(X+Y)=V(X)+V(Y)+2E(X\ Y)-2\ E(X)E(Y)$.

Si de plus X et Y sont indépendantes, alors $E(XY)=E(X)\times E(Y)$, donc

$\boldsymbol{2E(XY)-2E(X)E(Y)=0}$ **et** $\boldsymbol{V(X+Y)=V(X)+V(Y)}$.

Probabilités

13 Concentration, loi des grands nombres

La **loi des grands nombres** fait le lien entre une valeur numérique calculée sur un échantillon et l'espérance de la variable aléatoire associée. Avec les inégalités de concentration qui permettent d'estimer la taille des échantillons à utiliser, elle est à la base des sondages.

TEST

Pour vous situer et identifier les fiches à réviser 314

FICHES DE COURS

38 Inégalité de Bienaymé-Tchebychev
Inégalité de concentration 316

39 Loi des grands nombres 318

MÉMO VISUEL 320

SUJETS GUIDÉS & CORRIGÉS

OBJECTIF SUP

47 Un résultat qui ressemble à la loi des grands nombres 322

48 Estimation d'une proportion 324

49 Des suites de variables aléatoires 327

50 Une variante de l'inégalité de Bienaymé-Tchebychev 330

TESTEZ-VOUS

→ CORRIGÉS P. 350

Faites le point sur vos connaissances puis établissez votre **parcours de révision** en fonction de votre score.

1 Inégalité de Markov

→ FICHE 38

Soit n un entier naturel supérieur ou égal à 2 et X une variable aléatoire suivant la loi binomiale de paramètres n et $\frac{1}{3}$.

Alors d'après l'inégalité de Markov :

☐ **a.** $P\left(X \geqslant \frac{2}{3}n\right) \leqslant \frac{1}{2}$ ☐ **b.** $P\left(X \geqslant \frac{2}{3}n\right) \geqslant \frac{1}{2}$ ☐ **c.** $P\left(X \geqslant \frac{2}{3}n\right) \leqslant \frac{1}{3}$

…/1

2 Inégalité de Bienaymé-Tchebychev

→ FICHE 38

1. Soit X une variable aléatoire d'espérance μ et d'écart type σ.
On pose $p = P(|X - \mu| \geqslant 2\sigma)$. D'après l'inégalité de Bienaymé-Tchebychev :

☐ **a.** $p = 0$ ☐ **b.** $p \leqslant \frac{1}{4}$ ☐ **c.** $p \geqslant 0{,}5$

2. On lance 3 600 fois un dé cubique équilibré dont les faces sont numérotées de 1 à 6. S est la variable aléatoire égale au nombre d'apparitions du « 1 » lors de ces lancers. On s'intéresse à la probabilité $P(480 \leqslant S \leqslant 720)$.
Cette probabilité est :

☐ **a.** nulle ☐ **b.** supérieure ou égale à 0,96

☐ **c.** inférieure ou égale à 0,9

…/2

3 Taille d'un échantillon

→ FICHE 38

Soit n un entier naturel supérieur ou égal à 2 et $(X_1, X_2, \ldots, X_n)$ un échantillon de taille n de la loi de Bernoulli de paramètre $\frac{1}{4}$.

On pose $M_n = \frac{X_1 + X_2 + \ldots + X_n}{n}$. D'après l'inégalité de Bienaymé-Tchebychev, pour que M_n prenne, avec une probabilité supérieure ou égale à 0,99, une valeur strictement comprise entre 0,2 et 0,3, il suffit que :

☐ **a.** $n \geqslant 750$ ☐ **b.** $n \geqslant 7\,500$ ☐ **c.** $n \geqslant 2\,500$

…/1

4 Inégalité de concentration pour une moyenne

→ FICHE 38

1. Soit X une variable aléatoire qui suit la loi binomiale de paramètres 10 et $\frac{1}{2}$.
On pose $Y = \frac{1}{10}X$. D'après l'inégalité de concentration :

☐ **a.** $P(Y \leqslant 1{,}5) \leqslant 0{,}025$ ☐ **b.** $P(Y \geqslant 1{,}5) \leqslant 0{,}025$ ☐ **c.** $P(Y \leqslant 1{,}5) \leqslant 0{,}015$

2. Soit $(X_n)_{n\in\mathbb{N}^*}$ une suite de variables aléatoires deux à deux indépendantes suivant une même loi de Bernoulli de paramètre $\frac{1}{2}$.
Pour tout entier naturel n non nul, on pose $M_n = \frac{X_1 + X_2 + \ldots + X_n}{n}$
et $p_n = P(|M_n - 0{,}5| \geqslant 0{,}1)$. D'après l'inégalité de concentration :

☐ **a.** $p_n \leqslant \frac{10}{n}$ ☐ **b.** $p_n \leqslant \frac{400}{n}$ ☐ **c.** $p_n \leqslant \frac{25}{n}$

…/2

5 Loi des grands nombres

→ FICHE 39

1. Soit $(X_n)_{n\in\mathbb{N}^*}$ une suite de variables aléatoires deux à deux indépendantes et de même loi d'espérance μ, et ε un réel strictement positif. Pour tout entier naturel non nul n, on pose :

$$M_n = \frac{X_1 + X_2 + \ldots + X_n}{n} \text{ et } p_n = P(|M_n - \mu| \geqslant \varepsilon).$$

La suite de terme général p_n :

☐ **a.** est divergente ☐ **b.** est convergente ☐ **c.** a pour limite $+\infty$

2. Soit $(X_n)_{n\in\mathbb{N}^*}$ une suite de variables aléatoires deux à deux indépendantes et de même loi d'espérance μ. Pour tout entier naturel non nul n, on pose, comme à la question précédente $M_n = \frac{X_1 + X_2 + \ldots + X_n}{n}$.
Lorsque n tend vers $+\infty$:

☐ **a.** $P\left(\mu - \frac{1}{4} < M_n < \mu + \frac{1}{4}\right)$ tend vers 0

☐ **b.** $P\left(\mu - \frac{1}{4} < M_n < \mu + \frac{1}{4}\right)$ tend vers $\frac{1}{4}$

☐ **c.** $P\left(\mu - \frac{1}{4} < M_n < \mu + \frac{1}{4}\right)$ tend vers 1

…/2

Score total …/5

Parcours PAS À PAS ou *EXPRESS* ? → MODE D'EMPLOI P. 3

38 Inégalité de Bienaymé-Tchebychev Inégalité de concentration

En bref *La variance d'une variable aléatoire mesure sa dispersion autour de son espérance. L'inégalité de Bienaymé-Tchebychev et toutes les inégalités de concentration apportent des précisions sur cette dispersion.*

I Inégalité de Markov

- Si X est une variable aléatoire **à valeurs positives** et si $E(X)$ désigne son espérance, alors, pour tout réel a strictement positif :

$$P(X \geqslant a) \leqslant \frac{E(X)}{a}$$

- En notant μ l'espérance de X, cette inégalité est parfois écrite sous la forme :

pour tout réel $k > 0$, $P(X \geqslant k\mu) \leqslant \frac{1}{k}$.

On en déduit en particulier que la probabilité que X prenne une valeur supérieure ou égale au double de son espérance est inférieure ou égale à 0,5.

II Inégalité de Bienaymé-Tchebychev

- L'inégalité de Bienaymé-Tchebychev permet de majorer la probabilité qu'une variable aléatoire X s'écarte de son espérance d'une quantité supérieure ou égale à une valeur donnée.
- Si X est une variable aléatoire d'espérance μ et de variance V, alors, pour tout réel $\delta > 0$:

$$P(|X - \mu| \geqslant \delta) \leqslant \frac{V}{\delta^2}$$

- On peut aussi l'écrire : pour tout réel $k > 0$, $P\left(|X - \mu| \geqslant k\sqrt{V}\right) \leqslant \frac{1}{k^2}$.

III Une inégalité de concentration pour la moyenne

Soit n un entier supérieur ou égal à 2 et $(X_1, X_2, \ldots, X_n)$ un échantillon de taille n d'une loi de probabilité d'espérance μ et de variance V.

On note M_n la moyenne de cet échantillon, c'est-à-dire $M_n = \frac{X_1 + X_2 + \ldots + X_n}{n}$.

Alors, pour tout réel $\delta > 0$:

$$P(|M_n - \mu| \geqslant \delta) \leqslant \frac{V}{n\delta^2}$$

À NOTER

Ce résultat est une conséquence directe de l'inégalité de Bienaymé-Tchebychev et d'un résultat vu au chapitre précédent : la variance de M_n est $V(M_n) = \frac{V}{n}$.

Méthode

Définir une taille d'échantillon en fonction de la précision et du risque choisis

Pour une certaine variété de pois de senteur, la probabilité d'obtenir une fleur blanche est égale à 0,25, la probabilité d'obtenir une fleur rose ou rouge est 0,75.

Combien faut-il observer de fleurs de cette espèce pour que la fréquence de fleurs blanches soit comprise entre 0,2 et 0,3 avec une probabilité supérieure ou égale à 0,99 ?

CONSEILS

- En appelant *n* la taille de l'échantillon, c'est-à-dire le nombre de fleurs à observer, introduisez la variable aléatoire égale à la fréquence de fleurs blanches dans un échantillon de taille *n* et déterminez, en fonction de *n*, l'espérance et la variance de cette variable aléatoire.
- Utilisez ensuite l'inégalité de Bienaymé-Tchebychev.

SOLUTION

■ Soit n le nombre de fleurs à observer, F_n et X_n les variables aléatoires donnant respectivement la fréquence et le nombre de fleurs blanches dans un échantillon de taille n. On a $F_n = \dfrac{X_n}{n}$ et X_n suit la loi binomiale $\mathscr{B}(n\,;0{,}25)$. L'espérance de F_n est 0,25.

■ La variance de X_n est $V(X_n) = n \times 0{,}25 \times 0{,}75 = 0{,}1875n$ et celle de F_n est $V = V(F_n) = \dfrac{V(X_n)}{n^2} = \dfrac{0{,}1875}{n}$.

■ $0{,}2 < F_n < 0{,}3$ équivaut à $|F_n - 0{,}25| < 0{,}05$.

On cherche donc n tel que $P(|F_n - 0{,}25| < 0{,}05) \geqslant 0{,}99$.

Cette condition équivaut à $1 - P(|F_n - 0{,}25| \geqslant 0{,}05) \geqslant 0{,}99$, soit :

$$P(|F_n - 0{,}25| \geqslant 0{,}05) \leqslant 0{,}01 \ (*).$$

Or l'inégalité de Bienaymé-Tchebychev dit que, pour tout $\delta > 0$:

$P(|F_n - \mu| \geqslant \delta) \leqslant \dfrac{V}{\delta^2}$, avec $\mu = 0{,}25$, $V = \dfrac{0{,}1875}{n}$, et $\delta = 0{,}05$, on a :

$P(|F_n - 0{,}25| \geqslant 0{,}05) \leqslant \dfrac{0{,}1875}{n0{,}05^2}$.

■ On cherche n tel que (*) soit vérifiée, il suffit donc que n vérifie $\dfrac{0{,}1875}{n0{,}05^2} \leqslant 0{,}01$, soit $n \geqslant \dfrac{0{,}1875}{0{,}01 \times 0{,}05^2}$ c'est-à-dire $n \geqslant 7\,500$.

Si on observe **au moins 7 500 fleurs**, la fréquence de fleurs blanches est comprise entre 0,2 et 0,3 avec une probabilité supérieure ou égale à 0,99.

Remarque : 0,05 est la **précision** choisie (écart maximal par rapport à l'espérance) et 0,01 est le **risque** choisi.

39 Loi des grands nombres

En bref *La loi des grands nombres formalise un résultat qui semble naturel. Elle permet de dire que plus un échantillon est grand, plus ses caractéristiques sont proches de celles de la population.*

I Loi des grands nombres

- Soit $(X_n)_{n\in\mathbb{N}^*}$ une suite de variables aléatoires deux à deux indépendantes et de même loi. Pour tout entier $n \geqslant 2$, on note $M_n = \dfrac{X_1 + X_2 + \ldots + X_n}{n}$.

Alors, pour tout réel $\varepsilon > 0$:

$$\lim_{n\to+\infty} P(|M_n - \mu| \geqslant \varepsilon) = 0$$

Remarque : On dit que la suite (M_n) converge en probabilité vers μ.

- Pour tout entier n supérieur ou égal à 2, $(X_1, X_2, \ldots, X_n)$ est un échantillon de taille n de la loi de probabilité, M_n est la moyenne de cet échantillon.

Remarque : Si on pose $S_n = X_1 + X_2 + \ldots + X_n = nM_n$, alors :

$$P(|M_n - \mu| \geqslant \varepsilon) = P(|S_n - n\mu| \geqslant n\varepsilon).$$

À NOTER

La loi énoncée ici est appelée « loi faible des grands nombre ». Il existe une « loi forte des grands nombres », correspondant à une convergence « plus forte » que la convergence en probabilité, c'est-à-dire entraînant cette dernière.

II Interprétations et conséquences

- Si l'on répète une série d'épreuves identiques, indépendantes et nombreuses, modélisées par les variables aléatoires $X_1, X_2, \ldots, X_n, \ldots$, il est probable que la moyenne observée des X_i (on l'appelle aussi **moyenne empirique**) soit voisine de l'espérance μ des X_i. La probabilité que la moyenne observée s'écarte beaucoup de l'espérance est faible.

De cette loi, on déduit l'interprétation usuelle de l'espérance comme **moyenne des valeurs des X_i** sur un grand nombre d'expériences.

- La loi des grands nombres fournit aussi une justification *a posteriori* de l'**approche fréquentiste** des probabilités : la probabilité d'un événement peut être approchée par la fréquence de réalisation de cet événement lors de la réalisation d'un grand nombre d'expériences (d'où le vocabulaire « loi **des grands nombres** »).

Méthode

Utiliser la loi des grands nombres

On lance un grand nombre de fois une pièce équilibrée.

Pour tout entier naturel $n \geqslant 2$, on note S_n la variable aléatoire égale au nombre de « pile » que l'on obtient au cours des n premiers lancers.

a. Pourquoi peut-on affirmer qu'il existe un entier naturel N tel que, si $n \geqslant N$, alors $P\left(\left|S_n - \frac{n}{2}\right| \geqslant 0{,}1n\right) < 0{,}05$?

b. Montrer que $P(0{,}4n < S_n < 0{,}6n) \geqslant 0{,}95$ équivaut à $P\left(\left|S_n - \frac{n}{2}\right| \geqslant 0{,}1n\right) < 0{,}05$.

c. Déterminer un entier naturel N tel que, si $n \geqslant N$, alors $P(0{,}4n < S_n < 0{,}6n) \geqslant 0{,}95$.

CONSEILS

a. Utilisez la loi des grands nombres et la définition d'une suite convergente.
b. Considérez des événements contraires.
c. Utilisez l'inégalité de concentration.

SOLUTION

a. ■ $S_n = X_1 + X_2 + \ldots + X_n$, où X_i est la variable de Bernoulli de paramètre $\frac{1}{2}$ qui prend la valeur 1 si le i-ième lancer donne « pile », la valeur 0 sinon. Les variables $X_1, X_2, \ldots, X_n$ sont indépendantes et suivent la même loi de Bernoulli de paramètre $\frac{1}{2}$.

■ On pose $M_n = \frac{S_n}{n}$. $\left|S_n - \frac{n}{2}\right| \geqslant 0{,}1n$ équivaut à $\left|M_n - \frac{1}{2}\right| \geqslant 0{,}1$. D'après la loi des grands nombres, $P\left(\left|M_n - \frac{1}{2}\right| \geqslant 0{,}1\right)$ tend vers 0 quand n tend vers $+\infty$, donc il existe N tel que, si $n \geqslant N$, alors $P\left(\left|M_n - \frac{1}{2}\right| \geqslant 0{,}1\right) < 0{,}05$ et donc $\mathbf{P\left(\left|S_n - \frac{n}{2}\right| \geqslant 0{,}1n\right) < 0{,}05}$.

b. $0{,}4n < S_n < 0{,}6n$ équivaut à $-0{,}1n < S_n - 0{,}5n < 0{,}1n$, soit $\left|S_n - \frac{n}{2}\right| < 0{,}1n$.
Donc $P(0{,}4n < S_n < 0{,}6n) \geqslant 0{,}95$ équivaut à :

$$P\left(\left|S_n - \frac{n}{2}\right| < 0{,}1n\right) \geqslant 0{,}95, \text{ soit } P\left(\left|S_n - \frac{n}{2}\right| \geqslant 0{,}1n\right) < 0{,}05.$$

c. D'après ce qui précède, on cherche N tel que, si $n \geqslant N$, alors $P\left(\left|M_n - \frac{1}{2}\right| \geqslant 0{,}1\right) < 0{,}05$. Or d'après l'inégalité de concentration → FICHE 38, $P\left(\left|M_n - \frac{1}{2}\right| \geqslant 0{,}1\right) \leqslant \frac{25}{n}$ (car $V = \frac{1}{4}$).

Il suffit donc que $\frac{25}{n} < 0{,}05$, soit $n > 500$. **On peut prendre $N = 501$.**

MÉMO VISUEL

Inégalités de concentration

Quelles sont les inégalités de concentration ?

Inégalité de Markov

X est une variable aléatoire à valeurs positives ; a est un réel strictement positif. Alors :

$$P(X \geqslant a) \leqslant \frac{E(X)}{a}$$

Exemple : Si X_n suit la loi $\mathcal{B}(n\,;p)$, alors $P\left(X \geqslant \frac{n}{2}\right) \leqslant 2p$.

Inégalité de Bienaymé-Tchebychev

X est une variable aléatoire d'espérance μ et de variance V.
Alors, pour tout réel $\delta > 0$:

$$P(|X-\mu| \geqslant \delta) \leqslant \frac{V}{\delta^2}$$

Exemple : Si X_n suit la loi $\mathcal{B}(50\,;0{,}6)$, alors $E(X) = 30$, $V(X) = 12$ et $P(|X-30| \geqslant 6) \leqslant \frac{12}{36}$. C'est équivalent à $P(X \geqslant 36 \text{ ou } X \leqslant 24) \leqslant \frac{1}{3}$ et on en déduit $P(25 \leqslant X \leqslant 35) > \frac{2}{3}$.

CONCENTRATION

Inégalité de concentration pour une moyenne

$(X_1, X_2, \ldots, X_n)$ est un échantillon de taille n d'une loi de probabilité d'espérance μ et de variance V ; $M_n = \frac{X_1 + X_2 + \ldots + X_n}{n}$.
Alors, pour tout réel $\delta > 0$:

$$P(|M_n - \mu| \geqslant \delta) \leqslant \frac{V}{n\,\delta^2}$$

Exemple : X_n suit la loi $\mathcal{B}(n\,;0{,}2)$. Pour n entier naturel non nul, on pose $M_n = \frac{X_n}{n}$, alors $P(|M_n - 0{,}2| \geqslant 0{,}04) \leqslant \frac{100}{n}$. Par passage au complémentaire, $P(|M_n - 0{,}2| < 0{,}04) > \frac{100}{n}$, soit $P(0{,}16 < M_n < 0{,}24) > \frac{100}{n}$.

Qu'est-ce que la loi des grands nombres ?

Loi des grands nombres

$(X_1, X_2, \ldots, X_n)$ est un échantillon de taille n d'une loi de probabilité d'espérance μ ; $M_n = \frac{X_1 + X_2 + \ldots + X_n}{n}$. Alors, pour tout réel $\varepsilon > 0$:

$$\lim_{n \to +\infty} P(|M_n - \mu| \geqslant \varepsilon) = 0$$

Exemple : Simulation de la moyenne d'un échantillon de taille n croissante d'une loi de probabilité d'espérance $\mu = \frac{1}{3}$. On observe que, lorsque n augmente, les valeurs de M_n obtenues se stabilisent autour de $\frac{1}{3}$.

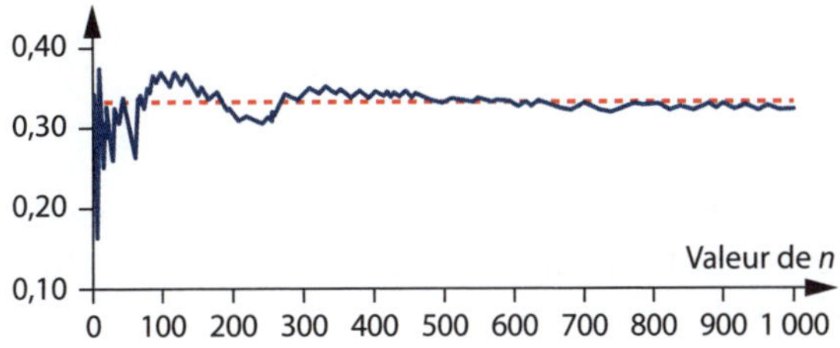

LOI DES GRANDS NOMBRES

Quelles sont les conséquences et les applications de la loi des grands nombres ?

Applications

- L'**espérance** d'une variable aléatoire peut être approchée par la moyenne des résultats obtenus sur un grand nombre de réalisations.
- La **probabilité** d'un événement peut être interprétée comme la fréquence de réalisation de cet événement sur le long terme si l'expérience est répétée un grand nombre de fois. Ce résultat justifie l'approche fréquentiste des probabilités et est utilisé par exemple dans le cadre de sondages et par les assurances.

Le thème de ce chapitre n'est pas au programme de l'épreuve écrite du bac, mais est utile à la poursuite de vos études.

SUJET 47 | OBJECTIF SUP

45 min

Un résultat qui ressemble à la loi des grands nombres

→ FICHE 38

On établit dans ce sujet un résultat qui ressemble à celui de la loi des grands nombres : une probabilité tend vers 0 lorsque n tend vers $+\infty$. Mais les hypothèses de départ, les conditions vérifiées par les variables aléatoires en jeu, sont différentes.

LE SUJET

Soit $(X_n)_{n\in\mathbb{N}^*}$ une suite de variables aléatoires définies sur le même univers. Pour tout entier naturel non nul n, on note respectivement $E(X_n)$ et $V(X_n)$ l'espérance et la variance de X_n. On suppose que :

$$\lim_{n\to+\infty} E(X_n) = m, \text{ avec } m \in \mathbb{R}, \text{ et } \lim_{n\to+\infty} V(X_n) = 0.$$

a. Montrer que $E\left[(X_n - m)^2\right] = V(X_n) + (E(X_n - m))^2$.

b. Montrer que, pour tout réel $\varepsilon > 0$:

$$P(|X_n - m| \geqslant \varepsilon) \leqslant \frac{1}{\varepsilon^2}\left[V(X_n) + (E(X_n - m))^2\right].$$

c. Montrer que, pour tout réel $\varepsilon > 0$:

$$\lim_{n\to+\infty} P(|X_n - m| \geqslant \varepsilon) = 0.$$

LES CLÉS POUR RÉUSSIR

a. Utilisez des propriétés de l'espérance d'une variable aléatoire X vues en première :
- formule de König-Huygens, $V(X) = E(X^2) - (E(X))^2$;
- pour tous réels a et b, $V(aX + b) = a^2V(X)$.

b. Utilisez l'inégalité de Markov.

c. Appliquez le théorème des gendarmes.

→ FICHE 22

LE CORRIGÉ

a. Établir une relation entre espérance et variance de variables aléatoires

D'après la formule de König-Huygens :

$$V(X_n - m) = E\left[(X_n - m)^2\right] - (E(X_n - m))^2.$$

Or d'après les propriétés de la variance, puisque m est une constante :

$$V(X_n - m) = V(X_n).$$

À NOTER

Les variables aléatoires X_n et $X_n - m$ ont la même dispersion.

Donc $V(X_n) = E\left[(X_n - m)^2\right] - (E(X_n - m))^2$.

On a bien $\boldsymbol{E\left[(X_n - m)^2\right] = V(X_n) + (E(X_n - m))^2}$.

b. Majorer une probabilité

Soit ε un réel strictement positif. Alors :

$$|X_n - m| \geqslant \varepsilon \Leftrightarrow (X_n - m)^2 \geqslant \varepsilon^2.$$

On applique l'inégalité de Markov à $(X_n - m)^2$, variable aléatoire à valeurs positives ou nulles :

$$P\left((X_n - m)^2 \geqslant \varepsilon^2\right) \leqslant \frac{E\left[(X_n - m)^2\right]}{\varepsilon^2}.$$

D'après l'égalité établie à la question précédente :

$$\boldsymbol{P(|X_n - m| \geqslant \varepsilon) \leqslant \frac{1}{\varepsilon^2}\left[V(X_n) + (E(X_n - m))^2\right]}.$$

c. Déterminer la limite d'une suite

D'après l'énoncé, $\lim\limits_{n \to +\infty} V(X_n) = 0$.

D'autre part, d'après les propriétés de l'espérance : $E(X_n - m) = E(X_n) - m$.

Comme $\lim\limits_{n \to +\infty} E(X_n) = m$, on a $\lim\limits_{n \to +\infty} (E(X_n - m)) = 0$, soit :

$$\lim_{n \to +\infty} (E(X_n - m))^2 = 0.$$

On en déduit $\lim\limits_{n \to +\infty} \left[V(X_n) + (E(X_n - m))^2\right] = 0$, soit :

$$\lim_{n \to +\infty} \frac{1}{\varepsilon^2}\left[V(X_n) + (E(X_n - m))^2\right] = 0.$$

Donc $P(|X_n - m| \geqslant \varepsilon)$ est positif et inférieur ou égal au terme général d'une suite qui converge vers 0, donc d'après le théorème des gendarmes :

$$\boldsymbol{\lim_{n \to +\infty} P(|X_n - m| \geqslant \varepsilon) = 0}.$$

À NOTER

La conclusion est analogue à celle de la loi des grands nombres, mais X_n n'est pas la moyenne empirique d'un échantillon de taille n d'une loi de probabilité d'espérance m.

SUJET 48 | OBJECTIF SUP

45 min Estimation d'une proportion

→ FICHE 38

Dans ce sujet, en faisant appel à l'inégalité de Bienaymé-Tchebychev, on détermine un intervalle de confiance permettant de donner une estimation un peu grossière d'une proportion inconnue.

LE SUJET

Une urne contient des boules blanches et des boules noires. On note p la proportion (inconnue) de boules blanches dans cette urne ($0 < p < 1$).

n est un entier naturel supérieur ou égal à 2. On tire successivement et avec remise n boules dans l'urne, en notant à chaque fois la couleur de la boule tirée.

À NOTER

« Avec remise » signifie que la boule tirée est remise dans l'urne avant le tirage suivant. Cela assure l'indépendance des tirages successifs.

On observe que, parmi les n boules successivement extraites de l'urne, k sont blanches (les autres sont noires). On considère que $\frac{k}{n}$ fournit une approximation de p.

1. a. Donner une modélisation de l'expérience aléatoire.

b. Soit ε un réel strictement positif.
Donner à l'aide de l'inégalité de Bienaymé-Tchebychev une majoration de la probabilité $P\left(\left|\frac{k}{n} - p\right| \geqslant \varepsilon\right)$ indépendante de p.

c. Que peut-on dire de la probabilité que p appartienne à l'intervalle de confiance $\left]\frac{k}{n} - \varepsilon\,;\frac{k}{n} + \varepsilon\right[$?

2. Si l'on souhaite une approximation de p au centième près et une certitude à plus de 99 % sur cette approximation, à quelle valeur de n cela conduit-il ? Quelle remarque peut-on faire ?

LES CLÉS POUR RÉUSSIR

1. a. Comptez 1 pour chaque tirage donnant une boule blanche, 0 pour chaque tirage donnant une boule noire, et additionnez les résultats obtenus.
b. Majorez dans un premier temps $P\left(\left|\frac{S}{n}-p\right| \geqslant \varepsilon\right)$, où S est la variable aléatoire (définie à la question précédente) modélisant le nombre de boules blanches tirées.
c. Utilisez un événement contraire.

2. Écrivez que la probabilité de la question précédente doit, pour une certaine valeur de ε, être supérieure ou égale à 0,99.

LE CORRIGÉ

1. a. Déterminer des variables aléatoires modélisant une expérience

Pour i compris entre 1 et n, on considère la variable aléatoire X_i prenant la valeur 1 si la boule obtenue lors du i-ième tirage est blanche, la valeur 0 sinon. X_i suit la loi de Bernoulli de paramètre p.

On pose $S = X_1 + X_2 + \ldots + X_n$, soit :

$$S = \sum_{i=1}^{n} X_i.$$

S représente le nombre de boules blanches tirées, **S suit donc la loi binomiale de paramètres n et p.**

b. Majorer une probabilité

On a $E(S) = n \times p$ et $E\left(\frac{S}{n}\right) = p$, de plus $V(S) = np(1-p)$ et $V\left(\frac{S}{n}\right) = \frac{np(1-p)}{n^2}$, soit $V\left(\frac{S}{n}\right) = \frac{p(1-p)}{n}$.

D'après l'inégalité de Bienaymé-Tchebychev, pour tout réel $\varepsilon > 0$:

$$P\left(\left|\frac{S}{n}-p\right| \geqslant \varepsilon\right) \leqslant \frac{p(1-p)}{n\varepsilon^2}.$$

Comme de plus la fonction $p \mapsto p(1-p)$ est positive et majorée par $\frac{1}{4}$ sur $[0\,;1]$, on en déduit :

$$\boldsymbol{P\left(\left|\frac{S}{n}-p\right| \geqslant \varepsilon\right) \leqslant \frac{1}{4n\varepsilon^2}}.$$

> **À NOTER**
> On peut étudier les variations sur [0 ; 1] de la fonction $p \mapsto (1-p)$. Elle atteint son maximum en 0,5 et ce maximum est égal à 0,25.

Si on a obtenu $S = k$, on conclut :

$$P\left(\left|\frac{k}{n}-p\right| \geqslant \varepsilon\right) \leqslant \frac{1}{4n\varepsilon^2}.$$

c. Estimer un niveau de confiance

En considérant l'événement contraire, on en déduit :

$$P\left(\left|\frac{k}{n}-p\right|<\varepsilon\right)\geqslant 1-\frac{1}{4n\varepsilon^2}.$$

Or :

$$\left|\frac{k}{n}-p\right|<\varepsilon \Leftrightarrow \left|p-\frac{k}{n}\right|<\varepsilon \Leftrightarrow \frac{k}{n}-\varepsilon<p<\frac{k}{n}+\varepsilon.$$

Donc $P\left(p\in\left]\frac{k}{n}-\varepsilon\,;\frac{k}{n}+\varepsilon\right[\right)\geqslant 1-\frac{1}{4n\varepsilon^2}$.

La probabilité que l'intervalle $\left]\frac{k}{n}-\varepsilon\,;\frac{k}{n}+\varepsilon\right[$ contienne p est supérieure ou égale à $1-\frac{1}{4n\varepsilon^2}$, donc l'intervalle $\left]\frac{k}{n}-\varepsilon\,;\frac{k}{n}+\varepsilon\right[$ est un intervalle de confiance de p à un niveau de confiance supérieur ou égal à $1-\frac{1}{4n\varepsilon^2}$.

2. Déterminer une taille d'échantillon correspondant à une précision et un risque donnés

Si l'on souhaite une approximation de p au centième près, on choisit $\varepsilon=\frac{1}{100}$.

On a alors $P\left(p\in\left]\frac{k}{n}-\frac{1}{100}\,;\frac{k}{n}+\frac{1}{100}\right[\right)\geqslant 1-\frac{2\,500}{n}$.

Si de plus on souhaite une certitude à plus de 99 % sur cette estimation, il faut $1-\frac{2\,500}{n}\geqslant\frac{99}{100}$.

$$1-\frac{2\,500}{n}\geqslant\frac{99}{100}\Leftrightarrow\frac{2\,500}{n}\leqslant\frac{1}{100}\Leftrightarrow n\geqslant 250\,000.$$

Pour obtenir par ce raisonnement une estimation de p au centième près avec une certitude à plus de 99 %, **on doit effectuer au moins 250 000 tirages avec remise.**

On peut remarquer que le nombre de tirages est grand si on raisonne à partir de l'inégalité de Bienaymé-Tchebychev, ce qui montre que **ce résultat n'est certainement pas optimal.**

SUJET 49 | OBJECTIF SUP

45 min Des suites de variables aléatoires

→ FICHES 38 et 39

À partir de variables aléatoires suivant une « simple » loi de Bernoulli, on définit plusieurs autres variables aléatoires suivant des lois différentes. On détermine leur loi, on en étudie certaines propriétés.

LE SUJET

On considère une suite $(X_n)_{n\in\mathbb{N}}$ de variables aléatoires deux à deux indépendantes de même loi de Bernoulli de paramètre p (avec $0 < p < 1$).

Pour tout entier naturel n non nul, on définit les variables aléatoires S_n, Y_n et T_n par :

$$S_n = \frac{1}{n}\sum_{k=1}^{n} X_k \ ; \ Y_n = \frac{X_n + X_{n+1}}{2} \text{ et } T_n = \frac{1}{n}\sum_{k=1}^{n} Y_k.$$

a. Justifier que, pour tout réel $\varepsilon > 0$:

$$\lim_{n\to+\infty} P(|S_n - p| \geqslant \varepsilon) = 0.$$

b. Soit n un entier naturel non nul.
Déterminer la loi et calculer l'espérance de la variable aléatoire Y_n.

c. Soit n et m deux entiers naturels non nuls tels que $n < m$.
Les variables aléatoires Y_n et Y_m sont-elles indépendantes ?

d. Montrer que, pour tout réel $\varepsilon > 0$:

$$\lim_{n\to+\infty} P(|T_n - p| \geqslant \varepsilon) = 0.$$

LES CLÉS POUR RÉUSSIR

a. Appliquez la loi des grands nombres.
b. Déterminez les valeurs prises par Y_n puis utilisez une propriété de l'espérance.
c. Considérez deux cas, $m = n+1$ et $m \geqslant n+2$.
d. Utilisez l'inégalité de Bienaymé-Tchebychev après avoir calculé l'espérance et la variance de T_n, puis appliquez le théorème des gendarmes.

LE CORRIGÉ

a. Justifier une limite

À NOTER

On rappelle que l'espérance de la loi de Bernoulli de paramètre p est égale à p et que sa variance est égale à $p(1-p)$.

S_n est la moyenne empirique d'un échantillon de taille n d'une loi de probabilité d'espérance p, donc d'après la loi des grands nombres, pour tout $\varepsilon > 0$:

$$\lim_{n\to+\infty} P(|S_n - p| \geqslant \varepsilon) = 0.$$

b. Déterminer la loi et l'espérance d'une variable aléatoire

X_n et X_{n+1} sont indépendantes et prennent pour valeurs 0 et 1, donc Y_n prend pour valeurs 0, $\frac{1}{2}$ et 1.

$$P(Y_n = 0) = P(X_n = 0 \text{ et } X_{n+1} = 0) = P(X_n = 0) \times P(X_{n+1} = 0)$$

car X_n et X_{n+1} sont indépendantes. Donc $\mathbf{P(Y_n = 0) = (1-p)^2}$.
De même :

$$P(Y_n = 1) = P(X_n = 1 \text{ et } X_{n+1} = 1) = P(X_n = 1) \times P(X_{n+1} = 1)$$

car X_n et X_{n+1} sont indépendantes. Donc $\mathbf{P(Y_n = 1) = p^2}$.

$P\left(Y_n = \frac{1}{2}\right) = P(X_n = 1 \text{ et } X_{n+1} = 0) + P(X_n = 0 \text{ et } X_{n+1} = 1)$ car les événements $\{X_n = 1 \text{ et } X_{n+1} = 0\}$ et $\{X_n = 0 \text{ et } X_{n+1} = 1\}$ sont incompatibles.
X_n et X_{n+1} sont indépendantes, $P(X_n = 1) = P(X_{n+1} = 1) = p$ et
$P(X_n = 0) = P(X_{n+1} = 0) = 1 - p$, donc $\mathbf{P\left(Y_n = \frac{1}{2}\right) = p(1-p)}$.

Pour calculer l'espérance de Y_n, on peut utiliser ce qui précède. On peut aussi utiliser la linéarité de l'espérance :

$$E(Y_n) = \frac{E(X_n) + E(X_{n+1})}{2} = p.$$

c. Étudier l'indépendance de deux variables aléatoires

n et m sont deux entiers naturels tels que $n < m$. On étudie l'indépendance de $\frac{X_n + X_{n+1}}{2}$ et de $\frac{X_m + X_{m+1}}{2}$.

- Si $m = n + 1$: $P(Y_n = 0 \text{ et } Y_{n+1} = 1) = 0$, car $Y_n = 0$ suppose $X_{n+1} = 0$ et $Y_{n+1} = 1$ suppose $X_{n+1} = 1$. Les événements $\{Y_n = 0\}$ et $\{Y_{n+1} = 1\}$ sont incompatibles.
Cependant, $P(Y_n = 0) = (1-p)^2 \neq 0$ et $P(Y_{n+1} = 1) = p^2 \neq 0$,
donc $P(Y_n = 0 \text{ et } Y_{n+1} = 1) \neq P(Y_n = 0) \times P(Y_{n+1} = 1)$.
Les variables aléatoires Y_n et Y_{n+1} ne sont pas indépendantes.

- Si $m \geqslant n + 2$: les variables aléatoires X_n, X_{n+1}, X_m et X_{m+1} sont toutes distinctes et deux à deux indépendantes, donc **Y_n et Y_m sont indépendantes** (la valeur prise par l'une n'influe pas sur la valeur prise par l'autre).

d. Justifier une limite

$T_n = \dfrac{Y_1 + Y_2 + \ldots + Y_n}{n}$, donc $T_n = \dfrac{X_1 + 2X_2 + 2X_3 + \ldots + 2X_n + X_{n+1}}{2n}$, soit :

$$T_n = \frac{X_1 + 2\sum_{k=2}^{n} X_k + X_{n+1}}{2n}.$$

D'après la linéarité de l'espérance, l'espérance de T_n est :

$$E(T_n) = \frac{1}{2n}\left(E(X_1) + 2\sum_{k=2}^{n} E(X_k) + E(X_{n+1})\right)$$

Or les variables aléatoires $X_1, X_2, \ldots, X_n, X_{n+1}$ ont toutes pour espérance p, donc $E(T_n) = \dfrac{1}{2n}(p + 2(n-1)p + p)$, soit $\boldsymbol{E(T_n) = p}$.

D'après les propriétés de la variance, puisque les variables aléatoires X_1, X_2, ..., X_n, X_{n+1} sont deux à deux indépendantes (et de même loi), la variance de T_n est :

$$V(T_n) = \frac{1}{4n^2}\big(V(X_1) + 4V(X_2) + 4V(X_3) + \ldots + 4V(X_n) + V(X_{n+1})\big).$$

Or $V(X_1) = V(X_2) = \ldots = V(X_n) = V(X_{n+1}) = p(1-p)$,

donc $V(T_n) = \dfrac{1}{4n^2}p(1-p)(1 + 4(n-1) + 1)$, soit $V(T_n) = \dfrac{4n-2}{4n^2}p(1-p)$,

d'où finalement $\boldsymbol{V(T_n) = \dfrac{2n-1}{2n^2}p(1-p)}$.

On applique l'inégalité de Bienaymé-Tchebychev à T_n :

$$\text{pour tout } \varepsilon > 0,\ P(|T_n - p| \geqslant \varepsilon) \leqslant \frac{p(1-p)}{\varepsilon^2} \times \frac{2n-1}{2n^2}.$$

$\dfrac{p(1-p)}{\varepsilon^2}$ est une constante (ne dépend pas de n), il reste à déterminer la limite de $\dfrac{2n-1}{2n^2}$ quand n tend vers $+\infty$.

On est *a priori* dans un cas d'indétermination.

Pour n entier naturel non nul : $\dfrac{2n-1}{2n^2} = \dfrac{n\left(2 - \frac{1}{n}\right)}{2n^2} = \dfrac{2 - \frac{1}{n}}{2n}$.

Or, $\lim\limits_{n \to +\infty} \dfrac{1}{n} = 0$ et $\lim\limits_{n \to +\infty} 2n = +\infty$, donc par opérations :

$$\lim_{n \to +\infty} \frac{2n-1}{2n^2} = 0.$$

Finalement :

$$\lim_{n \to +\infty} \frac{p(1-p)}{\varepsilon^2} \times \frac{2n-1}{2n^2} = 0.$$

Avec le théorème des gendarmes, puisque $P(|T_n - p| \geqslant \varepsilon) \geqslant 0$ pour tout entier naturel non nul n, on en déduit que :

$$\boldsymbol{\lim_{n \to +\infty} P(|T_n - p| \geqslant \varepsilon) = 0.}$$

SUJET 50 | OBJECTIF SUP

50 min

Une variante de l'inégalité de Bienaymé-Tchebychev

→ FICHE 38

Ce sujet permet de confirmer une observation déjà faite : l'inégalité de Bienaymé-Tchebychev fournit souvent une majoration assez « grossière », qu'il est possible d'améliorer. Son principal intérêt est son caractère « universel » : on peut l'appliquer sans conditions trop « restrictives ».

LE SUJET

Soit X une variable aléatoire, μ son espérance ($\mu = E(X)$), σ^2 sa variance (avec $\sigma \geqslant 0$; σ est l'écart type de X).

α et t sont deux réels strictement positifs.

a. Montrer que $E\left[(X - \mu + t)^2\right] = \sigma^2 + t^2$.

b. En remarquant que $P(X - \mu \geqslant \alpha) = P(X - \mu + t \geqslant \alpha + t)$, montrer que $P(X - \mu \geqslant \alpha) \leqslant \dfrac{\sigma^2 + t^2}{(\alpha + t)^2}$.

c. En déduire que $P(X - \mu \geqslant \alpha) \leqslant \dfrac{\sigma^2}{\alpha^2 + \sigma^2}$.

d. Démontrer que $P(|X - \mu| \geqslant \alpha) \leqslant \dfrac{2\sigma^2}{\alpha^2 + \sigma^2}$.

e. Dans quels cas obtient-on une « meilleure » inégalité que l'inégalité de Bienaymé-Tchebychev ?

LES CLÉS POUR RÉUSSIR

a. Utilisez les propriétés de l'espérance.
b. Appliquez l'inégalité de Markov.
c. Étudiez les variations d'une fonction et déterminez son minimum sur $]0\,;+\infty[$.
d. Utilisez, entre autres, la définition de la valeur absolue.
e. Comparez deux nombres.

LE CORRIGÉ

a. Établir une égalité sur l'espérance d'une variable aléatoire

On a :

$$E\left[(X-\mu+t)^2\right] = E\left[(X-(\mu-t))^2\right]$$
$$= E\left[X^2 - 2X(\mu-t) + (\mu-t)^2\right].$$

D'après les propriétés de l'espérance :

$$E\left[(X-\mu+t)^2\right] = E(X^2) - 2E(X)(\mu-t) + (\mu-t)^2.$$

Or $\mu = E(X)$, donc :

$$E\left[(X-\mu+t)^2\right] = E(X^2) - 2\mu^2 + 2\mu t + \mu^2 - 2\mu t + t^2$$
$$= E(X^2) - \mu^2 + t^2$$
$$= E(X^2) - [E(X)]^2 + t^2.$$

Soit $\boldsymbol{E\left[(X-\mu+t)^2\right] = \sigma^2 + t^2}$.

b. Montrer une inégalité sur une probabilité

$P(X-\mu \geqslant \alpha) = P(X-\mu+t \geqslant \alpha+t)$, donc :

$$P(X-\mu \geqslant \alpha) \leqslant P\left[(X-\mu+t)^2 \geqslant (\alpha+t)^2\right] \ (*)$$

car, comme α et t sont strictement positifs, $(X-\mu+t)^2 \geqslant (\alpha+t)^2$ équivaut à $X-\mu+t \geqslant \alpha+t$ ou $X-\mu+t \leqslant -\alpha-t$.

On applique l'inégalité de Markov à $(X-\mu+t)^2$ avec $a = (\alpha+t)^2$:

$$P\left[(X-\mu+t)^2 \geqslant (\alpha+t)^2\right] \leqslant \frac{E\left[(X-\mu+t)^2\right]}{(\alpha+t)^2}.$$

Avec l'inégalité (*) et le résultat de la question a., on en déduit que, pour tout $t > 0$:

$$\boldsymbol{P(X-\mu \geqslant \alpha) \leqslant \frac{\sigma^2+t^2}{(\alpha+t)^2}}.$$

c. Prouver à l'aide d'une étude de fonction une inégalité sur une probabilité

Le membre de gauche ne dépend pas de t, l'inégalité a lieu pour tout $t > 0$.

On étudie les variations sur $]0\,;+\infty[$ de la fonction φ définie par $\varphi(t) = \dfrac{\sigma^2+t^2}{(\alpha+t)^2}$.

Par un simple calcul de dérivée, on en déduit que, sur $]0\,;+\infty[$, cette fonction admet un minimum en $t = \dfrac{\sigma^2}{\alpha}$. Ce minimum est $\varphi\left(\dfrac{\sigma^2}{\alpha}\right) = \dfrac{\sigma^2}{\alpha^2+\sigma^2}$.

Donc $\boldsymbol{P(X-\mu \geqslant \alpha) \leqslant \dfrac{\sigma^2}{\alpha^2+\sigma^2}}$.

d. Montrer une inégalité sur une probabilité

$|X-\mu| \geqslant \alpha \Leftrightarrow X-\mu \geqslant \alpha$ ou $X-\mu \leqslant -\alpha \Leftrightarrow X-\mu \geqslant \alpha$ ou $\mu - X \geqslant \alpha$,
donc $P(|X-\mu| \geqslant \alpha) = P(X-\mu \geqslant \alpha) + P(\mu - X \geqslant \alpha)$.

Or on a montré que $P(X - \mu \geqslant \alpha) \leqslant \dfrac{\sigma^2}{\alpha^2 + \sigma^2}$ et par un raisonnement analogue, en remplaçant $X - \mu$ par $\mu - X$, on montre que :

$$P(\mu - X \geqslant \alpha) \leqslant \frac{\sigma^2}{\alpha^2 + \sigma^2}.$$

On en déduit finalement que $\boldsymbol{P(|X - \mu| \geqslant \alpha) \leqslant \dfrac{2\sigma^2}{\alpha^2 + \sigma^2}}$.

e. Optimiser un résultat

D'après l'inégalité de Bienaymé-Tchebychev :

$$P(|X - \mu| \geqslant \alpha) \leqslant \frac{\sigma^2}{\alpha^2}.$$

L'inégalité obtenue à la question précédente est « meilleure » si et seulement si $\dfrac{2\sigma^2}{\alpha^2 + \sigma^2} < \dfrac{\sigma^2}{\alpha^2}$, qui équivaut à $\alpha^2 < \sigma^2$.

Puisque α et σ sont tous deux positifs, on en déduit que **l'inégalité $P(|X - \mu| \geqslant \alpha) \leqslant \dfrac{2\sigma^2}{\alpha^2 + \sigma^2}$ est meilleure que l'inégalité de Bienaymé-Tchebychev si et seulement si $\alpha < \sigma$.**

Le Grand Oral

14 Préparer le Grand Oral sur une question de maths

FICHES DE COURS

40 Choisir une question en maths 334
41 Concevoir sa présentation 336
42 Préparer efficacement l'exposé 338
43 Présenter la question au jury 340
44 Répondre aux questions en lien avec la présentation 342
45 Défendre son projet d'orientation 344

SUJET GUIDÉ & CORRIGÉ

OBJECTIF BAC

51 Simulation d'un Grand Oral sur une question de maths 346

40 Choisir une question en maths

En bref *Selon le BO du 13 février 2020, qui définit le « Grand Oral », vous devez choisir une question pour chacun de vos deux enseignements de spécialité. Vous serez interrogé(e) sur l'une de ces deux questions le jour de l'épreuve.*

I Le « cahier des charges »

Le choix de la question doit répondre à ces **trois conditions**.

La question

1. met en lumière un des grands enjeux du programme de spécialité
2. se prête à une explicitation aisée
3. permet de nourrir une réflexion sur votre projet d'orientation

II Des idées de sujets en mathématiques

Différentes pistes de réflexion peuvent être envisagées.

1 Questions en lien avec une autre discipline

Certains thèmes du programme de la spécialité mathématiques se prêtent bien à une question portant sur une application dans une autre discipline.

- **Physique-chimie**

– Comment les vecteurs permettent-ils une description du mouvement ?
– Comment étudier l'évolution au cours du temps d'une population de noyaux radioactifs, et quelles sont les applications d'une telle étude ?
– Quelles équations différentielles permettent d'étudier le mouvement d'une particule dans un champ électrique ?
– Comment étudier avec les logarithmes le niveau d'intensité sonore d'un signal ?

- **SVT**

– Comment les probabilités conditionnelles permettent-elles de modéliser l'évolution de la fréquence des allèles dans une population et d'expliquer des écarts par rapport au modèle de Hardy-Weinberg ?
– En quoi une modélisation statistique favorise-t-elle la compréhension des variations climatiques passées ?

■ **NSI**

- Comment exploiter les logarithmes pour étudier le coût d'exécution, en temps ou en mémoire, d'un programme ?
- En quoi la notion de récurrence intervient-elle dans l'élaboration et le fonctionnement d'un programme récursif ?

■ **SES**

- Comment la courbe de Lorenz et le coefficient de Gini permettent-ils d'étudier la répartition des revenus dans une population ?
- Comment différencier et calculer le taux d'intérêt nominal et le taux d'intérêt réel d'un placement ou d'un emprunt ?

2 Questions en lien avec l'histoire des mathématiques

Des sujets plus historiques peuvent permettre de clarifier le sens de certaines notions.

- Comment donner une approximation d'un nombre réel à l'aide de suites ?
- Quelles sont les grandes étapes historiques de l'élaboration du raisonnement par récurrence ?
- Par quelles méthodes peut-on déterminer une valeur approchée de l'aire sous la courbe d'une fonction ?
- Quelles sont les grandes étapes de l'élaboration de la notion de vecteur ?

3 Questions en lien avec les approfondissements du programme

Voici quelques exemples des « approfondissements » signalés dans le programme pour servir au choix de la question d'oral.

- Comment définir le barycentre d'un système de points pondérés et comment l'utiliser pour montrer que trois points sont alignés ou que trois droites sont concourantes ?
- Comment l'équation logistique modélise-t-elle l'évolution d'une population ?
- Comment modéliser un oscillateur à l'aide d'une équation différentielle ?
- Comment démontrer en utilisant des suites adjacentes qu'un nombre n'est pas un nombre rationnel ?

zoOm

« Pitcher » son sujet auprès de ses proches

■ N'hésitez pas à **exposer brièvement** votre sujet à vos parents ou vos amis.

■ Dans le cadre du concours « Ma thèse en 180 secondes », les doctorants doivent résumer en trois minutes un sujet de thèse de plusieurs centaines de pages.

41 Concevoir sa présentation

En bref *Les recherches sur les questions choisies peuvent débuter assez rapidement dans l'année. Pour chacune, vous devez vous documenter et organiser vos idées, au fur et à mesure, en vue d'un exposé structuré.*

I Se documenter, chercher des idées

1 Se constituer une bibliographie pertinente

- Pour chaque question, établissez une **liste de mots-clés** : ils vont vous permettre d'interroger Internet mais aussi le catalogue de votre CDI ou de la médiathèque de votre quartier.
- Consultez les documents ainsi sélectionnés, **des plus généraux** (manuels, encyclopédies) **aux plus spécialisés**.
- Dans le cas de recherches sur Internet, pensez à **vérifier les sites** que vous consultez à l'aide de ces questions :

1. Qui est l'auteur du site ?
Quelle est son expertise sur le sujet ?
2. De quand datent les informations ?
3. L'exposé est-il clairement construit, solidement argumenté ?

> **CONSEIL**
> Commencez par lire les informations données par la page de présentation du site, souvent intitulée « À propos ».

2 Garder la trace de ses recherches

- **« Fichez » chacun des documents** consultés : le support peut être, selon votre préférence, physique (fiche Bristol) ou numérique.
- Reformulez les idées qui vous paraissent essentielles, en distinguant bien les arguments des exemples.
- Pour les documents qui vous paraissent essentiels, pensez à rechercher le document original (article scientifique, livre...)

FICHE DOCUMENT

Source :

Sujet :

Idées clés :

•

•

•

Citation :

> **CONSEIL**
> Notez précisément la source : le titre de l'ouvrage ou du site, le nom de l'auteur, la date de publication, ainsi que les pages consultées.

II Organiser ses idées

1 Plusieurs méthodes de classement

■ Au fil de vos prises de notes, vous allez être conduit(e) à regrouper vos idées autour de lignes directrices : une organisation de votre exposé se dessine progressivement. Essayez de la traduire sous forme de « carte mentale ».

■ Si vous avez du mal à faire émerger les grands axes, vous pouvez recourir à la méthode des post-it.

1. Écrivez une idée clé par post-it.
2. Ajouter, le cas échéant, des exemples sur des post-it d'une autre couleur.
3. Sur un mur, déplacez les post-it jusqu'à ce qu'ils s'enchaînent logiquement.

2 Le choix du plan

Votre plan dépend de la question et du type de réflexion proposé. Le plus souvent, cependant, vous avez le choix entre un plan thématique et un plan dialectique.

	Objectif	Question
Plan thématique	Il permet d'approfondir les différents aspects d'un sujet.	Il correspond à une question qui se subdivise en différentes sous-questions.
Plan dialectique	Il oppose deux thèses puis opère une synthèse des points de vue.	Il correspond à une question qui implique une discussion, un dilemme.

zoOm

Mettre son plan sous forme de carte mentale

❶ Prenez une feuille blanche A4, en format paysage.

❷ Notez la question au centre, dans un « noyau ».

❸ Créez autant de « branches » que de grands axes (une couleur par axe).

❹ Ramifiez les branches de manière à faire apparaître les idées clés.

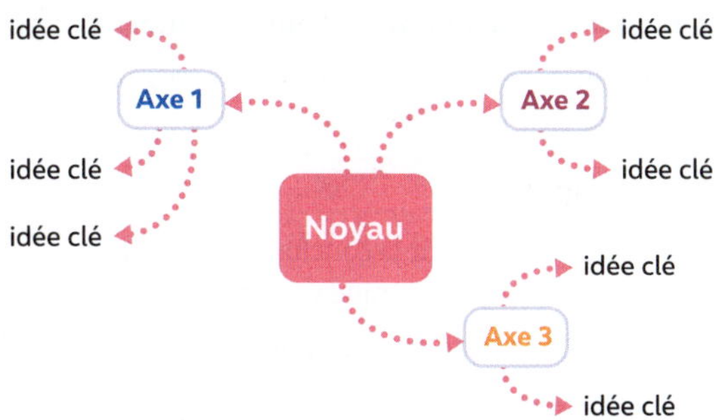

42 Préparer efficacement l'exposé

En bref *Le jour J, vous devrez faire votre présentation en cinq minutes. Cela suppose un travail préparatoire important : de rédaction, de mémorisation et d'entraînement à la prise de parole.*

I Rédiger une trame précise

Une fois que vous êtes au clair sur la structure générale de votre exposé, vous devez mettre par écrit le déroulement de votre argumentation, sous la forme d'un **plan semi-rédigé**.

1 L'introduction

- L'introduction doit montrer :
  - que **votre sujet est intéressant** ;
  - que vous l'avez bien cerné ;
  - que votre plan découle de la question posée et y répond.
- Elle comprend **trois étapes** qui s'enchaînent logiquement.

1. L'accroche	En une ou plusieurs phrases, amenez progressivement votre sujet.
2. La question	Posez clairement la question à laquelle vous allez répondre et explicitez-la.
3. Le plan	Annoncez les deux ou trois grands axes, de manière que le jury comprenne d'emblée l'organisation de l'exposé.

2 Le corps de l'exposé

- Recopiez le plan que vous avez établi et remplissez-le de manière télégraphique, à l'aide de listes à puces.
- N'oubliez pas d'**appuyer chaque argument** par un exemple vérifié.
- Distinguez bien les informations nécessaires à la bonne compréhension du sujet de celles qui sont secondaires et que vous pourrez préciser dans l'entretien.

3 La conclusion

- Rédigez complètement la conclusion de l'exposé pour être sûr(e) qu'elle marque votre auditoire.
- Elle se compose de **deux parties** :

CONSEIL
Une fois cette trame mise au point, oralisez-la, de manière à vérifier qu'elle tient à peu près en 5 minutes.

1. Le bilan	Reprenez les étapes du développement et répondez à la question.
2. L'ouverture	Élargissez le champ de la réflexion à l'aide d'une citation, d'un fait d'actualité, d'une question proche.

II Mémoriser la présentation, puis simuler l'épreuve

Vous êtes désormais au clair sur le contenu de votre exposé. Il s'agit maintenant de préparer sa restitution orale.

1 Faire travailler sa mémoire

- Vous devez **posséder votre exposé « sur le bout des doigts »**, de telle manière que les idées se rappelleront à vous naturellement le jour de l'épreuve et que vous pourrez consacrer toute votre attention à votre auditoire.
- Pour ce faire, sollicitez vos différentes mémoires (visuelle, auditive, kinesthésique...) pour fixer le déroulement de l'exposé puis récitez-le **plusieurs fois**, de manière à vous en souvenir durablement.

À NOTER
Des chercheurs ont prouvé qu'il faut refaire au moins sept fois le chemin vers un souvenir pour l'ancrer durablement.

2 Simuler un Oral blanc

- C'est à ce moment-là, quand vous avez mémorisé votre exposé, que vous devez faire appel à votre entourage – vos professeurs, vos parents ou vos amis – pour leur demander de constituer votre premier auditoire.

À NOTER
S'enregistrer puis réécouter son exposé peut être aussi très utile.

- Demandez-leur d'évaluer votre présentation selon ces trois principaux critères :

1. Pertinence	Ai-je bien répondu à la question posée ?
2. Clarté	Qu'est-ce qui était clair ? moins clair ?
3. Efficacité	Ai-je retenu votre attention ? Comment puis-je le faire mieux ?

- N'hésitez pas également à leur demander de vous poser des questions sur le contenu de la présentation : cela vous entraînera pour l'entretien qui suit.

zoOm

Comment fonctionne la mémoire ?

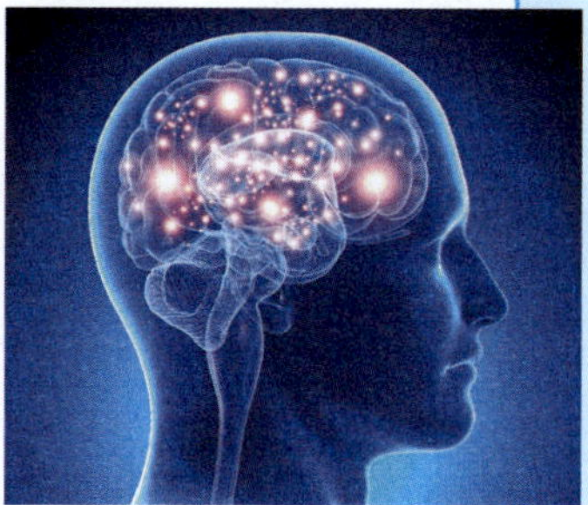

- La mémorisation est le résultat d'un processus biochimique dans lequel les neurones jouent un rôle essentiel.
- Elle se déroule en trois étapes.
❶ L'encodage : enregistrement d'une nouvelle information
❷ Le stockage : rangement, consolidation de l'information
❸ Le rappel : recherche du souvenir afin de le restituer
- Plus on rappelle un souvenir, plus on l'ancre durablement dans la mémoire.

43 Présenter la question au jury

En bref *Votre présentation doit être synthétique et rendre compte efficacement du questionnement. Le jury vous évalue principalement sur la solidité de vos connaissances et votre capacité à argumenter.*

I Optimiser le temps de préparation

Le jury vient de choisir l'une des deux questions préparées. Vous avez alors 20 minutes pour mettre en ordre vos idées et préparer – si vous vous sentez suffisamment sûr(e) de vous – un support pour le jury.

1 Mettre en ordre vos idées au brouillon

20 minutes de préparation, c'est à la fois long et court. Comment les utiliser ?

Pensez à...	Évitez de...
rédiger l'introduction et la conclusion	rédiger tout l'exposé
noter le plan	noter des idées en désordre
résumer les principales idées	ajouter du contenu au dernier moment

2 Préparer un support pour le jury

- Si vous avez bien en tête votre exposé, mettez à profit les 20 minutes pour préparer un support pour le jury.
- L'objectif est de permettre à votre auditoire de mieux suivre votre présentation. Votre support peut ainsi prendre des formes variées.

CONSEIL
Bien que non évalué, le support doit être pertinent et lisible pour bien disposer le jury.

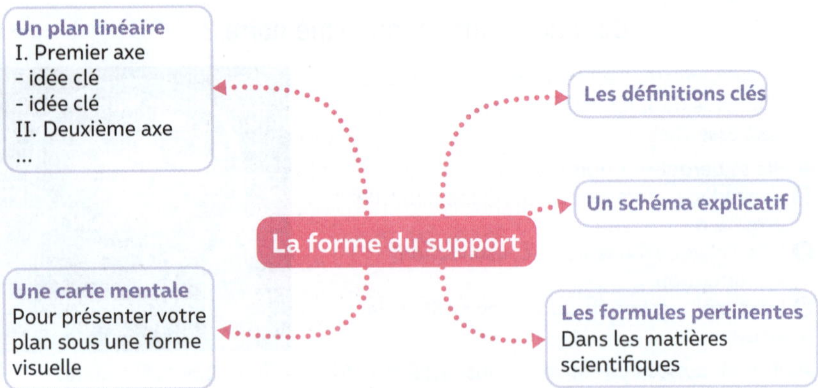

II Faire une présentation claire et fluide

1 Soigner les étapes clés de l'exposé

■ Vous devez prêter une attention particulière à l'introduction et à la conclusion.

L'introduction	La conclusion
• amène la question • pose clairement la question • annonce le plan	• fait le bilan des recherches • répond à la question • ouvre de nouvelles perspectives

■ Lorsque vous annoncez le plan, vous pouvez recourir à des formules telles que :

- Tout d'abord nous nous intéresserons…
- Puis nous étudierons…, avant de montrer que…

2 Mettre en évidence la progression de l'exposé

■ Plus encore qu'à l'écrit, vous devez être attentif(ve) aux **transitions** de manière que votre auditoire comprenne bien la progression de votre présentation.

Les passages d'une partie à l'autre doivent être ainsi explicités :

CONSEIL
Tout au long de votre présentation, n'hésitez pas à rappeler le fil conducteur en reprenant les mots-clés de la question.

- Nous venons de voir que…
- Nous allons maintenant essayer de comprendre comment ce processus…

■ Les **liens entre les idées** d'une partie doivent être clarifiés au moyen de connecteurs logiques : de cause (*car, en effet…*), de conséquence (*donc, c'est pourquoi…*), d'opposition (*mais, cependant…*), de concession (*certes…*), d'addition (*de plus, en outre…*).

zoOm

Parler debout

■ Placez-vous face à votre jury, bien **au centre**.

■ Ancrez **vos pieds au sol**, de manière à avoir une assise stable.

■ Placez dès le départ **vos mains à hauteur de votre ventre**, sans les laisser pendre le long du corps. Vous pouvez les croiser devant vous et les dénouer lorsqu'il sera nécessaire d'appuyer le propos.

Image extraite du film *À voix haute* de Ladj Ly et Stéphane de Freitas, 2017.

44 Répondre aux questions en lien avec la présentation

En bref *Lors de la deuxième partie de l'épreuve, le jury revient sur la présentation et évalue plus largement vos connaissances dans les disciplines correspondant à vos spécialités.*

I Anticiper les questions

1 Les questions sur la présentation

- Le jury va en premier lieu revenir sur certains points de la présentation pour vous **demander des précisions**.
  - Vous avez affirmé que… : pouvez-vous donner un exemple ?
  - Vous avez cité … : quelle est votre source ?
  - Comment définissez-vous le mot … ?
- Afin de ne pas être surpris(e), efforcez-vous de les anticiper lors de l'élaboration de l'exposé.

2 Les questions sur le programme

- Cependant le jury peut aussi vous poser des questions sur d'autres thèmes de vos **programmes de spécialité**.
- C'est pourquoi vous devez travailler tout au long de l'année les notions au programme, en imaginant cette interrogation. Voici quatre conseils clés :

> **ATTENTION**
> Ces questions peuvent porter sur des thèmes hors du programme limitatif de l'épreuve écrite.

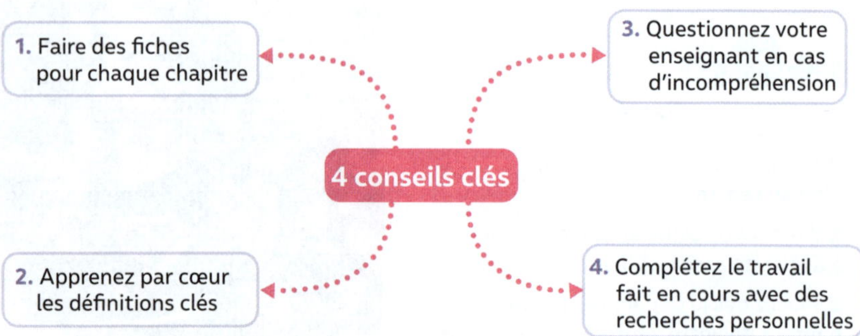

> **CONSEIL**
> Cette préparation vous servira également pour l'écrit !

II Développer une posture d'échange

1 Faire des réponses appropriées

■ Un seul des deux membres du jury est un spécialiste des domaines concernés par votre question. Votre réponse doit donc être **précise mais pas trop jargonneuse**.

■ D'autres conseils utiles :

Pensez à...	Évitez de...
prendre quelques secondes pour « ingérer » la question	vous précipiter : vous risquez de ne pas répondre à la question
donner des réponses brèves pour des précisions, plus longues pour un avis personnel	répondre par oui ou par non, ne pas développer
vous appuyer sur des connaissances précises, des chiffres, des dates...	rester dans les généralités, utiliser le pronom « on »

2 Gérer les difficultés

■ Si vous n'êtes **pas sûr(e) de comprendre** la question :

- reformulez-la à voix haute pour vérifier que vous avez bien compris ;

  Vous me demandez si... Vous voulez savoir comment...

- demandez des précisions ou un exemple.

  Qu'entendez-vous par... ? Pouvez-vous me donner un exemple ?

■ Si vous **ne savez pas quoi répondre**, osez le dire : vous pouvez toutefois commencer par faire remarquer la pertinence de la question.

Ce point me semble en effet très intéressant,
mais je n'ai pas eu le temps de l'approfondir.

zoOm

Éviter les gestes parasites

Apprenez à identifier les gestes que vous effectuez pour vous rassurer en situation de stress : ils brouillent la communication et traduisent votre inconfort.

Passer la main dans ses cheveux

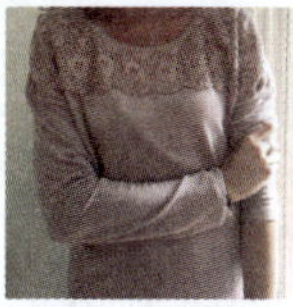

Remonter ses manches, tirer dessus

Toucher sa montre, un bijou

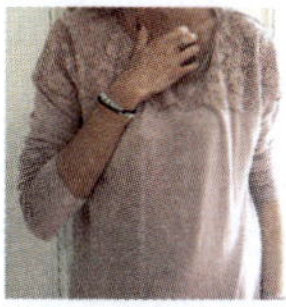

Se gratter avec insistance

45 Défendre son projet d'orientation

En bref *Au cours de cette partie de l'épreuve, vous exposez votre projet d'orientation : quel domaine vous intéresse, depuis quand, quels choix vous avez faits pour vous en rapprocher.*

I Faire le lien entre la question traitée et son projet d'orientation

■ Le jury va commencer par vous demander en quoi le travail sur la question traitée **a nourri votre réflexion sur votre projet d'orientation**. Voici quelques éléments de réponse, à adapter en fonction de votre sujet et de votre projet :

- En travaillant sur ce sujet au croisement de deux disciplines, j'ai acquis la certitude que je souhaitais continuer à les étudier l'une et l'autre : d'où le choix d'un cursus réunissant…
- La préparation de cet oral m'a permis de rencontrer des personnes travaillant dans le domaine de…, qui m'ont donné envie de suivre leur voie ; c'est pourquoi j'ai choisi des études dans la filière…

CONSEIL
Même si vous avez évidemment envisagé plusieurs choix, mettez plutôt l'accent sur celui permettant d'établir un lien avec la question traitée. Ainsi votre démarche paraîtra cohérente.

■ Vous pouvez aussi analyser les **compétences acquises** lors de la préparation de cette épreuve : mener un travail de recherche, confronter des données, faire un travail de synthèse, faire un exposé oral et montrer qu'elles vous seront **utiles pour la suite de vos études**.

II Expliquer les étapes de son projet d'orientation

1 Projet professionnel ou projet de poursuite d'études ?

■ Si vous avez une idée de métier précise, vous pouvez partir de ce **projet professionnel**, expliquer pourquoi il vous attire ; puis faire le lien avec les études qui y mènent.

■ Mais vous avez le droit, à 17-18 ans, de ne pas savoir quel métier vous aimeriez exercer. Contentez-vous alors d'expliquer quel domaine vous intéresse et **quels choix d'études** après le bac vous avez faits en conséquence.

CONSEIL
Quand vous vous êtes inscrit(e) sur Parcoursup ou si vous avez candidaté à des écoles, vous avez dû rédiger des lettres de motivation. Utilisez-les pour préparer cette partie de l'oral.

■ Si vous hésitez encore entre **deux voies**, vous pouvez exposer les différentes possibilités envisagées.

2 La genèse et la mise en œuvre du projet

- Pour retracer la genèse du projet, expliquez :
  • comment l'idée de ce projet d'orientation vous est venue ;
  • comment elle a guidé vos choix de spécialités ;
  • comment elle s'est renforcée à travers différentes activités et expériences.

CONSEIL
N'hésitez pas à détailler des expériences vécues ou à rapporter une anecdote pour rendre votre présentation plus personnelle.

- Mentionnez la filière choisie, l'école ou l'université que vous souhaiteriez intégrer et les enseignements qui vous attendent. Décrivez concrètement la manière dont vous souhaitez mener ce projet : cursus envisagé, diplôme visé.

- Faites le bilan de vos atouts et de vos limites pour le domaine envisagé. Montrez que vous disposez d'une **bonne connaissance de vous-même** et de vos capacités.

zoOm

Développer une argumentation personnelle

Pour mieux convaincre le jury de votre motivation, vous devez mettre en évidence que ce projet est vraiment le vôtre.

Les composantes personnelles de votre projet

1. scolaires
- vos spécialités de 1re et Tle
- vos préférences pour certaines matières
- vos compétences scolaires

2. extrascolaires
- votre stage de 3e
- vos engagements (comme délégué de classe, dans un projet...)
- vos centres d'intérêt, vos convictions

SUJET 51 | OBJECTIF BAC — PRÉSENTATION, SUIVIE D'UN ENTRETIEN

20 min

Comment l'astronomie, la navigation et le calcul bancaire sont-ils à l'origine de l'invention des logarithmes ?

L'étude de l'apparition d'un nouveau concept mathématique, le logarithme, et ses liens avec les applications qu'il suscite pourraient intéresser un élève curieux d'histoire des sciences, d'astronomie et d'économie !

1. PRÉSENTATION D'UNE QUESTION (5 MIN)

Introduction

[Accroche] Au XVIIe siècle, l'essor de la navigation et le développement du commerce sont à l'origine de nombreux problèmes de calculs numériques. Certains mathématiciens tentent de trouver des méthodes de calculs rapides et sûres.
[Présentation du sujet] Très intéressé(e) par l'astronomie, je me suis souvent demandé(e) comment les « anciens » pouvaient prévoir avec tant de précision certains phénomènes naturels, qui demandent d'effectuer de nombreux calculs.
[Annonce du plan] J'expliquerai d'abord comment les logarithmes inventés par John Napier (1550-1617) permettent d'effectuer des multiplications de grands nombres en minimisant le temps et le risque d'erreurs, j'évoquerai ensuite les idées mathématiques qui ont permis cette découverte et je donnerai enfin de nombreux exemples d'applications de ce procédé qui soulagea tant de scientifiques.

I. Multiplier à l'aide des logarithmes

■ À une époque où tous les calculs se font à la main, la longueur de certains est un obstacle majeur à l'avancée du progrès scientifique. On peut notamment citer les calculs de trigonométrie en astronomie, les calculs d'intérêts composés effectués par les banquiers… Les logarithmes inventés par l'Écossais John Napier en 1614 ont comme « merveilleuse » propriété de transformer les produits en sommes et de simplifier les calculs.

> **À NOTER**
> Choisissez un plan simple, en deux ou trois parties, en commençant par expliquer la propriété fondamentale des logarithmes qui est le cœur du sujet.

■ Voici un aperçu du principe de la méthode de Napier pour multiplier deux nombres A et B. Par l'intermédiaire de tables, on associe à ces deux nombres leurs logarithmes, notés respectivement $\mathrm{LN}(A)$ et $\mathrm{LN}(B)$. Ces logarithmes possèdent la propriété suivante : $\mathrm{LN}(A)+\mathrm{LN}(B)=\mathrm{LN}(A\times B)$. Ainsi, pour déterminer une valeur approchée du produit $A\times B$, par lecture inverse des tables, il suffit d'effectuer l'addition $\mathrm{LN}(A)+\mathrm{LN}(B)$.

II. Définir les logarithmes

- L'idée majeure de Napier est de mettre en correspondance une progression géométrique (*logos*) et une progression arithmétique (*arithmos*) de manière à généraliser à des exposants non entiers la propriété $q^a \times q^b = q^{a+b}$.
- Par l'intermédiaire de tables, Napier donne un moyen de faire correspondre un « logarithme » qui possède cette propriété à chaque nombre positif. Napier procède par approximations, et obtient des valeurs d'une très grande précision, à l'aide de calculs simples et faciles à vérifier.
- À son époque, la notion de fonction n'existe pas. Pourtant, cette mise en correspondance est bien une « fonction » : l'opposé de la fonction logarithme népérien, nommée en l'honneur de Napier (Neper en français).
- S'il a fallu quarante ans à Napier pour établir sa théorie et ses tables, une fois connues, elles ont fait gagner énormément de temps aux scientifiques.

À NOTER
Il est bon de faire une phrase de transition entre deux parties successives.

III. Utiliser les logarithmes

- Le temps de calcul que demande une multiplication est bien supérieur à celui d'une addition, et ce, d'autant plus que les nombres considérés sont grands. En effet, une multiplication demande d'effectuer environ autant d'additions qu'il y a de chiffres dans les nombres considérés. Le fait de transformer les produits en sommes a donc pour avantages la simplicité et la rapidité d'exécution. Comme le dira plus tard Laplace, « l'invention des logarithmes [...] double pour ainsi dire la vie des astronomes ».
- Les contemporains de Napier apprécient rapidement ce nouvel outil de calcul. **Henry Briggs**, professeur de mathématiques à Londres, engagé dans de difficiles calculs astronomiques, reconnaît l'intérêt des logarithmes et va faciliter leur utilisation. L'Allemand **Johannes Kepler** les utilise pour calculer des éphémérides astronomiques. Les **marins** s'en emparent et les utilisent pour calculer des distances. Pour un **banquier**, il devient facile de connaître le temps qu'il faut à un capital pour doubler lorsqu'il est placé à intérêts composés.

À NOTER
Pour chaque exemple cité, vous devez être en mesure de répondre à d'éventuelles demandes de précisions de la part du jury.

Conclusion

Toute activité scientifique nécessite du calcul numérique. Les logarithmes de Napier sont une avancée historique notoire qui sera suivie en 1624 par la définition de Briggs des logarithmes décimaux, plus adaptés à la numération en base dix. Aujourd'hui la fonction ln, héritée des travaux de Napier, est étudiée en terminale. L'échelle logarithmique est d'un emploi courant dans de nombreux domaines : en chimie (le pH), en acoustique (le décibel), en sismologie (l'échelle de Richter), etc. Et les logarithmes sont encore sujet de recherche, notamment en cryptographie, avec le logarithme discret.

2. ÉCHANGE AVEC LE CANDIDAT (10 min)

Voici quelques-unes des questions que le jury pourrait poser à la suite de la présentation ainsi que des réponses possibles (à développer le jour dit).

Pouvait-on utiliser les logarithmes pour d'autres calculs fastidieux ?

Oui, bien sûr, les logarithmes transforment les quotients en différences, les carrés en doubles, les racines carrées en moitiés, etc.

Par exemple, pour calculer la racine carrée d'un nombre strictement positif X, on déterminait à l'aide des tables LN(X) que l'on divisait par 2. Le nombre obtenu, mettons Y, est tel que $Y = \text{LN}(R)$ où R est la racine cherchée que l'on détermine par lecture inverse de la table.

À NOTER
Cette question permet au jury de juger de votre niveau de compréhension du sujet.

Quel lien existe-t-il entre logarithme décimal et logarithme népérien et dans quel domaine le logarithme décimal est-il utilisé ?

Le logarithme décimal, noté log, est le logarithme népérien divisé par ln(10) : $\log(x) = \dfrac{\ln(x)}{\ln(10)}$, $x > 0$. On a donc $\log(10) = 1$ et $\log(10^n) = n$, pour n entier.

On l'utilise par exemple en chimie pour le potentiel hydrogène noté pH qui vaut $-\log\left[H^3O^+\right]$ et qui mesure l'acidité d'une solution.

Quel est le lien entre l'aire sous la courbe de la fonction inverse et la fonction ln ?

La fonction ln admet sur $]0\,;+\infty[$ pour fonction dérivée la fonction inverse. Pour tout $x > 1$, $\displaystyle\int_1^x \frac{1}{t}\,\mathrm{d}t = \ln x$. Donc $\ln x$ est, en unité d'aire, l'aire sous courbe de la fonction inverse entre 1 et x.

3. ÉCHANGE SUR LE PROJET D'ORIENTATION (5 min)

Comment avez-vous choisi le sujet de votre exposé ? En quoi est-il en lien avec votre projet d'orientation ?

J'ai choisi ce sujet car j'ai toujours été intrigué·e par l'apparition de nouveaux concepts mathématiques et leurs utilisations éventuelles en sciences de l'ingénieur. Je me suis rapidement aperçu que les théorèmes de géométrie (Pythagore, Thalès...) étaient très utiles en architecture, que les fonctions exponentielles et trigonométriques permettaient d'étudier les phénomènes vibratoires, etc. Je pense poursuivre mes études en classe préparatoire afin d'intégrer une école d'ingénieurs pour travailler dans le domaine de la recherche astronomique.

À NOTER
Ce sujet peut être mis en lien avec d'autres projets d'études, notamment en histoire des sciences, enseignement, informatique (cryptographie, algorithmique), architecture, géologie...

CORRIGÉS DES TESTS

1 Combinatoire et dénombrement → P. 10-11

1 a.
2 c.
3 b.
4 c.
5 c.
6 a.
7 b.
8 a.
9 c.

2 Vecteurs, droites et plans de l'espace → P. 38-39

1 1. b. · 2. c. · 3. a et b.
2 a.
3 a.
4 b.
5 b.
6 a.
7 b.

3 Orthogonalité et distances dans l'espace → P. 64-65

1 1. a. · 2. b. · 3. c. · 4. b. · 5. c.
2 1. b. · 2. c. 3. b.
3 a, b et d.
4 c
5 1. b. · 2. c.

4 Équations de droites et de plans → P. 88-89

1 c.
2 a.
3 b.
4 b.
5 b.
6 c.

5 Suites numériques → P. 112-113

1 c.
2 1. c. · 2. b.
3 1. b. · 2. c.
4 1. b. · 2. a.
5 c.
6 c.
7 c.
8 a.

6 Compléments sur la dérivation → P. 140-141

1 1. a. · 2. b.
2 c.
3 c.
4 c.
5 1. b. · 2. c.
6 1. a. · 2. c.

7 Limites et continuité → P. 168-169

1 a.
2 1. b. · 2. b.
3 1. c. · 2. c.
4 1. b. · 2. a.
5 1. b. · 2. b.
6 b.

8 Fonctions de référence : logarithme, sinus et cosinus → P. 194-195

1 1. b. · 2. c.
2 1. a. · 2. b.
3 c.
4 1. b. · 2. b.
5 1. a. · 2. a.
6 a.
7 b.

9 Primitives, équations différentielles → P. 222-223

1 1. c. · 2. c. · 3. b.
2 c.
3 1. b. · 2. c. · 3. a.
4 1 b. · 2. a. · 3. c.

10 Calcul intégral → P. 246-247

1 1. a. · 2. b. · 3. b.
2 1. c. · 2. a.
3 1. c. · 2. a.
4 1. a. · 2. b.
5 1. a. · 2. b. · 3. b.

11 Schéma de Bernoulli, loi binomiale → P. 270-271

1 a et b.
2 a et c.
3 d.
4 c.
5 a et c.
6 a et b.
7 b.

12 Sommes de variables aléatoires → P. 294-295

1 b.
2 c.
3 b.
4 c.
5 b.
6 c.
7 a.
8 b.

13 Concentration, loi des grands nombres → P. 314-315

1 a.
2 1. b. · 2. b.
3 b.
4 1. b. · 2. c.
5 1. b. · 2. c.

INDEX

A

addition de deux vecteurs 40
aire d'un domaine limité par deux courbes 250
arbre de probabilités 272
arrangements 14
asymptote à une courbe 170

B-C

bijection 174
bornes d'une intégrale 250
coefficient binomial 276
combinaison 14
comparaison de fonctions 172, 200
composée de deux fonctions 142
concavité 144
continuité 174
convexité 144
corde d'une courbe 144
cosinus 202

D

démonstration par récurrence 16
dérivée seconde d'une fonction 144
direction d'un plan 68
direction d'un vecteur 40
distance d'un point à un plan 70
distance d'un point à une droite 70
droite parallèle à un plan 44
droite perpendiculaire à un plan 44
droites confondues 42
droites coplanaires 42
droites orthogonales 68
droites parallèles 42, 48
droites perpendiculaires 42
droites sécantes 42

E

encadrement d'une fonction 172
ensembles disjoints 12
épreuve de Bernoulli 272
équation cartésienne d'un plan de l'espace 90
équations paramétriques d'une droite 92
équations différentielles 226
espérance d'une variable aléatoire 296
expérience aléatoire 276
exponentielle 118, 196

F

factorielle 14
fonction concave 144
fonction continue 174
fonction convexe 144
fonction exponentielle 118, 196
fonction logarithme népérien 196
fonction périodique 202
fonction puissance 200
forme indéterminée 116
fraction rationnelle 172

H-I

hérédité 16
hypothèse de récurrence 16
inégalité de Bienaymé-Tchebychev 316
inégalité de concentration 316
inégalité de Markov 316
initialisation 16
intégrale d'une fonction positive 250
intégration par parties 250
intersection 12
intersection d'un plan et d'une droite 94
intersection de deux plans 90, 92

L

limite d'un produit 116, 172
limite d'un quotient 116, 172
limite d'une fonction 170
limite d'une somme 116
limite d'une suite 114
logarithme népérien 196
loi binomiale 276, 298
loi de Bernoulli 298
loi de probabilité 300
loi des grands nombres 318

M-N

majoration d'une intégrale 251
méthode d'Euler 224
minoration d'une intégrale 251
moyenne d'un échantillon 300
moyenne empirique 318
nombre d'éléments d'un ensemble 12
nombre de combinaisons de k éléments 14
norme d'un vecteur 40, 66

O-P

opérations sur les limites 116, 172
parallélisme dans l'espace 48
parallélogramme 66
paramètres d'une loi binomiale 276
parité 202
parties d'un ensemble 12
permutation 14
plan de l'espace 46, 48, 90
plans confondus 46
plans parallèles 46, 48
plans perpendiculaires 46, 68
plans sécants 46
point d'inflexion 144
positions relatives d'une droite et d'un plan 44
positions relatives de deux droites 42
positions relatives de deux plans 46
primitive d'une fonction 224
principe additif 12
principe multiplicatif 12
produit cartésien 12
produit scalaire 66
projeté orthogonal d'un point sur un plan 70, 94
projeté orthogonal d'un point sur une droite 70, 94

R

récurrence 16
relation de Chasles 250
relation de Pascal 14
réunion 12

S

schéma de Bernoulli 272
sinus 202
somme d'un échantillon 300
somme de deux variables aléatoires 296
sous-ensemble 12
succession d'épreuves 274
suite convergente 118
suite croissante majorée 116
suite décroissante minorée 116
suite divergente 118
suite géométrique 118
suite monotone 116

T

tableau des primitives usuelles 248
théorème d'encadrement 114
théorème d'intégration par parties 251
théorème de comparaison 114
théorème de la bijection 174
théorème des croissances comparées 200
théorème des gendarmes 114
théorème des valeurs intermédiaires 174
tirages successifs sans remise 274
triangle de Pascal 14

V

valeur moyenne d'une fonction 250
valeurs intermédiaires 174
variable aléatoire de Bernoulli 272
variables aléatoires indépendantes 296
variance de la somme de deux variables aléatoires 296, 300
vecteur de l'espace 40
vecteur de l'espace 66
vecteur directeur d'un plan 90
vecteur directeur d'une droite 68
vecteur normal à un plan 68, 90
vecteurs colinéaires 40
vecteurs directeurs d'un plan 68

PAPIER À BASE DE FIBRES CERTIFIÉES

Hatier s'engage pour l'environnement en réduisant l'empreinte carbone de ses livres. Celle de cet exemplaire est de : 1.2 kg éq. CO_2 Rendez-vous sur www.hatier-durable.fr

Achevé d'imprimer en Italie par L.E.G.O. S.p.A. - Lavis (TN)
Dépôt légal : 09460-4/01 - Mai 2023